Joseph Conrad

Spiel des Zufalls

Deutsch von Lore Krüger

Aufbau Taschenbuch Verlag

Titel der englischen Originalausgabe:
Chance

ISBN 3-7466-0083-9

1. Auflage 1991
Aufbau Taschenbuch Verlag Berlin

Reihengestaltung Sabine Müller, FAB Grafik Design, Berlin
Einbandgestaltung Sabine Müller, FAB Grafik Design, Berlin
unter Verwendung eines Fotos aus Ch. S. Synes, Country House Camera,
George Weidenfeld & Nicolson Ltd, London 1987
Druck Elsnerdruck
Printed in Germany

INHALT

Erster Teil
Die Jungfrau

Zweiter Teil
Der Ritter

Für Sir Hugh Clifford,
ohne dessen unerschütterliche Freundschaft
diese Seiten nicht entstanden wären

Jene, die da annehmen, daß alle Dinge vom Zufall gelenkt werden, hätten sich nicht geirrt, hätten sie nicht darauf bestanden.

Sir Thomas Browne

ERSTER TEIL
Die Jungfrau

1
Der junge Powell und seine Chance

Ich glaube, er hatte durch das Fenster gesehen, wie wir mit dem überlasteten Beiboot der Vierzehntonnenjolle, die Marlow, meinem Gastgeber und Schiffer, gehörte, zum Essen herübergekommen waren. Wir halfen dem Jungen, den wir bei uns hatten, das Boot am Landesteg festzumachen, bevor wir zum Gasthaus am Fluß hinaufgingen, wo wir unseren neuen Bekannten in würdevoller Einsamkeit an der Stirnseite einer langen Tafel, die so weiß und unwirtlich war wie eine Schneewehe, beim Abendessen fanden.

Die Röte seines scharfgeschnittenen Gesichts mit dem schmucken, kurzen schwarzen Backenbart unter einer Kappe von gewelltem, eisengrauem Haar war der einzige warmgetönte Fleck in der dunklen Trübe dieses Raums, in dem das freudlose Tischtuch Kühle verbreitete. Wir kannten ihn schon vom Sehen als den Eigentümer eines kleinen Fünftonnenkutters, mit dem er anscheinend allein segelte – ein Sportsmann aus dem anspruchslosen Trupp von Fanatikern, die in der Themsemündung kreuzen. Gleich beim erstenmal aber, als er den Kellner scharf mit „Steward" anredete, wußten wir, daß er nicht nur Segelsportler, sondern auch Seemann war.

Kurz darauf hatte er Anlaß, denselben Kellner wegen der Nachlässigkeit zu rügen, mit der er das Essen servierte. Er tat es recht energisch und wandte sich dann uns zu.

„Wenn wir auf See unsere Arbeit so verrichten wollten wie die Leute an Land, ob hoch oder niedrig, die ihre", erklärte er, „dann könnten wir niemals unser Brot verdienen. Keiner würde uns beschäftigen. Und außerdem könnte kein Schiff, das so achtlos gesteuert und gesegelt würde, wie die Leute an Land ihre Arbeit betreiben, jemals den Hafen erreichen."

Seit er die Seefahrt aufgegeben hatte, war er zu seinem Erstaunen dahintergekommen, daß die gebildeten Leute nicht viel besser waren als die übrigen. Niemand schien richtigen Stolz in seine Arbeit zu setzen, von den Klempnern angefangen, die einfach Diebe waren, bis zu – sagen wir – den Zeitungsleuten (er schien sie für eine besonders intellektuelle Schicht zu halten), die unter keinen Umständen jemals eine zutreffende Darstellung der einfachsten Vorkommnisse gaben. Diese allgemeine Untüchtigkeit der Sippschaft vom Lande, wie er sie nannte, schrieb er im großen und ganzen dem Mangel an Verantwortung und dem Bewußtsein der Sicherheit zu.

„Sie sehen", fuhr er fort, „daß diese feste kleine Insel, was auch immer sie tun mögen, nicht mit ihnen kentern oder plötzlich leckwerden und mit ihren Frauen und Kindern untergehen wird."

Von dem Punkt an drehte sich die Unterhaltung ausschließlich um das Leben auf See. Bei diesem Thema fand er rasch Kontakt mit Marlow, der seinerzeit auch zur See gefahren war. Sie tauschten lebhaft Erinnerungen aus, während ich zuhörte. Beide stimmten darin überein, daß sie die glücklichste Zeit ihres Lebens als junge Burschen auf guten Schiffen verbracht hatten, wo es für sie keine anderen Sorgen gegeben hatte als nur die, an Bord keine Freiwache einzubüßen und im Hafen nach getaner Arbeit keinen Augenblick des Landgangs zu versäumen. Sie waren auch einer Meinung über den erhebendsten Augenblick bei der Ausübung dieses Berufs, den man wegen des Glanzes der damit verbundenen Romantik, jedoch nie aus vernunftgemäßen und praktischen Gründen wählt. Das war der Augenblick gewesen, als sie ihre erste Prüfung erfolgreich bestanden und mit dem kostbaren kleinen blauen Stück Papier in der Hand dem Prüfungsbeamten in der Seemannskunst den Rücken kehren konnten.

„An dem Tag hätte ich nicht einmal die Königin meine Kusine nennen mögen!" erklärte unser neuer Bekannter schwärmerisch.

Damals fanden die Prüfungen der Marinebehörde im St. Katharine's Dock House auf dem Tower Hill statt, und er erzählte uns von seiner besonderen Vorliebe für die Aussicht von dieser historischen Stätte, mit den Gärten des Towers zur Linken, der Vorderseite der Münze zur Rechten, den elenden, baufälligen kleinen Häusern weiter im Hintergrund, einem Droschkenstand, auf der Bordschwelle hokkenden Schuhputzern und zwei hochgewachsenen Polizisten, die mit überlegener Miene zu den Türen des Wirtshauses „Zum Rappen" jenseits der Straße hinüberblickten. Dies war der Teil der Welt, so sagte er, den seine Augen am schönsten Tag seines Lebens als erstes gesehen hatten. Er war als vollwertiger Zweiter Offizier aus dem Haupteingang von St. Katharine's Dock House getreten, nach den schlimmsten Augenblicken seines Lebens bei Kapitän R., dem gefürchtetsten der damals zuständigen drei Prüfungsbeamten in der Seemannskunst, bei denen Offiziere der Handelsmarine im Hafen von London ihr Eignungsexamen ablegten.

„Alle, die wir uns auf die Prüfung vorbereiteten", sagte er, „zitterten bei dem Gedanken, an ihn zu geraten. Er behielt mich anderthalb Stunden lang in der Folterkammer und benahm sich, als könne er mich nicht ausstehen. Er beschattete die Augen mit der Hand, ließ sie dann plötzlich sinken und sagte: ‚Sie werden den Anforderungen genügen.' Bevor ich begriffen hatte, was er meinte, schob er schon den blauen Zettel über den Tisch. Ich sprang auf, als hätte mein Stuhl Feuer gefangen.

‚Danke, Sir', sagte ich und griff rasch nach dem Papier.

‚Guten Morgen. Viel Glück!' knurrte er mich an.

Der alte Pförtner kam übertrieben umständlich mit meinem Hut aus der Garderobe. Das tun sie immer. Er sah mich jedoch durchdringend an, bevor er in schüchternem Flüsterton zu fragen wagte: ‚Sind Sie gut durchgekommen, Sir?' Als einzige Antwort ließ ich eine halbe Krone in seine weiche, breite Handfläche fallen. ‚Na', sagte er und grinste plötzlich von einem Ohr zum anderen, ‚ich habe noch nie erlebt, daß er einen von euch Herren so lange dabehalten hat. Heute morgen sind zwei Zweite Offiziere bei ihm durchgefallen, bevor er Sie drangenommen hat. Keine zwanzig Minuten für jeden, das ist seine übliche Zeit.'

Ich fand mich unten wieder, ohne daß ich mir der Stufen bewußt geworden wäre – als sei ich die Treppe hinabgeschwebt. Der schönste Tag meines Lebens! Der Tag, an dem man sein erstes Kommando erhält, ist nichts dagegen. Einmal ist man dann nicht mehr so jung, und zum anderen – Sie wissen ja, dann haben wir nicht mehr viel zu erwarten. Gewiß, der schönste Tag im Leben, zweifellos, aber es ist eben nur ein Tag und nicht mehr. Danach kommt so ziemlich der unangenehmste Zeitabschnitt für einen jungen Menschen, wenn er sich bemüht, eine Offiziersstelle zu finden und weiter nichts aufzuweisen hat als ein funkelnagelneues Patent. Erstaunlich, wie nutzlos man dann dieses Stück Eselshaut findet, um das man sich so aufgeregt hat. Damals kam mir nicht der Gedanke, daß ein Patent des Handelsministeriums noch keinen Offizier macht – noch lange, lange nicht. Die Kapitäne der Schiffe aber, die ich mit Stellengesuchen verfolgte, wußten es sehr genau. Heute verstehe ich sie, und ich mache ihnen auch keinen Vorwurf. Aber dieses aufreibende Bemühen, ‚ein Schiff zu finden', ist für einen jungen Menschen eine sehr schwere Erfahrung ..."

Er erzählte dann weiter, wie müde und mutlos ihn diese enttäuschende Erfahrung gemacht hatte, die gleich auf den schönsten Tag seines Lebens gefolgt war. Er erzählte uns, wie er in allen Reedereien der City die Runde machte, wo ihm jeweils irgendein untergeordneter Angestellter gedruckte Bewerbungsformulare in die Hand drückte, die er mit nach Hause nahm, um sie am Abend auszufüllen. Kurz vor Mitternacht lief er dann immer hinaus und warf sie in den nächsten Briefkasten. Damit hatte es sein Bewenden. Um es mit seinen Worten auszudrücken: Ebensogut hätte er sie sämtlich fein säuberlich adressiert und frankiert in ein Abflußgully werfen können.

Da traf er eines Tages, als er seine müden Schritte zu den Docks hinlenkte, draußen vor dem Bahnhof Fenchurch Street einen Freund und früheren Schiffskameraden, der ein wenig älter war als er.

Er sehnte sich nach Mitleid, sein Freund aber hatte gerade an diesem Morgen „ein Schiff bekommen" und eilte im Zustand äußerer Freude und innerer Unruhe nach Hause, wie es bei einem Seemann üblich ist, der nach vielen Tagen des Wartens plötzlich eine Heuer findet. Der Freund hatte nur wenig Zeit, ihm sein Bedauern auszusprechen. Er mußte fort. Noch im Davonrennen schlug er ihm sozusagen über die Schulter hinweg vor: „Warum gehst du nicht zu Mr. Powell ins Seemannsamt und sprichst mit ihm?" Unser Freund wandte ein, er kenne ja Mr. Powell überhaupt nicht. Der andere, der schon beinah um die Ecke war, rief zurück: „Geh zum Hintereingang des Seemannsamts und wende dich einfach an ihn. Sein Schreibtisch ist der am Fenster. Geh nur dreist zu ihm hin und sag, ich hätte dich geschickt."

Unser neuer Bekannter blickte uns der Reihe nach an und erklärte dann: „Auf mein Wort, ich war inzwischen so verzweifelt, daß ich dreist zum Teufel selbst gegangen wäre, auf den bloßen Wink hin, er habe den Posten eines Zweiten Offiziers zu vergeben."

An diesem Punkt unterbrach er seinen Redefluß, um sich die Pfeife anzuzünden, gab uns jedoch mit dem Blick nicht frei und fragte, ob wir Powell gekannt hätten. Marlow murmelte mit einem leisen Lächeln der Erinnerung, er entsinne sich seiner recht gut.

Dann entstand eine Pause. Unser neuer Bekannter hatte Ärger mit seiner Pfeife, die ihn plötzlich im Stich gelassen hatte und ihn in seiner Erwartung des Genusses enttäuschte. Um das Gespräch in Gang zu halten, fragte ich Marlow, ob dieser Powell irgendwie bemerkenswert gewesen sei.

„Er war nicht gerade bemerkenswert", antwortete Marlow mit seiner üblichen Nonchalance. „Im allgemeinen ist es nicht leicht, bemerkenswert zu sein. Sie wissen doch, die Leute beachten einen nicht genug. Ich erinnere mich einfach nur deshalb so gut an Powell, weil er mich als einer der Kommissare des Seemannsamts im Hafen von London auf mehrere lange Etappen meiner Pilgerfahrten als Seemann geschickt hat. Er ähnelte Sokrates. Ich meine, er sah ihm tatsächlich ähnlich, was das Gesicht betraf. Ein philosophisches Gemüt ist nur ein Zufall. Er glich aufs Haar der Büste des unsterblichen Weisen, wenn Sie sich diese Büste mit einem hohen Zylinderhut vorstellen, der weit hinten auf seinem Schädel saß, und einem schwarzen Rock auf den Schultern. Da ich ihn stets nur von der anderen Seite des langen behördlichen Bürotisches sah, der die fünf Schreibpulte der fünf Kommissare des Seemannsamts trug, ist Mr. Powell für mich eine Büste geblieben."

Mit gut ziehender Pfeife kam unser neuer Bekannter vom Kaminsims herüber. „Das Bemerkenswerteste an Powell war", verkündete er gewichtig, den Kopf in eine Rauchwolke gehüllt, „daß er ausgerechnet diesen Namen trug. Verstehen Sie, ich heiße zufällig ebenfalls Powell."

Es war offensichtlich, daß er diese Mitteilung nicht machte, um gesellschaftlichen Konventionen zu genügen. Sie erforderte keine Erwiderung. Wir sahen ihn noch immer erwartungsvoll an.

Ein oder zwei Minuten lang gab er sich schweigsam ganz dem Genuß seiner Pfeife hin. Dann nahm er den

Faden seiner Erzählung wieder auf und berichtete uns, wie er sich eiligst zum Tower Hill begeben hatte. Dort war er seit dem Tage der Prüfung nicht mehr gewesen – dem schönsten Tag seines Lebens, dem Tag überwältigenden Stolzes. Jetzt war alles ganz anders. Auch jetzt hätte er die Königin nicht seine Kusine nennen mögen, diesmal aber wegen des Gefühls tiefer Erniedrigung. Er hielt sich nicht für gut genug, mit irgend jemand verwandt zu sein. Er beneidete die alten purpurnasigen Kutscher am Droschkenstand, die Schuhputzerjungen auf der Bordschwelle, die beiden hochgewachsenen Polizisten, die langsam vor dem Gitter der Gartenanlagen des Towers einherschritten, im vollen Bewußtsein ihrer unfehlbaren Macht, und die Wachen in leuchtendem Scharlachrot, die sich vor der Münze auf und ab bewegten. Er beneidete sie um ihren Platz in der Arbeitsordnung der Welt. Und auch die elenden Tagediebe mit ihren fahlen, mageren Gesichtern, die mit den lasterhaft blickenden Augen zwinkerten und am Türpfosten des Wirtshauses „Zum Rappen" die speckigen Schultern rieben, beneidete er, weil sie schon zu tief gesunken waren, um ihre Entwürdigung noch zu spüren.

Eins muß ich dem Mann lassen: Er vermittelte uns sehr eindringlich das Gefühl jugendlicher Hoffnungslosigkeit, die ihn bei der überraschenden Entdeckung überkommen hatte, daß er keinen Platz an der Sonne und keine Anerkennung seiner Daseinsberechtigung fand.

Er stieg die Außenstufen von St. Katharine's Dock House hinauf – dieselben Stufen, von denen aus er etwa sechs Wochen zuvor mit Siegermiene den Droschkenstand, die Gebäude, die Polizisten, die Schuhputzer, den Farbanstrich, die Vergoldung und die Fensterscheiben des „Rappen" gemustert hatte. Damals war er im Grunde seines Herzens erstaunt gewesen, daß ihm nicht alles mit Gesang und Weihrauch zujubelte; jetzt aber (er verbarg es nicht) schlich er sich, als er eintrat, am Glaskasten des Pförtners vorbei. „Ich hatte keine halbe Krone mehr für ein Trinkgeld übrig", bemerkte er grimmig. Der Mann lief ihm jedoch nach und fragte: „Was wünschen Sie?" Aber mit einem dankbaren Blick hinauf zum ersten Stock bei der Erinnerung an Kapitän R... s Prüfungszimmer (wie leicht und angenehm war das alles gewesen!) rannte er eine Treppe, die zum Souterrain führte, hinunter und befand sich nun an einem Ort der Dunkelheit, des Geheimnisses und vieler Türen. Er hatte gefürchtet, er könnte wegen irgendeiner Vorschrift, die den Zutritt untersagte, aufgehalten werden. Aber niemand verfolgte ihn.

Das Souterrain von St. Katharine's Dock House ist weitläufig und verwirrend angelegt. Von oben fallen blasse Lichtstrahlen schräg in die Düsternis seiner kühlen Flure hinab. Powell wanderte dort hin und her wie einer der frühchristlichen Flüchtlinge in den Katakomben; aber das letzte bißchen Glauben an den Erfolg seines Unternehmens zerrann. Bei einer dunklen Ecke unter einem Gasarm, dessen Flamme kleingestellt war, verließ ihn sein Selbstvertrauen völlig.

„Ich stand eine Weile da und dachte nach", sagte er, „und das war töricht, denn natürlich bekam ich Angst. Was hätte man auch erwarten können? Es gehört schon allerhand Unverfrorenheit dazu, sich mit der Bitte um eine Gefälligkeit an einen Wildfremden zu wenden. Ich wünschte, mein Namensvetter Powell wäre der Teufel selbst. Ich hatte das unbestimmte Gefühl, dann wäre die Sache leichter. Verstehen Sie, ich habe nie fest genug an den Teufel geglaubt, um mich vor ihm zu fürchten; ein Mensch dagegen kann sehr unangenehm werden. Ich sah eine Menge Türen vor mir, alle fest verschlossen, und meine Überzeugung wuchs, daß ich nie den Mut aufbringen würde, eine davon zu öffnen. Nachdenken ist da nicht das Richtige. Ich beschloß, die ganze Sache aufzugeben. Am Ende gab ich aber nicht auf, und ich will Ihnen sagen, was mich davon abhielt. Mir fiel der verflixte Pförtner ein, der mir etwas nachgerufen hatte. Ich war sicher, daß der Kerl oben an der Treppe auf der Lauer lag. Wenn er mich fragte, was ich gewollt hatte, und das war ja sein gutes Recht, dann hätte ich nicht gewußt, welche Antwort ich ihm hätte geben sollen, die mich nicht recht einfältig erscheinen ließe, wenn nicht etwas Schlimmeres. Mir wurde ganz heiß. Ich hatte keine Aussicht, mich aus dieser Sache herauszuwinden.

Irgendwie hatte ich mich dort unten verlaufen. Von den zahlreichen Türen verschiedener Größe rechts und links hatten ziemlich viele verglaste Oberlichter; manche führten jedoch offenbar nur in Holzkeller oder dergleichen, denn als ich mich zu dem Versuch überwand, eine oder die andere zu öffnen, stellte ich zu meiner Verwirrung fest, daß sie zugesperrt waren. Unsicher und unschlüssig stand ich da, wie ein Dieb, der nicht weiß, wie er sich aus der Affäre ziehen soll. Das verflixte Souterrain war so still wie ein Grab, und ich hörte mein Herz klopfen. Ein unbehagliches Gefühl! Ist mir weder vorher noch nachher je passiert. Eine größere Tür links von mir mit einer wuchtigen Messingklinke sah aus, als könne sie ins Seemannsamt führen. Mit zusammengebissenen Zähnen versuchte ich, ob sie sich öffnete. Also, los!

Sie ging ganz leicht auf. Und siehe da! Der Raum, in den sie führte, war kaum größer als eine Kammer. Auf jeden Fall maß er nicht mehr als zehn mal zwölf Fuß, und da ich irgendwie erwartet hatte, die große, dämmrige, kellerähnliche Weite des Seemannsamts vor mir zu sehen, das ich schon ein- oder zweimal zuvor betreten hatte, war ich äußerst bestürzt. Von der Mitte der Decke hing ein Gasarm über einem dunklen, schäbigen Schreibtisch, der mit einem unordentlichen Haufen gelblicher, staubiger Akten bedeckt war. Unter der Flamme eines einzigen Brenners, der den Raum hell erleuchtete, schrieb eifrig ein kleiner, dicker Mann, die Nase fast auf dem Schreibtisch. Sein Kopf war völlig kahl und von ungefähr der gleichen gelblichgrauen

Farbe wie die Papiere. Er sah ebenfalls ziemlich staubig aus.

Ich konnte nicht erkennen, ob irgendwelche Spinnweben an ihm hafteten, es hätte mich jedoch nicht gewundert, denn er machte den Eindruck, als sitze er schon seit Jahren in diesem kleinen Loch gefangen. Die Art, wie er seine Feder fallen ließ und blinzelnd zu mir herübersah, brachte mich aus der Fassung. Und sein Kerker war heiß und stickig; er roch nach Gas und Pilzen, und irgendwie schien es, als befinde er sich hundertzwanzig Fuß unter der Erdoberfläche. Umfangreiche, gewichtige Aktenstöße füllten alle Ecken bis halb hinauf zur Decke. Und als mir der Gedanke durch den Kopf schoß, daß dies das Verwaltungsgebäude der Handelsmarine war und dieser Mensch etwas mit Schiffen und Seeleuten zu tun haben mußte, verschlug es mir vor Erstaunen den Atem. Man vermochte sich nicht vorzustellen, weshalb die Verwaltung der Handelsmarine diesen kahlen, fetten Kerl hier unten schuften ließ. Aus irgendeinem Grunde empfand ich Bedauern und Scham darüber, daß ich ihn in seiner elenden Gefangenschaft aufgestöbert hatte. Ich fragte sanft und bekümmert: ‚Das Seemannsamt, bitte?'

Mit einer verächtlichen, quiekenden Stimme, die mich zusammenfahren ließ, piepste er: ‚Hier nicht. Versuchen Sie es auf dem Flur auf der anderen Seite. Der Straßenseite. Hier ist die Dockseite. Sie haben sich verlaufen ...'

Er sprach in einem so gehässigen Ton, daß ich glaubte, er werde noch die Worte ‚Sie Idiot, Sie!' folgen lassen, und vielleicht wollte er das auch. Aber er endete schließlich in scharfem Ton mit den Worten: ‚Machen Sie die Tür leise hinter sich zu!'

Ich machte sie tatsächlich leise zu, und ob! Schnell und leise. Der unverwüstliche Lebensmut dieses Menschen beeindruckte mich. Zuweilen frage ich mich, ob es ihm wohl gelungen sein mag, sich schließlich in die Freiheit und in den Genuß einer Pension zu schreiben, oder ob er vielmehr von seinem gasbeleuchteten Grab unmittelbar in jenes andere dunkle Grab hinübergegangen ist, wo niemand ihn stören kommt.

Menschlich freute mich die Entdeckung, daß er noch soviel Energie übrigbehalten hatte; Trost aber gewährte sie mir durchaus nicht. Ich überlegte, daß Mr. Powell, wenn er von ähnlich heftiger Gemütsart war... Ich nahm mir jedoch keine Zeit, um nachzudenken, sondern eilte durch den Vorraum am Fuß der Treppe in den Flur hinein, in dem ich es der Auskunft nach versuchen sollte. Und ich versuchte es gleich bei der ersten Tür, an die ich gelangte, ohne zu zögern, denn eine erstaunte und empörte Stimme von oben aus der Eingangshalle wollte erfahren, was ich hier unten eigentlich triebe. Wissen Sie denn nicht, daß der Zutritt dort verboten ist? donnerte sie. Falls sie aber noch etwas folgen ließ, schloß ich sie mit Hilfe einer Tür, auf deren Außenseite ‚Privat' geschrieben stand, aus meinem Hörbereich aus. Die Tür öffnete sich zu einem sechs Fuß breiten Streifen zwischen der Wand und einem langen Bürotisch; dieser trennte den Streifen von einem großen überwölbten Raum ab, dessen jenseitiges Ende durch ein vergittertes Fenster und eine Glastür Tageslicht erhielt.

Das erste, was ich unmittelbar vor mir sah, waren drei Männer mittleren Alters, die sich geradezu ausgelassen rings um einen vierten Mann mit dünnem langem Hals und abfallenden Schultern bewegten, während er an einem Stehpult stand und ein großes Stück Papier beschrieb, ohne sie zu beachten, außer daß er still vor sich hin grinste. Als sie mich erblickten, wurden sie sogleich ziemlich verdrießlich. Ich hörte, wie der eine brummte: ‚Nanu, wen haben wir denn da?'

‚Ich möchte, bitte, Mr. Powell sprechen', sagte ich sehr höflich, aber bestimmt; jetzt wollte ich mich durch nichts mehr davonscheuchen lassen. Ich stand tatsächlich im Seemannsamt. Es war drei Uhr, und ihre Arbeit schien für diesen Tag beendet zu sein. Der Mann mit dem langen Hals setzte seine Schreiberei unbeirrt fort. Ich sah, daß er aufgehört hatte zu grinsen. Die übrigen machten alle drei gleichzeitig eine Kopfbewegung zum entfernten Ende des Raumes hin, wo ein fünfter Mann ihrem Treiben von einem hohen Hocker aus zugesehen hatte. Ich ging so kühn auf ihn zu, als sei er der Teufel in Person. Einen Fuß hatte er hinaufgezogen und ließ ihn auf der Querleiste seines Schemels ruhen, während er den anderen, der ziemlich hoch über dem Steinfußboden hing, unaufhörlich hin und her schwang. Den oberen Teil seiner Weste hatte er aufgeknöpft und den Zylinderhut weit auf den Hinterkopf geschoben. Sein Gesicht war voll und glatt, und er hatte so glänzende klare Augen, daß sein grauer Bart aussah, als sei er falsch und nur zur Verkleidung angeklebt.

Sie sagten soeben, er habe Sokrates ähnlich gesehen, nicht wahr? Das kann ich nicht beurteilen. Dieser Sokrates war doch wohl ein weiser Mann, wenn ich mich nicht irre?"

„Das war er", bestätigte Marlow, „und ein echter Freund der Jugend. Er predigte ihr auf eine ganz besonders aufreizende Weise. Das war so seine Art."

„Dann ziehe ich allemal Powell vor!" erklärte unser neuer Bekannter mit Bestimmtheit. „Er predigte mir überhaupt nicht, ganz und gar nicht. Auf mein Gemurmel antwortete er ganz freundlich: ‚Guten Tag.' Dann sah er mich durchdringend an und sagte: ‚Ich glaube nicht, daß ich Sie kenne, oder?'

‚Nein, Sir', sagte ich, und der Mut sank mir sozusagen bis in die Stiefelspitzen, gerade jetzt, wo es an der Zeit war, meine ganze Dreistigkeit aufzubieten. Es gibt nichts Erbärmlicheres auf der Welt als eine Unverschämtheit, die nicht schwungvoll zu Ende geführt wird. Aus Furcht, den Eindruck zu erwecken, ich schämte mich, begann ich so frei und ungezwungen zu sprechen, daß es mich fast selbst erschreckte. Eine Weile hörte er mir zu und blickte mir dabei erstaunt und neugierig ins Gesicht; dann hob er die Hand. Ich war recht froh, den Mund halten zu dürfen, das kann ich Ihnen sagen!

‚Na, Sie sind mir aber ein unverfrorener Bursche', sagte er, ‚und Ihr Freund ebenfalls. Vierzehn Tage lang hat er mir täglich in den Ohren gelegen, bis ein Kapitän, den ich kenne, so freundlich war, ihn anzumustern. Und kaum ist er versorgt, da hetzt er mir Sie auf den Hals. Euch jungen Leuten scheint es nichts auszumachen, einem etwas einzubrocken!'

Nun war ich an der Reihe, ihn überrascht und neugierig anzustarren. Er hatte nicht laut gesprochen, jetzt aber senkte er die Stimme noch mehr.

‚Wissen Sie denn nicht, daß es ungesetzlich ist?'

Ich fragte mich, was er wohl meinte, bis mir einfiel, daß es dem Gesetz nach ein Vergehen ist, einem Seemann eine Heuer auf einem Schiff zu beschaffen. Diese Klausel war natürlich gegen die betrügerischen Machenschaften der Heuerbaase in den Preßspelunken gerichtet. Mir war nie in den Sinn gekommen, daß sie sich in gleicher Weise auf alle beziehen könnte, ohne Rücksicht auf ihren Beweggrund, denn damals glaubte ich, die Leute an Land verrichteten ihre Arbeit mit Sorgfalt und Umsicht.

Der Gedanke versetzte mich in Bestürzung; Mr. Powell machte mir jedoch bald begreiflich, daß ein Parlamentserlaß an sich noch keinen Sinn hat. Er hat nur den Sinn, den man in ihn hineinlegt, und das ist zuweilen herzlich wenig. Er habe nichts dagegen, hin und wieder einem jungen Mann zu einem Schiff zu verhelfen, sagte er; wenn wir aber fortwährend angelaufen kämen, würde sich bald das Gerücht verbreiten, er täte es für Geld.

‚Und das wäre eine schöne Geschichte, wenn der Erste Seeamtskommissar des Hafens von London vor ein Polizeigericht gestellt und zu fünfzig Pfund Strafe verurteilt würde', sagte er. ‚Ich habe noch vier Jahre Dienst zu machen, bis ich in den Ruhestand versetzt werde. Man könnte es sehr schlimm für mich auslegen, lassen Sie sich das gesagt sein!' setzte er hinzu.

Die ganze Zeit über hielt er das eine Bein hoch emporgezogen und schaukelte das andere hin und her, als wäre er ein Knabe, der auf einem Gitter hockte; dabei blickte er mich mit seinen glänzenden Augen unverwandt an. Ich war bestürzt, sage ich Ihnen. Mir wurde flau zu Mut, als ich ihn andeuten hörte, jemand werde ihn anschwärzen.

‚Oh!' sagte ich entrüstet, ‚wer käme denn auf so eine Gemeinheit, Sir!' Fast nahm ich ihm übel, daß er an etwas derartiges auch nur dachte.

‚Wer?' sagte er sehr leise. ‚Irgend jemand. Vielleicht einer der Büroboten. Ich bin zum Ersten Kommissar dieses Amts aufgestiegen, und wir sind hier alle gut Freund miteinander, aber glauben Sie vielleicht nicht, daß mein Kollege neben mir gern vier Jahre vor Ablauf der regulären Zeit zu dem Platz hier neben dem Fenster aufrücken möchte? Und wenn es auch nur ein Jahr früher wäre. Das liegt in der menschlichen Natur.'

Ich wandte unwillkürlich den Kopf. Die drei Leute, die bei meinem Eintritt Allotria getrieben hatten, sprachen jetzt sehr gesetzt miteinander, und der Mann mit dem langen Hals war immer noch mit seiner Schreiberei beschäftigt. Er schien mir der gefährlichste von allen zu sein. Ich sah ihn im Profil, und er preßte die Lippen fest zusammen. In diesem Licht hatte ich die Menschheit noch nie betrachtet. Wenn man jung ist, empfindet man Bestürzung über die menschliche Natur. Am meisten aber erschreckte mich, daß ich die Tür, durch die ich gekommen war, langsam aufgehen und einem Kopf unter einer Uniformmütze mit dem Emblem des Handelsministeriums den Weg freigeben sah. Es war der verflixte alte Türhüter aus der Eingangshalle. Er hatte mich hier unten gestellt und beabsichtigte nun auch, mich aus dem Bau zu treiben. Mit einem listigen Lächeln kam er durch das Büro geschritten, die Mütze in der Hand.

‚Was gibt es, Symons?' fragte Mr. Powell.

‚Ich hab nur mal wissen wollen, wo der Herr da hingegangen ist, Sir. Er hat sich oben an mir vorbeigedrückt, Sir.'

Mir war recht unbehaglich zu Mute.

‚Das ist in Ordnung, Symons. Ich kenne den Herrn', erklärte Mr. Powell so gemessen wie ein Richter.

‚Dann ist's gut, Sir. Natürlich, Sir. Ich hab bloß gesehen, wie der Herr hier unten so ganz allein hin und her geflitzt ist, und deshalb . . .'

‚Es ist in Ordnung, sage ich Ihnen doch!' unterbrach ihn Mr. Powell mit einer Handbewegung und sah zu mir hoch, als der alte Schwindler endlich hinausmarschierte. Ich wußte nicht, was ich tun sollte – hier bleiben, mich davonmachen oder mich entschuldigen.

‚Wie, sagten Sie doch gleich, ist Ihr Name?'

Beachten Sie, ich hatte ihm meinen Namen überhaupt nicht genannt, und seine Frage versetzte mich ein bißchen in Verlegenheit. Irgendwie erschien es mir unpassend, ihm sozusagen seinen eigenen Namen entgegenzuschleudern. Ich zog also einfach nur mein neues Patent aus der Tasche und reichte es ihm auseinandergefaltet, so daß er auf dem Pergament den sehr deutlich geschriebenen Namen CHARLES POWELL lesen konnte.

Er betrachtete es und legte es nach einem Moment schweigend neben sich auf das Pult. Ich wußte nicht, ob er eine Bemerkung über den Zufall machen wollte. Bevor er aber Zeit hatte, irgend etwas zu sagen, flog die Glastür auf, und mit langen Schritten kam ein hochgewachsener Mann hereingestürmt. Sein Gesicht unter dem Seidenzylinder war hochrot. Man sah sogleich, daß er der Kapitän eines großen Schiffes war.

Nachdem mich Mr. Powell leise angewiesen hatte, mich ein wenig zu gedulden, redete er ihn freundlich an:

‚Ich habe schon jeden Augenblick darauf gewartet, daß Sie Ihre Musterrolle abholen kommen, Kapitän. Hier liegt alles für Sie bereit.' Er wandte sich einem Stoß von Musterrollen zu, die neben seinem Ellbogen lagen, und nahm die oberste herunter. Von der Stelle, an der ich wartete, konnte ich die Worte ‚Schiff Ferndale' lesen, die in großer runder Schrift auf der ersten Seite standen.

‚Nein, Mr. Powell, sie ist nicht fertig; Pech, ich muß Sie bitten, meinen Zweiten Offizier auszustreichen', sagte der Kapitän. Er schien aufgeregt und beunruhigt zu sein. Er erklärte, sein Zweiter Offizier habe den ganzen Morgen an Bord gearbeitet. Um ein Uhr sei er an Land gegangen, um rasch sein Mittagessen einzunehmen, sei aber um zwei Uhr nicht zurückgekehrt, wie er es hätte tun müssen. Statt dessen sei ein Bote aus dem Krankenhaus mit einem von einem Arzt unterschriebenen Attest gekommen: Schlüsselbein- und Armbruch. ‚Hat sich beim Überqueren der Straße vor dem Docktor von einem zweispännigen Fuhrwerk umfahren lassen, als hätte er keine Augen und keine Ohren im Kopf. Und das, wo doch das Schiff morgen früh um sechs aus dem Dock auslaufen soll!'

Mr. Powell tauchte die Feder ein und begann die Seiten der Musterrolle umzublättern. ‚Dann müssen wir eben seinen Namen löschen', sagte er in einer Art unbeteiligtem Leierton.

‚Was soll ich nur machen?' rief der Kapitän. ‚Das Amt hier schließt ja um vier Uhr. Ich kann doch innerhalb einer halben Stunde keinen Mann finden!'

‚Das Amt schließt um vier Uhr', wiederholte Mr. Powell, ließ den Blick die Seiten hinauf und hinunter wandern und verbesserte hier und da mit vollendeter Gleichgültigkeit einen Buchstaben.

‚Selbst wenn es mir gelänge, heute noch einen Mann aufzutreiben, der bereit wäre, sich in so kurzer Frist einzuschiffen, könnte ich ihn doch nicht hier auf reguläre Weise anmustern, oder?'

Mr. Powell war damit beschäftigt, die Eintragungen, die den unglückseligen Zweiten Offizier betrafen, durchzustreichen und den Rand mit einer Anmerkung zu versehen.

‚Sie könnten ihn selbst an Bord anmustern', sagte er, ohne aufzublicken, ‚aber ich glaube nicht, daß Sie für einen derartigen Sprung vom Molenkopf so leicht einen Offizier finden.'

Hierauf ließ der gut aussehende Schiffer Anzeichen höchster Besorgnis erkennen. Das Schiff durfte die Flut am nächsten Morgen nicht verpassen. Er mußte weiter flußabwärts vierzig Tonnen Dynamit und hundertzwanzig Tonnen Schießpulver an Bord nehmen, bevor er in See stach. Alles war schon für den nächsten Tag vereinbart. Es gäbe endlose Scherereien und Komplikationen, wenn das Schiff nicht rechtzeitig anlegte ... Ich konnte nicht umhin, das alles mit anzuhören, während ich wünschte, er möge sich davonmachen, weil ich wissen wollte, weshalb Mr. Powell mich aufgefordert hatte zu warten. Nach seinen Worten zu urteilen, schien es keinen Zweck zu haben, daß ich noch weiter hier herumlungerte. Hätte ich mein Patent in der Tasche gehabt, dann hätte ich versucht, mich leise davonzuschleichen; Mr. Powell saß jedoch wieder in der gleichen Stellung da, in der ich ihn vorgefunden hatte, und schwang von neuem das Bein hin und her. Mein Patent lag auseinandergefaltet unter seinem Ellbogen auf dem Pult, und ich konnte ja nicht gut hingehen und es darunter hervorziehen.

‚Ich weiß nicht', sagte er gleichgültig und sprach mit dem hilflosen Kapitän, sah aber dabei unverwandt und mit einem Ausdruck, als sei ich gar nicht anwesend, mich an. ‚Ich weiß nicht, ob ich Ihnen erzählen sollte, daß ich einen unbeschäftigten Zweiten Offizier kenne, der zur Hand ist.'

‚Wollen Sie sagen, Sie hätten ihn hier?' rief der Kapitän und blickte den gesamten für das Publikum bestimmten Teil des Amts hinauf und hinunter, als wäre er bereit, sich buchstäblich auf jeden zu stürzen, der nur im Geringsten einem Zweiten Offizier ähnelte. Er war so von seinen Schwierigkeiten erfüllt, daß ich glaube, er hatte mich tatsächlich überhaupt nicht bemerkt. Oder vielleicht dachte er, weil er mich drinnen sah, ich sei irgendein Laufbursche, der zum Büro gehörte. Als Mr. Powell aber zu mir hinübernickte, wurde er sehr still und musterte mich lange. Dann beugte er sich zu Mr. Powells Ohr hinunter – ich nehme an, er glaubte zu flüstern, aber ich hörte ihn ganz deutlich.

‚Sieht sehr ordentlich aus.'

‚Aber gewiß doch', sagte der Seeamtskommissar seelenruhig und blickte mich dabei die ganze Zeit lang durchdringend an. ‚Er heißt Powell.'

‚Oh, ich verstehe!' erwiderte der Kapitän, als ginge ihm plötzlich ein Licht auf. ‚Aber ist er auch bereit, seinen Posten sofort anzutreten?'

In einer Art Vision sah ich mein Quartier vor mir – noch dazu im Norden von London, jenseits von Dalston, wo sich die Füchse gute Nacht sagen –, mein gesamtes Zeug lag ringsum verstreut, und die leere Seemannskiste stand irgendwo draußen in einem Schuppen, den die guten Leute, bei denen ich wohnte, am Ende ihres rußigen Streifens Garten stehen hatten. Ich hörte, wie der Kommissar des Seemannsamts ganz kühl antwortete: ‚Er wird heute nacht an Bord schlafen.'

‚Das will ich ihm auch geraten haben', sagte der Kapitän der ‚Ferndale' sehr sachlich, als sei die ganze Angelegenheit bereits abgemacht. Ich kann nicht behaupten, ich sei vor Freude stumm geworden, wie Sie vielleicht annehmen. So war das nicht. Eher hatte mir das Tempo, in dem die Sache vor sich ging, den Atem geraubt. Es schien unmöglich, daß dies mir geschah. Nachdem der Kapitän aber eine Weile so leise mit Mr. Powell gesprochen hatte, daß ich ihn nicht verstehen konnte, wurde er sichtlich verwirrt.

Ich nehme an, er hatte erfahren, daß ich gerade erst

meine Prüfung bestanden und noch keinerlei Erfahrung als Offizier hatte, denn er wandte sich um und betrachtete mich von oben bis unten, als wäre ich zum Kauf ausgestellt.

‚Er ist jung', murmelte er, ‚sieht aber intelligent aus ... Sie sind doch intelligent, willig und so fort, nicht?' (Dies ganz plötzlich und sehr laut zu mir.)

Mir gelang es gerade noch, den Mund zu öffnen und wieder zu schließen, mehr nicht, denn ich fühlte mich überrumpelt. Das genügte ihm aber. Er tat, als hätte ich seine Ohren mit Versicherungen meiner Intelligenz und Willigkeit betäubt.

‚Natürlich, natürlich. Also gut.' Dann wandte er sich dem Kommissar des Seemannsamts zu, der dasaß und das Bein schwingen ließ. Er erklärte, ohne Zweiten Offizier könne er keinesfalls in See stechen. Ich stand daneben, als geschähe all das irgendeinem anderen Jungen, dem ich half, die Sache durchzustehen. Mr. Powell sah mich mit seinen glänzenden Augen unverwandt an. Der geplagte Kapitän drehte sich jedoch so jäh wieder zu mir um, als wollte er mich anfahren.

‚Sie sind doch nicht etwa zu eingebildet, sich sagen zu lassen, wie die Dinge gemacht werden müssen, oder? Sie haben noch eine Menge zu lernen, wenn Sie das vielleicht auch nicht glauben.'

Ich war schon fast entschlossen, meine Würde zu wahren, indem ich ihm erwiderte, wenn er auf meine Seemannskunst anspiele, so wolle ich nur sagen, jemand, dem Kapitän R. anderthalb Stunden lang das Innerste nach außen gekehrt und der das überlebt habe, sei jeder Anforderung gewachsen, die sein alter Kahn an seine Fähigkeiten stellen mochte. Er gab mir jedoch keine Gelegenheit, mich auf diese Weise zum Narren zu machen, denn bevor ich noch den Mund öffnen konnte, schlug er einen anderen Kurs ein und sagte freundlich zu Mr. Powell, der mit dem Bein schaukelte und den Blick nicht von mir gewandt hatte: ‚Ich nehme Ihren jungen Freund sehr gern, Mr. Powell. Wenn Sie ihn gleich als Zweiten Offizier anmustern lassen wollen, dann nehme ich die Musterrolle jetzt mit.‘

Plötzlich dämmerte mir: Der ahnungslose Kapitän der ‚Ferndale‘ hielt es für selbstverständlich, daß ich mit dem Kommissar des Seemannsamts verwandt wäre. Über diese Entdeckung war ich ganz erstaunt, wenn der Irrtum unter den gegebenen Umständen auch recht natürlich war. Was ich hätte bewundern sollen, war die Wortkargheit, mit der dieses Mißverständnis ins Leben gerufen und dementsprechend gehandelt wurde. Damals war ich jedoch zu einfältig, um irgend etwas zu bewundern, und nur darauf bedacht, die Sache aufzuklären. Ich war ein so großer Esel, daß ich mich sehr wunderte über Mr. Powell, der den Fehler nicht bemerkte. Ich sah, wie ein leises Zucken über sein Gesicht ging und wieder verschwand, aber anstatt den Irrtum zu korrigieren, schwang sich der Kommissar des Seemannsamts auf seinem Hocker herum und redete mich mit ‚Charles‘ an. Tatsächlich. Und ich ertappte ihn dabei, wie er zuvor einen hastigen Seitenblick auf mein Patent warf, weil er offensichtlich bis dahin nicht gewußt hatte, wie ich mit Vornamen hieß. ‚Also komm hier herum an den Schreibtisch, Charles‘, sagte er mit lauter Stimme.

‚Charles!‘ Ich versichere Ihnen, zuerst schien es mir nicht möglich, daß er mich meinte. Ich blickte mich sogar nach jenem Charles um, aber hinter mir befand sich niemand als nur der dünnhalsige Kerl, der noch immer emsig schrieb, und die übrigen drei Kommissare des Seemannsamts, die sich gerade einen anderen Rock anzogen, nach dem Hut langten und sich bereit machten nach Hause zu gehen.

Der fleißige Mann mit dem dünnen Hals aber hob, ohne die Feder aus der Hand zu legen, mit der Linken eine Klappe neben seinem Pult und sagte freundlich: ‚Gehen Sie hier durch.‘

Benommen ging ich hindurch und stand Mr. Powell gegenüber, von dem ich erfuhr, daß wir zuerst nach Port Elizabeth fahren sollten. Ich trug mich als Zweiter Offizier in die Musterrolle des Schiffes ‚Ferndale' ein – mit der Maßgabe, daß die Fahrt nicht länger als zwei Jahre dauern sollte.

‚Sie werden doch auch bestimmt Ihren Posten antreten, ja?' fragte der Kapitän besorgt. ‚Es würde sonst einen Haufen Unannehmlichkeiten und Kosten geben. Sie haben gut sechs Stunden, um Ihre Ausrüstung zusammenzubekommen, und dann bleibt Ihnen noch genug Zeit, auf der »Ferndale« ein bißchen zu schlafen, bevor morgen früh das Bordpersonal kommt.'

Für ihn war es recht leicht, davon zu reden, man könne sich in sechs Stunden auf eine Reise vorbereiten, die nicht länger als zwei Jahre dauern sollte. Er brauchte dieses Kunststück nicht selbst zu vollbringen – mit einer Seemannskiste, die in einem Schuppen eingeschlossen stand, dessen Schlüssel jemand schon vor einer Woche verlegt hatte, wie ich mich erinnerte. Aber auch ich war nicht sehr besorgt. Der Gedanke, daß ich tatsächlich am nächsten Morgen um sechs Uhr auslaufen sollte, war mir noch nicht richtig ins Bewußtsein gedrungen. Es war zu plötzlich gekommen.

Mr. Powell steckte die Musterrolle in einen langen Umschlag und bemerkte mit einem kühlen, halb unterdrückten Lachen, ohne dabei einen von uns anzusehen: ‚Gib acht, daß du deinem Namen keine Schande machst, Charles.'

Und der Kapitän setzte freundlich hinzu: ‚Er wird die Sache schon meistern, scheint mir. Ich werde mich ein bißchen um ihn kümmern.'

Darauf griff er nach der Musterrolle, sagte etwas darüber, daß er beim Krankenhaus vorbeigehen und den armen Teufel da ein paar Minuten besuchen wolle, und zog dann los mit seinen schweren, wiegenden Schritten, nachdem er mich streng ermahnt hatte: ‚Daß Sie sich nicht etwa von einem Fuhrwerk umfahren lassen wie dieser arme Kerl, als hätten Sie keine Augen und keine Ohren im Kopf!'

,Mr. Powell', sagte ich schüchtern (jetzt war außer uns nur noch der Mann mit dem dünnen Hals im Amt geblieben; er befand sich schon an der Tür und stand auf einem Bein, um seine Hose umzuschlagen, bevor er fortging). ,Mr. Powell', sagte ich, ,ich glaube, der Kapitän der »Ferndale« hat die ganze Zeit über gedacht, ich wäre ein Verwandter von Ihnen.'

Ich machte mir ziemlich große Sorgen darüber, ob sich dies wohl schickte, wissen Sie, Mr. Powell dagegen anscheinend gar nicht.

,So?' sagte er. ,Das ist komisch, denn mir kommt es auch so vor, als ob ich in letzter Zeit für einige von euch jungen Leuten so etwas wie ein guter Onkel gewesen bin. Sind Sie nicht selbst der Meinung? Aber wenn Ihnen das nicht gefällt, können Sie ihn ja aufklären – wenn Sie erst einmal auf See sind.' Bei diesen Worten wurde mir etwas seltsam zumut. Mr. Powell hatte mir eine sehr große Gefälligkeit erwiesen, denn tatsächlich ist für uns Seeleute von der Handelsmarine die erste Fahrt als Offizier der eigentliche Aufbruch ins Leben, und nicht weniger als diesen Sprung hatte er mir ermöglicht. Ich erklärte ihm mit Wärme, er habe an diesem einen Tag mehr für mich getan, als jemals alle meine Verwandten zusammen für mich getan hätten.

,O nein, nein', erwiderte er, ,ich glaube, die Ladung Explosivstoffe, die dort unten flußabwärts wartet, hat das meiste für Sie getan. Vierzig Tonnen Dynamit sind heute Ihr bester Freund gewesen, junger Mann.'

Das stimmte vielleicht ebenfalls. Auf jeden Fall erkannte ich recht deutlich, daß ich mir selbst nichts zu verdanken hatte. Als ich mich aber bemühte, ihm meine Erkenntlichkeit auszusprechen, unterbrach er mein Gestammel.

,Haben Sie es nur nicht so eilig, mir zu danken', erklärte er. ,Die Reise ist noch nicht zu Ende.' "

Unser neuer Bekannter hielt inne und setzte dann nachdenklich hinzu: „Merkwürdiger Mensch. Als ob das irgendeinen Unterschied gemacht hätte. Merkwürdiger Mensch."

„Es ist sicher unklug, die Verantwortung für unsere Handlungen, deren Folgen wir nie voraussehen können, auf uns zu nehmen", bemerkte Marlow, um seine Zustimmung auszudrücken.

„Die Folge dieser Handlung war, daß ich ein Schiff bekam", erwiderte unser Gesprächspartner. „Das konnte nicht viel schaden!" setzte er mit einem Lachen hinzu, das von einer vermutlich unbewußten Geringschätzung aller Verallgemeinerungen zeugte.

Marlow ließ sich jedoch nicht von seinem Gedanken abbringen. Er war geduldig und nachdenklich. Er hatte viele Jahre auf See verbracht, und ich glaube tatsächlich, das Leben an Bord gefiel ihm, weil es im großen und ganzen das Nachdenken begünstigte. Ich spreche vom Leben an Bord von Segelschiffen, das es jetzt fast nicht mehr gibt. Für diejenigen, die meine Feststellung vielleicht überrascht, will ich erklären, daß dieses Leben einem Menschen, der es erwählt, den unschätzbaren Vorteil der Einsamkeit und der Stille sichert. Marlow hatte die Gewohnheit, auf eine eigenartige Weise allgemeine Betrachtungen anzustellen – halb im Scherz, halb im Ernst.

„Oh, ich will damit nicht sagen", erklärte er, „daß Ihr Namensvetter Mr. Powell, der Kommissar des Seemannsamts, Ihnen viel Schaden zugefügt hätte. Das war wohl kaum seine Absicht. Und auch wenn es so gewesen wäre, hätte er nicht die Macht dazu gehabt. Er war ja nur ein Mensch, und die Unfähigkeit, irgend etwas ausgesprochen Gutes oder Böses zuwege zu bringen, ist untrennbar mit unserem irdischen Dasein verbunden. Mittelmäßigkeit ist unser Merkmal. Und vielleicht ist das ebenso gut, weil wir meistens nicht sicher sein können, was das Ergebnis unserer Handlungen sein wird."

„Ich weiß nichts über das Ergebnis", entgegnete der andere, der sich mannhaft gegen Marlow zur Wehr setzte. „Welche Wirkung haben Sie denn überhaupt erwartet? Ich sage Ihnen, er tat etwas ganz ungewöhnlich Freundliches."

„Er tat, was er konnte", erwiderte Marlow sanft, „und seiner eigenen Aussage nach war das nicht sehr viel. Ich werde den Gedanken nicht los, daß eine gewisse Bosheit in der Art lag, wie er die Gelegenheit beim Schopf nahm, Sie zu versorgen. Es gelang ihm zu erreichen, daß Ihnen nicht wohl in Ihrer Haut war. Sie wollten zur See fahren, aber er stürzte sich auf die Möglichkeit, Ihren Wunsch im Übermaß zu erfüllen. Ich neige zu der Ansicht, daß ihn Ihre Dreistigkeit beunruhigte. Und hier bot sich eine ausgezeichnete Gelegenheit, Sie sich ein für allemal vom Hals zu schaffen. Denn wenn Sie das Angebot annahmen, dann war er Sie los und konnte sich noch dazu den Anschein geben, menschenfreundlich gehandelt zu haben, und wenn Sie Einwendungen machten (nachdem Sie ihn um Hilfe gebeten hatten, wohlgemerkt), dann stand es ihm frei, Sie als eine Art Hochstapler fallen zu lassen. Sie hätten diesen Posten ja aus irgendeinem sehr stichhaltigen Grund ablehnen können. Vielleicht einfach gezwungenermaßen. Die Frist war ganz ungewöhnlich kurz. Aber unter den gegebenen Umständen hätten Sie sich mit Schande bedeckt."

Unser neuer Freund klopfte die Asche aus seiner Pfeife. „Das ist ein großer Irrtum", sagte er, „ich bin keiner von denen, die ablehnen, obwohl ich zugeben muß, daß es etwa so war, als erkläre man jemandem, man möchte gern baden, und würde daraufhin sofort in voller Kleidung über Bord gestoßen und müßte nun entweder schwimmen oder untergehen. Zuerst kam es mir aber gar nicht so vor, als befände ich mich im tiefen Wasser. Ich verließ das Seemannsamt ganz ruhig und schlenderte eine Weile so gemütlich die Straße entlang, als hätte ich noch eine Woche vor mir, um mich auszurüsten. Nach und nach aber überlegte ich mir, daß die Frist sogar noch kürzer war, als es den Anschein hatte. Es war schon recht spät am Nachmittag, ich mußte mir einige Dinge besorgen, eine Menge kleine Angelegenheiten erledigen und ein oder zwei Besuche machen – einen davon bei einer Tante von mir, meiner einzigen Verwandten, die sich mit meinem armen Vater, solange er lebte, wegen irgendeiner törichten Sache, bei der weder Recht noch Unrecht festzustellen war, gestritten hatte. Als sie starb, hinterließ sie mir ihr Geld. Ich besuchte sie immer des Anstands wegen. Vor dem Abend mußte ich noch so viel erledigen, daß ich nicht wußte, wo ich anfangen sollte. Ich verspürte Lust, mich auf den Bordstein zu setzen und den Kopf in die Hände zu stützen. Es war, als liefe eine Maschine unter meinem Schädel. Endlich setzte ich mich in die erste Droschke, die vorbeikam, und ich kann Ihnen sagen, es fiel mir sehr schwer, dort sitzen zu bleiben, während wir in den Straßen hin und her fuhren, hier und dort anhielten, die Pakete sich rings um mich türmten und die Maschine in meinem Kopf immer schneller lief. Die Ruhe der Menschen auf dem Bürgersteig war im höchsten Maße herausfordernd, und was die Leute in den Läden betraf, so waren sie wie gelähmt, mehr als halb erstarrt – stumpfsinnig. Merkwürdig, wie es auf einen wirkt, wenn man sich in einer besonderen Stimmung befindet: jeder, der sich nicht so verhält, wie es der eigenen Aufregung entspricht, kommt einem ganz verdammt unfreundlich vor. Und meine Stimmung war bei all der Hast, den Sorgen und einem zunehmenden Gefühl des Triumphs wirklich sehr eigenartig. Die Maschine in meinem Kopf arbeitete eine Stunde nach der anderen mit höchster Geschwindigkeit, bis sie plötzlich um elf Uhr abends am Eingang des Docks, vor einem großen Eisentor in einer unbelebten Mauer, zu laufen aufhörte."

Dieses Tor war geschlossen und verriegelt. Der Droschkenkutscher fuhr davon, nachdem er dem jungen Powell dessen Sachen vom Dach seines Gefährts in die Arme geworfen hatte, und der junge Mann blieb mit seiner Seemannskiste, einem Sack aus Segelleinen und ein paar Paketen, die rings um seine Füße auf dem Pflaster standen, allein zurück. Es war eine dunkle, enge Fahrstraße, so berichtete er uns. Eine Reihe ärmlicher Häuser auf der anderen Seite machte einen unbewohnten Eindruck – nicht das kleinste Fünkchen Licht brannte darin. Das grellweiß blendende Licht eines Schnapsparadieses in ziemlich großer Entfernung ließ das dazwischenliegende Stück Straße pechschwarz erscheinen. Ein paar menschliche Gestalten, die auf geheimnisvolle Weise auftauchten, als wären sie dem dunklen Boden entsprungen, scheuten vor dem Rand des schwachen Lichtkegels zurück, den die Laternen am Tor nach unten warfen. Diese Schemen bewegten sich vorsichtig und mit völlig lautlosen Schritten, wie Raubtiere, die um ein Lagerfeuer schleichen. Powell nahm seine Siebensachen zusammen und gluckte darüber wie eine Henne über ihren Küken. Eine barsche, nachdrückliche Stimme sagte: „Lassen Sie uns Ihre Sachen tragen, Käptn! Ich hab meinen Kameraden hier."

„Es war ein großer, knochiger, grauhaariger Grobian mit einem Unterkiefer wie der einer Bulldogge, in einem zerrissenen Baumwollhemd und Manchesterhosen. Der Schatten seiner Nagelschuhe war riesig und sah aus wie ein Sarg. Sein Kumpan, der ihm nur bis zum Ellbogen reichte, trat vor und zeigte ein blasses Gesicht mit einer langen, herabhängenden Nase und ohne nennenswertes Kinn. Er sah aus, als sei er mit seiner Schottenmütze und seinem zerrissenen Soldatenmantel, der ihm viel zu lang war, eben aus einer Mülltonne gekrochen. Weil er so totenblaß war, glich er einem ekelhaften, schmutzigen Kranken in einem zerlumpten Schlafrock. Der Mantel schlug vorn auseinander, und sein übriger Anzug bestand aus einem Hosenträger schräg über seiner knochigen nackten Brust und einer Hose. Er blinzelte stark, als blende ihn das schwache Licht, während sein Gönner, der alte Bandit, den jungen

Powell unter seinen überhängenden Augenbrauen hervor finster anstierte.

„Sagen Sie ja, Käptn. Der Bobby läßt uns schon rein. Er kennt uns beide."

„Ich gab ihm keine Antwort", erzählte Mr. Powell weiter, „ich horchte auf Schritte, die auf der anderen Seite des Tors erklangen und zwischen den Wänden der Speicherhäuser widerhallten wie in einer unbewohnten Stadt mit sehr hohen und vom Keller bis zum Dach unbeleuchteten Gebäuden. Man hätte nie erraten, daß sich nur ein Steinwurf weit offenes Wasser befand und große Schiffe darauf vor Anker lagen. Die paar Gaslampen, die hier und da ein Stück Backsteinmauer erkennen ließen, sahen in der Finsternis aus wie gezogene Kerzen zu einem Penny das Stück in einer Kellerflucht – und die einsamen Schritte kamen herbei, trapp, trapp. Ein Hafenpolizist, sehr breitbrüstig und streng, trat auf der anderen Seite des Tors ins Licht.

‚Hallo! Was geht denn hier vor?'

Er war wirklich überrascht, aber nach einigem Hinundherreden ließ er mich zusammen mit den beiden Strolchen, die mein Gepäck trugen, hinein. Er brummte sie jedoch an und schlug das Tor mit lautem Knall heftig zu. Ich war betroffen, als ich sah, wie viele nächtliche Vagabunden sich in so kurzer Zeit auf der dunklen Straße eingefunden hatten, ohne daß ich es bemerkt hatte. Kaum waren wir durch das Tor, drängten sie sich an den Gitterstäben, schweigend, wie ein Schwarm häßlicher Gespenster. Plötzlich aber erhob sich irgendwo hinten auf der Straße, vielleicht in der Nähe des Lokals, ein Krawall wie in einem Irrenhaus: Gejohle, Gebrüll, ein gräßlich schrilles Gekreisch – und bei diesen Lauten verschwanden hinter dem Gitter alle Köpfe.

‚Sehn Sie sich das an', rief der Wachtmeister erstaunt, ‚für mich ist es ein Wunder, daß die sich nicht mit Ihren Sachen davongemacht haben, während Sie warteten.'

‚Das hätte ich schon verhindert‘, sagte ich herausfordernd. Aber der Wachtmeister war nicht beeindruckt.

‚Da hätten Sie kaum viel ausrichten können. Die Kiste wäre um eine dunkle Ecke verschwunden und der Seesack um eine andere. Wären Sie nach zwei Seiten auf einmal gerannt? Und auf jeden Fall hätte man Ihnen ein Bein gestellt und hätte Ihnen ein paar Tritte versetzt, bevor Sie noch drei Yards weit gelaufen wären. Ich sage Ihnen, Sie haben ganz außergewöhnliches Glück gehabt, daß heute abend nicht einer von den berufsmäßigen Halunken auf der Hauptstraße gewesen ist und Ihre vollbeladene Droschke im Vorbeifahren ausgekundschaftet hat. Ted hier ist ehrlich ... Du bist doch jetzt bei ’ner ehrlichen Tour, Ted, nicht?‘

‚Immer gewesen, Herr Wachtmeister‘, sagte der riesenhafte Grobian im Brustton der Überzeugung. Der andere schwächliche Bursche schien stumm zu sein und hüpfte nur herum, wobei der Saum seines Soldatenmantels den Boden streifte.

‚O ja, na gewiß doch‘, erwiderte der Wachtmeister, ‚dann also vorwärts, marsch ... Er ist deshalb ehrlich, weil er für das andere keinen Schneid hat‘, erklärte er mir vertraulich. ‚Hat nicht die Nerven dazu. Ich laß die beiden aber nicht aus den Augen, bis sie wieder zum Tor hinaus sind. Der Kleine da ist ein Teufel. Der hat die Nerven zu allem, bloß die nötigen Muskeln hat er nicht. So was! Haben Sie ein Glück gehabt, mit heiler Haut und allen Ihren Sachen hereinzukommen!‘

Ich wollte es nicht recht glauben. Es schien mir unmöglich, daß ich, nachdem ich mich mit derartiger Eile und unter so großen Schwierigkeiten reisefertig gemacht hatte, meine Chance zu einem Aufbruch ins Leben aus einem solchen Grunde hätte verlieren sollen. Ich fragte: ‚Passiert so etwas oft dermaßen nah am Docktor?‘

‚Oft? Nein! Oft natürlich nicht. Es kommt aber auch nicht oft vor, daß ein Mann mit einer Droschke voll Sachen ankommt, um zu dieser Nachtzeit an Bord eines Schiffs zu gehen. Ich bin schon seit dreizehn Jahren bei der Hafenpolizei und hab's nicht einmal erlebt!'

Inzwischen folgten wir meiner Seemannskiste, die der ehrliche Ted und sein teuflischer kleiner Kumpan eine lange, enge Gasse zwischen zwei hohen Speicherhäusern hinabtrugen. Der Kleine mußte in Trab fallen, um mit dem anderen Schritt halten zu können. Der Schoß seines Soldatenmantels, der hinter ihm her wehte, fegte fast den Boden auf, so daß er auf Laufrollen zu fahren schien. Am Ende der düsteren Gasse ragte ein getakelter Klüverbaum mit einem Stampfstock, der mit einer Pfeilspitze endete, neben einer gußeisernen Laterne aus der Dunkelheit. Hier war der Kai. Sie setzten ihre Last im Lichtschein ab, und der ehrliche Ted fragte heiser: ‚Wo liegt denn Ihr Schiff, Chef?'

Ich wußte es nicht. Der Wachtmeister wunderte sich über meine Unkenntnis.

‚Wissen nicht, wo Ihr Schiff liegt?' fragte er voller Neugier. ‚Und das als Zweiter Offizier! Haben Sie denn nicht dort an Bord gearbeitet?'

Ich konnte ihm nicht erklären, daß die einzige Arbeit, die mit meiner Ernennung verbunden war, die des Zufalls gewesen war. Ich teilte ihm kurz mit, daß ich das Schiff noch gar nicht kannte. Hierauf bemerkte er: ‚Das sehe ich! Hier liegt es, genau vor Ihnen! Das da ist's!'

Sogleich weckte die vom Gaslicht beschienene Takelung mein Interesse und meinen Respekt – die Rundhölzer waren stark, die Ketten und Taue fest, und das Ganze sah mächtig und vertrauenswürdig aus. Der Bug, vom Licht kaum beschienen, erhob sich undeutlich neben dem schmalen Kai; der übrige Teil des Schiffs war ein schwarzer Fleck in der Dunkelheit. Hier stand ich meinem ‚Aufbruch ins Leben' unmittelbar gegenüber. Wir gingen gemeinsam ein paar Schritte auf dem schlüpfrigen Pflaster zwischen der Schiffswand und der eines hoch aufragenden Speicherhauses, und ich stieß mit den Schienbeinen schmerzhaft gegen das Ende des Fallreeps. Der Wachtmeister rief in gedämpftem Baßton leise das Schiff an: ‚Ferndale, ahoi!' Ein schwacher, trübseliger Laut, ähnlich einem summenden Ächzen, antwortete hinter der Bordwand.

Ich konnte unbestimmt etwas, vielleicht einen unregelmäßig runden Holzknauf, erkennen, der auf der Reling ruhte. Er rührte sich nicht im geringsten, als aber ein zweiter gebrochener Summton, ein noch leiseres Echo auf den ersten jämmerlichen Laut von ihm, kam, schloß ich, daß es der Kopf des Wachmanns sein mußte. Der stattliche Wachtmeister spottete in einem scherzhaft offiziellen Ton: ‚Der Zweite Offizier kommt an Bord. Los, bewegen Sie sich ein bißchen!'

Die Wahrheit dieser Feststellung traf mich in der Magengrube (Sie wissen doch, das ist der Punkt, wo einen Mann Gemütsbewegungen treffen), denn mir wurde bewußt, daß ich für diesen Wachtmeister wirklich und wahrhaftig einfach nur der Zweite Offizier eines Schiffs war, genau wie jeder andere Zweite Offizier. Dieser massive Beweis meiner neuen Würde bewegte mich. Nur sein Ton beleidigte mich. Trotzdem aber gab ich ihm das Trinkgeld, auf das er wartete. Daraufhin verlor er jedes Interesse an mir, sei es ein humorvolles oder sonstwie geartetes, und schritt davon, wobei er den ehrlichen Ted, der wie ein hungriger Unhold vor sich hin brummend abzog und dessen mit dem Soldatenmantel bekleideten stummen kleinen Kumpan, der vom ersten bis zum letzten Augenblick auch nicht den geringsten Laut von sich gegeben hatte, unerbittlich vor sich hin trieb.

Es war sehr dunkel hinter der niedrigen Bordwand auf dem Achterdeck der ‚Ferndale', das im Schatten des Poopdecks lag und auf das die Frontseite des Speicherhauses finster hinunterblickte. Ich ließ mich nahe bei der Achterluke auf meine Kiste fallen, als habe man mir die Beine fortgeschlagen. Plötzlich fühlte ich mich sehr müde und matt. Der Wachmann, den ich kaum erkennen konnte, hing in einem mitleiderregenden, schwächlichen Hustenanfall über dem Gangspill. Er ächzte sehr leise: ‚Ach, du liebe Güte. Ach, du liebe Güte!' und rang so lange nach Atem, daß ich beunruhigt und unschlüssig aufstand.

‚Weihnachten waren's zwölf Monate, seit mich das gepackt hat. Es ist nichts.'

Er schien mindestens hundert Jahre alt zu sein. Ich habe ihn niemals richtig gesehen, denn er war schon an Land und außer Sicht, als ich morgens an Deck kam; er schien mir jedoch das schwächlichste Wesen zu sein, das jemals atmete. Seine Stimme war so dünn wie das Summen einer Mücke. Da es grausam gewesen wäre, von einem so schattenhaften Wrack Hilfe zu fordern, machte ich mich selbst an die Arbeit, zerrte meine Kiste den pechschwarzen Gang unter dem Poopdeck entlang, während er mich umseufzte und umstöhnte, als wären meine Anstrengungen größer, als er in seiner Schwäche zu ertragen vermochte. Als ich schließlich sehr heftig gegen die Schotten stieß, ermahnte er mich mit einem kraftlosen, atemlosen Keuchen, vorsichtiger zu sein.

‚Was gibt's?' fragte ich ziemlich barsch, denn es paßte mir nicht, mich von diesem hilflosen, verbrauchten Gespenst zurechtweisen zu lassen.

‚Nichts! Nichts, Sir', beteuerte er so hastig, daß er von neuem sein bißchen Atem verlor und mir leid tat. ‚Nur, der Kapitän und seine Madam schlafen an Bord. Sie ist 'ne Dame, die man nicht stören darf. Sie sind ungefähr um halb neun gekommen, und wir hatten die Erlaubnis, heute abend bis zehn Uhr Licht in der Kajüte brennen zu lassen.'

Dies schien mir eine ziemlich wichtige Nachricht zu sein. Ich war noch nie auf einem Schiff gefahren, wo der Kapitän seine Frau bei sich hatte. Ich habe Seeleute sagen hören, eine Kapitänsfrau könne an Bord ziemlich viel Unheil anrichten, wenn sie zufällig jemand nicht leiden konnte, besonders eine frisch verheiratete Frau, wenn sie jung und hübsch war. Die alten, erfahrenen Ehefrauen wiederum bildeten sich ein, sie wüßten mehr über das Schiff als der Kapitän selbst und beobachteten mit Argusaugen, was vor sich ging. Sie waren wie ein zusätzlicher Erster Offizier von einer besonders scharfen und gefühllosen Art, der jeden Abend Meldung erstattete. Noch die besten von ihnen waren eine Plage. Man vertrat allgemein die Ansicht, ein Kapitän, dessen Frau sich mit an Bord befand, sei schwerer zufriedenzustellen; ob aber deshalb, weil er seine Autorität vor einem bewundernden weiblichen Wesen zur Schau stellen wollte, oder aus liebender Besorgtheit um ihre Sicherheit oder einfach nur aus Gereiztheit über ihre Anwesenheit, konnte mir niemals jemand mit Gewißheit sagen, den ich über dieses Thema sprechen hörte.

Nachdem ich meine Sachen irgendwie hineingeschafft hatte, zündete ich ein Streichholz an und erhaschte ein grell aufzuckendes Bild von meiner Unterkunft; dann warf ich die Rolle mit dem Bettzeug in meine Koje, machte mir aber nicht die Mühe, es auszubreiten. Mir war jetzt nicht nach Schlaf zumut, und auch müde war ich nicht. Und der Gedanke, daß ich nun für viele, viele Monate mit dem Land nichts mehr zu tun hatte, gab mir das Gefühl von großer Ruhe und Selbstgenügsamkeit, sozusagen. Seeleute werden verstehen, was ich meine."

Marlow nickte. „Es ist ein diesem Beruf eigentümliches Gefühl", kommentierte er. „Aber den Angehörigen anderer Berufe ist es unbekannt. Einzig diese Tätigkeit, deren Hauptreiz in der Vorstellung eines anhaltenden Abenteuers liegt, vermittelt den Menschen, die sie wählen, jene tiefe Empfindung. Ich gebe zu, sie ist schwer zu definieren."

„Ich würde sie den Frieden der See nennen", sagte Mr. Charles Powell in ernstem Ton, doch dabei blickte er uns an, als erwarte er ein spöttisches Lachen und sei halbwegs vorbereitet, darin einzustimmen, um auf diese Weise seinen Ruf zu retten, gesunden Menschenverstand zu besitzen. Aber keiner von uns lachte Mr. Charles Powell aus, an dessen Aufbruch ins Leben wir eingeladen waren teilzunehmen. Er hatte Glück mit seinem Publikum.

„Ein sehr guter Ausdruck", bemerkte Marlow und blickte ihn zustimmend an. „Ein Seemann hat ein starkes Gefühl der Sicherheit bei der Ausübung seines Berufs. Das Leben auf See, das einen so beansprucht, hat den Vorteil vor dem Leben an Land, daß seine Forderungen einfach sind und man sie nicht umgehen kann."

„Sehr wahr", pflichtete ihm Mr. Powell bei. „Nein, man kann sie nicht umgehen."

Daß sich mein alter Freund und unser neuer Bekannter inzwischen ausgezeichnet verstanden, war recht bemerkenswert. Denn sie waren ganz und gar ungleich – die eine Persönlichkeit dehnte sich in die Länge und die andere in die Breite aus, was schon an sich Grund genug für eine unverträgliche Verschiedenheit ist. Marlow, der hager und schlaff war, unauffällig in verschiedenen Tönungen von Braun gehalten, dem jeder Glanz mangelte, hatte einen begrenzten, verschleierten Blick, das neutrale Verhalten und die geheime Reizbarkeit, die eine Neigung zu Stauungen in der Leber begleiten. Der andere war kompakt, breit, mit derben Gliedmaßen, und schien sich gesunder Organe zu erfreuen, die ständig kräftig arbeiteten, um seine prächtige Farbe, die leichten Wellen seines pechschwarzen Haars und den Glanz seiner runden Augen zu erhalten, die in einem offenen, männlichen Gesicht das Auffallendste waren. Man hätte nicht erwartet, bei zwei so beschaffenen Organismen auch nur die geringste Übereinstimmung des Temperaments zu finden. Ich habe aber beobachtet, daß sich bei weltlichen Männern, die auf Schiffen zusammenleben, ebenso wie bei Mönchen, die in Klöstern zusammengeschlossen sind, zutiefst gemeinsame Züge entwickeln. Dies muß wohl deshalb der Fall sein, weil sowohl der Dienst auf dem Meer als auch der Dienst in einem Tempel einen den Eitelkeiten und Irrtümern einer Welt entrückt, die keiner strengen Regel folgt. Die Männer des Meeres verstehen einander recht gut in ihrer Ansicht über die Dinge, die das Land betreffen, denn Einfachheit ist ein guter Ratgeber und Isolierung kein schlechter Erzieher. Ihnen allen ist eine aus Unschuld und Skepsis gemischte Denkweise gemeinsam, und dazu kommt ein unerwartet klares Erkennen von Beweggründen, wie es unbeteiligte Zuschauer bei einem Spiel haben. Mr. Powell nahm mich beiseite und erklärte: „Mir gefällt, was er sagt."

„Sie verstehen sich recht gut", bemerkte ich.

„Ich kenne seinen Typ", sagte Powell, ging zum Fenster und betrachtete seinen Kutter, den noch immer die Flut trug. „Er gehört zu der Art von Leuten, die stets irgendwelche Gedanken im Kopf herumwälzen, einfach nur aus Vergnügen an der Sache."

„Das hält sie in Form", erwiderte ich.

„Hält sie munter genug, muß ich sagen", gab er zu.

„Würde Ihnen ein Mensch, der seine Gedanken sozusagen zusammengerollt liegenläßt, besser gefallen?"

„Durchaus nicht", entgegnete unser neuer Bekannter. Es war offensichtlich nicht schwierig, mit ihm auszukommen. „Er gefällt mir sehr gut", fuhr er fort, „obwohl es nicht leicht ist, klug aus ihm zu werden. Er scheint immer etwas in petto zu haben. Was macht er?"

Ich teilte ihm mit, daß unser Freund Marlow sich vor ein paar Jahren mit halbem Herzen von der Seefahrt zurückgezogen hatte.

Mr. Powells Kommentar dazu lautete: „Hat sich wohl eingebildet, er hätte genug davon?"

„‚Hat sich eingebildet' ist genau das richtige Wort in diesem Zusammenhang", bemerkte ich und dachte an den irgendwie provisorischen Charakter von Marlows langem Aufenthalt unter uns. Ein Jahr nach dem anderen hielt er sich an Land auf, so wie ein Vogel sich auf dem Ast eines Baumes niederläßt – so spannungsgeladen dank der Fähigkeit, plötzlich in sein wahres Element davonzufliegen, daß es eigentlich unverständlich ist, warum er minutenlang stillsitzen sollte. Das Meer ist das wahre Element des Seemanns, und der an Land verweilende Marlow war für mich der Gegenstand ungläubigen Mitleids, wie etwa ein Vogel, der insgeheim seinen Glauben an die Erhabenheit des Fliegens verloren hat.

2

Die Fynes und die junge Freundin

Wir standen nun alle im Zimmer, und Marlow, braun und bedächtig, trat auf das Fenster zu, wohin Mr. Powell und ich uns zurückgezogen hatten.

„Wie hieß doch gleich Ihre Chance?“ fragte er.

Mr. Powell starrte ihn einen Augenblick an.

„Ach so! Die ‚Ferndale‘. Heimathafen Liverpool. Gemischter Typ.“

„‚Ferndale‘!“ wiederholte Marlow nachdenklich. „‚Ferndale‘.“

„Kennen Sie sie?“

„Unser Freund weiß etwas über jedes Schiff“, sagte ich. „Er scheint auf den Meeren seine Nase in alles hineingesteckt zu haben.“

Marlow lächelte. „Ich habe es gesehen, zumindest einmal.“

„Das beste Schiff, das je vom Stapel gelaufen ist“, erklärte Mr. Powell mit Nachdruck. „Ausnahmslos das beste!“

„Es machte einen stabilen, komfortablen Eindruck“, bestätigte Marlow. „Ungewöhnlich komfortabel. Freilich nicht sehr schnell.“

„Es war schnell genug für jeden vernünftigen Menschen – als ich auf ihm fuhr“, knurrte Mr. Powell, uns den Rücken zuwendend.

„Jedes Schiff ist schnell genug für einen vernünftigen Menschen“, verallgemeinerte Marlow in versöhnlichem Ton. „Ein Seemann ist ja kein Globetrotter.“

„Nein", murmelte Mr. Powell.

„Zeit bedeutet ihm nichts", erklärte Marlow.

„Viel vermutlich nicht", erwiderte Mr. Powell. „Trotzdem ist eine rasche Überfahrt ein Ruhmesblatt für einen Mann."

„Stimmt. Aber nur für den Kapitän. A propos, wie hieß er doch gleich?"

„Der Kapitän der ‚Ferndale'? Anthony. Kapitän Anthony."

„Freilich. Ganz richtig", erwiderte Marlow nachdenklich zustimmend. Unser neuer Bekannter blickte über die Schulter zurück.

„Was wollen Sie damit sagen? Was ist daran richtiger, als wenn sein Name Smith gewesen wäre?"

„Vermutlich hat er ihn gekannt", erklärte ich. „Marlow hier scheint von jeder Seele, die je im Körper eines Seemanns auf dem Meer gefahren ist, etwas zu wissen."

Mr. Powell schien für wortbedingte Gedankenverknüpfungen sehr empfänglich zu sein, denn er blickte wieder zum Fenster hinaus und murmelte: „Er war eine gute Seele."

Dies bezog sich offensichtlich auf Kapitän Anthony von der ‚Ferndale'. Marlow wandte sich mit seinem Protest an mich: „Ich habe ihn nicht gekannt. Wirklich nicht. Er war eine gute Seele. Das ist nichts sehr Außergewöhnliches, oder? Und nicht einmal das habe ich von ihm gewußt. Alles, was ich von ihm wußte, war ein Zufall namens Fyne."

Hierauf drehte Mr. Powell, der offensichtlich auch zu rebellieren vermochte, dem Fenster energisch den Rücken zu.

„Was in aller Welt meinen Sie?" fragte er. „Ein – Zufall – namens – Fyne", wiederholte er, wobei er die Worte betont voneinander trennte.

Marlow ließ sich nicht aus dem Konzept bringen.

„Ich meine es nicht im Sinne eines Unglücksfalls. Nicht im geringsten. Fyne war ein braver kleiner Mann, Verwaltungsangestellter. Mit Zufall meine ich nur etwas, was blind und ohne vernünftige Absicht geschieht. Das ist meistens die Art, in der ein Schwager in das Leben eines Menschen tritt."

Da Marlow in beschwichtigendem Ton gesprochen und unser neuer Bekannter sich wieder dem Fenster zugewandt hatte, übernahm ich es zu sagen: „Sie haben recht. Bei der Mehrzahl der Eheschließungen spielen Vernunfterwägungen nur eine geringe Rolle, deshalb sind sie aber nicht schlechter. Die Vernunft führt die Menschen zuweilen ebenso auf Irrwege wie die Leidenschaft. Ich weiß, daß Sie kein Zyniker sind."

Marlow lächelte sein rückschauendes Lächeln, das freundlich war, als hege er keinen Groll gegen Leute, die er früher gekannt hatte.

„Die Ehe des kleinen Fyne war recht gut. Es lag überhaupt keine Absicht darin. Sie müssen nämlich wissen: Fyne wanderte leidenschaftlich gern. Er verbrachte seine Ferien damit, durch unser ganzes Land zu ziehen. Er liebte das Schlichte. Er verwandte viel Überzeugung und Hartnäckigkeit auf seine Ferien. Zur richtigen Jahreszeit konnte man Fyne in den Feldern treffen – ein kleiner Mann mit ernstem Gesicht und breiter Brust, einem abgewetzten Rucksack auf dem Rücken, auf dem Weg zu irgendeinem Kirchturm. Er verabscheute Straßen. Er schrieb einmal ein kleines Buch mit dem Titel: ‚Wegweiser für Wanderer' und war eine anerkannte Autorität auf dem Gebiet der Fußwege in England. In einem Jahr gelangte er auf die von ihm bevorzugte Art, nämlich hintenherum über die Felder, in ein hübsches Dorf in Surrey, wo er Miss Anthony kennenlernte. Ein reiner Zufall, wie Sie sehen. Sie kamen zu einem Einvernehmen, wahrscheinlich über irgendeinen Zaun hinweg. Der kleine Fyne hatte sehr erhabene Ansichten, was die Bestimmung der Frau auf Erden, das Wesen der Liebe auf dieser Welt, die Pflichten in unserem vergänglichen Leben und so fort betraf. Wahrscheinlich enthüllte er sie seiner zukünftigen Gattin.

Miss Anthonys Ansichten über das Leben waren gleichfalls sehr entschieden, aber auf andere Weise. Ich kenne die Geschichte seiner Werbung um sie nicht. Ich glaube, es geschah heimlich und, dessen bin ich gewiß, mit feierlichem Ernst, hinter Büschen, von Hecken verborgen ..."

„Warum ging es denn heimlich vor sich?" fragte ich.

„Wegen des Vaters der Dame. Er war ein sentimentaler Wüterich, der seine eigenen entschiedenen Ansichten über seine väterlichen Rechte hatte. Er verbreitete Schrecken um sich, aber das einzige Anzeichen von Phantasiebegabung bei Fyne war dessen Stolz auf die Abstammung seiner Frau. Diese Abstammung regte auch seine Findigkeit an. Es ist schwer, nicht wahr, den Mädchennamen seiner Gattin in einer allgemeinen Unterhaltung vorzubringen. Aber mein schlichter Fyne benutzte zu diesem Zweck Kapitän Anthony, sonst hätte ich nie von dem Mann gehört. ‚Der Bruder meiner Frau, der Seemann', war seine ständige Redewendung. Er brachte den ‚Bruder, den Seemann', in einem sehr weiten Themenkreis an: bei Gesprächen, in denen es um Indien und die Kolonien, Fragen des Handels, Reisen, Urlaub an der See und dergleichen mehr ging. Ich erinnere mich, einmal erwähnte er den ‚Bruder meiner Frau, den Seemann Kapitän Anthony' im Zusammenhang mit etwas sowenig Tiefsinnigem wie einem Sonnenuntergang. Und niemals unterließ er es, hinzuzufügen: ‚Der Sohn Carleon Anthonys, des Dichters – Sie wissen doch.' Bei dieser Feststellung senkte er dann immer die Stimme, und die Leute waren beeindruckt oder taten wenigstens so."

Der verstorbene Carleon Anthony, der Dichter, hatte zu seiner Zeit in äußerst gelungenen Versen die häuslichen und gesellschaftlichen Vorzüge unserer Epoche besungen, wobei seine Absicht gewesen war, „das Ergebnis einer sechstausendjährigen Entwicklung in Richtung auf die Verfeinerung der Gedanken, Sitten und Gefühle zu rühmen", um seine eigenen Worte zu gebrauchen. Weshalb er sich gerade auf sechstausend Jahre festgelegt hatte, kann ich nicht sagen. Seine Gedichte lasen sich wie sentimentale Romane in wirklich ausgezeichneten Versen. Man hatte das Gefühl, man werde von einer charmanten Dame in einem Ponywagen zu einer zauberhaften Fahrt über Land mitgenommen. In seinem häuslichen Leben zeigte dieser selbe Carleon Anthony jedoch Spuren des Temperaments eines primitiven Höhlenmenschen. Er war ein stark gebauter, unerbittlicher Mann mit hübschem Gesicht, der seinen Angehörigen gegenüber despotisch und anspruchsvoll, bewundernden Fremden gegenüber aber von wunderbar gewinnendem Benehmen war. Diese einander widersprechenden Verhaltensweisen mußten für seine seit langem leidende Familie besonders aufreizend gewesen sein. Nach dem Tode seiner zweiten Frau lief sein Sohn, bei dem er um einer reinen Laune willen darauf bestanden hatte, ihn im Hause unterrichten zu lassen, auf althergebrachte Weise davon, und als habe er die Vorzüge der Zivilisation satt, warf er sich, bildlich gesprochen, ins Meer. Die Tochter (das ältere der beiden Kinder) blieb, entweder aus Mitleid oder weil Frauen von Natur aus mehr aushalten, noch einige Jahre bei dem Dichter in der Sklaverei, bis auch sie die Gelegenheit zur Flucht ergriff, indem sie sich in die Arme, die muskulösen Arme, des Wanderers Fyne warf. Dies war entweder großes Glück, oder es zeugte von großer Urteilskraft. Ein Verwaltungsangestellter ist, so sollte ich meinen, das allerletzte menschliche Wesen in der Welt, das die Züge des Höhlenmenschen bewahrt hat, denen sie zu entkommen trachtete. Ihr Vater war nach ihrer Heirat nie mehr zu einem Wiedersehen mit ihr bereit. Eine so unversöhnliche Selbstsucht ist schwer zu verstehen, es sei denn als eine perverse Art der Feinsinnigkeit. Eine ganze Weile vor seinem Tode wurden auch Zweifel laut, ob er geistig völlig gesund gewesen sei.

Das meiste des oben Gesagten lockte ich aus Marlow heraus, denn von Carleon Anthony waren mir nur seine nicht aufregenden, aber faszinierenden Verse bekannt. Marlow versicherte mir, daß die Ehe der Fynes durchaus gut und sogar glücklich war, auf eine ernste, nicht spielerische Weise, und außerdem gesegnet durch drei gesunde, aktive, selbständige Kinder – lauter Mädchen. Auch sie wanderten alle gern. Sogar das jüngste wanderte meilenweit fort, wenn man es nicht zurückhielt. Mrs. Fyne hatte eine rötliche Hautfarbe, wie sie der Aufenthalt im Freien hervorbringt, und trug männlich wirkende Blusen mit gestärkter Hemdbrust, Stehkragen und langer Krawatte. Marlow hatte die Familie während eines Sommers auf dem Lande kennengelernt, wo sie sich gewöhnlich für die Ferien ein bescheidenes Landhaus mieteten ...

An diesem Punkt unterbrach uns Mr. Powell, der erklärte, er müsse uns verlassen. Die Flut sei im Sinken, verkündete er und trat plötzlich vom Fenster weg. Er wolle an Bord seines Kutters sein, bevor sie von neuem einsetze, und natürlich schlafe er an Bord. Er schlafe niemals woanders als auf seinem Kutter, wenn er sich auf Fahrt befinde. Im Nu war er fort, formlos, aber ohne uns zu beleidigen, und hinterließ bei uns den Eindruck, wir seien schon lange mit ihm bekannt. Die geistreiche Art, wie er uns von seinem Aufbruch ins Leben erzählt hatte, hatte dazu beigetragen, dieses Verhältnis zwischen ihm und uns zu schaffen. Ich dachte nicht darüber nach, ob ich ihn wohl wiedersehen würde. Marlow äußerte die zuversichtliche Hoffnung, ihm bald von neuem zu begegnen.

„Er kreuzt den ganzen Sommer über in der Gegend der Flußmündung. Es wird leicht sein, ihn an einem Wochenende zu finden“, erklärte er und läutete die Glocke, um die Rechnung bei dem Kellner zu begleichen.

Später fragte ich Marlow, warum er diese Zufallsbekanntschaft pflegen wollte. Er gestand, sich entschuldigend, daß es aus ganz gewöhnlicher Neugier war. Ich schmeichle mir, alle Abarten der Neugier zu verstehen: Neugier gegenüber Alltagstatsachen, gegenüber Alltagsdingen, gegenüber Alltagsmenschen. Sie ist eine äußerst achtbare Fähigkeit des menschlichen Geistes – ich kann mir wirklich nicht vorstellen, wozu ein Geist ohne Neugier überhaupt dient. Er wäre wie eine ewig verschlossene Kammer. Aber in diesem besonderen Fall schien uns Mr. Powell schon einen vollständigen Einblick in die Beschaffenheit seiner Persönlichkeit gegeben zu haben – einer Persönlichkeit, die über Beobachtungsgabe und ein Gefühl für die Launen des Schicksals verfügte, im Grunde aber einfach war.

Bis zu diesem Punkt stimmte Marlow mit mir überein. Er erklärte jedoch, daß nicht Mr. Powell allein seine Neugier geweckt hatte. Sie hatte vielmehr ihre Wurzel in der weit länger zurückliegenden Tatsache seiner auf dem Lande geschlossenen zufälligen Bekanntschaft mit den Fynes. Diese beiläufige Begegnung mit einem Menschen, der mit Kapitän Anthony zur See gefahren war, hatte seine Neugier wieder aufleben lassen – und zwar mit einer bestimmten Absicht wieder aufleben lassen, einer Absicht, durch die auch ich Kenntnis erhielt, worauf diese Neugier zurückzuführen und wie sie beschaffen war. Ich erfuhr dies in mehreren Etappen, in Abständen, die ich hier nicht verzeichne. Bei jener ersten Gelegenheit bemerkte ich mit einer gewissen Überraschung zu Marlow: „Aber wenn ich mich recht erinnere, sagten Sie doch, Sie seien mit Kapitän Anthony nicht bekannt."

„Nein. Ich habe den Mann nie gesehen. Es ist jetzt schon Jahre her, aber mir ist, als hörte ich, wie der würdevolle kleine Fyne mit tiefer Stimme den bevorstehenden Besuch seines Schwagers, ‚des Sohnes des Dichters, Sie wissen doch', verkündete. Der war gerade nach langer Seefahrt in London gelandet, und sobald seine Tätigkeit es erlaubte, wollte er für ein paar Wochen seine Verwandten besuchen kommen. Zweifellos würden wir beide viel Stoff zur Unterhaltung unter vier Augen über unseren gemeinsamen Beruf finden, setzte der kleine Fyne mit feierlich gedämpfter Stimme bedeutungsvoll hinzu, als wäre die Handelsmarine ein Geheimbund.

Sie müssen verstehen, daß ich mit den Fynes ausschließlich auf dem Lande und während ihres Urlaubs verkehrte. Dies war das dritte Jahr. Von ihrem Leben in der Stadt wußte ich nicht mehr, als sich aus Vergleichen schlußfolgern läßt. Am Spätnachmittag spielte ich mit Fyne Schach, und manchmal ging ich auch früh genug zu ihrem Cottage hinüber, um an einem großen runden Tisch zusammen mit der ganzen Familie Tee zu trinken. Sie saßen rings um diesen Tisch, eine sonnengebräunte Gesellschaft, die nicht lächelte und tatsächlich nur wenig Worte verlor. Selbst die Kinder schwiegen, als verachteten sie einander und die Erwachsenen. Zuweilen brummte Fyne irgendeine belanglose Bemerkung in sich hinein. Mrs. Fyne lächelte mechanisch (sie hatte prachtvolle Zähne), während sie den Tee eingoß und Butterbrote verteilte. Etwas – es war nicht Kälte und noch nicht einmal Gleichgültigkeit, sondern eine Art sonderbarer Selbstbeherrschung – gab ihr das Aussehen einer sehr vertrauenswürdigen, sehr tüchtigen, fähigen Gouvernante, als wäre Fyne ein Witwer und die Kinder nicht ihre eigenen, sondern nur ihrer ruhigen, zuverlässigen, unsentimentalen Fürsorge anvertraut. Man erwartete geradezu, daß sie Fyne mit ‚Mr.' anredete. Wenn sie ihn John nannte, wirkte es überraschend, wie eine unangebrachte Vertraulichkeit. Die Atmosphäre dieses Urlaubs war, wenn ich es so nennen darf, strahlend langweilig. Gesunde Gesichter, schöne Hautfarbe, klare Augen und niemals ein offenes Lächeln bei der ganzen Gesellschaft, wenn es nicht vielleicht von einer jungen Freundin kam.

Die Frage der jungen Freundinnen beschäftigte mich sehr. Wo und wie die Fynes all diese hübschen jungen Geschöpfe dazu brachten, zu ihnen zu kommen und sich bei ihnen aufzuhalten, kann ich mir nicht vorstellen. Zuerst hatte ich den abenteuerlichen Verdacht, daß sie ins Haus gezogen wurden, um Fyne zu unterhalten. Ich entdeckte jedoch bald, daß er die eine kaum von der anderen zu unterscheiden vermochte, obgleich ihre Anwesenheit offensichtlich seine feierliche Billigung fand. Diese Mädchen kamen tatsächlich Mrs. Fynes wegen. Sie behandelten sie mit bewundernder Ehrerbietung. Sie kam irgendwelchen Bedürfnissen bei ihnen entgegen. Sie saßen ihr zu Füßen wie Schülerinnen. Es war sehr eigenartig. Von Fyne nahmen sie nur wenig Notiz. Was mich betraf, so gaben sie mir das Gefühl, daß ich überhaupt nicht existierte.

Nach dem Tee setzten wir uns zum Schachspiel hin, und nun erhielt Fynes ewige Ernsthaftigkeit ein wenig gedämpften Glanz durch etwas, was in seinem Innern vorging und einer verstohlenen Befriedigung glich. Zur göttlichen Frivolität des Gelächters war er nur über einem Schachbrett fähig. Gewisse Kombinationen des Spiels kamen ihm spaßhaft vor, wie sonst nichts auf der Welt..."

„Gewöhnlich schlug er Sie", behauptete ich voller Überzeugung.

„Ja, gewöhnlich schlug er mich", gestand Marlow hastig.

Fyne und er spielten also nach dem Tee zwei Partien. Die Kinder tummelten sich draußen ernsthaft, nicht spielerisch, so wie es von Fynes Kindern zu erwarten war, und Mrs. Fyne ging mit der jeweiligen jungen Freundin der Woche in den hinteren Teil des Gartens. Immer zog sie sich gleich nach dem Tee zurück, den Arm um die Taille des jungen Mädchens gelegt. Marlow erzählte, es sei nur eine darunter gewesen, mit der er sich überhaupt unterhalten habe. Das war gänzlich unerwartet geschehen, lange nachdem er alle Hoffnung aufgegeben hatte, mit diesen zurückhaltenden jungen Freundinnen Kontakt zu gewinnen.

Eines Tages sah er, wie eine Frau am Rande eines hohen Steinbruchs entlangging, der mindestens hundert Fuß über einer den Hügel, aus dem er gesprengt war, sich hinaufwindenden Straße emporragte. Er kam ganz zufällig vorüber und rief sie von unten warnend an. Sie schwebte wirklich in großer Gefahr. Beim Klang seiner Stimme fuhr sie zurück und verschwand aus seinem Gesichtsfeld, indem sie sich zwischen ein paar junge schottische Tannen zurückzog, die direkt am Rande des Abgrunds wuchsen.

„Ich setzte mich auf die grasbewachsene Böschung nieder", erzählte Marlow weiter. „Sie hatte mir einen Schrekken eingejagt. Ihr Rocksaum schien über dieser furchtbaren Tiefe zu flattern, so nahe stand sie am Rande. Absurd, so etwas zu tun. Ein vollkommen wahnsinniger Streich – zu keinem denkbaren Zweck! Ich grübelte über die Tollkühnheit des durchschnittlichen Mädchens nach, und mir fielen einige andere Beispiele ähnlicher Art ein, da erblickte ich sie wieder, als sie die steile Kurve der Straße hinunterschritt. Sie hatte Mrs. Fynes Spazierstock in der Hand, und der Hund der Familie begleitete sie. Ihr totenblasses Gesicht überraschte mich, so daß ich vergaß, den Hut zu lüften. Ich saß nur da und starrte sie an. Der Hund, ein lebhaftes, zutrauliches Tier, das aus irgendeinem unerfindlichen Grund meiner unwürdigen Person seine Freundschaft geschenkt hatte, raste in seinem Überschwang die steile Böschung hinauf und drängte sich unter meinen Arm.

Die junge Freundin (denn es war einer von Mrs. Fynes Schützlingen) ging eine Strecke weit vorbei, als hätte sie mich nicht gesehen, blieb dann stehen und rief mehrmals den Hund; er schmiegte sich aber nur um so enger an meine Seite, und als ich versuchte ihn fortzustoßen, entfaltete er jene bemerkenswerte Kraft des inneren Widerstands, durch die ein Hund sich praktisch unbeweglich machen kann – es sei denn, man versetzt ihm einen Tritt. Sie blickte über die Schulter zurück, und ihre geschwungenen Brauen zogen sich in dem bleichen Gesicht zusammen. Es war fast ein Stirnrunzeln. Dann veränderte sich ihr Ausdruck. Sie machte einen unglücklichen Eindruck. ‚Hierher!' rief sie noch einmal in ärgerlichem und kummervollem Ton. Ich nahm endlich den Hut ab, der Hund aber ließ mit jenem fröhlich-dummen Ausdruck, den manche

Hunde so gut anzunehmen verstehen, wenn es ihnen paßt, die Zunge herunterhängen und tat, als sei er taub.

Sie rief aus der Ferne verzweifelt: ‚Vielleicht bringen Sie ihn dann zum Cottage mit. Ich kann nicht warten.'

‚Ich übernehme keine Verantwortung für diesen Hund!' sagte ich protestierend, während ich die Böschung hinunterstieg und mich ihr näherte. Sie sah sehr beleidigt aus, anscheinend wegen der Treulosigkeit des Hundes. ‚Aber wenn Sie erlauben, daß ich Sie begleite, wird er uns brav folgen', schlug ich vor.

Sie ging weiter, ohne mir zu antworten. Der Hund rannte plötzlich mit voller Geschwindigkeit die Straße hinunter und entfernte sich in einer kleinen Staubwolke immer mehr von uns. Schließlich war er verschwunden, und nach einer Weile holten wir ihn ein. Er lag auf dem Grase im Schatten der Hecke und atmete schwer; seine Augen leuchteten, aber er tat, als sähe er uns nicht. Bisher hatten wir kein Wort miteinander gewechselt. Das Mädchen an meiner Seite warf im Vorbeigehen einen zornigen Blick auf den Hund.

‚Er wollte mit mir kommen!' bemerkte sie bitter.

‚Und dann hat er Sie verlassen', erwiderte ich mitleidig.

‚Das sieht nicht sehr ritterlich aus. Aber es liegt einfach nur an seinem Mangel an Taktgefühl. Ich glaube, er wollte gegen Ihr leichtsinniges Verhalten protestieren. Was hat Sie nur veranlaßt, so nahe an den Rand des Steinbruchs zu treten? Der Boden hätte nachgeben können. Haben Sie nicht die zerschmetterte Tanne unten bemerkt? Sie ist neulich morgen hinuntergestürzt, als es in der Nacht geregnet hatte.'

‚Ich sehe nicht ein, weshalb ich nicht so leichtsinnig sein sollte, wie es mir paßt.'

Ihre brüske Art, auf ihrer Torheit zu bestehen, ärgerte mich, und ich antwortete, ich sähe es gleichfalls nicht ein, was das betreffe, in einem Ton, der fast bedeutete, sie könne sich ruhig den Hals brechen, mir mache es nichts aus. Dies ging beträchtlich weiter, als ich beabsichtigt hatte, aber ich mag unhöfliche Mädchen nicht. Mrs. Fyne hatte mich ihr erst am Vortag vorgestellt – am runden Teetisch, und sie hatte es kaum zur Kenntnis genommen. Ihren Namen hatte ich nicht verstanden, aber mir waren ihre schönen, geschwungenen Augenbrauen aufgefallen, die, wie die Physiognomen behaupten, ein Zeichen des Mutes sind.

Ich betrachtete sie schweigend. Ihr Haar war fast schwarz, und ihre Augen waren blau, von dunklen Wimpern tief beschattet. Sie hatte jetzt ein bißchen Farbe. Sie blickte gerade vor sich hin, der mir zugewandte Mundwinkel war etwas hinabgezogen, ihr Kinn edel, ein bißchen spitz. Ich sprach weiter und sagte, etwas Rücksicht auf andere sollte einen daran hindern, mit der Gefahr zu spielen. Ich malte ihr mutwillig den Kummer der armen Fynes aus, falls sich ein Unfall ereignet hätte – wenn dieser nicht noch schlimmere Folgen gehabt hätte. Ich erklärte ihr, sie kenne die ländliche Mentalität nicht. Wäre sie der Anlaß für eine amtliche Totenschau gewesen, dann hätte das Urteil ‚Selbstmord' gelautet, und die Leute wären stillschweigend zu dem Schluß gelangt, unglückliche Liebe sei schuld daran. Sie hätten niemals begreifen können, daß sie sich die Mühe gemacht hätte, über zwei Lattenzäune zu steigen, nur um sich den Spaß zu erlauben, leichtsinnig zu sein. Während ich das sagte, um sie zu necken, beeindruckte mich die Tatsache selbst sehr stark.

Sie erwiderte, wenn man tot sei, mache es nichts aus, was gräßliche Leute über einen dächten. Sie sagte das mit unendlicher Verachtung; etwas wie ein unterdrücktes Zittern in ihrer Stimme veranlaßte mich jedoch, sie noch einmal anzublicken. Ich bemerkte nun, daß ihre dichten Wimpern feucht waren. Diese überraschende Entdeckung brachte mich zum Schweigen, wie Sie sich wohl vorstellen können. Sie sah unglücklich aus. Und – ich weiß nicht, wie ich es ausdrücken soll – nun, es stand ihr gut. Die gerunzelte Stirn, der geschminkte Mund, der unbestimmte, in die Ferne gerichtete starre Blick! Ein Opfer. Und dieses charakteristische Aussehen machte sie anziehend – gab ihr eine individuelle Note, verstehen Sie.

Der Hund war vorausgelaufen und wartete jetzt in gespannter Haltung neben der Gartenpforte der Fynes, wedelte sehr, sehr langsam mit seinem Stummelschwanz und sah uns mit dem Ausdruck konzentrierter Aufmerksamkeit an. Die junge Freundin der Fynes schoß hastig durch die ebenerwähnte Pforte und in das Haus. Ich blieb erstaunt auf der Straße stehen.

Zwei Stunden später kehrte ich zu den Fynes zurück, um dort wie gewöhnlich Schach zu spielen. Ich sah jetzt weder das Mädchen noch Mrs. Fyne. Wir spielten unsere beiden Partien, und als ich mich verabschiedete, teilte ich Fyne mit, daß ich aus geschäftlichen Gründen in die Stadt müsse und vielleicht einige Zeit fort bliebe. Er bedauerte das sehr. Er erwartete für den nächsten Tag seinen Schwager, wußte jedoch nicht, ob dieser Schach spielte. Kapitän Anthony (‚der Sohn des Dichters, Sie wissen doch‘) sei von zurückhaltendem Wesen, Fremden gegenüber schüchtern, nicht an Gesellschaft gewöhnt und mit seinem Beruf sehr verwachsen, erklärte Fyne. Während der ganzen Zeit ihrer Ehe sei er nur einmal zu bewegen gewesen, sie für ein paar Tage zu besuchen. Er habe eine ziemlich unglückliche Kindheit gehabt und sei infolgedessen ein schweigsamer Mensch geworden. Zweifellos aber, schloß Fyne, als spreche er über ein schwerwiegendes Geheimnis, hätten wir beiden Seeleute einander viel zu sagen.

Diese Frage wurde nie geklärt. Mein Aufenthalt in der Stadt zog sich eine Woche nach der anderen hin, bis es sich kaum noch zu lohnen schien, daß ich zurückkehrte. Da ich aber meine Zimmer in dem Bauernhaus behalten hatte, entschloß ich mich, noch für ein paar Tage hinauszufahren.

Es war schon spät in der Dämmerung, als ich auf unserem kleinen ländlichen Bahnhof ausstieg. Mein Blick fiel auf den unverkennbaren breiten Rücken und die muskulösen, in Radfahrstrümpfen steckenden Beine des kleinen Fyne. Er schritt rasch die Eisenbahnwagen bis zum Ende des Zuges ab, der bald darauf abfuhr und ihn einsam am hinteren Teil des einfachen Bahnsteigs zurückließ. Als er zu der Stelle zurückkam, an der ich wartete, bemerkte ich: er war sehr beunruhigt, und zwar in einem solchen Maße, daß er die üblichen Begrüßungszeremonien vergaß. Er rief nur: ‚Oh!', als er mich erkannte, und blieb unschlüssig stehen. Ich fragte, ob er jemand erwartet habe, der mit dem Zug kommen sollte, er schien es jedoch nicht zu wissen. Er stammelte etwas Unzusammenhängendes. Ich blickte ihn scharf an. Allem Anschein nach war er völlig nüchtern, und außerdem war es absurd, Fyne zu verdächtigen, er werde abweichen von dem, was sich schickte – ob es sich nun um etwas Erhabenes oder Niedriges, um etwas Großes oder Kleines handelte. Er war auch ein allzu ernster und besonnener Mensch, als daß er plötzlich hätte verrückt werden können. Da er jedoch vergessen zu haben schien, daß er eine Zunge im Mund hatte, beschloß ich, ihn mit seinem Geheimnis allein zu lassen. Zu meiner Überraschung folgte er mir aber aus dem Bahnhof und blieb an meiner Seite, obwohl ich ihn nicht dazu ermutigte, doch ich wehrte auch nicht seinen Bemühungen, ein Gespräch in Gang zu bringen. Er sagte, er habe mich gar nicht mehr erwartet. Er habe mich schon aufgegeben. Das Wetter sei gleichmäßig schön gewesen – und so fort. Ich entnahm seinen Worten auch, daß der Sohn des Dichters seinen Aufenthalt etwas verkürzt hatte und am Tag zuvor auf sein Schiff zurückgekehrt war.

Diese Nachricht berührte mich nur wenig. Da ich bloß in begrenztem Maße an eine erbliche Veranlagung glaube, wußte ich, wie sehr das Leben auf See einen Mann äußerlich formt und seiner Seele den Stempel einer gewissen prosaischen Tüchtigkeit aufdrückt – denn ein Seemann ist kein Abenteurer. Ich äußerte kein Bedauern darüber, daß ich Kapitän Anthony verpaßt hatte, und wir gingen schweigend weiter, bis Fyne, als wir uns dem Cottage näherten, in dem die Familie die Ferien verbrachte, plötzlich unerwartet dieses Schweigen brach, indem er hastig erklärte, er wolle noch ein bißchen mit mir weitergehen.

‚Sie bis an Ihre Haustür bringen', murmelte er und schritt vor zu der kleinen Gartenpforte, wo sich schemenhaft die Gestalt Mrs. Fynes abzeichnete, die offensichtlich auf ihn wartete. Sie war allein. Die Kinder lagen wohl schon im Bett, und ich sah keinen Schatten einer ihr aufwartenden jungen Freundin in der Nähe ihres undeutlich sichtbaren, aber nicht zu verkennenden Umrisses, der sich in der Dunkelheit des kleinen Gartens halb verlor.

Ich hörte, wie Fyne ‚Nichts!' rief, und darauf erwiderte Mrs. Fynes geübte, zuverlässige Stimme mit schneidendem Gleichmut: ‚Wie ich gesagt habe.' Ich war inzwischen weitergegangen und hatte den Hut gelüftet. Fast unmittelbar darauf holte mich Fyne ein und verlangsamte seine Schritte, um sie meinem Schlendergang anzupassen, der bei seinen bedeutenden fußgängerischen Fähigkeiten sicher unendlich ermüdend auf ihn wirkte. Ich bin gewiß, daß seine ganze muskulöse Person unter entsetzlicher physischer Langeweile gelitten haben muß; er versuchte jedoch nicht, sie durch eine Unterhaltung wegzuzaubern, sondern bewahrte ein ominöses, düsteres Schweigen. Und auch ich empfand Langeweile. Plötzlich bemerkte ich, daß mich noch etwas Langweiligeres erwartete. Freilich! Er war so schweigsam, weil er mir etwas zu sagen hatte.

Ich hatte große Angst. Aber der Mensch, dieses leichtsinnige Geschöpf, ist nun einmal so beschaffen, daß die Neugier, die erbärmlichste Neugier, bei ihm alle Furcht, jeden Widerwillen und sogar die Verzweiflung überwindet. Meine einsilbige Aufforderung, mit hineinzukommen und ein Glas mit mir zu leeren, beantwortete er mit einem tiefen, feierlich betonten ‚Danke, gern', als sei es eine Erwiderung beim Gottesdienst. Sein Gesicht, das ich im Lampenschein sah, gab mir keinen Hinweis auf die Art der bevorstehenden Mitteilung, und das vermochte es naturgemäß auch gar nicht, denn sein gewöhnlicher Ausdruck war ja bereits der des größten überhaupt möglichen Ernstes. Es war vollkommen unbeweglich, und auch wenn er mir etwas unendlich Komisches zu berichten gehabt hätte, wäre sein Ausdruck gewiß unverändert geblieben.

Er blickte mich an und äußerte ein paar gewichtige Bemerkungen darüber, daß Mrs. Fyne den Wunsch habe, jungen Mädchen jeder Art eine Freundin zu sein, sie auf ihrem Lebensweg zu beraten und zu lenken. Es sei eine freiwillige Mission. Er billige das Wirken seiner Gattin sowie auch ihre allgemeinen Ansichten und Grundsätze.

All dies sagte er mit feierlichem Antlitz und in einem tiefen, gemessenen Ton. Irgendwie aber überkam mich unwiderstehlich die Überzeugung, daß ihn etwas Bestimmtes ärgerte. In der unwürdigen Hoffnung, das Mißgeschick eines Mitmenschen könne mir vielleicht zur Unterhaltung dienen, fragte ich ihn rundweg, was es denn jetzt Unangenehmes gebe.

Es war das Unangenehme passiert, daß eine junge Freundin vermißt wurde. Und das seit genau sechs Uhr früh desselben Tages. Zu dieser Stunde hatte die Frau, die in dem Haus die Aufwartung besorgte, sie zu einem Spaziergang fortgehen sehen. Für den Wanderer Fyne bedeutete ein Spaziergang etwas sehr Ausgedehntes, aber das Mädchen erschien nicht zum Mittagessen, nicht zum Tee und ebensowenig zum Abendessen. Sie stellte sich weder auf einem Fußweg noch auf der Straße, noch mit der Eisenbahn ein. Er hatte sich gescheut, Nachforschungen anzustellen. Dadurch wären im ganzen Dorf Klatschereien entstanden. Die Fynes hatten sie jeden Augenblick erwartet, bis sich mit den Schatten der Nacht langsam das Schweigen des Schlummers über die weite, friedliche Landschaft unterhalb des Cottage herabsenkte.

Nachdem er mir soviel berichtet hatte, saß Fyne hilflos in unentschiedener Qual da. Ins Bett zu gehen kam nicht in Frage – und irgendwelche Schritte konnte man zu diesem Zeitpunkt auch nicht unternehmen. Er wußte nicht, was er mit sich anfangen sollte.

Ich fragte ihn, ob es sich um dieselbe junge Dame handele, die ich einen oder zwei Tage, bevor ich in die Stadt gefahren war, bei ihnen gesehen hatte. Er könne sich tatsächlich nicht darauf besinnen, sagte er. ‚War es ein Mädchen mit dunklem Haar und blauen Augen?‘ fragte ich weiter. Er könne tatsächlich nicht sagen, welche Farbe ihre Augen hatten. Er beobachtete nicht sehr aufmerksam, außer was die Besonderheiten der Fußwege betraf, worin er eine Autorität war.

Ich dachte voller Staunen und einiger Bewunderung daran, daß Mrs. Fynes junge Schützlinge für ihren feierlichen Gatten nichts weiter waren als flüchtige Schatten. Nach einem nur kurzen Zögern wagte Fyne jedoch zu versichern, ja, ihr Haar sei von einer dunklen Farbe.

‚Alles in allem hatten wir mit dem Mädchen eine Menge zu tun‘, erklärte er ernsthaft. Dann sprang er auf, wie von einer Feder emporgeschnellt, und riß seine Mütze vom Tisch. ‚Vielleicht ist sie schon zurück in unserem Cottage!‘ rief er mit seiner Baßstimme. Ich folgte ihm auf die Straße hinaus.

Es war eine jener taufeuchten, klaren, sternenhellen Nächte, die unser Gemüt bedrücken und unseren Stolz zusammenschrumpfen lassen, indem sie uns auf so strahlende Weise die entsetzliche Einsamkeit, die hoffnungslos dunkle Bedeutungslosigkeit unseres Erdballs offenbaren, der in der prachtvollen Enthüllung eines funkelnden, seelenlosen Universums verloren ist. Ich hasse diese Art von Himmel. Das Tageslicht ist freundlich gegenüber dem Menschen, der sich unter einer Sonne abmüht, die ihm das Herz erwärmt, und wolkige, sanfte Nächte haben mehr Erbarmen mit unserer Kleinheit. Ich wäre fast in mein erleuchtetes

Wohnzimmer zurückgelaufen – Fyne in seiner Knickerbokkerhose, der angesichts der himmlischen Heerscharen viel Aufhebens um ein nur flüchtig vorübergleitendes, schattenhaftes Mädchen auf einer dunklen Erde machte, schien mir allzu lächerlich, als daß ich mich ihm hätte anschließen mögen. Andererseits lag gerade in dieser Widersinnigkeit etwas Faszinierendes. Er schritt in seinem besten Wanderstil dahin, und ich merkte, daß ich mir noch um elf Uhr abends eine anstrengende sportliche Übung aufgebürdet hatte.

In der Ferne, jenseits der Felder und Bäume, die Flecken und Kleckse in die unermeßliche Dunkelheit setzten, glich ein erleuchtetes Fenster mit emporgezogener Jalousie im Cottage einem hellen Signalfeuer, das am Brennen gehalten wird, um dem verirrten Wanderer den Weg zu weisen. Drinnen, am Tisch, auf dem die Lampe stand, sahen wir Mrs. Fyne mit verschränkten Armen dasitzen, und nicht ein Haar auf ihrem Kopf hatte sich von seinem Platz verschoben. Sie sah aus wie eine Gouvernante, welche die Kinder zu Bett gebracht hat, und ihr Verhalten mir gegenüber war ganz das neutrale Benehmen einer Gouvernante. Ihrem Mann gegenüber verhielt sie sich übrigens genauso.

Fyne erklärte ihr, ich sei über alles im Bilde. Nicht ein Muskel zuckte in ihrem rötlichen, glatten, hübschen Gesicht. Sie war geübt in diesen Dingen. Nachdem sie mit angesehen hatte, wie zwei Frauen des zartbesaiteten Dichters nacheinander durch Schelte und Kummer ins Grab getrieben wurden, hatte sie sich dieses kühle, unbeteiligte Verhalten angewöhnt, um den egoistischen Temperamentsausbrüchen ihres talentierten Vaters zu begegnen. Jetzt war es ihr zur zweiten Natur geworden. Ich glaube, sie benahm sich immer so – selbst in dem Augenblick, als sie mit Fyne durchbrannte. Wenn man sich in ihrer Gegenwart an jenes Unternehmen erinnerte, dann nahm es in der Vorstellung eine recht erstaunliche Gestalt an. Irgendwie paßte aber ihre Selbstbeherrschung sehr gut zur unveränderlichen Gemessenheit des kleinen Fyne.

Er tat mir ziemlich leid. Welche Sorgen er sich doch machte! Diese furchtbare Feierlichkeit! Gleichzeitig war ich belustigt. Ich nahm dieses Zauberkunststück mit dem ‚verschwindenden Mädchen' nicht tragisch. Aus irgendeinem Grunde vermochte ich das nicht. Ich sagte jedoch nichts. Keiner von uns sagte etwas. Wir saßen um den großen runden Tisch, als wären wir zu einer Konferenz versammelt, und blickten einander voll recht alberner Bestürzung an. Ich wäre schließlich in Gelächter ausgebrochen, wenn mich nicht die Tatsache, daß der arme Fyne absurd zu werden begann, vor dieser Ungehörigkeit bewahrt hätte.

Er fing an, mit kummervollem Ernst davon zu sprechen, daß er am Morgen zur Polizei gehen, eine Personenbeschreibung drucken lassen, in einer Umgebung von Meilen alle Teiche mit Schleppnetzen durchsuchen lassen wolle. Es war sehr schauerlich. Ich murmelte, man müsse den Verwandten der jungen Dame Mitteilung machen. Mir erschien das als ein ganz natürlicher Vorschlag; Fyne und seine Frau aber wechselten einen so vielsagenden Blick, daß ich das Gefühl hatte, meine Bemerkung sei taktlos gewesen.

Ich wollte dem armen Fyne aber wirklich helfen, und da ich sehen konnte, daß er, wie es Männer zu tun pflegen, unter der gegenwärtigen Unmöglichkeit, etwas zu unternehmen, dem passiven Warten, litt, sagte ich: ‚Nichts von alldem läßt sich vor morgen früh unternehmen. Da Sie mir jedoch eine Vorstellung gegeben haben, woran Sie denken, kann ich Ihnen sagen, was sich gleich tun läßt. Wir können auf dem Grund des alten Steinbruchs nachsehen, der etwa eine Meile weit von hier neben der Straße liegt.'

Das Ehepaar machte große Augen, und nun berichtete ich ihnen von meiner Begegnung mit dem Mädchen. Es mag Sie überraschen, aber ich versichere Ihnen, daß ich bis zu dem Augenblick die Sache nicht von diesem Gesichtspunkt aus betrachtet hatte. Es war wie eine plötzliche Enthüllung, bei der die Vergangenheit die Zukunft in einem düsteren Licht erscheinen läßt. Fyne öffnete gemessen den Mund und schloß ihn ebenso gemessen wieder. Weiter nichts. Mrs. Fyne sagte: ‚Es ist besser, ihr geht!' mit einer Miene, als habe man ihre Selbstbeherrschung an irgendeiner verborgenen Stelle mit einer Nadel angestochen.

Und ich – Sie wissen ja, wie dumm ich zuweilen sein kann –, ich bemerkte erst jetzt mit Schrecken, daß ich mich durch mein Eingehen auf Fynes krankhafte Phantasievorstellungen auf noch eine weitere anstrengende körperliche Übung eingelassen hatte. Jetzt tat es mir sehr leid, daß ich etwas gesagt hatte! Sie wissen ja, wie zuwider mir das Gehen ist – zumindest auf dem festen Boden des Landes, denn auf dem Deck eines Schiffs kann ich, wenn es notwendig ist, eine ganze neblige Nacht hindurch umhergehen, ohne etwas dabei zu finden. Auch in einer Stadt gibt es einem eine gewisse Befriedigung, in den Straßen herumzuvagabundieren, bis der Himmel über den Dachfirsten hell wird. Ich habe das des öfteren getan – zu meinem Vergnügen gewissermaßen. Aber in der Dunkelheit über das schlummernde Land zu stapfen ist für mich eine körperliche Anstrengung, die einem Alptraum gleicht.

Mrs. Fyne sah mit vollendetem Gleichmut zu, wie ich nach ihrem Mann hinausging. Diese Frau war wie ein Kieselstein.

Die kühle Nacht roch nach Erde, nach frisch aufgeworfenen Schollen, wie ein Grab – eine Gedankenverbindung, die für einen Seemann besonders unangenehm ist wegen der damit verbundenen Vorstellung von Gefangenschaft und Enge, sogar dann, wenn er die Hoffnung aufgegeben hat, ins Meer versenkt zu werden, und das ist so ziemlich die letzte Hoffnung, die ein Seemann bewußt aufgibt, nachdem ihn, und das kommt vor, irgendeine Gelegenheit zur Arbeit an Land gelockt hat. Ein starker, gruftähnlicher Geruch. Anscheinend war der Graben am Straßenrand vor dem Cottage frisch ausgehoben.

Sobald wir den Garten hinter uns gelassen hatten, kam Fyne in Fahrt, als sei er ein Rennboot. Was war ihm eine Meile – oder was waren ihm zwanzig Meilen? Man sollte meinen, er hätte sich nur zögernd auf einen solchen Gang begeben. Das war aber durchaus nicht der Fall. Die Macht des Wandergenies, nehme ich an. In einer Stimmung höchster Selbstverspottung und unendlich ärgerlich auf dieses leichtsinnige Mädchen rannte ich neben ihm dahin. Denn ob sie nun tot oder lebendig war, ich dachte an sie als an ein leichtsinniges Mädchen . . ."

Ich lächelte ungläubig über Marlows Bissigkeit; er aber, mit einem seltsam rückwärts gewandten Ausdruck, zuckte mit keiner Wimper.

„Jawohl, auch wenn sie tot war. Und jetzt sind Sie schokkiert. Freilich, Sie sind ja so ein verdammt männlicher, ritterlicher Kerl. In meiner Natur aber steckt genug Weibliches, um mein Urteil über Frauen vor jeder idealisierenden Zurückhaltung zu bewahren. Und weshalb sollte ich auch aus der Fassung geraten? Eine Frau ist für mich weder unbedingt eine Puppe noch ein Engel. Sie ist ein menschliches Wesen, so ziemlich wie ich eins bin. Und ich habe allzu viele tote Seelen angetroffen, die sozusagen am Fuß unbezwingbarer Höhen dahingestreckt lagen, als daß eine nur möglicherweise auf dem Grunde eines Steinbruchs liegende Leiche meine Ehrlichkeit zum Verstummen gebracht hätte.

Der klippenartige Hang des Steinbruchs sah beeindrukkend gefährlich aus. Ich will zugeben, daß Fyne und ich einen Augenblick zögerten, bevor wir die Straße verließen und in die Büsche tauchten, die in einem breiten Streifen am Fuße der hochaufragenden Kalksteinwand wuchsen. Die Zweige dieser Büsche waren tauschwer. Dort drinnen verbargen sich auch Schlammlöcher. Wir krochen, fielen hin, tasteten uns mit den Händen am Boden entlang. Wir wurden naß, holten uns Kratzer, und unsere unteren Kleidungsstücke waren völlig mit Schlamm bedeckt. Fyne stürzte plötzlich in eine sonderbare Höhlung – vermutlich ein ehemaliger Kalkofen. Seine in ernster Bedrängnis erhobene Stimme klang noch voller, feierlicher und tiefer als sonst. Dies war die humoristische Befreiung in einer absurd dramatischen Situation. Während ich ihn herauszog, erlaubte ich mir endlich, laut herauszulachen. Fyne tat dies selbstverständlich nicht.

Ich brauche Ihnen kaum zu sagen, daß wir nach einer sehr sorgfältigen Suche nichts fanden. Fyne drang sogar in einen vermodernden Schuppen ein, den die taunasse Pflanzenwelt halb begraben hatte. Er zündete Streichhölzer an, sogar mehrere, als wolle er absolut sicher gehen, daß sich die verschwundene junge Freundin seiner Frau nicht dort verborgen hielt. Die kurz aufflackernden Flammen beleuchteten sein ernstes, unbewegliches Gesicht, während ich mich nun völlig gehenließ und schallend lachte.

Ich fragte ihn, ob er wahrhaftig erwartete, daß irgendein Mädchen, das bei gesundem Verstand war, sich in diesem Schuppen verstecken werde, und wenn, weshalb wohl.

Voller Verachtung für meine Heiterkeit gab er nur mit einem Gemurmel im tiefsten Baß seiner Erleichterung Ausdruck, weil wir sie hier nirgends gefunden hatten. Da ich aber für die Untertöne, wenn ich so sagen darf, dieser Sache außerordentlich empfindlich geworden war (eine Wirkung der Gereiztheit), spürte ich, daß es sich nur um eine unvollkommene, zurückhaltende Erleichterung handelte, wobei er gewissermaßen ein Auge noch auf die Möglichkeiten der verschiedenen Teiche in der Nachbarschaft gerichtet hielt. Und wie ich mich erinnere, brüllte ich, tatsächlich, ich brüllte vor Lachen über den armen Fyne.

Wirklich auf die Nerven ging mir das Tempo, in dem er ausschritt. Meinungsverschiedenheiten in politischen, ethischen und sogar in ästhetischen Fragen brauchen keine zornige Gegensätzlichkeit hervorzurufen. Seine Meinung kann man ändern, der Geschmack mag sich wandeln – und das geschieht auch tatsächlich. Selbst die Auffassung von der Tugend hängt von irgendeiner glücksbedingten Versuchung ab, in die man jederzeit geraten kann. Alle diese Dinge sind ständig im Fluß. Ein unterschiedliches Temperament aber – denn das Temperament bleibt unveränderlich – ruft Haß hervor. Deshalb sind Religionsstreitigkeiten die erbittertsten. Meinem Temperament entspricht in allem, was an Land vor sich geht, eine gemächliche Bewegung, ein bedächtiger Schritt. Und hier stampfte dieser kleine Fyne auf eine höchst widerwärtige Weise die Straße entlang – ein Mensch, der von seinen Schnürstiefeln mit dicken Sohlen unzertrennlich war, während mein Temperament die leichteste Art von Schuhen mit dünnen Sohlen verlangt. Natürlich wäre eine Freundschaft zwischen uns niemals in Frage gekommen, aber angesichts der Herausforderung, mit ihm Schritt halten zu müssen, begann ich eine ausgesprochene Abneigung gegen ihn zu empfinden. Sarkastisch bat ich ihn um Auskunft, ob er mir wohl erklären könne: seien wir nun an einer Farce oder an einer Tragödie beteiligt? Ich wolle meine Gefühle ordnen, die sich in einem ungebührlichen Zustand der Verwirrung befänden, sagte ich zu ihm.

Aber Fyne war dem Sarkasmus gegenüber so unempfindlich wie eine Schildkröte. Er trabte weiter, und alles, was er tat, war, daß er zweimal unbestimmt und zweifelnd aus tiefer Brust hervorstieß: ‚Ich fürchte ... Ich fürchte ...'

Das war tragisch. Das dumpfe Stapfen seiner Stiefel war das einzige Geräusch in einer finsteren Welt. Ich hielt mich mit vergleichsweise geisterhaften, unhörbaren Schritten an seiner Seite. Infolge einer merkwürdigen optischen Täuschung schien die Straße in nicht allzu großer Entfernung zu einer Anzahl von niedrig stehenden Sternen hinaufzuführen; als wir aber weiter gelangten, war es, als tauchten neue Teile des weißlich-braunen Bandes aus dem schwarzen Grund hervor. Im Vorbeigehen beobachtete ich, daß die Lampe meines Wohnzimmers im Bauernhaus noch brannte. Ich verließ Fyne jedoch nicht, um hineinzulaufen und sie auszulöschen. Sein Schwung als vortrefflicher Wanderer zog mich in seinem Kielwasser mit sich, bevor ich mich zu entschließen vermochte.

‚Hören Sie mal, Fyne', rief ich, ‚Sie glauben doch nicht etwa, das Mädchen sei verrückt gewesen, oder?'

Er gab keine Antwort. Bald darauf kam das erhellte Cottagefenster, das wie ein Signalfeuer leuchtete, in Sicht. Nun äußerte Fyne voll tiefer Überzeugung ein feierliches ‚Ganz gewiß nicht!'. Gleich darauf aber setzte er hinzu: ‚Sie ist wirklich eine sehr erregbare junge Person', was mich wieder unsicher machte. War es eine Tragödie?

‚Kein Mensch ist jemals um sechs Uhr früh aufgestanden, um Selbstmord zu begehen!' erklärte ich gereizt. ‚Das ist noch nicht dagewesen! Die Sache ist eine Farce.'

Tatsächlich war es jedoch weder eine Farce noch eine Tragödie.

Als wir zum Cottage kamen, erblickten wir drinnen Mrs. Fyne, die noch immer mit verschränkten Armen im hellen Licht am runden Tisch saß. Es sah aus, als habe sie noch nicht einmal den Kopf auch nur um einen Zoll bewegt, seit wir fortgegangen waren. Sie war erstaunlich auf eine Weise, die nichts Subtiles hatte – auf eine krasse Weise erstaunlich, dachte ich. Weshalb krass? Ich weiß es nicht. Vielleicht weil ich sie in diesem Augenblick in einem so krassen Licht sah. Ich meine das im materiellen Sinne – im Licht einer schirmlosen Lampe. Unsere geistigen Schlußfolgerungen hängen in so hohem Maße von unseren augenblicklichen physischen Empfindungen ab, nicht wahr? Hätte die Lampe einen Schirm gehabt, dann wäre ich vielleicht nach Hause gegangen, nachdem ich höflich mein Bedauern über die unangenehme Lage der Fynes ausgesprochen hatte.

Eine junge Freundin auf diese Weise zu verlieren ist unangenehm. Es ist auch geheimnisvoll. So geheimnisvoll, daß Leuten, denen dies tatsächlich geschehen ist, etwas Geheimnisvolles anhaftet. Außerdem hatte ich die Fynes niemals wirklich verstanden – er mit seiner Feierlichkeit, die sich selbst auf das Essen von Butterbroten erstreckte, und sie mit dieser gleichgültigen und entschlossenen Art, mit der sie dem alltäglichen Strom ihres ereignislosen Lebens trotzte, in welchem mir das Schneiden von Butterbroten bei weitem die gefährlichste Episode zu sein schien. Zuweilen erheiterte mich die Vorstellung, daß unsere Welt wohl in den Augen der beiden etwas völlig Überwältigendes hatte und ihre Köpfe folglich entsetzlich ernste und äußerst verwegene Gedanken enthalten müßten, und ich versuchte mir auszumalen, wie aufregend es dabei in der unerforschlichen Tiefe ihres Wesens zugehen mochte. Dies fiel einem unernsten Menschen schwer (ich bin sicher, daß ich für die Fynes ein unernster Mensch war), und das Vergnügen an sich war auch nicht allzu groß, aber immerhin – auf dem Lande –, fern von allen geistigen Anregungen ... Meine Bemühungen hatten ihnen so etwas wie eine amüsante Tiefe verliehen.

Als aber Fyne und ich wieder in das Zimmer traten, sah ich diese beiden im durchdringenden, häuslichen Schein der Lampe, der dem Spiel der Phantasie feindlich ist, jeder Hülle beraubt, mit der es mir gefallen hatte, sie meiner Unterhaltung wegen zu umkleiden. Merkwürdig genug waren sie – aber gibt es denn einen Menschen, der es mehr oder weniger insgeheim nicht ist? Worin ihr Geheimnis jedoch auch immer bestehen mochte – für mich war offensichtlich, daß es weder etwas Vergeistigtes noch etwas Tiefes war. Sie waren ein braves, dummes, ernsthaftes Paar und sehr beunruhigt – beunruhigt in der üblichen, unverhüllt krassen Weise der Durchschnittsmenschen. Es gab nichts in ihnen, was das Lampenlicht nicht ohne jede Gefahr einer Indiskretion bescheinen konnte.

Sobald wir ins Zimmer getreten waren, verkündete Fyne

das Ergebnis, indem er in dem gleichen Ton ‚Nichts!' sagte wie bei seiner Rückkehr vom Bahnhof am Gartentor. Und wie zuvor äußerte Mrs. Fyne mit schneidender Stimme die Worte: ‚Wie ich gesagt habe!', die tatsächlich ein Echo auf ihre Bemerkung am Zaun hätten sein können. Wir drei blickten einander an, als stünden wir unmittelbar vor einer Enthüllung. Ich weiß nicht, ob meine Gegenwart ihr lästig war. Man konnte diese kaum als Zudringlichkeit bezeichnen, oder? Der kleine Fyne hatte damit begonnen, und nun mußte es dabei bleiben. Wir standen vor ihr, mit dem gleichen Schlamm bedeckt (Fyne sah schön aus!), von denselben Dornbüschen zerkratzt, im Bewußtsein, das gleiche erlebt zu haben. Ja, wir standen vor ihr. Und sie blickte uns mit verschränkten Armen an, durchdrungen vom Bewußtsein einer übernommenen Verantwortung. Ich wandte mich an sie: ‚Sie glauben nicht an einen Unfall, Mrs. Fyne?'

Verneinend schüttelte sie einmal kurz den Kopf, und Fyne, schlammbeschmiert und mit unendlich ernstem Gesicht, schien sie mit dem ganzen Gewicht seiner feierlichen Gegenwart zu unterstützen. Etwas Absurderes konnte man sich nicht vorstellen. Es war köstlich. Und ich fuhr in ehrerbietigem Tonfall fort: ‚Soll ich das so verstehen, daß Sie die Theorie des Selbstmordes befürworten?'

Ich wüßte nicht, daß ich zu Anfällen von Delirium neige, aber während ich auf ihre Antwort wartete, sah ich in einer plötzlichen beunruhigenden Geistesverwirrung drei dressierte Hunde vor mir, die auf den Hinterbeinen tanzten. Ich weiß nicht, warum. Vielleicht weil es so feierlich zuging. Es gibt nichts Feierlicheres auf Erden als der Tanz von dressierten Hunden.

‚Sie hat es vorgezogen zu verschwinden, das ist alles.'

Mit diesen Worten antwortete mir Mrs. Fyne. Ich vermochte ihren aggressiven Ton nicht zu ertragen. Sogleich sah ich mich aus dem Tanz ausscheiden und sozusagen auf alle viere fallen, um nach Belieben zu bellen und zu beißen.

‚Den Teufel hat sie!' rief ich. ‚Sie hat es vorgezogen zu ... Einfach so, ganz plötzlich, irgendwie, ohne Rücksicht ... Ich hatte das Vergnügen, dieser unbesonnenen und wenig umgänglichen jungen Dame zu begegnen, und ich muß sagen, mit ihrer Miene eines zornigen Opfers ...'

‚Genau das!' bemerkte Mrs. Fyne ganz unerwartet, als schnappe eine stählerne Falle zu. Ich starrte sie an. Wie provozierend war sie doch! Ich beendete also meinen Erguß: ‚... ist sie mir sofort als das rücksichtsloseste, querköpfigste junge Mädchen erschienen, das ich jemals ...'

‚Weshalb sollte denn ein Mädchen rücksichtsvoller sein als sonst irgend jemand? Zum Beispiel rücksichtsvoller als ein Mann?' fragte Mrs. Fyne, und ihre Haltung drückte noch mehr Verantwortung aus als gewöhnlich.

Natürlich ereiferte ich mich dagegen – nicht sehr laut, das stimmt, aber sehr energisch. Durfte man denn die Gefühle seiner Freunde, seiner Verwandten und sogar die von Fremden außer acht lassen? Ich fragte Mrs. Fyne, ob sie es nicht für eine Art Pflicht halte, daß man nicht nur den natürlichen Gefühlen, sondern sogar den Vorurteilen seiner Mitmenschen gegenüber eine elementare Rücksicht zeige.

Ihre Antwort warf mich um.

‚Nicht bei einer Frau.'

Einfach so. Ich gestehe, daß ich glatt zu Boden ging. Und während ich mich in diesem zusammengesunkenen Zustand befand, erfuhr ich, was es mit Mrs. Fynes frauenrechtlerischer Doktrin auf sich hatte. Es war keine politische, es war keine gesellschaftliche Doktrin. Es war eine, die einem den Atem nahm – eine praktische, individualistische Doktrin. Sie würden es mir nicht danken, wenn ich sie Ihnen ausführlich auseinandersetzen wollte. Ich glaube sogar, sie selbst klärte mich nicht völlig über sie auf. Es muß dabei Dinge gegeben haben, die nicht für die Ohren eines Mannes geeignet waren. Aber kurz gesagt, soweit meine Verblüffung mit erlaubte, ihre naive Abscheulichkeit zu erfassen, lautete sie etwa folgendermaßen: keine Rücksichtnahme, kein Zartgefühl, keine Weichheit, keine Skrupel sollten eine Frau (die einfach durch die Tatsache ihres Geschlechts von vornherein dazu bestimmt sei, das Opfer von Verhältnissen zu werden, welche die egoistischen Leidenschaften, die Laster und die widerwärtige Tyrannei der Männer geschaffen hätten) daran hindern, den kürzesten Weg zu wählen, um sich ein möglichst leichtes Dasein zu sichern. Sie hatte sogar das Recht, aus dem Dasein zu scheiden, ohne auf irgend jemandes Gefühle oder Bequemlichkeit Rücksicht zu nehmen, weil die kurzsichtige Niedrigkeit der Männer die Existenz mancher Frauen unmöglich machte.

Ich betrachtete sie, wie sie da um ein Uhr morgens vor der Lampe saß – das reife, männlich geschnittene Gesicht mit den glatten Wangen durch die Müdigkeit seiner frischen Farbe beraubt, die Augen getrübt von der sinnlosen Nachtwache. Ich blickte auch Fyne an: der Schlamm, der ihn bedeckte, war am Trocknen, er war offensichtlich abgespannt. Die ermattete Feierlichkeit. Er bewahrte jedoch den unverbrüchlichen Ernst seines Ausdrucks. Und bejahte all das, wie es sich für einen guten, überzeugten Ehemann gehörte.

‚Aha, ich verstehe', sagte ich. ‚Keine Rücksichtnahme... Nun, ich hoffe, es gefällt Ihnen.'

Sie belustigten mich über das Maß der gewagtesten Vorstellungen hinaus, zu denen ich fähig war. Verstehen Sie, nach dem ersten Schock hatte ich mich sehr rasch wieder gefaßt. Die Ordnung der Welt blieb hinreichend gesichert. Er war Verwaltungsangestellter und sie seine gute, treue Gattin. Hat man es jedoch mit menschlichen Wesen zu tun, dann muß man auf alles – auf alles – gefaßt sein. So hielt selbst mein Erstaunen nicht lange vor. Wie weit sie diese gewissenlose, strenge Doktrin den jungen Freundinnen, die für ihren Mann nichts als Schatten waren, erklärte und durch Beispiele belegte, kann ich nicht sagen. Vermutlich recht gründlich. Und er sah dem zu, nahm es ruhig hin, hieß es gut, eben aus diesem Grunde – weil die hübschen Mädchen für ihn nur Schatten waren. O du tugendhafter Fyne! Er schlug die Augen nieder. Es gefiel ihm nicht. Ich sah ihn jedoch mit verborgener Feindseligkeit an, denn er hatte mich unter einem irgendwie falschen Vorwand dazu veranlaßt, ihm nachzulaufen.

Mrs. Fyne lächelte mich nur sehr vielsagend, sehr selbstbewußt an. ‚Oh, ich verstehe durchaus, daß Sie die vollste Verantwortung übernehmen', erklärte ich. ‚Ich bin die einzig lächerliche Person in dieser... dieser... ich weiß nicht, wie ich es nennen soll... in diesem Theaterstück. Aber ich habe hier nichts mehr zu suchen, und so möchte ich Ihnen gute Nacht sagen – oder guten Morgen, denn es muß nach ein Uhr sein.'

Bevor ich jedoch fortging, bot ich ihnen aus reinem Anstand an, irgendwelche Telegramme mitzunehmen, die sie vielleicht aufgeben wollten. Meine Wohnung lag näher bei der Post als das Cottage, und ich wollte sie gleich am Morgen absenden. Ich nahm an, sie wünschten sich mit den Verwandten der jungen Dame in Verbindung zu setzen, und sei es nur, um über deren Gepäck zu verfügen...

Fyne, der jetzt ziemlich niedergeschlagen aussah, dankte mir und lehnte ab.

‚Es gibt tatsächlich niemanden', sagte er sehr ernst.

‚Niemanden!' rief ich.

‚Praktisch niemanden', sagte kurzangebunden Mrs. Fyne.

Nun wurde meine Neugier wieder wach.

‚Aha, ich verstehe. Eine Waise.'

Mrs. Fyne wandte ermattet und düster den Blick ab; Fyne erwiderte impulsiv: ‚Ja!' und schränkte die Bestätigung dann mit der merkwürdigen Erklärung ein: ‚In gewissem Maße.'

Ich spürte, daß ich abgespannt, erschöpft und verlegen war, verbeugte mich vor Mrs. Fyne und verließ das Cottage, um draußen vor der Tür der gestirnten grausamen Enthüllung gegenüberzustehen, wie unendlich das Universum ist. Die Nacht war noch nicht weit genug fortgeschritten, als daß die Sterne verblaßt wären, und mir schien, die Erde liege in tieferem Schlaf als zuvor – vielleicht weil ich jetzt allein war. Die Tatsache, daß ich Fyne nicht bei mir hatte, bestimmte das Tempo, in dem ich mich in Richtung des Bauernhauses eher treiben ließ als daß ich ging. Sich treiben lassen ist die einzige geruhsame Art der Bewegung (fragen Sie jedes beliebige Schiff, ob das nicht stimmt) und deshalb mit Nachdenklichkeit vereinbar. Und ich grübelte: Wie kann man ‚in gewissem Maße' eine Waise sein?

Keine noch so große Feierlichkeit brachte es zuwege, daß eine solche Behauptung anders als grotesk wirkte. Was für eine merkwürdige Situation! Wahrscheinlich war nur ein Elternteil gestorben? Aber nein, das konnte nicht sein. Fyne hatte vorhin gesagt, es sei ‚wirklich niemand da', mit dem man sich in Verbindung setzen könne. Niemand! Und da mir Mrs. Fynes schnippisches ‚Praktisch' einfiel, blieben meine Gedanken an dieser Dame haften, als an einem greifbareren Gegenstand zum Nachgrübeln.

Ich fragte mich – und indem ich mich fragte, zweifelte ich daran –, ob sie wohl selbst die Theorie verstand, die sie mir auseinandergesetzt hatte. Man kann alles sagen – ja, man sollte es sogar tun –, vorausgesetzt, man weiß, wie man es zu sagen hat. Wahrscheinlich wußte sie das nicht. Dazu war sie nicht intelligent genug. Sie wußte ja nichts von der Welt. Sie hatte sich irgendwelcher Worte bemächtigt, wie etwa ein Kind sich irgendwelcher giftigen Pillen bemächtigt und mit ihnen spielt, als seien es niedliche kleine Murmeln. Nein! Die der häuslichen Sklaverei unterworfene Tochter Carleon Anthonys und der kleine Fyne vom Verwaltungsdienst (dieser Blüte der Zivilisation) waren keine intelligenten Leute. Sie waren Durchschnittsmenschen, ernst, ohne ein Lächeln und ohne Falsch. Er hatte jedoch seine Feierlichkeit und sie ihre Träumereien – ihre unheimlichen, heftigen, krassen Träumereien. Und ich dachte mit einiger Traurigkeit, daß diese ganze Auflehnung und Empörung, all diese Proteste, dieser Gefühlsumschlag, diese Ausbrüche von Leid und Zorn nur die Unsicherheit sinnenbegabter Wesen ausdrückten, die sich um ihren Anteil an den Freuden der Form, der Farbe, der Gefühle bemühten – dem einzigen Reichtum unserer Sinnenwelt. Ein Dichter mag ein einfaches Wesen sein, aber er ist zwangsläufig voller wechselnder Stimmungen und voller Kniffe, erfinderisch und reizbar. Ich dachte darüber nach, auf wie vielfältige Weise die Erfindungsgabe des verstorbenen Barden der Zivilisation dazu gedient haben mochte, seine Angehörigen zu quälen. Da Dichter im allgemeinen in praktischen Fragen nicht vorausschauend sind, hatte ihn wohl keinerlei Voraussicht der Folgen zurückgehalten. Gewiß, bei den Fynes handelte es sich um brave Menschen, aber Mrs. Fyne war nicht umsonst die Tochter eines Haustyrannen. Ihre Auflehnung kannte keine Grenzen. Aber sie waren brave Leute. Offensichtlich mußten sie sehr gut zu diesem Mädchen gewesen sein, das sich in einer schwierigen Lage zu befinden schien, mit seiner Miene eines Opfers, dem augenscheinlichen Fehlen jeglicher Resignation und dem grotesken Status einer Waise ‚in einem gewissen Grade'.

Dies waren meine Gedanken, in Wahrheit aber hörte ich bald auf, mir über diese Leute den Kopf zu zerbrechen. Ich stellte fest, daß meine Lampe erloschen war und einen furchtbaren Gestank hinterlassen hatte. Ich floh davor nach oben und ging im Dunkeln zu Bett. Mein Schlummer – ich vermute, das einzig Gute am Gehsport, hol ihn der Teufel, ist, daß er unsere natürliche Unempfindlichkeit fördert –, mein Schlummer also war tief, traumlos und erfrischend.

Meine Unwissenheit in bezug auf die Tatsachen, Motive, Ereignisse und Schlußfolgerungen beeinträchtigte meinen Appetit beim Frühstück keineswegs. Ich glaube, es ist nicht gut für den Intellekt, alles zu verstehen. Eine wohlausgestattete Intelligenz schwächt den Impuls zum Handeln, eine überladene führt langsam zur Idiotie. Mrs. Fynes individualistische, naiv skrupellose Doktrin über die Frau huschte jedoch durch meine Gedanken. Dieser Salat von prinzipienlosen Vorstellungen, den sie in die Köpfe ihrer jungen

Freundinnen pflanzte! Dieses gute, unschuldige Geschöpf, diese würdige Gattin und ausgezeichnete Mutter (vom Typus der strengen Gouvernante) war so arglos hinsichtlich der Folgen wie nur irgendein deterministischer Philosoph.

Was die Ehre betrifft, wissen Sie, so ist sie ein sehr schönes mittelalterliches Erbe, das niemals auf die Frauen gekommen ist. Sie war nicht ihre Ehre. Da wir es zum allgemeinen Prinzip erklären können, daß die Frauen stets das erhalten, was sie haben wollen, müssen wir wohl annehmen, daß sie sie nicht haben wollten. Außerdem fehlt es ihnen an Anstand. Ich meine: an männlichem Anstand. Vorsicht ist ihnen gleichfalls fremd – diese schwerfällige, vernünftige Vorsicht, die unser Ruhm ist. Und wenn sie sie hätten, dann würden sie daraus eine Sache der Leidenschaft machen, so daß ihre eigene Mutter – ich meine die Mutter der Vorsicht – nicht mehr imstande wäre, sie wiederzuerkennen. Besonnenheit ist für sie etwas Spannendes, wie alle übrigen Erfindungen unter der Sonne. ‚Sensation um jeden Preis!' ist ihre geheime Losung. Alle Tugenden genügen ihnen nicht, sie wollen auch alle Verbrechen für sich in Anspruch nehmen. Und warum? Weil in einer solchen Vollständigkeit Macht liegt – die Art Spannung, die sie am meisten lieben ..."

„Erwarten Sie etwa, daß ich alldem zustimme?" unterbrach ich ihn.

„Nein, das ist nicht nötig", erwiderte Marlow, der sich in seinem Redefluß unterbrochen fühlte, sich aber doch große Mühe gab, liebenswürdig zu sein. „Sie brauchen es nicht einmal zu verstehen. Ich fahre fort: Was die Frauen bei einer solchen Veranlassung im allgemeinen daran hindert – um den Ausdruck eines alten, mir bekannten Bootsmanns zu benutzen, den er gebrauchte, um seinen Kapitän zu beschreiben –, was sie daran hindert, ‚an Deck zu kommen und mit dem Schiff Schindluder zu treiben', ist dieses gewisse, ganz genau festgelegte geheimnisvolle Etwas in ihnen, das sie sowohl zurückhält wie auch anfeuert, kurz, ihre Weiblichkeit, von der sie glauben, sie könnten sie loswerden, wenn sie sich ernsthaft darum bemühten – sie können es aber nicht und werden es nie können. Deshalb dürfen wir schließen, daß die Welt trotz aller weiblichen Unternehmungen nicht in Gefahr ist und es auch in Zukunft nicht sein wird. Da mich diese Schlußfolgerung in meiner Eigenschaft als Friedensfreund beruhigte, machte ich mich bereit, einen schönen Tag zu genießen.

Und es war ein schöner, ein herrlicher Tag, an dem das prachtvoll blaue Zelt die Schrecken der Unendlichkeit verhüllte – ein so unschuldig strahlender Tag wie ein Kind mit saubergewaschenem Gesicht, so frisch wie ein unverdorbenes junges Mädchen, das die ihm dargebrachten ehrerbietigen Grüße so gewinnend entgegennimmt wie – wie ein römischer Prälat. Ich liebe solche Tage. Sie sind vollkommen, dafür geschaffen, um im Zimmer zu bleiben. Und ich genoß diesen Tag meiner Natur entsprechend in einem Sessel, die Füße auf dem Sims des offenen Fensters, ein Buch in der Hand und die vom Wind und der Sonne geflüsterten Harmonien im Herzen – Begleitmusik zum Rhythmus meines Autors. Als ich dann von der Buchseite aufblickte, sah ich draußen ein Paar graue, von zottigen gelblichweißen Brauen überbuschte Augen, die mich über die Spitzen meiner Pantoffeln hinweg feierlich ansahen. Dieser unheilverkündende Blick wurde gekrönt von einer ernsten, gerunzelten Stirn und einer braunen Tweedmütze, die weit hinten auf dem schwitzenden Kopf saß.

‚Kommen Sie herein!‘ rief ich so herzlich, wie mein sinkender Mut es zuließ.

Nach einem kurzen, aber heftigen Gebalge mit seinem Hund an der Haustür trat Fyne ein. Ich behandelte ihn ganz unzeremoniell und deutete nur mit der Hand auf einen Stuhl. Noch bevor er sich hinsetzte, brachte er schweratmend heraus: ‚Wir haben Nachricht – die Mittagspost!‘

Schweratmend! Der ernste, unerschütterliche Fyne vom Verwaltungsdienst atmete schwer! Sie werden zugeben, es genügte, um mich zu veranlassen, die Füße rasch auf den Boden zu setzen. Dieser Mensch brachte mich immer dazu, Dinge zu tun, die in geheimem Widerspruch zu meinem nachdenklichen Temperament standen. Kein Wunder, daß ich ihn nur bedingt mochte. Ich sagte in einem Ton, der nur eben eine Spur Hohn enthielt: ‚Natürlich. Ich habe Ihnen doch heute nacht auf der Straße gesagt, daß wir uns auf eine Farce eingelassen haben.‘

Ein zorniger Laut, der bei Fynes tiefer Tonlage geradezu aus dem Grabe zu kommen schien, hallte in dem kleinen Wohnzimmer bis in den letzten Winkel wider. ‚Farce ist gut! Sie ist mit dem Bruder meiner Frau, Kapitän Anthony, durchgegangen.‘ Nach diesem Ausbruch sank er völlig in sich zusammen. Er stotterte jämmerlich, als er aus reiner Gewohnheit hinzusetzte: ‚Dem Sohn des Dichters, Sie wissen doch.‘

Ein Schweigen entstand. Fynes wechselndes Mienenspiel war ein vielfältiger Ausdruck unterschiedlicher Reaktionen. Hier war die Feierlichkeit aus der Fassung gebracht. Natürlich lebte mein Interesse wieder auf.

‚Aber hören Sie‘, sagte ich, ‚sie sind doch nicht zusammen fortgegangen. Ist das ein Verdacht, oder sagt sie tatsächlich, daß . . .‘

‚Sie ist ihm gefolgt‘, bemerkte Fyne in drohendem Ton. ‚Nach vorheriger Verabredung. Soviel gesteht sie ein.‘

Er setzte hinzu, die Sache sei sehr anstößig. Ich fragte ihn, ob es ihm lieber gewesen wäre, wenn sie zusammen fortgegangen wären und aus welchem Grund. Es war für mich ein großer Spaß in Anbetracht der Tatsache, daß auch Fyne und seine Frau miteinander durchgegangen waren – es hatte damals sogar in der Zeitung gestanden, weil der verstorbene Dichter in seiner Empörung keinerlei Diskretion gekannt und versucht hatte, diese Beschimpfung auf eine ganz absurde Weise öffentlich vor einem perücketragenden Richter zu rächen. Die mutlose Handbewegung des kleinen Fyne entwaffnete mich; meine Spottlust wich. Ich konnte jedoch nicht umhin, mein Erstaunen darüber auszudrücken, daß Mrs. Fyne nicht sofort entdeckt hatte, was sich da anbahnte. Man sagt, Frauen hätten einen unfehlbaren Blick.

Er erklärte mir, seine Frau sei mit einer bestimmten Arbeit sehr beschäftigt gewesen. Ich hatte mich immer gefragt, wie sie wohl ihre Zeit verbrachte. Mit Schreiben. Ebenso wie ihr Mann hatte auch sie ein kleines Buch veröffentlicht. Viel später fiel es mir einmal in die Hände. Es hatte nichts mit Wandersport zu tun. Es war eine Art Handbuch für Frauen, die Grund zur Klage hatten (und den hatten alle Frauen), eine Art Kurzfassung der Theorie und Praxis weiblicher freier Sittlichkeit. Seine durchsichtige Einfältigkeit brachte einen zum Lachen. Aber von dieser Autorenschaft erfuhr ich erst viel später. Natürlich fragte ich Fyne nicht, mit welcher Arbeit seine Frau denn beschäftigt sei, aber im stillen wunderte ich mich über ihre völlige Unkenntnis der Welt, ihres eigenen Geschlechts und der anderen Sünder. Ja, wo sollte sie auch irgendwelche Erfahrung gesammelt haben? Ihr Vater hatte sie in strenger Abgeschlossenheit gehalten. Die Heirat mit Fyne war gewiß eine Veränderung gewesen, führte aber nur zu einer anderen Form von Abgeschlossenheit. Sie mögen mir sagen, eine ganz gewöhnliche Beobachtungsgabe hätte genügt. Ja gewiß! Aber da sie sich als Führerin und Lehrerin etabliert hatte, war die Entdeckung, daß sie blind war, nicht erstaunlich für mich. Sie war ein zutiefst unschuldiges Wesen, nur wäre es nicht schicklich gewesen, dies ihrem Gatten zu sagen."

3

Sparsamkeit – und das Kind

„Durchaus nicht unschicklich war es jedoch, daß ich Fyne gegenüber bemerkte, Mrs. Fyne scheine gestern abend eine Vermutung gehabt zu haben, wohin sich diese unternehmungslustige junge Dame wohl gewandt hatte. Fyne schüttelte den Kopf. Nein, seine Frau sei sich keineswegs so sicher gewesen, wie sie tat. Sie habe lediglich ihre Gründe gehabt zu der Annahme, der Hoffnung, das Mädchen möge sich vielleicht irgendwo in London ein Zimmer genommen, sich in der Stadt verborgen haben – bereit für den sich nähernden Tag oder vielleicht auch in Angst vor ihm...

Er unterbrach sich und saß feierlich-niedergeschlagen da, in tiefes Nachdenken versunken.

‚Welchem Tag?' fragte ich schließlich, aber anscheinend hörte er meine Worte nicht. Er verbreitete eine so bedeutungsvolle Düsterkeit um sich, daß ich die Geduld mit ihm verlor.

‚Weswegen in aller Welt sind Sie eigentlich so bedrückt?' rief ich, aufrichtig überrascht und verwirrt. ‚Man könnte meinen, das Mädchen sei ein Ihrer Obhut anvertrauter Staatsgefangener!'

Und plötzlich staunte ich noch mehr über mich selbst – wie ich Dinge, die sonderbar wurden, wenn man sie zu Ende dachte, für selbstverständlich hatte halten können.

‚Warum nur diese Geheimnistuerei? Weshalb sind sie durchgebrannt – wenn sie durchgebrannt sind? Hatte das Mädchen Angst vor Ihrer Frau? Und Ihr Schwager? Was zum Teufel ist in ihn gefahren, daß er eine geheime Heirat daraus macht? Hatte er gleichfalls Angst vor Ihrer Frau?'

Fyne bemühte sich, wieder Haltung anzunehmen.

‚Natürlich, mein Schwager, Kapitän Anthony, der Sohn...' Er unterbrach sich, als versuche er, eine schlechte Gewohnheit abzulegen. ‚Sicher hat sie ihn überredet. Wir haben uns dem Mädchen gegenüber sehr freundschaftlich verhalten!'

‚Sie ist mir als eine törichte und rücksichtslose kleine Person aufgefallen. Weshalb aber sollten Sie und Ihre Frau sich eine einfache Torheit – oder sogar einen Mangel an Rücksicht derart zu Herzen nehmen?'

‚Es ist eine ganz skrupellose Handlungsweise', erklärte Fyne gewichtig – und seufzte.

‚Ich nehme an, sie ist arm', bemerkte ich nach kurzem Schweigen. ‚Aber schließlich ...'

‚Sie wissen ja nicht, wer sie ist.' Fyne hatte seine übliche Feierlichkeit wiedergewonnen.

Ich gestand, daß ich ihren Namen nicht genau verstanden hatte, als seine Frau uns einander vorstellte. ‚Er fing mit einem S an, oder?' Und nun bemerkte Fyne ganz kühl, das habe keine Bedeutung. Es sei nicht ihr Name gewesen.

‚Wollen Sie damit vielleicht sagen, Sie hätten mir eine junge Dame unter falschem Namen vorgestellt?' fragte ich mit dem belustigten Gefühl, die Tage der Zeichen und Wunder seien noch nicht vorüber. Daß die so überaus ernsten Fynes etwas derartig Außergewöhnliches getan haben sollten, war einfach umwerfend. Hastiger, als er sonst zu sprechen pflegte, erklärte der kleine Fyne, er sei sicher, daß ich für diese Regelwidrigkeit keine Entschuldigung von ihm fordern würde, wenn ich ihren wirklichen Namen erführe. Seine tiefe Stimme nahm ein wenig Wärme an.

‚Wir haben uns bemüht, diesem Mädchen auf jede Weise Freundschaft zu erweisen. Sie ist die Tochter und das einzige Kind de Barrals.'

Offensichtlich rechnete er damit, eine Sensation hervorzurufen, und hielt die Augen in der Erwartung auf mich gerichtet, daß er ein Anzeichen davon zu sehen bekäme. Ich erwiderte jedoch nur seinen eindringlichen, gespannten Blick. Eine Weile starrten wir einander an. In dem Bewußtsein, sträflich beschränkt zu sein, tastete ich im Dunkel meiner Erinnerung umher: de Barral ... de Barral ...

Da ging mir auf einmal ein Licht auf, und plötzlich brachen Geräusche und Helle über mich herein, als sei unversehens ein Fenster meines Gedächtnisses aufgeflogen, das auf eine Straße in der City hinausging. De Barral! Konnte es wirklich derselbe sein? Wahrscheinlich nicht!

‚Des Finanzmannes de Barral?' fragte ich halb ungläubig.

‚Jawohl', antwortete Fyne, und diesmal wirkte sein von Natur aus feierlicher Ton seltsam angemessen. ‚Des Sträflings.'"

Marlow sah mich bedeutungsvoll an und bemerkte erklärend: „Irgendwie dachte man niemals daran, daß de Barral Kinder haben könnte oder ein anderes Heim als das Büro der Bank ‚Erdkreis' oder ein anderes Dasein, andere Verbindungen und Interessen als rein finanzielle. Ich sehe, daß Sie sich an den Konkurs erinnern ..."

„Ich fuhr damals auf dem Indischen Ozean", sagte ich. „Aber natürlich ..."

„Natürlich", fiel mir Marlow ins Wort. „Alle Welt ... Sie mögen sich darüber wundern, wie lange ich brauchte, bis mir der Name etwas sagte. Aber Sie wissen ja, daß mein Gedächtnis bloß ein Mausoleum von Eigennamen ist. Sie liegen leblos darin, warten auf die Berührung mit dem Zauberstab – und haben es auch nicht sehr eilig, sich zu erheben, wenn sie aufgerufen werden. Der Name ist das erste, was ich bei einem Menschen vergesse. Gerechterweise muß ich hinzufügen, daß es häufig auch das letzte ist, und deshalb besitze ich ein gut Teil anonyme Erinnerungen. Im Fall de Barral war der Name in meinem Mausoleum abgelegt, zusammen mit so vielen Namen seiner Schöpfung, daß er tatsächlich einen riesigen Haufen häßlicher Knochen abwerfen mußte, bevor er auf den Ruf des Zauberers Fyne hin aufrecht vor mir stand. Der Mensch hatte ziemlich viel Phantasie entwickelt, was Namen betrifft: die Depositenbank ‚Erdkreis', die Treuhandgesellschaft auf Gegenseitigkeit ‚Zepter', der Verein ‚Sparsamkeit und Unabhängigkeit'. Ja ein großartiger Geschmack in bezug auf Namen, und sonst nichts – absolut gar nichts – kein anderes Verdienst. Nun ja. Er hatte einen Namen, aber das ist reines Glück – seinen eigenen Namen de Barral, den er nicht erfunden hatte. Ich glaube nicht, daß ein einfacher Jones oder Brown eine so kolossale Kundgebung menschlicher Narrheit aus den Tiefen des Unglaublichen hätte herausfischen können, wie dieser Mann es getan hat. Vielleicht unterschätze ich aber auch die Bereitwilligkeit der menschlichen Torheit, sich vom Köder anlocken zu lassen. Wahrscheinlich. Die Gier dieses absurden Ungeheuers ist unberechenbar, unergründlich, unvorstellbar. Die Laufbahn de Barrals beweist, daß es selbst nach einem leeren Haken schnappt. Er lockte es nicht mit einem Märchen an. Dazu hatte er nicht die nötige Phantasie..."

„War er Ausländer?" fragte ich. „Es ist ganz offensichtlich ein französischer Name. Ich nehme doch an, daß er wirklich so hieß?"

„Oh, er hat ihn nicht erfunden. Er wurde damit geboren, in Bethnal Green, wie während der Gerichtsverhandlung herauskam. Er hatte die Gewohnheit gehabt, auf seine schottische Verwandtschaft anzuspielen. Das tut aber jeder große Mann. Seine Mutter war, glaube ich, tatsächlich Schottin. Der Vater, de Barral, woher er immer stammen mochte, hatte den Dienst beim Zollamt quittiert (er war Hafenzollbeamter, glaube ich) und begonnen, im East End Geld in sehr, sehr kleinem Maßstab an Leute zu verleihen, die etwas mit den Docks zu tun hatten – Hafenarbeiter, Eigentümer kleiner Lastkähne, Schiffslieferanten, Ladungsanschreiber – alle Arten ganz kleiner Fische. Davon lebte er. Ich glaube, er war ein sehr rechtschaffener Mann. Er hatte genügend Einfluß, um seinem Sohn eine Anstellung als zweiter Rechnungsführer in der Buchhaltung einer der Werften zu verschaffen. ‚Jetzt habe ich dir zu einer guten Ausgangsposition verholfen, mein Junge', hatte er zu ihm gesagt. Aber de Barral stieg nicht auf. Er blieb sitzen. Seine Arbeit verrichtete er völlig zufriedenstellend. Nach drei Jahren erhielt er eine kleine Gehaltserhöhung und ging abends aus, um einem Mädchen den Hof zu machen – der Tochter eines betagten Kapitäns, der Kirchenvorsteher seiner Gemeinde war und in einem alten, schlecht erhaltenen georgianischen Haus mit einem Garten wohnte – einem der Häuser, die auf einem verkleinerten Grundstück stehen, wie man sie in einem Labyrint von sehr schmutzigen Straßen entdecken kann – eins wie das andere, Kästen mit sechs Zimmern.

Ein paar von ihnen waren die Pfarrhäuser der Gemeinden in den Elendsvierteln. Eins davon hatte der alte Seemann billig bekommen, und de Barral bekam seine Tochter – ein vorteilhafter Handel für ihn. Der alte Seemann war sehr freundlich zu dem jungen Paar und hing sehr an ihrem kleinen Mädchen. Mrs. de Barral war eine ausgeglichene, anspruchslose Frau, die damals über einen Schatz an schlichter Fröhlichkeit verfügte und keinerlei ehrgeizigen Plänen nachhing; aber nach Art der Frauen sehnte sie sich nach Abwechslung und danach, daß hin und wieder etwas Interessantes geschehen möge. Sie war es gewesen, die de Barral ermutigt hatte, den angebotenen Posten in der Filiale einer bedeutenden Bank des Westends anzunehmen. Wie es schien, war er lange vor einem so großen Abenteuer zurückgeschreckt. Endlich aber behielten die Argumente seiner Frau die Oberhand. Später sagte sie oft: ‚Das war das einzige Mal, das er je auf mich gehört hat, und jetzt frage ich mich, ob es für mich nicht besser gewesen wäre zu sterben, bevor ich ihn veranlaßte, zu dieser Bank zu gehen.‘

Sie mögen sich wundern, woher ich alle diese Einzelheiten weiß. Nun, letzten Endes habe ich sie von Mrs. Fyne. Sie hatte in den Tagen ihrer Sklaverei, als sie noch Miss Anthony hieß, Mrs. de Barral in deren Tagen des Exils gekannt. Damals wohnte Mrs. de Barral in einem großen herrschaftlichen Steinhaus mit längsgeteilten Fenstern, das in einem großen feuchten Park lag und die Priorei genannt wurde, neben dem Dorf, in dem sich der feinsinnige Dichter ein Haus gebaut hatte.

Das war in den Tagen von de Barrals Erfolgen gewesen. Er hatte das Grundstück gekauft, ohne es überhaupt gesehen zu haben, und Frau und Kind sogleich dorthin verfrachtet, damit sie Besitz davon ergriffen. Er wußte nicht, was er in London mit ihnen anfangen sollte. Er selbst mietete sich ein Appartement in einem Hotel. Dort gab er Tischgesellschaften, nach denen man abends Karten spielte. Er hatte eine Leidenschaft für das Hasardspiel entwikkelt oder einfach nur eine Passion für das Kartenspiel; auf jeden Fall spielte er zu seiner Entspannung mit hohem Einsatz – von einer Menge zweifelhafter Schmarotzer umgeben.

Inzwischen lebte Mrs. de Barral, die ihn von Tag zu Tag erwartete, in der Priorei. Sie hatte eine Kutsche, zwei Pferde, eine Gouvernante für das Kind und viele Dienstboten. Die Dorfbewohner sahen durch das Gitter, wie sie unter den Bäumen umherging, zusammen mit ihrem kleinen Mädchen, verloren in der ihr fremden Umgebung. Nie kam jemand zu ihr. Und dort starb sie, wie manche treue, empfindsame Tiere sterben – weil man sie vernachlässigt hatte, allein deshalb, ziemlich unerwartet und ohne Aufhebens. Dem Dorf tat sie leid, weil sie gütig zu den Armen und stets zu einem Schwatz mit einem jeden der einfachen Menschen bereit gewesen war, obgleich sie offensichtlich Kummer hatte. Natürlich wußten die Leute, daß sie keine Dame war – nicht das, was man eine wirkliche Dame nennen würde. Und selbst ihre Bekanntschaft mit Miss Anthony war nur auf der Türschwelle, auf der Dorfstraße geschlossen worden. Carleon Anthony, ein unerbittlicher Aristokrat (sein Vater war Gebäuderestaurator gewesen), erlaubte seiner Tochter nicht, mit jemand außer den jungen Damen der Grafschaft zu verkehren. Trotzdem aber und in Auflehnung gegen die zornige Besorgnis des Dichters um makellose Vornehmheit fanden ein paar stille, melancholische Spaziergänge statt, die große Kastanienallee, die zum Parktor führte, hinauf und hinunter, wobei Mrs. de Barral sie schließlich ‚meine Liebe‘ und sogar ‚Sie armes liebes Ding‘ nannte. Die einsame Seele hatte niemanden, mit dem sie sprechen konnte, außer diesem nicht sehr glücklichen Mädchen. Die Gouvernante behandelte sie mit Verachtung. Die Haushälterin wahrte auf ihre Art Abstand. Mrs. de Barral war auch keine törichte Klatschbase. Sie machte aber Miss Anthony einige vertrauliche Bekenntnisse. Es sei etwas Furchtbares, einen solchen Reichtum aufgedrängt zu bekommen, erklärte sie. Einmal gestand sie sogar, daß sie vor Sorge verging. Mr. de Barral (so nannte sie ihn) sei ein ausgezeichneter Gatte und vorbildlicher Vater gewesen, aber ‚sehen Sie, meine Liebe, ich habe meine Erfahrungen mit ihm. Ich bin sicher, er wird nicht wissen, was er mit all dem Geld anfangen soll, das die Leute ihm geben, damit er es für sie verwaltet. Wahrscheinlich wird er etwas Übereiltes tun. Wenn er herkommt, muß ich einmal ernsthaft und ausführlich mit ihm sprechen, so, wie wir es früher in der guten alten Zeit unseres Lebens getan haben.‘ Und dann entrang sich ihr eines Tages ein Schrei tiefster Angst: ‚Er wird niemals hierherkommen, meine Liebe – er wird nie, nie kommen!‘

Sie irrte sich. Er kam zur Beerdigung, war völlig niedergeschmettert, hielt das Kind fest an der Hand und weinte am Grabe bitterlich. Miss Anthony sah alles mit eigenen Augen – um den Preis einer ganzen Woche des Hohns und der Beschimpfung durch den Dichter. De Barral klammerte sich an das Kind wie ein Ertrinkender. Er richtete es jedoch so ein, daß er den Halb-sechs-Uhr-Schnellzug erreichte, und reiste allein in einem reservierten Abteil, in dem alle Rollgardinen herabgezogen waren ...“

„Und ließ die Kleine zurück?“ fragte ich.

„Ja. Ließ sie zurück. Er drückte sich vor dem Problem. So war er von Natur aus. Er hatte keine Ahnung, was er mit ihr anfangen sollte, weder mit ihr noch mit sonst irgend etwas oder irgend jemand, er selbst inbegriffen. Er riß aus, begab sich zurück in sein Hotelappartement. Er war völlig hilflos ... Vielleicht hätte er sie bis ans Ende aller Zeiten in der Priorei gelassen, hätte die vornehme Gouvernante nicht gedroht, sie werde kündigen. Sie machte sich gar nichts aus dem Kind, und die einsame, düstere Priorei ging ihr auf die Nerven. Ein solches Leben ließ sie sich nicht bieten, und da sie zuvor bei irgendeiner herzoglichen Familie gewesen war, tyrannisierte sie de Barral auf sehr überlegene Weise. Um sie zu besänftigen, mietete er eine elegant möbliertes Haus im teuersten Teil von Brighton für die beiden und fuhr ab und zu über das Wochenende dorthin, mit einem Koffer voller ausgesuchter Süßigkeiten und dem Hut voller Geld. Die Gouvernante gab es in besonders herzoglichem Stil für ihn aus. Sie war fast vierzig und fand heimlich Gefallen daran, gewisse junge Männer zu begönnern – eine gewisse Sorte junger Männer. Aber davon hatte Mrs. Fyne damals natürlich keine Kenntnis; sie erklärte mir jedoch, schon in den Tagen der Priorei habe sie den Verdacht gehabt, sie sei eine gekünstelte, herzlose Frau von vulgärer Gesinnung mit den niedrigsten Idealen, die es nur geben kann. De Barral wußte das freilich nicht. Er wußte tatsächlich gar nichts ..."

„Aber sagen Sie mir doch, Marlow", unterbrach ich ihn, „wie kommen Sie zu dieser Meinung? Er muß doch in gewissem Sinne eine Persönlichkeit gewesen sein – in einem ganz bestimmten Sinne. Man richtet doch nicht in einem Geschäftskreis die größte materielle Verheerung zumindest eines Jahrzehnts an, ohne daß irgend etwas an einem dran ist."

Marlow schüttelte den Kopf. „Er war weiter nichts als nur ein Symbol, ein Zeichen. Es war nichts an ihm. Ungefähr zu der Zeit stand das Wort ‚Sparsamkeit' im Vordergrund. Sie kennen doch die Macht der Worte. Wir durchleben Perioden, die von diesem oder jenem Wort beherrscht werden – es kann ‚Entwicklung' sein oder auch ‚Konkurrenz', ‚Bildung' oder ‚Reinheit', ‚Tüchtigkeit' oder sogar ‚Heiligkeit'. Es ist jeweils das Wort der Zeit. Nun, damals war es eben das Wort ‚Sparsamkeit', das auf der Straße sozusagen Arm in Arm mit der Rechtschaffenheit, der unzertrennlichen

Begleiterin und Anhängerin aller dieser nationalen Losungswörter einherging und allen Leuten ins Auge stach. Sogar die Straßendirnen, die armen Dinger, entgingen dem Zauber nicht... Aber!... Nun, der größte Teil der Presse trompetete in allen möglichen Tonarten, wie eine nichtswürdige Schar von Papageien, die irgendein auf dumme Streiche erpichter Teufel abgerichtet hat, der Finanzmann de Barral fördere die großartige moralische Entwicklung unseres Charakters zur neuentdeckten Tugend der Sparsamkeit. Er fördere sie durch alle seine großen Unternehmungen, die den moralischen Wert der Sparsamkeit auch den verhärtetsten Herzen sichtbar machte, einfach, indem er versprach, zehn Prozent Zinsen für jede Einlage zu zahlen. Und man brauchte nicht unbedingt zur begüterten Klasse zu gehören, um an den Vorteilen der Tugend teilzuhaben. Besaß man auch nur sechs Pennies auf dieser Welt und gab sie de Barral, dann war das Sparsamkeit! Wahrscheinlich glaubte er das selbst. Bestimmt. Es ist unvorstellbar, daß nur er allein der Verblendung aller widerstanden hätte. Dazu war er nicht intelligent genug. Aber wenn man ihn sah, war das nicht festzustellen..."

„Sie haben ihn also gesehen?" fragte ich mit einer gewissen Neugier.

„Das habe ich. Merkwürdig, nicht? Nur einmal, aber als ich mit dem bekümmerten Fyne dasaß und dieser plötzlich seinen Namen, der mit anderen toten Inschriften der Vergangenheit in meinem Gedächtnis begraben gewesen war, wieder aufleben ließ, kann ich wohl sagen, daß ich ihn von neuem vor mir sah, mich ganz genau an ihn erinnerte, wie er in den Tagen seines Ruhms oder seines Glanzes gewesen war. Nein! Keins von diesen Worten paßt auf seinen Erfolg. Ruhm oder Glanz hat diese Gestalt niemals umgeben. Nun, sagen wir: in den Tagen, als er der Mehrheit der Tageszeitungen zufolge eine Finanzmacht war, die zugunsten der Verbesserung des Volkscharakters wirkte. Ich will Ihnen erzählen, wie sich das ergeben hatte.

Damals kannte ich einen untersetzten, wohlhabenden, kahlköpfigen kleinen Mann, der ein Appartement im ‚Albany' hatte. Er war auf seine Weise ebenfalls Finanzmann und führte Transaktionen intimer Natur und unmoralischen Charakters durch – meistens mit jungen Männern von nobler Geburt und mit großen Aussichten – obgleich ich wohl sagen möchte, daß er seine Dienste auch älteren Plebejern nicht vorenthielt. Er war ein echter Demokrat; er hätte mit dem Teufel selbst Geschäfte gemacht (eine gepfefferte Sorte von Geschäften). Alles, was ihm ins Netz ging, war ihm Fliege. Er empfing die Bewerber in einer munteren, jovialen Art, die völlig überraschend wirkte. Sie rief Erleichterung hervor, ohne allzu viel Vertrauen einzuflößen, was vielleicht ganz gut war. Seine Geschäfte wurden in einem Raum abgewickelt, der wie ein Salon eingerichtet war und an dessen Wänden mehrere braune Ölgemälde in schweren Rahmen hingen. Ob sie gut waren, weiß ich nicht, aber sie waren groß und strahlten mit ihren verschnörkelten, matt gewordenen Goldrahmen eine melancholische Würde aus. Der Mann selbst saß an einem glänzenden, intarsiengeschmückten Schreibtisch, der aussah wie ein seltenes Stück aus einem Kunstmuseum; sein Stuhl hatte eine hohe, ovale, geschnitzte Lehne, die mit einer verblaßten Tapisserie gepolstert war, und diese Gegenstände ließen die teure schwarze Havannazigarre, die er pausenlos von der Mitte seines Mundes bis in dessen linken Winkel und wieder zurück rollen ließ, als einen unaussprechlich billigen und häßlichen Gegenstand erscheinen. Ich mußte ihn mehrmals aufsuchen, im Interesse eines armen Teufels, der so vom Pech verfolgt war, daß er in einer sehr schwierigen Periode seines Lebens nicht einmal über einen sachkundigeren Freund als mich verfügte, der für ihn gesprochen hätte.

Ich weiß nicht, um wieviel Uhr mein Privatfinanzier seinen Tag begann, aber er verabredete sich immer zu den unmöglichsten Zeiten mit einem, wie zum Beispiel des Morgens um dreiviertel acht. Wenn man kam, fand man ihn bereits an diesem herrlichen Schreibtisch beschäftigt, frisch und munter, einen leichten Duft nach parfümierter Seife verbreitend und mit schon gut angerauchter Zigarre. Sie können mir glauben, daß ich meine Mission mit vielen unangenehmen Vorahnungen begann, aber in diesem fetten, hervorragend gewaschenen kleinen Mann lag eine so tiefe Verachtung der Menschheit, daß sie schon einer Art Gutherzigkeit gleichkam, die, im Gegensatz zur Milch der echten Freundlichkeit, niemals Gefahr lief, sauer zu werden. Einmal, während einer Pause in unserer Geschäftsverhandlung, als wir auf irgendein Dokument warteten, das er sich holen ließ (vielleicht aus dem Keller?), bemerkte ich beiläufig, indem ich meinen Blick im Zimmer umherschweifen ließ, ich hätte außer in einer Kunstsammlung noch nie so viele schöne Dinge beieinander gesehen. Ob dies nun meinerseits unbewußte Diplomatie war oder nicht, möchte ich dahingestellt sein lassen – aber die Bemerkung stimmte durchaus und gefiel ihm sehr. ‚Es ist ja eine Kunstsammlung', sagte er mit Nachdruck. ‚Nur, ich lebe mitten darin, was die meisten Sammler nicht tun. Aber ich sehe, daß Sie wissen, was Sie vor Augen haben. Das trifft nicht auf viele der Leute zu, die zu geschäftlichen Zwecken herkommen. Die Einrichtung von Ställen ist mehr ihr Fall.'

Ich weiß nicht, ob meine Würdigung seiner Kunstgegenstände der Sache meines Freundes förderlich war, auf jeden Fall aber förderte sie unsere Verhandlungen. Er begegnete mir mit einer Spur Vertraulichkeit, wie einem Eingeweihten.

Als ich ihn das letztemal besuchte, um die Transaktion zu Ende zu bringen, unterbrach uns ein Mensch, sozusagen ein Mittelding zwischen einem Buchmacher und einem Privatsekretär, der durch eine Tür, die nicht zum Vorraum führte, hereinkam und sich zu ihm hinabbeugte, um ihm etwas ins Ohr zu flüstern.

‚Eh? Was? Wer, sagten Sie?' Der schwer klassifizierbare

Mensch beugte sich von neuem hinab und flüsterte etwas; dann setzte er ein wenig lauter hinzu: ‚Er sagt, er wird Sie nicht länger als eine Minute aufhalten.‘

Mein kleiner Mann sah mich an und sagte unentschlossen: ‚Ah! Tja.‘ Ich erhob mich von meinem Stuhl und schlug vor, ich würde später wiederkommen. Er sah sonderbar beunruhigt aus. ‚Nein, nein. Es ist schon schlimm genug, wenn ich mein Geld verliere, ich will nicht auch noch mehr Zeit für Ihren Freund verschwenden. Heute müssen wir damit zu Ende kommen. Gehen Sie nur dort hinüber und sehen Sie sich diese Garniture de cheminée an. Im Schloß von Leaken steht eine ähnliche Uhr, aber meine ist in der Zeichnung viel schöner.‘

Ich ging also zur anderen Seite des großen Zimmers hinüber. Die Garniture war wirklich sehr schön. Während ich tat, als betrachtete ich sie, beobachtete ich jedoch, wie mein Mann einem hochgewachsenen Besucher entgegenging, der sagte: ‚Ich dachte, Sie seien so früh am Tage noch frei ...‘ Nach einer geflüsterten vertraulichen Unterhaltung, die nicht länger als eine Minute dauerte, geleitete er ihn wieder zur Tür und wechselte einen zeremoniellen Händedruck mit ihm. ‚Durchaus nicht, durchaus nicht. Freue mich sehr, Ihnen nützlich gewesen zu sein. Sie können sich absolut auf meine Information verlassen.‘ – ‚Oh, vielen Dank, vielen Dank. Ich habe nur so hereingeschaut.‘ – ‚Gewiß. Ganz recht. Jederzeit ... Guten Morgen.‘

Während die beiden diese Höflichkeitsbezeugungen austauschten, betrachtete ich den Besucher eingehend. Er war schwarz gekleidet. Ich erinnere mich noch genau, daß er eine flache, breite schwarze Satinkrawatte trug, in der eine mit einer großen Kamee geschmückte Nadel steckte, und einen schmalen Umschlagkragen. Er hatte farbloses, seidiges, über den Ohren leicht gewelltes Haar. Die Wangen waren bartlos und rund, anscheinend weich. Er hielt sich sehr gerade, ging mit kleinen Schritten und sprach sanft mit einer wie nach innen gerichteten Stimme. Vielleicht infolge des Gegensatzes zu der erlesenen Pracht des Zimmers und der Gepflegtheit seines Besitzers schien er mir schäbig, ärmlich und wenn auch nicht gerade demütig, so doch vom Unglück recht niedergedrückt zu sein.

Ich wunderte mich sehr über die Höflichkeit, die mein fetter kleiner Finanzmann diesem zweifelhaften Menschen gegenüber an den Tag legte. Nachdem wir unsere Plätze wieder eingenommen hatten, fragte er mich, ob ich wisse, wer da eben hinausgegangen sei. Als ich verneinend den Kopf schüttelte, lächelte er verschmitzt und sagte: ‚De Barral.' Er weidete sich an meiner Überraschung. Dann wurde er ernst. ‚Das ist ein tiefgründiger Mensch, wenn Sie wollen. Wir wissen alle, woher er gekommen und wohin er gelangt ist, aber keiner weiß, was er vorhat.' Er saß einen Augenblick in Gedanken verloren da und setzte dann wie im Selbstgespräch hinzu: ‚Ich frage mich, was wohl sein Plan ist.'

Und wissen Sie, es gab überhaupt keinen Plan, keinerlei Plan irgendwelcher Art, in irgendeiner Form oder von irgendeiner Beschaffenheit. Das kam beim Prozeß deutlich zum Vorschein. Wie ich Ihnen schon erzählt habe, war er ein Bankangestellter wie tausend andere gewesen. Er bekam diese Anmusterung als zweiten Start im Leben, blieb dort gleichfalls sitzen und füllte seinen Posten zufriedenstellend aus. Aber eines Tages, als habe eine übernatürliche Stimme es ihm ins Ohr geflüstert oder als habe ihn eine unsichtbare Fliege gestochen, setzte er seinen Hut auf, ging auf die Straße und begann Annoncen aufzugeben. Mehr war absolut nicht daran. Er fing auf der Straße das Stichwort der Zeit auf und spannte es vor seinen absurden Karren.

Man erinnert sich an seine ersten Annoncen, in denen das Zauberwort ‚Sparsamkeit, Sparsamkeit, Sparsamkeit' dreimal wiederholt wurde, mit dem Versprechen, alle Einlagen mit zehn Prozent zu verzinsen, und darunter die Adresse des ‚Hilfsverbandes Sparsamkeit und Unabhängigkeit‘ in der Vauxhall Bridge Road. Anscheinend war nichts weiter nötig. Er erklärte nicht einmal, was er mit dem Geld zu tun gedachte, welches das Publikum ihm auf seine Aufforderung hin in den Schoß werfen sollte. Natürlich wollte er es gegen hohe Zinsen ausleihen. Das tat er auch – aber ohne System, Plan, Voraussicht und Urteilskraft. Und als er die Summen, die einströmten, verzettelt hatte, annoncierte er von neuem – und erhielt mehr. Während einer Periode allgemeiner Wirtschaftsblüte gründete er die Bank ‚Erdkreis‘ und die Treuhandgesellschaft ‚Zepter‘, anscheinend einfach nur für die Annoncentätigkeit. Es waren bloße Namen. Er war völlig unfähig, irgend etwas zu organisieren, irgendeine Art von Unternehmen zu entwickeln, und sei es auch nur zu dem Zweck, mit den Aktien zu jonglieren. Damals hätte er jede beliebige Menge Herzöge, Generäle im Ruhestand, amtierende Parlamentsmitglieder, ehemalige Gesandte und so fort als Direktoren haben können, damit sie in den abenteuerlichsten Aufsichtsräten saßen, die er nur zu erfinden vermochte. Aber er versuchte es gar nicht. Er hatte keine wirkliche Phantasie. Er war zu weiter nichts fähig als nur dazu, noch mehr Annoncen aufzugeben und noch mehr Zweigstellen des Verbandes ‚Sparsamkeit und Unabhängigkeit‘, der Bank ‚Erdkreis‘, der Treuhandgesellschaft ‚Zepter‘ zwecks Entgegennahme von Einlagen zu eröffnen – zuerst in einer Stadt, dann in einer anderen, im Norden und im Süden – überall, wo er zu einem bescheidenen Preis geeignete Grundstücke finden konnte. Denn das war das charakteristische Merkmal seiner Verwaltung: Bescheidenheit, Mäßigung, Einfachheit. Weder ‚Erdkreis‘ noch ‚Zepter‘ noch auch deren Muttergesellschaft ‚Sparsamkeit und Unabhängigkeit‘ hatten die üblichen Paläste für sich gebaut. Wegen dieser Enthaltsamkeit wurden sie in albernen Zeitungsartikeln gepriesen, weil ihre ‚Verwaltungsmethoden das Prinzip der Sparsamkeit illustrierten, um dessentwillen sie gegründet wurden‘. Tatsache ist, daß de Barral einfach nicht darauf gekommen war.

Natürlich zog er bald von der Vauxhall Bridge Road fort. Soviel wußte er. Als nächstes erstand er ein riesiges altes, von Ratten wimmelndes Backsteinhaus in einer kleinen Nebenstraße des Strand. Man führte Fremde vor die denkbar schäbigste, schmutzigste, gelbliche glatte Backsteinmauer mit zwei Reihen unverzierter Fensteröffnungen darin, die eine über der anderen, und forderte sie mit angehaltenem Atem auf, zu schauen und zu bewundern, von welcher Einfachheit das Hauptquartier der großen Finanzmacht des Tages war. Das Wort SPARSAMKEIT in riesigen vergoldeten Lettern oben auf dem Dach und zwei enorme schildähnliche Messingplatten, die sich zu beiden Seiten um die Pfeiler des Eingangs wölbten, waren die einzigen glänzenden Punkte in de Barrals Geschäftsausstattung. Niemand wußte, welche Transaktionen da drinnen vor sich gingen, jeder wußte nur eins: Wenn man hineinging und sein Geld am Schalter anbot, nahm es einem jemand in aller Ruhe ab und händigte einem eine gedruckte Quittung aus. Das und weiter nichts. Anscheinend ist ein solches Wissen unwiderstehlich. Die Leute gingen hinein und boten ihr Geld an, und sobald man es ihnen aus der Hand genommen hatte, war es für sie so unwiederbringlich verloren, als hätten sie es ins Meer geworfen. Dies also und nichts anderes ging drinnen vor sich ..."

„Ach, Sie übertreiben doch gewiß, Marlow", sagte ich, „wenn auch nur durch die Art, wie Sie die Dinge darstellen. Das ist ja bestürzend."

„Ich übertreibe? Durch die Art, wie ich die Dinge darstelle?" verteidigte er sich. „Mein lieber Mann, ich habe einfach nur die Fetzen des Geschäftskauderwelschs und des Finanzjargons von meinen Feststellungen gestreift. Und Sie sind bestürzt! Ich sage Ihnen die nackte Wahrheit. Freilich fordert nichts den Vorwurf der Übertreibung mehr heraus als die Sprache der nackten Wahrheit. Das, was einem einen Schock versetzt, gibt man ungern zu. Was wollen Sie aber zum Ende seiner Laufbahn sagen?

Natürlich war es eine Sensation und kam ziemlich rasch. Es begann mit der Depositenbank ‚Erdkreis'. Unter dem Namen dieser Institution hatte de Barral mit der wahnsinnigen Halsstarrigkeit des phantasielosen Menschen einen indischen Prinzen finanziert, der von der Regierung die Wiedererstattung einer Riesensumme forderte und einen Prozeß gegen sie führte. Es ging um zahllose Dutzende von Lakhs – einen elenden Restbestand der Schätze seiner Vorfahren – oder so ähnlich. Und alles hatte wirklich seine Richtigkeit. Es gab einen echten Prinzen, und auch die Forderung war wirklich echt, nur war sie leider nicht rechtskräftig. So verlor der Prinz seinen Prozeß vor der letzten Instanz, und der Anfang von de Barrals Ende wurde für das Publikum sichtbar in Gestalt eines halben Bogens Schreibpapier, das an den vier Ecken auf die geschlossene Tür der Geschäftsräume der Bank ‚Erdkreis' gesiegelt war und die Mitteilung enthielt, dieses Unternehmen habe seine Zahlungen eingestellt.

Dessen Schwesterfirma ‚Zepter' brach innerhalb einer Woche zusammen. Ich will mich nicht des amerikanischen Ausdrucks bedienen, daß allen Unternehmungen de Barrals plötzlich ‚der Boden ausgeschlagen' wurde. Sie hatten nie einen Boden gehabt. Sie waren wie das Faß der Danaiden, in welches das Publikum freudig seine Einlagen hineingeschüttet hatte. Daß diese Gelder verloren waren, war offensichtlich, und das darauf folgende Bankrottverfahren glich einer düsteren Farce: schallendes Gelächter inmitten einer Szene stummer Angst – der Einzahler, Hunderttausender Einzahler. Das Gelächter war unwiderstehlich – die Begleitmusik zum öffentlichen Verhör des Bankrotteurs.

Ich weiß nicht, ob der Grund ein völliger Mangel an Vorstellungskraft oder vielmehr eine allzu große Portion einer bestimmten Art davon oder auch beides zugleich war – sämtliche drei Alternativen sind möglich –, jedenfalls entdeckte man, daß dieser Mann, den die Leichtgläubigkeit der Leute auf eine solche Höhe gehoben hatte, selbst noch vertrauensseliger war als seine Einzahler. Er war allen möglichen Sorten von Schwindlern, Phantasten und selbst Verrückten auf den Leim gegangen. Während er alles, was er tat, in tiefes und albernes Geheimnis hüllte, hatte er sich auf die hirnverbranntesten Pläne eingelassen: einen Hafen mit Kais an der Küste von Patagonien, Steinbrüche in Labrador und ähnliche Spekulationen. Eine Fischerei zur Versorgung einer Konservenfabrik an den Ufern des Amazonas war eine davon; ein Fürstentum, das in Madagaskar zu erstehen war, eine zweite. Als die grotesken Einzelheiten dieser unglaublichen Transaktionen nacheinander ans Tageslicht kamen, liefen Wellen eines unterdrückten Gelächters durch den vollbesetzten Gerichtssaal – eine immer ein wenig vernehmlicher als die vorherige. Schließlich brüllte das Publikum geradezu unter der Wirkung der sich anhäufenden Widersinnigkeiten. Der Gerichtsschreiber lachte, die Anwälte lachten, die Berichterstatter lachten, die armseligen Einzahler, die in dichtgedrängten Reihen angstvoll auf jedes Wort lauschten, lachten wie ein Mann. Sie lachten hysterisch – die armen Kerle –, den Tränen nahe.

Nur ein Mensch blieb ungerührt. Das war de Barral selbst. Er behielt seine gelassene, sanfte Miene, wie man mir sagte (ich habe der Szene nicht beigewohnt), und blickte die Leute ringsum mit einem Ausdruck ruhiger Selbstgenügsamkeit an, welcher der Welt die erste Andeutung der überwältigenden, maßlosen Überheblichkeit gab, die sich bisher unter einem schüchternen Benehmen verborgen hatte. Sie zeigte sich auch in seiner starrsinnigen Behauptung, alles wäre gut ausgegangen, wenn man ihm nur mehr Zeit gelassen und viel mehr Geld zur Verfügung gestellt hätte. Und es gab sogar Leute (jawohl, und das wahrhaftig unter seinen Opfern), die ihm beinah glaubten, sogar noch nach dem Strafverfahren, das bald darauf folgte. Als er auf der Anklagebank saß, war seine Unerschütterlichkeit dahin, als sei eine Illusion, die ihn aufrechterhalten hatte, plötzlich in ihm zerbrochen. Er hörte auf, er selbst zu sein, was sein Betragen und sogar seinen Charakter betraf, denn jetzt zeigte es sich, daß seine blassen, reglosen Augen, die so gut zu seinem farblosen Haar paßten, eine Art verstohlenen Haß auszudrücken vermochten. Zuerst war er herausfordernd, dann frech, danach sank er in sich zusammen und brach in Tränen aus, aber möglicherweise aus Wut. Dann beruhigte er sich und befleißigte sich wieder der sanften Sprechweise und des unauffälligen stillen Benehmens, die selbst in den Tagen seiner Größe bei ihm üblich gewesen waren. Anscheinend aber hatte er in diesem Augenblick der Veränderung endlich erkannt, was für eine Macht er gewesen war, denn er sagte zu einem der Staatsanwälte, der bei seinem Verhör einen hochfahrenden moralischen Ton angeschlagen hatte, jawohl, er habe gespielt – ihm gefalle das Kartenspiel. Aber noch vor einem Jahr hätte ein Heer von feinen Leuten nur allzu gern eine Partie mit ihm gespielt. Jawohl, auch einige von ebenden Leuten, fuhr er fort, die dort einen Platz auf der Richterbank innehatten, und zum Staatsanwalt gewandt rief er: ‚Und Sie ebenfalls!' Die halbe Stadt hätte in seinem Appartement um ihn herumgeschwänzelt, wenn er sich aus solchen Dingen etwas gemacht hätte. ‚Wenn ich es mir jetzt recht überlege, habe ich die meiste Zeit darauf verwandt, mir Leute wie Sie vom Leibe zu halten!' endete er mit heiterer, gänzlich unaufdringlicher Verachtung, als sei er sich dieser Tatsache jetzt zum erstenmal bewußt geworden.

Das war der Augenblick, der einzige Augenblick, da er vielleicht die gesamte Zuhörerschaft im Gerichtssaal, in dem düsteres Schweigen herrschte, auf seiner Seite hatte. Und dann nahm das langweilige Verfahren seinen Fortgang. Denn trotz aller äußeren Erregung war es der langweiligste aller berühmten Prozesse. Das Bankrottverfahren hatte das, was es dabei zu lachen gab, erschöpft. Übrigblieb nur die Tatsache eines umfassenden Ruins und die Entrüstung einer großen Anzahl von Leuten, weil man sie mit Mitteln genarrt hatte, die so einfältig waren, daß ihre Selbstachtung eine tiefe Wunde davontrug, wie sie ihnen die Gerissenheit eines ausgemachten Schurken nicht geschlagen hätte. Beschämtes Erstaunen begleitete diesen Prozeß, in dem de Barral nicht als einziger bloßgestellt wurde. Für sich selbst lautete sein Ruf nur: ‚Zeit! Zeit!' Zeit hätte alles zurechtgerückt. Mit der Zeit hätten einige seiner Spekulationen gewiß Erfolg gehabt. Diese Verteidigung, diese Entschuldigung, dieses Glaubensbekenntnis brachte er in ermüdender Wiederholung immer von neuem vor. Alles, was er getan oder unterlassen hatte, sei geschehen, um Zeit zu gewinnen. Er hatte sich mit diesem Wort hypnotisiert. Zuweilen, so berichtete man mir, sah er aus, als sei er in Ekstase, und seine reglosen blassen Augen schienen die Vision künftiger Zeitalter zu erblicken. Zeit – und natürlich mehr Geld. ‚Ach, wenn Sie mich nur noch zwei Jahre in Ruhe gelassen hätten!' rief er einmal im Brustton leidenschaftlicher Überzeugung. ‚Das Geld kam herein.' Die Einlagen, verstehen Sie – die Rücklagen der ‚Sparsamkeit'. O ja, sie waren hereingekommen, bis zum letzten Augenblick. Und er bedauerte, daß sie nicht mehr kamen. Durch eine Art mystischer Überzeugung war er dahin gelangt, sie als sein Eigentum anzusehen. Und doch war es die reine Wahrheit, was er dem Staatsanwalt, der eine Frage mit den Worten begann: ‚Sie haben alle diese immensen Summen gehabt ...', empört zurief: ‚Was habe ich denn davon gehabt?'

Es stimmte völlig. Er hatte nichts davon gehabt – keins der trügerischen oder der erstrebenswerten Dinge der Erde, nach denen räuberische Naturen Verlangen empfinden. Er hatte mit diesen ‚immensen Summen' keinen Geschmack befriedigt, hatte keinen Luxus gekannt, keine prunkenden Paläste erbaut, keine glanzvollen Galerien gegründet. Er hatte nicht einmal ein Heim. Er war in dieses Hotelappartement gezogen und jahrelang dort wohnen geblieben; zweifellos zur großen Zufriedenheit der Hoteldirektion. Zweimal hatte man seine Miete erhöht – ich nehme an, um zu zeigen, wie hoch man seine distinguierte Kundschaft schätzte. Mit dem ganzen Reichtum, der durch seine Hände geströmt war, hatte er für sich selbst weder Schmeichelei noch Liebe, weder Glanz noch Bequemlichkeit gekauft. In seiner konsequenten Mittelmäßigkeit lag eine gewisse Vollkommenheit. Selbst seiner Eitelkeit bereitete es anscheinend keine Genugtuung, auch nur die geringste Macht zur Schau zu stellen. In den Tagen, in denen er am stärksten im Blickpunkt der Öffentlichkeit stand, umgab ihn die unüberwindliche Dunkelheit seiner Herkunft wie ein düsteres Gewand. Er hatte mit Millionen operiert, ohne jemals irgend etwas zu genießen, was die Gemeinschaft der Menschen als kostbar ansieht, weil er weder über die Brutalität des Temperaments noch über die Verfeinerung des Geistes verfügte, die ihn veranlaßt haben könnten, sie mit der Willenskraft eines herrischen Abenteurers zu begehren ..."

„Sie scheinen den Mann ja studiert zu haben", bemerkte ich.

„Studiert", wiederholte Marlow gedankenvoll. „Nein! Studiert nicht. Dazu hatte ich keine Gelegenheit. Sie wissen doch, daß ich ihn nur das eine Mal sah, von dem ich Ihnen erzählt habe. Vielleicht ist aber ein rascher Blick, auf den nichts weiter folgt, das Richtige, um die Individualität eines Menschen zu erkennen, und ein Mensch mit individuellem Gepräge war de Barral gerade eben dank seiner Unzulänglichkeiten, denn sie machten aus ihm etwas, was der vorgefaßten Meinung, die man von ihm hatte, keineswegs entsprach. Es gab auch sehr wenig Material, das jemandem wie mir zugänglich gewesen wäre und auf Grund dessen man sich ein Urteil hätte bilden können. In einem solchen Fall glaube ich aber, daß eine Kostprobe so gut ist wie ein Festmahl – vielleicht sogar noch besser. Wenn man Geschmack an solchen Dingen findet, wird ein bloßer Ausgangspunkt zu einem vorteilhaften Standort, und man gelangt dann durch eine Kette logisch abgeleiteter Wahrscheinlichkeiten zur Wahrheit – oder kommt der Wahrheit sehr nahe, so nahe, wie es bei einem Indizienbeweis überhaupt möglich ist. Ich habe de Barral nicht studiert, aber so verstehe ich ihn, soweit er zu verstehen war bei dem Getöse des Bankrotts, dem Gejammer und Zähneknirschen, den Schlagzeilen der Zeitungen, die schreiend verkündeten: ‚Die Betrügereien der »Sparsamkeit« – Kreuzverhör des Angeklagten – Sonderbericht', den barmherzigen Aufrufen, den Opfern zu helfen, den weihevollen Tönen der Tageszeitungen, in denen es vor Mitleid rumorte, als seien sie die Eingeweide der Nation. All das hielt eine ganze Woche an, in der fleißig Sitzungen stattfanden. Ein Zeitungsmensch, den ich kannte, sagte zu mir: ‚Er ist ein Idiot!', was möglicherweise stimmte. Zuvor hatte ich jemand erklären hören, er habe ein Verbrechergesicht, was, wie ich wußte, nicht stimmte. Das Urteil wurde bei künstlichem Licht in einer erstickend giftigen Atmosphäre gesprochen. Der Richter sagte gewichtig etwas Erbauliches darüber, daß die Vergeltung denjenigen erreicht habe, der ‚in einem noch nicht dagewesenen Maße die herzlosesten Betrügereien' begangen habe. Ich verstehe nicht viel von diesen Dingen, aber anscheinend hatte de Barral Konten veruntreut, Bilanzen gefälscht, hatte noch Monate, nachdem er hätte wissen müssen, daß er rettungslos zahlungsunfähig war, Einlagen entgegengenommen und genügend weitere Handlungen begangen, die in den Augen des Gesetzes so verwerflich waren, daß sie mit sieben Jahren Zuchthaus zu ahnden waren. Als das Urteil draußen bekannt wurde, nahm man es zustimmend auf. Eine Meute von Leuten, die selbst nicht besonders klug und gewissenhaft aussahen, mit einer leichten Beimischung von echten Taschendieben, vergnügte sich im durchdringendsten, scheußlichsten kalten Sprühregen, an den ich mich erinnern kann, damit, es mit Beifall zu begrüßen. Auf meinem

Weg vom East End, wo ich den Tag mit einem Bekannten, der für die Ausrüstung eines neuen Schiffs sorgte, bei den Docks verbracht hatte, kam ich ganz zufällig dort vorbei. Ich sehe mir immer, wenn sich mir die Gelegenheit bietet, voller Hingabe neue Schiffe an. Sie interessieren mich, als seien sie reizvolle junge Menschen.

Ich geriet in eine Menge, die vor Feindseligkeit kochte, was so sinnlos war, wie es Dinge der Straße immer sind, und während ich alle Anstrengungen unternahm, mich aus ihr zu befreien, wurde der vorhin erwähnte Zeitungsmensch gegen mich gestoßen. Er ließ mir Gerechtigkeit widerfahren und bekundete Überraschung. ‚Was! Sie hier? Der allerletzte, den ich... Wenn ich das gewußt hätte – ich hätte Sie hineinbringen können. Plätze gab es genug. In den letzten drei Tagen war das Interesse abgeflaut. Sieben Jahre hat er bekommen. Nun, ich bin froh darüber.‘

‚Warum sind Sie denn froh? Weil er sieben Jahre bekommen hat?‘ fragte ich, wobei mich ein ungeschlachter Mensch sehr belästigte, der sich gegen mich drängte und zu einigen seiner ebenso heftig drängenden Kumpane bemerkte: ‚Den Kerl hätte man mit der Axt erschlagen müssen!‘ Ich weiß nicht, ob er seine Ersparnisse jemals de Barral anvertraut hatte, aber wenn es so war, dann mußte er sie, seinem Aussehen nach zu urteilen, einem erfolgreichen Einbruch verdankt haben. Der Zeitungsmann antwortete mir auf meine Frage: Nein, er sei froh, daß alles vorüber sei. Er habe unter der Hitze und der schlechten Luft im Gerichtssaal sehr gelitten. Die feuchte, unangenehme Kälte der Straße schien unverzüglich seine Leber anzugreifen. Er gab seiner Verachtung Ausdruck, wurde gereizt und benutzte rücksichtslos seine Ellbogen, um Platz für sich und für mich zu schaffen.

Eine langweilige Angelegenheit. Solche Fälle seien immer langweilig. Keine echten dramatischen Momente. Die Enthüllungen über die Buchführung des ‚Erdkreis‘ und all der übrigen Unternehmen seien freilich die reine Posse gewesen, aber das Publikum mache sich nichts aus Enthüllungen dieser Art. Langweiliger Bursche, dieser Barral, knurrte er. Er konnte mir das Auftreten des Mannes, der nun offiziell ein Verbrecher war, nicht beschreiben, oder er wollte sich nicht die Mühe machen (wir hatten die Straße überquert, um ein Glas miteinander zu trinken), aber er erklärte mir mit einem sauren, verächtlichen Kichern, der Kerl habe sich nach der Urteilsverkündung lange genug an die Anklagebank geklammert, um eine Art Protest zu erheben. ‚Sie haben mir keine Zeit gelassen. Hätte man mir Zeit gelassen, dann wäre ich schließlich Pair geworden, wie so mancher andere auch!‘ Und er hatte sich die erste und letzte Geste erlaubt, die er während all dieser Tage gemacht hatte, indem er die festgeschlossene Faust über den Kopf erhob.

Der Zeitungsmann mißbilligte diese Kundgebung. Es war nicht seine Sache, sie zu verstehen. Ist es jemals Sache irgendeines Zeitungsmannes, etwas zu verstehen? Wahrscheinlich nicht. Das würde ihn zu weit von den Aktualitäten fortführen, die für die öffentliche Meinung das tägliche Brot sind. Er dachte wahrscheinlich, als Schauspiel betrachtet sei der Anblick nicht viel wert gewesen – die schwache Stimme, die farblose Persönlichkeit, die zu einer Haltung so unfähig war wie ein Bettpfosten, sogar die in diesem Augenblick und an diesem Ort so wirkungslose Albernheit der geballten Faust – nein, all das taugte nicht viel. Und für ihn, einen Könner in seinem Beruf, war das Denken eine ausgesprochen ‚schlechte Sache‘. Seine Sache war es, einen lesbaren Bericht zu schreiben. Ich aber, der ich nicht zu schreiben brauchte, erlaubte mir, meinen Verstand zu benutzen, während wir vor unseren noch unberührten Gläsern saßen. Und die Enthüllung, die so häufig einen Augenblick des Abstands von rein visuellen Eindrücken belohnt, versetzte mich in eine gespannte Erregung, die fast einem Schauder glich. Mir schien, ich hätte begriffen, daß die Vorstellungskraft dieses Mannes, dessen Stimmungen, Gedanken und Motive häufig den Anschein von etwas grotesk Geheimnisvollem gehabt hatten – daß also seine Vorstellungskraft durch den Schock des Schmerzes und der Bestürzung, die er durch seinen Prozeß erlitten hatte, endlich zur Aktivität erwacht war. Und das war schrecklich. Man versuche nur, die Gefühle eines Mannes nachzuempfinden, dessen Vorstellungskraft eben in dem Augenblick erwacht, wo er im Begriff ist, ins Grab zu sinken ...

Sie müssen nicht glauben", fuhr Marlow nach einer Pause fort, „daß ich mir an jenem Morgen mit Fyne dies alles – nennen wir es Information – bewußt durch den Kopf gehen ließ; nein, nennen wir es lieber einen Vorrat von Wissen über de Barral, der mir zur Verfügung stand oder der vielmehr in mir vorhanden war. Information ist eine Sache, die man suchen geht und, sobald man sie gefunden hat, beiseite legt, ganz so, als sei sie ein Stück Blei – so gewichtig, nützlich, sowenig pulsierend, so matt ist sie. Während man Wissen – diese Art von Wissen – zufällig erwirbt und es im Ruhezustand eine feine, leise Resonanz behält ... Da solche Unterscheidungen aber ans Übersinnliche grenzen, will ich Ihnen die Mühe ersparen, sie anzuhören. Meine Grausamkeit hat Grenzen. Nein, ich ließ mir all das, was ich Ihnen erzählt habe, nicht etwa sorgfältig durch den Kopf gehen. Wie hätte ich es auch tun können, während Fyne sich dort im Zimmer befand? Er saß ganz still da, auf hausbackene Weise einer Statue gleich, nachdem er sich seiner effektvollen Bestätigung entledigt hatte: ‚Ja. Des Sträflings', und ich – weit davon entfernt, eine Rückschau in die Vergangenheit zu halten, verweilte hinreichend in der Gegenwart, um unbestimmt und zerstreut über den beachtlichen Umfang und die (alles in allem) harmonische Form seiner Waden, der Waden eines großen Wandersportlers, nachzusinnen, denn er hatte die Beine übereinander geschlagen – ungezwungen, weil er die Sorge, die sein Gemüt belastete, verbergen wollte, indem er sich den Anschein der Unbekümmertheit gab. Trotzdem aber war das Wissen, diese erwachte Resonanz, von der ich eben sprach, in mir vorhanden, ich war mir seiner bewußt an diesem wunderschönen Tag, der so frisch, so warm und freundlich, so vollkommen war – eine ausgesuchte Höflichkeit des vielgescholtenen englischen Klimas, wenn es ihm einmal in seinen metereologischen Sinn kommt, sich wie ein vollendeter Gentleman zu benehmen. Natürlich ist das englische Klima niemals ein Grobian. Es leidet ziemlich oft unter Grillenhaftigkeit – aber auch das gehört zur Eigenart eines Gentleman, und es macht mir gar nichts aus, ihm in dieser Stimmung zu begegnen. Es hat Tage einer grauen, verschleierten, höflichen Melancholie, die es sehr faszinierend machen. Wie selten verfällt es doch in stürmisches Toben! Und dann geschieht dies meistens in der Jahreszeit, in der man hinausgehen und etwas erlegen kann. Die schönen Tage aber sind am besten dazu geeignet, daheim zu bleiben, zu lesen, zu denken, Betrachtungen anzustellen, sogar zu träumen – tatsächlich in vollen Zügen zu leben, intensiv und ruhig, im Lichtschein des Verstehens, mit jenem aufnahmebereiten, strahlenden Gemüt, das ein Geschenk des klaren, hellen und heiteren Wetters ist.

An diesem Tag hatte ich beabsichtigt, intensiv und ruhig zu leben, mich im Glanz des Wetters zu baden, das sogar auch einer nur wenig versprechenden intellektuellen Umschau Zauber verliehen hätte. Als Gefährten hatte ich ein Buch gefunden – keins, das die Gescheitheit des Tages vernebelt hätte, sondern ein Schönwetterbuch, einfach und offen wie das Gespräch eines selbstlosen Freundes. Als ich aber den kleinen Fyne betrachtete, wie er dort im Zimmer saß, begriff ich, daß aus meinen beschaulichen Plänen nichts würde und ich von neuem in dieser oder jener Form eine anstrengende körperliche Tätigkeit aufgebürdet bekäme. Ich fürchtete, es werde Spazierengehen sein, denn dieser Gedanke war für mich mit meinem optischen Eindruck von Fyne untrennbar verbunden. Wohin, warum und wie ein Dahineilen mit langen Schritten in irgendeinen hilfreichen Zusammenhang mit den gegenwärtigen Sorgen des guten Fyne zu bringen war, vermochte ich mir nicht vorzustellen, es sei denn, daß ein sinnloser Gehsport Fynes prinzipielles Allheilmittel für sämtliche Übel und Gebrechen der Welt, die körperlichen wie die geistigen, war. Es hatte gar keinen Zweck, daß ich irgend etwas sagte oder tat. Es mußte zwangsläufig so kommen. Seine muskulösen unteren Gliedmaßen betrachtend, die in Golfstrümpfen steckten, und unter dem starken Eindruck der Information, die er mir soeben gegeben hatte, bemerkte ich verwundert und ziemlich unlogisch: ‚So hatte also de Barral Frau und Kind! Das Mädchen ist seine Tochter. Und wie ...‘

Fyne unterbrach mich, indem er noch einmal ernsthaft erklärte, als wäre es etwas, das man nur schwer glauben könnte, seine Frau und er hätten sich wahrhaftig bemüht, dem Mädchen auf jede Weise Freundschaft zu erweisen! Ich zweifelte keinen Augenblick an dem, was er sagte, mein Erstaunen war jedoch eher verstandesgemäß. Sie dürfen nicht vergessen: Zu dieser Morgenstunde wußte ich ja noch nichts von Mrs. Fynes flüchtiger Bekanntschaft (mehr war es kaum) mit Mr. de Barrals Frau und Kind während ihres Exils in der Priorei, auf der Höhe der Berühmtheit dieses Mannes.

Fyne, der ganz offensichtlich einzig zu dem Zweck herübergekommen war, um mit mir über dieses Thema zu sprechen, gab mir den ersten Hinweis auf jene damals beginnende Verbindung, die nur im Freien stattgefunden hatte. ‚Das Mädchen war damals noch ein kleines Kind‘, erzählte er weiter. ‚Später verschwand sie aus Mrs. Fynes Blickfeld und kam in die Obhut einer Gouvernante – einer völlig unzulänglichen Person‘, erklärte er. Dann habe seine Frau ihn – hm – kennengelernt und nach ihrer Hochzeit das Kind ganz aus den Augen verloren. Nach der Geburt Pollys aber (Polly war die zweite Tochter der Fynes) vermochte sie sich nicht so recht zu erholen und fuhr für ein paar Monate nach Brighton, um wieder zu Kräften zu kommen – und dort erkannte das Mädchen (das noch immer das Haar offen auf dem Rücken trug) sie eines Tages auf der Straße vor einem Laden und stürzte sich, tatsächlich, sie stürzte sich in ihre Arme. Es war geradezu rührend. Und natürlich umarmte seine Frau sie, ohne die kalte Frechheit dieser ... hm ... Gouvernante zu beachten.

Er sprach feierlich, in Bruchstücken. Ich unterbrach ihn mit der Bemerkung, das müsse vor dem Konkurs gewesen sein.

Fyne nickte mit noch tieferem Ernst, bestätigte mit seiner Baßstimme: ‚Kurz davor' und schwelgte dann in einer gewichtigen Periode tiefen Schweigens.

De Barral, so erzählte er plötzlich weiter, sei damals nicht regelmäßig zum Wochenende nach Brighton gekommen. Er müsse sich der herannahenden Katastrophe wohl schon bewußt gewesen sein. Mrs. Fyne vermied, seine Bekanntschaft machen zu müssen, und kam damit den Vorstellungen jener Person entgegen, der Gouvernante, die auf jeden Einfluß von außen sehr eifersüchtig war. Jedenfalls aber müsse es nicht leicht gewesen sein. Eine ungewöhnliche, steifrückige, dürre Gestalt, ganz in Schwarz gekleidet, die alle Leute beobachteten, wenn sie Hand in Hand mit dem Mädchen spazierenging; scheinbar war sie schüchtern, aber – und hier zeigte Fyne fast so etwas wie Scharfblick – wahrscheinlich verbarg sie hinter ihrer Befangenheit eine erhebliche heimliche Arroganz. Mrs. Fyne hatte Flora de Barral schon lange vor der Katastrophe bedauert. Höchst unzweckmäßige Anleitung. Sehr unbefriedigendes Milieu. Auf der Straße wußte jeder, wer das Mädchen war, und auf öffentlichen Plätzen starrte man sie an, als sei sie so etwas wie eine Prinzessin; aber mit einer ganz unheilvollen Konsequenz wurde sie daran gehindert, irgendwelche Bekanntschaften zu machen – obgleich es zweifellos viele Leute gegeben hätte, die nur allzu gern bereit gewesen wären, sich Miss de Barral ... hm ... angenehm zu erweisen. Dies paßte jedoch nicht in die Pläne der Gouvernante – einer intriganten Person, die hinter ihrer strengen Miene, hinter ihrer Abstand wahrenden Exklusivität einen ganz finsteren Anschlag ausheckte. Die Augen des kleinen Fyne weiteten sich vor feierlichem Entsetzen, als er mir in erregten Worten enthüllte, was zu jener Zeit bei seiner Frau bereits mehr als ein Verdacht in bezug auf das heimtückische Verhalten dieser Mrs. Soundso gewesen war. Anscheinend hatte sie, so behauptete Mrs. Fyne, bereits den Plan geschmiedet, die ihr Anvertraute schließlich an einen mittellosen Verwandten von ihr zu verheiraten – einen jungen Mann mit unruhigen Augen und etwas Unverschämtem in seinem Benehmen, den diese Frau ihren Neffen nannte und den sie immerfort zu Besuch dorthin kommen ließ.

‚Und vielleicht war es gar nicht ihr Neffe, überhaupt kein Verwandter!' Mit krampfhafter Anstrengung brachte Fyne diesen schlimmsten Teil der Verdächtigungen hervor, die Mrs. Fyne ihm stets bruchstückweise mitteilte, wenn er hinauskam, um das Wochenende auf ernste und gemessene Weise mit ihr und den Kindern zu verbringen. In ihrer gutherzigen Besorgnis um das unglückliche Kind des Mannes, der damit beschäftigt war, so viele Millionen planlos in Bewegung zu setzen, verbrachten die Fynes die Stunden ihrer wöchentlichen Wiedervereinigung damit, ernsthaft darüber nachzudenken, was man tun könne, um diese ganz niederträchtige Verschwörung zu vereiteln, und sie versuchten eine taktvolle Verhaltensweise für so ungewöhnliche Umstände zu entwickeln. Ich konnte sie geradezu vor mir sehen – einfache, gewissenhafte Menschen, die sich ehrlich Sorgen machten über dieses schutzlose große Mädchen, während sie ihren eigenen kleinen Mädchen beim Spiel am Strand zusahen. Fyne versicherte mir, dieses schwierige Problem einer Einmischung habe seiner Frau den Schlaf geraubt.

‚Es war sehr scharfsichtig von Mrs. Fyne, ein so verborgenes Spiel aufzuspüren', sagte ich und fragte mich im stillen, wo denn jetzt ihr Scharfblick geblieben war, daß sie sich von einem soviel unkomplizierteren Spiel, das noch dazu unmittelbar vor ihrer Nase bis zu Ende gespielt wurde, hatte überraschen lassen. Allerdings war sie damals, als die Furcht vor dem Schicksal, das de Barrals schutzloses Kind bedrohte, ihre nächtliche Ruhe störte, nicht damit beschäftigt gewesen, für Frauen, die Grund zur Klage hatten, ein dickes, unbarmherziges Handbuch über die Theorie und Praxis des Lebens zu schreiben. Damals, bevor die Aufgabe, eine Philosophie der rebellischen Aktion zu entwickeln, ihren intuitiven Scharfsinn beeinträchtigt hatte, vermochte sie noch Dinge zu bemerken, die, wie ich vermute, einigermaßen offen zu Tage traten. Denn ich neige zu der Annahme, daß die Frau, die der Zufall damit betraut hatte, Flora de Barrals Schicksal zu lenken, keine sehr raffinierten Anstrengungen unternahm, um ihr Spiel zu verbergen. Sie war sich dessen bewußt, daß sie die Lage völlig beherrschte, nachdem sie ein für allemal die Oberhand über de Barral gewonnen hatte. Gegen eine Beobachtung ihres Verhaltens durch Außenstehende hatte sie ihre Maßnahmen getroffen, und ich kann nicht umhin, bei dem Gedanken zu schmunzeln, wie furchtbar lästig ihr die ernsthaften, unschuldigen Fynes wohl gewesen sein mußten. Wie mochte sie sich wohl über dieses Ehepaar geärgert haben, das so unvorgesehen wie ein Blitz aus heiterem Himmel, wenn auch nicht so rasch, in Brighton erschienen war. Wie mußte sie sie gehaßt haben!

Ich schlußfolgere aber, daß sie ihren Plan, worin er auch immer bestanden haben mochte, trotzdem ausgeführt hätte. Ich kann mir vorstellen, daß de Barral seit Jahren gewohnt war, ihren Wünschen nachzugeben und entweder aus Überheblichkeit, aus Schüchternheit oder auch einfach nur wegen seiner phantasielosen Dummheit keine gesellschaftlichen Kontakte hatte und niemand als nur ein paar kartenspielende Kumpane kannte; ich vermag mir auszumalen, welche Furcht ihm wohl die Aussicht bereitete, mit der Sorge für eine heiratsfähige Tochter belastet zu sein, was ihn zwingen würde, seine Gewohnheiten von Grund auf zu verändern, und eine ganz andere Lebensweise notwendig machte, von der er nicht einmal wußte, wie er damit beginnen sollte. Mir scheint offensichtlich zu sein, daß Mrs. Wie-hieß-sie-doch ohne große Mühe ihren schändlichen Willen durchgesetzt hätte, auch wenn die braven Fynes in der Lage gewesen wären, etwas zu unternehmen. Sie hätte de Barral einfach durch ihr vornehmes Gehabe eingeschüchtert. Es gibt nichts Unterwürfigeres als einen überheblichen Mann, wenn man seine Überheblichkeit erst einmal bei einer bestimmten Gelegenheit gebrochen hat.

Es blieb jedoch keine Zeit, und es erwies sich als nicht notwendig, daß irgend jemand etwas unternahm. Die Umstände selber schwanden mit dem finanziellen Zusammenbruch dahin, so wie ein Gebäude bei einem Erdbeben verschwindet – in einem Augenblick ist es noch da, und im nächsten existiert es nicht mehr! –, nachdem nichts weiter als nur ein leises, unheilvolles Grollen vorausgegangen ist. Nun, wenn ich sage: ‚in einem Augenblick', so ist das vielleicht eine Übertreibung, aber daß das Ganze innerhalb von vierundzwanzig Stunden vorbei war, trifft zu. Fyne vermochte mir alles darüber zu berichten, und der Ausdruck, der die Veränderung wohl am besten charakterisiert, lautet: plötzliche, vollständige Mittellosigkeit. Ich verstehe nicht viel von diesen Dingen, aber aus Fynes Erzählung war zu entnehmen, daß die Gläubiger oder die Einzahler oder aber die entsprechenden Behörden im Handumdrehen alles beschlagnahmt hatten, was de Barral auf dieser Erde besaß, sogar seine Uhr samt Kette, das Geld aus seiner Hosentasche, seine Kleidung bis auf den Anzug, den er auf dem Leibe trug, und vermutlich auch die Nadel mit der Kamee, die in seiner Krawatte aus schwarzem Seidensatin steckte. Alles! Ich glaube sogar, daß er den Trauring seiner verstorbenen Frau hingab. Die düstere Priorei mit ihrem feuchten Park und zwei Bauernwirtschaften hatte er seinerzeit auf Mrs. de Barral überschrieben, aber als diese starb (ohne ein Testament zu hinterlassen), ging der Besitz an ihn zurück, vermute ich. Sie bekamen ihn natürlich, aber es war nur ein Körnchen in einer Sahara des Hungers, ein Tropfen in einem Ozean des Dursts. Ich möchte behaupten, daß nicht einer einzigen Seele auf der Welt der Trost einer Rückzahlung von auch nur drei Pennies aus dem Vermögen zuteil wurde. Darüber hinaus – nicht einmal ein Körnchen, nicht einmal ein Tropfen! – gab es noch den Pachtvertrag des großen Hauses in Brighton, die Möbel darin, die Kutsche mit dem Doppelgespann, das Reitpferd des Mädchens und ihren teuren Krimskrams zu erraffen, bis zu dem mit schwerem Gold beschlagenen Halsband ihres Rassebernhardiners. Der Hund kam ebenfalls fort – der am nobelsten aussehende Vermögenswert unter den bettelhaften Aktivposten.

Was jedoch als erstes fortging oder sich vielmehr davonmachte, war keineswegs ein Aktivposten. Es war die insgeheim Ränke schmiedende Gouvernante mit ihrem Trick, sich wie eine ‚vollendete Dame' (streng konventionell) zu benehmen, und der Seele eines gewissenlosen Straßenräubers. Wenn sich eine Frau einmal irgendeinem gesetzwidrigen Männergeschäft widmet, dann ist sie, was Gründlichkeit anbetrifft, nicht zu überbieten. Freilich werden Sie Leute finden, die Ihnen erklären, die fürchterliche Bösartigkeit, mit der sie dann alle hergebrachten Schranken durchbricht, sei ausschließlich Schuld der Männer. Solche Menschen stellen Ihnen mit gescheiter Miene die Frage, weshalb denn die Sklavenkriege immer die schrecklichsten, grausamsten und verheerendsten gewesen sind. Und darauf mögen Sie ihnen eine Antwort geben, so gut Sie können, sogar die ausnehmend weibliche, wenn Sie wollen, die so typisch ist für die übertriebene Genauigkeit der Frauen: ‚Ich sehe nicht ein, was das damit zu tun hat!'

Wieviel Argumente wurden nicht schon durch diese paar Worte entkräftet – ich will nicht sagen: zunichte gemacht! Denn wenn wir Männer uns bemühen, die ganze Fülle aller Erfahrungen in unsere Beweisführung zu legen, und gern die Unendlichkeit selbst in unsere Liebe einschlössen, so ‚ist dies nicht Frauenart', wie ein Schriftsteller einmal bemerkte. O nein. Aus diesen Dingen machen sie sich nichts. Diese Art Bestrebung liegt ihnen nicht sehr, und eine von ihnen geschaffene Welt sähe merkwürdig aus: eine Welt, in der das Unerhebliche auf phantastische Weise den Platz des nüchtern-alltäglich Phantasiereichen einnähme ..."

Ich erhob die Hand, um meinen Freund Marlow zum Schweigen zu bringen.

„Glauben Sie wirklich, was Sie da gesagt haben?" fragte ich, ohne ihn kränken zu wollen, denn bei Marlow war man nie sicher.

„Nur an manchen Tagen des Jahres", antwortete Marlow bereitwillig mit einem verschmitzten Lächeln. „Heute habe ich mich einfach nur bemüht, umfassend zu sein, und ich stelle fest, daß es mir gelungen ist, Sie in Ihren empfindlichen Gefühlen zu verletzen, die den Frauen gewidmet sind. Wenn Sie allein und stumm dasitzen, dann verteidigen Sie in Gedanken die armen Frauen gegen Angriffe, die ihnen unmöglich etwas anhaben können. Ich frage mich, was ihnen wohl etwas anhaben kann? Um aber Ihre innere Unruhe zu beschwichtigen, will ich noch einmal erklären, daß eine Welt des Unerheblichen sehr amüsant wäre, wenn die Frauen sich die Mühe nähmen, sie so charmant zu machen, wie nur sie es zu tun verstehen, indem sie für uns einige altbekannte, alteingeführte – fast möchte ich sagen, abgedroschene – Illusionen bewahren, ohne die das durchschnittliche männliche Wesen nicht auskommen kann. Und diese Bedingung ist sehr wichtig. Denn es gibt nichts Aufreizenderes als das Unerhebliche, wenn es einmal aufgehört hat, zu belustigen und zu bezaubern; dann bestände die Gefahr, daß die unterdrückte Männlichkeit in ihrer Entrüstung irgendeine jähe, unvorsichtige Bewegung machte und den Ellbogen durch das feine Gespinst der Welt stieße, von der ich spreche. Und das wäre verhängnisvoll für diese Welt. Denn nichts sieht auf eine nicht wiedergutzumachende Weise so beklagenswert aus wie ein feines Gespinst, das beschädigt wurde. Die Frauen wären die ersten, denen ihre eigene Schöpfung zuwider würde.

Es lag etwas von der höchst praktischen Vernunft der Frauen und auch von ihrem Hang zum Unerheblichen im Verhalten von Miss de Barrals verblüffender Gouvernante. Aus Fynes Bericht ging hervor, daß der fragwürdige junge Mann am Tage vor dem ersten Rumoren der Katastrophe unerwartet in Brighton ankam, um seine ‚Tante' zu besuchen. Äußerlich gesehen schien alles normal zu verlaufen; der Bursche ritt am Nachmittag mit dem Mädchen aus, wie er es häufig tat – ein Anblick, der Mrs. Fyne unweigerlich mit Empörung erfüllte. Fyne selbst verbrachte eine ganze Woche dort bei seiner Familie und folgte dem Ruf ans Fenster, um sich anzusehen, wie das schändliche Spiel seinen Fortgang nahm, und die Gefühle seiner Frau zu teilen. Nicht einmal einen Reitknecht hatten sie mit sich. Und Mrs. Fynes Kummer bei diesem Blick auf das unglückliche Mädchen, welches von seiner Gefahr nichts ahnte und lächelnd vorbeiritt, war so groß, daß Fyne ernsthaft darüber nachzudenken begann, ob es nicht offensichtlich die Pflicht des Ehepaars sei, sich auf alle Gefahren hin einzumischen – einfach, indem sie einen Brief an de Barral schrieben. Mit einer Feierlichkeit, die ich mir leicht vorstellen kann, sagte er zu seiner Gattin: ‚Du solltest diese Aufgabe auf dich nehmen, meine Liebe. Schließlich hast du seine Frau gekannt. Das bedeutet immerhin etwas.' Auf der anderen Seite machte ihm die Befürchtung große Sorgen, er könne dadurch Mrs. Fyne einer häßlichen Zurückweisung aussetzen. Mrs. Fyne ihrerseits verzagte. Ein Erfolg schien unmöglich zu sein. Es handelte sich ja um eine Frau, die schon seit über fünf Jahren für das Mädchen verantwortlich war und anscheinend das volle Vertrauen des Vaters genoß. Was konnte man vorbringen, das eine Wirkung hätte, ohne alle Beweise, ohne... Dieser Mr. de Barral mußte entweder ein sehr dummer oder ein ausgesprochen schlechter Mensch sein, weil er sein Kind so vernachlässigte, verkündete Mrs. Fyne.

Sie werden bemerken, daß ihnen vielleicht wegen Fynes strengen Ansichten über dieses unser vergängliches Leben und Mrs. Fynes natürlicher Fähigkeit, Verantwortung auf sich zu nehmen, niemals der Gedanke kam, die einfachste Art, den Schwierigkeiten aus dem Wege zu gehen, wäre, nichts zu tun und die Sache auf sich beruhen zu lassen, da sie sie nichts anginge. Und im genauen Sinne des Wortes ging sie sie tatsächlich nichts an. Sie verbrachten jedoch, wie mir Fyne erzählte, einen Nachmittag in großer Unruhe und zerbrachen sich den Kopf, auf welche Weise und mit welchen Mitteln sie die Gefahr bannen könnten, die über dem Haupt des Mädchens schwebte, das mit einem abscheulichen Lumpen ausgeritten war (aber zweifellos Freude daran hatte)."

4

Die Gouvernante

„Und das beste an der Sache war, daß die Gefahr bereits nicht mehr bestand. Es gab keine Gefahr mehr. Das Erscheinen des angeblichen Neffen hatte einen bestimmten Zweck. Er war gekommen, erfüllt – erfüllt bis zum Erbeben – von der Bedeutung seiner Mitteilung. Es mußte schon Gerüchte über die prekäre geschäftliche Lage de Barrals gegeben haben, aber nur die Eingeweihten des engsten Kreises wußten Bescheid. Kein Gerücht und nicht einmal das Echo eines solchen hatte bisher die Uneingeweihten des West Ends erreicht – und noch viel weniger die harmlose Küstenvorstadt Hove. Die Fynes argwöhnten nichts, die Gouvernante, die mit kalter, dinstinguierter Vornehmheit bei der fabelhaft reichen Miss de Barral die Rolle der Mutter spielte, argwöhnte nichts, der Musik-, der Zeichen- und der Tanzlehrer Miss de Barrals ahnten nichts, ihr Arzt, ihr Zahnarzt, die Hausangestellten, die Kaufleute, die stolz darauf waren, den Namen de Barral in ihren Büchern zu führen, waren völlig heiter und unbekümmert. Und so gelangte dieser Bursche, der unerwartet von jemand in der City einen direkten, höchst beunruhigenden Wink erhalten hatte, im Besitz von etwas, was einer tödlichen Bombe gleichkam, um die Mittagszeit nach Brighton. Er wußte jedoch Besseres damit anzufangen, als sie in aller Öffentlichkeit aufs Pflaster zu werfen. Er aß mit undurchdringlicher Miene sein Mittagsmahl, wobei er Flora de Barral gegenüber saß, und zog sich dann unter irgendeinem Vorwand zu einer vertraulichen Unterredung mit der Frau zurück, die Fyne barmherzigerweise (wenn auch mit einem leisen Zögern beim Sprechen) als seine ‚Tante' bezeichnete.

Was sie unter vier Augen zueinander sagten, können wir uns vorstellen. Sie kam mit roten Flecken über den Backenknochen aus ihrem privaten Salon, und da dies ihre ‚geliebte' Pflegebefohlene veranlaßte, eine Frage zu stellen, erklärte sie kurzangebunden: ‚Ich bekomme Kopfschmerzen.' Wir können jedoch sicher sein, daß sie nach dem Gespräch zu diesem jungen Lumpen gesagt haben muß: ‚Reite wie gewöhnlich mit ihr aus.' Den positiven Beweis hierfür haben wir in der Tatsache, daß Fyne und Mrs. Fyne sahen, wie die beiden vor der Tür aufs Pferd stiegen und dann, sich miteinander unterhaltend, unter dem Fenster ihres Salons vorbeiritten, das Mädchen mit einem strahlenden Lächeln, weil sie in ihrer Unschuld an Charleys Gesellschaft Freude fand. Sie machte daraus Mrs. Fyne gegenüber kein Geheimnis; tatsächlich hatte sie ihr schon vor langer Zeit anvertraut, daß sie ihn sehr gern mochte – ein Geständnis, das Mrs. Fyne betrübte und sie mit einem ähnlichen Gefühl hilfloser Seelenangst erfüllte, wie man es bei gewissen Alpträumen empfindet. Denn wie konnte sie das Mädchen warnen? Einmal wagte sie tatsächlich, ihr zu sagen, daß ihr Mr. Charley nicht gefiel. Miss de Barral hörte ihr erstaunt zu. Wie war es nur möglich, Charley nicht gern zu haben? Danach erklärte sie Mrs. Fyne voller naiver Treue, so unendlich sie sie auch liebe, sie wolle doch kein Wort gegen Charley, den wunderbaren Charley, hören.

Vermutlich hatte de Barrals Tochter wirklich großen Spaß an ihrem fröhlichen Ritt mit dem fröhlichen Charley (der soviel vergnüglicher war als ein Spazierritt mit einem dummen alten Reitlehrer), denn die Fynes sahen sie später als gewöhnlich zurückkehren. Es war schon fast dunkel. Nachdem sie abgestiegen war, wobei ihr der reizende Charley geholfen hatte, klopfte sie ihrem Pferd den Hals und ging die Stufen hinauf. Ihr letzter Ritt. Es war ein paar Tage vor ihrem sechzehnten Geburtstag – eine zierliche Gestalt im Reitkleid, eher kleiner als die Mädchen ihres Alters durchschnittlich sind, mit schwarzem Glockenhut, unter dem hervor ihr schönes welliges dunkles Haar, das unten gerade geschnitten war, ihr ziemlich weit den Rücken hinabhing. Der reizende Charley stieg wieder auf, um die beiden Pferde in den Stall zu bringen. Mrs. Fyne, die am Fenster geblieben war, sah, wie sich die Haustür hinter Miss de Barral schloß, die von ihrem letzten Ritt zurückgekehrt war.

Was hatte inzwischen die Gouvernante (sie war aus einer adligen Familie gekommen!), die man so sorgfältig ausgewählt hatte (eine Dame, und, wie sie sagte, mit bekannten Leuten vom Lande verwandt!), damit sie dieses unglückliche Kind bei seinen Studien anleitete, seine Gesundheit schützte, seinen Geist bildete, seinen Umgangsformen Schliff verlieh und ganz allgemein vollendet die Rolle einer Mutter spielte – was hatte sie getan? Nun, nachdem sie ihre Schutzbefohlene durch den natürlichsten Kunstgriff losgeworden war, was ihren Sinn für das Praktische bewies, hatte sie begonnen, ihre Sachen zu packen – eine Tätigkeit, die zeigte, wie klar sie die Lage einschätzte. Sie hatte methodisch, rasch und gut gearbeitet, mit einer Gründlichkeit, die von einer stillen Leidenschaft zeugte, die Schubladen geleert, die Tische in dem ihr vorbehaltenen Zimmer des riesigen Hauses abgeräumt, hatte alles genommen, was ihr gehörte, und auch einiges, von dem weniger eindeutig feststand, wessen Besitz es war – einen juwelenbesetzten Federhalter, ein Papiermesser aus Elfenbein und Gold (das Haus war voller kostbarer Gebrauchsgegenstände), ein paar Kästen aus getriebenem Silber, Geschenke de Barrals, und andere Kleinigkeiten; die Photographie Flora de Barrals aber mit einer liebevollen Inschrift, die in einem vergoldeten Silberrahmen auf ihrem Schreibtisch von modernster und teuerster Machart stand, unterließ sie mitzunehmen. Nachdem sie im Verlauf ihrer Tätigkeit versehentlich dagegen gestoßen war, so daß sie hinunterfiel, ließ sie sie nach einem Blick darauf auf dem Boden liegen. So wurde die Photographie oder wenigstens deren Rahmen, wie ich vermute, zu einem der Aktivposten in der Konkursmasse de Barrals.

Beim Abendessen fand das Kind ihre Tischgenossen langweilig und kurz angebunden. Es war alles ungewöhnlich fad. Aus ihrer Gouvernante vermochte sie nichts als nur einsilbige Worte herauszuholen, und der fröhliche Charley wies die wiederholten heiteren Ansätze seiner ‚kleinen Gefährtin', wie er sie gelegentlich nannte – bei dieser Gelegenheit jedoch nicht –, sogar unwirsch zurück. Zweifellos war das Paar nervös und sorgenvoll. Für all das haben wir Beweise sowie auch für die Tatsache, daß Flora, die der reizende Neffe ihrer hochgeachteten Gouvernante beleidigt hatte, den übrigen Teil des Abends hindurch schmollte und froh war, frühzeitig auf ihr Zimmer gehen zu können. Mrs. . . . Mrs. . . . – ich habe ihren Namen wirklich vergessen –, die Gouvernante lud ihren Neffen in ihren Salon ein und bemerkte laut, sie wolle ein paar Familienangelegenheiten mit ihm besprechen. Das war für Flora bestimmt, die es hören sollte, und sie hörte es – ohne jedes Interesse. Eine solche Einladung hatte tatsächlich nichts Ungewöhnliches, das auch nur ein flüchtiges Erstaunen in ihr wachgerufen hätte. Gelangweilt ging sie zu Bett, und da der ausgedehnte Ritt sie ermüdet hatte, schlief sie die ganze Nacht lang fest. Das war ihr letzter Schlaf – ich will nicht sagen: der Unschuld, denn das Wort drückt nicht genau aus, was ich sagen will, weil es seine eigene Bedeutung hat –, aber ich will sagen: jener Unwissenheit oder besser noch jener Ahnungslosigkeit, wie es in der Welt zugeht, der Unkenntnis der Gefahr, des Schmerzes, der Demütigung, der Bitterkeit, der Falschheit. Eine Unkenntnis, die bei anderen Menschen ihrer Art durch einen langsamen Prozeß der Erfahrung und der Aufklärung beseitigt wird, und das sogar manchmal nur teilweise, mit schonenden Einschränkungen, besänftigenden Zweifeln, verschleiernden Theorien. Ihre Unkenntnis des Bösen, das in den geheimen Gedanken und daher auch in den offenkundigen Taten der Menschheit vorhanden ist, sobald böse Gedanken mit einem bösen Mut zusammentreffen – diese ihre Unkenntnis sollte durch profane Gewalttätigkeit unter entweihenden Umständen einen Einbruch erleiden, wie ein Tempel, den ein wahnsinniger, haßerfüllter Unglaube schändet. Ja, das sollte ebendiesem jungen Mädchen geschehen, das kaum dem Kindesalter entwachsen war. Und fragen Sie mich, wie, wofür, aus welchem Grund, dann antworte ich Ihnen: Nun, natürlich zufällig. Durch bloßen Zufall, wie die Dinge eben geschehen, die glücklichen und die unglücklichen, die furchtbaren oder die zarten, die wichtigen oder die unwichtigen – und auch die Dinge, die nichts von alldem sind, in ihrer Beschaffenheit so völlig neutrale Dinge, daß man sich fragen würde, weshalb sie überhaupt geschehen, wenn man nicht wüßte, daß auch sie in ihrer Bedeutungslosigkeit die Samen künftiger unberechenbarer Zufälle enthalten.

Natürlich wäre es wahrscheinlich gewesen, daß der Zufall de Barral an ein völlig harmloses, naives, banales, wirkungsloses Exemplar einer achtbaren Gouvernante für seine Tochter hätte geraten lassen oder an eine gewöhnliche törichte Abenteuerin, die es etwa darauf angelegt hätte, ihn zu heiraten oder sonst irgendein übliches Unheil geringeren Ausmaßes anzurichten. Oder aber es hätte sich auch fügen können, daß er auf ein Muster aller Tugenden, einen Brunnen allen Wissens oder etwas ähnlich ungefährlich Konventionelles, Kleinbürgerliches gestoßen wäre. Alle Berechnungen der Wahrscheinlichkeit waren ihm günstig; da aber der Zufall unberechenbar ist, geriet er an eine Persönlichkeit, die sich viel leichter mit Schmähworten beschreiben als ruhigen, wissenschaftlichen Geistes einordnen läßt – eine Persönlichkeit aber war sie und ebenso ein Temperament. Etwas Seltenes? Nein. Wir alle haben eine gewisse Portion von dem, was ich höflich Skrupellosigkeit nennen möchte. Denken Sie zum Beispiel an die brave Mrs. Fyne, die an sich und inmitten ihrer Familie einer Gouvernante des konventionellen Typs glich. Nur waren ihre geistigen Ausschweifungen theoretischer Natur, von menschlichen Gefühlen und herkömmlichen Reserven so eingezäunt, daß sie auf nichts als auf eine bloße Zügellosigkeit der Gedanken hinausliefen, während jene andere Frau, die Gouvernante Flora de Barrals, wie Sie bemerkt haben mögen, streng praktisch war – fürchterlich praktisch. Nein! Ihr Temperament war nichts Seltenes, außer was seine heftige Ablehnung, sich unterdrücken zu lassen, betrifft – ein Gefühl, daß die Menschen ebenso wie das Genie oder der Wahnsinn zu plötzlichen abwegigen Taten treibt. Ihre Abwegigkeiten waren weiblicher Art. Ein männliches Genie, ein männlicher Bösewicht und sogar ein männlicher Wahnsinniger hätte sich nicht genauso verhalten wie sie. In der männlichen Natur, selbst der brutalsten, liegt etwas Weiches, das hemmend wirkt.

Während das Mädchen schlief, hatten diese beiden, die

vierzigjährige Frau – ein Alter, das an sich schon furchtbar ist – und der hoffnungslos verdorbene junge Mensch von dreiundzwanzig (der, wie ich glaube, ebenfalls aus guter Familie kam) irgendeinen leisen Streit miteinander in den ausgeräumten Zimmern: die Schränke standen offen, die Schubladen waren halb herausgezogen und leer, die Koffer verschlossen und mit Riemen zugeschnallt, die Möbel in müßiger Unordnung verrückt, und nicht einmal mehr ein einziges Stück Papier lag auf den Tischen. Das Hausmädchen, das sowohl der Gouvernante wie auch der Schülerin aufwartete, kam wie gewöhnlich an die Tür, nachdem sie bei Flora fertig war, wurde aber nicht eingelassen. Sie hörte die beiden miteinander streitenden Stimmen, bevor sie klopfte, und da man sie fortschickte, zog sie sich sogleich zurück – sie war der einzige Mensch im Haus, der zu diesem Zeitpunkt davon überzeugt war, daß ‚etwas in der Luft' lag.

Da es im Leben dunkle und unergründliche Stadien gibt, muß es sie auch in einem Bericht über das Leben geben. In dem, was ich Ihnen jetzt erzähle – eine Episode meines alltäglichen Ferienaufenthalts im Grünen, auf dem Lande, die mir ganz natürlich nach all den Jahren einfällt, weil wir einem Menschen begegnet sind, der zur See gefahren ist –, bleibt dieses abendliche Gespräch ein dunkler, unergründlicher Punkt. Und wir können vermuten, was uns beliebt. Es fällt mir nicht schwer, mir vorzustellen, daß die Frau – vierzig Jahre alt und der Kopf des Unternehmens – im großen und ganzen vor Wut getobt haben muß. Und vielleicht tobte der andere nicht genügend. Zwar empfindet die Jugend stark, sie hat aber kein so lebhaftes Empfinden für verlorene Gelegenheiten. Sie glaubt an die absolute Realität der Zeit. Und außerdem konnte es bei diesem abscheulichen Taugenichts, dessen Jugend schon beschmutzt und verwelkt war wie eine abgepflückte Blume, die reif ist, daß man sie auf den Komposthaufen wirft, gar kein echtes Gefühl für irgend etwas geben – nicht einmal für die Gefahren seiner eigenen unsauberen Existenz. Ein höhnisches halbes Lachen mit einer Bemerkung wie ‚Wir sind ganz schön angeschmiert, das ist mal sicher!' genügte, um Unannehmlichkeiten dieser Art hervorzurufen. Und dann ein zweiter höhnischer Satz: ‚Zeit genug darauf verschwendet', worauf vielleicht die bittere Antwort seiner Partnerin folgte: ‚Es schien dir aber ganz gut zu gefallen, bei diesem dummen Ding den Narren zu spielen!' So etwas ähnliches. Können Sie es sich nicht denken...?"

Marlow sah mich mit seinen dunklen, durchdringend blickenden Augen an. Mich überraschte die absolute Wahrscheinlichkeit dieser Vorstellung. Aber wir fochten immer gegeneinander. Ich sah eine Blöße und brachte meinen nicht aufrichtig gemeinten Stich an.

„Sie haben ja eine gräßliche Phantasie", sagte ich mit fröhlich-skeptischem Lächeln.

„Nun, und wenn schon", erwiderte er ohne jede Verlegenheit. „Aber ich möchte Sie daran erinnern, daß sich diese Situation ohne mein Zutun für mich ergeben hatte. Ich bin wie der wirrköpfige Erste Offizier, den wir mal auf der guten alten ‚Samarkand' hatten, als ich noch ein junger Bursche war. Der Mensch ging mit ernster Miene herum und versuchte sich über eine Menge Dinge Rechenschaft abzulegen – das war sein Lieblingsausdruck! –, über die sich sonst niemand den Kopf zerbrechen würde. Er war ein alter Dummkopf, aber auch ein tüchtiger, praktischer Seemann. Ich war noch ein richtiger Junge, und er beeindruckte mich. Von ihm muß ich den Hang haben."

„Nun, dann legen Sie sich weiter Rechenschaft ab", sagte ich und setzte eine ergebene Miene auf.

„Genau das war es." Marlow befand sich sogleich im richtigen Fahrwasser. „Genau das war es. Einfache enttäuschte Habgier ist keine Erklärung für das, was am nächsten Morgen geschah – ich werde es Ihnen nicht ausmalen –, sondern Ihnen gleich davon berichten, nicht als Vermutung, sondern als Tatsache. Um inzwischen zu dem abendlichen

Wortwechsel in den Privaträumen von Miss de Barrals Gouvernante zurückzukehren, der in gedämpftem Ton abgehalten wurde – was meinen Sie, wenn ich Ihnen sage, daß die Enttäuschung sie wahrscheinlich gegeneinander aufgebracht hatte, das Geheimnis seines achtlosen, spöttischen Verhaltens aber vielleicht in dem Gedanken lag, der mit einem nachdrücklichen Fluch der Erleichterung in ihm erwachte: ‚Jetzt hindert mich nichts mehr daran, mich von dieser alten Frau zu trennen!' Und daß das Geheimnis ihres giftspeienden Zorns – nicht gegenüber diesem elenden, anziehenden Lumpen, sondern gegenüber dem Schicksal, dem Zufall und dem gesamten Lauf des menschlichen Lebens –, der sein ganzes Gift auf de Barral konzentrierte und das unschuldige Mädchen einschloß, in dem Gedanken, in der Angst lag, die in ihr schrie: ‚Jetzt habe ich nichts mehr, womit ich ihn halten kann ...' "

Ich fühlte mich genötigt, Marlow mit einem gedehnten Pfiff meinen Tribut zu erweisen. „Fffüü! Sie nehmen also an, daß ..."

Er winkte ungeduldig ab.

„Ich nehme nichts an. Es war so. Und auf jeden Fall – weshalb sollten Sie die Annahme denn nicht akzeptieren? Halten Sie Gouvernanten für Geschöpfe, die über jeden Verdacht erhaben oder zwangsläufig moralisch vollkommen sind? Ich glaube, wenn man in ihr Herz sehen könnte, würden sie nicht viel besser abschneiden als andere Leute. Weshalb sollten denn Gouvernanten keine, warum nicht alle Leidenschaften haben – sogar die der Ausschweifung, sogar zügellose Leidenschaften, die sie jedoch mit den gleichen Mitteln unterdrücken, die auch uns übrige Menschen in Schach halten: frühzeitige Übung – Notwendigkeit – die Umstände – Furcht vor den Konsequenzen – bis ein Alter erreicht ist, bis eine Zeit kommt, wo jahrelange Zurückhaltung unerträglich und eine törichte Liebe unwiderstehlich wird ..."

„Aber wenn es eine törichte Liebe war – was durchaus

möglich ist, wie ich zugebe", wandte ich ein, „wie erklären Sie sich dann die Art der Verschwörung?"

„Sie erwarten eine bei Frauen nicht übliche Folgerichtigkeit des Verhaltens", sagte Marlow. „Die Finten einer bedrohten Leidenschaft sind nicht zu ergründen. Man glaubt, sie gehe geradeaus auf dem Weg, auf den sie blickt, während sie fähig ist, sich um ihrer eigenen Ziele willen rückwärts in einen Abgrund fallen zu lassen.

Gibt man einmal zu, daß dies keine gewöhnliche Frau war, dann läßt sich alles leicht verstehen. Sie war abscheulich, aber ungewöhnlich. Sie hatte in ihrem Leben unter ihrem ständigen Untergeordnetsein, ihrer ständigen Selbstunterdrückung gelitten. Eine gewöhnliche Frau, die sich auf einen Posten versetzt sah, wo sie befehlen konnte, hätte vielleicht den Plan gefaßt, die zweite Mrs. de Barral zu werden. Und das wäre undurchführbar gewesen. Barral hätte nicht gewußt, was er mit einer Frau anfangen sollte. Aber selbst in dem undenkbaren Fall, daß er versucht hätte, sich dieser Gouvernante zu nähern, wäre ihm eine höhnische Abfuhr zuteil geworden. Sie hatte ihn stets mit selbstsicherer, reservierter Höflichkeit als ein niedrigeres Wesen behandelt. In ihrer beherrschten, geschulten Art empfand sie große Verachtung und Abneigung gegen beide, den Vater wie die Tochter. Ich vermute, daß sie gegen alle ihre Pflegebefohlenen stets eine starke Abneigung empfunden hatte, die beiden kleinen herzoglichen Mädchen (wenn sie herzoglich waren) inbegriffen, mit denen sie de Barral geblendet hatte. Was für eine abstoßende, unbefriedigende Existenz muß es doch für eine Frau gewesen sein, die genauso begierig auf alle sinnlichen Empfindungen war, die das Leben zu geben vermag, wie nur irgendeine der Höhergestellten.

Sie hatte ihre Jugend vergehen, ihre Frische dahinschwinden, ihre Hoffnungen sterben sehen, und nun spürte sie, wie ihre flammenden mittleren Jahre ihr entglitten. Kein Wunder, daß sie mit ihrem großartig frisierten dichten

Haar, das schon zahllose weiße Fäden durchzogen und das ihrer eleganten Erscheinung die pikante Vornehmheit einer gepuderten Perücke verlieh – kein Wunder also, daß sie sich verzweifelt an ihre letzte törichte Leidenschaft für diesen verdorbenen jungen Taugenichts klammerte und dabei so weit ging, jene verblüffende Intrige für ihn auszuhekken. Er war in seiner Lasterhaftigkeit noch nicht so weit, daß ein solcher Versuch für ihn völlig aussichtslos gewesen wäre. Sie hoffte, ihn mit diesem enormen Köder bei der Stange zu halten. Sie war ganz offensichtlich eine Frau, die ungewöhnlich genug war, ohne Illusionen zu leben – was natürlich nicht heißt, daß sie vernünftig gewesen wäre. Sie hatte sich vielleicht mit wütender Selbstverachtung gesagt: ‚In ein paar Jahren bin ich für jeden Mann zu alt. Bis dahin habe ich ihn – und ich werde ihn festhalten, indem ich ihm das Geld dieses gewöhnlichen, dummen und unbedeutenden kleinen Mädchens zuspiele.‘ Nun, es war ein verzweifelter Ausweg – aber sie glaubte, er lohne sich. Und außerdem gibt es kaum eine Frau auf der Welt, so hart, so verkommen oder so außer sich sie auch sein mag, in der nicht ein wenig mütterlicher Instinkt erhalten bleibt, welcher, einem Salamander gleich, vom Feuer selbst der unbeherrschtesten Leidenschaft nicht verzehrt wird. Ja, vielleicht empfand sie auch das für ihn. Zweifellos sogar. Und deshalb sage ich noch einmal: Kein Wunder! Kein Wunder, daß sie gegen alles tobte, vielleicht auch gegen ihn, und ihm widersprüchliche Vorwürfe machte, weil er mit Bedauern an das Mädchen dachte, eine kleine Närrin, die nie im Leben die Aufmerksamkeit irgendeines Menschen wert sein würde, und weil er die Katastrophe selbst mit einer zynischen Leichtfertigkeit aufnahm, in der sie etwas wie Auflehnung spürte.

Und so ging der nächtliche Streit weiter – über das Unabänderliche. Er argumentierte: ‚Wozu die Eile? Warum sollen wir uns so davonmachen?‘ Vielleicht tat ihm das Mädchen ein wenig leid, und wie gewöhnlich hatte er keinen Penny in der Tasche und wußte die komfortable Unterkunft zu schätzen, wünschte den schamlosen Genuß dieses schon verlorenen Luxus so lange wie möglich auszudehnen. Auf ein paar Tage komme es wirklich nicht an. Sie hätten noch immer Zeit genug, zu verschwinden. Und bei alldem eine Spur männlicher Weichheit, etwas wie Rücksicht auf den äußeren Schein, die seine Entwürdigung überdauert hatte. ‚Du könntest dich zum Schluß anständig benehmen, Eliza.' Das bleiche Gesicht unter der Gloriole von gepudertem Haar aber zeigte keinerlei Weichheit; seine äußerliche Ruhe war dahin, und die dunkelumrandeten Augen blickten ihn geradezu voller Hunger an. ‚Nein! Nein! Wenn das, was du sagst, zutrifft, dann keinen Tag, keine Stunde, keinen Augenblick länger!' Sie beharrte darauf, fest entschlossen, daß es keine Tändelei mehr zwischen diesem Jungen und dem Mädchen geben sollte, da doch der Zweck nicht mehr existierte – sie war zornig auf sich selbst, weil sie in der Vergangenheit so darunter gelitten hatte, und wütend, weil es ganz umsonst gewesen war.

Sie besaß jedoch Vernunft genug, sich schließlich nicht mit ihm zu zanken. Was hätte das genützt? Sie fand Mittel, ihn zu besänftigen. Das einzige Mittel. Solange etwas Geld herauszuholen war, hatte sie ihn in der Hand. ‚Geh jetzt. Wir erreichen nichts, wenn wir uns in diesem Ton weiter unterhalten. Ich möchte eine Weile allein sein.' Er ging, sich mürrisch fügend, hinaus. Für ihn stand auf derselben Etage stets ein Zimmer bereit, am anderen Ende eines kurzen Korridors, dessen Boden ein dicker Teppich bedeckte.

Wie sie die Nacht verbrachte, diese Frau ohne irgendwelche Illusionen, die ihr geholfen hätten, die gewiß schlaflosen Stunden zu durchleben, möchte ich nicht sagen. Endlich waren sie herum, und dieses sonderbare Opfer des Bankrotts de Barrals, dessen Name der offizielle Konkursverwalter niemals erfahren sollte, kam zum Frühstück herunter, unnahbar in ihrer alltäglichen Vollkommenheit. Aus irgendeinem Grunde hatte sie die schlimme Nachricht von

Anfang an als wahr hingenommen. Ihr ganzes Leben lang hatte sie niemals an ihr Glück geglaubt, mit jenem Pessimismus der Leidenschaftlichen, die sich im Grunde als die Ausgestoßenen einer moralisch gehemmten Welt fühlen. Das machte es jedoch nicht leichter, als sie fieberhaft erregt die Morgenzeitungen öffnete und die Sache bestätigt fand. O ja, da stand es. Die Bank ‚Erdkreis' hatte ihre Zahlungen eingestellt – das erste noch schwache Grollen des Gewitters, das jedoch für die Eingeweihten eine Sintflut ankündigte. Die Zeitungsnotiz war nicht ungebührlich aufgemacht. In gewissem Sinne war sie überhaupt nicht aufgemacht. Das seriöse Blatt, das als einziges unter den großen Tageszeitungen der Bankengruppe de Barrals gegenüber stets Zurückhaltung bekundet hatte, wahrte seinen ‚Stil'. Ja, eine bescheidene Notiz! Auf einer anderen Seite aber brachte es einen in einem feindseligen Ton gehaltenen Finanzartikel, der mit den Worten begann: ‚Wir haben immer gefürchtet', sowie einen vorsichtigen Leitartikel von einer halben Spalte, an dessen Anfang der Satz stand: ‚Es ist ein bedauerliches Zeichen der Zeit' und der tatsächlich auf einen umfassenden strengen Tadel für die absurde Verblendung des investierenden Publikums hinauslief. Sie überflog diese Artikel, las hier und dort eine Zeile – mehr war nicht nötig, um das unverkennbare Rauschen der kommenden Sintflut zu vernehmen. Einige kurze namentliche Hinweise auf de Barral ließ ihre Abneigung gegen den Mann plötzlich wieder aufleben, wie durch die Wirkung einer unvorhergesehenen moralischen Unterstützung. ‚Dieser elende Schuft . . .!'

Verstehen Sie", unterbrach Marlow den Fluß seines Berichts, „um die Sache hintereinander zu erzählen, teile ich Ihnen gleich die Einzelheiten mit, die ich erst später am Tage von Mrs. Fyne hörte, zusammen mit dem, was mir der kleine Fyne bei seinem Morgenbesuch mit seiner üblichen Feierlichkeit schilderte. Wie Sie leicht erraten können, hatten die Fynes in ihren Räumen die Nachricht zur gleichen Zeit, tatsächlich sogar in derselben erhabenen und höchst moralischen Zeitung gelesen wie die Gouvernante in der luxuriösen Villa ein paar Häuser weiter unten auf der gegenüberliegenden Straßenseite. Sie lasen sie jedoch mit anderen Gefühlen. Sie waren wie vom Donner gerührt. Fyne mußte seiner Gattin die ganze Bedeutung der Nachricht erklären, und sie stieß als erstes einen Schrei der Erleichterung aus. Nun wäre das arme Kind vor diesen ränkevollen, scheußlichen Leuten sicher! Mrs. Fyne wußte nicht, was es bedeuten mochte, sich plötzlich aus großem Reichtum in absolute Mittellosigkeit versetzt zu sehen. Fyne mit seiner männlichen Vorstellungsgabe war weniger geneigt, sich allzusehr über das Entkommen des Mädchens aus den moralischen Gefahren zu freuen, die ihr schutzloses Leben bedroht hatten. Der Preis, den sie zahlen mußte, war verflixt hoch. Was für ein unglückseliges kleines Ding war sie doch! ‚Vielleicht können wir etwas tun, um das arme Kind zu trösten, wenigstens solange sie hier ist', sagte Mrs. Fyne. Sie fühlte sich gewissermaßen moralisch verpflichtet, nicht gleichgültig zu sein. Es konnte jedoch für niemanden ein Trost sein, wenn sie zu dieser frühen Stunde auf die Straße hinausstürzte, und so setzten sie sich, dem Rat Fynes entsprechend, nicht übereilt zu handeln, beide ans Fenster und starrten voller Mitgefühl auf das große Haus, das für ihre Augen schrecklich war in seiner teilnahmslosen, wohlhabenden, kostspieligen Achtbarkeit, während der Ruin unmittelbar vor der Tür stand.

Zu dieser Zeit oder kurz darauf hatte ganz Brighton die Neuigkeit erfahren und schätzte ihre Bedeutung mehr oder weniger richtig ein. Der Butler in Miss de Barrals großem Haus hatte die Nachricht vielleicht früher als sonst irgend jemand im Umkreis von einer Meile während der Ausübung seiner morgendlichen Pflichten gelesen, von denen eine darin bestand, die eben gelieferte Zeitung am Feuer zu trocknen – was ihm eine Gelegenheit bot, einen Blick darauf zu werfen, die kein intelligenter Mann hätte vorübergehen lassen. Er teilte den übrigen Bediensteten des Hauses seinen unbestimmten, aber nachhaltigen Eindruck mit, bei den Geschäften ‚ihres Vaters in London' sei irgendwas verfl ... schiefgegangen.

Dies schuf im ganzen Haus eine gezwungene Atmosphäre, und Flora de Barral, die etwas später als gewöhnlich herunterkam, konnte nicht umhin, diese Atmosphäre auf ihre Weise festzustellen. Alle schienen irgendwie so dumm zu starren; sie fürchtete, der Tag könnte langweilig werden.

Die Gouvernante, die im Eßzimmer an ihrem Platz saß, eine halb unter der Serviette versteckte Zeitung auf dem Schoß, rührte sich nicht, nachdem sie mit Lippen, die sich kaum zu bewegen schienen, ein paar Worte mit ihr gewechselt hatte, und starrte in anhaltendem Schweigen vor sich hin; als gleich darauf Charley hereinkam, würdigte sie ihn nicht einmal eines Blickes. Er sagte kaum guten Morgen, obwohl er zaghaft versuchte, dem Mädchen zuzulächeln, und als er ihr gegenübersaß, die Augen auf den Teller gerichtet, während ein leichtes Zucken seine glattrasierte Kinnlade entlanglief, hatte auch er nichts zu sagen. Es war langweilig, gräßlich langweilig, seinen Tag so zu beginnen, aber sie wußte, was los war. Diese niemals endenden Familienangelegenheiten! Es war nicht das erstemal, daß sie unter deren deprimierenden Nachwirkungen auf diese beiden litt. Es war ein Jammer, daß diese Gespräche den reizenden Charley langweilig machten, und albern von ihm, sich so von seiner Tante aus dem Gleichgewicht bringen zu lassen.

Als sich ihre Gouvernante nach einer Periode der stummen, wie berechneten Reglosigkeit plötzlich jäh erhob und, die Zeitung in der Hand, hinausging, worauf ihr Charley, der sein Frühstück nur zur Hälfte aufgegessen hatte, fast sogleich folgte, war das Mädchen ausgesprochen erleichtert. Worum es auch gehen mochte, sie würden sich heute morgen aussprechen und am Nachmittag wieder wie sonst sein. Charley wenigstens wäre es. Den Launen der Gouvernante maß sie nicht soviel Bedeutung bei.

Zum erstenmal an diesem Morgen sahen die Fynes, daß sich die Tür des schrecklichen Hauses öffnete und der tadelnswerte junge Mann heraustrat, dessen Schuftigkeit für ihre voreingenommenen Augen allein schon in seinem Melonenhut und dem eleganten Schnitt seines kurzen rehfarbenen Mantels zum Ausdruck kam. Er entfernte sich rasch, wie jemand, der einen Zug erreichen muß, und hielt nach beiden Seiten Ausschau, als schleppe er etwas fort. War es möglich, daß er für immer abreiste? Zweifellos, zweifellos! Aber Mrs. Fynes inbrünstiges ‚Gott sei Dank' erwies sich, wie die Amerikaner – einige Amerikaner – sagen, als ein wenig ‚vorherig'. Nach ganz kurzer Zeit erschien der abscheuliche Bursche wieder, er kam zurückgeschlendert – tatsächlich geschlendert, hatte den Hut jetzt ein wenig schief auf dem Kopf und eine Miene, die Muße und Befriedigung ausdrückte. Mrs. Fyne stöhnte bei diesem Anblick nicht nur in Gedanken, sondern tatsächlich, hörbar, und sie fragte ihren Mann, was das wohl bedeutete. Fyne vermochte es natürlich nicht zu sagen. Mrs. Fyne war der Meinung, irgend etwas Scheußliches gehe vor sich, und inzwischen war der Gegenstand ihres Abscheus die Stufen hinaufgegangen und klopfte an die Tür, die sich sogleich öffnete, um ihn einzulassen.

Er war nur bis zur Bank gegangen.

Als er sein Frühstück hatte stehenlassen, um Miss de Barrals Gouvernante nachzulaufen, hatte er mit ihr über ebendiesen Gang sprechen wollen, der in seinen Augen von größter Wichtigkeit war. Er zuckte die Achseln über die Nervosität in ihren Blicken und Händen, über ihr halbersticktes Flüstern: ‚Ich mußte hinausgehen. Ich konnte mich kaum noch beherrschen.' Das war ihre Angelegenheit. Anspruchsvoll wie alle jungen Männer, hatte er ihre Bösartigkeit ziemlich satt. Er verstand sie nicht. Männer sammeln nicht in winzigen Dosen Haß gegeneinander an, bewahren nicht jede Prise davon sorgfältig auf, bis zum Schluß ein riesiger, explosiver Hort davon vorhanden ist. Er war ihr nachgelaufen, um sie an das Bankkonto zu erinnern. Weshalb nicht dieses Geld abheben, ohne noch weiter Zeit zu verlieren? Sie hatte ihm versprochen, nichts zurückzulassen.

Zur Deckung der Haushaltskosten hatte de Barral mit ehrerbietiger Großzügigkeit in Brighton ein auf ihren Namen eröffnetes Konto unterhalten. Die Gouvernante ging durch die große Diele in ein kleines Seitenzimmer und setzte sich nieder, um den Scheck auszuschreiben, den Charley eiligst einlöste, als sei dieser gestohlen oder gefälscht. Sein von den Fynes beobachtetes unsicheres Verhalten beim Verlassen des Hauses rührte daher, daß ein Scheck von zweifelhafter Echtheit ihm die ersten Unannehmlichkeiten bereitet hatte, und der Besitz eines gleichartigen Dokuments erfüllte ihn mit geradezu unsinnigem Unbehagen, bis er dieses hier glücklich eingelöst hatte. Und Sie wissen ja, schließlich war es indirekter Diebstahl, denn das Geld gehörte de Barral, wenn das Konto auch auf den Namen der tüchtigen Dame lief. Jedenfalls wurde der Scheck eingelöst. Als er die Banknoten und das Gold an sich nahm, gewann er sein munteres Auftreten zurück, denn, wie bekannt, wirkt das Vorhandensein von Geld in der Tasche (und sei es gestohlenes) auf manche Charaktere wie ein Kräftigungs- oder zumindest wie ein Anregungsmittel. Er zog den Hut ein wenig schräg, als habe er ein, zwei Gläser getrunken – was er tatsächlich getan haben mochte, um den Anlaß zu feiern.

Die Gouvernante hatte seine Rückkehr in der Diele erwartet, ohne sich um die Seitenblicke des Butlers zu kümmern, der im Eßzimmer ein und aus ging und den Frühstückstisch abräumte. Sie selbst hatte die Tür so rasch geöffnet. ‚Alles in Ordnung', sagte er und berührte seine Brusttasche, und sie, diese elende, illusionslose Person, wagte nicht, ihn aufzufordern, ihr das Geld auszuhändigen.

Sie sahen einander schweigend an. Er nickte bedeutsam. ‚Wo ist sie jetzt?‘ fragte er, und sie flüsterte: ‚In den Salon gegangen. Möchtest du sie noch einmal sehen?‘ mit einem verschlagenen, finsteren Blick, den er mit dem säuerlichen Murmeln quittierte: ‚Den Teufel werde ich. Nun, da du auf diese Weise Reißaus nehmen willst, warum gehen wir dann nicht gleich?‘

Sie preßte mit grausamem Eigensinn die Lippen zusammen und schüttelte den Kopf. Sie hatte ihren Vorsatz, ihren fertigen Plan. Die Fynes, die noch immer am Fenster saßen und wie zwei Privatdetektive alles beobachteten, sahen in diesem Augenblick, wie ein Mann mit langem grauem Bart und jovialem Gesicht die Stufen hinaufging, wobei er sich auf einen dicken Stock stützte, und an die Tür klopfte. Wer mochte er wohl sein?

Er war einer der Lehrer Miss de Barrals. Sie hatte kürzlich begonnen, Aquarelle zu malen, nachdem sie in einer vornehmen Wochenzeitschrift für Frauen gelesen hatte, daß sehr viele Prinzessinnen der königlichen Häuser Europas diese Kunst pflegten. Heute war der Morgen der Aquarellmalerei, und der Lehrer, ein Veteran vieler Ausstellungen, von ehrwürdigem und freundlichem Aussehen, hatte sich mit seiner üblichen Pünktlichkeit eingestellt. Er war kein eifriger Leser der Morgenzeitungen, und selbst wenn er die Nachricht gesehen hätte, wäre ihm ihre wahre Bedeutung wohl nicht klar gewesen. Auf jeden Fall stellte er sich ein, wie es die Gouvernante von ihm erwartet hatte, und die Fynes sahen, wie er durch die verhängnisvolle Tür schritt.

Er verbeugte sich liebenswürdig vor der Dame, die mit Miss de Barrals Erziehung betraut war und die er in der Diele im Gespräch mit einem sehr gut aussehenden, aber etwas liederlichen jungen Mann traf. Sie wandte sich ihm wohlwollend zu: ‚Flora erwartet Sie schon im Salon.‘

Die Pflege jener Kunst, von der es hieß, Prinzessinnen schenkten ihr ihre Gunst, fand im Salon statt, in Anbetracht der Tatsache, daß das Licht dort von der richtigen

Art war. Die Gouvernante ging vor dem Meister her die Treppe hinauf in das Zimmer, in dem sie Miss de Barral in einer Schürze aus ungebleichtem Leinen (gleichfalls von der richtigen Art für die Ausübung der Kunst) und erwartungsvoll lächelnd antrafen. Der Unterricht in der Aquarellmalerei, die der freundliche, humorvolle alte Mann mit seinem fröhlichen Gespräch belebte, machte stets großen Spaß, und sie hatte das Gefühl, jetzt werde sie für den öden Beginn des Tages entschädigt.

Gewöhnlich war ihre Gouvernante während des Unterrichts anwesend, heute aber setzte sie sich nur, bis Lehrer und Schülerin sich ernsthaft an die Arbeit begeben hatten, erhob sich dann geräuschlos, als habe sie vergessen, irgendeine Anordnung zu geben, und ging aus dem Zimmer.

Als sie draußen war, ließ sie rasch alle Dienstboten durch das Zimmermädchen zusammenrufen, ohne daß sie die Glocke läutete, und befahl ihnen, rasch, rasch das ganze Gepäck in die Diele hinunterzubringen, und jemand solle eine Droschke holen. Sie stand auf dem Treppenabsatz vor der Salontür, musterte jedes Stück, das an ihr vorbeigetragen wurde – den großen Koffer, die ledernen Handkoffer, die Reisetaschen –, runzelte die Stirn so heftig und sah so finster und in Gedanken vertieft aus, daß der Butler einige Zeit brauchte, bis er genügend Mut aufbrachte, um sie anzusprechen. Er sagte sich jedoch, er sei ein freigeborener Brite und habe seine Rechte. Er kam gleich zur Sache, aber auf die gewohnte respektvolle Weise.

‚Verzeihung, M'am – fahren Sie für immer fort?'

Ihr Ton ließ ihn zusammenfahren. Dessen unerwartete, wenig damenhafte Rauheit hatte auf sein geschultes Ohr die unangenehme Wirkung einer falschen Note. ‚Ja. Ich gehe fort. Und für Sie alle ist es das beste, ebenfalls fortzugehen, sobald Sie wollen. Sie können jetzt gleich gehen, heute, noch in diesem Augenblick. Sie haben erst letzte

Woche Ihren Lohn erhalten. Je länger Sie bleiben, desto größer wird Ihr Verlust. Mich geht das aber jetzt nichts mehr an. Sie sind ja die Dienstboten Mr. de Barrals, wissen Sie.'

Der Butler war erstaunt über die Art dieses Rats, und als seine Blicke zur Salontür hinüberschweiften, streckte die Gouvernante den Arm aus, als wolle sie den Weg versperren. ‚Niemand geht dort hinein.' Und das sagte sie wieder in einem anderen Ton – in einem solchen Ton, daß jede Spur der anerzogenen Ehrerbietung aus dem Benehmen des Butlers schwand. Er starrte sie mit einem offen erstaunten Blick an. ‚Nicht, bis ich fort bin', setzte sie hinzu, und in ihrem Gesicht lag ein Ausdruck, der den Mann durch seine Unbegreiflichkeit einschüchterte. Er zuckte stumm die Achseln und ging ohne ein weiteres Wort die Treppe hinunter zum Kellergeschoß; im Vorbeieilen streifte er Mr. Charley, der, den Hut auf dem Kopf und beide Hände tief in den Manteltaschen vergraben, auf und ab ging, als sei er dort als Wache postiert.

Das Stubenmädchen war der einzige Dienstbote oben; sie hielt sich im ersten Stock auf dem Korridor auf, neugierig und wie fasziniert von der Frau, die dastand und die Tür hütete. Als die Gouvernante sie herrisch herbeiwinkte und ihr befahl, aus den jetzt leeren Räumen Hut und Schleier zu holen, die einzigen Gegenstände, die dort außer den Möbeln noch zu finden waren, tat sie es schweigend, aber innerlich erregt. Und während sie mit dem Schleier in der Hand mit einem unbehaglichen Gefühl wartend vor der Frau stand, die, ohne einen Schritt von der Salontür zu weichen, mit achtloser Hast ihren Hut feststeckte, hörte sie plötzlich drinnen Miss de Barral in Lachen ausbrechen, die ihren Spaß an der Aquarellstunde hatte, welche ihr der fröhliche alte Mann zum letztenmal gab.

Mr. und Mrs. Fyne, die an ihrem Fenster auf der Lauer lagen – eine ganz unglaubliche Beschäftigung für Leute ihrer Art –, sahen mit neuerwachter Sorge, wie eine Droschke an der Tür vorfuhr, und beobachteten, wie Gepäckstücke herausgetragen und auf dem Droschkendach verstaut wurden. Der Butler erschien für einen Augenblick, dann ging er wieder hinein. Was bedeutete das? Brachte man Flora zu ihrem Vater, oder waren diese Leute, die Frau und ihr abscheulicher Neffe, im Begriff, sie irgendwohin zu entführen? Fyne vermochte es nicht zu sagen. An Letzterem zweifelte er, denn Flora hatte jetzt, wie er schätzte, keinen Wert mehr, weder einen tatsächlichen noch einen spekulativen. Obgleich er kein großer Menschenkenner war, schrieb er der Gouvernante keine menschenfreundlichen Absichten zu. Er gestand mir naiv, er sei so gespannt gewesen, als sehe er einem Bühnenstück zu. Dann kam ihm der Gedanke, vielleicht sei Geld auf das Mädchen überschrieben worden und sie besitze irgendwelche Mittel, ein eigenes kleines Vermögen, und deshalb ...

Er erwähnte diese Theorie seiner Frau gegenüber, die seine Bestürzung ganz und gar teilte. ‚Ich kann nicht glauben, daß das Kind abfahren wird, ohne noch rasch hereinzukommen und uns auf Wiedersehen zu sagen‘, murmelte sie. ‚Wir müssen es herausfinden! Ich werde sie fragen.‘ In ebendiesem Augenblick aber rollte die Droschke davon, leer, und die Haustür, die bis dahin einen Spalt offengestanden hatte, wurde geschlossen.

Sie starrten schweigend darauf, bis Mrs. Fyne zweifelnd flüsterte: ‚Ich glaube wirklich, ich muß hinübergehen.‘ Fyne antwortete eine Weile nicht (er ist nachdenklich veranlagt, wissen Sie), und dann, geradeso, als habe Mrs. Fynes Geflüster eine verborgene Macht über die Tür, öffnete sie sich von neuem weit, und der weißbärtige Mann kam heraus; seine Bewegungen waren erstaunlich lebhaft, und er benutzte den Stock fast wie einen Sprungstab, um die Stufen hinabzugelangen. Dann humpelte er munter den Gehweg entlang davon. Natürlich waren die Fynes zu weit entfernt, um seinen Gesichtsausdruck erkennen zu können. Das hätte ihnen jedoch kaum geholfen zu erraten, wie die Lage drinnen im Hause war. Sein Gesicht drückte humorvolles Erstaunen aus – weiter nichts.

Denn als er nach dem Ende der Unterrichtsstunde seinen treuen Stock ergriffen hatte und mit der gewohnten Lebhaftigkeit hinauseilte, rannte er direkt vor der Salontür der Gouvernante Miss de Barrals fast in den Rücken. Er hielt noch rechtzeitig inne, und sie wandte sich jäh um. Es war peinlich; er entschuldigte sich, aber ihr Gesicht zeigte kein Erschrecken – sie nahm ihn gar nicht wahr, es trug einen seltsamen Ausdruck der Entschlossenheit. Einen wirklich ganz seltsamen Ausdruck, der ihn tatsächlich einen Augenblick zurückhielt. Um seine Verlegenheit zu verbergen, machte er irgendeine alberne Bemerkung über das Wetter, worauf sie ihm, anstatt ebenfalls mit einer albernen Bemerkung zu antworten, wie es die Spielregeln stillschweigend vorschrieben, nur ein unergründliches Lächeln schenkte. Nichts hätte eigenartiger sein können. Der gutaussehende junge Mann von zweifelhafter Erscheinung, der in der Diele stand, nahm keine Notiz von ihm. Kein Dienstbote war zu sehen. Er öffnete selbst die Tür und zog sie mit einem Knall hinter sich zu, war gewissermaßen dazu gezwungen, um sie überhaupt schließen zu können.

Als das Echo davon verhallt war, beugte sich die Frau auf dem Treppenabsatz über das Geländer und rief dem Mann unten voller Bitterkeit zu: ‚Willst du nicht heraufkommen und dich verabschieden?‘ Er zuckte ungeduldig die Achseln und schritt weiter auf und ab, als habe er sie nicht gehört. Plötzlich aber hielt er inne, stand einen Augenblick still und lief dann mit finsterem Gesicht und ohne die Hände aus den Taschen zu nehmen rasch die Treppe hinauf. Sie stand schon vor der Tür, wandte den Kopf und stichelte flüsternd: ‚Los! Gesteh, daß du es nicht erwarten konntest, ihr dummes kleines Gesicht noch einmal zu sehen‘, worauf er zu antworten verschmähte.

Flora de Barral, die noch an dem Tisch saß, wo sie an ihrer Skizze gearbeitet hatte, hob bei dem Geräusch der sich öffnenden Tür den Kopf. Die Art des Eintretens der beiden, die wie ein Eindringen war, gab ihr das Gefühl, so etwas habe sie noch nie erlebt. Sie kannte sie gut. Die Frau kannte sie besser als ihren Vater. Zwischen ihnen hatte es eine Intimität der Beziehungen gegeben, die so groß war, wie sie ohne die letzte innere Nähe der Zuneigung überhaupt zu sein vermochte. Der reizende Charley kam herein, den Blick auf den Rücken ihrer Gouvernante geheftet, deren zurückgeschlagener Schleier wie ein braunes Band über der schwarzen Linie der Augenbrauen ihre Stirn verbarg. Das Mädchen war erstaunt und erschrocken über den ihr ganz unbekannten Ausdruck im Gesicht der Frau. Häufig enthüllt das Ungestüm der Leidenschaft eine Seite der Persönlichkeit, von der bis dahin selbst die engsten Vertrauten nichts wußten. Etwas Böses ging von ihren Augen und dem Gesicht des Mannes aus, der, unmittelbar hinter ihr und sie um einen halben Kopf überragend, düster die Lider gesenkt hielt – was in dem armen Mädchen jene Fähigkeit zur besinnungslosen, explosiven Angst anrührte, aufwühlte, entfesselte, die auf dem Grunde aller menschlichen Herzen und auch in denen der Tiere verborgen liegt. Mit plötzlich erweiterten Pupillen und einer Bewegung, die fast so instinktiv war wie das Emporfahren eines erschreckten Rehkitzes, sprang sie auf, stand in der Mitte des großen Zimmers und rief diesen bestürzenden und doch vertrauten Fremden zu: ‚Was wollen Sie?‘

Sie werden zur Kenntnis nehmen, daß sie ‚Was wollen Sie?‘ rief und nicht: ‚Was ist passiert?‘ Sie erzählte Mrs. Fyne, sie habe plötzlich das Gefühl gehabt, sie werde persönlich angegriffen. Und das muß sehr beängstigend gewesen sein. Die Frau vor ihr war die Weisheit, die Autorität, der Schutz ihres Lebens gewesen, die verkörperte, sichtbare und unbestrittene Sicherheit.

Sie können sich also die Heftigkeit des Schocks vorstellen, als sie nicht nur intuitiv spürte, daß Gefahr drohte, denn sie wußte nicht, was sie ängstigte, sondern auch, daß ihr Gefühl der Sicherheit verschwunden war. Und nicht nur der Sicherheit. Ich weiß nicht, wie ich es deutlich erklären soll. Sehen Sie: Selbst ein kleines Kind lebt, spielt und leidet innerhalb der Vorstellung seiner eigenen Existenz. Denken Sie sich, wenn Sie können, ein Ereignis, das plötzlich mit einer Gewalt eintritt, die in der Lage ist, ebendieses Gefühl selbst zu vernichten. Nur weil das Mädchen noch so kindlich war, entging sie einer geistigen Zerstörung – mit anderen Worten, kam sie darüber hinweg. Könnte man sie sich reifer vorstellen und dabei noch ebenso unwissend, wie sie war, müßte man folgern, daß sie auf der Stelle verrückt geworden wäre – lange, bevor diese Erfahrung zu Ende war. Glücklicherweise sind die Menschen, ob sie nun reif oder unreif sind (und wer ist wirklich jemals reif?), meistens ganz unfähig zu begreifen, was mit ihnen geschieht: eine barmherzige Einrichtung der Natur, die bezweckt, daß eine durchschnittliche Menge Zurechnungsfähigkeit erhalten bleibt, damit diese Welt funktioniert..."

„Wir aber, mein lieber Marlow, genießen den unschätzbaren Vorteil, zu begreifen, was mit anderen geschieht", fiel ich ein. „Oder zumindest manche von uns scheinen das zu tun. Ist das auch eine Einrichtung der Natur? Und wozu ist sie bestimmt? Damit wir uns unterhalten, indem einer über die Angelegenheiten des anderen herzieht? Sie zum Beispiel scheinen ..."

„Ich weiß nicht, was ich scheine", sagte Marlow, mich unterbrechend, „und gewiß muß man das Leben irgendwie unterhaltsam gestalten. Es wäre schon dann eine ganz beachtliche Einrichtung, wenn es nur diesem Zweck diente. Aber die gleiche Einrichtung des Verständnisses ruft Mitleid in uns wach, Barmherzigkeit, Empörung, das Gefühl der Solidarität und bei Naturen von einiger Großmut eine Neigung zu jener Duldsamkeit, die neben der Zuneigung wohnt. Ich will damit nicht sagen, daß ich geneigt bin, dieses edle Paar, das da bei einem arglosen Mädchen eindrang, mit Duldsamkeit zu betrachten. Sie kamen hereinmarschiert (so lautet der Ausdruck, den sie später Mrs. Fyne gegenüber gebrauchte), auf ihren Ausruf hin aber blieben sie stehen. Er muß sie allerdings ziemlich erschreckt haben. Es war, als werde einem unerwartet die Maske heruntergerissen. Der Mann hielt endgültig inne, er ging keinen Schritt weiter. Die Gouvernante aber, obwohl sie gerade zu dem Zweck hereingekommen war, zum erstenmal im Leben die Maske abzunehmen, schien den angstvollen Ausruf als eine neue Provokation anzusehen. ‚Was schreist du denn, du kleine Närrin?' sagte sie und trat allein dicht an das Mädchen heran, das ebenso beeindruckt war, als hätte sie den Kopf der Medusa mit ihren Schlangenlocken geheimnisvollerweise auf die Schultern dieser vertrauten Person in ihrem braunen Kleid, unter diesen Hut, den sie so gut kannte, versetzt gesehen. Es nahm ihr jedes Gefühl für die Wirklichkeit. Sie erzählte Mrs. Fyne: ‚Ich wußte nicht, wo ich war. Ich wußte nicht einmal, daß ich Angst hatte. Hätte sie mir gesagt, es sei ein Scherz, dann hätte ich gelacht. Hätte sie mich geheißen, den Hut aufzusetzen und mit ihr auszugehen, dann hätte ich den Hut aufgesetzt und wäre mit ihr ausgegangen, ohne auch nur ein Wort zu sagen – ich wäre überzeugt gewesen, daß ich eine Minute lang den Verstand verloren hatte oder etwas ähnliches, und lieber wäre ich vor Sorge umgekommen, als ihr oder irgend jemand anderem auch nur ein Sterbenswörtchen davon zu sagen. Aber die Person hielt ihr Gesicht unmittelbar vor meins, und ich konnte mich nicht rühren. Kaum hatte ich ihr in die Augen gesehen, da war mir, als sei ich am Teppich festgewachsen.'

Erst Jahre später sprach sie so zu Mrs. Fyne – und nur zu ihr. Kein anderer hörte die Geschichte jemals von ihren Lippen. Aber sie vergaß sie nie. Sie spürte sie immer, sie war wie ein Brandmal auf ihrer Seele, eine Art mystische

Wunde, die man betrachtet und über die man meditiert. Und sie berichtete Mrs. Fyne außerdem in vielen vertraulichen Mitteilungen, die ein Ergebnis dieser Betrachtungen waren, daß es, solange die Frau sie beschimpft habe, geradezu beruhigend, ja in einer gewissen Weise ermutigend gewesen sei. Ihre Phantasie hatte ebenso wie ihr Körper gewissermaßen einen weiten Satz gemacht, dem Unbekannten entgegen, und als sie dann doch etwas hörte, was, eher im Ton als seinem Inhalt nach nichts als eine giftige Schmähung war, hatte das innere Beben ihres ganzen Wesens aufgehört.

‚Sie nannte mich immer wieder eine kleine Närrin – ich kann mich nicht mehr erinnern, wie oft. Ich! Eine Närrin! Wirklich, Mrs. Fyne, ich versichere Ihnen, daß ich bis zu diesem Augenblick überhaupt noch nie nachgedacht hatte, über gar nichts. Ich lebte einfach so dahin. Und man kann keine Närrin sein, wenn man nicht wenigstens versucht hat nachzudenken. Aber welchen Anlaß zum Nachdenken hätte ich je gehabt?‘

Und zweifellos“, kommentierte Marlow, „war ihr Leben einfach nur eine Folge von Sinneseindrücken gewesen – worauf es weder eine törichte noch eine weise Reaktion geben kann. Sie vermag nur temperamentsbedingt zu sein, und ich glaube, daß das Mädchen im Grunde eine heitere Veranlagung hatte, daß sie ein ganz durchschnittliches Kind war. Sogar als die Frau ihr in heftigem Ton die Frage stellte, ob sie sich wohl einbilde, daß, abgesehen von ihrem Geld, irgend etwas an ihr sei, was einen intelligenten Menschen veranlassen könnte, sich für ihre Existenz zu interessieren, hielt sie nur mit einem trockenen Schluchzen den Atem an und sagte nichts, gab keinen anderen Laut von sich, rührte sich nicht. Bei der boshaften Versicherung, sie sei, was ihr Herz, ihren Verstand, ihr Benehmen und ihre Erscheinung betreffe, ein ganz gewöhnliches und unbedeutendes Geschöpf, blieb sie still, zeigte weder Empörung noch Zorn. Sie stand da, ein zerbrechliches, passives Gefäß, in das die andere weiter all die aufgestaute Abneigung gegen ihre sämtlichen Schüler ergoß, ihre Verachtung aller ihrer Dienstherren (die herzoglichen eingeschlossen), den aufgestauten Groll, den unendlichen Haß der vielen Jahre ununterbrochener – ich will nicht sagen, Heuchelei. Vollkommene Heuchelei ist an sich eine Erleichterung, ein geheimer Triumph, wenn auch sicherlich von der niederträchtigsten Art, immerhin aber eine Methode, mit der üblichen Moral abzurechnen, unter der manche von uns anscheinend so leiden. Nein, ich will sagen, der Jahre, der leidenschaftserfüllten, bitteren Jahre der Selbstbeherrschung, der eisernen, wunderbar gelungenen Selbstbeherrschung in jedem Augenblick, bei einer nie versagenden Korrektheit der Sprache, der Blicke, der Bewegungen, des Lächelns, der Gesten, die ihr in ihrem Wirkungskreis einen angesehenen Ruf, einen beeindruckenden Leumund des Erfolgs verschafft hatten. Es war, als habe sie jahrelang halb erstickt gelebt.

Und diese ganze Qual war zuletzt umsonst gewesen! Was endlich wie ein erreichbarer Preis ausgesehen hatte (oh, ganz ohne Illusionen!, aber doch wie ein Preis), war nun in ihren Händen zerbrochen, in den Staub, den bitteren Staub der Enttäuschung gefallen, und sie genoß ihre jämmerliche Rache – noch dazu eine ziemlich gefahrlose – und bedauerte nur die Unwürdigkeit der mädchenhaften Gestalt, die so vieles verkörperte, auf das ungehemmt Gift zu speien sie sich lange gesehnt hatte, und sei es nur ein einziges Mal. Die Anwesenheit des jungen Mannes hinter ihrem Rücken verstärkte sowohl ihre Befriedigung als auch ihre Wut. Aber gerade die Heftigkeit ihres Angriffs schien dessen Ziel zu hintertreiben, da sie das stellvertretende Opfer geradezu gefühllos machte. Der Grund dieser Beleidigung war für das Mädchen natürlich nicht faßbar, und ihr Benehmen war tatsächlich das der schwerfälligen, hoffnungslosen Dummheit. Es ist ja eine Tatsache, daß man häufig die schlimmsten Schläge des

Lebens ohne jeden Schrei, ohne alle Gesten, ohne einen Tränenstrom und ohne krampfhaftes Schluchzen entgegennimmt. Die unersättliche Gouvernante vermißte diese Zeichen sehr. Diese bejammernswerte Stumpfheit war nur eine neue Provokation. Das arme Mädchen war jedoch totenbleich.

‚Mir war kalt', erklärte sie Mrs. Fyne immer wieder. ‚Ich hatte Zeit genug, daß mich schreckliche Angst packte. Sie hatte ihr Gesicht ganz nahe an meins herangeschoben, und ihre Zähne sahen aus, als wollte sie mich beißen. Ihre Augen schienen ganz trocken geworden zu sein, hart und schmal inmitten vieler gräßlicher Runzeln. Ich hatte zu große Angst vor ihr, um zu zittern, zu große Angst vor ihr, um mir die Finger in die Ohren zu stopfen. Ich wußte nicht, was ich von ihr als nächste Beschimpfung erwartete, aber als sie mir erklärte, ich sei nichts weiter als eine Bettlerin – es würde keine Lehrer, keine Dienstboten, keine Pferde mehr für mich geben, da dachte ich: Ist das alles? Ich hätte gelacht, wenn ich nicht zuviel Angst vor ihr gehabt hätte, um auch nur den leisesten Laut von mir zu geben.'

Anscheinend mußte die arme Flora alle nur möglichen Phasen dieser Angst durchmachen, beginnend mit dem instinktiven Erschrecken, danach das Stadium der Bestürzung, das des Erstarrens, der bleichen Furcht, bis hin zur instinktiven Vorsicht äußerster Panik – der Reglosigkeit der Maus. Als sie aber hörte, daß die Gouvernante sie das Kind eines Betrügers und Schwindlers nannte, rief gerade das Ungeheuerliche, Unerwartete einen Umschlag in ihr hervor, und sie ließ sich gehen. Sie schrie sogleich: ‚So dürfen Sie nicht von Papa reden!'

Diese Anstrengung löste sie von der Stelle, an der ihre kleinen Füße tief in dem dicken, luxuriösen Teppich vergraben zu sein schienen; sie wich zurück in eine entfernte Ecke des Zimmers und hörte, wie sie wiederholte: ‚Das dürfen Sie nicht, das dürfen Sie nicht!', als schreie da jemand anders. Sie gelangte zu einem Stuhl und ließ sich darauf fallen. Da hörte dieser Jemand auf zu schreien, und erschöpft, ohne etwas zu sehen, lehnte sie sich in einem totenstillen Zimmer zurück, als sei ihr alles gleich, ohne einen Gedanken im Kopf.

Die nächsten paar Sekunden schienen ewig zu dauern; ein schwarzer Abgrund von Zeit trennte das Vergangene und Verschwundene von dem Wiedererscheinen der Gouvernante und dem abermaligen Erwachen der Furcht. Und diese Frau stieß die Worte zwischen den zusammengebissenen Zähnen hervor: ‚Du sagst, ich darf nicht, ich darf nicht. Morgen werden alle Leute so von ihm sprechen. Sie werden es sagen und sie werden es drucken. Du wirst es hören und du wirst es lesen – und dann wirst du wissen, wessen Tochter du bist.‘

Ihr Gesicht erhellte sich in einer fürchterlichen Befriedigung. ‚Er ist nichts weiter als ein Dieb‘, rief sie, ‚dein Vater! Und was dich betrifft, so habe ich mich nie auch nur einen Augenblick in dir getäuscht. Von Jahr zu Jahr habe ich dich immer mehr satt bekommen. Du bist ein gewöhnliches, dummes Nichts, und du wirst wieder dahin zurückkehren, wohin du gehörst, in die Niedrigkeit, aus der du kommst, und um dein Brot betteln – das heißt, wenn überhaupt ein Mensch aus purer Barmherzigkeit etwas mit dir zu tun haben will, was ich bezweifle . . .‘

Sie hätte weiter gesprochen, ohne Rücksicht auf die weitaufgerissenen Augen, den offenen Mund des Mädchens, das sich plötzlich mit einem so starren, verstörten Ausdruck aufgerichtet hatte, als fühle sie den Würgegriff unsichtbarer Finger an der Kehle; dabei aber war sie entsetzlich bleich. Die Auswirkung auf ihre Konstitution war, wie mir Mrs. Fyne berichtete, so tiefgehend, daß sie, deren Teint in ihrer Kindheit zart und rosig gewesen war, noch zwei Jahre danach ein weißes, blutleeres Gesicht hatte und später bei der geringsten Erregung stets zu außergewöhnlicher geisterhafter Blässe neigte. Das Ende kam mit dem in entsetzlicher Verzweiflung ausgestoßenen jämmerlichen Hilferuf des armen Kindes: ‚Charley! Charley!', der sich mit keuchender Anstrengung ihrer Kehle entrang. Ihre weitaufgerissenen Augen hatten den stumm und unbeweglich Dastehenden wahrgenommen.

Er fuhr aus seiner Reglosigkeit auf, zog die eine Hand jäh aus der Manteltasche, trat zu der Frau hin, faßte sie von hinten beim Arm und sagte in rauhem, befehlendem Ton: ‚Komm weg, Eliza.' In einem Augenblick sah Flora sie dicht beieinander und dann weit entfernt, vor der Tür und zur Tür hinausgehen, ohne daß das Mädchen gehört oder gesehen hätte, wie sie sie öffneten. Aber sie wurde geschlossen. O ja, sie wurde geschlossen. Langsam, ohne etwas wahrzunehmen, wanderte ihr Blick durch das ganze Zimmer. Sie blieb noch eine Weile vorgebeugt sitzen, sammelte Kraft und überlegte, ob sie wohl zu stehen vermochte. Endlich erhob sie sich. Rings um sie drehte sich alles in bedrückendem Schweigen. Wie sie Mrs. Fyne erzählte, erinnerte sie sich deutlich, daß sie sich an die Seitenlehne des Stuhls klammerte und zweimal ‚Papa, Papa!' rief. Bei dem Gedanken, daß er weit fort in London war, stand alles ringsum still, dann bekam sie plötzlich Angst vor der Einsamkeit des leeren Zimmers und stürzte blindlings hinaus.

Mit der verhängnisvollen Scheu, welche die Menschheit in ihrem gegenwärtigen Zustand davor empfindet, Gutes zu tun, blieben die Fynes weiterhin an ihrem Fenster und beobachteten. ‚Es ist immer so schwer zu wissen, was man tun soll, um das Beste zu erreichen', versicherte mir Fyne. Es ist wirklich schwer. Gottes Absichten stehen einander so sehr im Wege. Will man dagegen jemand etwas Böses antun, dann braucht man nicht zu zögern. Man braucht nur zu handeln. Niemand wird einem seine Fehler vorwerfen oder sagen, man sei ein verdammter Tölpel, der seine Nase in anderer Leute Angelegenheiten stecke. Die Fynes beobachteten die Tür, die geschlossene Haustür, die ihren wohlwollenden Gedanken irgendwie feindlich war, und die grausam undurchdringliche Fassade des Gebäudes. Sie sah genauso aus wie an jedem x-beliebigen anderen Tag. Der unveränderte alltägliche Anblick lebloser Dinge ist so beeindruckend, daß Fyne für einen Augenblick zurück ins Zimmer trat, die Zeitung wieder zur Hand nahm und die Nachricht überflog. Kein Zweifel. Es sah sehr schlimm aus. Er kehrte zum Fenster und zu Mrs. Fyne zurück. Müde, wie sie war, saß sie da – entschlossen und bereit, Verantwortung zu übernehmen. Sie wußte jedoch nicht, was sie vorschlagen sollte. Die Menschen haben große Angst vor einer Zurückweisung, und all ihre Kühnheit lag in ihren Gedanken. Das außerordentlich unverschämte Benehmen der Gouvernante ließ sie zurückschrecken. Fyne stand neben ihr, wie auf den altmodischen Photographien von Eheleuten, wo der Mann die Hand auf die Lehne des Stuhls gelegt hat, auf dem die Frau sitzt. Und sie richteten etwa ebensoviel aus wie eine alte Photographie und verharrten ebenso unbeweglich, bis Mrs. Fyne leicht zusammenzuckte. Die Haustür war aufgeflogen, und heraus stürmte der junge Mann, den Hut (wie Mrs. Fyne beobachtete) nach vorn über die Augen gezogen. Nach ihm schlüpfte die Gouvernante durch die Tür, drehte sich sogleich um und schloß sie sorgfältig. Inzwischen stieg der Mann die weißen Stufen hinunter und schritt über das Pflaster, die Hände tief in den Taschen seines rehfarbenen Mantels vergraben. Die Frau – die Frau der gemessenen Bewegungen, des wohlbedachten überlegenen Benehmens – rannte ein wenig, um ihn einzuholen, und sobald sie bei ihm angelangt war, versuchte sie, ihre Hand unter seinen Arm zu schieben. Mrs. Fyne sah, daß der Körper des Burschen eine brüske Halbwendung machte, als wolle er eine unerwünschte Berührung vermeiden, und daß er ihren Versuch grob zurückwies. Sie wiederholte ihn nicht noch einmal, sondern paßte sich seinem Schritt an, und Mrs. Fyne schaute ihnen nach, wie sie getrennt gingen, nebeneinander um die Straßenecke bogen und für immer verschwanden.

Die Fynes blickten sich vielsagend und zweifelnd an: Was hältst du denn davon? Dann wandten sie die Augen übereinstimmend wieder der Haustür zu, die geschlossen, massiv, dunkel war; der große Klopfer aus hellem Messing glänzte in einem stillen schrägen Sonnenstrahl, den eine diagonale Linie dunklen Schattens schnitt, welcher im unteren Ende der Straße herrschte. Konnte das Mädchen schon fort sein? Vielleicht hatte man sie zu ihrem Vater geschickt? Besaß sie irgendwelche Verwandte? Niemand als nur de Barral selbst hatte sie je besucht, erinnerte sich Mrs. Fyne, und sogleich erfüllte sie ein tiefes, mütterliches Empfinden für die Einsamkeit des Kindes – noch dazu ein Mädchen! Es war unwiderstehlich. Und außerdem blieb das Verschwinden der Gouvernante nicht ohne eine ermutigende Wirkung. ‚Ich gehe gleich hinüber, um mich zu vergewissern', erklärte sie resolut, starrte aber weiter auf die andere Straßenseite. Ihrer Absicht gebot der Anblick dieser schrecklichen, düster glänzenden Tür Halt, die plötzlich aufflog und die gähnende Dunkelheit der Diele freigab. Aus ihr schoß eine kleine, bis zum Kinn in eine Schürze aus ungebleichtem Leinen gehüllte Gestalt buchstäblich heraus, gleich bis auf das Pflaster, fast ohne die weißen Stufen zu berühren, und stürzte mit flatterndem Haar vorbei an einem Laternenpfahl, vorbei an der roten Briefkastensäule... ‚Hierher!' rief Mrs. Fyne. ‚Sie kommt hierher! Lauf, John, lauf!'

Fyne sprang aus dem Zimmer. Das ist sein eigenes Wort: Er sprang! Er versicherte mir mit erhöhter Feierlichkeit, er sei gesprungen, und der Anblick des nicht großen, muskulösen Fyne, der ernsthaft durch die engen Flure und die Treppen eines kleinen, sehr angesehenen privaten Hotels hinuntersprang, wäre für einen auf denkwürdige Eindrücke erpichten Menschen jede Summe Geldes wert gewesen. Als ich ihn aber ansah, das Lachen schon auf den Lippen, fragte ich mich, wie viele Leute man wohl finden könnte, die bereit gewesen wären, um des unwichtigen Kindes eines bankrotten Finanzmannes willen, dessen Haupt bereits eine häßliche schwarze Wolke umgab, ihre geschätzte Würde aufs Spiel zu setzen. Ich lachte nicht über den kleinen Fyne. Ich ermutigte ihn: ‚Das haben Sie tatsächlich getan? Sehr gut. Nun?'

Sein Hauptgedanke war, das Kind vor irgendeiner unangenehmen Behinderung zu schützen. Unten waren der Portier, die Hoteldiener, im Flur ein paar Leute, die mit ihren Koffern fortgingen; ein Eisenbahnomnibus hielt vor der Tür, Kellner mit weißen Hemdbrüsten flitzten um den Eingang.

Er kam gerade zur rechten Zeit. Er war an der Tür, bevor sie sie in ihrem blinden Lauf erreichte. Sie erkannte ihn nicht, vielleicht sah sie ihn gar nicht. Er hielt sie am Arm fest, als sie vorbeirannte, und ohne zu versuchen, sie zum Stehen zu bringen, lief er vernünftigerweise einfach mit ihr die Treppe hinauf. Das versetzte die Leute, an denen er vorbeilief, in große Bestürzung. Sie stoben auseinander. Was sie beim Anblick eines Mannes in mittlerem Alter wohl denken mochten, der, ohne sich zu genieren, ungestüm ein verschüchtertes, offensichtlich minderjähriges junges Mädchen in die oberen Regionen eines anständigen Hotels entführte, weiß ich nicht. Fyne war es, wie er mir sagte, gleichgültig, was die Leute denken mochten. Er wollte weiter nichts, als zu seiner Frau gelangen, bevor das Mädchen zusammenbrach. Eine Zeitlang rannte sie neben ihm her, aber auf den letzten Treppenstufen mußte er sie stützen und sie die letzten Schritte bis zu seiner Frau halb ziehen, halb tragen. Mrs. Fyne wartete an der Tür – mit ihrem ruhigen, unbewegten Gesicht und der Bereitschaft, jede Art Verantwortung auf sich zu nehmen, ein Zug, der sie schon damals auszeichnete, lange bevor sie eine unbarmherzige Theoretikerin wurde. Erleichtert schloß Fyne nach ausgeführtem Auftrag hastig die Tür zum Salon.

Gleich darauf aber bekamen beide Fynes Furcht. Nachdem das Mädchen, das kein Wort gesagt hatte, eine Zeitlang unbeweglich in Mrs. Fynes Armen gelegen hatte, riß sie sich aus dieser ein wenig steifen Umarmung. Stumm wand sie sich zwischen ihnen, sie wußten nicht, warum, tonlos und schrecklich anzusehen, bis sie erschöpft auf einen Diwan sank. Glücklicherweise waren die Kleinen mit den beiden Kindermädchen fortgegangen. Das Zimmermädchen des Hotels half Mrs. Fyne, Flora de Barral zu Bett zu bringen. Es war, als sei sie stimmlos und wahnsinnig geworden. Sie lag auf dem Rücken, das Gesicht so weiß wie ein Blatt Papier, die dunklen Augen starr auf die Decke gerichtet, und ihre schreckliche Bewegungslosigkeit wurde von plötzlichen Schüttelfrostanfällen unterbrochen, wobei ihre Zähne in der schattigen Stille des Zimmers, dessen Jalousien herabgelassen waren, laut gegeneinanderschlugen, während Mrs. Fyne geduldig mit verschränkten Armen neben ihr saß, innerlich bewegt vom Rätsel dieser Qual, die sie nicht zu ergründen vermochte, und sie dachte: Dieses Kind ist zu gefühlsbetont – viel zu gefühlsbetont, um jemals wirklich für die Welt zu taugen! Als könne überhaupt jemand, der nicht aus Stein ist, in dieser Welt vollkommen tauglich sein. Und wie tauglich eigentlich? In welchem Sinne – um welchen Dingen zu widerstehen? Der Gewalt oder der Korruption? Und selbst in der besten stählernen Rüstung gibt es Fugen, die ein verräterischer Hieb immer zu finden vermag, wenn der Zufall ihm dazu Gelegenheit gibt.

Allgemeine Betrachtungen hatten niemals die Macht, Mrs. Fyne stark zu beunruhigen. Da das Mädchen in einem Zustand war, in dem man sie nicht ausfragen konnte, wartete sie geduldig neben ihrem Bett. Fyne hatte sich in das Haus hinüber begeben, nachdem sein Wunsch, zu erfahren, was tatsächlich geschehen war, seine Skrupel überwunden hatte. Er brauchte den Klopfer nicht zu heben; die Tür stand offen mit der finsteren Diele dahinter; er ging hinein und sah niemanden, da sich die Dienstboten im Kellergeschoß zu einer nutzlosen Beratung versammelt hatten. Fynes laute Baßstimme schreckte sie dort auf; der Butler kam nach oben, verwundert und in Hemdsärmeln, zuerst sehr mißtrauisch, und dann, nach Fynes Erklärung, er sei der Gatte einer Dame, die mehrfach im Hause Besuche abgestattet habe, einer Freundin von Miss de Barrals Mutter, war er voll menschlicher Anteilnahme und mitteilsam, er sprach von Mann zu Mann, jedoch noch immer mit der Stimme des geschulten, erstklassigen Dieners: ‚O du meine Güte, Sir, nein! Sie beabsichtigt nicht, wiederzukommen. Sie hat es mir selbst gesagt', versicherte er Fyne, und in seinem Ton lag ein Spur von Verachtung.

Was ihre junge Herrin betraf, so hatte niemand von den Leuten unten eine Ahnung, daß sie aus dem Haus gelaufen war. Er könne sagen, alle wären bereit gewesen, vorderhand ihr Bestes für sie zu tun; da sie sich aber jetzt bei den Freunden ihrer Mutter aufhalte . . .

Er war unruhig. Er murmelte, all das komme ganz überraschend. Er wollte wissen, was er mit den Briefen oder Telegrammen tun sollte, die vielleicht im Laufe des Tages kämen.

‚Briefe, die an Miss de Barral adressiert sind, bringen Sie am besten in mein Hotel dort drüben', sagte Fyne und fing an, sich außerordentlich große Sorgen um die Zukunft zu machen. Der Mann erwiderte: ‚Ja, Sir' und setzte hinzu: ‚Und wenn ein Brief kommt, der an Mrs. . . .'

Fyne unterbrach ihn mit einer Handbewegung. ‚Ich weiß nicht . . . was Sie wollen.'

‚Sehr wohl, Sir.'

Der Butler schloß nicht die Haustür hinter Fyne, sondern blieb eine Weile auf der Schwelle stehen und blickte die Straße hinauf und hinunter, in einer Stimmung erwartungsvoller Unabhängigkeit, wie ein Mensch, der wieder sein eigener Herr ist. Als Mrs. Fyne ihren Mann zurückkehren hörte, kam sie aus dem Zimmer heraus, in dem das Mädchen im Bett lag. ‚Es ist alles noch wie vorhin', flüsterte sie, und Fyne vermochte nur ein hoffnungsloses Zeichen zu machen, daß er nicht wisse, was das alles bedeutete und wie es enden würde.

Er fürchtete sich vor künftigen Komplikationen – natürlich, er war ja ein Mann, dessen Mittel beschränkt waren, der im öffentlichen Dienst stand und nicht frei über seine Zeit verfügen konnte. Jawohl. Er gestand mir im Wohnzimmer meines Bauernhauses, daß er sich damals große Sorgen über die möglichen Folgen gemacht habe. Als er dieses arglose Bekenntnis vor mir ablegte, sagte ich mir jedoch: welche Folgen und Komplikationen er sich auch vorgestellt haben mochte, niemals, niemals konnte ihm die Verwicklung, unter der er jetzt litt, in den Sinn gekommen sein. Langsam, aber sicher (denn ich glaube, daß das Buch des Schicksals von der ersten bis zur letzten Seite geschrieben ist) war sie im Laufe von etwa sechs Jahren im Anzug gewesen, und jetzt war sie eingetreten. Die Verwicklung war da! Ich beobachtete seine unerschütterte Feierlichkeit mit dem belustigten Mitleid, das wir für das Opfer eines komischen, wenn auch etwas bösartigen Schabernacks empfinden.

‚Ach, hol's der Teufel!' rief er – ohne logischen Zusammenhang mit dem, was er mir erzählt hatte. Trotzdem aber war der Ausruf verständlich genug.

Zunächst jedoch zeigten sich, wie er zugab, keine unwillkommenen Komplikationen, keine unangenehmen Folgen. Auf ein in vorsichtigen Worten abgefaßtes Telegramm an de Barral kam über vierundzwanzig Stunden lang keine Antwort. Dies versetzte freilich die Fynes in Unruhe. Als die Antwort dann am späten Abend des folgenden Tages eintraf, kam sie in Gestalt eines älteren Mannes. Eine unerwartete Sorte Mensch. Fyne erklärte mir ausführlich, daß er offensichtlich zur angesehensten Schicht der unteren Mittelklasse gehörte. Er war ruhig und sprach langsam. Er trug einen Gehrock und einen grauen Backenbart, der unter dem Kinn zusammenlief; beim Eintreten erklärte er, de Barral sei sein Vetter. Er beeilte sich hinzuzusetzen, er habe seinen Vetter schon seit vielen Jahren nicht gesehen, und dabei blickte er Fyne (der ihn allein empfing) mit solchem Mißtrauen an, daß sich dieser beleidigt fühlte (der Mensch lehnte tatsächlich zunächst den ihm angebotenen Stuhl ab) und bissig erwiderte, er für seinen Teil habe Mr. de Barral noch *nie* im Leben gesehen, und da der Besucher nicht Platz nehmen wollte, bat er ihn, sein Anliegen so kurz und bündig wie nur möglich vorzubringen. Da setzte sich der schwarzgekleidete Mann mit einem schwachen überlegenen Lächeln.

Er sei gekommen, um das Mädchen zu holen. Sein Vetter habe ihn in einem von einem Boten überbrachten kurzen Brief gebeten, sogleich nach Brighton zu fahren, ‚seine Kleine' von einem Herrn namens Fyne zu übernehmen und ihr eine Zeitlang in seiner Familie Unterkunft zu gewähren. Und da sei er nun. Sein Geschäft habe ihm nicht gestattet, früher zu kommen. Sein Geschäft bestehe in der Engrosherstellung von Pappkästen. Er sei selbst Vater zweier erwachsener Töchter. Er habe mit seiner Frau gesprochen, und die Sache sei in Ordnung. Das Mädchen werde in seinem Haus eine gute Aufnahme finden. Vermutlich sei sein Heim nicht gerade das, woran sie gewöhnt sei, aber ... und so weiter und so fort.

Während der ganzen Zeit spürte Fyne im Verhalten dieses Mannes eine verborgene höhnische Mißbilligung all dessen, was nicht der unteren Mittelschicht angehörte, einen tiefen Respekt vor dem Geld, eine engherzige Verachtung jener Spekulanten, die scheitern, und eine überhebliche Zufriedenheit mit seiner eigenen achtbaren Gewöhnlichkeit.

Mrs. Fyne gegenüber benahm sich dieser unbekannte Vetter de Barrals kaum weniger beleidigend. Er betrachtete sie auf eine recht verschlagene Art, aber ihr kaltes, bestimmtes Auftreten beeindruckte ihn. Mrs. Fyne ihrerseits war einfach entsetzt über den Menschen, ließ das jedoch äußerlich nicht erkennen. Nicht einmal dann, als der Mann mit gespielter Arglosigkeit bemerkte, Florrie – sie heiße doch Florrie, nicht wahr? – werde vermutlich zuerst alle ihre vornehmen Freunde vermissen. Und als er erfuhr, daß das Mädchen im Bett lag, da sie sich gar nicht wohl fühlte, zeigte er sich auf eine gefühllose Weise beunruhigt. Sie war doch nicht etwa kränklich? Nein. Was hatte sie dann?

Sogar jetzt, als Fyne mir nach all den Jahren davon berichtete, spiegelte sein Gesicht eine außerordentlich große Abneigung gegen dieses achtbare Mitglied der Gesellschaft wider. Der Mann gehörte genau jener Schicht an, mit der Leute wie die Fynes die geringste Erfahrung haben, und ich kann mir vorstellen, daß er ihnen schmerzhaft auf die Nerven fiel. Er besaß alle bürgerlichen Tugenden in ihrer schäbigsten Form, und der Punkt aufs I war das ordinär zur Schau getragene Bewußtsein, daß er sie besaß. Sein Fleiß war vorbildlich. Er wollte am nächsten Morgen mit dem frühesten Zug abfahren, den er erreichen konnte. Anscheinend hatte er siebenundzwanzig Jahre lang niemals verabsäumt, jeden Tag pünktlich um zehn Uhr auf dem Büroschemel in seiner Fabrik zu sitzen. Mrs. Fynes Einwände hörte er sich mit schlecht verhehlter Ungeduld an. Weshalb konnte denn Florrie nicht aufstehen und um acht Uhr frühstücken wie andere Leute? In seinem Haus wurde Punkt acht gefrühstückt. Mrs. Fynes höflicher Gleichmut besiegte ihn schließlich. Er sei unter großen persönlichen Schwierigkeiten hergefahren, versicherte er ihr mißvergnügt, aber er gab den Frühzug auf.

Die guten Fynes wagten nicht, einander vor diesem unvorhergesehenen, jedoch durchaus bevollmächtigten Vormund anzublicken, doch sie hatten beide den gleichen Gedanken: Armes Mädchen! Armes Mädchen! Wenn die Frauen der Familie ebenso waren ... Und natürlich waren sie ebenso. Armes Mädchen! Aber was hätten sie tun können, selbst wenn sie bereit gewesen wären, Einspruch zu erheben? Der Mensch im Gehrock hatte den kurzen Brief des Vaters, er hatte ihn Fyne gezeigt. Einfach nur eine Bitte, sich um das Mädchen zu kümmern – als ihr nächster Verwandter –, doch ohne jede Erklärung oder auch nur eine einzige Anspielung auf die finanzielle Katastrophe; der Ton war sonderbar unbeschwert, und da der Brief gerade über den entscheidenden Punkt Schweigen bewahrte, gab er zu der Vermutung Anlaß, der Schreiber sei wegen der Zukunft des Kindes nicht beunruhigt. Wahrscheinlich war es ebendieser Gedanke gewesen, der den Vetter so bereitwillig in Bewegung gesetzt hatte. Schon vorher waren Leute aus einem Bankrott mit Grundbesitz auf dem Lande und ansehnlichen Einkünften hervorgegangen, über die, wenn nicht sie, so doch ihre Frauen verfügten. Und wenn es möglich war, bei einer nur etwas gewitzten Handhabung der Dinge einer Ehefrau ein angenehmes Leben zu bieten – warum dann nicht auch einer Tochter? Jawohl. Eine solche Möglichkeit mochte man im Hause dieses Mannes erörtert und sie für wert erachtet haben, danach zu handeln.

Der Mensch deutete tatsächlich unverhüllt an, daß er dies glaube, und auf Fynes vorsichtige Antworten gab er ihm zu verstehen, er lasse sich durch solche Verschwiegenheit nicht irreführen. Offensichtlich war er der Meinung, die Fynes seien enttäuscht, weil man ihnen das Mädchen wegnahm. Im Interesse der armen Flora hatten sie ein diplomatisches Opfer gebracht und den Mann zum Essen eingeladen. Er nahm diese Einladung recht unliebenswürdig an und bemerkte, er sei nicht gewöhnt, so spät aufzubleiben. Im allgemeinen esse er um halb neun oder neun Uhr zu Abend. Jedoch ...

Er blickte sich verächtlich in dem hübsch eingerichteten Speiseraum um. Bei den Gerichten, die ihm der Kellner anbot, zog er verwirrt die Nase kraus, lehnte aber nichts davon ab, verschlang die Speisen mit großem Appetit und trank literweise Ingwerbier (in Steinkrügen), das auf sein Verlangen für ihn geholt wurde (»Er goß es hinter«, sagte Fyne). Die Schwierigkeit, mit diesem Wesen ein Gespräch aufrechtzuerhalten, erschöpfte sogar Mrs. Fyne, die bewaffnet mit diamantharter Entschlossenheit zu Tisch gekommen war. Als er eine Weile aufhörte, sich mit ‚diesen französischen Gerichten' vollzustopfen, und den Blick bedächtig über die kleinen Tische wandern ließ, an denen jeweils einige Gäste speisten, sagte er zum ersten Mal etwas Bemerkenswertes: Seine Frau habe einen Moment lang erwogen, mit ihm herzukommen, er sei jedoch froh, daß sie es nicht getan habe. ‚Der Anblick dieses ganzen Alkohols, der da herumstehe, hätte ihr nicht behagt. Gar nicht behagt', erklärte er gewichtig.

‚Sie müssen einen reizenden Abend verbracht haben', sagte ich zu Fyne, ‚wenn ich danach urteilen darf, wie frisch er Ihnen noch im Gedächtnis ist!'

‚Reizend', knurrte er, und plötzlich flammte bei der Erinnerung daran tatsächlich Zorn in ihm auf, doch er fiel sogleich wieder in seine gewohnte Feierlichkeit zurück. Nachdem wir eine Weile geschwiegen hatten, fragte ich, ob der Mann das Mädchen am nächsten Tag mitgenommen habe.

Fyne sagte, das habe er getan, am Nachmittag, in einem Einspänner, mit ein paar Kleidern, die das Stubenmädchen zusammengepackt und aus dem großen Haus herübergebracht hatte. Er sah Flora erst zehn Minuten, bevor sie sich zum Bahnhof begaben, im Salon der Fynes im Hotel wieder. Es waren höchst peinliche zehn Minuten für die Fynes. Der achtbare Bürger redete Miss de Barral mit ‚Florrie' und ‚liebes Kind' an und bemerkte in vertraulich geringschätzigem Ton, sie sei nicht sehr groß, ‚viel ist nicht dran an dir, liebes Kind'. Dann sagte er, zu Mrs. Fyne gewandt, ganz laut: ‚Ihr Gesicht ist sehr weiß. Wie kommt das?' Mrs. Fyne antwortete nicht darauf. Sie hatte am Morgen das Haar des Mädchens mit eigenen

Händen aufgesteckt. Das veränderte sie sehr, fand Fyne. Natürlich spielte er bei dem Ganzen eine untergeordnete Rolle: er stimmte nur zu. Er persönlich konnte für Miss de Barral nichts weiter tun, als hinunterzugehen und sie selbst in den Einspänner zu setzen, während Miss de Barrals nächster Verwandter, nachdem man ihn aus dem Weg geschoben hatte, mit einem Schirm und einer kleinen schwarzen Tasche in der Hand daneben stand und dieser Prozedur, wie es schien, mit grimmiger Belustigung zusah. Es war schwer zu erraten, was das Mädchen dachte oder was sie empfand. Sie sah nun nicht mehr wie ein Kind aus. Sie flüsterte Fyne von der Droschke herunter ein leises ‚Dankeschön' zu, und er erwiderte sehr deutlich vernehmbar, während er noch ihre Hand hielt: ‚Bitte vergessen Sie nicht, in ein oder zwei Tagen ausführlich an meine Frau zu schreiben, Miss de Barral.' Dann trat Fyne zurück, der Vetter stieg in den Einspänner und murmelte deutlich vernehmbar: ‚Ich glaube nicht, daß sie Ihnen in Zukunft sehr zur Last fallen wird', ohne jedoch Fyne anzusehen, den er nicht einmal eines Nickens würdigte. Der Einspänner fuhr davon."

5

Der Nachmittagstee

„‚Was für ein liebenswürdiger Mensch', sagte ich, als ich sah, daß Fyne begann, in tiefes Nachdenken zu versinken. Ich konnte jedoch nicht umhin, bedeutungsvoll hinzuzusetzen: ‚Eine prophetische Gabe hatte er freilich nicht.'

Fyne erhob sich plötzlich und murmelte: ‚Nein, offensichtlich nicht.' Er war düster gestimmt und zögerte. Ich nahm an, daß er an diesem Nachmittag keine Lust zum Schachspielen hatte. Dies würde mich von der Pflicht befreien, meine Wohnung an einem Tag verlassen zu müssen, der viel zu schön war, um ihn mit Laufen zu verschwenden.

Und ich war enttäuscht, daß er, als er seine Mütze aufnahm, der Hoffnung Ausdruck verlieh, mich wie gewöhnlich gegen vier Uhr in ihrem Cottage zu sehen.

‚Es wäre nicht wie gewöhnlich.' Ich betonte die Bemerkung. Er gab nach kurzem Nachdenken zu, daß es das nicht wäre. Nein. Nicht wie gewöhnlich. Tatsächlich hoffe seine Frau, ich möge anwesend sein. Sie habe eine hohe Meinung von meiner praktischen Weisheit gewonnen.

Dies war das erste, was ich über diesen Punkt hörte. Ich hätte nie vermutet, daß Mrs. Fyne sich die Mühe gemacht hatte, Anzeichen der Weisheit oder der Torheit bei mir zu unterscheiden. Die paar Worte, die wir am Abend zuvor in der Aufregung – oder dem Ärger – über das Verschwinden des Mädchens miteinander gewechselt hatten, waren die ersten einigermaßen bedeutsamen Worte gewesen, die jemals zwischen uns gefallen waren. Ich hatte immer das Gefühl gehabt, ich sei in Mrs. Fynes Vorstellungen lediglich der Schachpartner ihres Mannes und weiter nichts – eine Annehmlichkeit – fast ein Werkzeug.

‚Ich fühle mich außerordentlich geschmeichelt', sagte ich. ‚Ich habe immer gehört, für die Intuition der Frauen gebe es keine Grenzen, und jetzt bin ich halbwegs geneigt zu glauben, daß dem so ist. Ich sehe jedoch noch immer nicht, auf welche Weise meine praktische oder sonstwie geartete Weisheit Mrs. Fyne dienlich sein kann. Die Weisheit des einen Mannes ist ziemlich genau wie die jedes anderen. Und da Sie ja zur Hand sind ...'

Fyne, der offensichtlich dem, was ich sagte, keine Aufmerksamkeit schenkte, sah mir mit seinen beunruhigt und feierlich blickenden Augen direkt ins Gesicht und unterbrach mich: ‚Ja, ja! Wahrscheinlich. Aber Sie kommen doch – nicht wahr?'

Ich hatte den Entschluß gefaßt, daß kein Fyne, weder vom einen noch vom anderen Geschlecht, mich dazu bringen sollte, an diesem schönen Tag drei Meilen weit zu laufen (bis zu ihrem Cottage und wieder zurück). Wären die

Fynes ein durchschnittliches geselliges Paar gewesen, mit dem man nur bekannt ist, weil die freie Zeit irgendwie herumgebracht werden muß, dann hätte ich mich dieser besonderen Einladung rasch entzogen. Das waren sie aber nicht. Man mußte ihre unbestreitbare Menschlichkeit anerkennen. Zugleich aber wollte ich das tun, wozu ich Lust hatte. Also schlug ich vor, sie sollten mir das Vergnügen gestatten, ihnen in meinen Räumen eine Tasse Tee anzubieten.

Eine kurze Pause des Nachdenkens – und Fyne nahm die Einladung in seinem und im Namen seiner Frau voller Eifer an. Einen Augenblick darauf hörte ich, wie das Gartentor zugeklinkt wurde, und dann kam, begleitet vom ekstatischen Gebell seines temperamentvollen Hundes, sein Kopf mit dem feierlich ernsten Gesicht auf der anderen Seite der Hecke an meinem Fenster vorüber. Sein beunruhigter Blick war unverwandt nach vorn gerichtet, und offensichtlich war er mit gewichtigen und verwickelten Überlegungen beschäftigt. Wenigstens eine der jungen Freundinnen seiner Frau war für ihn mehr als nur ein bloßer Schatten geworden. Ich vermutete jedoch, daß Fyne nicht an die junge Freundin, sondern an seine Frau dachte. Er war ein ausgezeichneter Ehemann.

Ich bereitete mich auf die Gastlichkeiten des Nachmittags vor, indem ich die Bäuerin hereinrief und mit ihr die Bestände in Haus und Dorf durchging. Sie war eine hilfreiche Frau. Aber den Bestand meiner Weisheit ging ich nicht durch. Außer im groben materiellen Sinne des Nachmittagstees traf ich keine Vorbereitungen für Mrs. Fyne.

Sie zu treffen war mir unmöglich. Ich vermochte ja nicht zu sagen, welche Art Unterstützung Mrs. Fyne in meiner Weisheit suchen würde. Und was die Aufnahme meiner intellektuellen Bestände angeht, so glaube ich, daß niemand darauf erpicht ist, so etwas zu tun, wenn er es vermeiden kann. Ein unbestimmt großartiger Zustand geistigen Selbstvertrauens ist viel zu angenehm, als daß man ihn leichtsinnig durch eine so heikle Untersuchung beeinträchtigen mag. Vielleicht wenn ich eine hilfreiche Frau zur Seite gehabt hätte, eine liebe, schmeichelhaft scharfsinnige, zärtliche Frau ... Es gibt im Leben Augenblicke, in denen man tatsächlich bedauert, nicht verheiratet zu sein. Nein! Ich übertreibe nicht. Ich habe gesagt: Augenblicke, nicht Jahre oder auch nur Tage. Augenblicke. Offensichtlich ging es nicht an, die Bäuerin um Hilfe zu bitten. Man konnte nicht erwarten, daß sie den notwendigen Scharfblick besaß, und ich bezweifle auch, daß sie verstanden hätte, entgegenkommend genug zu sein. Sie war auf ihre eigene Art hilfreich, und in diesem Moment war sie mit einer erstaunlichen schwarzen Haube auf dem Kopf bereits eine Meile weit fort und versuchte in den Dorfläden ein Stück eßbaren Kuchens aufzutreiben. Dieser Mut der Frauen! Dieser Optimismus der lieben Geschöpfe!

Und es gelang ihr, etwas aufzutreiben, was eßbar aussah. Das ist alles, was ich weiß, da ich keine Gelegenheit hatte, die intimeren Wirkungen dieses Nahrungsmittels auszuprobieren. Ich selbst esse niemals Kuchen, und als Mrs. Fyne pünktlich erschien, brachte sie keinen Appetit auf Kuchen mit. Sie hatte auf gar nichts Appetit. Aber sie hatte Durst – das Zeichen einer tiefen, quälenden inneren Bewegung. Ja, es war eine innere Bewegung und nicht der strahlende Sonnenschein – mehr strahlend als warm, wie es so die Art unserer diskreten, sich selbst unterdrückenden, vornehmen insularen Sonne ist, die keine wirkliche Dame je zum Rotwerden bringt – auf keinen Fall. Mrs. Fyne sah sogar kühl aus. Sie trug einen weißen Rock mit Jacke, und ein weißer Hut mit breiter Krempe ruhte auf ihrem glatt frisierten Haar. Die Jacke war ähnlich geschnitten wie eine Militärjacke; dieser Stil stand ihr. Ich darf wohl behaupten, daß es viele junge Leutnants gibt, und zwar nicht die häßlichsten, die Mrs. Fyne gleichen, was den Gesichtstyp, die sonnenverbrannte Haut und sogar jenes wachsame Etwas in ihrem Benehmen angeht. Nicht viele jedoch hätten diesen Zug gehabt, der die Bereitschaft atmete, jede Verantwortung unter der Sonne auf sich zu nehmen. Das ist die Art von Mut, die spät im Leben reift, und natürlich war Mrs. Fyne bereits eine Frau in reifen Jahren, trotz ihres faltenlosen Gesichts.

Sie blickte sich im Zimmer um, sagte mit Nachdruck, ich hätte es hier sehr gemütlich, und ich stimmte ihr bescheiden zu, mein unverdientes Glück bekennend.

‚Wieso unverdient?' wollte sie wissen.

‚Ich habe diese Räume brieflich gemietet, ohne irgendwelche Fragen zu stellen. Es hätte auch ein scheußliches Loch sein können', erklärte ich ihr. ‚Ich mache das immer so. Ich will nicht belästigt werden. Das spricht nicht gerade sehr für Weisheit, nicht wahr? Weise Menschen wenden, glaube ich, ihre Weisheit gern an. Ich habe sagen hören, daß sie gar nicht anders können, als sie auch in den nebensächlichsten Dingen zu bekunden. Es muß ganz wundervoll sein. Aber ich weiß nichts davon. Ich glaube, daß ich keinerlei Weisheit besitze – keine praktische Weisheit.'

Fyne gab im Baßton ein undeutliches Protestgemurmel von sich. Ich erkundigte mich nach den Kindern, die ich seit meiner Rückkehr aus der Stadt noch nicht gesehen hatte. Es war ihnen sehr gut ergangen. Es ging ihnen immer gut. Sowohl Fyne wie auch Mrs. Fyne sprachen von der robusten Gesundheit ihrer Kinder, als sei sie das Ergebnis moralischer Vortrefflichkeit; in einem sonderbaren Ton, in dem etwas Verachtung für Leute mitzuschwingen schien, deren Kinder dazu neigten, zuweilen unpäßlich zu sein. Man fühlte sich fast geneigt, sich für die Nachfrage zu entschuldigen. Und das ärgerte mich – unvernünftigerweise, wie ich zugebe, weil die Annahme, man habe größere Verdienste als andere, keine sehr außergewöhnliche Schwäche ist. In dem Wunsch, mich zur Vergeltung unbeliebt zu machen, bemerkte ich im Ton höflichen Interesses, die lieben Mädchen müßten doch über das plötzliche Verschwinden der jungen Freundin ihrer Mutter erstaunt gewesen sein. Hatten sie irgendwelche peinlichen Fragen über Miss Smith gestellt? Hatte man mir Miss de Barral nicht als Miss Smith vorgestellt?

Mrs. Fyne, die vor sich hin starrte, aber unter ihrer Sonnenbräune tiefer errötete, erklärte mir, die Kinder hätten Flora nie sehr gern gemocht. Sie habe nicht die Munterkeit, die Erwachsene bei gesunden Kindern beliebt mache, bemerkte Mrs. Fyne unerschütterlich. Flora war schon mehrmals in ihrem Cottage zu Besuch gewesen. Mrs. Fyne versicherte mir, es sei ihr häufig recht schwer gefallen, sie bei sich zu haben. ‚Aber was hätten wir sonst tun sollen?' rief sie.

Dieser kleine Ausruf der Bedrängnis, der in seiner Ausdruckslosigkeit sehr echt war, veränderte meine Gefühle gegenüber Mrs. Fyne. Es wäre so leicht gewesen, nichts zu tun und keinen Gedanken mehr darauf zu verschwenden. Meine Zuneigung zu ihr begann, als sie sich bemühte, mir von der Nacht zu erzählen, die sie am Bett des Mädchens verbracht hatte, der Nacht, bevor es mit seinem sowenig einnehmenden Verwandten davonfuhr. Daß Mrs. Fyne Mittel fand, das Kind zu trösten, bezweifle ich sehr. Ihr fehlte das Genie für die Aufgabe, das wieder rückgängig zu machen, was der Haß einer wütenden Frau so gut geplant hatte.

Sie werden mir vielleicht sagen, Kindereindrücke seien nicht dauerhaft. Das stimmt. Aber hier ist das Wort ‚Kind' nur eine Redensart. Es fehlten nur wenige Tage bis zum sechzehnten Geburtstag des Mädchens; sie war alt genug, um durch den Schock reif zu werden. Allein die Anstrengung, die es sie kostete, Mrs. Fyne ihren Eindruck zu übermitteln, indem sie sich an alle Einzelheiten erinnerte und nach passenden Worten suchte – oder überhaupt nur nach Worten –, war schon an sich eine furchtbare Aufklärung, ein Alterungsprozeß. Sie sprach lange, ohne daß Mrs. Fyne sie unterbrach, recht kindlich in ihrem Staunen und ihrem

Schmerz, wobei sie hin und wieder innehielt, um die rührende Frage einzuwerfen: ‚Das war doch grausam von ihr, nicht wahr, Mrs. Fyne?'

Für Charley fand sie Entschuldigungen. Er hatte zumindest nichts gesagt und dabei eine sehr finstere Miene gemacht, als sei ihm unbehaglich zu Mute. Er hätte doch nicht Partei gegen seine Tante ergreifen können, oder? Schließlich habe er ja, als sie ihn anrief, ‚diese grausame Frau' fortgebracht. Am Arm hinausgezerrt. Das habe sie deutlich gesehen. Sie erinnere sich daran. Aber ja! Die Frau sei verrückt. ‚Ach, Mrs. Fyne, sagen Sie mir nicht, sie sei nicht verrückt. Wenn Sie ihr Gesicht gesehen hätten!'

Mrs. Fyne blieb jedoch unnachgiebig bei ihrer Ansicht, daß es zum Besten des Mädchens notwendig sei, ihr so viel von der Wahrheit mitzuteilen, wie es nur anging, denn sie fürchtete, ihr Schicksal werde sein, sich den härtesten Realitäten des Daseins der Privileglosen ausgesetzt zu sehen. Sie erklärte ihr, es gebe auf der Welt böse, eigensüchtige Menschen. Skrupellose Menschen ... Diese beiden Leute hätten es auf das Geld ihres Vaters abgesehen gehabt. Das Beste, was sie tun könne, sei, sie ganz und gar zu vergessen.

‚Auf Papas Geld? Das versteh ich nicht', murmelte die arme Flora de Barral und lag unbeweglich da, als bemühe sie sich, in der Stille und Dunkelheit des Zimmers, in dem nur das Nachtlicht brannte, den Gedanken zu Ende zu denken. Dann hatte sie einen langen Schüttelfrostanfall, wobei sie die Hand Mrs. Fynes festhielt, deren reglose Geduld neben dem Bett dieser brutal gemordeten Kindheit ihrer Menschlichkeit unendlich zur Ehre gereichte. Die Wache mußte um so beschwerlicher gewesen sein, als ich sehr deutlich zu sehen vermochte, daß sie das Opfer zu keiner Zeit für besonders reizend oder sympathisch gehalten hatte. Es war eine Äußerung reinen Mitleids, des Mitleids an sich sozusagen, zu der nicht viele Frauen mit einer so unnachgiebigen Standhaftigkeit fähig gewesen wären. Nachdem der Schüttelfrostanfall vorüber war, kamen die nächsten Worte des Mädchens in einem Ausbruch krampfhaften Schluchzens: ‚Ach, Mrs. Fyne! Bin ich wirklich so ein scheußliches Geschöpf, wie sie behauptet hat?'

‚Nein, nein!' protestierte Mrs. Fyne. ‚Deine ehemalige Gouvernante ist diejenige, die scheußlich und ekelhaft ist. Sie ist eine niederträchtige Person. Ich kann dir nicht sagen, sie sei verrückt, aber ich denke, sie muß vor Wut außer sich gewesen sein und voller böser Gedanken. Gib dir Mühe, nicht mehr an diese häßlichen Dinge zu denken, mein liebes Kind.'

‚Für keinen wäre es gut gewesen, viel daran zu denken', sagte Mrs. Fyne knapp und sehr bestimmt zu mir. All das sei sehr quälend gewesen. Das Mädchen habe einem Wesen geglichen, das sich in einem Netz wand.

‚Aber wie kann ich sie denn vergessen? Sie hat doch meinen Vater einen Betrüger und Schwindler genannt! Bitte sagen Sie mir, Mrs. Fyne, daß es nicht wahr ist. Es kann nicht wahr sein. Wie kann es denn wahr sein?'

Sie fuhr mit einer plötzlichen, jähen Bewegung im Bett empor, als wolle sie hinausspringen, um vor dem Klang der Worte zu fliehen, die soeben über ihre eigenen Lippen gekommen waren. Mrs. Fyne hielt sie zurück, besänftigte sie und brachte sie endlich dazu, den Kopf wieder auf das Kissen zu legen, indem sie ihr immerfort versicherte, nichts, was diese Frau in ihrer Grausamkeit gesagt habe, sei wert, daß man es sich zu Herzen nehme. Erschöpft weinte das Mädchen eine Zeitlang. Vielleicht hatte sie in Mrs. Fynes Versicherungen etwas Ausweichendes gespürt. Nach einer Weile flüsterte sie gebrochen, ohne sich zu rühren: ‚Die schreckliche Frau hat zu mir gesagt, alle Leute würden Papa diese furchtbaren Namen geben. Ist das möglich? Ist das möglich?'

Mrs. Fyne schwieg.

‚Bitte sagen Sie doch etwas zu mir, Mrs. Fyne', drang de

Barrals Tochter im gleichen leisen Flüsterton hartnäckig in sie.

Wieder versicherte mir Mrs. Fyne, es sei sehr quälend gewesen. Furchtbar quälend. ‚Ja, danke, gern.' Sie lehnte sich mit verschränkten Armen in ihrem Sessel zurück, während ich ihr noch eine Tasse Tee eingoß, und Fyne ging hinaus, um den Hund zu beruhigen, der unter der Veranda angebunden war und sich plötzlich sehr über jemand empört hatte, der so kühn war, den Weg entlangzugehen. Mrs. Fyne rührte lange in ihrem Tee herum, trank ein bißchen, setzte die Tasse nieder und sagte mit einer Miene, als nehme sie alle Folgen auf sich: ‚Schweigen wäre unfair gewesen. Ich glaube auch nicht, daß es gütig gewesen wäre. Ich erklärte ihr, sie müsse darauf gefaßt sein, daß die Welt ihren Vater sehr streng verurteilen werde ...'

War das nicht bewundernswert?" rief Marlow, seine Erzählung unterbrechend. „Bewundernswert!" Und als ich ihn ob dieser unerwarteten Begeisterung zweifelnd ansah, begann er sie auf seine Weise zu rechtfertigen.

„Ich sage bewundernswert, weil es so charakteristisch war. Es war vollkommen. Nur ein Genie hätte sich etwas Besseres ausdenken können. Und dies war Natur! Wie man vom Werk eines Künstlers sagt: Dies war ein echter Fyne. Mitleid – Überlegtheit – etwas genau Abgemessenes. Nichts von Ihren aufgelösten Gefühlen! Und es war richtig! Sie müssen zugeben, nichts hätte richtiger sein können. Ich hatte Lust, ‚Bravo, bravo!' zu rufen, das tat ich jedoch nicht. Ich nahm ein Stück Kuchen und ging hinaus, weil ich den Hund der Fynes bestechen wollte, etwas wie Selbstbeherrschung zu üben. Sein scharfes, komisches Gebell war unerträglich, so unerträglich wie Stiche durch das Gehirn, und die Vorwürfe, die Fyne ihm in seinem tiefen Baß machte, beschämten das lebhafte Tier nicht mehr, als das dunkle, geduldige Rauschen des Meeres einen Negersänger an einem bevölkerten Strand beschämt. Als ich erschien, begann Fyne leise in Grabestönen auf ihn zu fluchen. Der Hund gebärdete sich sogleich wild überschwenglich, und mit hervortretenden Augen und heraushängender Zunge erwürgte er sich fast in seinem Halsband, im Übermaß seiner unverständlichen Zuneigung zu mir. Und dies, bevor er den Kuchen in meiner Hand erblickte! Nun folgte eine Reihe senkrechter Sprünge hoch in die Luft, und dann, nachdem er den Kuchen bekommen hatte, verlor er augenblicklich jedes Interesse an allem anderen.

Fyne war etwas ärgerlich auf mich. Zwar war er ein so gütiger Herr, wie ihn sich ein Hund nur wünschen konnte, aber er mißbilligte es, wenn man Hunden Kuchen gab. Von ihrem Hund erwarteten die Fynes, daß er ein spartanisches Leben führte, bei einer Diät von widerwärtigem Hundekuchen und einem gelegentlichen trockenen, gesundheitsfördernden Knochen. Fyne sah finster auf das besänftigte Tier hinab, ich blickte ebenfalls auf diesen törichten Hund, und mir fiel (Sie wissen ja, wie das Gedächtnis plötzlich angeregt wird) mit fast schmerzhafter Deutlichkeit das geisterhaft weiße Gesicht des Mädchens ein, das ich das letztemal in Begleitung dieses Hundes – verlassen von diesem Hund – gesehen hatte. Fast hörte ich sie, wie sie mit kummervoller Stimme, als sei sie vor Empörung den Tränen nahe, den Hund rief, dieses mitleidslose Tier. Vielleicht lag es nicht in ihrer Macht, Mitleid zu erwecken, besaß sie nicht jene persönliche Gabe, unmittelbar die Gefühle anzusprechen. Da ich dem gleichgültigen Verhalten des Hundes mißtraute, sagte ich zu Fyne: ‚Warum lassen Sie ihn nicht hereinkommen?‘

Ach du liebe Güte, nein! Daran sei nicht zu denken! Ich hätte mir die Mühe sparen können, denn ich wußte ja, daß es zu den Lebensregeln der Fynes gehörte, zu ihrer Feierlichkeit und Verantwortungsbereitschaft, daß es also zu den Dingen gehörte, die ihre unaufdringliche, aber stets gegenwärtige Überlegenheit ausmachten, ihren Hund nicht ins Haus zu lassen. Es war ganz ungehörig, den

Hund in die Wohnungen der Leute, die sie besuchten, eindringen zu lassen – und wenn es sich auch nur um einen unachtsamen Junggesellen handelte, der in einem Bauernhaus zur Miete wohnte und ein persönlicher Freund des Hauses war. Es kam nicht in Frage. Aber sie ließen es zu, daß er einen mit seinem Gebell vor dem Fenster um den Verstand brachte. Sie waren merkwürdig konsequent in ihrem Mangel an einfühlsamem Mitempfinden. Ich bestand nicht auf meinem Vorschlag, sondern ging nur einfach, gefolgt von Fyne, ins Wohnzimmer zurück und hoffte, daß in der nächsten Stunde oder so kein Wanderer zufällig den Weg entlangkommen und die Gemütsruhe des Hundes stören würde.

Mrs. Fyne saß unerschütterlich an dem Tisch, den Teller, Tassen, Milchkännchen, eine Kanne mit kalt gewordenem Tee, Krümel und die Reste der Bewirtung bedeckten, und wandte uns den Kopf zu.

‚Verstehen Sie, Mr. Marlow', sagte sie in einem unerwartet vertraulichen Ton, ‚sie passen so ganz und gar nicht zueinander.'

Im Augenblick wußte ich nicht, auf wen ich diese Bemerkung beziehen sollte. Ich dachte zuerst an Fyne und den Hund. Dann ordnete ich sie der gegenwärtigen Angelegenheit zu, die ja nicht mehr und nicht weniger als eine Entführung war. Ja, weiß Gott! Sie sah tatsächlich ganz wie eine Entführung aus – mit einigen ungewöhnlichen Besonderheiten, die ihr in gewissem Sinne etwas Zweideutiges gaben. Mit belustigtem Erstaunen erinnerte ich mich, daß in diesem Zusammenhang meine Weisheit in Anspruch genommen werden sollte. Wie unerwartet! Freilich wissen wir nie, welche Prüfungen unsere Gaben zu bestehen haben mögen. Die Weisheit befahl als erstes Vorsicht. Ich halte die Vorsicht für die erste Pflicht der Weisheit. Fyne setzte sich, als bereite er sich darauf vor, einem Turnier beizuwohnen, fand ich.

‚Glauben Sie, Mrs. Fyne?' sagte ich weise. ‚Natürlich

sind Sie in der Lage...‘, fuhr ich vorsichtig fort, worauf sie lebhaft losschlug, um sofortige Zustimmung zu erlangen.

‚Natürlich! Offensichtlich! Sie müssen selbst zugeben...‘

‚Aber, Mrs. Fyne‘, wand ich ein, ‚Sie vergessen, daß ich Ihren Bruder gar nicht kenne.‘

Dieses Argument – es war ja nicht nur weise, sondern auch wahr, überwältigend wahr, unwiderlegbar – schien sie zu überraschen.

Ich fragte mich, wieso eigentlich. Ich wußte nicht genug von ihrem Bruder, um auch nur im entferntesten erraten zu können, wie er wohl sein mochte. Ich hatte den Mann nie zu Gesicht bekommen. Er war mir so gänzlich unbekannt, daß ich im Vergleich dazu Miss de Barral – die ich zweimal gesehen (alles in allem etwa sechzig Minuten lang) und mit der ich etwa sechzig Worte gewechselt hatte – sozusagen von der Wiege an kannte. Und vielleicht, so dachte ich, während ich auf Mrs. Fyne hinunterblickte (ich war stehen geblieben), vielleicht glaubt sie, das müsse für eine weise Zustimmung genügen.

Sie schwieg, ich blickte sie in höflicher Erwartung an, und in Gedanken sprach ich weiter zu ihr, in einer Stimmung vertraulicher Billigung, die sie, wäre sie hörbar gewesen, erstaunt hätte: Sie sind wenigstens eine ehrliche Frau, meine Liebe...

Ich nenne eine Frau ehrlich“, begann Marlow von neuem, nachdem er mir eine Zigarre gegeben und sich selbst eine angezündet hatte, „ich nenne eine Frau ehrlich, wenn sie freiwillig eine Äußerung tut, die in der Form entfernt dem ähnelt, was sie wirklich sagen möchte, was man ihrer Meinung nach sagen müßte, bestände nicht die Notwendigkeit, die dumme Empfindsamkeit der Männer zu schonen. Das rauhere, einfachere, aufrechtere Urteil der Frauen umschließt die ganze Wahrheit; diese jedoch unumwunden auszusprechen, daran hindern sie stets ihr Taktgefühl und ihr Mißtrauen gegenüber dem männlichen Idealismus. Und ihr Taktgefühl ist unfehlbar. Wir könnten es nicht ertragen, daß Frauen die Wahrheit ausspräche. Wir hielten es nicht aus. Es würde unendlichen Kummer verursachen und ein schreckliches Durcheinander in dem recht mittelmäßigen, aber doch immerhin idealistischen Narrenparadies anrichten, in dem ein jeder von uns sein eigenes kleines Leben lebt – eine Einheit in der großen Summe des Daseins. Und sie wissen es. Sie sind barmherzig. Diese Verallgemeinerung bezieht sich nicht gerade auf Mrs. Fynes Anfall von Offenheit in einer Angelegenheit, bei der weder meine Neigungen noch meine Eitelkeit mit im Spiel waren. Vielleicht wagte sie sich deshalb so weit vor. Für eine Frau war sie mir gegenüber so offen wie der Tag. In dem, was sie sagte, lag nicht nur die Form, sondern fast der gesamte Inhalt ihrer Gedanken. Sie glaubte, sie könne es riskieren. Etwa in dieser Weise hatte sie gefolgert: Da ist ein Mann, der ein gewisses Quantum Weisheit besitzt ..."

Marlow unterbrach sich und sah mich mit einem sonderbaren Blick an. Die letzten Worte hatte er mit der Zigarre zwischen den Zähnen gesprochen. Er nahm sie jetzt mit einer weitausladenden Armbewegung aus dem Mund und blies eine dünne Rauchwolke von sich.

„Sie lächeln? Es wäre freundlicher gewesen, mir das Erröten zu ersparen. Tatsächlich brauche ich aber gar nicht zu erröten. Dies ist nicht Eitelkeit – es ist Analyse. Nun, lassen wir also die Weisheit stehen. Wir müssen aber auch feststellen, wofür die Weisheit in diesem Zusammenhang steht. Wenn Sie das erkennen, dann werden Sie sehen, daß es nichts daran gab, was meine Bescheidenheit beunruhigt hätte. Ich glaube nicht, daß Mrs. Fyne mir eine von gesundem Menschenverstand gemilderte Weisheit zuschrieb. Und hätte ich auch die Weisheit der sieben Weisen des Altertums besessen, hätte sie das nicht dazu bewogen, mir Vertrauen und Bewunderung entgegenzubringen. Die geheime Verachtung der Frauen für die Fähigkeit, vernünftig abzuwägen und eine wohlüberlegte Schlußfolgerung tiefschürfend vorzutragen, ist grenzenlos. Sie haben keine Verwendung für diese erhabenen Übungen, die sie als eine Art rein männlichen Spiels betrachten – wobei ‚Spiel' eine achtbare Beschäftigung bedeutet, die dazu erfunden wurde, in diesem von Männern eingerichteten Leben, das man irgendwie herumbringen muß, die Zeit totzuschlagen. Was der Scharfsinn der Frauen wirklich achtet, sind die formlosen ‚Ideen' und die einfältigen Impulse, die bei wahrhaft wichtigen Angelegenheiten unsere Handlungen und Meinungen bestimmen. Denn wenn Frauen auch nicht verstandesgemäß denken, so sind sie doch wahrhaftig scharfsinnig. Sogar Mrs. Fyne war scharfsinnig. Die gute Frau versöhnte den Schachpartner ihres Mannes einfach deshalb, weil sie in ihm jene winzige Menge ‚Weiblichkeit' gespürt hatte, jenen Tropfen einer höheren Essenz, dessen ich mir selbst bewußt bin und der mich, wie ich dankbar bekenne, ein- oder zweimal in meinem Leben vor einem entweder lächerlichen oder bedauerlichen Mißgeschick bewahrt hat – ich bin nicht ganz sicher, welches von beiden. Es tut wenig zur Sache. Auf jeden Fall Mißgeschick. Beachten Sie, daß ich ‚Weiblichkeit' gesagt habe, ein Vorrecht, nicht ‚Feminismus', eine Haltung. Ich bin kein Feminist. Fyne war es, er hatte diese Geisteshaltung bei gewissen feierlichen Anlässen eingenommen, aber es genügte, zu ihm hinzublicken, wie er dort an einer Seite saß, um zu sehen, daß er bis in die Fingerspitzen rein männlich war – auf solide, schwerfällige, belustigende, hoffnungslose Weise männlich.

Ich blickte zu ihm hinüber. Man erhält nicht eine Anerkennung seiner Weisheit durch die Frau eines anderen Mannes, ohne es als angebracht oder sogar nötig zu empfinden, gelegentlich zu ihm hinzublicken. So blickte ich denn zu ihm hin. Sehr männlich. So sehr, daß ‚hoffnungslos' nicht das letzte Wort ist. Er war hilflos. Dadurch war er gebunden und ausgeliefert. Und wenn ich ihn auch infolge der dunklen Regungen meines gemischten Temperaments mit boshafter Belustigung betrachtete, so war ich doch der Definition und vor allem der tiefsten Überzeugung nach ein Mann und konnte deshalb nicht umhin, weitgehend Mitleid mit ihm zu empfinden. Und als ich ihn so entwaffnet, schon allein durch die Natur der Dinge so völlig gefangen sah, empfand ich das Bedürfnis, freundlich mit ihm zu sprechen.

‚Nun, und was denken Sie darüber?'

‚Ich weiß nicht. Wie soll man das sagen? Aber ich meine, die Sache ist nun einmal geschehen, und damit hat sie ein Ende', sagte das männliche Geschöpf so unverblümt, wie seine angeborene Feierlichkeit es zuließ.

Mrs. Fyne bewegte sich in ihrem Stuhl. Ich wandte mich ihr zu und bemerkte sanft, dies sei eine Beschuldigung, eine Kritik, die häufig erfolge. Manche Leute erkundigten sich stets: Was sieht er nur in ihr? Andere wiederum fragten sich, was sie wohl in ihm sehe? Ausdruck des Nichtzueinanderpassens.

Sie sagte, und ihre ruhig untergeschlagenen Arme verliehen ihren Worten Nachdruck: ‚Ich weiß ganz genau, was Flora in meinem Bruder sieht.'

Ich senkte vor diesem Windstoß den Kopf, verfocht aber meinen Standpunkt weiter: ‚Und dann erweist sich in den meisten Fällen, daß diese Ehe zumindest nicht schlechter ist als der Durchschnitt.'

Mrs. Fyne war enttäuscht von der optimistischen Wendung, die meine Weisheit nahm. Sie ließ ihren Blick auf meinem Gesicht ruhen, als sei sie im Zweifel, ob ich meiner Anlage nach wohl genügend Weibliches hätte, um den Fall zu begreifen.

Ich wartete darauf, daß sie sprach. Sie schien sich zu fragen: Lohnt es sich tatsächlich, mit diesem Mann zu reden? Sie verstehen sicher, wie provozierend das war. Ich suchte nach etwas erschreckend Dummem, das ich sagen könnte, um Mrs. Fyne zu quälen und sie aufzuziehen. Es ist demütigend, einen Mißerfolg einzugestehen. Man sollte meinen, daß ein Mann von durchschnittlicher

Intelligenz nach Belieben über Dummheit verfügt. Das war jedoch nicht der Fall. Ich vermute, daß es eine besondere Gabe ist, oder aber die Schwierigkeit besteht darin, daß sie zur Sache Bezug haben muß. Da ich entdeckte, daß ich keine wirklich durchschlagende Dummheit zu finden vermochte, ging ich zum Nächstbesten über: zu einer Plattheit. Ich erklärte im Ton des gesunden Menschenverstandes, daß ein Mann bei einer Heirat doch gewiß nur sich selbst zufriedenzustellen brauche.

Mrs. Fyne nahm dies auf, ohne auch nur mit der Wimper zu zucken. Wie sich erwarten ließ, drang dieser altherkömmliche Pfeil sogleich durch Fynes männliche Brust. Er brummte höchst gefühlvoll. Ich wandte mich mit gespielter Arglosigkeit an ihn: ‚Sind Sie nicht meiner Meinung?‘

‚Ich habe meiner Frau dasselbe gesagt‘, rief er in einem besonders männlichen Baß. ‚Wir haben darüber debattiert...‘

Eine Debatte in der Ehe der Fynes! Wie furchtbar! Vielleicht war es die erste Meinungsverschiedenheit, die sie jemals gehabt hatten – Mrs. Fyne, ohne zu zaudern und zu jeder Verantwortung bereit, Fyne feierlich und zurückweichend, während die Kinder oben im Bett lagen und sich draußen die dunklen Felder erstreckten, die schattigen Umrisse des Landes vor dem gestirnten Hintergrund des Universums, und das grelle Licht des offenen Fensters wie ein Signalfeuer war für die Herumstreicherin, die nun niemals mehr zurückkommen würde, keine Herumstreicherin mehr war, sondern ganz unverkennbar ein Flüchtling. Ein Flüchtling jedoch, der eine Beute mitgenommen hatte. War es die Flucht einer Räuberin – oder einer Verräterin? Diese Geschichte mit dem gestohlenen Bruder, wie ich sie für mich nannte, hatte rätselhafte Züge. Das Mädchen mußte verzweifelt gewesen sein, dachte ich, während ich Fynes tiefe Stimme zwar sehr wohl hörte, aber seine Worte in ihrer Bedeutung nicht begriff, außer den allerletzten, die lauteten: ‚Natürlich ist es außerordentlich bedrückend.‘

Ich sah ihn fragend an. Was bedrückte ihn? Die Tatsache, daß die Tochter des Finanzmanns und Sträflings den Sohn des Dichters gestohlen hatte? Oder nur, wenn ich so sagen darf, der durch ihre Flucht verursachte Wind, der die feierliche Ruhe der häuslichen Atmosphäre bei den Fynes störte? Meine Ungewißheit währte nicht lange, denn er setzte hinzu: ‚Mrs. Fyne drängt mich, sofort nach London zu fahren.'

Man konnte erraten, fast sehen, wie tief sein Widerwille gegen diese Reise, wie groß seine Unruhe darüber war, daß er anders über die Sache dachte als seine Frau. Bei dem feierlichen Ernst, mit dem Fyne die irdische Komödie betrachtete, litt er darunter, daß er sich nicht in der Lage sah, Mrs. Fyne würdevoll zuzustimmen, wie er es gewöhnlich tat – aus Dankbarkeit dafür, daß er in einem erhabenen Augenblick seinen Willen durchgesetzt hatte, als er sie dazu überredete, mit ihm durchzubrennen – der bedeutungsvollste Schritt im Leben einer jungen Dame, den man sich nur vorstellen kann. Er hatte sich wirklich bemüht, sich dafür erkenntlich zu zeigen, indem er bei jeder anderen Gelegenheit ihre Empfindungen für selbstverständlich richtig hielt. Schließlich war dies zu einer Art Gewohnheit geworden. Und mit einer Gewohnheit zu brechen ist niemals angenehm. Der Mann war zutiefst beunruhigt. Ich sagte: ‚Tatsächlich! Nach London fahren!'

Er blickte mir stumm in die Augen. Es war mitleiderregend und komisch zugleich. ‚Und Sie sind natürlich der Meinung, es wäre zwecklos', fuhr ich fort.

Offensichtlich dachte er dies, obwohl er nichts sagte. Er blinzelte mich nur weiter an, mit feierlich-komischer Langsamkeit. ‚Es sei denn, um den Segen der Familie zu überbringen', setzte ich hinzu und gab mich hartnäckig meinem beißenden Humor hin, freilich auf eine ziemlich hinterhältige Weise, denn ich wagte die rechts neben mir sitzende Mrs. Fyne nicht anzusehen. Aus dieser Richtung kam kein Geräusch, war keine Bewegung zu spüren. ‚Natürlich sind Sie der Meinung, daß es eine ans Absurde grenzende Verschwendung von Geist bedeutet, gute Vernunftgründe gegen die leidenschaftlichen Entscheidungen der Liebe vorzubringen.‘

Er sah überrascht aus, als hätte ich etwas sehr Kluges entdeckt. Er, der brave Mann, hatte überhaupt an nichts gedacht. Er wußte nur einfach, daß er in dieser Mission nicht nach London fahren wollte. Reine männliche Feinfühligkeit. Sofort war er begeistert.

‚Ja! Ja! Genau das. Ein Mann, der verliebt ist... Hörst du, meine Liebe? Hier hast du eine unvoreingenommene Meinung...‘

‚Gibt es etwas Hoffnungsloseres, als Vernunft gegen Liebe ins Feld zu führen?‘ sagte ich beharrlich zu dem faszinierten kleinen Fyne. ‚Ich muß jedoch gestehen: wenn ich an das scharfe Kinn dieses armen Mädchens denke, frage ich mich in diesem Fall...‘ Meine Leichtfertigkeit war zuviel für Mrs. Fyne. Immer noch zurückgelehnt in ihrem Stuhl sitzend, rief sie: ‚Mr. Marlow!‘

Als habe sich ihre Empörung auf geheimnisvolle Weise dem unmöglichen Hund der Fynes mitgeteilt, begann er jetzt auf der Veranda zu bellen. Vielleicht aber war auch eine Hummel schuld daran, die in das Grundstück eingedrungen war. Dieser Hund war zu jeder Überspanntheit fähig. Fyne erhob sich rasch und ging zu ihm hinaus. Ich glaube, er war froh, daß er uns allein lassen konnte, damit wir über diese Angelegenheit, seine Reise nach London, diskutierten. Eine Art Reise gegen das Herz. Offensichtlich hatte auch er Vertrauen zu meiner Weisheit. Rührend, dieses Vertrauen. Es war auf jeden Fall echter als das, welches seine Frau dem Schachpartner ihres Mannes während dreier aufeinanderfolgender Ferienaufenthalte vorgeblich entgegenbrachte. Der Teufel hole das Vertrauen! Weisheit – so etwas! Sie war einfach ohne auch nur den Schatten eines Zweifels hereinmarschiert, weil sie mich dazu bringen wollte, sie zu unterstützen. Sie hatte sich mir jedoch ausgeliefert...“

Marlow unterbrach seine Erzählung und sagte zu mir in einem Ton, der zwischen grimmigem Spaß und grimmigem Ernst lag: „Vielleicht wußten Sie nicht, daß ich alles in allem einen ziemlich rachsüchtigen Charakter habe."

„Nein, das wußte ich nicht", erwiderte ich lächelnd. „Für einen Seemann ist das ziemlich ungewöhnlich. Die Seeleute schienen mir immer die am wenigsten rachsüchtigen Leute der Welt zu sein."

„Hm! Einfältige Seelen", murmelte Marlow verdrießlich. „Mangel an Gelegenheit. Die Welt läßt sie meistens in Ruhe. Was mich betrifft, so empfinde ich Rachsucht meistens Frauen gegenüber, auf unbedeutende Weise. Ich gebe zu, daß sie unbedeutend ist. Aber auch die Anlässe selbst sind nicht großartig. Am meisten verüble ich es den Frauen, daß sie Anspruch darauf erheben, uns um den lieben kleinen Finger zu wickeln, als sei das ihr gutes Recht. Nicht daß im allgemeinen viel dabei herauskommt. Es gibt sowenig wirklich bedeutende Gelegenheiten. Was ich auf eine unbedeutende, sehr unbedeutende Weise als provozierend empfinde, ist die Annahme, jeder von uns sei eine Mischung zwischen einem Kind und einem Schwachkopf. Sie brauchen mich nicht anzustarren, als käme Feuer und Rauch aus meinen Nüstern. Ich bin kein frauenfressendes Ungeheuer. Ich bin nicht einmal das, was man technisch einen Unmenschen nennt. Ich hoffe, daß ich genug von einem Kind und einem Schwachkopf an mir habe, um eines Tages den Bedürfnissen irgendeiner wirklich guten Frau zu genügen – irgendwann einmal ... Irgendwann einmal. Weshalb sperren Sie denn den Mund auf? Sie glauben doch nicht etwa, ich hätte Angst zu heiraten? Diese Annahme wäre beleidigend ..."

„Es fiele mir nicht im Traum ein, Sie zu beleidigen", erwiderte ich.

„Sehr gut. Inzwischen vergessen Sie bitte nicht, daß ich nicht mit Mrs. Fyne verheiratet war. Der kleine Finger dieser Dame war nicht mein rechtmäßiges Eigentum. Ich war nicht damit durchgebrannt. Das hatte Fyne getan. Mochte er sich darumwickeln lassen, soweit sein Rückgrat dies aushalten konnte oder sogar noch mehr – was kümmerte es mich? Die Tatsache, daß er vor der Diskussion davongelaufen war, unter dem durchsichtigen Vorwand, den Hund beruhigen zu müssen, bestätigte meine Vermutung, daß seine Biegsamkeit auf eine harte Probe gestellt wurde. Ich bot Mrs. Fyne die Stirn, entschlossen, ihr nicht bei der ausnehmend weiblichen Beschäftigung zu helfen, einen Stock in die Speichen des Rades einer anderen Frau zu stoßen.

Sie bemühte sich, ihre ruhig blickende Überlegenheit zu bewahren. Sie war vertraut und olympisch, gewissermaßen eingezäunt vom Teetisch, diesem ausgezeichneten Symbol unseres häuslichen Lebens in dessen leichteren Stunden und seiner vollkommenen Sicherheit. Mit ein paar strengen und schmucklosen Worten gab sie mir zu verstehen, sie habe zu hoffen gewagt, daß ich einige wirklich nützliche Vorschläge machen würde. Auf diese fast scheltende Erklärung antwortete ich, da meine Rachsucht selten weiter geht als bis zu einer kleinen Neckerei, ich täte wirklich mein Bestes. Und da ich Physiognom sei . . .

‚Da Sie was sind?‘ unterbrach sie mich.

‚Physiognom‘, wiederholte ich und erhob ein wenig die Stimme. ‚Physiognom, Mrs. Fyne. Und nach den Grundsätzen dieser Wissenschaft genügt ein spitzes kleines Kinn als Einmischungsgrund. Sie wollen sich doch einmischen, nicht wahr?‘

Ihre Augen weiteten sich sichtlich. Noch nie in ihrem Leben hatte man sich einen Scherz mit ihr erlaubt. Die Methode des verstorbenen feinsinnigen Dichters, unangenehm zu werden, hatte einfach darin bestanden, Grobheit an den Tag zu legen und zu schimpfen. Fyne war immer auf eine feierliche Weise willfährig gewesen. Welche Männer sie noch kannte, vermag ich nicht zu sagen; ich nehme jedoch an, es müssen wohlerzogene Geschöpfe gewesen sein. Die jungen Freundinnen saßen ihr zu Füßen. Wie konnte sie also meine Absicht erkennen! Sie wußte nicht, was sie von meinem Ton halten sollte.

‚Meinen Sie das, was Sie sagen, ernst?‘ fragte sie langsam. Es war rührend. Es war, als habe ein sehr junges, vertrauensseliges Mädchen gesprochen. Ich spürte, wie ich weich wurde.

‚Nein, ich meine es nicht ernst, Mrs. Fyne‘, sagte ich. ‚Ich wußte nicht, daß man von mir erwartete, nicht nur weise, sondern auch ernst zu sein. Nein, diese Wissenschaft ist eine Farce, und darum meine ich es nicht ernst. Allerdings sind die meisten Wissenschaften Farcen, bis auf die, welche uns lehren, die Dinge aneinanderzufügen.‘

‚Die Frage ist, wie man diese beiden auseinanderhalten kann‘, warf sie ein. Sie hatte sich gefaßt. Ich bewunderte die Raschheit des weiblichen Witzes. Geistige Beweglichkeit ist eine seltene Gabe. Und ob sie beweglich sind! Und – gerecht! Und zäh! Wenn sie sich einmal anklammern, kann man zwar den Baum mit den Wurzeln aus dem Boden reißen, aber von den Zweigen abschütteln wird man sie nicht. Tatsächlich, je mehr man schüttelt... Aber sehen Sie sich den Charme widersprüchlicher Vollkommenheiten an! Kein Wunder, daß die Männer nachgeben – gewöhnlich. Ich will nicht sagen, daß mich Mrs. Fyne tatsächlich bezaubert hätte. Ich war nicht entzückt von ihr. Was mich berührte, war nicht das, was sie zeigte, sondern etwas, was sie nicht verbergen konnte. Und das war ihre innere Bewegung – nicht mehr und nicht weniger. Die Form ihrer Erklärung war trocken, fast gebieterisch – nicht aber der Ton. Ihre Stimme zitterte ein ganz klein wenig, sie lächelte schwach, und da wir einander direkt in die Augen sahen, stellte ich fest, daß die ihren auf eine merkwürdige Weise glänzten. Sie war besorgt. Und die Tatsache, daß sich Mrs. Fyne überhaupt an mich gewandt hatte, war an sich schon ein Beweis ihrer tiefen Sorge. Tatsächlich, auch sie ist verzweifelt, dachte ich. Der Entdekkung folgte ein instinktives Zurückschrecken vor dieser unvernünftigen und unmännlichen Angelegenheit. Sie waren doch alle gleich – ihr höchstes Interesse rief einzig nur der Kampf miteinander um irgendeinen Mann wach: um einen Liebhaber, einen Sohn, einen Bruder.

‚Aber glauben Sie denn, daß noch Zeit genug ist, um etwas zu unternehmen?' fragte ich.

Sie machte eine ungeduldige Schulterbewegung, ohne den Rücken von der Lehne des Stuhls zu lösen. Zeit! Natürlich. Noch keine achtundvierzig Stunden waren vergangen, seit sie ihm nach London gefolgt war... Ich kenne mich in diesen Dingen nicht besonders gut aus, aber ich wies undeutlich murmelnd auf Sondergenehmigungen hin. Wir wüßten ja nicht, was schon heute geschehen sei. Sie aber wußte es voller Verachtung besser. Nichts sei geschehen.

‚Wahrscheinlich geschieht nichts vor Freitag nächster Woche – wenn es überhaupt geschieht.'

Dies war erstaunlich genau. Nach einer Pause setzte sie hinzu, sie werde es sich nie verzeihen, wenn man nicht einen Versuch unternehme, eine Mahnung ergehen lasse.

‚An Ihren Bruder?' fragte ich.

‚Ja, John müßte morgen fahren. Mit dem Neun-Uhr-Zug.'

‚So früh!' sagte ich. Ich brachte es jedoch nicht übers Herz, die Unterhaltung in einem scherzhaften Ton fortzusetzen. Ich unterbreitete ihr mehrere einleuchtende Argumente, die mir scheinbar der gesunde Menschenverstand, in Wirklichkeit aber ein geheimes Mitleid eingab. Mit dem halbbewußten Egoismus aller sicheren, wohletablierten Existenzen wischte Mrs. Fyne sie beiseite. Die beiden kannten einander ja sowenig. Erst seit drei Wochen. Und von dieser Zeit, die zu kurz sei für das Entstehen eines ernsthaften Gefühls, müsse man die erste Woche abziehen. Zu Anfang hätten sie einander kaum angesehen. Flora habe sich knapp dazu herabgelassen, die Anwesenheit Kapitän Anthonys zur Kenntnis zu nehmen. Guten Morgen –

guten Abend – das sei alles gewesen, darin habe sich ihr Verkehr miteinander erschöpft. Kapitän Anthony sei ein schweigsamer Mensch, der Gesellschaft jeder Art von Mädchen völlig ungewohnt und tatsächlich so schüchtern, daß er vermieden habe, bei Tisch den Blick zu ihrem Gesicht zu erheben. Es sei völlig absurd. Es sei sogar unangenehm für sie, Mrs. Fyne, und bringe sie in Verlegenheit. Nach dem Frühstück sei Flora immer allein zu einem langen Spaziergang fortgegangen, und Kapitän Anthony (Mrs. Fyne nannte ihn zuweilen auch Roderick) habe sich den Kindern zugesellt. Er sei aber wahrhaftig zu schüchtern gewesen, um sich mit seinen eigenen Nichten anzufreunden.

Dies hätte tragisch geklungen, wenn ich die Kinder der Fynes nicht gekannt hätte, die gleichzeitig ernst und boshaft waren und insgeheim jedermann verachteten. Mit diesen munteren und hübschen jungen Ungeheuern konnte sich niemand anfreunden! Sie duldeten gerade nur eben ihre Eltern, und zwischen ihnen schien es eine Art höhnischen Einvernehmens gegen alle Außenseiter zu geben, ohne daß sie jedoch irgendeine gegenseitige Zuneigung erkennen ließen. Sie pflegten spöttische Blicke miteinander zu tauschen, die für einen schüchternen Mann sehr quälend sein mußten. Zweifellos hielten sie ihren Onkel für einen langweiligen Kerl und vielleicht für einen Esel.

Ich war nicht überrascht zu hören, daß Anthony schon sehr bald die Gewohnheit angenommen hatte, die beiden benachbarten Felder zu überqueren und den Schatten einer Ulmengruppe aufzusuchen, die ziemlich weit von dem Cottage entfernt stand. Er lag den ganzen Morgen lang im Gras und rauchte seine Pfeife. Mrs. Fyne wunderte sich über die träge Lebensweise ihres Bruders. Freilich hatte er nach Büchern gefragt, aber es gab nur wenige in dem Cottage. Er las sie in drei Tagen aus und lag dann auch weiterhin zufrieden auf dem Rücken, ohne andere Gesellschaft als nur die seiner Pfeife. Eine erstaunliche Trägheit! Während des lieben langen Morgens konnte Mrs. Fyne, die oben im Cottage mit Schreiben beschäftigt war, ihn durch das Fenster sehen. Sie hatte einen sehr weiten Ausblick, und die Ulmen standen auf einer Bodenerhebung beieinander. Er bot seine Trägheit ihrer Kritik auf einem sanften grünen Abhang deutlich sichtbar zur Schau. Mrs. Fyne staunte darüber, und sie ärgerte sich auch. Da sie aber, wie Sie wissen, gerade begonnen hatte, ‚zu schriftstellern‘, vermochte sie sich von dieser faszinierenden neuen Tätigkeit nicht loszureißen. Sie ließ ihn in seinem Laster schwelgen. Ich stelle mir vor, daß Kapitän Anthony auf ruhige Weise eine recht angenehme Zeit verbracht haben muß. Es war, wie ich mich erinnere, ein heißer, trockener Sommer, geeignet für ein beschauliches Leben im Freien. Und Mrs. Fyne war empört. Frauen verstehen die Kraft eines beschaulichen Temperaments nicht. Es erregt Anstoß bei ihnen. Sie fühlen instinktiv, daß es dasjenige ist, das sich der Beherrschung durch weibliche Einflüsse am besten entzieht. Die lieben Mädchen tauschten vor den nachsichtigen Ohren ihrer Mutter ganz offen höhnische Bemerkungen über den ‚faulen Onkel Roderick‘ aus. Und sie erläuterte mir, es sei so merkwürdig, weil er als Junge alles andere als träge gewesen sei. Ganz im Gegenteil. Immer tätig.

Ich bemerkte, ein fünfunddreißigjähriger Mann sei kein Junge mehr. Es war eine einleuchtende Bemerkung, aber sie nahm sie ungnädig auf. Sie erklärte mir mit aller Entschiedenheit, die besten, die nettesten Männer blieben ihr Leben lang Jungen. Sie sei enttäuscht, an ihrem Bruder nichts Jungenhaftes entdecken zu können. Es tue ihr sehr, sehr leid. Sie habe ihn seit etwa fünfzehn Jahren nicht gesehen, außer bei drei oder vier Gelegenheiten, jeweils ein paar Stunden lang. Nein, von dem Jungen, der er einst gewesen, sei nichts mehr übriggeblieben.

Sie schwieg einen Moment, und ich dachte träge über die Knabenzeit des kleinen Fyne nach. Ich konnte mir nicht vorstellen, wie sie gewesen sein mochte. Der bei ihm vorherrschende Zug war deutlich das Überbleibsel noch früherer Tage, denn ich habe niemals einen so starräugigen Ernst wie den seinen gesehen, außer bei ganz kleinen Säuglingen. Wo er denn aber die ganze Zeit über gewesen sei. Ob ihn Kapitän Anthonys Trägheit nicht angesteckt habe, fragte ich. Ich erfuhr, daß Mr. Fyne zu der Zeit nur sehr selten im Cottage anwesend sei. Einer seiner Kollegen habe sich nach einer schweren Krankheit zur Genesung in einem kleinen, am Meer gelegenen Dorf in der Nachbarschaft aufgehalten, und Fyne sei jeden Morgen mit dem Zug dorthingefahren, um den Tag bei dem ältlichen Kranken zu verbringen, da dieser niemanden hatte, der sich um ihn kümmern konnte. Es war eine sehr lobenswerte Entschuldigung dafür, daß er sich kaum um seinen Schwager kümmerte, ‚den Sohn des Dichters, Sie wissen doch', mit dem er auch nicht das mindeste gemein hatte. Wenn Kapitän Anthony (Roderick) leidenschaftlicher Wanderer gewesen wäre, dann hätte das genügt, aber er war es nicht. Trotzdem machte er zuweilen nachmittags langsam dahinschlendernd einen Spaziergang, natürlich allein, da ihm die Kinder endgültig die kalte Schulter gezeigt hatten und seine einzige Schwester mit diesem aufrührerischen Buch beschäftigt war, dessen flammendes Erscheinen in der Welt ein Jahr später oder etwas danach erfolgte. Anscheinend aber vermochte sie hin und wieder den Blick von ihrer Arbeit loszureißen, und sei es nur für einen Moment, denn von dieser als Arbeitszimmer eingerichteten Dachkammer aus beobachtete sie eines Nachmittags, wie ihr Bruder und Flora de Barral nebeneinander die Landstraße herunterkamen. Sie hatten sich zufällig irgendwo getroffen (welcher von beiden den Weg des anderen gekreuzt hatte, wie man so sagt, weiß ich nicht) und kehrten gemeinsam zum Tee zurück. Sie bemerkte, daß sie sich ungezwungen zu unterhalten schienen.

‚Ich war so einfältig, froh darüber zu sein', erklärte Mrs. Fyne mit einem kurzen, trockenen Lachen. ‚Ich war für beide froh.‘ Von diesem Tage an schüttelte Kapitän Anthony seine Trägheit ab und begleitete Miss Flora häufig auf ihren morgendlichen Spaziergängen. Mrs. Fyne war weiter froh. Sie durfte sie jetzt unbesorgt vergessen und sich den Freuden kühner Gedanken und literarischen Schaffens hingeben. Nur eine Woche, bevor der Schlag fiel, sah sie, als sie zufällig den Blick vom Papier hob, zwei Gestalten im schattigen Gras unter den Ulmen sitzen. Sie konnte die weiße Bluse erkennen. Ein Irrtum war ausgeschlossen.

‚Ich vermute, sie glaubten, die Hecke verberge sie. Zweifellos hatten sie vergessen, daß ich in der Dachkammer arbeitete‘, sagte sie bitter. ‚Oder vielleicht war es ihnen gleichgültig. Sie hatten recht. Ich bin ein ziemlich argloser Mensch . . .‘ Sie lachte von neuem . . . ‚Ich wäre gar nicht fähig, eine solche Hinterlist für möglich zu halten.‘

‚Hinterlist ist ein starkes Wort, Mrs. Fyne – nicht wahr?‘ hielt ich ihr vor. ‚Und wenn man bedenkt, daß Kapitän Anthony selbst . . .‘

‚Nun ja – vielleicht‘, unterbrach sie mich. Ihre Augen die den Blick nicht von den meinen wandten, ihre bestimmte Miene, ihre ganze unbewegliche Gestalt – wie gut kannte ich doch diese Anzeichen eines Menschen, der ‚seinen Entschluß gefaßt‘ hat. Ein sehr schlechter, hoffnungsloser Zustand, besonders bei Frauen. Ich mißtraute ihrem so leicht, so hart geäußerten Zugeständnis. Sie dachte einen Augenblick nach. ‚Ja. Vielleicht hätte ich sagen sollen – Undankbarkeit.‘

Nachdem sie so ihren Bruder losgesprochen und das arme Mädchen sozusagen ein Stück weiter fortgestoßen hatte – ist die Klugheit der Frauen nicht geradezu teuflisch, wenn ihnen eine Sache wirklich alle Kräfte abverlangt? –, nachdem sie dies also getan und mir außerdem das Gefühl gegeben hatte, ich sei ihr nicht gewachsen, fuhr sie gewissenhaft fort: ‚Auch dieses Wort benutzt man nicht gern. Wir haben keinen großen Anspruch darauf. Man konnte sowenig für sie tun. Trotzdem . . .‘

‚Allerdings', rief ich und ließ die Diplomatie fahren. ‚Aber wirklich, Mrs. Fyne, es ist doch unmöglich, Ihren Bruder so aus der Sache auszuklammern ...'

‚Sie hat sich ihm an den Hals geworfen', äußerte Mrs. Fyne mit Bestimmtheit.

‚Dann hätte er den Hals nicht hinhalten sollen', entgegnete ich, ärgerlich lachend. Ich legte mir keine Zurückhaltung auf, weil ihr starrer Blick das Ziel zu verfolgen schien, mich einzuschüchtern. Ich fürchtete mich nicht vor ihr, aber mir kam zu Bewußtsein, daß ich drauf und dran war, in einen offenen Streit mit einer Dame zu geraten, die noch dazu mein Gast war. Dort standen die Kanne mit dem kalten Tee, die leergetrunkenen Tassen – Wahrzeichen der Gastfreundschaft. Es durfte nicht sein. Ich unterbrach mein ärgerliches Lachen, während Mrs. Fyne mit einer leichten Schulterbewegung murmelte: ‚Er! Armer Mann! Ach, gehen Sie ...'

Dank einer großen Willensanstrengung sah ich mich in der Lage, freundlich zu lächeln und mit angemessener Sanftheit zu erwidern: ‚Meine liebe Mrs. Fyne, Sie vergessen, daß ich ihn nicht kenne – nicht einmal vom Ansehen. Es ist schwer, sich ein derart passives Opfer vorzustellen, aber selbst wenn ich Ihnen die' (fast hätte ich gesagt Dummheit, ich hielt es jedoch noch rechtzeitig zurück) ‚Arglosigkeit Kapitän Anthonys zugestehe, finden Sie jetzt nicht, daß, ganz offen gesprochen, die Schuld an dem, was geschehen ist, auch ein bißchen bei Ihnen liegt? Sie bringen sie zusammen, Sie überlassen Ihren Bruder sich selbst!'

Sie richtete sich auf, stützte die Ellbogen auf den Tisch, legte das Kinn in die offene Handfläche und blickte zu Boden. Gewissensbisse? Es war tatsächlich eine recht beiläufige Art, einen Bruder zu behandeln, der zum erstenmal seit fünfzehn Jahren zu Besuch gekommen war. Ich vermute, sie entdeckte recht bald, daß sie mit diesem Seemann nichts gemein hatte, mit diesem Fremden, den lange Reisen auf dem Meer geformt und geprägt hatten. In ihrer willensstarken Art hatte sie es verschmäht, ihm etwas vorzuspielen, und sich ihrer Schreiberei zugewandt, die sie ungemein interessierte. Eine sehr lobenswerte Sache, diese Ehrlichkeit – wenn sie nicht zuweilen so sehr der Brutalität gliche. Ich glaube jedoch nicht, daß sie Gewissensbisse hatte. Dieses Gefühl ist bei Frauen selten."

„So?" unterbrach ich ihn empört.

„Sie wissen mehr über Frauen als ich", entgegnete der keineswegs eingeschüchterte Marlow. „Sie lassen es sich doch angelegen sein, sie zu kennen, nicht wahr? Sie bewegen sich viel unter allen möglichen Arten von Menschen. Sie sind ein leidlich unvoreingenommener Beobachter. Nun versuchen Sie einmal, sich daran zu erinnern, wie viele Beispiele von Gewissensbissen Sie gesehen haben. Ich bin bereit, Ihnen aufs Wort zu glauben. Gewissensbisse! Haben Sie jemals auch nur einen Schatten davon bemerkt? Wie? Nur einen Schatten – einen flüchtigen Schatten! Ich sage Ihnen, sie sind so selten, daß Sie behaupten können, es gebe sie nicht. Die Frauen sind zu leidenschaftlich. Zu pedantisch. Zu mutig sich selbst gegenüber – vielleicht. Nein, ich glaube nicht einen Augenblick, daß Mrs. Fyne auch nur die leisesten Gewissensbisse darüber empfand, wie sie ihren zur See fahrenden Bruder behandelt hatte. Was er darüber dachte – wer kann es sagen? Möglicherweise fragte er sich, warum man ihn so dringlich eingeladen hatte. Es ist möglich, daß er sich dies voller Bitterkeit – oder voller Verachtung – oder voller Demut fragte. Möglicherweise aber war er nur erstaunt und gelangweilt. Wäre er in seinem Verhalten so ehrlich gewesen wie seine einzige Schwester, dann wäre er wahrscheinlich am Ende des zweiten Tages wieder abgefahren. Vielleicht fürchtete er aber, brutal zu erscheinen. Ich bin geneigt zu glauben, daß Kapitän Anthony von der ‚Ferndale' angesichts der Ehrlichkeit seiner Schwester und seiner lieben Nichten zum erstenmal im Leben seine Einsamkeit zutiefst empfunden haben muß, in einem Alter –

er war etwa fünfunddreißig Jahre alt –, wo man reif genug ist, eine solche Entdeckung schmerzlich zu empfinden. Ärgerlich oder einfach nur traurig, gewiß aber ernüchtert geht er umher und trifft eines Nachmittags das Mädchen, und von einem starken Gefühl hingerissen, vergißt er seine Schüchternheit. Dies ist keine Annahme. Es ist eine Tatsache. Es gab so ein Zusammentreffen, wo die Schüchternheit angesichts, wir wissen nicht, welcher Ermutigung vergangen sein mußte oder vor einer Gemeinsamkeit der Stimmung, die irgendein zufälliges Wort enthüllte. Sie erinnern sich, daß Mrs. Fyne sie eines Nachmittags miteinander zum Cottage zurückkehren sah. Glauben Sie nicht, daß ich die psychologische Atmosphäre der Situation getroffen habe?"

„Zweifellos ...", sagte ich überlegend.

„Ich war damals meiner Schlußfolgerung sehr sicher", fuhr Marlow ungeduldig fort. „Aber glauben Sie ja nicht auch nur einen Augenblick, daß Mrs. Fyne in ihrer neuen Haltung, während sie gedankenvoll mit einem Teelöffel spielte, im Begriff war, sich zu ergeben. Sie murmelte: ‚Es ist das letzte, was ich für möglich gehalten hätte.'

‚Sie haben nicht angenommen, daß sie romantisch genug dafür sind', sagte ich trocken.

Sie ließ es durchgehen und erklärte mit großer Entschiedenheit, jedoch so, als rede sie mit sich selbst: ‚Man muß Roderick wirklich warnen.'

Sie gab mir keine Zeit zu fragen, wovor eigentlich. Sie hob den Kopf und sagte zu mir: ‚Mr. Fynes Widerstand erstaunt und bekümmert mich mehr, als ich Ihnen sagen kann. Wir waren immer in allen Fragen völlig einer Meinung. Und daß wir jetzt über einen Punkt, der meinen Bruder so nahe betrifft, verschiedener Ansicht sind, ist für mich eine sehr schmerzliche Überraschung.' Sie machte eine unwillkürliche Handbewegung und klapperte dabei plötzlich mit dem Teelöffel. ‚Es ist unerträglich', fügte sie stürmisch hinzu – das heißt stürmisch für Mrs. Fyne. Ich nehme an, daß sie ihre Nerven hatte, wie jede andere Frau.

Unter der Veranda, wo Fyne mit dem Hund Zuflucht gesucht hatte, war es still. Ich nahm das als einen Beweis tiefer Weisheit. Ich meine nicht von seiten des Hundes. Der war erwiesenermaßen ein Narr.

Ich sagte: ‚Sie wollen sich unbedingt einmischen ...?‘ Mrs. Fyne nickte kaum merklich. ‚Nun – was mich betrifft ... Aber ich weiß nicht genau, wie die Dinge gegenwärtig liegen. Sie haben einen Brief von Miss de Barral bekommen. Was steht denn darin?‘

‚Sie bittet, daß wir ihren Koffer an ihre Londoner Adresse schicken‘, bemerkte Mrs. Fyne widerstrebend und hielt dann inne. Ich wartete ein wenig – und explodierte.

‚Ich bitte Sie! Was soll denn das heißen? Was gibt es denn da für eine Schwierigkeit? Hat Ihr Mann vielleicht etwas dagegen? Sie wollen doch nicht etwa sagen, er möchte, daß Sie sich die Kleider des Mädchens aneignen?‘

‚Mr. Marlow!‘

‚Nun, Sie sprechen doch aber von einer schmerzlichen Meinungsverschiedenheit mit Ihrem Mann, und dann, wenn ich mich nach diesem Punkt erkundige, führen Sie einen Koffer an. Und erst vor ein paar Augenblicken haben Sie mir vorgeworfen, ich sei unernst. Ich frage mich, wer von uns beiden jetzt der Ernsthafte ist.‘

Sie lächelte leise und sagte in freundlichem Ton, woraus ich sogleich schloß, daß sie nicht beabsichtigte, mir den Brief des Mädchens zu zeigen, das Schreiben beweise unzweifelhaft eine Übereinkunft zwischen Kapitän Anthony und Flora de Barral.

‚Was für eine Übereinkunft?‘ fragte ich eindringlich. ‚Eine Verlobung ist eine Übereinkunft.‘

‚Es gibt keine Verlobung – noch nicht‘, sagte sie fest. ‚Der Brief ist in sehr unbestimmten Worten gehalten, Mr. Marlow. Darum eben ...‘

Ich unterbrach sie ohne alle Förmlichkeit.

‚Sie versprechen sich noch immer einen gewissen Erfolg von Ihrem Dazwischentreten. Stimmt das nicht? Oder? Aber wie hätte es Ihnen gefallen, wenn jemand versucht hätte, zu einer Zeit zwischen Sie und Mr. Fyne zu treten, als man auch Ihre Übereinkunft noch in unbestimmten Worten hätte beschreiben können?'

Sie machte eine Bewegung ehrlicher Verwunderung und Entrüstung. Im Tone völliger Aufrichtigkeit rief sie: ‚Aber das ist doch gar nicht vergleichbar! Wie können Sie nur!'

Tatsächlich, wie konnte ich! Die Tochter eines Dichters und die eines Sträflings sind, was die Folgen ihres Verhaltens betrifft, nicht miteinander zu vergleichen, wenn auch deren Notwendigkeit zuweilen einen gleichartigen Aspekt hat. Unter diesen Folgen konnte ich unerwünschte Vettern für die lieben, gesunden Mädchen erkennen und möglicherweise andere ähnliche zukünftige Anlässe zur Verlegenheit.

‚Nein! Das kann nicht Ihr Ernst sein!' Mrs. Fynes glimmende Verstimmung flammte von neuem auf. ‚Sie haben doch nicht etwa gedacht ...'

‚O doch, Mrs. Fyne! Ich habe gedacht. Ich denke noch immer. Ich bemühe mich sogar, wie Sie zu denken.'

‚Mr. Marlow', sagte sie ernst, ‚glauben Sie mir, daß ich bei alldem wirklich an meinen Bruder denke ...' Ich versicherte ihr, daß ich dies durchaus glaubte, denn es gibt kein Naturgesetz, das es unmöglich macht, gleichzeitig an mehr als an eine Person zu denken. Dann sagte ich: ‚Natürlich hat sie ihm alles über sich erzählt.'

‚Alles über ihr Leben', pflichtete mir Mrs. Fyne bei, jedoch mit einer Miene, als habe sie innere Vorbehalte, die ich aber jetzt nicht untersuchte.

‚Ihr Leben!' wiederholte ich. ‚Dieses Mädchen muß ziemlich viel durchgemacht haben.'

‚Schreckliches', gestand Mrs. Fyne mit einer bereitwilligen Offenheit, die ihr unter den gegebenen Umständen sehr hoch anzurechnen war, und einer Wärme des Tonfalls, die mich veranlaßte, sie mit freundlichen Augen anzusehen. ‚Schreckliches! Nein! Sie können sich nicht vorstellen, von was für ordinären Leuten das Mädchen abhängig wurde ... Sie wissen wohl, daß ihr Vater nie den Versuch gemacht hatte, sie zu sehen, solange er noch frei war. Nach seiner Verhaftung gab er diesem Verwandten – diesem scheußlichen Menschen, der sie aus Brighton abgeholt hatte – Anweisung, er solle nicht erlauben, daß seine Tochter während des Prozesses in den Gerichtssaal käme. Er weigerte sich, in irgendeiner Form mit ihr in Verbindung zu treten.‘

Mir fiel Mrs. Fynes Bericht darüber ein, wie sie vor Jahren de Barral gesehen hatte, der sich am offenen Grabe seiner Frau an das Kind geklammert hatte, und wie die beiden später Hand in Hand, von allen beobachtet, am Meeresufer spazierengegangen waren. Bilder wie bei Dickens – von Pathos erfüllt.“

6

Flora

„‚Ein sehr merkwürdiges Verbot‘, sagte Mrs. Fyne nach kurzem Schweigen. ‚Er schien das Kind zu lieben.‘

Es war ihr ein Rätsel. Ich vermutete aber, daß es der Trotz eines Menschen gewesen sein mochte, der sich seiner Schuld nicht bewußt war, der sich zur Wehr setzte und gegen seine ‚Verfolger‘, wie er sie nannte, kämpfte, oder vielleicht auch die Furcht, eine weichere Gemütsstimmung könne seine herausfordernde Haltung abschwächen; vielleicht war es sogar eine Anweisung, mit der er sich selbst verleugnete, um dem Mädchen den Anblick ihres Vaters auf der Anklagebank, des Betruges beschuldigt, als Schwindler verurteilt, zu ersparen – was bewiese, daß er eine gewisse moralische Feinfühligkeit besaß.

Mrs. Fyne wußte nicht, was sie denken sollte. Sie nahm an, es könne auch einfach nur Gefühllosigkeit gewesen sein. Die Leute aber, an die das Mädchen geraten war, verfügten ganz gewiß nicht einmal über ein Gran moralischer Feinfühligkeit. Dessen war sie sicher. Mrs. Fyne konnte es nicht über sich bringen, mir eine Vorstellung von ihrer scheußlichen Vulgarität zu geben. Flora hatte ihr öfters ein wenig von ihrem Leben in dem Haushalt unten in Limehouse erzählt. Es war unglaublich. Es überstieg Mrs. Fynes Begriffsvermögen. Es war eine Art moralischer Barbarei, die sie nicht für möglich gehalten hätte.

Ich dagegen hielt sie durchaus für möglich. Ich konnte mir leicht vorstellen, wie verwirrt und verletzt das arme Mädchen durch ihren Empfang in diesem Haushalt sein mußte – beneidet wegen ihrer Vergangenheit, dabei aber wehrlos der Gnade von Leuten ausgeliefert, die über keinerlei Feinheit des Gefühls oder des Verstandes verfügten, die unfähig waren, ihre Not zu verstehen, und plumpe Neugier an den Tag legten, ihr Verhalten für Verachtung und ihr schweigendes Zurückweichen für Hochmut hielten. Die Frau des ‚scheußlichen Menschen' war geistlos und dümmlich eingebildet, von den beiden Mädchen des Hauses war die eine fromm und die andere rüpelhaft; beide waren von ungebildetem Verstand – wenn man ihnen überhaupt Verstand zubilligen wollte. Die recht zahlreichen Männer der Familie waren beschränkt und mürrisch oder aber beschränkt und zu Scherzen aufgelegt. Keiner in diesem wühlenden Haufen war menschlich genug, Flora in Ruhe zu lassen. Zuerst schenkten sie ihr auf eine beleidigend herablassende Weise viel Aufmerksamkeit. Die Verbindung mit dem großen de Barral schmeichelte ihrer Eitelkeit sogar noch im Augenblick des Zusammenbruchs. Sie schleppten sie in ihr Gotteshaus mit, von welcher Konfession es auch immer sein mochte, wo die Gemeinde sie anstarrte, und sie gaben für andere Wesen ihrer Art Gesellschaften, auf denen sie sie mit unwürdiger Selbstzufriedenheit zur Schau stellten. Das Mädchen wußte nicht, wie sie sich gegen ihre Zudringlichkeit, ihre Frechheit und ihre Forderungen wehren sollte. Sie lebte als passives Opfer unter ihnen, und jeder Nerv in ihr zitterte, als zöge man ihr die Haut ab. Nach dem Prozeß wurde ihre Lage noch schlimmer. Beim geringsten Anlaß und auch ganz ohne jeden Anlaß schalt man sie oder warf ihr ihre Abhängigkeit vor. Das fromme Mädchen hielt ihr Vorträge über ihre Fehler, das rüpelhafte verspottete sie mit verächtlichen Bemerkungen über ihre Kenntnisse und Fertigkeiten und versuchte immerfort, irgendeinen unsinnigen Streit wegen dieses oder jenes ‚Burschen' mit ihr vom Zaun zu brechen. Die Mutter unterstützte unweigerlich ihre Töchter und fügte ihre eigenen dummen, verletzenden Bemerkungen hinzu. Ich muß sagen, daß ihnen vermutlich die Häßlichkeit ihres Benehmens gar nicht zu Bewußtsein kam. Sie waren auf eine ganz selbstverständliche Weise garstig zueinander – ihre Streitereien hatten etwas Ekelhaftes in ihrem Ursprung, ihrer Art und Weise, ihrem Geist gemeiner Selbstsucht. Auch die Frauen schienen jeden Krach sehr zu genießen und waren stets bereit, sich zusammenzuschließen, um dem armen Mädchen unter unglaublich nichtigen Vorwänden schreckliche Szenen zu machen. Auf diese Weise hatten sie Flora einmal zur Wut und zur Verzweiflung getrieben, ihre geheiligtsten Gefühle verletzt und ihr ein Bild der äußersten Niedrigkeit vor Augen geführt, zu der die gewöhnliche menschliche Natur hinabsinken kann – ich will nicht sagen, à propos de bottes – aus keinem stichhaltigen Grund –, wie die Franzosen es so treffend ausdrücken würden, sondern buchstäblich à propos eines billigen verlegten Spitzenbesatzes für ein Nachthemd, das sich das rüpelhafte Mädchen nähte. Ja, das war die Ursache für eine sehr üble Szene, deren Wiederholung eine beklagenswerte Auswirkung auf den noch ungeformten Charakter eines der am meisten zu bedauernden Opfer de Barrals haben mußten. Ich weiß es von Mrs. Fyne. Das Mädchen erschien an einem kalten, regnerischen Abend um halb zehn Uhr bei den Fynes. Sie war ohne Kopfbedeckung, glaube ich, so, wie sie aus dem Haus gerannt war, von irgendwo in Poplar bis in die Nachbarschaft des Sloane Square gelaufen – ohne anzuhalten, ohne einmal Atem zu schöpfen, es sei denn zu einem Schluchzen.

‚Wir hatten Gäste zum Abendbrot', sagte die besorgte Schwester Kapitän Anthonys.

Sie hatte die Türglocke läuten hören und fragte sich, was das wohl bedeuten mochte. Dem Stubenmädchen gelang es, ihr die Nachricht zuzuflüstern, ohne Aufmerksamkeit zu erregen. Die Dienstboten waren erschrocken über das Eindringen dieses verstörten Mädchens mit schlammbespritztem Rock und feuchten Haarsträhnen, die ihr an den bleichen Wangen klebten. Sie hatten sie jedoch schon vorher gesehen. Dies war nicht das erste und auch nicht das letzte Mal.

Sobald Mrs. Fyne ihren Gästen zu entschlüpfen vermochte, lief sie nach oben.

‚Ich fand sie im Kinderschlafzimmer auf dem Boden hockend, den Kopf auf dem Lager meiner jüngsten Tochter. Die älteste saß aufrecht im Bett und blickte durch das Zimmer zur ihr hin.'

Dort brannte nur ein Nachtlicht. Mrs. Fyne hob Flora auf und brachte sie in Mr. Fynes kleines Ankleidezimmer auf der anderen Seite des Flurs, zu einem Feuer, an dem sie sich trocknen konnte, und da ließ sie das Mädchen. Sie mußte ja zu ihren Gästen zurückkehren.

Für die Fynes war es sicherlich eine sehr unangenehme Überraschung. Später gingen beide hinauf, um ihr Fragen zu stellen. Als sie eintraten, sprang sie auf. Sie hatte ihr feuchtes Haar gelöst; ihre Augen waren trocken – von der Hitze des Zorns.

Ich kann mir das feierliche Mitleid des kleinen Fyne vorstellen, wie er feierlich zuhörte, sich feierlich in das eheliche Schlafzimmer zurückzog. Mrs. Fyne beschwichtigte das

Mädchen, und glücklicherweise war ein Bett vorhanden, das man im Ankleidezimmer für sie aufstellen konnte.

‚Aber was konnten wir schließlich machen', schloß Mrs. Fyne.

Und dieser immer wiederkehrende Ausruf, der die Schwierigkeit des Problems und (zumindest) die Bereitschaft ausdrückte, guten Willen zu zeigen, veranlaßte mich, wie gewöhnlich, freundlichere Gefühle für sie zu hegen.

Am nächsten Morgen in aller Frühe, lange bevor Fyne in sein Büro gehen mußte, erschien ‚der scheußliche Mensch'. Er kam vielleicht nicht ganz unerwartet, trotzdem aber erschreckte er sie, wenn auch nur wegen der Promptheit seines Handelns. Aus dem, was Flora selbst Mrs. Fyne erzählte, ging hervor, daß er, ohne merklich weniger ‚scheußlich' zu sein als seine Familie, ziemlich rätselhafterweise seine Autorität zum Schutz des Mädchens eingesetzt hatte. ‚Dabei macht er sich überhaupt nichts aus mir', erklärte Flora. ‚Ich bin ganz sicher, daß er das nicht tut. Ich könnte es nicht ertragen, wenn mich jemand von diesen Leuten gern hätte. Wenn ich dächte, er hätte mich gern, würde ich mich lieber ertränken, als mit ihm zurückzukehren.'

Denn natürlich war er gekommen, um ‚Florrie' heimzuholen. Schauplatz der Szene: das Eßzimmer; das Frühstück wird unterbrochen, alles wird kalt, der Toast des kleinen Fyne zäh wie Leder, Fyne hat sich von seinem Stuhl erhoben und steht mit dem Rücken zum Feuer, die Zeitung liegt auf dem Teppich, die Dienstboten sind hinausgeschickt worden, Mrs. Fyne sitzt steif an ihrem Platz und das Mädchen neben ihr. ‚Der scheußliche Mensch', der, fast ohne zu grüßen, hereingeeilt war, blickte abwechselnd Fyne und Mrs. Fyne an, als belustigte ihn innerlich etwas, was er von ihnen wußte, und begann ironisch seine Ansprache. Er entschuldige sich nicht dafür, daß er Fyne und ‚seine gute Frau' beim Frühstück störe, denn er wisse, daß sie von ihr (mit einem Nicken zu dem Mädchen hin) nicht mehr zu sehen wünschten, als unvermeidlich sei. Er sei so schnell wie möglich gekommen, er müsse sich schließlich um sein Geschäft kümmern. Er beziehe ja nicht in einem luxuriösen, teppichbelegten Büro ein erstklassiges Gehalt (hierbei fixierte er Fyne). Er nicht. Er sei emporgestiegen zum Arbeitgeber und sei verpflichtet, ein gutes Beispiel zu geben.

Ich glaube, der Mensch war sich der Bestürzung bewußt, die seine Gegenwart in Mr. und Mrs. Fynes Busen erweckte, und genoß sie still. Er wandte sich lebhaft dem Mädchen zu. Mrs. Fyne gestand mir, sie seien alle drei stumm und wie leblos gewesen. Er wandte sich also an das Mädchen: ‚Was führst du denn im Schilde, Florrie? Gib es lieber auf. Wenn du erwartest, daß ich jedesmal, wenn du zufällig eine Kabbelei mit deinem Tantchen und deinen Kusinen hast, durch ganz London renne, um dich zu suchen, dann irrst du dich. Ich kann's mir nicht leisten.‘

‚Kabbelei‘ war so eine Bezeichnung, die einem die Sprache verschlug, da sie sich auf die Tatsache bezog, daß einen Augenblick, bevor Flora de Barral vor dem Streit um den Spitzenbesatz davongelaufen war, das Wort ‚Sträfling‘ und auch das Wort ‚Bettlerin‘ Anwendung gefunden hatten. Jawohl, ebendiese Worte! Das hatte das Mädchen jedenfalls am Abend zuvor Mrs. Fyne erzählt. Die Bezeichnung ‚Kabbelei‘ in Verbindung mit ihrem Bericht hatte einen seltsamen Klang, wirkte lähmend. Niemand gab einen Laut von sich. Der Verwandte de Barrals fuhr fort, seine Großmut zur Schau zu stellen, ohne daß ihn jemand unterbrach. ‚Tantchen hat zu mir gesagt, ich soll dir ausrichten, daß es ihr leid tut – na bitte! Und Amelia (die rüpelhafte der beiden Schwestern) wird dich nicht wieder piesacken. Dafür sorge ich. Du solltest zufrieden sein. Denk an deine Lage.‘

Durch die absolute Stille, die im Zimmer herrschte, kühn geworden, wandte er sich mit gleichmütiger Frechheit an Mrs. Fyne: ‚Ich sage immer, die Menschen sollten gutmütig sein. Sie kann es nicht ertragen, wenn man sie aufzieht. Dann spielt sie die Vornehme. Sie will keinerlei Spaß von

Menschen dulden, die jedenfalls ebenso gut sind wie sie. Wir sind einfache Leute. Das können wir nicht leiden. Und da fängt der Ärger an.‘

Unempfindlich gegenüber den starren Blicken von drei Paar Augen, die, wenn die Geschichten unserer Kindheit über die Macht des menschlichen Blicks wahr sind, hätten genügen müssen, um einen Tiger zu zähmen, schlug dieser schamlose Fabrikant aus dem Londoner East End bildlich gesprochen seine Hauer in das arme Mädchen und machte sich bereit, sie als Beute für seine Jungen beiderlei Geschlechts davonzuschleifen. ‚Tantchen hat sogar daran gedacht, dir deinen Hut und deine Jacke mitzugeben. Ich habe sie draußen in der Droschke.‘

Mrs. Fyne blickte mechanisch aus dem Fenster. Eine vierrädrige Kutsche stand unter dem weinenden Himmel vor dem Tor. Der in seinen kegelförmigen Umhang gehüllte Kutscher mit dem Hut aus Öltuch triefte vor Nässe. Das Pferd, das den Kopf hängenließ, sah aus, als habe man es halb bewußtlos aus dem Teich gefischt. Es erleichterte Mrs. Fyne etwas, dieses jämmerliche Bild außerhalb des Zimmers zu betrachten, in dem mit vulgären Tonfall die Stimme des liebenswürdigen Besuchers erschallte und das verirrte Schaf ermahnte, in die köstliche Hürde zurückzukehren. ‚Los, Florrie, beweg dich. Ich kann hier nicht den ganzen Tag auf dich warten.‘

Mrs. Fyne hörte das alles, ohne den Kopf vom Fenster abzuwenden. Auch Fyne auf dem Kaminvorleger mußte zuhören und zusehen. Ich versuche nicht, eine Vermutung anzustellen, welcher Art die Spannung tatsächlich war. Eben wegen der Gutherzigkeit der beiden muß sie sehr beängstigend gewesen sein. Die Hände des Mädchens lagen in ihrem Schoß, sie hielt den Kopf gesenkt, als sei sie tief in Gedanken versunken, und der andere fuhr fort, eine Art Predigt zu halten. Er verurteilte darin die Undankbarkeit und wies sie darauf hin, daß Hochmut sündhaft sei, sowie auf die sprichwörtliche Tatsache, daß ‚er vor dem Fall komme‘. Er ließ auch ein paar vernünftige Bemerkungen über die Gefahren unsinniger Flausen und die Nachteile eines hitzigen Temperaments hören. Es nehme die besten Freunde gegen einen ein. ‚Und wenn je ein Mensch Freunde auf der Welt gebraucht hat, dann du, mein Mädchen.‘ Er führte sogar die Achtung vor der elterlichen Autorität an. ‚In der ersten Stunde seines Unglücks hat dein Vater mir geschrieben, ich soll mich um dich kümmern – vergiß das nicht. Jawohl, mir, einem ganz einfachen Mann, anstatt irgendeinem seiner feinen Freunde aus dem West End. Darüber kannst du dich nicht hinwegsetzen. Und ein Vater bleibt ein Vater, wie sehr er sich auch in die Nesseln gesetzt hat. Du wirst doch wohl nicht deinen eigenen Vater im Stich lassen, oder?‘

Es war schwer zu sagen, ob er sich mehr abgeschmackt als grausam oder mehr grausam als abgeschmackt verhielt. Mit dem feinen Ohr einer Frau schien Mrs. Fyne in seinem gemeinen salbungsvollen Ton die Absicht aufzuspüren, Flora zu verhöhnen – etwas Abscheulicheres als bloße Grausamkeit. Sie blickte rasch über die Schulter zu dem Mädchen hin und sah, wie sie beide Hände zum Kopf hob und sie dann wieder in den Schoß fallen ließ. Der vor dem Feuer stehende Fyne glich dem Opfer eines ruchlosen Zauberspruchs, das der Bewegungsfähigkeit und der Sprache beraubt ist, offensichtlich aber Schmerzen leidet. Es herrschte eine kurze Pause vollkommenen Schweigens, und dann wurde dieser ‚scheußliche Mensch‘ (in seiner Art muß er wirklich eine bemerkenswerte Persönlichkeit gewesen sein) sarkastisch.

‚Nun?‘ Wieder Schweigen. ‚Wenn du, was deine Unterkunft und deine Beköstigung hier betrifft, mit dem Herrn und der Dame ins reine gekommen bist, dann sag es mir lieber. Ich will mich nicht in ein Geschäft einmischen, von dem ich nichts weiß. Ich frage mich nur, wie dein Vater es aufnehmen wird, wenn er herauskommt... Oder glaubst du nicht, daß er je herauskommt?‘

In diesem Moment, so berichtete mir Mrs. Fyne, trafen sich ihre Blicke mit denen des Mädchens. Es lag etwas darin, was sie veranlaßte, die Augen zu schließen. Sie empfand auch den Wunsch, sich die Finger in die Ohren zu stopfen. Sie beherrschte sich jedoch, und der ‚einfache Mensch' ging in seiner erschreckenden Beweglichkeit vom Sarkasmus zu verschleierten Drohungen über.

‚Du bist übereingekommen – eh? Na schön. Aber bevor ich nach Hause gehe, fordere ich dich auf, mein Mädchen, darüber nachzudenken, ob nicht vielleicht die Tatsache, daß du uns so im Stich läßt, später für deinen Vater sehr schlimm sein könnte? Denk mal darüber nach.'

Er blickte sein Opfer mit verschlagener, geheimnistuerischer Miene an. Sie sprang so plötzlich auf, daß er zurückfuhr. Mrs. Fyne erhob sich gleichfalls, und sogar von ihrem Gatten war der Bann genommen. Das Mädchen ließ sich jedoch auf ihren Stuhl zurückfallen, wandte den Kopf und sah Mrs. Fyne an. Diesmal kreuzten sich ihre Blicke nicht zufällig und flüchtig. Es war eine beabsichtigte Mitteilung. Auf meine Frage, worin sie bestanden habe, erwiderte Mrs. Fyne, das wisse sie nicht. ‚War es ein Flehen?' suggerierte ich. ‚Nein', sagte sie. ‚War es Angst, Zorn, Niedergeschlagenheit, Resignation?' – ‚Nein, nein! Nichts von alledem.' Es hatte sie jedoch erschreckt. Sie erinnerte sich bis auf den heutigen Tag daran. Seitdem hatte sie sich immer eingebildet, sie könne den zögernden Gedanken dieses einen Blicks in jedem Blick des Mädchens aufspüren. In den aufmerksamen, den zufälligen – sogar in den dankbareren Blicken, ihrem Ausdruck auch in den sanftesten Stimmungen.

‚Hat sie denn ihre sanften Stimmungen?' fragte ich voller Interesse.

Mrs. Fyne, die ihre Erinnerungen sehr stark bewegten, beachtete meine Frage nicht. Ihre ganze geistige Energie konzentrierte sich auf die Art jenes denkwürdigen Blicks. Die allgemeine Überlieferung der Menschheit besagt, daß

Blicke eine bedeutende Rolle als Ausdrucksmittel der Frauen spielen. Mrs. Fyne bemühte sich ehrlich, mir eine Vorstellung davon zu geben, vielleicht ebenso, um ihre eigene innere Unsicherheit zu überwinden, wie auch, um meine Neugier zu befriedigen. Sie runzelte vor Anstrengung die Stirn, wie man es zuweilen bei einem Kind sieht (das Entzückende an den Frauen ist, daß sie so häufig intelligenten Kindern gleichen – ich meine, auch die reizbarsten, die säuerlichsten, die mitgenommensten unter ihnen tun das – zuweilen). Sie runzelte also die Stirn, und ich begann leise über sie zu lächeln, als sie ganz plötzlich etwas völlig Unerwartetes von sich gab.

‚Es war auf eine fürchterliche Weise lustig', sagte sie.

Ich nehme an, mein jäher Ernst muß sie befriedigt haben, denn sie sah mich freundlich an.

‚Ja, Mrs. Fyne', sagte ich, nicht mehr lächelnd. ‚Ich verstehe. Es wäre sogar auf der Bühne fürchterlich gewesen.'

‚Ah!' unterbrach sie mich – und ich glaube tatsächlich, die Veränderung ihrer Haltung – sie verschränkte wieder die Arme – erfolgte, um ein Schaudern zu unterdrücken. ‚Es war aber nicht auf der Bühne, und sie lachte nicht mit den Lippen.'

‚Ja, es war sicher fürchterlich', pflichtete ich ihr bei. ‚Und dann mußte sie schließlich gehen, nehme ich an. Sie haben nichts gesagt?'

‚Nein', antwortete Mrs. Fyne. ‚Ich läutete die Glocke und wies eins der Mädchen an, hinauszugehen und den Hut und den Mantel aus der Droschke zu holen. Und danach warteten wir.'

Vermutlich hat es noch kein solches Warten gegeben, außer vielleicht im Gefängnis in irgendeinem Augenblick am Morgen einer Hinrichtung. Das Dienstmädchen erschien mit dem Hut und dem Mantel, und dann – gleichfalls wie am Morgen einer Hinrichtung, wo man dem Verurteilten, glaube ich, ein Frühstück anbietet – brach Mrs. Fyne, die darauf bedacht war, daß das ganz weiß aussehende Mädchen etwas Warmes zu sich nahm (falls sie es vermochte), bevor sie ihr Haus verließ und bei der rauhen, kalten Witterung eine endlose Fahrt in einer feuchten vierrädrigen Droschke unternahm –, dann also brach Mrs. Fyne das schreckliche Schweigen: ‚Du mußt wirklich versuchen, etwas zu essen.' Sagte es in ihrer besten, resolutesten Art. Mit der gleichen Entschlossenheit wandte sie sich an ‚den scheußlichen Menschen': ‚Vielleicht setzen Sie sich und trinken auch eine Tasse Kaffee.'

Der würdige ‚Arbeitgeber' setzte sich. Möglicherweise hatte ihn Mrs. Fynes entschiedenes Auftreten eingeschüchtert – denn diesmal dachte sie nicht daran, ihn versöhnlich zu stimmen. Er setzte sich – provisorisch, wie jemand, der sich ganz gegen seinen Willen in zweifelhafter Gesellschaft befindet. Er nahm die Tasse, die Mrs. Fyne ihm reichte, ungnädig entgegen, trank widerwillig einen Schluck oder zwei daraus und setzte sie nieder, als enthalte der Kaffee dieser ‚feinen Pinkel' etwas moralisch Ansteckendes. Hin und wieder warf er dem kleinen Fyne, der, wie ich annehme, an diesem Morgen kein Frühstück aß, geheimnisvolle, unbeschreibliche Blicke zu. Auch das Mädchen aß nicht. Sie nahm die Hände nicht aus dem Schoß, bis der für sie bestellte Vormund sich erhob und die Tasse halbvoll stehenließ.

‚Nun, wenn du dem freundlichen Angebot dieser Dame nicht nachkommen willst, kann ich dich auch gleich mit nach Hause nehmen. Ich möchte meinen Tag beginnen – wahrhaftig.'

Nach einigen weiteren stummen, bleiernen Minuten, während deren Flora Hut und Jacke anzog, sahen die Fynes, ohne sich zu rühren, ohne ein Wort zu sagen, zu, wie die beiden das Zimmer verließen.

‚Sie blickte sich nicht einmal nach uns um', sagte Mrs. Fyne. ‚Sie folgte ihm einfach hinaus. Niemals habe ich die erbärmliche Abhängigkeit der Mädchen – der Frauen – so niederschmetternd empfunden. Dies war ein besonders krasser Fall. Aber ein junger Mann – jeder Mann – hätte auf der Straße Steine klopfen oder etwas ähnliches tun können – oder zur Armee gehen – oder . . .'

Das stimmte. Frauen können nicht auf die Haupt- oder Nebenstraßen hinausgehen, um sich ihren Lebensunterhalt zu verdienen, selbst dann nicht, wenn ihre Würde, ihre Unabhängigkeit, sogar ihre Existenz selbst auf dem Spiel steht. Was mich aber veranlaßte, Mrs. Fynes Wortschwall zu unterbrechen, war mein großes Erstaunen über die Tatsache, daß jener achtbare Bürger so bereit war, das arme Mädchen, für das es anscheinend keinen Platz auf der Welt gab, in seinem Haus zu behalten. Und nicht nur bereit, sondern sogar eifrig bestrebt. Großzügige Impulse konnte ich ihm nicht unterstellen. Denn nach dem, was ich erfahren hatte, schien mir auf der Hand zu liegen, daß er kein impulsiver Mensch war, um es milde auszudrücken.

‚Ich gebe zu, daß ich seine Beweggründe nicht verstehe', rief ich.

‚Ebendarüber zerbrach sich John zuerst den Kopf', sagte Mrs. Fyne. Mittlerweile war zwischen uns eine Familiarität entstanden – wenn es auch nicht gerade Vertrauen war –, die ihr gestattete, ihren Gatten bei diesem Gespräch ‚John' zu nennen. ‚Wissen Sie, er hatte die ganze Zeit über den Mund nicht aufgemacht', fuhr sie fort. ‚Ich werfe ihm seine Zurückhaltung nicht vor. Ganz im Gegenteil. Was hätte er auch sagen können? Ich sah, daß er den Mann sehr nachdenklich beobachtete.'

‚So hörte Mr. Fyne also zu, beobachtete und überlegte', sagte ich. ‚Das ist eine ausgezeichnete Methode, um zu einem Schluß zu kommen. Darf ich fragen, zu welchem Schluß er gelangte? Aus welchem Grund hörte er auf, sich über das Unerklärliche den Kopf zu zerbrechen? Denn ich kann nicht gelten lassen, daß die Erklärung »Menschlichkeit« lautete. Das wäre allzu ungeheuerlich.'

‚Es war nichts dergleichen', versicherte mir Mrs. Fyne mit einiger Entrüstung, als hätte ich den gesunden Verstand des kleinen Fyne verleumdet. Fyne hatte sich sehr vernünftig die Denkaufgabe gestellt, herauszufinden, welche eigennützigen Motive es bei diesem Menschen gab. Ich hätte ihn eines solchen Zynismus nicht für fähig gehalten. Er sagte sich, daß für Leute dieses Schlages (abgesehen von religiöser Furcht oder Eitelkeit, als rechtschaffen gelten zu wollen) das Geld – kein großer Reichtum, aber doch Geld, nur ein bißchen Geld – das Maß jeglicher Tugend, jeglicher Zweckmäßigkeit, jeglicher Weisheit, so ziemlich von allem ist. Das Mädchen war aber absolut mittellos. Der Vater saß im Gefängnis, nach dem vollständigsten und unehrenhaftesten Bankrott der modernen Zeit. Und dann dämmerte es Fyne, daß es eben gerade das war. Der große Bankrott in der großen Staubwolke der entschwundenen Millionen! War es möglich, daß alle bis zum letzten Penny entschwunden waren? Gab es nicht irgendwo noch irgend etwas Greifbares, einen übriggebliebenen Rest des Gewebes?

‚Das ist's!' hatte Fyne gerufen und seine Frau mit diesem explosiven Öffnen seiner Lippen erschreckt, kaum eine halbe Stunde, nachdem sich de Barrals Vetter mit de Barrals Tochter entfernt hatte. Sie befanden sich noch immer im Eßzimmer, und sehr bald würde er aufbrechen und den Elementen trotzen müssen, um einen weiteren Tag der Arbeit im Dienste seines Vaterlandes zu verbringen. Alles, was er in diesem Moment zur Erklärung dieses Niederbruchs seiner gewohnten ruhigen Feierlichkeit sagen konnte, war: ‚Der Kerl bildet sich ein, de Barral hätte irgendwo Beute versteckt.'

Da Fyne zu dieser Theorie gelangt war, bemerkte er dazu, bekanntlich hätten viele Leute, die Bankrott gemacht hatten, eine solche Vorsichtsmaßregel getroffen. Es war möglich in de Barrals Fall. Fyne ging in seiner Entfaltung eines zynischen Pessimismus so weit, zu sagen, es sei außerordentlich wahrscheinlich.

Er erklärte Mrs. Fyne ausführlich, de Barral habe ganz

gewiß niemand ins Vertrauen gezogen. Der gräßliche Verwandte habe es sich aber in den niederträchtigen Kopf gesetzt, daß es so sei. Er war in seiner Dummheit eigensüchtig und mitleidslos, aber er hatte offensichtlich den Entschluß gefaßt, eine Forderung an de Barral zu stellen, wenn dieser aus dem Gefängnis käme, mit der Begründung, er habe sich um seine Tochter ‚gekümmert' (wie er selbst es ausgedrückt hätte). Er hegte seine Hoffnungen, wie sie nun einmal waren, insgeheim, und es ist anzunehmen, daß er sie sogar seiner Frau verschwieg.

Ich konnte mir das sehr gut vorstellen. Dieser Glaube erklärte seinen geheimnisvollen Ausdruck, während er sich für das Mädchen einsetzte. Er war der einzige Beschützer, den sie hatte. Es war, als sei es Floras Schicksal gewesen, stets von Verrat und Lüge umgeben zu sein, die alle höheren Impulse, jedes instinktive Streben ihrer Seele, Vertrauen und Liebe zu schenken, erstickten. Es hätte genügt, um eine edle Natur in den Wahnsinn eines allumfassenden Mißtrauens zu treiben – in jede Art von Wahnsinn. Ich weiß nicht, wie weit einem Menschen der Sinn für Humor erhalten bleibt. Bis zum Fuß des Galgens vielleicht. Auf Grund meiner Erinnerung an Flora de Barral fürchtete ich jedoch, daß sie nicht viel Sinn für Humor besaß. Sie hatte geweint, als der unmögliche Hund der Fynes sie verlassen hatte. Dieses Tier war ganz gewiß nicht unaufrichtig. Es war offen, einfach und lächerlich. Die Empörung des Mädchens über sein so gar nicht heuchlerisches Verhalten war komisch, aber nicht humorvoll gewesen.

Wie Sie sich wohl vorstellen können, war ich nicht gerade darauf erpicht, die Diskussion über die Gerechtigkeit, Zweckmäßigkeit, Wirksamkeit und so fort der Reise Fynes nach London wiederaufzunehmen. Nicht, als sei ich dem kleinen Fyne, der sich draußen auf der Veranda bei dem Hund befand, untreu gewesen. (Sie verhielten sich dort erstaunlich ruhig. Waren sie etwa eingeschlafen?) Ich hatte das Gefühl, aus diesem Feldzug werde entweder meine

Weisheit oder aber mein Gewissen beschädigt hervorgehen. Und kein Mann wird sich freiwillig einer moralischen Beschädigung aussetzen. Ich wünschte keinen Krieg mit Mrs. Fyne. Viel lieber wollte ich noch mehr über das Mädchen hören. Ich sagte: ‚Und so fuhr sie also mit diesem ehrbaren Rohling davon.'

Mrs. Fyne zucke leicht die Achseln. ‚Was hätte sie denn sonst tun können?' Ich pflichtete ihr mit einer ebenso resignierenden Handbewegung bei. Es ist nicht so leicht für ein Mädchen wie Flora de Barral, Fabrikarbeiterin, eine bedauernswerte Näherin oder sogar Barmädchen zu werden. Sie hätte nicht gewußt, wie sie das anfangen sollte. Sie war die Gefangene des denkbar niederträchtigsten Schicksals. Und dafür war sie nicht niederträchtig genug. Man muß feststellen, daß sehr viele Menschen merkwürdig untauglich für das Schicksal, das sie auf dieser Erde erwartet, geboren werden. Da ich nicht möchte, daß Sie denken, ich sei unzulässig voreingenommen für das Mädchen, sagen wir also, daß es ihr ganz entschieden nicht gelang, sich in diesem einfachen, tugendhaften und, wie ich glaube, strikt antialkoholischen Haushalt beliebt zu machen. Meine Überzeugung ist, daß dies auch einem Engel nicht gelungen wäre. Es ist zwecklos, Einzelheiten zu erwähnen – möge es genügen, wenn ich feststelle, daß sie, bevor das Jahr zu Ende war, wieder vor der Tür der Fynes stand.

Diesmal begleitete sie ein untersetzter Jüngling. Auf seinem breiten, blassen Gesicht lag ein Lächeln alberner Verschlagenheit, das der Ärger säuerlich machte. Sein Anzug war neu, und der unbeschreiblich fesche Schnitt – ein Genre, das sich Mrs. Fynes Aufmerksamkeit noch nie zuvor aufgedrängt hatte – verblüffte sie, als sie mit dem Hut auf dem Kopf in die Diele kam, denn sie wollte gerade ausgehen, um im Haus einer Freundin eine neue Pianistin anzuhören (ein Mädchen). Der Jüngling sprach Mrs. Fyne ungeniert an und bat sie, sie solle ‚die dumme Gans nicht mehr zu uns zurück lassen'. Es habe, wie er sagte, ihretwegen zu

Hause in den letzten drei Wochen nichts als ‚Krakeel' gegeben. Der ganzen Familie hänge der Streit zum Halse heraus. Sein ‚Alter' habe ihn beauftragt, sie hierher zu bringen und zu sagen, die Dame und der Herr könnten gern alles haben, was bei dieser Sache zu holen sei. Flora hätte nicht genug Verstand, ein einfaches, anständiges englisches Heim zu schätzen, und deshalb sollte sie es lieber verlassen.

Der junge Bursche mit dem pickligen Gesicht ärgerte sich über die Aufgabe, die ihm sein ‚Alter' aufgehalst hatte. Sie sei schuld daran, daß er an diesem Nachmittag eine Verabredung mit einer gewissen jungen Dame versäume. Der Dame, mit der er verlobt sei. Er wolle jedoch so schnell wie irgend möglich zurück und sich heute abend noch mit ihr zu treffen versuchen – ‚und wenn ich mich überschlage! Leb wohl, Florrie. Viel Glück – und ich hoffe, ich sehe dein Gesicht nie wieder!'

Nach diesen Worten rannte er mit der Hast des Verliebten hinaus und ließ die Dielentür weit offenstehen. Mrs. Fyne hatte kein Wort herausgebracht. Sie war allzu fassungslos, um auch nur frei Atem holen zu können. Sie hatte jedoch die Geistesgegenwart, das Mädchen beim Arm zu packen, als auch sie auf die Straße hinausstürzen wollte – mit der Hast der Verzweiflung, wie ich annehme, und um sich zu, ich weiß nicht, welchem tragischen Stelldichein zu begeben.

‚Sie hielten Sie mit eigener Hand zurück, Mrs. Fyne', sagte ich. ‚Ich nehme an, sie wollte flüchten. Dieses Mädchen ist keine Komödiantin – wenn ich mir ein Urteil erlauben darf.'

‚Ja! Ich mußte etwas Gewalt anwenden, um sie hineinzuziehen.'

Mrs. Fyne fiel es nicht schwer, die Wahrheit zu sagen. ‚Sehen Sie, ich war gerade im Begriff gewesen, auszugehen, als die beiden erschienen. So war ich also allein mit Flora, nachdem dieser unangenehme junge Mann sich aus dem Staube gemacht hatte. Ich konnte sie nur in der Diele festhalten, während ich nach den Dienstboten rief, damit sie kamen und die Tür schlossen.‘

Meiner Gewohnheit, meiner Schwäche oder meiner Gabe entsprechend – was es nun ist, weiß ich nicht –, stellte ich mir die Geschichte plastisch vor. Ich kann wirklich nichts dagegen tun. Und das Bild, wie Mrs. Fyne, die sich für eine ganz besondere nachmittägliche Veranstaltung angekleidet hatte, mit einem verstört blickenden, totenblassen Mädchen rang, hatte etwas dramatisch Faszinierendes.

‚Tatsächlich!‘ murmelte ich.

‚Oh, und sie wehrte sich‘, sagte Mrs. Fyne. Einen Moment lang preßte sie die Lippen zusammen und fügte dann hinzu: ‚Ob sie eine Komödiantin ist, das ist eine andere Frage.‘

Mrs. Fyne hatte ihre vorige Haltung wieder eingenommen und die Arme verschränkt. Vor mir sah ich die Tochter des feinsinnigen Dichters, die das Leben als Ganzes mit seinen unvermeidlichen Bedingungen akzeptierte, von denen eine der ersten der Selbsterhaltungstrieb und der Egoismus jedes Lebewesens ist. ‚Die Tatsache bleibt jedoch bestehen, daß Sie – Sie selbst – sie, Ihren eigenen Worten nach, hineingezogen haben‘, sagte ich beharrlich in scherzhaftem Ton und mit ernster Absicht.

‚Was blieb einem denn übrig!‘ rief Mrs. Fyne mit fast komischer Erbitterung. ‚Werfen Sie mir vor, ich sei zu impulsiv?‘

Sie sprach weiter und erklärte mir, sie sei es durchaus nicht. Eine der Empfehlungen, auf die sie immer Wert legte (den jungen Freundinnen gegenüber, vermute ich), sei, sich vor impulsivem Handeln zu hüten. Immer! Ich sei aber damals nicht dabeigewesen und hätte Floras Gesicht nicht gesehen. Sonst würde es mich bis auf den heutigen Tag verfolgen. Niemand, der nicht aus Eisen sei, hätte ein menschliches Wesen mit einem solchen Gesicht allein auf die Straße hinausstürzen lassen.

‚Und verfolgt es Sie nicht, Mrs. Fyne?‘ fragte ich.

‚Nein, jetzt nicht‘, sagte sie unversöhnlich. ‚Vielleicht, wenn ich sie hätte gehen lassen, hätte es mich verfolgt ... Folgern Sie daraus aber nicht, daß ich damals annahm, sie hätte Komödie gespielt, weil sie, nachdem sie sich zuerst gewehrt hatte, schließlich doch dablieb. Sie gab plötzlich nach. Sie brach in unseren Armen zusammen, in meinen und denen des Hausmädchens, das auf mein Rufen herbeigelaufen kam, und ...‘

‚Und da war die Tür geschlossen‘, beendete ich den Satz auf meine Weise.

‚Ja, die Tür war geschlossen.‘ Mrs. Fyne senkte den Kopf und hob ihn gleich darauf langsam.

Ich fragte sie nicht nach Einzelheiten. Eins weiß ich mit Sicherheit, nämlich daß Mrs. Fyne an diesem Nachmittag nicht zu der musikalischen Veranstaltung ging. Zweifellos war sie recht ärgerlich, daß sie um das Vorrecht kam, eine interessante junge Pianistin (ein Mädchen) privat anzuhören, die seitdem eine anerkannte Künstlerin geworden ist. Mrs. Fyne wagte nicht, ihr Haus zu verlassen. Was die Gefühle des kleinen Fyne betrifft, als er genau eine halbe Stunde vor dem Abendessen vom Büro, nachdem er in seinem Klub gewesen war, nach Hause kam, so weiß ich nichts darüber. Ich wage jedoch zu behaupten, daß sie im allgemeinen freundlich waren, obwohl es durchaus möglich ist, daß er im ersten Augenblick der Überraschung einen Fluch oder ein paar Flüche unterdrücken mußte.

Um die Geschichte kurz zu machen: Am nächsten Tag entschlossen sich die Fynes, eine gewisse wohlhabende alte Dame ins Vertrauen zu ziehen. Bei manchen alten Damen bringen die Jahre eine Art gereifter Jugendlichkeit der Gefühle, einen optimistischen Standpunkt, Freude am Neuen, Bereitschaft zum Experiment mit sich. Sie zeigte großes Interesse. ‚Ach, lassen Sie mich doch das arme Ding einmal ansehen!‘ Man gestattete ihr also, an einem Tage, wo sonst niemand da war, Flora de Barral in Mrs. Fynes

Salon zu sehen, und sie predigte ihr voll reizender, mitfühlender Autorität: ‚Die einzige Möglichkeit, mit unseren Sorgen fertigzuwerden, liebes Kind, ist, sie zu vergessen. Sie müssen Ihre Sorgen vergessen. Es ist ganz einfach. Sehen Sie mich an. Ich vergesse meine immer. In Ihrem Alter sollte man heiter sein.'

Später, als sie mit Mrs. Fyne allein geblieben war, sagte sie zu dieser Dame: ‚Ich hoffe sehr, daß es dem Kind gelingen wird, heiter zu sein. Ich kann keine traurigen Gesichter um mich ertragen. In meinem Alter braucht man heitere Gesellschaft.'

Und in dieser Hoffnung nahm sie Flora de Barral als Vorleserin und Gesellschafterin für die Wintermonate mit nach Bournemouth. Sie hatte freundlich scherzhaft zu ihr gesagt: ‚Wir werden es uns schon angenehm machen. Ich bin kein mürrisches altes Weib.' Bei ihrer Rückkehr nach London suchte sie jedoch sogleich Mrs. Fyne auf. Sie hatte entdeckt, daß Flora von Natur aus nicht heiter war. Wenn sie sich anstrengte, es zu sein, war es noch schlimmer. Die alte Dame vermochte diese Anspannung nicht zu ertragen. Und außerdem, um mit nichts hinter dem Berg zu halten, sie ertrug es nicht, jemand zur Gesellschafterin zu haben, der sie nicht liebte. Sie war sicher, daß Flora sie nicht liebte. Weshalb? Sie vermochte es nicht zu sagen. Außerdem hatte sie das Mädchen dabei überrascht, wie sie sie zuweilen auf eine ganz merkwürdige Art ansah. O nein, es war kein böser Blick – es war ein eigenartiger Ausdruck, den man nicht begreifen konnte. Und wenn man daran dachte, daß ihr Vater im Gefängnis saß, mit einem Haufen Verbrechern und ähnlichen Leuten eingeschlossen – dann wurde einem unbehaglich zumute. Wenn das Kind sich nur bemüht hätte, ihre Sorgen zu vergessen! Dazu war sie aber offensichtlich nicht fähig oder nicht willens. Und das war doch ein bißchen pervers, nicht wahr? Alles in allem, dachte sie, wäre es vielleicht besser...

Mrs. Fyne stimmte der unausgesprochenen Schlußfolgerung eiligst zu: ‚Oh, gewiß, gewiß!' und fragte sich im stillen, was als nächstes mit Flora zu tun sei; die Tatsache, daß sich das Urteil der alten Dame über Flora de Barral verändert hatte, überraschte sie freilich nicht sehr. Sie verstand es beinahe.

Als nächstes kam eine deutsche Familie – Festlandsbekannte der Frau eines Kollegen von Fyne im Innenministerium. Zu ihnen schickte man, ohne viel zu überlegen, Flora mit den rätselhaften Blicken. Da man es nicht für absolut notwendig erachtet hatte, die Leute ganz und gar ins Vertrauen zu ziehen, erwarteten sie von dem Mädchen weder, daß sie besonders heiter wäre, noch brachte sie die unbeschreibliche Art ihrer Blicke übermäßig aus der Fassung. Die deutsche Frau war ganz durchschnittlich; es waren zwei Jungen da, um die sie sich kümmern mußte. Auch sie waren durchschnittlich, nehme ich an, und Flora widmete ihnen, wie ich erfuhr, große Aufmerksamkeit. Wenn sie ihnen überhaupt etwas beibrachte, dann muß es durch reine Eingebung geschehen sein, denn sie hatte keine Ahnung vom Unterrichten. Man verlangte von ihr jedoch vor allem ‚Konversation'. Flora de Barral, die regelmäßig, fleißig und gewissenhaft mit zwei kleinen deutschen Jungen ‚Konversation' machte, um in einer Welt ihr Leben zu fristen, die für sie die uns bereits bekannte Vergangenheit und eine Zukunft von noch unerwünschterer Beschaffenheit bereithielt – dies scheint mir eine recht phantastische Kombination zu sein. Ich glaube jedoch, daß sie so schlecht gar nicht war. Ihre Aufgabe, so schrieb Flora, betäubte sie auf barmherzige Weise. Sie hatte gelernt, den ganzen Tag über ‚Konversation' zu machen, mechanisch, geistesabwesend, als befinde sie sich in Trance. Ein unruhiger Trancezustand muß es gewesen sein! Ihre schlimmsten Augenblicke hatte sie in ihrer Freizeit – des Abends, allein, eingeschlossen in ihrer kleinen Kammer, wo ihre betäubten Gedanken langsam wieder erwachten, bis sie auffuhr und sich ihrer Lage gänzlich bewußt wurde, wie ein Mensch, der beim Erwachen merkt, daß er etwas Giftiges berührt – eine Schlange zum Beispiel – und den tollen Impuls verspürt, das Ding von sich zu schleudern und schreiend fortzulaufen, um sich irgendwo zu verstecken.

Während dieses Abschnitts ihres Lebens schrieb Flora de Barral zwar nicht regelmäßig, aber doch recht häufig an Mrs. Fyne. Ich weiß nicht, wie lange sie weiter ‚Konversation gemacht' und außerdem geholfen hätte, die wunderbar gefüllten Wäscheschränke dieses wohlhabenden deutschen Haushalts zu überwachen, wenn sich nicht bei dem Mann in den Pausen zwischen seinen Berufsgeschäften (er war Kaufmann und ein durch und durch domestizierter Typ) eine psychologische Ähnlichkeit mit der alten Dame in Bournemouth entwickelt hätte. Anscheinend wollte auch er geliebt werden.

Er hatte jedoch nicht das Temperament eines Eroberers – war nicht der Typ des Küsse stehlenden, Türen aufbrechenden Wüstlings. Noch im Augenblick, da er vom Pfad der Tugend abschweifte, blieb er ein ehrbarer Kaufmann. Für Flora wäre es vielleicht besser gewesen, wenn er einfach nur ein gewalttätiger Kerl gewesen wäre. Er machte sich jedoch auf eine sentimentale, vorsichtige, fast väterliche Weise an sein finsteres Vorhaben und glaubte, bei einer hübschen Waise gehe er sicher. Das Mädchen war trotz aller ihrer Erfahrungen noch zu unschuldig und sich der Tatsache, daß sie eine Frau war, noch nicht genügend bewußt, um diesen maskierten Annäherungsversuchen zu mißtrauen. Sie hielt ihn für mitfühlend – der erste ausgesprochen mitfühlende Mensch, dem sie je begegnet war. Sie war so unschuldig, daß sie die Wut der deutschen Frau gar nicht verstehen konnte. Denn, wie Sie sich wohl vorstellen können, ließ sich der Scharfsinn der Gattin nicht lange täuschen – um so mehr, als die Frau älter war als ihr Ehemann. Mit der Feigheit, die der Ehrbarkeit eigentümlich ist, sagte der Mann nicht ein Wort zu Floras Verteidigung. Er stand daneben und hörte zu, wie die Hausfrau sie mit den schlimmsten Ausdrücken beschimpfte, wobei er nur hin und wieder unbestimmt nickte und die Stirn runzelte. Ich will Ihnen eine Vorstellung von der Unschuld des Mädchens geben, indem ich Ihnen sage, daß sie zuerst tatsächlich glaubte, der Anlaß zu diesem Sturm empörter Vorwürfe sei die Entdeckung ihres wirklichen Namens und ihrer Verwandtschaft mit einem Sträfling. Man hatte sie unter einem angenommenen Namen hinausgeschickt – als eine bestens empfohlene Waise aus ehrbarer Familie. Ihr Kummer, ihre brennenden Wangen, ihre Bemühungen, ihr Bedauern über diese Täuschung zu äußern, galten als Schuldbekenntnis. ‚Sie haben versucht, Schande über mein Haus zu bringen!' schrie die deutsche Frau sie an.

Und da haben Sie ein schönes Mißverständnis: Flora de Barral, welche die Schande empfand, aber nicht an die Schuld ihres Vaters glaubte, erwiderte aufgebracht: ‚Trotzdem bin ich ebenso ehrenhaft wie Sie!' Daraufhin bekam die deutsche Frau fast einen Tobsuchtsanfall. ‚Ich werde Sie auf die Straße werfen lassen!'

Man warf Flora zwar nicht geradezu auf die Straße, doch man schaffte sie mit Sack und Pack an Bord eines nach London fahrenden Dampfers. Sagte ich Ihnen bereits, daß diese Leute in Hamburg wohnten? Nun ja – man schickte sie spät an einem regnerischen Winterabend in den Hafen, unter der Obhut irgendeines höhnischen Lakaien, der sich unverschämt gegen sie benahm und sie flammend vor Empörung an Deck stehenließ, mit halb gelöstem Haar, zitternd vor Aufregung und, um die Wahrheit zu sagen, vor Angst geradezu hysterisch. Wäre nicht die Stewardess gewesen, die gute Seele, die sich, ohne irgendwelche Fragen zu stellen, im Damensalon still ihrer annahm (glücklicherweise war er leer), dann ist keineswegs sicher, ob sie überhaupt in England angekommen wäre. Ich weiß nicht, ob ein Strohhalm jemals einen Ertrinkenden gerettet hat, aber ich weiß, daß ein Blick genügt, um der Verzweiflung Einhalt zu gebieten. Denn in Wahrheit sind wir Geschöpfe des Impulses, keine Geschöpfe der Verzweiflung. Selbstmord ist, so vermute ich, häufig das Ergebnis bloßer geistiger Müdigkeit – nicht ein Akt wilder Energie, sondern das letzte Symptom eines vollständigen Zusammenbruchs. Die ruhige, wie selbstverständliche Aufmerksamkeit der Schiffsstewardess, die andere menschliche Qualen als die Seekrankheit nicht wahrzunehmen schien, davon sprach, wie das Wetter bei der Überfahrt voraussichtlich sein werde – sie glaubte, es werde eine rauhe Nacht geben – und mit berufsmäßiger Geschäftigkeit nachdrücklich empfahl: ‚Erlauben Sie mir, daß ich es Ihnen gleich unten bequem mache, Miss', als dächte sie an nichts weiter als an ihr Trinkgeld, genügte, um die Schatten des Todes zu zerstreuen, die sich um die Sterbensmüdigkeit verwirrter Gedanken zusammenzogen, welche jungen Menschen den Gedanken des nicht mehr Da-Seins so häufig willkommen erscheinen läßt. Flora de Barral legte sich tatsächlich hin, und es ist anzunehmen, daß sie schlief. Auf jeden Fall überlebte sie die Fahrt über die Nordsee und berichtete Mrs. Fyne davon, ohne etwas zu verschweigen und ohne daß ihr diese einen Vorwurf machte – denn in Mrs. Fynes Ansichten gab es bei all ihrer Pedanterie ziemlich viel Freiheit. Sie war, wie ich annehme, der Meinung, eine Frau habe absolut das Recht – oder aber eine durchaus überzeugende Entschuldigung –, auf ihre Weise aus einer von Männern schlecht gelenkten Welt zu entfliehen.

Bemerkenswert ist, daß die arme Flora sogar noch in London, nachdem sie Zeit gehabt hatte, über alles nachzudenken, bei weitem nicht sicher war, was tatsächlich hinter ihrer gewaltsamen Entlassung steckte. Sie empfand die Demütigung mit fast rasender Empörung.

‚Und haben Sie sie darüber aufgeklärt?' wagte ich zu fragen.

Mrs. Fyne zuckte die Achseln in philosophischer Hinnahme aller Notwendigkeiten, die es eigentlich nicht geben dürfte. ‚Man mußte ja etwas sagen‘, murmelte sie. Sie hatte dem Mädchen genug erklärt, so daß sie selbst zu dem richtigen Schluß gelangen konnte.

‚Tat sie das?‘

‚Ja. Natürlich. Sie ist doch keine Gans‘, erwiderte Mrs. Fyne schroff.

‚Dann ist ihre Erziehung abgeschlossen‘, sagte ich mit einiger Bitterkeit. ‚Glauben Sie nicht, daß man ihr eine Chance geben sollte?‘

Mrs. Fyne verstand, was ich meinte.

‚Aber nicht die‘, fuhr sie mich auf echt weibliche Weise an. ‚Es ist ja sehr schön, daß Sie sich für sie einsetzen...‘

‚Ich setze mich nicht ein, ich habe nur gefragt. Es schien mir ganz natürlich, zu fragen, was Sie denken.‘

‚Das Entscheidende ist, was ich fühle. Und für meine Gefühle kann ich nicht. Sie erraten sicher‘, setzte sie in sanfterem Ton hinzu, ‚daß meine Gefühle vor allem meinen Bruder betreffen. Wir hatten uns gern. Der Altersunterschied zwischen uns war nicht sehr groß. Vermutlich wissen Sie, daß er etwas jünger ist als ich. Er war ein empfindsamer Junge. Er grübelte viel. Es wäre zwecklos, wenn ich vor Ihnen verbergen wollte, daß keiner von uns zu Hause glücklich war. Sicher haben Sie davon gehört... Ja? Nun, ich wurde noch unglücklicher gemacht und noch häufiger verletzt – ich geniere mich nicht, Ihnen das zu erzählen. Mein Bruder ging zu irgendwelchen entfernten Verwandten der Familie meiner Mutter, die mein Vater, glaube ich, gar nicht kannte. Ich möchte über ihr Verhalten nicht urteilen.‘

Hier unterbrach ich Mrs. Fyne. Ich hatte davon gehört. Fyne war im allgemeinen nicht sehr mitteilsam, aber er war stolz auf seinen Schwiegervater – ‚Carleon Anthony, der Dichter, Sie wissen doch.‘ Stolz auf seine Berühmtheit, ohne seinen Charakter gutzuheißen. Dies war, wie ich stark vermute, der Grund, weshalb er sich eifrig die Theorie zu eigen machte, dichterisches Genie sei mit Wahnsinn verwandt, ein Satz, den er in irgendeinem idiotischen Buch aufgeschnappt hatte, das vor ein paar Jahren alle Welt las. Er hielt sie für die Wahrheit selbst – alles erhellend wie die Sonne. Er nahm sie andächtig hin. Zuweilen langweilte er mich damit. Einmal, nur um ihn zum Schweigen zu bringen, fragte ich ihn ruhig, ob ihn seine Theorie, die er für so unumstößlich hielt, nicht hinsichtlich seiner Frau und seiner lieben Mädchen beunruhige. Er fixierte mich mit einem mitleidigen Blick und forderte mich mit seiner tiefen, feierlichen Stimme auf, ich solle mich an die ‚erwiesene Tatsache‘ erinnern, daß Genie nicht übertragbar ist.

Ich sagte nur: ‚Oh, tatsächlich nicht?!‘, und er glaubte, er habe mich mit einem unwiderleglichen Argument zum Schweigen gebracht. Er sprach jedoch weiter von seinem ruhmvollen Schwiegervater, und im Laufe dieser Unterhaltung erzählte er mir, daß der aufgebrachte (aber stets feinsinnige) Dichter, als sich die Liverpooler Verwandten seiner verstorbenen Frau natürlicherweise in ziemlicher Besorgnis an ihn gewandt und vorgeschlagen hatten, eine freundschaftliche Beratung über die Zukunft des Jungen abzuhalten, als Antwort einen Brief schrieb, der nur aus geschliffenen Scherzen bestand und die Familie in Liverpool tödlich beleidigte. Dieser witzige Ausbruch dessen, was in Wirklichkeit Kränkung und Zorn war, schien ihnen so herzlos zu sein, daß sie den Jungen einfach behielten. Sie ließen ihn zur See gehen, nicht weil er ihnen im Weg gewesen wäre, sondern weil er so sehr darum bat.

‚Ach, Sie wissen es ja‘, sagte Mrs. Fyne nach einer Pause. ‚Nun, ich fühlte mich sehr verlassen. Und dann wählte er diese Lebensweise – so außergewöhnlich, so unglückselig, wenn ich das sagen darf. Ich war sehr bekümmert. Ich hätte gern gesehen, wenn er sich ausgezeichnet hätte – oder zumindest, wenn er in dem gesellschaftlichen Kreis geblieben wäre, wo wir gemeinsame Interessen, Bekannte, Gedanken gehabt hätten. Glauben Sie nicht, daß ich ihm entfremdet bin. Aber in Wirklichkeit kenne ich ihn gar nicht. Als er hier war, berührte mich sehr schmerzlich, daß es so schwer war, auch nur ein einziges Thema zu finden, über das wir miteinander reden konnten.‘

Während Mrs. Fyne über ihren Bruder sprach, ließ ich meine Gedanken aus dem Zimmer und zu dem kleinen Fyne wandern, der, indem er mich mit seiner Frau allein gelassen hatte, sozusagen seinen häuslichen Frieden meiner Ehre anvertraut hatte.

‚Nun, Mrs. Fyne, kommt Ihnen nicht der Gedanke, daß es vernünftig wäre, Ihren Bruder unter diesen Umständen selber auf sich aufpassen zu lassen?‘

‚Und wenn ich nun Gründe habe, anzunehmen, daß er in einem ganz bestimmten Fall nicht selber auf sich aufpassen kann?‘ Sie zögerte auf eine komische, schamhafte Weise, die mein Interesse weckte. ‚Seeleute sind, glaube ich, sehr empfänglich‘, setzte sie mit künstlicher Sicherheit hinzu.

Ich brach in Lachen aus, was die Kälte ihres beobachtenden Blicks nur noch steigerte.

‚Das sind sie. Unendlich! Hoffnungslos! Meine liebe Mrs. Fyne, geben Sie es lieber auf. Es macht Ihren Mann nur unglücklich.‘

‚Und ich bin auch ganz unglücklich. Es ist wirklich unsere erste Meinungsverschiedenheit ...‘

‚In bezug auf Miss de Barral?‘ fragte ich.

‚In bezug auf alles. Es ist tatsächlich unerträglich, daß dieses Mädchen der Anlaß dazu ist. Ich glaube, er sollte wirklich nachgeben.‘

Sie drehte den Stuhl ein wenig um, nahm das Buch auf, in dem ich am Morgen gelesen hatte, und begann geistesabwesend die Seiten umzublättern.

Da ihr Blick nicht auf mich gerichtet war, dachte ich, ich könne mir erlauben, das Zimmer zu verlassen. Die Atmosphäre darin war für den häuslichen Frieden des kleinen Fyne hoffnungslos geworden. Sie mögen lächeln. Aber dem

Ernsten ist alles ernst. Ich hatte genügend Weisheit, um das zu verstehen.

Ich schlüpfte auf die Veranda hinaus. Der Hund schlummerte zu Fynes Füßen. Der muskulöse kleine Mann, der mit aufgestütztem Ellbogen über die Felder schaute, wirkte ganz verloren. Er wandte rasch den Kopf; als er aber sah, daß ich allein war, verfiel er wieder in seine schwermütige Betrachtung der grünen Landschaft.

Ich sagte laut und deutlich: ‚Ich bin herausgekommen, um eine Zigarette zu rauchen' und setzte mich neben ihn auf die kleine Bank. Dann senkte ich die Stimme. ‚Toleranz ist eine außerordentlich schwierige Tugend', sagte ich. ‚Für manche Leute schwieriger als Heldentum. Schwieriger als Mitleid.'

Ich vermied, ihn anzusehen. Ich wußte recht gut, daß ihm diese Eröffnung nicht gefallen konnte. Allgemeingültige Gedanken waren nicht nach seinem Geschmack. Er mißtraute ihnen. Ich zündete mir eine Zigarette an – nicht daß ich Lust gehabt hätte zu rauchen, aber ich wollte noch einen Augenblick über den Ratschlag nachdenken – den diplomatischen Ratschlag, mit dem ich ihn, wie ich mir vorgenommen hatte, umwerfen wollte. Und ich setzte in gedämpftem Ton hinzu: ‚Zu diesen Bemerkungen veranlaßte mich das, was ich entdeckte, nachdem Sie uns verließen. Ich habe es von Anfang an vermutet. Und jetzt bin ich sicher. Ihre Frau kann bei dieser Angelegenheit nicht ertragen, daß Miss de Barral das ist, was sie ist.'

Er machte eine Bewegung, aber ich sah ihn nicht an und sprach weiter: ‚Daß sie – eine Frau ist. Ich habe eine Vorstellung von Mrs. Fynes Einstellung gegenüber der Gesellschaft mit ihren Ungerechtigkeiten, ihren scheußlichen oder lächerlichen Konventionen. Es gibt keine gegen sie gerichtete kühne Tat, die Ihre Frau nicht bereit wäre, gutzuheißen. Die Lehre, mit der sie, wie ich mir vorstelle, die hübschen Köpfe Ihrer jungen weiblichen Gäste vollstopft, ist fast rachsüchtig. Eine Art moralische Doktrin des Feuers und des

Schwerts. Wie weit dieser Unterricht weise ist, vermag ich nicht zu sagen. Ich erlaube mir nicht, darüber zu urteilen. Mir scheint, ich sehe vor mir, wie sich die reizenden Schülerinnen selbst mit den Fackeln verbrennen und sich mit den Schwertern, die ihnen Mrs. Fyne geliefert hat, in die Finger schneiden.' –

‚Meiner Frau ist es mit ihren Ansichten sehr ernst', murmelte plötzlich Fyne.

‚Ja, zweifellos', pflichtete ich ihm so leise wie zuvor bei. ‚Aber es ist nur eine intellektuelle Übung. Wie ich sehe, hört Mrs. Fyne, wenn sie es mit der Wirklichkeit zu tun hat, auf, tolerant zu sein. Mit anderen Worten, sie kann Miss de Barral nicht verzeihen, daß sie eine Frau ist und sich wie eine Frau verhält. Und dabei ist das nicht nur vernünftig und natürlich, sondern auch ihre einzige Chance. Eine Frau, die gegen die Welt steht, hat keine anderen Hilfsmittel als nur in sich selbst. Ihr einziges Mittel, etwas auszurichten, besteht darin, das zu sein, was *sie ist.* Sie verstehen, was ich meine.'

Fyne murmelte zwischen den Zähnen, er verstehe. Es schien ihn aber nicht zu interessieren. Von mir erwartete er, daß ich ihn aus einer schwierigen Lage befreite. Ich weiß nicht, wie weit dies für Ehepaare, die auf weniger feierliche Weise verheiratet sind, glaubhaft klingen mag – aber eine Meinungsverschiedenheit mit seiner Frau schien ihm ein schwerwiegendes Ereignis zu sein. Fast eine Katastrophe.

‚Es sieht ja aus, als sei es mir gleichgültig, was mit ihrem Bruder geschieht', sagte er. ‚Und schließlich, falls irgend etwas . . .'

Ich wurde ein wenig ungeduldig, sagte aber, ohne die Stimme zu heben: ‚Was denn? Die Gefahr, zu einer Zuchthausstrafe verurteilt zu werden, gleicht insofern dem Genie, als sie nicht erblich ist. Und was kann man dem Mädchen denn sonst vorwerfen? Die ganze Kraft ihrer tieferen Gefühle, die sie in dem gefährlichen und ermüdenden Kampf gegen die Gesellschaft umsonst aufbrauchen würde, kann sich in liebevolle Zuneigung für den Mann verwandeln, der ihr die Möglichkeit bietet, einem Leben zu entgehen, in dem sie nichts als moralische Qualen zu erwarten hat. Von den physischen Schwierigkeiten spreche ich gar nicht.'

Ich blickte aus den Augenwinkeln zu Fyne hin und entdeckte, daß er aufmerksam zuhörte. Er bemerkte, ich hätte das alles seiner Frau sagen sollen. Das war eine recht vernünftige Bemerkung. Doch ich hatte Mrs. Fyne aufgegeben. Ich fragte ihn, ob er den Eindruck habe, daß seine Frau ihm einen Brief an ihren Bruder anvertrauen wolle.

Nein, das glaube er nicht. Es gebe gewisse Gründe, weshalb Mrs. Fyne nicht gewillt sei, ihre Argumente dem Papier anzuvertrauen. Sie wolle Fyne mit ihnen scharf machen. Er zweifle jedoch nicht daran, daß sie sich entschließen werde zu schreiben, wenn er auf seiner Weigerung bestehe.

‚Sie möchte nicht, daß ich fahre, es sei denn, ich wäre völlig davon überzeugt, daß sie recht hat', erklärte er feierlich.

‚Sie stellt sehr hohe Anforderungen', kommentierte ich, und dann überlegte ich, daß sie daran gewöhnt war. ‚Würde sie sich nicht wenigstens dieses eine Mal mit weniger zufriedengeben?'

‚Sie meinen doch nicht etwa, daß ich nachgeben sollte – oder?' fragte Fyne flüsternd voll argwöhnischer Unruhe.

Genau das meinte ich, und ich ließ seine Furcht auf ihn einwirken. Er zappelte nervös. Wenn man das Wort auf einen so feierlichen Menschen anwenden darf: er wand sich. Und als der scheußliche Verdacht ihn sozusagen bis in die Fersen durchdrungen hatte, wurde er sehr still. Er saß da und blickte wie versteinert in den Raum, den die von der Sonne gelb gebrannten Abhänge der zwei Meilen weit entfernten Hügel begrenzten. Auf der Oberfläche des Höhenzugs zeichnete sich die weiße Narbe des Steinbruchs ab, wo Fyne und ich vor noch nicht sechzehn Stunden im Dunkeln herumgetastet hatten, in der gräßlichen Befürchtung, den zerschmetterten Körper eines Mädchens unter unseren

Händen zu fühlen. Ich hatte dazu noch die Erinnerung an mein Zusammentreffen mit ihr. Sie war wirklich sehr dicht an den Rand gegangen – während sie mit einem finsteren Entschluß spielte. Inzwischen hatte sie, da sie ganz unverhofft auf einen Mann gestoßen war, einen anderen Weg gefunden, um der Welt zu entfliehen. Der Welt, wie sie ihr offenstand – ohne eine Unterkunft, ohne Brot, ohne Ehre. Bestenfalls hätte sie darin ein ungewisses Almosen des Mitleids gefunden, das sich in dem Maße verringert hätte, wie sie an Jahren zunahm. Der Appell des verlassenen Kindes Flora an das Mitgefühl der Fynes war unwiderstehlich gewesen. Jetzt aber war sie eine Frau geworden, und Mrs. Fyne bot einer spezifisch weiblichen Unternehmung unerbittlich die Stirn. Ich kann sogar sagen, einer triumphal weiblichen. Freilich wünschte Mrs. Fyne nicht, daß Frauen Frauen seien. Ihre Theorie verlangte, daß sie sich in skrupel- und geschlechtslose Ekel verwandeln sollten. Irgendwo in ihrem Busen wohnte ein beleidigter Theoretiker. Auf welche Weise Flora de Barral es ihrer Meinung nach anstellen sollte, sich aus einer ganz erbärmlichen Existenz zu retten, vermag ich nicht zu sagen; ich glaube aber wirklich, daß es ihr leichter gefallen wäre, dem Mädchen ein echtes Verbrechen zu verzeihen – wenn sie zum Beispiel den Schreibtisch der alten Dame in Bournemouth ausgeplündert hätte. Und außerdem – denn Mrs. Fyne war selbst eine typische Frau – war der Sinn für Eigentum sehr stark in ihr entwickelt, und obwohl sie mit ihrem Bruder nicht viel anzufangen wußte, gefiel ihr doch nicht, daß eine andere Frau ihn sich aneignete. Ein ganz junges Ding. Und noch dazu so ein Mädchen! Es ist nur allzu wahr, daß die Glücklosen in dieser Welt kein Recht auf ihre Chancen haben – als sei das Unglück eine rechtliche Disqualifikation. Fynes Gefühle waren beständiger (etwas ganz Natürliches bei einem Mann). Ein gutes Teil seines Mitgefühls war noch lebendig. Ich hörte ihn tatsächlich murmeln: ‚Scheußlich ärgerlich', aber ich wußte, daß er dabei an seine unangetastete häusliche Eintracht dachte. Die Augen auf den Hund gerichtet, der mitten auf der Veranda zusammengerollt dalag und schlief, schlug ich in gedämpftem, unpersönlichem Ton vor: ‚Ja. Und wenn Sie sich nun überreden lassen?‘

Ich hatte den kleinen Fyne niemals weniger feierlich gesehen. Er zischte in einem unerwartet bildreichen Stil durch die Zähne, es werde allerhand nötig sein, ihn zu überreden, daß er mithelfe, einem armen Ding, das soviel Schneid habe, den Kopf unter Wasser zu drücken! – und er schnaubte. Er schaute noch immer zu dem fernen Steinbruch hinüber, und ich glaube, dieser Anblick beeinflußte ihn. Ich versicherte ihm, ich sei weit davon entfernt, ihm etwas so Grausames anzuraten. Ich bin überzeugt, daß er stets an der Rechtschaffenheit meiner Grundsätze gezweifelt hatte, denn er wandte sich jäh zu mir um, als habe er auf der Lauer gelegen, um mich beim Abweichen vom rechten Pfad zu ertappen.

‚Was meinen Sie denn sonst? Daß ich nur so tun soll?‘

‚Nein! Was für ein Unsinn. Das wäre unmoralisch. Ich muß Ihnen allerdings sagen, daß ich, wenn ich die Wahl hätte, lieber etwas Unmoralisches als etwas Grausames täte. Ich meinte, daß die ganze Frage, da Sie ja nicht an den Erfolg einer Einmischung glauben, sich einfach nur darauf beschränkt, ob Sie sich bereit erklären, das zu tun, was Ihre Frau wünscht. Das hieße doch gewiß wie ein Gentleman handeln. Und auch selbstlos handeln, denn ich kann mir sehr gut vorstellen, wie unangenehm es für Sie sein mag. Ganz allgemein gesprochen: eine selbstlose Handlung ist eine moralische Handlung. Ich will Ihnen etwas sagen: Ich fahre mit Ihnen.‘

Er drehte sich um und starrte mich überrascht und argwöhnisch an. ‚Sie würden mitkommen?‘ wiederholte er.

‚Sie verstehen nicht‘, sagte ich, belustigt über den ungläubigen Widerwillen in seinem Ton. ‚Ich muß morgen früh in die Stadt fahren. Wir werden zusammen fahren. Haben Sie ein Reiseschachspiel?‘

Seine Stirn, die er angesichts einer Vielfalt von Gemütserregungen gerunzelt hatte, glättete sich in einem gewissen Grade bei dem Gedanken an ein Spiel. Ich erklärte ihm, da ich im Hafen zu tun hätte, wolle ich ihm bis hin zum Schiff Gesellschaft leisten.

‚Wir werden uns den Weg in die Wildnis des Ostens durch eine erbauliche Unterhaltung verkürzen', sagte ich, um ihn zu ermutigen.

‚Mein Schwager wohnt in einem Hotel – dem Eastern Hotel', erwiderte er und wurde wieder trübsinnig. ‚Ich habe nicht die leiseste Ahnung, wo es ist.'

‚Ich kenne es. Ich werde Sie an der Tür verlassen – mit der wohltuenden Überzeugung, daß Sie tun, was recht ist, weil es einer Dame gefällt und niemandem auch nur im mindesten schaden kann.'

‚Glauben Sie? Niemandem schaden?' wiederholte er zweifelnd.

‚Ich versichere Ihnen, daß es nicht den geringsten Zweck haben wird', erklärte ich mit allem nur möglichen Nachdruck, was die feierliche Unzufriedenheit seiner Miene nur noch zu steigern schien.

‚Damit meine Fahrt dorthin aber ein völlig aufrichtiges Unternehmen ist, muß ich zuerst meine Frau davon überzeugen, daß sie ganz nutzlos sein wird', widersprach er unheilverkündend.

‚Ach, Sie Haarspalter!' sagte ich. Und weiter sagte ich nichts, denn in diesem Augenblick trat Mrs. Fyne auf die Veranda heraus. Wir erhoben uns gleichzeitig bei ihrem Erscheinen. Ihre klaren, farblosen, unnachgiebigen Augen betrachteten uns beide kritisch. Ich ertrug die Abkühlung lächelnd, Fyne beugte sich jedoch sogleich hinunter, um den Hund loszumachen. Dazu brauchte er einige Zeit, und dann, in dem Moment, als er seine aufrechte Haltung wieder einnahm, sprang das Tier mit einem Satz vom tiefsten Schlaf in die stürmischste Aktivität. Im Wirbelsturm seines albernen Gejages und Gebells ergriff ich Mrs. Fynes Hand, die sie mir hölzern entgegenstreckte, und beugte mich ehrerbietig darüber. Sie schritt wortlos den Pfad hinab; Fyne war schon vorausgegangen und wartete auf sie neben der offenen Gartentür. Beide traten hinaus und wanderten die Landstraße entlang, umgeben von einer niedrigen Staubwolke, die der wild um die beiden Gestalten kreisende Hund aufwirbelte, während sie sich in gerader Haltung und voller Anstand nebeneinander entfernten und es mir (ich weiß nicht, warum) so schien, als hätten sie sich die ganze Landschaft angeeignet. Vielleicht hatten sie mich irgendwie mit dem Bewußtsein ihrer Überlegenheit beeindruckt. Welcher Überlegenheit? Möglicherweise bestand sie gerade in der engen Begrenztheit des Paares. Ganz offensichtlich hatte keiner von beiden eine hohe Meinung von mir mitgenommen. Am meisten wirkte jedoch die Gleichgültigkeit des Hundes der Fynes auf mich. Sonst hatte er sich mir bei allen unseren Begegnungen mindestens einmal im vollen Lauf, der mit einem gewaltigen Sprung zu meiner Weste empor endete, entgegengestürzt. Diese Zeremonie hatte er jetzt unterlassen, obwohl ich mich korrekt und sogar konventionell verhalten und ihm den Kuchen geschenkt hatte; es schien mir symbolisch für meine endgültige Trennung vom Haushalt der Fynes. Und ich hielt ihm in Gedanken vor, wie er an einem gewissen Tage die arme Flora de Barral, die krankhaft empfindlich gewesen war, im Stich gelassen hatte.

Ich setzte mich auf die Veranda und sagte mir durchaus mit Bedacht – vielleicht von einer geheimen Abneigung gegen die Fynes erfüllt –, Kapitän Anthony müsse ein feiner Kerl sein. Nach den Tatsachen, die mir bekannt waren, hätte er freilich auch ein gefährlicher Leichtfuß oder ein ausgesprochener Schurke sein können. Er hatte ein unglückliches, verzweifeltes Mädchen dazu veranlaßt, ihm heimlich nach London zu folgen. Freilich hatte das Mädchen inzwischen geschrieben, nur waren Mrs. Fynes Äußerungen über den Inhalt des Briefes auffallend verschwommen gewesen. Die beiden verhielten sich unbefriedigend. Sie kündigten nicht ausdrücklich eine bevorstehende Hochzeit an, soweit ich den ziemlich geheimnisvollen Andeutungen Mrs. Fynes entnehmen konnte. Aber vielleicht hatte diese auch nur ihre Unerfahrenheit in die Irre geführt. Die Arglosigkeit einer Frau wie Mrs. Fyne, die sich in der Theorie so weit vorwagte wie nur irgend möglich, vom wirklichen Wesen der Dinge jedoch nichts wußte, ließ sich nicht ermessen. Es wäre komisch, wenn sie das ganze Theater umsonst machte. Diesen Verdacht wies ich um der Ehre der menschlichen Natur willen zurück.

Ich stellte mir Kapitän Anthony als einen einfachen und romantischen Mann vor. Das war viel angenehmer. Das Genie ist nicht erblich, das Temperament aber vielleicht. Und er war der Sohn eines Dichters mit der bewundernswerten Gabe, die alltäglichen Dinge zu etwas Besonderem zu machen, zu vergeistigen – die hoffnungslos alltäglichen Dinge der sogenannten gehobenen Lebensart rührend, zart und faszinierend erscheinen zu lassen.

Nicht verstehen konnte ich Mrs. Fynes eifersüchtig-mißgünstige Haltung. Gefühlsmäßig brauchte sie diesen Bruder sowenig! Was konnte es ihr ausmachen, so oder so – abgesehen von der ganz gewöhnlichen Menschlichkeit, die ihr zumindest eine neutrale Haltung nahelegen müßte. Wenn es nicht wirklich das blinde Wirken des Gesetzes war, daß man in unserer Welt, in der die Chancen zählen, den Glücklosen einfach irgendwie ins Unrecht setzen *muß*.

Und während ich so über unsere allgemeine instinktive Neigung zur Ungerechtigkeit nachsann, begegnete ich plötzlich, sozusagen bei einer Wegbiegung, der Gestalt der Falschheit. Vielleicht war es Mrs. Fyne nicht bewußt, aber mir schien, als sei ihr Leitgedanke keineswegs, ihren Bruder zu behalten, zu bewahren, sondern vielmehr, ihn endgültig loszuwerden. Sie hoffte gar nicht, irgend etwas aufzuhalten. Dazu war sie zu vernünftig. Fast jeder, der nicht gerade aus einer Irrenanstalt kam, wäre so vernünftig gewesen. Sie wollte, mit Fynes vollem Einverständnis, nachdrücklich Protest erheben, um in Zukunft jeden Verkehr unmöglich zu machen. Eine solche Handlung würde das Paar den Fynes für immer entfremden. Sie verstand ihren Bruder und auch das Mädchen. Wenn sie miteinander glücklich wurden, dann verziehen sie diese offene Feindseligkeit niemals – und wenn die Ehe scheiterte ... Nun, dann wäre es das gleiche. Keiner von beiden würde sich wohl mit seinem Kummer an einen so guten Propheten des Unheils wenden.

Gewiß. Das mußte ihr Motiv gewesen sein. Die Eingebung eines möglicherweise unbewußten Machiavellismus! Entweder fürchtete sie, daß sie sich während der langen Perioden der Abwesenheit des Gatten um ihre Schwägerin kümmern müsse, oder ihr graute mehr oder weniger vor der entfernten Möglichkeit, daß ihr Bruder sich überreden ließe, die Seefahrt, die freundliche Zuflucht seiner unglücklichen Jugend, aufzugeben, sich an Land niederzulassen und diese unerwünschte, diese unbequeme Verbindung direkt vor ihre Tür zu bringen. Sie wollte davon befreit sein – vielleicht einfach nur, weil sie der ständigen Anstrengung im Guten oder im Bösen müde war, was bei der Mehrheit der gewöhnlichen Sterblichen so manche erstaunliche Inkonsequenz in ihrem Verhalten erklärt.

Ich weiß nicht, ob ich Mrs. Fyne in Gedanken unter die gewöhnlichen Sterblichen eingeordnet hatte. Dazu war sie auf eine ruhige Art allzu selbstsicher. Als ich aber am nächsten Morgen aus dem Fenster des Abteils den kleinen Fyne erspähte, wie er den Bahnsteig entlangeilte, sah er ganz wie ein gewöhnlicher, aufgeregter Sterblicher aus, der einen Zug nur mit Mühe und Not erreicht hat: die wild blickenden, hervortretenden Augen, das gespannte und erregte Gesicht, der rasende Gang – alle üblichen Symptome waren vorhanden und noch beeindruckender durch seine angeborene Feierlichkeit, die ihn gleichsam wie ein in Unordnung geratenes Gewand umflatterte. Hatte er wohl – so fragte ich mich voller Interesse – seiner Frau bis zur letzten Minute Widerstand geleistet und war dann vor dem letzten entscheidenden Argument die Straße entlanggestürzt, als sei es eine plötzlich hervorgezogene geladene Pistole? Ich öffnete die Tür des Abteils, und ein kräftiger Gepäckträger schob ihn von hinten herein, gerade in dem Augenblick, als das Ende des ländlichen Bahnsteigs rasch unter seinen Füßen davonglitt. Er war ganz außer Atem, und ich wartete mit einiger Neugier auf den Augenblick, in dem er die Fähigkeit zu sprechen wiedererlangt hätte. Der Augenblick kam. Er sagte, leicht nach Luft schnappend: ‚Guten Morgen', blieb noch eine Minute reglos, zog dann sein Reiseschachspiel aus der Tasche und warf mir, während er es in der Hand hielt, einen fragenden Blick zu.

‚Ja, gewiß', sagte ich, sehr enttäuscht."

7

Auf dem Bürgersteig

„Fyne war nicht gewillt zu sprechen, da ich aber bereits in das Geheimnis eingeweiht war, erkannte der gerecht denkende kleine Mann, daß ich einen gewissen Anspruch auf Auskunft hatte, falls ich darauf bestand. Und ich bestand darauf, nach dem dritten Spiel. Wir waren noch ein Stück vom Ziel unserer Fahrt entfernt.

‚Oh, wenn Sie es wissen wollen', lautete seine etwas ungeduldige Einleitung. Und dann wurde er ziemlich redselig. Erstens hatte ihm seine Frau den Brief, den sie von Flora erhalten hatte, nicht zu lesen gegeben (ich hatte den Verdacht gehabt, daß er ihn in der Tasche bei sich trug), sondern ihm dessen Inhalt genau wiedergegeben. Dieser sei ganz und gar nicht so, wie er hätte sein sollen, selbst wenn das Mädchen ihr Recht behaupten wolle, sich über die Gefühle aller hinwegzusetzen. Die ihren habe man ja bis zur Unkenntlichkeit in den Schmutz getreten. Außergewöhnlich, dies von einem Mädchen ihres Alters sagen zu müssen, wie ich wohl zugeben würde. Der ganze Ton dieses Briefes sei unpassend – völlig unpassend. Ganz gewiß sei er nicht das Produkt eines – sagen wir, eines ausgeglichenen Gemüts.

‚Wenn sie nur in dieser Welt auf irgendeinem Fleck ein wenig Fuß fassen könnte, und sei er auch nicht größer als meine Handfläche, dann würde sie wahrscheinlich lernen, zu einer größeren inneren Ausgeglichenheit zu gelangen', erwiderte ich.

Fyne beachtete diesen leisen Einwand nicht. Seine Frau, sagte er, sei nicht der Mensch, dem man in einer ernsten Sache mit Spott kommen könne. Der Brief habe einen unangenehmen Anflug von Leichtfertigkeit, selbst an der Stelle, wo er sich auf Kapitän Anthony beziehe. Eine solche Haltung gebe, wie ihm seine Frau erklärt habe, Anlaß zur Besorgnis für die Zukunft, sogar dann, wenn alle Begleitumstände dieses unsinnigen Plans so zufriedenstellend gewesen wären, wie sie es eben nicht seien. Andere Absätze dieses Briefes seien anscheinend in einem trotzigen Ton gehalten – als fordere sie die beiden heraus, ihr Verhalten zu billigen. Und gleichzeitig deutete sie an, ihr sei es gleichgültig; nur um ihrer selbst (der Fynes) willen hoffe sie, sie würden ‚sich gegen die Welt stellen – diese fürchterliche Welt, die den armen Papa vernichtet hat'.

Fyne drang in mich, ich solle zugeben, daß dies – nach allem – ziemlich unverfroren sei. Und da war auch noch etwas anderes. Anscheinend hatte Flora während der letzten sechs Monate (sie hatte für einen Hungerlohn zwei Damen geholfen, die einen Kindergarten in Bayswater leiteten) hartnäckig ihre gesamte Freizeit dem Studium des Prozesses gewidmet. Sie hatten Stöße von alten Zeitungen durchgesehen und sich in einen Zustand der Empörung über die Ungerechtigkeit und Scheinheiligkeit, wie sie es nannte, der Staatsanwaltschaft hineingesteigert. Ihr Vater hatte, wie mir Fyne ins Gedächtnis rief, bei seinen Antworten vor Gericht spürbare Hiebe ausgeteilt, und triumphierend hatte sie sich darauf gestützt. Sie war zu dem Schluß gekommen, ihr Vater sei unschuldig, und das lastete schwer auf ihr. Mrs. Fyne hatte ihren Mann auf die Gefahr hingewiesen, die darin lag.

Der Zug fuhr in den Bahnhof ein; sobald er hielt, sprang Fyne hinaus; er schien froh zu sein, die Unterhaltung abbrechen zu können. Schweigend gingen wir eine kurze Wegstrecke, stiegen in einen Bus und setzten unseren Weg dann wieder zu Fuß fort. Ich glaube nicht, daß er seit den Tagen seiner Kindheit, wo man ihm gewiß den Tower gezeigt hatte, auch nur einmal östlich von Temple Bar gewesen war. Er blickte sich mürrisch um, und als ich ihm von weitem die runde Front des Eastern Hotel zeigte, das an der Gabelung zweier sehr breiter, ärmlich und schäbig aussehender Hauptverkehrsstraßen lag und die niedrigen Dächer der schmutzig-gelben zweistöckigen Häuser überragte, brummte er nur mißbilligend.

‚Ich würde nicht allzuviel Gewicht auf das legen, was Sie mir da erzählt haben', sagte ich ruhig, als wir uns dem unansehnlichen Gebäude näherten. ‚Kein Mann wird glauben, daß ein Mädchen, welches seinen Antrag angenommen hat, nicht innerlich ausgeglichen ist, wissen Sie.'

‚Oh! Seinen Antrag angenommen hat', murrte Fyne, den seine Frau anscheinend wirklich zutiefst überzeugt hatte. ‚Vielleicht war es auch umgekehrt.' Und dann setzte er hinzu: ‚Ich führe die Sache durch.'

Ich sagte, dies sei sehr lobenswert, aber eine gewisse Mäßigung in seinen Äußerungen ... Er winkte ab und beschleunigte seine Schritte. Ich vermute, ihm lag daran, seine Mission so bald wie nur irgend möglich hinter sich zu bringen. Er nahm sich kaum die Zeit, mir die Hand zu reichen, und eilte auf die schmale Glastür zu, auf der das Wort ‚Hoteleingang' stand. Sie schlug hinter seinem Rücken zu und machte dabei nicht mehr Geräusch als ein zuschnappender zahnloser Kiefer.

Die alberne Versuchung, an Ort und Stelle zu bleiben, um zu erfahren, was bei dieser Sache herauskam, trug den Sieg über meine bessere Einsicht davon. Unentschlossen lungerte ich herum, wobei ich mich fragte, wie lange ein Auftrag dieser Art wohl dauern mochte und ob Fyne, wenn er herauskam, zu Mitteilungen bereit sein werde. Ich fürchtete, er werde schockiert sein, wenn er mich hier vorfand, und mein Verhalten als ungehörig empfinden, mir unter Umständen sogar mit Verachtung begegnen. Ich entfernte mich ein paar Schritte. Vielleicht war es möglich, Fyne etwas vom Gesicht abzulesen, wenn er herauskam, und falls notwendig, konnte ich immer diskret durch die Tür einer der Bars verschwinden. Im Erdgeschoß des Eastern Hotel befand sich ein Lokal, das sich, ohne sich im mindesten zu schämen, mit seinen Schaufensterscheiben und pompösen Messinggeländern den Blicken darbot; es war in viele Abteilungen unterteilt, von denen jede einen eigenen Eingang hatte.

Aber natürlich war das alles töricht. Die Heirat, die Liebe, die Angelegenheiten Kapitän Anthonys gingen mich nichts an. Ich wollte gerade endgültig die Straße hinuntergehen, da erregte ein Mädchen, das sich von Westen her dem Hoteleingang näherte, meine Aufmerksamkeit. Sie war sehr bescheiden in Schwarz gekleidet. Es war der weiße, mit einem Strauß blasser Rosen geschmückte Strohhut von guter Form, der meinen Blick auf sich gezogen hatte. Die ganze Gestalt kam mir bekannt vor. Natürlich! Flora de Barral. Sie ging auf das Hotel zu, sie wollte hinein. Und Fyne befand sich bei Kapitän Anthony! Ihn dort zu treffen konnte für sie nicht angenehm sein, und ich wollte sie vor dieser peinlichen Situation bewahren. Während ich mich zögernd fragte, was zu tun sei, sah sie auf, und als sie sich vom Bürgersteig zum Hoteleingang wandte, trafen sich zufällig unsere Blicke. Instinktiv streckte ich den Arm aus. Es genügte, damit sie stehenblieb. Ich nehme an, sie hatte eine unbestimmte Ahnung, daß sie mich irgendwo schon einmal gesehen hatte. Sie ging langsam weiter, vorsichtig und abwartend, und sah mein leises Lächeln.

‚Entschuldigen Sie', sagte ich, sobald sie nahe genug bei mir war. ‚Vielleicht wäre es Ihnen lieb zu wissen, daß Mr. Fyne augenblicklich gerade oben bei Kapitän Anthony ist.'

Sie rief leise: ‚Ah, Mr. Fyne!' Ich las in ihren Augen, daß sie mich jetzt erkannt hatte. Vor ihrem ernsten Ausdruck erstarb mein albernes Grinsen, dessen ich mir bewußt war. Ich lüftete den Hut. Sie antwortete mit einem langsamen Neigen des Kopfes, während ihre hellen, mißtrauischen Mädchenblicke insgeheim zu flüstern schienen: ‚Was tut denn der hier?'

‚Ich bin heute morgen mit Fyne zusammen in die Stadt gefahren', sagte ich in geschäftsmäßigem Ton. ‚Ich muß einen Freund am East India Dock aufsuchen. Fyne und ich haben uns diesen Augenblick hier an der Tür getrennt ...' Das Mädchen betrachtete mich mit Augen, die sich verdüsterten ... ‚Mrs. Fyne hat ihren Mann nicht begleitet', fuhr ich fort und zögerte dann, vor diesem weißen Gesicht weiterzusprechen, das so reglos war in dem perlmutternen Schatten, den der Hutrand warf. ‚Aber sie hat ihn geschickt', murmelte ich, um sie zu warnen.

Ihre Lider senkten sich langsam über dem starren Blick. Ich vermute, sie war nicht sehr beunruhigt über diesen Verlauf der Dinge. ‚Ich wohne weit entfernt von hier', flüsterte sie.

‚Tatsächlich?' antwortete ich mechanisch, und wir sahen einander an. Die gleichmäßige Blässe ihres Teints hatte nichts von der eines blutarmen Mädchens. Sie war von einer durchsichtigen Frische und zeigte in diesem Augenblick eine ganz schwache rosige Tönung, gerade nur eben einen Hauch von Farbe – während vermutlich jedes andere Mädchen errötet wäre, bis es einer Pfingstrose glich –, als sie mir erzählte, Kapitän Anthony habe vereinbart, ihr heute morgen das Schiff zu zeigen.

Ich verstand ohne weiteres, daß sie Fyne nicht zu begegnen wünschte. Und als ich diskret in leisem Ton bemerkte, er sei wegen ihres Briefes gekommen, sah sie rasch zur Hoteltür hinüber und entfernte sich ein paar Schritte bis zu einer Stelle, von wo sie den Eingang beobachten konnte, ohne selbst gesehen zu werden. Ich folgte ihr. Dort, wo die beiden Hauptstraßen zusammentrafen, blieb sie im schwachen Verkehr auf dem breiten Bürgersteig stehen und wandte sich mir mit herausfordernder Miene zu. ‚Also wissen Sie Bescheid.‘

Ich sagte ihr, daß ich ihren Brief nicht gesehen hätte. Ich hätte nur davon gehört. Sie wurde etwas ungeduldig. ‚Ich meine über mich im allgemeinen.‘

Ja. Ich wisse über sie Bescheid. Der Kummer der Fynes, besonders Mrs. Fynes, sei so groß, daß sie fast jeden eingeweiht hätten, der nicht zu ihrem Freundeskreis gehörte. Ich sei zufällig zur Hand gewesen – das sei alles.

‚Verstehen Sie, ich bin kein Freund der Familie. Ich bin nur eine Ferienbekanntschaft.‘

‚Sie war nicht sehr aufgeregt?‘ fragte Flora de Barral und meinte natürlich Mrs. Fyne. Ich gestand, daß sie weniger erregt gewesen sei als ihr Gatte – und vielleicht sogar weniger als ich. Mrs. Fyne sei eine Frau mit großer Selbstbeherrschung, die sich durch nichts aus ihrer extremen theoretischen Stellung schrecken lasse. Anscheinend war sie nicht erschrocken, als Fyne und ich vorschlugen, zum Steinbruch zu gehen.

‚Sie haben ihnen diesen Gedanken in den Kopf gesetzt‘, sagte das Mädchen.

Ich entgegnete, daß sie diesen Gedanken schon im Kopf gehabt hätten. In meinem sei er jedoch viel lebhafter gewesen, da ich sie mit eigenen Augen dort oben gesehen hätte, wie sie das Schicksal herausforderte.

Sie blickte mich mit größter Aufmerksamkeit an und

sagte leise: ‚So nannten Sie es ihnen gegenüber? Herausfordern ...'

‚Nein. Ich habe ihnen gesagt, Sie hätten Ihren Entschluß gefaßt, und gerade in diesem Augenblick sei ich vorbeigekommen. Ich habe ihnen erklärt, ich hätte Sie gerettet. Mein Ruf habe Sie zurückgehalten ...' Sie bewegte sanft von rechts nach links verneinend den Kopf ... ‚Nicht? Nun, wie Sie wollen.'

Ich dachte bei mir: Sie hat einen anderen Ausweg gefunden. Jetzt möchte sie es vergessen. Kein Wunder. Sie möchte sich einreden, daß sie nie im Leben einen so häßlichen, schmerzhaften Moment erlebt hat. ‚Schließlich', gab ich laut zu, ‚sind die Dinge ja nicht immer das, was sie scheinen.'

Ihr kleiner Kopf mit den tiefblauen Augen – Augen voll Zärtlichkeit und Zorn unter dem schwarzen Bogen der feinen Brauen – war ganz reglos. Der Mund sah sehr rot aus in dem weißen Gesicht, das unter dem Schleier hervorlugte, das spitze Kinn hatte in seiner Form etwas Aggressives. Sie wirkte schmal, sogar eckig in ihrem bescheidenen schwarzen Kleid – eine anziehende, ja eine begehrenswerte kleine Gestalt. Ihre Lippen bewegten sich sehr rasch, als sie die Frage stellten: ‚Und sie haben Ihnen gleich geglaubt?'

‚Ja, sie haben mir gleich geglaubt. Mrs. Fynes Aufforderung an uns lautete: Geht!'

Das weiße Aufblitzen zwischen den roten Lippen war so kurz, daß ich nicht mit Sicherheit sagen konnte, ob es ein Lächeln oder ein wütendes Entblößen von kleinen, ebenmäßigen Zähnen gewesen war. Das übrige Gesicht behielt seinen unschuldigen, gespannten und rätselhaften Ausdruck. Sie sprach schnell.

‚Nein, es war nicht Ihr Ruf. Ich hatte schon einige Zeit dort gestanden, bevor Sie mich sahen. Und ich war nicht da, um das Schicksal herauszufordern, wie Sie es nennen. Ich ging dorthin, um – um das zu tun, was ich Ihrer Meinung nach tun wollte. Jawohl. Ich kletterte über zwei Zäune. Ich hatte nicht die Absicht, dem Schicksal etwas zu überlassen. Anscheinend gibt es Menschen, für die das Schicksal nichts tun kann. Sicher sind Sie entsetzt, mich so reden zu hören?‘

Ich schüttelte den Kopf. Ich war nicht entsetzt. Was sie die ganze Zeit über zurückgehalten habe, bis ich dort unten auf der Bildfläche erschien, so fuhr sie fort, sei weder Furcht noch ein anderes Bedenken gewesen. Man gelange an einen Punkt, erklärte sie mit schrecklicher jugendlicher Schlichtheit, wo einem nichts, was einen betreffe, noch etwas ausmache. Eins aber habe sie zurückgehalten. Ich könne nie erraten, was es gewesen sei. Sie selbst gestehe ein, es klinge absurd, wenn man es ausspreche. Es sei der Hund der Fynes gewesen.

Flora de Barral hielt inne, sah mich mit einem merkwürdigen Gesichtsausdruck an und sprach dann weiter. Verstehen Sie, sie hatte sich eingebildet, der Hund hänge sehr an ihr. Sie setzte sich in den Kopf, er könne hinunterfallen oder ihr nachspringen. Sie versuchte ihn davonzujagen. Sie schimpfte mit ihm. Es machte ihn nur noch ausgelassener. Er bellte und sprang mit seiner üblichen idiotischen Fröhlichkeit um ihren Rock. Er jagte in Kreisen davon, zu den Fichten, stürmte dann auf Flora zu und sprang bis zu ihrer Taille hoch. Sie befahl: ‚Lauf! Lauf nach Haus!‘ Sie hob sogar einen abgebrochenen Zweig vom Boden auf und warf ihn nach ihm. Darauf kannte sein Entzücken keine Grenzen, er schoß noch schneller dahin, sein Gekläff wurde noch lauter; er schien sich köstlich zu amüsieren. Sie war überzeugt davon: sobald sie sich hinabstürzte, würde er ihr nachspringen, als gehörte das zum Spiel. Sie ärgerte sich fast zu Tränen. Es rührte sie auch. Dann blieb er in einiger Entfernung stehen, als sei er plötzlich am Boden festgewachsen, wedelte langsam mit dem Schwanz und beobachtete sie eindringlich mit seinen glänzenden Augen. Da überkam sie eine neue

Furcht. Sie stellte sich vor, daß sie nicht mehr da wäre und dieses Geschöpf am Rande des Abgrunds säße, den Kopf zum Himmel emporgereckt, und stundenlang heulte. Dieser Gedanke war unerträglich. Dann erreichte mein Ruf ihr Ohr.

Sie erzählte mir das alles ganz schlicht. Meine Stimme hatte ihre Entschlossenheit zerstört – ihre innere Entschlossenheit zum Selbstmord. Jede unserer Handlungen, auch die verbrecherischste, die wahnsinnigste, setzt ein Gleichgewicht von Gedanken, Gefühlen und Willen voraus, genau wie eine korrekte Haltung für einen wirksamen Schlag bei einem Kampfspiel nötig ist. Und dieses Gleichgewicht hatte ich zerstört. Sie befand sich nicht mehr in der richtigen Form für die Tat. Sie war nicht besonders ärgerlich. Am nächsten Tag ginge es auch. Sie würde davonschlüpfen müssen, ohne die Aufmerksamkeit des Hundes zu erregen. Sie dachte fast zärtlich an diese Notwendigkeit. Sie kam den Pfad hinuntergeschritten und trug ihre Verzweiflung mit klarsichtiger Ruhe. Als sie sich aber von dem Hund verlassen sah, empfand sie das Verlangen umzukehren, wieder hinaufzugehen und die Sache hinter sich zu bringen. Nicht einmal das Tier machte sich letztlich etwas aus ihr.

‚Ich hatte wirklich geglaubt, er hinge an mir. Weshalb tat er nur so? Ich hatte gedacht, mich könne nichts mehr verletzen. O ja. Ich wäre wieder hinaufgegangen, aber ich fühlte mich plötzlich so müde. So müde. Und außerdem waren Sie ja da. Ich wußte nicht, was Sie tun würden. Sie hätten vielleicht versucht, mir zu folgen, und ich glaubte nicht, daß ich hätte rennen können – nicht bergauf – nicht gerade dann.‘

Sie hatte das weiße Gesicht ein wenig erhoben, und es war seltsam, sie all das sagen zu hören. Um diese Vormittagsstunde sind in jenem Teil der Stadt verhältnismäßig wenig Menschen auf der Straße. Die weite, endlose Szenerie der East India Dock Road, diese große Szenerie mit den düsteren Backsteinmauern, dem grauen Pflaster, einem schlammigen Fahrweg, auf dem beladene Fuhrwerke und Lastwagen lustlos dahinrumpelten, verlor sich in der Ferne, imponierend und schäbig in ihrer weiträumigen Dürftigkeit der Erscheinung, in ihrer maßlosen Armut der Formen, der Farbe, des Lebens – unter einem strengen, unbeteiligten Himmel, den der Wind zu einem klaren Blau getrocknet hat. Während der Nacht hatte es geregnet. Sogar der Sonnenschein sah ärmlich aus. Von Zeit zu Zeit wirbelten einige Papierschnitzel, ein bißchen Staub und Stroh auf der breiten, flachen Ausbuchtung des Bürgersteigs vor der halbrunden Vorderfront des Hotels an uns vorbei.

Flora de Barral schwieg eine Weile. Ich sagte: ‚Und am nächsten Tag dachten Sie vernünftiger.‘

Wieder hob sie den Blick mit jenem eigenartigen Ausdruck wissender Unschuld zu meinen Augen empor, und wieder nahmen ihre weißen Wangen eine ganz leise rosa Färbung an – nur eben den Schatten eines Errötens.

‚Am nächsten Tag‘, sagte sie sehr entschieden, ‚dachte ich überhaupt nicht. Ich erinnerte mich. Das genügte. Ich erinnerte mich an das, was ich niemals hätte vergessen dürfen. Niemals. Und am Abend kam Kapitän Anthony im Cottage an.‘

‚Ach ja. Kapitän Anthony‘, murmelte ich. Und sie wiederholte, gleichfalls leise: ‚Ja! Kapitän Anthony.‘ Das schwache Rot warmen Lebens wich aus ihrem Gesicht. Ich senkte die Stimme noch mehr und wagte zu fragen, ohne sie anzublicken: ‚Sie fanden ihn sympathisch?‘

Ihre langen, dunklen Wimpern senkten sich ein wenig, wie in wohlberechneter Diskretion. Wenigstens schien es mir so. Und doch konnte niemand sagen, ich sei dem Mädchen feindlich gesinnt gewesen. Aber da haben Sie es! Erklären Sie es, wie Sie wollen – in dieser Welt sind die Menschen ohne Freunde ebenso wie die Armen immer ein wenig verdächtig, als seien Ehrlichkeit und Feingefühl nur den wenigen Bevorrechteten möglich.

‚Weshalb fragen Sie?' sagte sie nach einer Weile und hob plötzlich den Blick zu meinen Augen, mit einem Effekt der Aufrichtigkeit, den man nach dem gleichen Prinzip (daß man den Enterbten nicht trauen darf) als zweideutig hätte beurteilen können.

‚Wenn Sie meinen, welches Recht ich habe ...'

Sie bewegte leicht die Hand, die in einem abgetragenen braunen Handschuh steckte, als wollte sie sagen, sie könne niemandes Recht gegenüber einer Ausgestoßenen, wie sie es war, in Frage stellen.

Es hätte mich vielleicht rühren sollen, aber mir fiel nur der völlige Mangel an Demut auf ... ‚Überhaupt kein Recht', fuhr ich fort, ‚sondern einfach nur Interesse. Mrs. Fyne – es ist zu schwierig zu erklären, wie es dazu kam – hat mir von Ihnen erzählt – nun – ausführlich.'

Zweifellos habe mir Mrs. Fyne die Wahrheit erzählt, sagte Flora schroff mit unerwartet heiserer Stimme. Sogar das Kleid, das sie trage, habe Mrs. Fyne ihr geschenkt. Natürlich betrachtete ich es. Es konnte kein kürzlich gemachtes Geschenk sein. Eng anliegend, schwarz, mit malvenfarbenem Seidenbesatz unter einer gemusterten Tüllapplikation, sah es keineswegs neu aus, eher fast schäbig; es unterstrich die Schmächtigkeit ihrer Figur und paßte in seiner Andeutung von Halbtrauer zu dem weißen Gesicht, in dem nur die roten Lippen, die ohne ein Lächeln blieben, vom warmen Blut des Lebens und der Leidenschaft durchpulst schienen.

Der kleine Fyne hielt sich unverantwortlich lange dort oben auf. Diskutierte er, predigte er, machte er Vorwürfe? Hatte er die Fähigkeit und den Geschmack an derartigem in sich entdeckt? Oder schlich er vielleicht, voller tiefer Abneigung gegen seine Aufgabe, wie die Katze um den heißen Brei und gab Kapitän Anthony nur Rätsel auf – diesem Mann des Schicksals, der, wenn er jeden Augenblick mit dem Erscheinen des Mädchens rechnete, gewiß die ganze Zeit über wie auf Kohlen saß und außer sich vor Ungeduld darauf wartete, daß sein Schwager ihm den Rücken kehrte. Weshalb hatte er sich Fyne nicht überhaupt schon längst vom Hals geschafft? Ich meine nicht, indem er ihn aus dem Fenster warf, sondern auf irgendeine andere entschlossene Art.

Gewiß hatten Fynes Argumente ihn nicht beeindruckt. Daß es sich um einen Mann handelte, der zu beeindrukken war, daran brauchte ich nicht zu zweifeln. Die Gegenwart des Mädchens dort vor mir auf dem Bürgersteig bewies mir das zur Genüge und – jawohl, auf eine recht rührende Weise.

Es ergab sich, daß unsere Blicke, die umherschweiften, aufeinandertrafen. Aufeinandertrafen und in einer vertraulicheren Berührung blieben, als ein Händedruck es gewesen wäre: auf eine mitteilsamere, ausdrucksvollere Weise. Es hatte auch etwas Komisches, wie das arme Mädchen und ich dort auf dem breiten Bürgersteig vor einem Ecklokal auf das Ergebnis von Fynes lächerlicher Mission warteten. Aber wenn das Komische menschlich ist, wird es rasch schmerzhaft. Ja, sie war zutiefst besorgt. Und ich fragte mich, ob die heftige Spannung der Ungewißheit – um es deutlich zu sagen – bei ihr durch den Hunger oder durch die Liebe bedingt war.

Die Antwort hätte Kapitän Anthony sicherlich interessiert. Was mich betrifft, so gewinne ich in Gegenwart eines jungen Mädchens immer die Überzeugung, daß die Träume der Gefühlswelt ebenso unbesiegbar sind wie die tröstenden Geheimnisse des Glaubens, daß es niemals, niemals der Verstand ist, der Männer und Frauen beherrscht.

Welches Gefühl aber mochte sie bewegen? Mir fiel der Ton ein, in dem sie vor nur einem Augenblick gesagt hatte: ‚An dem Abend kam Kapitän Anthony im Cottage an.' Als ich überlegte, welche Bedeutung die Ankunft Kapitän Anthonys in diesem Zusammenhang hatte, wunderte ich mich darüber, wie es ihr möglich war, diese Tatsache mit solcher Ruhe zu erwähnen. Er war im Cottage angekommen. Am Abend. Ich kannte den Spätzug. Wahrscheinlich war er vom Bahnhof zu Fuß gegangen. Es war schon recht spät am Abend. Fast konnte ich eine dunkle, undeutlich sichtbare Gestalt, welche die Gartenpforte öffnete, vor mir sehen. Wo hatte Flora sich wohl aufgehalten? Hatte sie ihn eintreten sehen? War sie irgendwo in der Nähe gewesen, und hatte sie ohne jede Vorahnung seinen vom Zufall gelenkten, schicksalhaften Schritt auf dem mit Steinplatten belegten Weg gehört, der zur Cottagetür führte? Im Schatten der Nacht, die der Schatten des Todes für sie noch grausamer, noch finsterer machte, mußte er ihr zu fremd, zu entfernt, zu unbekannt gewesen sein, um ihre Gedanken als eine lebendige Macht zu beeindrucken – als eine Macht, wie sie ein Mann über das Schicksal einer Frau auszuüben vermag.

Sie sah von neuem zur Hoteltür hin; ich tat das gleiche, und dann begegneten sich unsere Blicke wieder, diesmal absichtlich. Eine tastende, unsichere Intimität kam zwischen uns beiden auf. Sie sagte einfach: ‚Sie warten darauf, daß Mr. Fyne herauskommt, nicht wahr?‘

Ich gestand ihr, daß ich darauf wartete, Mr. Fyne herauskommen zu sehen. Das sei alles. Ich hätte ihm nichts mitzuteilen.

‚Ich habe ihm bereits gestern alles gesagt, was ich ihm zu sagen hatte‘, fügte ich bedeutungsvoll hinzu. ‚Ich habe es tatsächlich beiden gesagt. Ich habe auch alles gehört, was sie zu sagen hatten.‘

‚Über mich?‘ erwiderte sie leise.

‚Ja. Die Unterhaltung drehte sich um Sie.‘

‚Ich frage mich, ob sie Ihnen wohl alles erzählt haben.‘

Wenn sie es sich fragte, blieb mir nichts übrig, als es mich ebenfalls zu fragen. Das sagte ich ihr aber nicht. Ich lächelte nur. Entscheidend war bloß, daß man Kapitän Anthony alles erzählen mußte. Doch was das betraf, so war ich sicher: dafür würde die gute Schwester sorgen. Gab es noch etwas zu enthüllen – noch eine Not, noch eine Enttäuschung, der das Mädchen zum Opfer gefallen war? Das schien kaum wahrscheinlich. Man konnte es sich nicht einmal leicht vorstellen. Am meisten fiel mir ihre – ich glaube, ich muß es so nennen – Beherrschtheit auf. Ob sie begriff, was sie getan hatte, ließ sich nicht feststellen. Man fragte es sich. Sie war nicht so sehr unlesbar als vielmehr unbeschrieben, und ich wußte nicht, ob ich sie deshalb bewundern oder sie als das passive Ziel eines grausamen Mißgeschicks aus meinen Gedanken verbannen sollte.

Wenn ich daran zurückdachte, wie wir auf der Straße am Steinbruch zum erstenmal miteinander gesprochen hatten, mußte ich zugeben, daß sie einige zweifelhafte Züge an sich hatte. Ich weiß nicht, warum ich mir Kapitän Anthony als einen jener Männer vorstellte, bei denen es unwahrscheinlich ist, daß sie die Initiative ergreifen – wohl nicht aus Gleichgültigkeit, sondern vielmehr aus der eigentümlichen Schüchternheit Frauen gegenüber, wie man sie häufig in Verbindung mit ritterlichen Instinkten, einem starken Bedürfnis nach Zärtlichkeit und Standhaftigkeit der Gefühle findet. Solche Männer sind leicht zu rühren. Bei der geringsten Ermutigung gehen sie mit dem Eifer, der Unbedachtheit des Verhungernden vor. Das erklärte die Plötzlichkeit der Sache. Nein! Bei all ihrer Unerfahrenheit konnte es diesem Mädchen nicht sehr schwergefallen sein, ihre Eroberung zu machen. Sie mußte angefangen haben. Und doch stand sie da, geduldig, fast unbewegt, beinahe mitleiderregend, und wartete draußen wie eine Bettlerin, die auf ein versprochenes Almosen kein anderes Anrecht hat als das des Mitleids.

Jeden Augenblick gingen die Leute einzeln, zu zweien oder zu dreien dicht an uns vorüber – Einwohner dieses Teils der Stadt, wo das Leben abläuft, ohne daß Anmut oder Glanz es verschönen; sie gingen in ihren abgetragenen Sachen an uns vorüber, mit bleichen Gesichtern, verhärmt, sorgenvoll, müde oder einfach ausdruckslos, ohne ein Lächeln, in einem düsteren Strom, der sich nicht aus verschiedenen Leben, sondern aus unbeachteten Existenzen zusammensetzte, deren Freuden, Kämpfe, Gedanken, Nöte und selbst deren Hoffnungen armselig, ohne jeden Zauber und belanglos für die Welt waren. Und wenn man daran dachte, wie real sie für sich selbst waren, dann wurde einem schwer ums Herz. Von all den Menschen aber, die dort vorübergingen, erschien mir im Augenblick keiner so bemitleidenswert in seiner unbewußten Geduld wie das Mädchen, das da vor mir stand, und auch keiner schwieriger zu verstehen. Das kam vielleicht daher, daß ich an Dinge dachte, nach denen ich sie nicht fragen konnte.

Tatsächlich hatten wir uns nichts zu sagen, aber wir beide, die wir doch wirklich Fremde für einander waren, hatten uns mit dem intimsten und endgültigsten aller Themen befaßt, nämlich mit dem des Todes. Es hatte eine Bindung zwischen uns geschaffen. Es machte unser Schweigen gewichtig und unbehaglich. Ich hätte sie in diesem Moment dort verlassen sollen, aber ich glaube, ich habe Ihnen schon gesagt: die Tatsache, daß ich sie durch meinen Ruf vom Rande des Abgrunds vertrieben hatte, schien mich irgendwie auch für diesen anderen Sprung verantwortlich gemacht zu haben. Und so gab es zwischen uns ein weiteres intimes Thema, das unser Schweigen noch gewichtiger und noch unbehaglicher machte: das Thema der Heirat. Ich benutzte das Wort nicht so sehr in bezug auf die Zeremonie selbst (daran zweifelte ich nicht, da Kapitän Anthony ja ein anständiger Kerl war) oder im Hinblick auf diese gesellschaftliche Einrichtung im allgemeinen, über die ich keine Meinung habe, sondern im Hinblick auf die menschliche Beziehung. Jene beiden Aspekte sind nicht besonders interessant. Die Zeremonie ist angemessen, so nehme ich an, die Einrichtung ist, wie ich zu sagen wage, nützlich, sonst hätte sie sich nicht so lange erhalten. Die auf diese Weise anerkannte menschliche Beziehung aber ist etwas Geheimnisvolles, was ihren Ursprung, ihr Wesen und ihre Folgen betrifft. Leider kann man mit einem jungen Mädchen nicht einfach vertraulich darüber sprechen, wie man es mit einem jungen Burschen täte. Ich glaube tatsächlich, nicht einmal eine andere Frau könnte das tun. Sie fände kein Vertrauen. Zwischen Frauen gibt es nicht diesen Grundstock einer wenigstens bedingten Redlichkeit, auf die sich die Männer in ihren Beziehungen zueinander verlassen können. Ich glaube, daß jede Frau eher einem Mann vertraut. Die Schwierigkeit in einem so delikaten Fall war, ein gutes Verhältnis zueinander zu schaffen.

So schwiegen wir in dem häßlichen Lärm dieser breiten Straße, auf der sich schwere Fuhrwerke drängten. Große Lastwagen, die hoch aufgetürmte Ladungen beförderten und an Berge erinnerten, bewegten sich schwankend voran. Es war, als existiere die ganze Welt nur für Kauf und Verkauf und als zählten diejenigen nicht, die mit der Warenbewegung nichts zu tun hatten.

‚Sicher sind Sie müde', sagte ich. Man mußte etwas sagen, wenn auch nur, um sich gegen diesen einförmigen, leidenschaftslosen und zermürbenden Lärm zu behaupten. Sie hob für einen Moment den Blick. Nein, sie sei nicht müde. Nicht sehr. Sie sei nicht den ganzen Weg zu Fuß gegangen. Bis zum Bahnhof Whitechapel habe sie den Zug genommen und sei nur von dort gelaufen.

Sie hatte eine unangenehme Pilgerfahrt hinter sich, aber ob aus Liebe oder aus Notwendigkeit – wer vermochte es zu sagen? Und genau das hätte ich gern ausfindig gemacht. Es war jedoch keine Frage, die man geradeheraus stellen konnte, und mir wollte keine passende Umschreibung einfallen. Mir kam auch der Gedanke, sie wisse es möglicherweise selbst nicht – ich meine, mit dem Verstand. Dieses junge Mädchen hatte sich offensichtlich mit dem Tod beschäftigt. Sie war so weit gegangen, sich eine Vorstellung von ihm zu machen. Was aber sein schicksalhaftes Gegenstück betraf, die Liebe, so hatte sie niemals über deren Bedeutung nachgedacht, dessen bin ich sicher.

Bei diesem Mann dort im Hotel, den ich nicht kannte,

und dem Mädchen, das vor mir auf der Straße stand, fühlte ich, daß es sich um einen Ausnahmefall handelte. Er war aus seiner Umgebung ausgebrochen, und sie stand außerhalb des Zauns. Eine Seite der Konventionen, welche die Leute, die gegen sie eifern, häufig aus dem Auge verlieren, ist, daß sie einen sowohl die Freude wie auch das Leid leichter auf angemessene Art ertragen lassen. Diese beiden nun standen außerhalb aller Konventionen. In gewissem Sinne waren sie ebenso frei von Fesseln wie das erste Menschenpaar. Leider vermochte ich mir in bezug auf Flora de Barral und Mrs. Fynes Bruder nichts vorzustellen. Oder, wenn Sie wollen, ich konnte mir *alles* nur mögliche vorstellen, was praktisch auf dasselbe hinausläuft. Dunkelheit und Chaos sind Vettern ersten Grades. Ich hätte das Mädchen gern um ein Wort gebeten, das meiner Phantasie die Richtung gewiesen hätte. Wie aber mich so weit vorwagen? Ich kann zuweilen grob sein, bin jedoch von Natur aus nicht unverschämt. Zum Beispiel hätte ich sie gern gefragt: ‚Wissen Sie eigentlich, was Sie mit sich gemacht haben?' Eine Frage dieser Art. Auf jeden Fall war es Zeit, daß einer von uns beiden etwas sagte. Es mußte eine Frage sein. Und die Frage, die ich stellte, lautete: ‚Er will Ihnen also das Schiff zeigen?'

Sie schien froh zu sein, daß ich endlich gesprochen hatte, und froh auch über die Gelegenheit, selbst etwas zu äußern.

‚Ja. Er sagte, er will es mir zeigen – heute morgen. Sagten Sie, Sie kennen Kapitän Anthony nicht?'

‚Nein, ich kenne ihn nicht. Hat er Ähnlichkeit mit seiner Schwester?'

Sie sah erschrocken aus und murmelte ‚Schwester!', in einem erstaunten Ton, der mich überraschte. ‚Oh, Mrs. Fyne!' rief sie, sich erinnernd, und als ich sie neugierig ansah, wich sie meinem Blick aus.

Was für ein außerordentliches Entrücktsein! Und die ganze Zeit über eilte der Strom ärmlicher Leute mit dem ständigen eintönigen Scharren müder Schritte auf den Steinplatten an uns vorüber. Der Sonnenschein, der auf den Schmutz der Flächen, auf die Armut der Töne und Formen fiel, schien von minderer Qualität zu sein – seine Fröhlichkeit war verblichen, sein Glanz matt und staubig geworden. Ich mußte in dem dumpfen, vibrierenden Straßenlärm die Stimme heben.

‚Sie wollen doch nicht etwa sagen, daß Sie die Verwandtschaft vergessen haben?'

Sie rief sehr bereitwillig: ‚Daran habe ich nicht gedacht.' Und während ich überlegte, welche Bilder wohl gegenwärtig ihr Gehirn beschäftigen mochten, fragte sie mich: ‚Sie haben meinen Brief an Mrs. Fyne nicht gesehen, oder?'

‚Nein, das habe ich nicht', rief ich. Gerade jetzt war der Krach zum Verrücktwerden laut, da ein mit losen Eisenstangen locker beladener Zweispännerkarren langsam ganz dicht an uns vorüberfuhr. Und weil mir Mrs. Fynes Andeutungen einfielen, das Mädchen sei unausgeglichen, setzte ich hinzu: ‚Haben Sie ein rückhaltloses Geständnis geschrieben?'

Eine Zeitlang antwortete sie mir nicht, und während ich wartete, dachte ich, nichts lasse einen so wahnsinnig erscheinen wie ein Geständnis, und von allen Geständnissen sei ein schriftliches in jeder Hinsicht das nachteiligste. Legen Sie nie ein Geständnis ab! Niemals, niemals! Ein Scherz zur unrechten Zeit ist immer eine Quelle bitterer Reue. Zuweilen vermag er einen Menschen zugrunde zu richten – nicht, weil er ein Scherz ist, sondern weil er zur unrechten Zeit kommt. Und ein Geständnis, welcher Art auch immer, kommt stets zur unrechten Zeit. Das einzige, was es eine Weile erträglich macht, ist die Neugier. Sie lächeln? Ach, aber es ist so, sonst ließe man die Leute schon beim zweiten Satz eine Kehrtwendung machen. Mit wieviel mitfühlenden Seelen können Sie denn in der Welt rechnen? Mit einer von zehn, einer von hundert – von tausend – von zehntausend? Ach, was für ein Reinfall sind doch diese Geständnisse! Was für ein furchtbarer Reinfall! Sie suchen Mitgefühl und ernten weiter nichts als nur das flüchtigste Gefühl der Erleichterung – wenn Sie es überhaupt ernten. Denn ein Geständnis, was es auch sein mag, rührt an die geheimen Tiefen im Charakter des Zuhörers. Häufig an Tiefen, deren er sich selbst nur undeutlich bewußt ist. Und deshalb triumphieren die Rechtschaffenen insgeheim, die Glücklichen sind belustigt, die Starken angewidert, die Schwachen entweder bestürzt oder ärgerlich auf einen, je nach dem Grad ihrer Ehrlichkeit sich selbst gegenüber. Und alle zeichnen einen in ihrem Herzen mit dem Mal des Wahnsinns oder der Unvorsichtigkeit ..."

Ich hatte Marlow selten zuvor so heftig, so pessimistisch, so ernst und so zynisch gesehen. Ich unterbrach seine schwungvolle Rede, indem ich mich erkundigte, was ihm Flora de Barral auf seine Frage geantwortet habe. „Gab das arme Mädchen zu, sie habe ihr Geständnis Mrs. Fyne entgegengeschleudert – acht eng beschriebene Seiten – oder so ähnlich?"

Marlow schüttelte den Kopf.

„Sie sagte es mir nicht. Ich nahm ihr Schweigen für eine Art Antwort und meinte, es wäre besser gewesen, wenn sie Mrs. Fyne einfach im Cottage die Tatsache mitgeteilt hätte. ‚Weshalb haben Sie das nicht getan?' fragte ich geradeheraus.

Sie erklärte: ‚Ich bin kein sehr beherztes Mädchen.' Sie blickte zu mir auf und fügte bedeutungsvoll hinzu: ‚Und *Sie* wissen das. Sie wissen auch, warum.'

Ich muß bemerken, daß sie anscheinend seit unserem ersten Zusammentreffen beim Steinbruch sehr zahm geworden war – fast ein anderer Mensch als das herausfordernde, zornige und verzweifelte Mädchen mit den zitternden Lippen und den aufgebrachten Blicken.

‚Ich fand es sehr vernünftig von Ihnen, daß Sie von diesem steilen Abgrund zurücktraten', sagte ich.

Sie blickte auf, und ihr Gesicht bewahrte noch eine Spur ihres früheren Ausdrucks. ‚Das meine ich nicht. Ich sehe schon, Sie bestehen darauf, daß Sie mir das Leben gerettet haben. Keineswegs. Ich machte mir Sorgen über dieses ekelhafte kleine Biest von einem Hund. Nein! Der Gedanke, mir – mir das Leben zu nehmen, war feige. Das meinte ich, als ich sagte, ich sei kein sehr beherztes Mädchen.‘

‚Oh!‘ entgegnete ich leichthin. ‚Der Hund. Er ist wirklich kein schlechter kleiner Kerl.‘ Aber sie senkte die Lider und fuhr fort: ‚Ich war so elend, daß ich nur an mich selbst denken konnte. Das war gemein. Es war auch grausam. Und außerdem hatte ich es noch nicht aufgegeben – da noch nicht.‘ “

Marlow wechselte den Ton.

„Ich weiß nicht viel über die Psychologie der Selbstzerstörung. Man hat wenig Gelegenheit, dieses Thema eingehend zu studieren. Ich kannte einmal einen Mann, der eines Abends zu mir ins Zimmer kam und mir, während er eine Zigarre rauchte, schwermütig gestand, er versuche einen eleganten Weg zu finden, um sich aus dem Leben zurückzuziehen. Ich habe seinen Fall nicht näher untersucht, aber neulich sah ich ihn kurz bei einem Kricketspiel; er war mit ein paar Frauen dort und amüsierte sich. Das scheint mir eine recht vernünftige Haltung zu sein. Als Sünde betrachtet, ist es ein Fall für die Reue vor dem Thron eines barmherzigen Gottes. Ich stelle mir jedoch vor, daß Flora de Barrals Religiosität unter der Obhut der vornehmen Gouvernante nichts weiter als eine rein äußerliche Formalität hatte sein können. Gewissensbisse im Sinne einer nagenden Scham und eines fruchtlosen Bedauerns sind mir nur dann verständlich, wenn man einem Mitgeschöpf ein Unrecht zugefügt hat. Weshalb sie aber, das Mädchen, das sozusagen nur geduldet existierte, weshalb sie sich innerlich vor Gewissensbissen wand, weil sie einmal daran gedacht hatte, ein Leben von sich zu werfen, das in jeder Hinsicht nichts weiter war als ein Fluch – *das* vermochte ich nicht zu begreifen. Ich dachte, wahrscheinlich sei es irgendein verborgener Einfluß des üblichen Sprachgebrauchs, ein traditionsmäßiges oder ererbtes Gefühl, eine verschwommene Vorstellung, daß Selbstmord vor dem Gesetz ein Verbrechen ist, Worte alter Moralisten und Prediger, die in der Luft hängenbleiben und bei der Herausbildung aller allgemein gutgeheißenen moralischen Konventionen mitwirken. Ja, mich wunderten ihre Gewissensbisse. Aber als sie den Blick unvermutet senkte, bis die dunklen Wimpern auf den weißen Wangen zu ruhen schienen, wirkte sie ganz und gar spröde. Sie war so anziehend, daß ich ein leises Lächeln nicht zu unterdrücken vermochte. Daß Flora de Barral jemals, bei welchem Anblick auch immer, die Macht besäße, ein Lächeln hervorzurufen, war das letzte, das ich geglaubt hätte. Nach leisem Zögern sprach sie weiter: ‚Eines Tages machte ich mich auf den Weg dorthin – zu jener Stelle.‘

Sehen Sie nur, was für einen Einfluß ein bloßes Mienenspiel hat! Wenn Sie sich daran erinnern, worüber wir sprachen, werden Sie mir kaum glauben, daß ich mich dabei ertappte, wie ich zu dem spröden kleinen Mädchen hinunterlächelte. Ich muß auch gestehen, daß ich in diesem Augenblick freundschaftlichere Gefühle für sie hegte als je zuvor.

‚Oh, tatsächlich? Um hinabzuspringen? Sie sind eine entschlossene junge Dame. Nun, was geschah diesmal?‘

Eine fast unmerkliche Veränderung in ihrem Benehmen – vielleicht ein leichtes Senken des Kopfes, ein reines Nichts – ließ sie spröder denn je erscheinen.

‚Ich hatte das Cottage verlassen‘, begann sie hastig. ‚Ich ging die Straße entlang – Sie wissen doch, *die* Straße. Ich hatte beschlossen, diesmal nicht zurückzukommen.‘

Ich leugne nicht, daß diese Worte, die unter ihrem Hutrand hervorkamen (o ja, gewiß, sie hielt den Kopf geneigt –

sie hatte ihn gesenkt), mich durchschauerten, denn ich hatte niemals an ihrer Ehrlichkeit gezweifelt. Es konnte keine vorgetäuschte Verzweiflung gewesen sein.

‚Ja', flüsterte ich. ‚Sie gingen die Straße entlang.'

Wieder zögerte sie mit einem Anflug von unschuldiger Schüchternheit, die meilenweit entfernt war von tragischen Lösungen; dann sprach sie sanft weiter: ‚Da trat plötzlich Kapitän Anthony durch das Gatter eines Feldzauns.'

Ich hustete, um ein höchst unschickliches Gelächter im Keim zu ersticken, und schämte mich. In ihren Augen, die einen Moment lang aufsahen, schien unschuldiges Leid und in der Tiefe der geweiteten Pupillen inmitten der dunkelblauen Ringe eine unausgesprochene Drohung zu stehen. Es war – wie soll ich es sagen? – ein nächtlicher Effekt, als glaube man undeutliche Schatten zu sehen und wisse nicht, auf welche Wirklichkeit man jeden Moment stoßen könne. Dann senkte sie wieder die Lider und nahm der Situation alles Geheimnisvolle, es sei denn die ernüchternde Erinnerung an diesen Blick, nachtgleich im Sonnenschein, ausdrucksvoll still in der brutalen Unruhe der Straße.

‚Kapitän Anthony gesellte sich also zu Ihnen, nicht wahr?'

‚Er öffnete ein Gattertor und trat auf die Straße heraus. Er kam auf meine Seite herüber und ging mit mir weiter. In der Hand hielt er seine Pfeife. Er fragte: »Gehen Sie heute morgen noch weit?«'

Diese Worte (ich beobachtete ihr weißes Gesicht, während sie sprach) ließen mich leicht erschauern. Sie blieb auch weiterhin spröde, fast schamhaft. Und ich sagte: ‚Sie hatten natürlich schon vorher miteinander gesprochen.'

‚Nicht mehr als zwanzig Worte alles in allem, seit er angekommen war', erklärte sie ohne jeden Nachdruck. ‚An diesem Tag hatte er mir guten Morgen gewünscht, als wir einander zwei Stunden zuvor beim Frühstück begegnet waren. Und auch ich hatte ihm guten Morgen gewünscht. Danach hatte ich ihn nicht mehr gesehen, bis er auf die Straße heraustrat.'

Ich dachte mir, das sei kein Zufall gewesen. Er hatte sie beobachtet. Ich war mir auch sicher, daß er Mrs. Fyne keine Fragen gestellt hatte.

‚Ich sah ihn nicht an', fuhr Flora de Barral fort. ‚Die Zeit, wo ich Menschen angesehen hatte, war vorbei. Er sagte zu mir: »Meine Schwester bemüht sich nicht sehr um uns. Wir sollten einander Gesellschaft leisten. Die Bücher, die in diesem Cottage vorhanden sind, habe ich sämtlich schon ausgelesen.«

Ich ging weiter. Er verließ mich nicht. Ich fand, er sollte fortgehen. Er tat es aber nicht. Er schien gar nicht zu bemerken, daß ich nicht mit ihm sprach.'

Sie stand jetzt ganz still da. Der klägliche kleine Sonnenschirm hing von ihren ineinandergefalteten Händen am Kleid hinunter. Ich war starr vor Aufmerksamkeit. Nicht jeden Tag nimmt man von den Lippen eines Mädchens ein solches freiwilliges Geständnis entgegen. Die häßlichen Straßengeräusche, die einen Augenblick lang anschwollen, übertönten ihre nächsten Äußerungen. Es war ärgerlich. Danach lautete das erste Wort, das ich hörte: ‚Beunruhigt.'

‚Es beunruhigte Sie, daß er da war und neben Ihnen ging.'

‚Ja. Genau das', fuhr sie mit niedergeschlagenen Augen fort. In ihrer Haltung und in ihrem Ton lag etwas reizend Komisches, während ich mir ein armes Mädchen mit weißem Gesicht vorstellte, das dem Tod entgegenging, während ein nichtsahnender Mann neben ihr einherschritt. Nichtsahnend? Ich weiß nicht. Erstens war ich mir sicher, daß dies keine zufällige Begegnung war. Irgend etwas war zuvor geschehen. War er ein Mann, der dem coup de foudre, dem Blitzstrahl der Liebe auf den ersten Blick unterlag? Ich glaube nicht. Diese Art Empfänglichkeit ist glücklicherweise selten. Eine Welt entflammbarer Liebender vom

Schlage Romeos und Julias würde bald in der Barbarei und im Elend enden. Es ist jedoch Tatsache, daß in jedem Mann (nicht in jeder Frau) ein Liebender lebt, ein Liebender, den oft die unscheinbaren kleinen Dinge in seiner ganzen inneren Kraft hervorlocken – solange sie im psychologisch richtigen Moment kommen: der flüchtige Anblick eines Gesichts, von einem ungewöhnlichen Gesichtswinkel aus gesehen, eine vorübergehende Haltung, die Rundung einer vielleicht schon oft betrachteten Wange, die aber jetzt, in dem Augenblick, eine erstaunliche Bedeutung erlangt. Das sind natürlich tiefe Geheimnisse. Magische Zeichen.

Ich weiß nicht, worin in diesem Fall das Zeichen bestand. Vielleicht war es ihre Blässe (die nicht teigig und auch nicht papierweiß war), jenes bleiche Gesicht mit Augen wie blaue Feuerstrahlen und Lippen wie rotglühende Kohlen. In einer gewissen Beleuchtung, bei einer gewissen Neigung des Kopfes deutete es tragischen Kummer an. Vielleicht war es aber auch ihr welliges Haar. Oder eben gerade dieses spitze Kinn, das ein wenig hervortrat, grollend und nicht besonders vornehm, und die geheimnisvolle Abgeschlossenheit ihres zerbrechlichen Daseins aufhob. Auf jeden Fall aber mußte Anthony in einem bestimmten Moment das Mädchen plötzlich *gesehen* haben. Und da war dieses Etwas mit ihm geschehen. Vielleicht war ihm nur der Gedanke gekommen, dies sei eine ‚mögliche' Frau.

Darauf folgte das Abpassen am Wege! Da es so entschlossen geschah, glaube ich, daß das Kinn schuld war – dieser Hauch des einfach Menschlichen, der manchen Frauen so zum Vorteil gereicht. Denn Männer, ich meine wirklich männliche Männer, diejenigen, deren Vorstellungen die ideale Frau geschaffen haben, sind häufig sehr schüchtern. Wer wäre es nicht vor dem Ideal? Ein Mensch, der mit Gefühlen spielt, einer, an dem kaum etwas ist, tritt unternehmend auf, einfach deshalb, weil es leicht ist, sich den Anschein zu geben, man wäre unternehmend, wenn man nicht die Absicht hat, seinen Glauben auf die Probe zu stellen.

Nun, was Kapitän Anthony auch immer ermutigt haben mochte, er wich Flora de Barral nicht von der Seite, in einer Art, die man bei einem schüchternen Mann heroisch nennen könnte, wenn sie nicht so arglos gewesen wäre. Ob es nun Berechnung, Diplomatie, Arglosigkeit oder einfach Eingebung war –, er redete weiter, sehr bedächtig, mit nur wenigen Pausen. Dann sagte er plötzlich, als erinnere er sich: ‚Es ist merkwürdig. Ich glaube nicht, daß Sie mir böse sind, weil ich Ihnen Gesellschaft leiste, ohne daß Sie mich dazu aufgefordert haben. Aber warum sagen Sie nichts?‘

Ich fragte Miss de Barral, was sie auf diese Frage geantwortet hatte.

‚Ich habe gar nichts geantwortet‘, erwiderte sie mit der gleichmäßigen, teilnahmslosen, leisen Stimme, die sie stets hatte, wenn sie heikle Mitteilungen machte. ‚Ich ging weiter. Es schien ihm nichts auszumachen. Wir gelangten an den Fuß des Steinbruchs, wo der Pfad sich bergauf schlängelt, an der Stelle vorbei, wo Sie damals am Wegrand gesessen haben. Ich fragte mich, was ich tun sollte. Als wir oben angelangt waren, sagte Kapitän Anthony, er sei seit vielen Jahren nicht mit einer Dame spazierengegangen – fast nicht mehr seit seiner Knabenzeit. Wir waren jetzt dort angekommen, wo ich hätte abbiegen und ein Feld überqueren müssen. Ich dachte daran, zu rennen. Aber er hätte mich eingeholt. Ich wußte, das hätte er, und natürlich hätte er die Tat nicht zugelassen. Ich konnte ihn nicht abschütteln.‘

‚Weshalb haben Sie ihn nicht gebeten, Sie allein zu lassen?‘ fragte ich neugierig.

‚Er hätte keine Notiz davon genommen‘, fuhr sie ruhig fort. ‚Und was hätte ich dann tun können? Ich hätte doch nicht Streit mit ihm anfangen können, oder? Ich besaß nicht genügend Energie, um böse zu werden. Plötzlich war ich sehr müde. Ich stolperte nur einfach geradeaus den Weg entlang. Kapitän Anthony erzählte mir, daß die Familie – irgendwelche Verwandte seiner Mutter –, die er früher in Liverpool gekannt hatte, jetzt in alle Winde zerstreut sei, und seitdem habe er keine neuen Freunde mehr gewonnen. Jedes Mitglied dieser Familie sei einen anderen Weg gegangen. Alle Mädchen hätten geheiratet. Nette Mädchen, die sehr gut zu ihm gewesen seien, als er kaum dem Knabenalter entwachsen war. Er wiederholte: »Sehr nette, heitere, kluge Mädchen.« Ich setzte mich auf eine Bank, die vor einer Hecke stand, und begann zu weinen.'

‚Sie müssen ihn nicht wenig in Erstaunen versetzt haben', sagte ich.

Anthony war anscheinend auf der Straße stehengeblieben und hatte auf sie hinuntergeblickt. Er machte keine Anstalten, sich ihr zu nähern, und auch keine andere Bewegung oder Gebärde. Flora de Barral erzählte mir das alles. Sie sah ihn durch einen Tränenschleier, zu einem bloßen Schatten verschwommen, auf der weißen Straße; dann wurde er wieder deutlicher, aber er stand immer noch völlig reglos da, wie in Gedanken verloren vor einem seltsamen Phänomen, das höchste Aufmerksamkeit erforderte.

Flora erfuhr später, daß er noch nie eine Frau hatte weinen sehen, wenigstens nicht auf diese Weise. Das Geheimnisvolle der Erscheinung beeindruckte ihn und weckte sein Interesse. Sie war sich der Tatsache, daß er sie betrachtete, sehr bewußt, konnte jedoch nicht aufhören zu weinen. Sie war tatsächlich überhaupt keiner Anstrengung fähig. Plötzlich trat er zwei Schritte vor, beugte sich hinab, packte ihre Hände, die auf ihrem Schoß lagen, und zog sie empor, so daß sie auf einmal neben ihm stand, fast bevor sie wußte, wie ihr geschah. Ein paar Leute kamen mit raschen Schritten die Straße entlang, und Kapitän Anthony murmelte: ‚Sie möchten doch nicht, daß man Sie anstarrt. Wie wär's mit dem Zauntritt dort drüben? Können wir über die Felder zurückgehen?'

Sie entriß ihm ihre Hände (anscheinend hatte er vergessen, sie freizugeben), ließ ihn stehen und stieg über den Zauntritt. Das Feld war groß und dicht mit weißen Schafen gesprenkelt. Ein ausgetretener Pfad führte schräg hindurch. Nachdem sie mehr als die Hälfte des Wegs zurückgelegt hatten, wandte sie zum erstenmal den Kopf. Kapitän Anthony folgte ihr im Abstand von etwa fünf Yards, mit einer Miene größten Interesses. Interesses oder Eifers. Auf jeden Fall entdeckte sie einen Ausdruck in seinem Gesicht, der sie erschreckte. Nicht genügend freilich, um sie zum Rennen zu veranlassen. Es hätte allerdings etwas unglaublich Schreckliches sein müssen, was ein Mädchen, deren Lebensmut erschöpft war, so ängstigte, daß sie rannte.

Als habe ihn dieser Blick über die Schulter ermutigt, kam Kapitän Anthony kühn herbei, und jetzt, da er an ihrer Seite ging, empfand sie seine Nähe sehr stark, wie eine Berührung. Sie bemühte sich, dieses Gefühl nicht zu beachten. Aber sie war jetzt nicht böse auf ihn. Es lohnte sich nicht. Sie war dankbar dafür, daß er so vernünftig war, keine Fragen wegen ihres Weinens zu stellen. Natürlich fragte er deshalb nicht, weil es ihm nichts ausmachte. Niemand auf der Welt machte sich etwas aus ihr, weder diejenigen, die so taten, als wäre es der Fall, noch diejenigen, die nicht so taten. Diese waren ihr lieber.

Kapitän Anthony öffnete ein Gattertor für sie, das in ein anderes Feld führte, und als sie hindurch waren, ging er weiter an ihrer Seite; fast berührte sein Ellbogen den ihren. Seine Stimme brummte angenehm dicht neben ihrem Ohr. Der Aufenthalt an diesem langweiligen Ort könne jeden schwermütig machen. Seine Schwester kritzele den ganzen Tag. Es sei ausgesprochen unfreundlich. Seine Nichten nannte er unverschämte, selbstsüchtige Affen, die weder Gefühl noch Manieren hätten. Dann sprach er weiter und erzählte von seinem Schiff, das für einen Monat stillag, abgetakelt für Reparaturen. Das Schlimmste sei, er habe bei seiner Ankunft in London festgestellt, daß er die Zimmer, an die er gewöhnt war, nicht bekommen konnte – dort mache man es ihm so behaglich, wie es für einen eingefleischten Seebären gleich ihm an Land überhaupt möglich sei.

In dem Versuch, durch Sprechen die geheimnisvolle, tiefe Anziehung, die er bereits für dieses zarte Wesen aus Fleisch und Blut mit den blassen Wangen, den dunklen Lidern, den von heißen Tränen brennenden Augen verspürte, zu zügeln und in Schranken zu halten, redete er weiter von sich selbst als von einem entschiedenen Feind des Lebens an Land – mit seinen Marotten und Anstandsformen und Zeremonien und Ziereréien sei es für einen einfachen Menschen ganz unerträglich. Er hasse das alles. Er sei dafür nicht geeignet. Nur auf See gebe es Ruhe, Frieden und Sicherheit.

Dies ließ Kapitän Anthony als einen Einsiedler erscheinen, der sich aus der verderbten Welt zurückgezogen hat. Es war für mich unerwartet belustigend und weiter nichts. Diese verletzte und mitgenommene junge Seele aber muß es unmittelbar berührt haben. Noch schreckte sie vor seiner Nähe zurück, hörte ihm aber schließlich begierig zu. Seine tiefe, leise Stimme beruhigte sie. Und plötzlich dachte sie, auch im Grab sei Frieden und Ruhe.

Sie hörte ihn sagen: ‚Sehen Sie sich meine Schwester an. Sie ist durchaus keine schlechte Frau. Sie lädt mich hierher ein, weil es sich so gehört, nehme ich an, aber sie kann mich gar nicht gebrauchen. Da haben Sie die Leute an Land. Ich verstehe durchaus, wenn da jemand weint. Ich wäre schon längst abgefahren, aber, um die Wahrheit zu sagen, ich habe keine Freunde, zu denen ich fahren könnte.‘ Unvermittelt setzte er hinzu: ‚Und Sie?‘

Sie machte eine leise verneinende Gebärde. Er mußte sie beobachtet und sich die Dinge zusammengereimt haben. Nach einer Pause sagte er einfach: ‚Zuerst, als ich herkam, dachte ich, Sie seien die Gouvernante der Mädchen. Meine Schwester sagte mir kein Wort über Sie.‘

Nun sprach Flora zum erstenmal.

‚Mrs. Fyne ist meine beste Freundin.'

‚Meine auch', erwiderte er ohne jede Ironie und Bitterkeit, und er setzte voller Überzeugung hinzu: ‚Das zeigt Ihnen, wie das Leben an Land ist. Man hält sich viel besser davon fern.'

Als sie sich dem Cottage näherten, hörte sie ihn wieder sagen, als seien sie nicht inzwischen lange Zeit stumm nebeneinander hergegangen: ‚Auf jeden Fall aber werde ich sie nicht nach Ihnen fragen.'

Er blieb plötzlich stehen, und sie ging allein weiter. Seine letzten Worte hatten sie beeindruckt. Alles, was er gesagt hatte, schien irgendwie unterhalb der zu Tage liegenden Konversationsbedeutung einen besonderen Sinn zu haben. Bis sie in die Tür des Cottage trat, spürte sie, daß seine Blicke auf ihr ruhten.

Das war es. Er hatte sich bemerkbar gemacht. Dieses Mädchen trieb sozusagen mit schlaffen Gliedern in der häßlichen Brandung des Lebens dahin, ohne Gelegenheit zu haben, selbst zu schwimmen, als ihr plötzlich zu Bewußtsein gebracht wurde, daß sich außer ihr noch jemand anders in dem bitteren Wasser befand. Das war ein moralisch sehr bedeutendes Ereignis für sie, ob ihr das nun klar war oder nicht. Sie trafen einander um ein Uhr beim Mittagessen wieder.

Da sie trotz ihres zerbrechlichen Aussehens ein gesundes Mädchen war und schnelles Gehen sowie ein befreiendes Weinen, wenn ich es so nennen darf (es gibt viele Arten des Weinens), einen hungrig machen, bin ich geneigt anzunehmen, daß sie kräftig zulangte. Kapitän Anthony war derjenige, der keinen Appetit verspürte. Seine Schwester machte eine knappe, sachliche Bemerkung darüber, und die älteste seiner reizenden Nichten sagte spöttisch: ‚Du hast dir heute morgen zuviel Bewegung gemacht, Onkel Roderick.' Der sanftmütige Onkel Roderick wandte sich zu ihr hin und sagte: ‚Was weißt denn du davon, mein Fräulein!', so voll unterdrückten Zorns, daß die ganze Tischrunde einmal Luft holte und dann den Rest der Mahlzeit über schwieg. Er nahm keinerlei Notiz von Flora de Barral. Ich glaube nicht, daß es aus Vorsicht oder aus irgendeinem berechneten Beweggrund geschah. Ich glaube, er war so erfüllt von ihrer Erscheinung, daß er nicht in ihre Richtung blicken wollte, solange andere Leute dabei waren, die seine Phantasie behinderten.

Verstehen Sie, ich stückele hier einzelne voneinander losgelöste Feststellungen zusammen. Am nächsten Tag sah ihn Flora, wie er sich über das Gattertor lehnte. Als sie mir das erzählte, fragte ich sie natürlich nicht, wie es kam, daß sie sich dort befand. Vermutlich hätte sie mir gar nicht sagen können, wie es gekommen war. Das Schwierige für mich ist, ihre damaligen Lebensumstände ständig im Auge zu behalten – eine Mischung von Öde und Grauen.

Dieser einsiedlerische, aber nicht gerade menschenfeindliche Seemann lehnte sich melancholisch über das Gattertor. Als er die ruhelose Flora mit dem weißen Gesicht wie eine verlorene Seele den Weg heruntertreiben sah, steckte er seine Pfeife in die Tasche und rief in einem erstaunlich glücklichen Ton: ‚Guten Morgen, Miss Smith!' Sie, mit einem Fuß im Leben und dem anderen in einem Alptraum, war zugleich passiv und schwankend und plötzlichen Impulsen sehr stark ausgeliefert. Sie wich von ihrem Weg ab, kam zerstreut bis zum Gatter, blickte ihm gerade in die Augen und sagte: ‚Ich bin nicht Miss Smith. Das ist nicht mein Name. Nennen Sie mich nicht so.'

Sie zitterte, wie im Zorn. Seine Augen drückten nichts aus; er riegelte nur schweigend das Gattertor auf, ergriff ihren Arm und zog sie herein. Dann schloß er es mit einem Fußtritt...

‚Nicht Ihr Name? Das ist mir ganz egal. Ihr Name ist das Geringste an Ihnen, woran mir liegt.' Er führte sie entschlossen von dem Gattertor fort, obwohl sie ein wenig

Widerstand leistete. In seinen Augen lag etwas wie Freude, das sie erschreckte. ‚Sie sind keine verkleidete Prinzessin', sagte er mit einem unerwarteten Lachen, das sie grausig fand, ‚und das ist alles, was mich interessiert. Sie sollten verstehen, daß ich weder blind noch ein Narr bin. Außerdem kann sogar ein Narr sehen, daß Sie es schwer gehabt haben. Sie befinden sich auf einem Strand, der an der Leeseite liegt, und verzehren sich vor Gram und Sorge.'

Am schrecklichsten erschien ihr das freudige Licht in seinen Augen, das begehrliche Lächeln, das auf seinen Lippen erschien und wieder verschwand, als weidete er sich an ihrem Unglück. Doch ihr Unglück war seine günstige Gelegenheit, und er freute sich, während zärtliches Mitleid sein ganzes Wesen zu durchfluten schien. Er wies darauf hin, daß sie ja wußte, wer er war. Er war Mrs. Fynes Bruder. Nun gut, wenn seine Schwester die beste Freundin war, die sie auf der Welt besaß, dann war es weiß Gott Zeit, daß jemand des Wegs kam und sich ein bißchen um sie kümmerte.

Flora hatte mehrfach versucht, sich zu befreien, jedesmal aber packte er ihren Arm noch fester und schüttelte ihn ein wenig, ohne im Sprechen innezuhalten. Die Nähe seines Gesichts schüchterte sie ein. Es war, als bemühte er sich, durch sie hindurchzusehen. Ganz offensichtlich habe die Welt sie schlecht behandelt. Und sogar während er empört darüber sprach, schienen gerade die Spuren und Male der schlechten Behandlung, deren er so sicher war, die unerklärliche Anziehung zu verstärken, die sie auf ihn ausübte. Es war nicht nur Mitleid allein, nehme ich an. Es war etwas Spontaneres – etwas Störrischeres und Aufregenderes. Es gab ihm das Gefühl, daß keine Frau ihm so vollständig gehören werde wie diese, wenn er sie nur bekommen könnte.

‚Was immer Ihre Sorgen auch sein mögen', sagte er, ‚ich bin der richtige Mann dazu, Sie von ihnen fortzuführen, das heißt, wenn Sie keine Angst haben. Sie sagten mir, Sie hätten keine Freunde. Ich habe auch keine. Niemand hat mich je gern gehabt, soweit ich mich erinnere. Vielleicht könnten Sie mich gern haben. Freilich, ich lebe auf dem Meer. Aber von wem würden Sie sich trennen? Von niemand. Sie haben niemanden, der zu Ihnen gehört.'

In diesem Moment machte sie sich von ihm los und rannte davon. Er verfolgte sie nicht. Die hohen Hecken, die der Wind hin und her schüttelte, die weiten Felder, die über den Himmel treibenden Wolken und der Himmel selbst kreisten in einer Masse aus Grün und Weiß und Blau um sie, als breche die Welt lautlos in einem Wirbel auseinander und als müsse ihr Fuß beim nächsten Schritt unweigerlich ins Leere treten. Sie erreichte jedoch das Gattertor, gelangte hinaus und fand, als sie erst einmal auf der Straße war, daß sie nicht den Mut hatte, sich umzublicken. Den Rest dieses Tages verbrachte sie mit den Mädchen der Fynes, die ihr zu verstehen gaben, daß sie eine langweilige und unnütze Person sei. Lange nach dem Tee, als es schon beinah dunkel wurde, stand Kapitän Anthony (der Sohn des Dichters) in dem kleinen Vorgarten des Cottage plötzlich vor ihr. Sie waren in diesem Augenblick allein. Der Wind hatte sich gelegt. In der stillen Abendluft konnte man die Stimmen Mrs. Fynes und der Mädchen hören, die ziellos die Straße entlangschlenderten. Er sagte streng zu ihr: ,Haben Sie verstanden?'

Sie sah ihn schweigend an.

,Daß ich Sie liebe', schloß er.

Sie schüttelte kaum merklich den Kopf.

,Glauben Sie mir nicht?' fragte er mit leiser, erzürnter Stimme.

,Niemand würde mich lieben', antwortete sie in sehr ruhigem Ton. ,Niemand könnte es.'

Er blieb eine Zeitlang stumm, über alle Maßen erstaunt,

wie es ja zu erwarten war. Er traute seinen Ohren nicht. Er war empört.

‚Eh? Was? Niemand könnte Sie lieben? Was wissen denn Sie davon? Das ist doch meine Sache, oder? *Das* wagen Sie einem Mann zu sagen, der Ihnen eben erklärt hat, daß er Sie liebt! Sie müssen wahnsinnig sein!'

‚Fast', sagte sie im Ton verhaltener Aufrichtigkeit und sogar erleichtert, weil sie etwas sagen konnte, was sie für wahr hielt. In den letzten Tagen hatte sie sich mehrmals jenem Wahnsinn nahe gefühlt, der nichts weiter ist als eine unerträgliche Klarheit des Begreifens.

Die hellen Stimmen Mrs. Fynes und der Mädchen kamen näher; im Frieden der von Leidenschaft erfüllten Erde klangen sie affektiert. Er bestürmte sie hastig: ‚Unsinn! Niemand kann ... So etwas! Pah! Man muß Ihnen zeigen, daß es jemand kann. Ich kann es. Niemand ...!' Er stieß einen verächtlichen zischenden Laut aus. ‚Es ist eher wahrscheinlich, daß *Sie* es nicht können. Man hat Ihnen etwas angetan. Irgend etwas hat Ihnen die Courage genommen. Sie können einem Mann nicht ins Gesicht sehen – das ist es. Was hat Sie so gemacht? Woher kommen Sie? Man hat Sie hintergangen. Die Schufte – wer auch immer, Männer oder Frauen – scheinen Ihnen sogar Ihren Namen gestohlen zu haben. Sie sagen, Sie sind nicht Miss Smith. Wer sind Sie dann?'

Sie antwortete nicht. Er murmelte: ‚Es kümmert mich übrigens nicht' und schwieg, weil das fade, selbstsichere Geschwätz der Fyneschen Mädchen schon an der Gartenpforte zu hören war. Sie wollten sich aber noch nicht zu Bett begeben. Sie gingen weiter. Schweigend und reglos wartete er ein wenig, stampfte dann mit dem Fuß auf und verlor seine Selbstbeherrschung. In wilder Leidenschaft knurrte er sie an. Sie glaubte sicher zu sein, daß er ihr drohte und sie ausschalt. Beschimpft zu werden war ihr nicht fremd, wie wir wissen; hierin aber schien eine besondere Art Wildheit zu liegen, die ihr neu war. Sie begann zu zittern. Vor allem ängstigte sie, daß sie nicht verstehen konnte, was diese schrecklichen Drohungen und Namen bedeuteten. Nicht ein Wort. Sie empfand jedoch nicht die zurückschaudernde Furcht, die sie bei früheren wütenden Szenen erfüllt hatte. Obwohl ihr die Knie zitterten, machte sie eine heftige Anstrengung und verlangte mit versagender Stimme, er solle sie hineingehen lassen. ‚Halten Sie mich nicht zurück. Es hat keinen Zweck. Es hat keinen Zweck', wiederholte sie leise und spürte, wie ein unüberwindlicher Eigensinn in ihr erwachte; dabei empfand sie aber keinen Zorn über diesen aufgebrachten Mann.

Plötzlich sagte er deutlich und, ohne daß er die Stimme hob, völlig verständlich: ‚Keinen Zweck! Keinen Zweck! Du wagst es, dazustehen und mir das zu sagen – du weißgesichtiger Hauch, du Nebelwehe, du kleiner Geist allen Kummers auf der Welt. Du wagst es! Habe ich dich nicht genau angesehen? Du bestehst nur aus Augen. Was macht deine Wangen immer so weiß, als hättest du etwas gesehen ... Sprich nicht. Ich liebe es ... Keinen Zweck! Und du glaubst wirklich, ich könnte jetzt ein Jahr oder länger zur See gehen, irgendwohin auf die andere Seite der Erde, und dich hierlassen. Wahrhaftig! Du wirst dahinschwinden ... das bißchen, was an dir ist. Irgendein rauher Wind wird dich ganz davonblasen. Du hast ja nichts auf der Erde, was dich hält. Nun, dann vertrau dich mir an – dem Meer – das so tief ist wie deine Augen.'

Sie sagte: ‚Unmöglich.' Er schwieg eine Weile und fragte dann in einem ganz veränderten Ton schwermütiger Wißbegier: ‚Sie können mich also nicht leiden, nicht wahr? Ist es das?'

‚Nein', erwiderte sie etwas sicherer. ‚Ich denke überhaupt nicht an Sie.'

Dünn und deutlich klangen die albernen Stimmen der Fyneschen Mädchen, die einander riefen, über das dunkle Feld. Er sagte leise: ‚Sie könnten es ja versuchen. Es sei denn, Sie denken an jemand anders.'

‚Ja. Ich denke an jemand anders, an jemand, der außer mir niemand hat, der an ihn denkt.'

Seine schattenhafte Gestalt gab ihr den Weg frei und lehnte sich plötzlich seitlich an den hölzernen Verandapfosten. Und als sie stehenblieb, überrascht durch diese taumelnde Bewegung, erklang seine Stimme in einem ihr ganz fremden Ton: ‚Dann gehen Sie hinein. Gehen Sie mir aus den Augen – ich dachte, Sie hätten gesagt, niemand könne Sie lieben.'

Sie ging an ihm vorbei, doch plötzlich kam er ihr so einsam vor, daß sie die Eingebung hatte zu sagen: ‚Keiner hat mich je geliebt – nicht auf diese Weise – wenn es das ist, was Sie meinen. Keiner würde es tun.'

Er löste sich jäh von dem Pfosten, und sie wich nicht zurück, aber Mrs. Fyne und die Mädchen waren schon an der Pforte.

Er verstand nur, daß noch nicht alles zu Ende war. Es blieb keine Zeit zu verlieren; Mrs. Fyne und die Mädchen waren durch die Pforte eingetreten. Er flüsterte mit solcher Autorität: ‚Warten Sie!' (er war ja der Sohn Carleon Anthonys, des Haustyrannen), daß sie tatsächlich einen Moment lang stehenblieb, lange genug, um ihn sagen zu hören, so könne er nicht zurückbleiben und sich die ganze Nacht den Kopf über ihren Unsinn zerbrechen. Sie müsse später wieder in den Garten hinunterschlüpfen, sobald es ihr möglich sei, ohne daß jemand sie hörte. Er werde dasein und auf sie warten, bis – bis zum Tagesanbruch. Sie glaube doch nicht etwa, er könne schlafen gehen, oder? Und sie solle gefälligst kommen, sonst... Er hielt inne, ohne die Drohung zu vollenden.

Sie verschwand in dem unbeleuchteten Cottage, gerade als Mrs. Fyne an der Veranda anlangte. Nervös und mit angehaltenem Atem hörte sie im dunklen Wohnzimmer, wie ihre beste Freundin sagte: ‚Du hättest mit uns gehen sollen, Roderick.' Und gleich darauf: ‚Hast du Miss Smith irgendwo gesehen?'

Flora schauderte und erwartete, daß Anthony in verräterische Verwünschungen gegen Miss Smith ausbrechen und Anlaß zu einer schmerzlichen und demütigenden Erklärung geben werde. Sie stellte sich vor, daß er von seiner geheimnisvollen Wut erfüllt sei. Zu ihrer großen Überraschung aber klang seine Stimme fast genau wie sonst, vielleicht mit einem leisen grimmigen Unterton. ‚Miss Smith! Nein. Ich habe keine Miss Smith gesehen.'

Mrs. Fyne schien zufriedengestellt und nicht wirklich besorgt.

Erleichtert gelangte Flora ungehindert hinauf in ihr Zimmer, schloß leise die Tür und ließ sich auf einen Stuhl fallen. Sie war an Vorwürfe, Schmähungen, an alle Arten schlechter Behandlung gewöhnt – mit Ausnahme tatsächlicher Schläge. Unerklärliche Zornesausbrüche hatten ihre Jugend auf jede andere Weise erbarmungslos verletzt, mißhandelt und niedergetreten – hauptsächlich deshalb, wie es schien, weil sie die Tochter des Finanzmannes de Barral und infolge der verräterischen Handlungen von Leuten, die sich in der Stunde seiner Not gegen ihren Vater gewandt hatten, zu einer entwürdigenden Armut verurteilt war. Sie dachte mit der zärtlichsten Zuneigung an diesen Menschen, der sich immer sehr gerade hielt, einen langen, zugeknöpften Gehrock trug, eine sanfte Stimme hatte und seinem kleinen Mädchen nur wenig zu sagen wußte. Sie glaubte seine Hand zu fühlen, die sich um die ihre schloß. Bei seinen flüchtigen Besuchen in Brighton war er immer Hand in Hand mit ihr gegangen. Die Leute hatten sie verstohlen angestarrt, das Orchester hatte gespielt, und da war das Meer gewesen – das blaue fröhliche Meer. Sie waren auf stille Weise miteinander glücklich gewesen ... Das alles war vorbei!

Eine schreckliche Furcht vor der Gegenwart preßte ihr das Herz zusammen, und fast hätte sie laut geweint. Die Angst vor dem, was vor ihr lag, die im Laufe abscheulicher Jahre langsam ihren Mut verzehrt hatte, flammte zu einem

Anfall von Panik auf – jener rasenden Panik, die sie schon zweimal zum Rand des klippenähnlichen Steinbruchs hingetrieben hatte. Sie sprang auf und sagte sich: Warum nicht jetzt? Jetzt gleich! Ja. Jetzt tue ich es – im Dunkeln! Gerade das Unheimliche daran schien sie in ihrem Entschluß zu bestärken.

Leise ging sie die Treppe hinunter, und erst als sie die Tür öffnen wollte und entdeckte, daß sie nicht verriegelt war, fiel ihr Kapitän Anthonys Drohung ein, die ganze Nacht im Garten zu bleiben. Sie zögerte. Sie verstand die Stimmung dieses Mannes nicht richtig. Er war heftig. Sie war jedoch über den Punkt hinaus, wo einem die Dinge etwas ausmachen. Was mochte er wohl darüber denken, daß sie zu ihm hinunterkam – wie er natürlich annehmen würde. Aber selbst das machte nichts aus. Er konnte sie nicht mehr verachten, als sie sich selbst verachtete. Sie muß ganz wirr im Kopf gewesen sein, denn ihr kam der Gedanke, falls ihn vor Enttäuschung eine unbezähmbare Wut packte und er sie vielleicht erwürgte, wäre diese Methode, alles hinter sich zu bringen, ebensogut wie jede andere.

‚Diesen Gedanken hatten Sie!' rief ich erstaunt.

Mit niedergeschlagenem Blick und fast rührend deutlich sprechend (sogar ihre Lippen, ihre roten Lippen schienen sich nur gerade eben so weit zu bewegen, daß man sie verstehen konnte, und nicht mehr) sagte sie, ja, der Gedanke sei ihr durch den Kopf gegangen. Er läßt einen vor der geheimnisvollen Art erschauern, wie Mädchen Wissen erlangen. Denn dies war ein Gedanke – ein wilder Gedanke, wie ich zugebe –, der doch nur aus den Tiefen einer Erfahrung stammen konnte, die sie nicht hatte, und weit über die Vorstellung hinausging, die sich ein junges Mädchen von der stärksten und am meisten verdeckten aller menschlichen Empfindungen überhaupt zu machen vermag.

‚Er war natürlich da?' frage ich.

‚Ja, er war da.' Sie sah ihn auf dem Pfad, sobald sie aus

der Veranda heraustrat. Er bewegte sich nicht. Es war, als habe er stundenlang dort gestanden, das Gesicht der Tür zugewandt.

Aufgewühlt von den wechselnden Stimmungen der Leidenschaft und der Zärtlichkeit, mußte er zu jeder Überspanntheit bereit gewesen sein. Da ich wußte, welche tiefe Stille jede Nacht diesem Winkel des Landes brachte, vermochte ich mir vorzustellen, daß sie das Gefühl hatten, sie seien die einzigen beiden Menschen auf der weiten Erde. Eine Reihe von sechs oder sieben hohen Ulmen auf der anderen Straßenseite genau gegenüber dem Cottage machte die Nacht in dem kleinen Garten noch dunkler. Die beiden konnten einander nur eben erkennen.

‚Nun? Hatten Sie große Angst?‘ fragte ich.

Sie ließ mich ein bißchen warten, bevor sie den Blick hob und sagte: ‚Er war die Sanftheit selbst.‘

Ich bemerkte, daß drei ekelhafte, vom Alkohol aufgedunsene, bleich und schmutzig aussehende Trunkenbolde herbeigekommen waren und sich kaum zehn Fuß von uns entfernt vor der Vorderfront des Lokals in einer Reihe aufgestellt hatten. Ohne etwas wahrzunehmen, starrten sie trübselig unverwandt auf Flora de Barrals Rücken.

‚Gehen wir ein Stück weiter in diese Richtung‘, schlug ich vor.

Sie drehte sich sogleich um, und wir machten ein paar Schritte, aber nicht so weit, daß wir die Hoteltür aus den Augen verloren. Ich konnte sie gerade noch im Blick behalten. Schließlich stand ich noch nicht so lange mit dem Mädchen zusammen. Wenn Sie die Worte, die wir tatsächlich gewechselt hatten, von meinen Kommentaren trennen, werden Sie feststellen, daß es nicht so viele waren, einschließlich der Teile ihrer Geschichte, die sie mir so unerwartet erzählt hatte. Nein, nicht sehr viele. Und jetzt schien es, als gebe es nichts mehr zu sagen. Nein! Ich konnte nichts mehr erwarten. Ihr Vertrauen, so weit es ging, war in seiner Art wunderbar genug und wäre vielleicht von keinem anderen Mädchen unter der Sonne zu erwarten gewesen. Und ich schämte mich ein bißchen. Der Ursprung unserer Vertrautheit war allzu grausig. Es war, als hätte ich, indem ich ihr zuhörte, die Tatsache ausgenutzt, daß ich ihre arme, verstörte, verängstigte Seele unverschleiert gesehen hatte. Ich war jedoch auch neugierig oder – um mir ohne falsche Bescheidenheit Gerechtigkeit zu erweisen – begierig, begierig, noch etwas mehr zu erfahren.

Trotzdem aber fühlte ich mich wie ein Erpresser, als ich mit einer fröhlichen Bemerkung den Versuch dazu unternahm.

‚Und so gaben Sie den Gang auf, den Sie sich vorgenommen hatten?‘

‚Ja, ich gab den Gang auf‘, sagte sie langsam, bevor sie die gesenkten Lider hob. Als sie das tat, hatte es eine außerordentliche Wirkung. Es war, als erspähe man ein Stück blauen Himmels über einer offenen Wasserfläche. Und einen Moment lang verstand ich das Verlangen dieses Mannes, dem das Meer und der Himmel seines einsamen Lebens plötzlich unvollständig erschienen waren ohne diesen Blick, der zu beiden zu gehören schien. Kapitän Anthony war nicht umsonst der Sohn eines Dichters. Ich sah in diese freimütig blickenden Augen, während das Mädchen weitersprach und ihr zurückhaltendes Auftreten und ihr präziser Ton von großem Ernst gekennzeichnet waren. Eine Frau hat wirklich viele Seiten.

‚Ich möchte aber, daß Sie verstehen, Mr. . . .‘ – sie mußte tatsächlich überlegen, wie ich hieß –, ‚Mr. Marlow, ich habe an Mrs. Fyne geschrieben, daß ich . . . daß ich nichts getan habe, um Kapitän Anthony dazu zu bringen, sich so zu mir zu verhalten, wie er sich verhalten hat. Nichts. Gar nichts! Ich habe es nicht herbeigeführt. Es ist nicht meine Schuld – wenn sie es so ausdrücken will. Aber sie, mit ihren Vorstellungen, müßte verstehen, daß ich nicht... daß ich nicht konnte... Ich weiß, daß sie mich jetzt haßt. Ich glaube, sie hat mich nie gern gemocht. Man hat mir einmal gesagt, niemand könnte mich gern haben, und ich glaube, es ist wahr. Auf jeden Fall kann ich es nicht vergessen.‘

Ihr schreckliches Erlebnis mit der Gouvernante hatte ihr einen ständigen Zweifel in das unglückliche Herz gepflanzt, ein unauslöschliches Mißtrauen sich selbst und anderen gegenüber. Ich sagte: ‚Denken Sie daran, Miss de Barral, daß Sie, wenn Sie fair sein wollen, einem Mann ganz trauen müssen – oder überhaupt nicht.‘

Sie senkte plötzlich den Blick. Ich glaubte einen schwachen Seufzer zu hören. Ich versuchte wieder einen leichten Ton anzuschlagen, doch es schien unmöglich zu sein, mich von dem Boden zu entfernen, der mich bei ihr hatte Fuß fassen lassen.

‚Mrs. Fyne benimmt sich lächerlich. Sie ist eine ausgezeichnete Frau, aber man kann wirklich nicht von Ihnen erwarten, daß Sie Ihre Lebenschance einfach nur deshalb von sich weisen, damit sie Sie in guter Erinnerung behält. Das wäre übertrieben.‘

‚Ich dachte nicht an mein Leben, während Kapitän Anthony – während er mit mir sprach‘, sagte Flora de Barral mit Überwindung.

Ich erklärte ihr, das sei falsch gewesen. Sie hätte an ihr Leben denken müssen, und nicht nur an das ihre, sondern auch an das des Mannes, der mit ihr sprach. Sie ließ mich ausreden und schüttelte dann ungeduldig den Kopf.

‚Ich meine – ich dachte an den Tod.‘

‚Nun‘, erwiderte ich, ‚als er Ihnen da gegenüberstand, vor dem Cottage, stand er tatsächlich zwischen Ihnen und jenem. Ich weiß es von Ihnen selbst. Sie können es nicht leugnen.‘

‚Wenn Sie unbedingt wollen, daß er mir das Leben gerettet hat: er hat es bekommen. Es war nicht meinetwegen. O nein! Es war nicht meinetwegen, daß ich – es war nicht aus Angst! So!‘ Sie schloß gereizt: ‚Und Sie können es ruhig wissen!‘

Sie ließ den Kopf hängen und ließ den Schirm leicht hin und her schwingen. Ich dachte ein wenig nach.

‚Sprechen Sie Französisch, Miss de Baral?‘ fragte ich.

Sie machte ein bejahendes Zeichen mit dem Kopf, aber sie zeigte keine Überraschung über die Frage und hörte auch nicht auf, ihren Sonnenschirm hin und her schwingen zu lassen.

‚Nun denn: irgendwie habe ich das Gefühl, daß Kapitän Anthony das ist, was die Franzosen un gallant homme – einen braven Mann – nennen. Ich hätte gern, daß er so behandelt wird, wie er es verdient.‘

Die Form ihrer Lippen (ich konnte sie unter ihrem Hutrand sehen) veränderte sich plötzlich zu einer ernsten Linie. Der Sonnenschirm hörte auf hin und her zu schwingen.

‚Ich habe ihm gegeben, was er gewollt hat – mich selbst‘, sagte sie ohne ein Zittern in der Stimme und in einem bemerkenswert würdevollen Ton.

Beeindruckt von der Art und der Aufrichtigkeit ihrer Worte, überlegte ich einen Moment, was ich sagen sollte. Dann entschloß ich mich, den Punkt zu klären.

‚Und Sie haben bekommen, was Sie wollten? Ist es das?‘

Die Tochter des unvergleichlichen Finanzmannes de Baral beantwortete diese Frage, die an den entscheidenden Kern der Dinge rührte, nicht gleich. Dann hob sie den Kopf, blickte nachdenklich über die Straße, die die endlos hindurchströmenden Warenkäufe mit Lärm erfüllte, und sagte tiefernst: ‚Er war äußerst großherzig.‘

Ich freute mich, das zu hören. Nicht, als hätte ich an der Verliebtheit Roderick Anthonys gezweifelt, aber ich freute mich, etwas zu hören, was bewies, daß sie für das in diesem Fall bedeutungsvolle Gefühl der Dankbarkeit empfänglich war. Angesichts des Begehrens eines Mannes ist es entschuldbar, wenn ein Mädchen sich für unbezahlbar hält. Ich meine, ein Mädchen unserer Zivilisation, die eine schwungvolle Phraseologie eingeführt hat, um die Liebe auszudrücken. Ein verliebter Mann wird jede Konvention akzeptieren, die den Gegenstand seiner Leidenschaft erhöht und dadurch mittelbar auch seine Leidenschaft selbst.

Auf welche Weise der Kapitän der ‚Ferndale' den Beweis seiner Großherzigkeit, die den Liebenden kennzeichnet, erbrachte, vermochte ich nicht zu erraten. Es freute mich jedoch, daß sie es anerkannte. Erfreulicherweise kann man Frauen mit kleinen Dingen beglücken. Und es ist gar nicht töricht von ihnen, sich so beglücken zu lassen. In kleinen Dingen drückt sich die größte Treue, diejenige, deren sie am meisten bedürfen, am besten aus – die Treue des flüchtigen Augenblicks.

Sie war in Gedanken versunken und ließ ihren reglosen, tiefen Blick auf dem vorbeiströmenden Durcheinander des Verkehrs ruhen. Plötzlich sagte sie: ‚Und ich wollte Sie bitten ... Ich war wirklich froh, als ich sah, daß Sie tatsächlich hier waren. Wer hätte Sie hier erwartet – an dieser Stelle, vor diesem Hotel! Ich bestimmt nicht ... Verstehen Sie, mir lag viel daran. Sie sind der einzige Mensch, der weiß ... der ganz genau weiß ...'

‚Was weiß?' fragte ich, denn ich begriff zuerst nicht, was sie meinte. Dann verstand ich. ‚Weshalb können Sie das nicht beiseite lassen?' wandte ich ein, ziemlich ärgerlich über die häßliche Rolle, die sie mir in gewissem Sinne aufzwang. ‚Es ist zwar richtig, daß ich der einzige Mensch bin, der es gesehen hat', setzte ich hinzu, ‚aber es hat sich so ergeben, daß ich den Fynes nach Ihrem geheimnisvollen Verschwinden die Geschichte unserer Begegnung erzählt habe.'

Ihre Augen, die in die meinen blickten, hatten einen Ausdruck verträumter, unergründlicher Offenheit, wenn ich so sagen darf. Und falls Sie sich fragen, was ich meine, dann kann ich nur sagen, daß ich zuweilen gesehen habe, wie das Meer an einem stillen, kühlen Tag kurz vor Sonnenaufgang einen solchen Ausdruck annahm. Sie sagte, als überlege sie laut, sie glaube, es sei unwahrscheinlich, daß die Fynes darüber sprächen. Sie könne sich keinen Zusammenhang vorstellen, in dem ... Weshalb sollten sie?

Da ihr Ton fragend geworden war, gab ich ihr recht, ‚freilich. Es gibt gar keinen Grund ...‘ und überlegte, es sei tatsächlich wahrscheinlicher, daß sie den Mund darüber hielten. Sie hatten andere Gesprächsthemen. Und als mir nun der kleine Fyne einfiel, der schon unverantwortlich lange da oben hockte – lange genug, um alles herauszuplappern, was er je in seinem Leben erfahren hatte –, dachte ich, er werde natürlich annehmen, daß es nichts gebe, was Kapitän Anthony über Flora de Barral von ihm erfahren könne. Bisher hatte auch ich das angenommen. Jetzt erkannte ich meinen Irrtum. Selbst die ehrlichste Frau wird einem Mann kein unnötiges Geständnis machen. Und das ist richtig so.

‚Nein – nein!‘ sagte ich beruhigend. ‚Es ist höchst unwahrscheinlich. Sind Sie sehr besorgt deswegen?‘

‚Nun, verstehen Sie, als ich hinunterkam‘, erklärte sie wieder in jenem präzisen, spröden Ton, ‚als ich hinunterkam in den Garten – verstand es Kapitän Anthony falsch ...‘

‚Natürlich tat er das. Männer sind so eingebildet‘, sagte ich.

Ich konnte mir lebhaft vorstellen, daß er gedacht haben mußte, sie wäre zu ihm heruntergekommen. Was hätte er auch sonst denken sollen? Und dann war er ‚die Sanftheit selbst‘ gewesen. Eine neue Erfahrung für dieses arme, zarte und doch so widerstandsfähige Geschöpf. Sanftheit in der Leidenschaft! Was hätte verführerischer sein können für das verletzte, hungernde Herz dieses Mädchens? Wäre er heftig gewesen, dann hätte sie ihm vielleicht gesagt, daß sie heruntergekommen sei, weil sie ein Stelldichein mit dem Tod hatte – und nicht eins mit der Liebe. Als ich sie betrachtete, so jung und zerbrechlich und bei all ihrer Ruhe so zutiefst voller Leben, kam mir in den Sinn, daß sie vielleicht selbst nicht gewußt hatte, zu welcher Art Stelldichein sie heruntergekommen war. Sie lächelte leise, fast ungeschickt, als sei sie des Lächelns völlig ungewohnt, über meinen billigen Humor. Dann erklärte sie mit jener gezwungenen Präzision, einer Art bewußter Steifheit: ‚Ich wollte nicht, daß er es wußte.'

Ich gab ihr von Herzen recht. Das sei ganz richtig. Viel besser. Er solle nur für immer in seinem Irrtum befangen bleiben, der für ihn so viel schmeichelhafter sei.

Ich versuchte den Komödienton beizubehalten, aber sie war, glaube ich, zu arglos, um meine Absicht zu verstehen. Mit gesenktem Blick sprach sie weiter: ‚Ach! Meinen Sie? Als ich Sie sah, wußte ich nicht, weshalb Sie hier sind. Ich war froh, als Sie mich ansprachen, denn gerade darum hatte ich Sie bitten wollen. Ich wollte Sie fragen, ob Sie Kapitän Anthony jemals getroffen haben – zufällig – irgendwo – Sie sind ja auch Seemann, nicht wahr? –, und Sie bitten, niemals – niemals zu erwähnen, daß – daß Sie mich dort gesehen haben.'

‚Aber liebes Kind!' rief ich, entsetzt über eine solche Annahme. ‚Weshalb sollte ich das tun? Wieso glauben Sie, ich könnte auch nur im Traum . . .'

Angesichts meiner Heftigkeit hatte sie den Kopf gehoben. Sie verstand sie nicht. Die Welt hatte sie so schändlich behandelt, daß sie nicht einmal eine Ahnung hatte, was einfacher Anstand der Gefühle ist. Es war nicht ihre Schuld. Ich weiß auch tatsächlich nicht, weshalb sie irgend jemandes Versprechen hätte glauben sollen. Ich dachte aber, es sei besser, wenn ich es ihr versprach. So versicherte ich ihr, sie könne sich auf mein absolutes Schweigen verlassen.

‚Es ist nicht wahrscheinlich, daß ich Kapitän Anthony jemals zu Gesicht bekomme', fügte ich mit Überzeugung hinzu – als eine zusätzliche Garantie.

Sie nahm meine Versicherung schweigend und ohne jedes Zeichen entgegen. Ihr Ernst hatte etwas Spitzes, vielleicht wegen dieses Kinns. Noch während wir einander ansahen, erklärte sie: ‚Es liegt auch wirklich keine Täuschung darin. Ich möchte, daß Sie mir glauben: Wenn ich heute hier bin, auf diese Weise, dann nicht aus Furcht. Bestimmt nicht!'

‚Ich verstehe durchaus', erwiderte ich. Aber ihr fester, dabei jedoch befangener Blick wurde zweifelnd. ‚Wirklich!' sagte ich nachdrücklich. ‚Ich verstehe durchaus, daß Sie sich nicht vor dem Tod fürchteten.'

Sie senkte die Lider ein wenig, und ich fuhr fort: ‚Was das Leben betrifft, so ist das etwas anderes. Und ich denke nicht, daß man es Ihnen sehr verübeln sollte – obwohl der Schritt, wie ich meine, zu weit ging. Ich frage mich jetzt, ob es nicht viel mehr die Häßlichkeit als der Schmerz des Kampfes ist, der ...'

Sie schauderte sichtlich: ‚Aber ich verüble es mir selbst!' rief sie erregt. ‚Ich schäme mich.' Sie ließ den Kopf hängen und sah in diesem Augenblick wie die Verkörperung von Scham und Gewissensbissen aus.

‚Nun, Sie werden all seine Schrecken hinter sich lassen', sagte ich, ‚und sicher haben Sie keine Angst vor dem Meer. Sie sind ja die Enkelin eines Seemanns, wie ich gehört habe.'

Sie seufzte tief. An ihren Großvater erinnere sie sich nur schwach. Er sei ein glattrasierter Mann mit rötlichem Teint und langem, schlohweißem Haar gewesen. Er nahm sie immer auf den Schoß, hielt sein Gesicht dicht an das ihre und sprach in liebevollem Flüsterton mit ihr. Wenn er nur jetzt am Leben wäre ...!

Sie schwieg eine Weile.

‚Sind Sie nicht begierig, das Schiff zu sehen?' fragte ich.

Sie senkte den Kopf noch tiefer, so daß ich nichts mehr von ihrem Gesicht zu sehen vermochte.

‚Ich weiß nicht', murmelte sie.

Ich hatte schon den Verdacht, daß sie sich über ihre eigenen Gefühle im unklaren war. All das, dieses Spiel des reinen Zufalls, war so unerwartet, so plötzlich gekommen. Und sie besaß nichts, worauf sie sich stützen konnte, keine Erfahrungen als nur solche, die ihren Glauben an alle Menschen erschüttert hatten. Sie war entsetzlich und beklagenswert hilflos. Wie um mich über meine eigene Niedergeschlagenheit zu trösten, sagte ich fröhlich: ‚Nun, ich weiß jemand, der sehr ungeduldig auf Sie warten muß!'

‚Ich bin zu früh gekommen', gestand sie einfach und richtete sich auf. ‚Ich hatte nichts zu tun. Da bin ich hinausgegangen.'

Ich sah plötzlich ein schäbiges, einsames kleines Zimmer am anderen Ende der Stadt vor mir. Ruhelos, wie sie war, hatte sie es nicht mehr darin ausgehalten. Schon allein der Gedanke daran bedrückte sie. Flora de Barral blickte mich, den der Zufall zu ihrem Mitwisser gemacht hatte, freimütig an.

‚Und so bin ich hierhergekommen', fuhr sie fort. ‚Ich habe die Zeit gestern selbst festgelegt, aber Kapitän Anthony hatte nichts dagegen einzuwenden. Er sagte mir, er wolle einige Geschäftspapiere durchsehen, bis ich käme.' Die Vorstellung, daß der Sohn des Dichters, der Retter der verlassensten Jungfrau der Gegenwart, der Mann der Heftigkeit, der Sanftheit und des Großmuts, bis zum Hals in Schiffsabrechnungen steckte, belustigte mich. ‚Ich bin sicher, daß er nichts dagegen einzuwenden hatte', sagte ich lächelnd. Der Blick des Mädchens aber war düster, ihr schmales weißes Gesicht sah bemitleidenswert abgehärmt aus.

‚Ich kann es noch immer kaum glauben', murmelte sie besorgt.

‚Es ist aber Wirklichkeit. Haben Sie keine Angst', sagte ich ermutigend, mußte jedoch meinen Ton sogleich ändern. ‚Gehen Sie lieber etwas weiter dort lang', wies ich sie unvermittelt an.

Ich hatte Fyne aus der Hoteltür kommen sehen. Ohne sich aufzuhalten, um Fragen zu stellen, ging das intelligente Mädchen still von mir fort die eine Straße hinunter, während ich Fyne entgegeneilte, der mit seinen weitausholenden Wanderschritten die andere Straße heraufkam. Mein Ziel war, ihn daran zu hindern, bis zur Ecke zu gehen. Er war wohl zu sehr in Gedanken, um seine Umgebung wahrzunehmen. Ich stellte mich ihm in den Weg, und er wäre fast gegen mich gelaufen.

‚Hallo!' sagte ich.

Seine Überraschung war außerordentlich groß. ‚Sie hier! Sie wollen doch nicht etwa sagen, Sie hätten auf mich gewartet?'

Ich sagte leichthin, eine unerwartete Angelegenheit habe mich in der Nachbarschaft aufgehalten, und so hätte ich ihn zufällig erblickt, als er herauskam.

Er starrte mich mit feierlicher Zerstreutheit an und dachte offensichtlich an etwas anderes. Ich empfahl ihm, lieber die nächste Straßenbahn zu nehmen, die ins Stadtzentrum fuhr. Er war unaufmerksam, und ich bemerkte, daß ihn etwas sehr beunruhigte. Da sich Miss de Barral (sie war jetzt außer Sichtweite) unmöglich der Hoteltür nähern konnte, solange wir dort blieben, wo wir uns jetzt befanden, schlug ich vor, wir sollten die Bahn auf der anderen Straßenseite erwarten. Er gehorchte eher meiner leisen Berührung seines Arms als meinen Worten, und während wir inmitten des rumpelnden Fahrverkehrs die breite Straße überquerten, rief er mit seiner tiefen Stimme: ‚Ich weiß nicht, wer von diesen beiden der wahnsinnigere ist!'

‚Wirklich!' sagte ich und zog ihn von den Mäulern zweier riesiger, schläfrig blickender Karrengäule fort. Er sprang mit rein instinktiver Präzision verstört beiseite und auf den Bordstein – seine Gedanken hatten nichts mit seinen Bewegungen zu tun. Mitten im Sprung, während er mit ernster Miene durch die Luft segelte, fuhr er fort, seinen empörten Gefühlen freien Lauf zu lassen.

‚Sie würden es nicht glauben! Sie sind tatsächlich wahnsinnig!'

Ich stellte mich mit Bedacht so hin, daß er, um mir gegenüberzustehen, dem Hotel auf der anderen Straßenseite den Rücken zukehren mußte. Ich glaube, er war froh, daß ich da war und er mit mir sprechen konnte. Ich dachte jedoch, es liege ein Mißverständnis vor bei seiner ersten Feststellung, die er mir ohne jeden Zeitverlust entgegenschleuderte, nämlich daß Kapitän Anthony sich über sein Kommen gefreut habe. Es war wirklich schwer zu glauben, daß der Seemann, sein Schwager, tatsächlich gerufen hatte: ‚Oh, du bist es! Genau der Mann, den ich gern sehen wollte.'

‚Als ich kam', erzählte Fyne eindrucksvoll mit seiner mühelosen, tiefen Bruststimme weiter, ‚saß er da und machte sein Testament.'

Dies kam unerwartet, doch ich bewahrte eine unverbindliche Haltung, denn ich wußte sehr gut, daß unsere Handlungen an sich weder wahnsinnig noch vernünftig sind. Ich sah aber nicht, worüber man sich dabei aufregen sollte. Und Fyne war ausgesprochen aufgeregt. Ich verstand das besser, als ich erfuhr, daß der Kapitän der ‚Ferndale' wünschte, der kleine Fyne solle einer der Testamentsvollstrecker sein. Er vermachte alles seiner Frau. Natürlich mußte Fyne ein Ansuchen wahnsinnig vorkommen, das ihn veranlassen würde, einen Vorgang, zu dessen Bekämpfung seine Frau ihn ausgeschickt hatte, gewissermaßen zu sanktionieren.

‚Ich! Ausgerechnet ich!' wiederholte er unheilverkündend. Ich konnte aber sehen, daß es ihn erschreckte. Was für ein Mangel an Taktgefühl!

‚Er wußte doch, daß ich im Auftrag seiner Schwester kam. Man bringt einen Mann nicht in eine so peinliche

Lage', klagte Fyne. ,Das nötigte mich, viel stärker gegen die ganze unangenehme Sache aufzutreten, als ich es sonst übers Herz gebracht hätte.'

Während ich meine Augen auf die Hoteltür gerichtet hielt, machte ich ihn kurz darauf aufmerksam, daß er und seine Frau die einzige Verbindung mit dem Land waren, die Kapitän Anthony besaß. Wen hätte er denn sonst bitten können?

,Ich habe ihm auseinandergesetzt, daß er diese Verbindung abbricht', erklärte Fyne feierlich. ,Ein für allemal abbricht. Und wofür – wofür?'

Er starrte mich böse an. Ich hätte ihm vielleicht eine Andeutung machen können, wofür, aber ich sagte nichts. Er begann von neuem: ,Meine Frau versichert mir, daß das Mädchen ihn kein bißchen liebt. Sie schließt das aus dem Brief, den sie von ihr bekommen hat. Es gibt darin einen Absatz, in dem sie praktisch zugibt, daß sie ganz skrupellos handelte, als sie diesen Heiratsantrag annahm, aber sie sagt, sie glaube, meine Frau werde sie deshalb nicht tadeln – da es ja zur Selbstverteidigung geschehen sei. Meine Frau hat ihre eigenen Ansichten, aber dies ist eine empörende Mißdeutung ihrer Auffassungen. Empörend.'

Der brave kleine Mann hielt inne und setzte dann gewichtig hinzu: ,Ich habe meinen Schwager nicht darüber unterrichtet – ich meine, über die Auffassungen meiner Frau.'

,Nein', erwiderte ich. ,Was hätte das auch genützt?'

,Er ist regelrecht vernarrt', pflichtete mir der kleine Fyne in einem Ton bei, als habe er eine schreckliche Entdeckung gemacht. ,In meinem Leben habe ich noch nichts so Hoffnungsloses und Unerklärliches gesehen. Ich – ich war ganz erschreckt und bekümmert', fügte er hinzu, während ich ihn neugierig ansah und mich fragte, ob dieser ausgezeichnete Beamte und hervorragende Wanderer wohl gespürt hatte, wie ihn im Zimmer dieses Hotels im East End der Hauch der großen, schicksalhaften Liebe anwehte. Er sah tatsächlich einen Augenblick lang aus, als habe er einen Geist gesehen – etwas Außerirdisches. Dieses Aussehen schwand jedoch sogleich, und er nickte mir mit einfachem Ärger über etwas zu, was durchaus von dieser Welt war – was immer es sein mochte. ‚Es ist eine schlimme Sache. Mein Schwager weiß nichts von Frauen', rief er mit dem Ausdruck tiefer, auf Erfahrung gegründeter Weisheit.

Was er selbst über Frauen zu wissen glaubte, kann ich nicht sagen. Ich war nicht über die Gelegenheiten unterrichtet, die er vielleicht gehabt hatte. Aber wenn man dieses Thema mit übertriebener Feierlichkeit behandelt, hat es die Neigung, sich einem gänzlich zu entziehen. Zweifellos wußte Fyne etwas von einer Frau, die Kapitän Anthonys Schwester war. Aber das war zugegebenermaßen ein sehr ernstes Studium gewesen. Ich lächelte ihn freundlich an, und als habe man ihn ermutigt oder herausgefordert, beendete er seinen Gedanken ziemlich explosiv: ‚Und dieses Mädchen versteht nichts ... Es ist heller Wahnsinn.'

‚Ich weiß nicht', sagte ich, ‚ob ihre Abgeschlossenheit auf dem Meer die Gefahr verringern wird. Sicher ist aber, daß sie Gelegenheit haben werden, in einem einsamen tête-à-tête alles übereinander zu erfahren.'

‚Aber verdammt noch mal', rief er mit dumpfer Stimme, die zugleich bitter ironisch klang – noch nie hatte ich einen Laut gehört, der so seltsam häßlich und fast schrecklich war –, ‚Sie vergessen Mr. Smith!'

‚Welchen Mr. Smith?' fragte ich unschuldig.

Fyne zog eine erstaunlich affenhafte Grimasse. Ich glaube, es geschah ganz unfreiwillig, aber Sie wissen ja, daß ein ernstes, faltenreiches, glattrasiertes Gesicht erstaunlich affenähnlich ist, wenn man es auf ungewöhnliche Weise verzieht. Es war ein überraschender Anblick, der mich nicht nur sprachlos machte, sondern auch meine Gedanken stocken ließ. Ich muß auffallend dumm ausgesehen haben.

‚Meinen Schwager belustigte es, mich aufzuziehen, weil wir ihm das Mädchen als Miss Smith vorgestellt hatten', sagte Fyne und wurde sogleich verdrießlich. ‚Er sagte, vielleicht hätte es ihn zurückgehalten, wenn ihm ihr Name von Anfang an bekannt gewesen wäre. So habe er die Entdeckung zu spät gemacht. Er bat mich, Zoe das zu sagen, und dazu noch eine Menge anderen Unsinn.'

Fyne machte mir den Eindruck, als sei er einem Mann entflohen, den eine grimmig-mutwillige Hochstimmung beschwingte. Es mußte für ihn höchst unangenehm gewesen sein, und seine Feierlichkeit war dabei, wie ich bemerkte, irgendwie beschädigt worden. Sie wies Löcher auf, durch die ich einen neuen, einen unbekannten Fyne erblicken konnte.

‚Sie würden es nicht für möglich halten', fuhr er fort, ‚aber sie sieht ihren Vater ausschließlich als ein Opfer an. Ich weiß nicht', brach es plötzlich durch einen riesengroßen Riß in seiner Feierlichkeit, ‚ob sie ihn ganz und gar für einen Heiligen hält; auf jeden Fall aber glaubt sie, er sei ein Märtyrer.'

Einer der Vorteile dieser großartigen Erfindung, des Gefängnisses, besteht darin, daß man die Leute, die dort eingesperrt werden, vergessen kann, als seien sie tot. Man braucht sich keine Sorgen um sie zu machen. Ihnen kann nichts zustoßen, was man zu ändern vermöchte. Sie können nichts tun, was irgend jemand auch nur das Geringste ausmachte. Sie kommen wieder heraus, obgleich das weder für sie selbst noch für sonst einen Menschen ein Vorteil zu sein scheint. Ich hatte den Finanzmann de Barral völlig vergessen. Das Mädchen war für mich eine Waise, aber jetzt empfand ich plötzlich die Gültigkeit von Fynes einschränkender Feststellung ‚in gewissem Maße'. Es wäre im großen und ganzen unendlich viel barmherziger gewesen, wenn das Gesetz diesen absurden de Barral hätte erschießen, köpfen, erdrosseln oder sonstwie vernichten lassen, denn er war ja eine Gefahr für eine moralische

Welt, die von einer leichtgläubigen Menge bewohnt wurde, welche unfähig war, auf sich selbst aufzupassen. Ich sagte jedoch zu Fyne, so verrückt auch ihre Ansichten seien, man könne das Mädchen doch deshalb nicht für wahnsinnig erklären.

‚Sie denkt also an ihren Vater, wie? Wahrscheinlich würde sie uns vernünftiger vorkommen, wenn sie nur an sich selbst dächte.'

‚Ich bin ganz sicher', sagte Fyne ernst, ‚daß sie Anthony verzweifelte Blicke zugeworfen hat...'

‚Ach, gehen Sie!' unterbrach ich ihn. ‚Sie haben sie keine Blicke werfen sehen. Sie wissen nicht mal, welche Farbe ihre Augen haben.'

‚Also schön! Es ist ja auch unwichtig. Aber es wäre kaum dazu gekommen, wenn sie es nicht getan hätte... Es ist jedoch gleich. Ich sage Ihnen, sie hat ihn einfach nur deshalb ermutigt oder seinen Antrag angenommen, wenn Sie wollen, weil sie an ihren Vater gedacht hat. Sie macht sich, glaube ich, kein bißchen aus Anthony. Sie macht sich aus niemand etwas. Hat sich noch nie aus jemand etwas gemacht. Fragen Sie Zoe. Was mich betrifft, so verüble ich es ihr nicht', setzte Fyne hinzu und gewährte mir durch die Lumpen und Fetzen seiner beschädigten Feierlichkeit noch einen Blick auf unvermutete Dinge. ‚Nein, wahrhaftig, ich verüble es ihr nicht, dem armen Ding!'

Ich pflichtete ihm schweigend bei. Ich glaube, daß Zuneigung in gewissem Sinne gelernt werden muß. Wenn auch in uns allen ein angeborener Funken Liebe existiert, so muß er doch angefacht werden, solange wir jung sind. Der ihre, wenn sie ihn je besessen hatte, war mit einem so häßlichen Guß ätzender Flüssigkeit ausgelöscht worden, wie man ihn sich nur vorstellen kann. Ich war aber überrascht, daß Fyne dies dunkel spürte.

‚Sie liebt niemanden als nur diesen lächerlichen, Anzeigen aufgebenden Haifisch', fuhr er giftig, jedoch mit mehr Bedacht fort. ‚Und Anthony weiß das.'

‚Tatsächlich?' fragte ich zweifelnd.

‚Sie ist durchaus imstande und hat es ihm selber gesagt', behauptete Fyne mit erstaunlichem Scharfblick. ‚Aber ob sie es nun getan hat oder nicht – *ich* habe es ihm gesagt.'

‚Das haben Sie getan? In Mrs. Fynes Auftrag natürlich.'

Fyne blinzelte nur töricht bei diesem Beweis meines Scharfblicks.

‚Und wie hat denn Kapitän Anthony diese interessante Mitteilung aufgenommen?' fragte ich weiter.

‚Auf eine höchst ungezogene Weise', sagte Fyne, der sich tatsächlich in einem Zustand befand, in dem es ihm gleich war, womit er herausplatzte.

‚Er ist nicht mehr er selbst. Er bat mich, seiner Schwester mitzuteilen, er enthalte sich jeder Bemerkung über ihr Verhalten. Sehr ungezogen und inkonsequent. Er sagte... Ich hatte dieses Gezänk satt. Ich erklärte ihm, ich hielte ihm seine Erregung zugute.'

‚Wissen Sie, Fyne', sagte ich, ‚ein Mann, der im Gefängnis sitzt, erscheint mir als etwas so Unglaubliches, Grausames, Beklemmendes, daß ich kaum an seine Existenz glauben kann. Ganz gewiß nicht im Zusammenhang mit der Existenz anderer.'

‚Aber verdammt noch mal', rief Fyne, ‚er ist doch nicht lebenslänglich eingesperrt! Sie lassen ihn raus. Er kommt raus! Das ist ja der ganze Kummer. Wohin kommt er raus, möchte ich wissen. Das scheint mir noch grausamer, als ihn einzusperren. Das ist seit Wochen unsere Sorge. Sehen Sie jetzt, worum es geht?'

Ich sah allerlei! Unmittelbar vor mir sah ich den aufgeregten kleinen Fyne – ein bloßer Anlaß zur Verwunderung. In größerer Entfernung, in einer Art Dunkelheit jenseits des Tageslichts und des Straßenbetriebs, sah ich die Gestalt eines Mannes, der so steif wie ein Ladestock mit kleinen Schritten einherging, und eine schmächtige Mädchengestalt an seiner Seite. Die Dunkelheit glich der, welche in abscheulichen Slums herrscht, der Dunkelheit des Elends, der Armseligkeit, eines Lebens des Hungers und der Entwürdigung. Es war eine Erleichterung, daß ich nur die schäbigen, hoffnungslosen Rücken der beiden sehen konnte. Er war ein schreckenerregendes Gespenst. Aber ihn ein Gespenst zu nennen war tatsächlich nur eine Feinheit höflicher Ausdrucksweise und eine Art, das Entsetzen, das man vor solchen Dingen empfindet, zu verbergen. Gefängnisse sind wunderbare Erfindungen. Zu – auf. Sehr sauber. Zu – auf. Und heraus kommt etwas wie eine Leiche, die auf schreckenerregende Weise in der Welt, mit der sie unmöglich Verbindung haben kann, umgeht und die gräßliche, vergiftete Atmosphäre ihres schweigsamen Aufenthaltsorts mit sich schleppt. Eine großartige Einrichtung. Sie funktioniert automatisch; wenn man sie betrachtet, wird einem vor ihrer Vollkommenheit übel, und das ist für einen bloßen Mechanismus kein geringer Triumph. Übel und bange. Das arme Mädchen hatte sie fast zu Tode geängstigt. Man stelle sich vor, so etwas bei der Hand nehmen zu müssen! Jetzt verstand ich die reumütige Spannung, die ich in ihren Äußerungen wahrgenommen hatte.

‚Donnerwetter!‘ sagte ich. ‚Sie sind im Begriff, ihn herauszulassen! Auf den Gedanken bin ich nicht gekommen.‘

Fyne empfand Verachtung entweder für mich oder für die Dinge im allgemeinen.

‚Sie haben doch wohl nicht angenommen, er würde lebenslänglich im Gefängnis bleiben?‘

In diesem Moment sah ich Flora de Barral an der Ecke, an der die beiden Straßen zusammenliefen. Dann verbargen einige Fahrzeuge, die dicht aufeinander folgten, die schwarze, schmächtige Gestalt, die nur einen Tupfen Farbe an ihrem Hut hatte, vor meinen Augen. Sie ging langsam, und es mochte Vorsicht sein oder Widerstreben. Während ich Fyne zuhörte, starrte ich angestrengt über seine Schulter und versuchte sie von neuem in mein

Blickfeld zu bekommen. Er sprach sehr hitzig weiter, und die Fetzen seiner Feierlichkeit fielen bei jedem zweiten Satz von ihm ab.

Dies war genau der Punkt. Seine Frau und er waren sich dessen völlig bewußt gewesen. Natürlich hatte das Mädchen niemals mit Mrs. Fyne über ihren Vater gesprochen. Ich nehme an, bei ihrer Theorie der Unschuld fiel ihr das schwer. Aber sie mußte Tag und Nacht daran gedacht haben. Was sollte sie mit ihm tun? Wohin gehen? Wie seinen Lebensunterhalt sichern? Er hatte niemals irgendwelche Freunde gehabt. Die einzigen Verwandten waren diese scheußliche Familie des Vetters aus dem East End. Wir wissen ja, wie sie waren. Nichts als Jammer, wohin sie sich auch wandte in einer ungerechten und von Vorurteilen erfüllten Welt.

Und ihm hilflos zuzusehen überstiege, wie sie fühlte, ihre Kraft.

Ich will nicht sagen, daß ich diese Gedanken dachte. Das war nicht nötig. Dieses gesamte Wissen war in meinem Kopf vorhanden, während ich angestrengt über die breite Straße starrte – so angestrengt, daß ich den kleinen Fyne gar nicht hörte, bis er entrüstet die tiefe Stimme hob.

‚Ich verüble es dem Mädchen nicht', sagte er. ‚Er ist in sie vernarrt. Das sieht jeder. Weshalb sie solche Macht über ihn gewonnen hat, kann ich nicht verstehen. Sie hat ihm ihr Jawort nur wegen dieses blödsinnigen Betrügers, ihres Vaters gegeben. Es ist ganz offensichtlich, wenn man einen Augenblick darüber nachdenkt. Man braucht nicht mal nachzudenken. Wir haben es von ihrer eigenen Hand. In diesem Brief an meine Frau schreibt sie, sie habe skrupellos gehandelt. Sie hat es also gestanden, denn was könnte das sonst bedeuten, möchte ich wissen. Und so heiraten sie, bevor dieser alte Idiot herauskommt... Er wird überrascht sein', kommentierte Fyne plötzlich in einem seltsam boshaften Ton. ‚Er wird an der Gefängnistür von einer Mrs. Anthony in Empfang genommen – einer

Mrs. Kapitän Anthony. Sehr angenehm für Zoe. Und soweit ich weiß, beabsichtigt mein Schwager ebenfalls, sich pflichtgemäß dort einzustellen. Ein kleines Familienereignis. Außerordentlich angenehm, daran zu denken. Erfreulich. Ein reizendes Familienfest. Wir drei gegen die Welt – und so fort. Und wofür? Für ein Mädchen, das sich keinen Deut aus ihm macht!‘

In den kleinen Fyne war der Dämon der Bitterkeit gefahren. Er erstaunte mich, als habe er seine Hautfarbe von Weiß zu Schwarz gewechselt. Es war ebenso außerordentlich. Und er blieb auch bei diesem Ton.

‚Glücklicherweise bietet der – der Beruf eines Seemanns einige Vorteile. Solange sie irgendwo auf dem Meer achtzehntausend Meilen weit fort von hier der Welt trotzen, macht es mir nicht soviel aus. Ich bin neugierig, was dieser interessante alte Beteiligte sagen wird. Er wird noch eine weitere Überraschung erleben. Sie beabsichtigen, ihn unverzüglich mit an Bord des Schiffs zu schleppen. Rettungsarbeit. Stellen Sie sich nur Roderick Anthony vor, der ja schließlich der Sohn eines Gentleman ist ...‘

Das gab mir einen leisen Schock. Ich dachte, er würde ‚der Sohn des Dichters‘ sagen, wie gewöhnlich, aber nach solchen Eitelkeiten stand ihm jetzt nicht der Sinn. Sein unausgesprochener Gedanke mußte weiter gelautet haben: Und der Onkel meiner Töchter. Ich vermute, daß ihn Kapitän Anthony dort oben unsanft behandelt hatte, und die Entrüstung gab seinem langsam arbeitenden Verstand einen ungeheuren Antrieb. Diese Männer von nüchterner Phantasie sind sehr gründlich, wenn einmal etwas ihre Vorstellungskraft weckt. ‚Stellen Sie sich das nur vor!‘ rief er. ‚Die drei eng zusammen in einer vierrädrigen Kutsche, und Anthony sitzt ehrerbietig dem erstaunten alten Galgenvogel gegenüber!‘

Der brave kleine Mann lachte. Ein unangebrachter Laut, der da aus seiner männlichen Brust kam, und was die Sache noch schlimmer machte, war der Gedanke, daß er diese Affäre fast, um ein Haar, sentimental aufgenommen hätte. Aber offensichtlich war Anthony kein Diplomat. Sein Schwager mußte ihm, um die Ausdrucksweise der an Land lebenden Leute zu gebrauchen, wie ein vollendeter Spießbürger vorgekommen sein, mit einem Herzen aus Stein. Was genau Fyne mit ‚Gezänk' meinte, weiß ich nicht, aber ich zweifelte nicht daran, daß sich diese beiden in einem zutiefst beunruhigendem Maße ‚gezankt' hatten. Wie weit es den anderen berührt hatte, konnte ich mir nicht einmal vorstellen, aber der Mann, der mir gegenüberstand, war in ganz erstaunlichem Maße aus der Fassung geraten.

‚In einer vierrädrigen Kutsche! Er nimmt ihn an Bord!' murmelte ich, überrascht von der Veränderung Fynes.

‚So planen sie es – so und nicht anders! Wenn ich glauben soll, was ich soeben gehört habe, werden seine Füße zwischen dem Gefängnistor und dem Deck dieses Schiffs kaum den Boden berühren.'

Der verwandelte Fyne sprach in einem eindringlichen leisen Ton, den ich ohne Schwierigkeit verstand. Der aus vielfältigen Geräuschen zusammengesetzte dröhnende Straßenlärm schwieg einen Augenblick bei einer jener Unterbrechungen im Verkehr, die so plötzlich auftreten, als sei der Handelsstrom an seiner Quelle versiegt. Als ich nun eine ungehinderte Sicht über Fynes Schulter hatte, war ich verblüfft, festzustellen, daß das Mädchen sich noch immer dort befand. Ich hatte angenommen, sie wäre schon lange hinaufgegangen. Doch ich sah dort ihre schwarze, schlanke Gestalt, ihr weißes Gesicht unter den Rosen des Huts. Sie stand am Rande des Bürgersteigs, wie die Menschen am Ufer eines Stroms stehen, ganz still, als warte sie – oder als sei sie sich nicht bewußt, wo sie sich befand. Die drei ekelhaften aufgedunsenen Trunkenbolde (ich konnte auch sie sehen, sie hatten sich keinen Zoll weit fortbewegt) beobachteten sie, wie mir schien. Das war abscheulich.

Inzwischen erzählte mir Fyne recht bemerkenswerte Dinge – für ihn bemerkenswert. Zuerst erklärte er, in gewissem Sinne sei es ein Segen. Dann fragte er mich, ob es nicht der reine Wahnsinn sei, sein Leben mit einer solchen immerwährenden Mahnung zu belasten. Das tägliche Leben. Das isolierte Leben auf See. Solch eine zusätzliche Belastung in die Einsamkeit zu bringen, die für zwei Menschen schon schwierig genug sei, grenze an Verrücktheit. Unerwünschte Verwandte seien schon an Land schlimm genug. Man konnte sie schneiden oder ihre Existenz zumindest hin und wieder vergessen. Er selbst bereite sich darauf vor, die Existenz seines Schwagers möglichst zu vergessen.

Dies war der allgemeine Sinn seiner Ausführungen, wenn auch seine Worte nicht genauso lauteten. Ich dachte bei mir, die Existenz seines Schwagers habe ihn nie sehr in Verlegenheit gebracht, jetzt aber werde er natürlich seine Anspielungen auf den ‚Sohn des Dichters, Sie wissen doch' unterlassen müssen. In den Pausen sagte ich: ‚Ja, ja', denn ich wollte nicht, daß er sich umdrehte, und die ganze Zeit über beobachtete ich aufmerksam das Mädchen. Ich glaubte jetzt zu wissen, was sie mit ihrem ‚Er war äußerst großherzig' gemeint hatte. Jawohl. Ein großherziger Charakter kann einen Mann durch jede Situation hindurchbringen. Weshalb aber ging sie dann nicht zu ihrem großherzigen Mann? Weshalb stand sie da, als klammere sie sich an diesen festen Boden, den sie gewiß haßte, wie man den Ort hassen muß, an dem man Qualen erlitten hat und hoffnunglos unglücklich gewesen ist? Plötzlich rührte sie sich. Wollte sie herüberkommen? Nein. Sie wandte sich um und ging langsam nahe am Bordstein entlang, was mich daran erinnerte, wie ich sie entdeckt hatte, als sie dicht am Rand eines steilen, neunzig Fuß tiefen Abhangs entlangging. Es war der gleiche Eindruck, die gleiche Haltung: aufrecht, schlank, den Kopf starr, die Hände herabhängend und leicht vor dem Körper gefaltet –

nur baumelte jetzt ein kleiner Sonnenschirm von ihnen herunter. Ich sah etwas Schicksalhaftes darin, wie sie bedächtig auf die unscheinbare Tür zuschritt, auf deren Glasscheiben das Wort ‚Hoteleingang' stand.

Jetzt war sie davor angelangt, und ich dachte, sie werde wieder stehenbleiben, aber nein! Sie machte eine steife Seitwärtswendung – in diesem Moment hielt sich niemand in ihrer Nähe auf, sie hatte den Teil des Bürgersteigs ganz für sich –, so leblos und langsam, als werde sie von etwas angetrieben, was sich außerhalb von ihr befand.

‚Ein verdammter Sträfling!' explodierte Fyne.

Während der Klang dieses Wortes mein Ohr beleidigte, sah ich, wie das Mädchen den Arm ausstreckte, die Tür ein wenig aufstieß und hineinglitt. Deutlich sah ich diese Bewegung, die mit der Gebärde einer Schlafwandlerin vorgestreckte Hand.

Sie war verschwunden, ihre schwarze Gestalt hatte sich in der Dunkelheit der offenen Tür verloren. Eine Weile sagte Fyne nichts, und ich dachte an das Mädchen, wie sie wohl nach oben ging und vor dem Mann erschien. Blickten sie einander schweigend an mit dem Gefühl, sie befänden sich allein auf der Welt, wie es bei Liebenden im Augenblick der Begegnung sein sollte? Diese schöne Selbstvergessenheit aber war Anthony, dem Seemann, sicher nicht möglich so unmittelbar nach dem Streitgespräch mit Fyne, dem Sendboten einer Ordnung der Dinge, die am Ufer des Meeres haltmacht. Wie stark er beunruhigt war, vermochte ich nicht zu sagen, denn ich wußte ja nicht, was dieser stürmische Liebhaber hatte anhören müssen.

‚Sie nehmen also den Alten mit auf See', sagte ich. ‚Nun, ich weiß wahrhaftig nicht, was sie sonst mit ihm hätten anfangen können. Sie haben Ihrem Schwager gesagt, was Sie davon halten? Ich frage mich, wie er es wohl aufgenommen hat.'

‚Auf eine sehr ungezogene Weise', wiederholte Fyne.

‚Sein Benehmen war beleidigend, spöttisch von Anfang an. Ich meine nicht, daß er tatsächlich in Worten grob gewesen ist. Hol's der Teufel, ich bin doch kein alberner Dummkopf. Aber er triumphierte, weil er ein armseliges Mädchen bekommen hat.'

‚Es ist ziemlich sicher, daß sie nun viel weniger arm und elend sein wird', murmelte ich.

Es sah aus, als sei Kapitän Anthonys Triumph Fyne auf die Nerven gegangen. ‚Ich habe dem Burschen recht deutlich gesagt, daß er in dieser Sache abscheulich selbstsüchtig handelt', versicherte er unerwartet.

‚Tatsächlich! Selbstsüchtig!' sagte ich ziemlich verblüfft. ‚Wie aber, wenn das Mädchen ganz im Gegenteil davon überzeugt ist, daß er höchst großherzig gewesen ist?'

‚Was wissen denn Sie davon', knurrte Fyne. Die Risse und Schlitze in seiner Feierlichkeit schlossen sich allmählich, es sollte jedoch eine verdrießliche Feierlichkeit werden. ‚Großherzigkeit! Ich neige dazu, das anders zu bezeichnen. Nein. Nicht als Verrücktheit', schleuderte er mir entgegen, obgleich ich ihn hatte unterbrechen wollen. ‚Noch anders. Als etwas Schlimmeres. Ich brauche Ihnen wohl nicht zu sagen, was es ist', setzte er mit grimmiger Bedeutsamkeit hinzu.

‚Gewiß nicht. Das brauchen Sie nicht – es sei denn, Sie möchten es gern', erwiderte ich überrascht. Der kleine Fyne war mir noch nie so interessant erschienen, seit die Angelegenheit de Barral–Anthony begonnen und ich zuerst Möglichkeiten in ihm entdeckt hatte. Möglichkeiten bei langweiligen Menschen sind aufregend, denn wenn sie sich zeigen, dann deuten sie auf legendäre Fälle von ‚Besessenheit' hin, nicht gerade vom Teufel, jedenfalls aber von einem sonderbaren Geist.

‚Ich habe ihm gesagt, es sei eine Schande', erklärte Fyne. ‚Selbst wenn ihm das Mädchen schöne Augen gemacht hat – aber genau wie Sie glaube ich, das war nicht der Fall. Jawohl! Eine Schande, sich das Unglück eines Mädchens zunutze zu machen – eines Mädchens, das ihn kein bißchen liebt.'

‚Denken Sie, daß es wirklich so schlimm ist?' sagte ich. ‚Denn, wissen Sie, ich denke es nicht.'

‚Was können denn Sie darüber denken?' erwiderte er mit einem feierlichen Blick. ‚Ich urteile nach ihrem Brief an meine Frau.'

‚Ach, der berühmte Brief! Aber Sie haben ihn ja nicht wirklich gelesen', sagte ich.

‚Nein, aber meine Frau hat es mir gesagt. Natürlich war es ein ganz ungebührlicher Brief, wenn man die Umstände bedenkt. Es war schmerzlich für Mrs. Fyne, zu entdecken, wie gründlich sie mißverstanden wurde. Aber das Geschriebene ist nicht alles. Das, was meine Frau zwischen den Zeilen lesen konnte, das ist es! Sie sagt, das Mädchen fürchte sich tatsächlich im Innersten ihres Herzens.'

‚Sie hat im Leben nicht viel gehabt, was ihr besonderen Daseinsmut hätte geben können oder besonderes Vertrauen zu den Menschen. Das stimmt. Aber dies scheint mir doch eine Übertreibung zu sein.'

‚Ich wüßte gern, welche Gründe Sie haben, das zu sagen?' fragte Fyne mit beleidigter Feierlichkeit. ‚Ich sehe wirklich keine. Ich aber war befugt, meinem Schwager zu erklären, daß er sich irrt, wenn er glaubt, er sei im Begriff, eine ritterliche und edle Tat zu vollbringen. Ich kann mir sehr gut vorstellen, daß er alles tun wird, um was sie ihn bittet – trotzdem aber ist es ein recht mitleidsloses Unternehmen.'

Einen Augenblick lang dachte ich, das möge vielleicht stimmen. Fyne erblickte eine sich nähernde Elektrische und trat auf die Fahrbahn, um einzusteigen. ‚Haben Sie einen barmherzigen Plan anzubieten?' rief ich ihm nach. Er antwortete nicht, kletterte auf die hintere Plattform und sah sich erst jetzt um. Flüchtig winkten wir einander zu. Wir blickten uns auch an – er mich ziemlich ärgerlich, wie ich mir einbilde, und ich ihn nachdenklich. Ich erwähnte vielleicht auch, daß es das letztemal war. Nach diesem Tag bekam ich die Fynes nie mehr zu Gesicht. Wie üblich, ereignete sich bei mir etwas Unerwartetes. Mit Flora de Barral hatte es nichts zu tun. Ich ging nämlich fort. Der Ruf, dem ich folgte, glich nicht dem ihren. Der meine drängte mich nicht mit leidenschaftlicher Heftigkeit oder zarter Sanftheit, die eine verlockende Großherzigkeit nur noch angenehmer und zwingender macht, denn diese Tugend ist so geheimnisvoll wie jede andere, hat aber ihren eigenen Zauber. Nein, es war bloß das prosaische Angebot einer Arbeit zu recht guten Bedingungen, das ich in dem plötzlichen Gefühl, ich hätte jetzt genug Zeit an Land verschwendet, ohne Bedenken annahm. Und als ich einmal aus meiner Trägheit aufgerüttelt war, ging ich, meiner Gewohnheit entsprechend, sehr, sehr weit fort und für sehr, sehr lange Zeit. Was ebenfalls ein Beweis für meine Trägheit ist. Wie weit Flora ging, kann ich nicht sagen. Aber ich will Ihnen meine Vermutung mitteilen: Meine Vermutung ist, daß sie so weit ging, wie sie konnte – so weit, wie sie zu ertragen vermochte – so weit, wie sie mußte ..."

ZWEITER TEIL
Der Ritter

1
Die „Ferndale"

Ich sagte bereits, daß ich die Geschichte Flora de Barrals abschnittsweise erfuhr. Während dieses Abschnitts sah ich Marlow eine Zeitlang nicht. Endlich erschien er eines Abends ziemlich früh, gleich nach dem Essen, in meiner Wohnung.

Ich hatte auf seinen Besuch gewartet, gerüstet mit einer Bemerkung, die mir erst eingefallen war, nachdem er mich verlassen hatte.

„Hören Sie mal", überfiel ich ihn sogleich, „wie können Sie eigentlich dessen sicher sein, daß Flora de Barral jemals zur See gefahren ist? Schließlich braucht ja die Frau des Kapitäns der ‚Ferndale', ‚die Dame, die man nicht stören darf', von welcher der alte Wachmann sprach, gar nicht Flora gewesen zu sein."

„Nun, ich weiß es aber", sagte er, „wenn auch nur, weil ich mit Mr. Powell in Verbindung geblieben bin."

„Tatsächlich!" rief ich. „Das erste, was ich davon höre. Und seit wann denn?"

„Nun, seit dem ersten Tag. Sie fuhren zur Stadt und ließen mich in dem Gasthaus zurück. Ich schlief an Land. Am Morgen kam Mr. Powell zum Frühstück herein, und nachdem sich die erste Verlegenheit gelegt hatte, die aufkommt, wenn Sie einem Mann begegnen, mit dem Sie den Abend zuvor ein Garn gesponnen haben, entdeckten wir, daß wir einander gefielen."

Da ich die Tatsache, daß sie einander gefielen, früher entdeckt hatte als die beiden, war ich nicht überrascht.

„Und so blieben Sie miteinander in Verbindung", sagte ich.

„Das war nicht sehr schwer. Da er sich immer auf dem Fluß herumtrieb, mietete ich mir Dingles jachtmäßig aufgetakelten Dreitonner, um ihm ebenbürtiger zu sein. Powell war freundlich, entzog sich einem aber. Ich glaube nicht, daß er mich jemals meiden wollte. Tatsache ist jedoch, daß er zuweilen auf eine sehr geheimnisvolle Weise vom Fluß verschwand. Ein Mann kann irgendwo landen und landeinwärts ausreißen – aber sein Fünftonnenkutter? Den kann man nicht wie einen Koffer in der Hand forttragen.

Danach erschien er dann ebenso plötzlich wieder auf dem Fluß, nachdem man ihn schon aufgegeben hatte. Mir gefiel es nicht, mich schlagen zu lassen. Darum mietete ich Dingles mit einem Deck versehenes Boot. Darin war gerade nur ein Schlafplatz für einen Mann und einen Hund. Ich hatte aber keinen Hund zum Freund, den ich hätte einladen können. Fynes Hund, der Flora de Barral das Leben rettete, war der letzte Hund, mit dem ich befreundet gewesen war. Ich fühlte mich ziemlich einsam, wie ich so umherkreuzte, aber auch das hat auf dem Fluß zuweilen seinen Reiz. Träumerisch fuhr ich dem Geheimnis des verschwindenden Powell nach, betrachtete die Schiffe um mich her, dachte an das Mädchen Flora, an die Zufälle des Lebens – und wissen Sie, es war ganz einfach."

„Was war ganz einfach?" fragte ich einfältig.

„Das Geheimnis."

„Das sind Geheimnisse meistens", bemerkte ich.

Marlow sah mich einen Augenblick mit einem sonderbaren Blick an.

„Nun, ich habe das Geheimnis von Powells Verschwinden gelüftet. Der Bursche segelte immer in einen der schmalen Flutschlupfhäfen am Ufer von Essex. Diese Schlupfhäfen sind so unauffällig, daß ich von ihrer Existenz nichts wußte, bis ich die Karte ziemlich sorgfältig studierte. Eines Nachmittags erblickte ich Powells Boot, wie es auf das Ufer zuhielt. Als ich mich dem Schlickboden näherte, war sein Schiff landeinwärts verschwunden. Inzwischen konnte ich jedoch die Einfahrt des Schlupfhafens sehen. Da die Flut gerade ihren Höhepunkt erreicht hatte, nahm ich die Gefahr auf mich, plötzlich im Schlamm steckenzubleiben, und fuhr hinein. Als einzigen Anhaltspunkt hatte ich den Dachfirst irgendeines kleinen Gebäudes. Ich gelangte eher durch Glück als durch geschicktes Manövrieren hinein. Die Sonne war schon einige Zeit zuvor untergegangen; mein Boot glitt in einer Art gewundenem Graben zwischen zwei niedrigen, grasbewachsenen Ufern entlang; zu beiden Seiten lag das ebene Essexmoor völlig still da. Das einzige, was ich sich bewegen sah, war ein Fischreiher; er flog niedrig und verschwand im Halbdunkel. Bevor ich noch eine halbe Meile weit gefahren war, hatte ich schon das Gebäude erreicht, dessen Dach ich vom Fluß aus wahrgenommen hatte. Es sah aus wie eine kleine Scheune. Eine Reihe Pfosten, die davor ins weiche Ufer getrieben waren, mit ein paar daraufgelegten Brettern gaben eine Art Landesteg ab. All das sah in der hereinbrechenden Dämmerung schwarz aus, und ich vermochte gerade noch die weißlichen Furchen eines Karrenwegs zu erkennen, der sich über das Moor hin in die Ferne zum höherliegenden Land hin erstreckte. Kein Laut war zu hören. Gegen den Lichtstreifen unten am Himmel sah ich den Mast von Powells Kutter, der kaum zwanzig Yards entfernt, nicht mehr, jenseits der schwarzen Scheune, oder was es sonst war, am Ufer lag. Ich rief ihn laut an. Keine Antwort. Nachdem ich mein Boot nur achtern vertäut hatte, ging ich am Ufer entlang, um einen Blick auf Powells Fahrzeug zu werfen. Da es soviel größer war als meins, lag es schon auf Grund. Die Segel waren festgemacht, er hatte den Lukendeckel geschlossen und mit einem Vorhängeschloß zugesperrt. Powell war fort. Er war irgendwohin in dieses dunkle, stille Moor gegangen. Ich hatte nirgends in der Nähe auch nur ein einziges Haus gesehen; meilenweit schien es keine menschliche Behausung zu geben, und jetzt, da sich die Dunkelheit über dem Land verdichtete, vermochte ich nicht den Schimmer auch nur eines einzigen Lichts zu erblicken. Trotzdem aber vermutete ich, daß es unweit ein Dorf oder einen Weiler geben mußte, vielleicht auch nur eines dieser geheimnisvollen kleinen Gasthäuser, auf die man zuweilen an den unvermutetsten und einsamsten Orten trifft.

Die Stille war bedrückend. Ich kehrte zu meinem Boot zurück, bereitete mir auf einem Spirituskocher Kaffee, verschlang ein paar Zwiebäcke und streckte mich achtern aus, um zu rauchen und zu den Sternen aufzusehen. Die Erde war nur ein Schatten – formlos, schweigend und leer, bis von irgendwoher ein Ochse auftauchte, ebenfalls ganz schattenhaft. Er kam munter bis zum äußersten Rand des Ufers herunter, schob, als wolle er an Bord steigen, das Maul direkt über mein Boot, schnaubte einmal kräftig und trabte dann verächtlich in die Dunkelheit davon, aus der er gekommen war. Ich hatte keinen Besuch von einem Ochsen erwartet, obwohl mir ein Augenblick der Überlegung gesagt hätte, daß sich in diesem Moor viel Rindvieh und Schafe befinden mußten. Dann wurde alles so still wie zuvor. Ich hätte mir einbilden können, ich sei auf einer verlassenen Insel angekommen. Während ich mich rauchend zurücklehnte, wuchs tatsächlich ein Gefühl absoluter Einsamkeit in mir. Und gerade, als es ganz intensiv geworden war, hörte ich plötzlich, ohne irgendeinen vorhergehenden Laut wahrgenommen zu haben, feste, rasche Schritte auf dem kleinen Landesteg. Jemand, der den Karrenpfad entlanggekommen war, hatte soeben mit schwingendem Gang die Planken betreten. Dieser Jemand konnte nur Mr. Powell sein. Plötzlich blieb er stehen, da er entdeckt hatte, daß jetzt zwei Masten am Ufer lagen, wo er nur einen verlassen hatte. Dann kam er schweigend aufs Gras. Als ich ihn anredete, war er erstaunt.

‚Wer hätte gedacht, Sie hier zu sehen!‘ rief er, nachdem er mein ‚Guten Abend‘ erwidert hatte.

Ich sagte ihm, ich sei dort eingelaufen, um Gesellschaft zu haben. Es entsprach genau der Wahrheit.

‚Wußten Sie denn, daß ich hier bin?‘ rief er.

‚Natürlich‘, antwortete ich. ‚Ich sage Ihnen doch, ich bin der Gesellschaft wegen gekommen.‘

Er ist wirklich ein guter Kerl“, fuhr Marlow fort, „und anscheinend ist seine Fähigkeit zu staunen schnell erschöpft. Auf die selbstverständlichste Art der Welt sagte er: ‚Dann kommen Sie zu mir an Bord, mein Abendbrot hier reicht für uns beide.‘ Er hielt ein umfangreiches Paket im Arm. Ich ließ mich nicht zweimal bitten, wie Sie wohl erraten können. Sein Kutter hat eine sehr ordentliche kleine Kajüte, die durchaus groß genug ist, daß zwei Männer nicht nur darin schlafen, sondern auch darin sitzen und rauchen können. Natürlich ließen wir die Luke weit offen. Was seine Abendbrotvorräte betraf, so waren sie nicht gerade lukullisch. Er beklagte sich darüber, daß die Läden im Dorf jämmerlich seien. Anderthalb Meilen entfernt lag ein großes Dorf. Mir fiel auf, daß er sehr lange dazu gebraucht hatte, seine Einkäufe zu machen, aber selbstverständlich erwähnte ich nichts davon. Ich mochte überhaupt nicht reden, außer zu dem Zweck, ihn in Gang zu setzen.“

„Und haben Sie ihn in Gang gesetzt?“ fragte ich.

„Das tat ich“, sagte Marlow und setzte eine undurchdringliche Miene auf, die mich irgendwie mehr von seinem Erfolg überzeugte, als ein triumphierendes Aussehen es getan hätte.

„Sie brachten ihn zum Sprechen?“ fragte ich nach einem Schweigen.

„Ja, allerdings . . . über sich selbst.“

„Und zur Sache?“

„Wenn Sie damit die Fahrt der ‚Ferndale‘ meinen“, sagte Marlow, „dann wiederum: ja. Ich brachte ihn dazu, über diese Fahrt zu sprechen, die, nebenbei gesagt, nicht die erste Fahrt Flora de Barrals war. Der Mann selbst ist, wie ich Ihnen schon sagte, ein unkomplizierter Mensch und seine Fähigkeit sich zu wundern nicht sehr groß. Er gehört zu den Leuten, die sich über Tatsachen keine Theorien zurechtmachen. Einfache Menschen tun das selten. Sie blicken auch nicht sehr tief. In diesem Fall machte das aber nichts. Ich habe – wir haben – bereits Kenntnis der inneren Zusammenhänge. Wir kennen die Geschichte Flora de Barrals. Wir wissen etwas über Kapitän Anthony. Wir kennen das Geheimnis der Situation. Der Mann war vom Mitleid und von der Zartheit seiner Rolle berauscht. O ja! Berauscht ist kein zu starkes Wort, denn Sie wissen ja, daß die Liebe und das Begehren vielerlei Verkleidung annehmen. Ich glaube, daß das Mädchen offen zu ihm gewesen war, mit der Offenheit von Frauen, denen vollkommene Offenheit unmöglich ist, weil ein so bedeutender Teil ihrer Sicherheit von kluger Verschwiegenheit abhängt. Ich gefalle mir nicht in billigem Spott. In diesen Dingen liegt Notwendigkeit. Außerdem konnte sie auch angesichts seiner Heftigkeit nicht mit sicherer Stimme gesprochen haben, denn sie hatte weder Zeit gehabt, den Zustand ihrer Gefühle zu begreifen, noch, was sie eigentlich tat.

Und hätte sie noch so klar verständlich gesprochen – er war, denke ich, in allzu gehobener Stimmung, um sie deutlich zu hören. Ich will damit nicht andeuten, er sei ein Narr gewesen. Du liebe Güte, nein! Er war jedoch in den üblichen Konventionen nicht bewandert, und wir dürfen nicht vergessen, daß er keinerlei Erfahrung mit Frauen hatte. Er konnte nur eine ideale Auffassung von seiner Lage haben. Ein Ideal ist häufig nur eine flammende Vision der Wirklichkeit.

Zu ihm kommt also aufgeputscht Fyne herein, wenn ich mich so respektlos ausdrücken darf, aufgeputscht zu großer Erregung durch die Auslegung, die seine Frau dem Brief des Mädchens gegeben hat. Er kommt mit seinem Gerede von Gemeinheit und Grausamkeit, als gieße er einen Eimer Wasser auf eine Flamme. Offensichtlich ein Schock. Aber die Wirkung eines Eimers Wasser ist unterschiedlich. Das hängt von der Art der Flamme ab. Wenn allerdings nur trockenes Stroh aufflammt, dann natürlich ... Aber hier ist keine Rede von Stroh. Anthony von der ‚Ferndale' war kein mit Stroh ausgestopftes Exemplar eines Mannes und konnte es auch gar nicht sein. Es gibt Flammen, die ein Eimer Wasser zum Himmel lodern läßt.

Wir können uns wohl fragen, was geschah, als das zögernde Mädchen, nachdem Fyne seinen Schwager verlassen hatte, endlich hinaufging und die Tür zu dem Zimmer öffnete. Dort war das Feuer, das in unserem Mann brannte, das weiß ich gewiß, keineswegs gelöscht. O nein! Und er war durchaus nicht kalt, was er auch sonst immer sein mochte.

Es wäre denkbar, daß er ihr im ersten Augenblick der Demütigung, der Erbitterung zurief: ‚Oh, Sie sind es! Weshalb sind Sie hier? Wenn ich Ihnen so zuwider bin, daß Sie an meine Schwester schreiben müssen, um es ihr mitzuteilen, dann gebe ich Ihnen Ihr Wort zurück.' Aber, sehen Sie, so konnte es nicht gewesen sein. Ich weiß praktisch mit Sicherheit, daß sie kurz darauf zusammen in einer zweirädrigen Droschke fortfuhren, um das Schiff zu besichtigen – wie verabredet. Das war der Grund, weshalb ich sagte, Flora de Barral sei tatsächlich zur See gefahren ..."

„Ja, das scheint mir überzeugend zu sein", sagte ich zustimmend. „Aber auch ohne das – wenn, wie Sie offenbar annehmen, gerade die Verlassenheit des Mädchens einen pervers verführerischen Reiz hatte, der auf seine Sinne wirkte (und alles ist möglich) – dann konnte er solche Worte nicht gesprochen haben."

„Sie könnten ihm unwillkürlich entschlüpft sein", bemerkte Marlow. „Aber eine einfache Tatsache klärt diesen Punkt: Sie fuhren zusammen fort, um das Schiff zu besichtigen."

„Schließen Sie daraus, daß überhaupt kein Wort fiel?" fragte ich.

„Ich hätte gern gesehen, wie ihre Blicke dort oben zum ersten Mal aufeinandertrafen", sagte Marlow nachdenklich. „Und vielleicht fiel dabei kein Wort. Aber ein Mann geht aus einem solchen ‚Gezänk' (wie Fyne es nannte) nicht ohne einige sichtbare Spuren hervor. Und Sie können gewiß sein, daß ein Mädchen, das überall so schmerzhafte Wunden davongetragen hat, die leiseste Berührung von allem spürt, was der Kälte gleicht. Sie war mißtrauisch, sie konnte gar nicht anders sein; denn die Energie des Bösen ist soviel zwingender als die des Guten, daß sie gar nicht umhin konnte, ihre abscheuliche Gouvernante noch immer als eine Autorität anzusehen. Wie hätte man auch von ihr erwarten sollen, daß sie den unseligen Einfluß dieser langjährigen Herrschaft abschüttelte? Sie mußte einfach glauben, was diese Frau ihr gesagt hatte: daß sie auf irgendeine geheimnisvolle Weise abstoßend sei und man sie nicht lieben könne. Dies entsprach grausam der Wahrheit – für sie. Das Orakel so vieler Jahre hatte seinen endgültigen Spruch gefällt. Nur andere Leute durchschauten sie nicht sogleich ... Ich will nicht so weit gehen zu sagen, daß sie es ganz und gar glaubte. Das wäre kaum möglich. Aber haben nicht auch die, die am meisten umschmeichelt werden, die Eitelsten unter uns ihre Augenblicke des Zweifels? Oder? Nun, ich weiß es nicht. Möglicherweise gibt es glückliche Wesen auf dieser Welt, die unfähig sind, etwas Böses von sich zu glauben. Was mich betrifft, so will ich Ihnen sagen: Einmal, es ist jetzt viele Jahre her, erfuhr ich, daß ein Mensch, mit dem ich bei einer bestimmten geschäftlichen Angelegenheit zu tun gehabt hatte – ein gerissener Kerl, den ich wirklich nicht ausstehen konnte –, überall herumerzählte, ich sei ein ausgemachter Heuchler. Er konnte nichts darüber wissen. Es gefiel ihm einfach, so etwas zu sagen. Ich hatte ihm keinen Grund zu gerade dieser Verleumdung gegeben. Trotzdem kommt es bis zum heutigen Tag zuweilen vor, daß ich wieder daran denke und mich unwillkürlich frage: Und wenn es wahr wäre? Es ist absurd, aber ein paarmal hat es fast mein Verhalten beeinflußt. Und dabei war ich kein leicht zu beeindruckendes, unwissendes junges Mädchen. Ich hatte schon lange zuvor die völlige Wertlosigkeit dieses Kerls richtig erkannt. Er war für mich niemals eine mit Macht ausgestattete Respektsperson gewesen wie jene schreckliche Gouvernante für Flora de Barral. Sehen Sie die Macht der Suggestion? Wir sind einem böswilligen Wort ausgeliefert. Ein Laut, ein einfacher Luftwirbel dringt zuweilen bis in unsere Seele ein. Das erste Ungestüm Roderick Anthonys hatte Flora de Barral eher überrascht als überzeugt. Sie ließ sich von einer geheimnisvollen Kraft dahintragen, die ihre Person ins Leben gerufen hatte, so wie ihren Vater die unerwartete Macht erfolgreicher Annoncen aus seiner Tiefe emporgetragen hatte.

Sie gingen an diesem Morgen an Bord. Die ‚Ferndale' hatte soeben an ihrem Ladeplatz angelegt. Das einzige Lebewesen an Bord war der Wachmann – ob er derselbe war, den Mr. Powell uns beschrieben hatte, oder ein anderer, weiß ich nicht. Möglicherweise irgendein anderer Mann. Er blickte über die Reling und sah, um es mit seinen eigenen Worten auszudrücken, ‚wie der Kapitän mit einem Mädchen um die Ecke vom nächsten Frachtschuppen gesegelt kam'. Er ließ das Fallreep zum Pier hinunter ..."

„Woher wissen Sie denn das alles", unterbrach ich ihn.

Marlow sagte ungeduldig: „Das werden Sie schon mit der Zeit erfahren ... Flora stieg als erste hinauf, betrat das Deck, stand da und rührte sich nicht, bis der Kapitän sie beim Arm nahm und achtern führte. Der Schiffswächter ließ sie in den Salon ein. Er hatte die Schlüssel zu allen Räumen und stampfte hinter ihnen hinein. Der Kapitän befahl ihm, alle Türen zu öffnen, jede einzelne der verflixten Türen – Kajüten, Gänge, Anrichteraum, vordere Kajüte –, und dann schickte er ihn weg.

Die ‚Ferndale' hatte prachtvolle Räumlichkeiten. Am Ende eines Ganges, der vom Achterdeck herführte, befand sich ein langer Salon, dessen Glanz vielleicht ein bißchen matt geworden war, der aber wunderbar geräumig und komfortabel war. Die Hafenteppiche lagen, die Hängelampen waren angebracht, und alles befand sich an seinem Platz, sogar das Silber auf dem Büfett. Von diesem Salon gingen zwei große Heckkajüten ab, eine auf jeder Seite des Ruderkokers. Die beiden Kajüten waren durch ein kleines Badezimmer miteinander verbunden, und die eine war als Kapitänskajüte eingerichtet. Die andere war unbenutzt und mit Sesseln und einem runden Tisch möbliert, eher wie ein Zimmer an Land, außer daß das lange, geschweifte Sofa der Form des Schiffshecks folgte. In einem erblindeten, schräg hängenden Spiegel erblickte Flora bis zur Taille ein bleiches Mädchen mit einem weißen, rosenbesetzten Strohhut, fern und dämmrig, als sei es in Wasser getaucht, und sie war überrascht, sich in dieser Umgebung zu erkennen. Sie kam ihr willkürlich, phantastisch, fremdartig vor. Kapitän Anthony ging weiter, und sie folgte ihm. Er zeigte ihr die anderen Kajüten. Die ganze Zeit über sprach er laut mit einer Stimme, die ihr schon seit langem vertraut zu sein schien, und dabei hatte sie sie, so überlegte sie, noch nicht oft im Leben gehört. Dem, was er sagte, vermochte sie nicht ganz zu folgen. Er sprach von verhältnismäßig unwichtigen Dingen in einem recht grüblerischen Ton, aber sie spürte ihn um sich wie eine Zärtlichkeit. Und als er innehielt, konnte sie, beängstigend in dem plötzlichen Schweigen, ihr Herz hastig klopfen hören.

Der Wachmann entschlüpfte auf das Achterdeck, außer Hörweite, und bemühte sich, außerhalb ihres Blickfelds zu bleiben. Gleichzeitig machte er sich mit Geschick und Vorsicht die offenen Türen zunutze und konnte den Kapitän und ‚dieses Mädchen' sehen, das jener an Bord gebracht hatte. Der Kapitän zeigte ihr alles sehr gründlich. Durch die ganze Länge des Gangs bis weit achtern erhaschte der Schiffswächter, wenn er zum Salon hinsah, interessante Ausblicke auf die beiden, während sie in die verschiedenen Räume gingen und wieder herauskamen, von einer Seite zur anderen kreuzten, eine Zeitlang in dieser oder jener der Kajüten unsichtbar blieben und dann wieder in der Ferne auftauchten. Das Mädchen, das dem Kapitän immer folgte, hielt ihren Sonnenschirm in den Händen. Meistens ließ sie den Kopf hängen, hin und wieder aber blickte sie auf. Sie hatten einander viel zu sagen und schienen zu vergessen, daß sie nicht allein auf dem Schiff waren. Der Wachmann sah, wie der Kapitän ihr die Hand auf die Schulter legte, und bereitete sich mit einem gewissen Wohlbehagen auf das vor, was nun folgen mochte, als sich der ‚Alte' zu besinnen schien und durch die ganze Länge des Salons geschritten kam. Bei dieser Bewegung verschwand der Wachmann rasch aus seinem Gesichtsbereich, das können Sie mir glauben, und hörte, wie der Kapitän die innere Gangtür zuschlug. Nach dieser Enttäuschung wartete er grollend darauf, daß sie sich von Bord trollten. Dies geschah viel rascher, als er erwartet hatte. Das Mädchen trat zuerst auf das Deck hinaus. Wie zuvor sah sie sich nicht um. Sie sah gar nichts an und schien es so eilig zu haben, an Land zu gelangen, daß sie zum Fallreep ging und die Stufen hinunterzusteigen begann, ohne auf den Kapitän zu warten.

Am meisten fiel dem Wachmann das geistesabwesende, blicklose Gesicht des Kapitäns auf, der hinter dem Mädchen her schritt. Er ging an ihm, dem Wachmann, vorbei, ohne ihn zu bemerken, ohne ihm einen Befehl zu geben oder auch nur zu ihm hinzusehen. Das hatte der Kapitän noch nie getan. Immer hatte er ein Kopfnicken und ein freundliches Wort für einen Mann. Wegen dieser Nichtachtung kam der Wachmann zu einem ungünstigen Urteil über das fremde Mädchen. Er ließ ihnen Zeit, auf den Kai hinunterzugelangen, bevor er das Deck überquerte, um über die Reling noch einen Blick auf das Paar zu erhaschen. Der Kapitän nahm den Arm des Mädchens, gerade bevor zwei von einem Pferd gezogene Schienenkarren angerollt kamen und sie endgültig den Blicken des Wachmanns entzogen.

Am nächsten Tag, als der Erste Offizier an Bord kam, berichtete er diesem von dem Besuch und äußerte sich geringschätzig über ‚das Mädchen, das sich den Kapitän gekapert hat'. Sie sehe nicht gesund aus, erklärte er. ‚Schäbig angezogen außerdem', setzte er gehässig hinzu.

Der Erste Offizier zeigte sich sehr interessiert. Er fuhr schon seit mehreren Jahren mit Anthony und hatte sich im Laufe vieler langer Reisen eine Vertrauensstellung erworben, wie es bei einem Mann mit Anthonys Charakter zu erwarten war. In dieser langsam gewachsenen Intimität des Meeres, die während ihrer Dauer und Einsamkeit ihre unbewachten Augenblicke hatte, war jedoch nie ein Wort, auch nicht das beiläufigste, zwischen ihnen gefallen, das ihn auf die Vorstellung vorbereitet hätte, sein Kapitän könnte mit irgendeiner Sorte von Mädchen in Verbindung stehen. Er hatte den Eindruck gehabt, daß Frauen für Kapitän Anthony nicht existierten. Sich mit einem Mädchen zur Schau zu stellen! Mit einem Mädchen! Was wollte er denn mit einem Mädchen? Sie an Bord zu bringen und ihr die Kajüte zu zeigen, das war wirklich ein bißchen stark! Kapitän Anthony hätte es besser wissen müssen.

Franklin (der Erste Offizier hieß Franklin) war enttäuscht, fast ernüchtert. So etwas Dummes zu tun! Ein verdammter alter Wachmann sah sich veranlaßt, seine Zunge zu wetzen! Er wies ihn zurecht und versuchte nicht mehr an diese unbedeutende Torheit zu denken, denn sie setzte Kapitän Anthony in den Augen seines eifersüchtig treuen Untergebenen herab.

Franklin war über vierzig; seine Mutter lebte noch. Sie kam für ihn vor allen anderen Frauen, ebenso wie Kapitän

Anthony vor allen anderen Männern kam. Wir dürfen annehmen, daß es sich dabei um keine sehr große Anzahl von Leuten handelte. Er war ganz jung zur See gegangen. Die Gefühle, die bewirkten, daß diese beiden Leute die übrige Menschheit zum Teil verdeckten, unterschieden sich natürlich voneinander, obwohl er mit der Zeit die Überzeugung gewonnen hatte, daß er sich um beide ‚kümmerte'. Für die ‚alte Dame' mußte er natürlich sorgen, solange sie lebte. Was Kapitän Anthony betraf, so sagte er immer: Weshalb sollte er ihn verlassen? Es war unwahrscheinlich, daß er einen besseren Seemann, einen besseren Menschen oder ein angenehmeres Schiff fand. Und was den Versuch anging, seinen Status durch eine Beförderung zu verbessern, so las man Kapitänsposten nicht auf der Straße auf, und wenn es dazu käme, dann war die Wahrscheinlichkeit, daß ihm Kapitän Anthony behilflich sein würde, größer als bei irgendwem sonst auf der Welt.

Mr. Powells Beschreibung nach war Franklin ein kleiner, dicker, schwarzhaariger Mann mit einer Glatze. Sein zwischen die Schultern gesunkener Kopf, seine starr blickenden, vorstehenden Augen und eine gerötete Hautfarbe gaben ihm ein Aussehen, als neige er zu Schlaganfällen. Im Ruhezustand hatte sein hochrotes Gesicht einen humorvoll melancholischen Ausdruck.

Nachdem der Wachmann Franklin sämtliche Schlüssel ausgehändigt und dieser ihn mit der Ermahnung nach vorn gescheucht hatte, er solle sich um seine eigenen Angelegenheiten kümmern und nicht über etwas schwatzen, was ihn nichts angehe, begab sich der Erste Offizier unter das Achterdeck. Er öffnete eine Tür nach der anderen und starrte besorgt in den Salon, in die Kapitänskajüte und überallhin, als erwarte er, an den Schotten, auf dem Deck, in der Luft etwas Ungewöhnliches wahrzunehmen – ein Zeichen, eine Spur, eine Ausstrahlung, einen Schatten – er wußte nicht genau, was –, irgendeine feine Veränderung, die das Vorübergehen eines Mädchens bewirkt hatte.

Da war aber nichts. Er trat in die unbenutzte Heckkajüte und verbrachte dort einige Zeit damit, die beiden Heckbullaugen aufzuschrauben. Da keinerlei materielle Beweise vorhanden waren, schwand seine Unruhe. Mit einem letzten Rundblick ging er hinaus und sah sich seinem Kapitän gegenüber, der ihm vom anderen Ende des Salons her entgegenkam. Franklin hielt sogleich nach dem Mädchen Ausschau. Sie war nicht zu sehen. Der Kapitän kam rasch auf ihn zu. ‚Oh, Sie sind hier, Mr. Franklin.' Und der Erste Offizier antwortete: ‚Ich habe den Raum ein bißchen gelüftet, Sir.' Dann legte der Kapitän, der den Hut über die Augen gezogen hatte, seinen Stock auf den Tisch und fragte in seiner freundlichen Art: ‚Wie haben Sie denn Ihre Mutter vorgefunden, Franklin?' – ‚Der alten Dame geht es erstklassig, Sir, danke schön.' Und dann hatten sie einander nichts zu sagen. Es war ein merkwürdiges und verwirrendes Gefühl für Franklin. Er eben aus dem Urlaub zurück, das Schiff eben an seinen Ladeplatz gelangt, der Kapitän eben an Bord gekommen – und hatte anscheinend nichts zu sagen! Alle die Fragen, die er unbedingt wegen der Arbeiten, die getan werden mußten, hatte stellen wollen, waren ihm entfallen. Auch er hatte das Gefühl, es gebe für ihn nichts zu sagen.

Der Kapitän nahm seinen Stock vom Tisch, ging in seine Kajüte und schloß hinter sich die Tür. Franklin blieb einen Augenblick stehen und begab sich dann langsam an Deck. Bevor er aber Zeit gehabt hatte, das andere Ende des Salons zu erreichen, hörte er seinen Namen rufen. Er wandte sich um. Der Kapitän starrte ihn von der Türschwelle seiner Kajüte her an. Franklin sagte: ‚Ja, Sir!' Aber der Kapitän schwieg, beugte sich ein wenig vor und umfaßte den Türgriff. So ging denn er, Franklin, achtern und hielt dabei die Augen auf den Kapitän gerichtet. Als er ganz dicht bei ihm angelangt war, wiederholte er fragend: ‚Ja, Sir?' Immer noch Schweigen. Dem Ersten Offizier gefiel es nicht, sich auf diese Art anstarren zu lassen – auf eine bei seinem Kapitän ganz neue Art, mit einem herausfordernden und befangenen Blick, wie ihn ein Mensch hat, der sich unpäßlich fühlt und einem bedeutet, man solle nicht etwa wagen, es zu bemerken. Franklin sah seinen Kapitän an, spürte, daß etwas nicht in Ordnung war, und gab in seiner Arglosigkeit seinen Gefühlen Ausdruck, indem er geradeheraus fragte: ‚Was ist denn nicht in Ordnung, Sir?‘

Der Kapitän fuhr ein wenig zusammen, und der Ausdruck seines Blicks veränderte sich zu etwas wie finsterer Überraschung. Franklin wurde es sehr ungemütlich zumute, aber der Kapitän fragte leichthin: ‚Wie kommen Sie auf den Gedanken, daß etwas nicht in Ordnung ist?‘

‚Ich kann es nicht genau sagen. Sie sehen so anders aus als sonst, Sir‘, gestand Franklin.

‚Sie scheinen einen verdammt durchdringenden Blick zu haben‘, sagte der Kapitän in einem so aggressiven Ton, daß Franklin Anlaß sah, sich zu verteidigen.

‚Wir sind jetzt seit über sechs Jahren zusammen, Sir, und so nehme ich an, daß ich Sie allmählich ein bißchen kenne. Sowie Sie an Bord kamen, habe ich gesehen, daß etwas nicht in Ordnung ist.‘

‚Mr. Franklin‘, sagte der Kapitän, ‚wir sind schon seit über sechs Jahren zusammen, das ist richig, aber ich kannte Sie bisher nicht als einen Menschen, der in Gesichtern liest. Sie lesen aber nicht richtig. Es stimmt nicht, daß etwas nicht in Ordnung ist. Verstehen Sie? Es stimmt ganz und gar nicht. Das sollte Sie lehren, keine übereilten Vermutungen anzustellen. So etwas sollten Sie den Leuten an Land überlassen. Die sind groß darin, Dingen nachzuspüren, die nicht in Ordnung sind. Ich denke, Sie wissen, was sie aus der Welt gemacht haben, 'ne verdammt schlechte Arbeit, das liegt auf der Hand. Sie ist ein verflucht häßlicher Ort, Mr. Franklin. Sie wissen nichts darüber? Nun – nein, wir Seeleute wissen es nicht. Nur hin und wieder rennt einer von uns gegen etwas Grausames oder Hinterlistiges an, das einem die Haare zu Berge stehen läßt. Und wenn man tatsächlich ein Beispiel ihrer Schlechtigkeit sieht, dann stellt man fest, daß es nicht so leicht ist, die Sache in Ordnung zu bringen, wie es scheint ... Oh! Ich habe Sie zurückgerufen, um Ihnen zu sagen, daß gleich morgen früh eine Menge Handwerker, Tischler und dergleichen an Bord bestellt sind und daß sie Veränderungen in der Kajüte vornehmen werden. Sorgen Sie bitte dafür, daß sie nicht herumbummeln. Es bleibt nicht viel Zeit.'

Franklin war beeindruckt von dieser unerwarteten Lektion über die Schlechtigkeit des festen Landes, das umgeben war von dem unverdorbenen Salzwasser, auf dem er und sein Kapitän ihr ganzes Leben lang in glücklicher Unschuld verbracht hatten. Aber er konnte nicht verstehen, weshalb der Kapitän ihm die Lektion gehalten hatte und was sie mit einer Sache wie den Veränderungen, die in der Kajüte vorgenommen werden sollten, zu tun haben sollte. Ihm schien nicht, daß die Arbeit so dringend benötigt wurde. Wozu irgend etwas verändern? Es war eine sehr gute Unterkunft – geräumig, ausgezeichnet eingeteilt, wenn auch nach einem ziemlich altmodischen Plan; mit etwas matt gewordenem Zierrat. Aber hier und da ein Pinselstrich Firnis, ein Tupfen Vergoldung – weiter war nichts notwendig. Was die Bequemlichkeit betraf, so konnte sie durch keinerlei Veränderungen erhöht werden. Er empfand Groll bei der Vorstellung einer Umgestaltung, aber er sagte pflichtgemäß, er werde ein Auge auf die Handwerker haben, wenn der Kapitän ihm nur mitteilen wolle, von welcher Art die Arbeit sei, die auszuführen er befohlen habe.

‚Sie werden eine Aufstellung darüber hier auf dem Tisch finden. Ich hinterlasse sie für Sie, wenn ich an Land gehe', sagte Kapitän Anthony hastig. Franklin dachte, er werde nichts mehr zu hören bekommen, und machte eine Bewegung, um den Salon zu verlassen. Aber nach einer kleinen Pause fuhr der Kapitän fort: ‚Sie sind bestimmt überrascht, wenn Sie sie lesen. Es wird eine ganze Menge Veränderungen geben. Das geschieht wegen einer Dame, die mit uns fährt. Ich heirate, Mr. Franklin!' "

2

Der junge Powell sieht und hört

„Sie erinnern sich", fuhr Marlow fort, „wie ich fürchtete, Mr. Powells Mangel an Erfahrung könnte ihn daran hindern, das Ungewöhnliche zu würdigen. Das Ungewöhnliche, an das ich dachte, war von sehr subtiler Art: das Ungewöhnliche in den Beziehungen zwischen Eheleuten. Ich mag mit Recht daran gezweifelt haben, daß ein junger Mann, der allzusehr darum besorgt war, seine beruflichen Pflichten zuverlässig zu erfüllen, über die Fähigkeit verfügte, etwas zu beobachten, was natürlicherweise nicht leicht zu beobachten ist, und noch weniger unter den besonderen Umständen. Auf der Mehrzahl der Schiffe hat ein Zweiter Offizier nicht viel Berührungspunkte mit der Frau des Kapitäns. Er sitzt mit ihr, allgemein gesprochen, bei den Mahlzeiten am selben Tisch, hin und wieder mag sie wegen unbedeutender Angelegenheiten mehr oder weniger freundlich das Wort an ihn richten, und er hat vielleicht Gelegenheit, ihr an Deck einige kleine Aufmerksamkeiten zu erweisen. Das ist alles. Unter solchen Umständen können Zeichen nur von scharfen und geübten Augen wahrgenommen werden. Ich spreche jetzt von Sorgen, die so feiner Natur sind, daß sie häufig nicht einmal von den Herzen verstanden werden, die sie verheeren oder erheben.

Ja, Mr. Powell, den der Zufall seines Namens auf die schwimmende Bühne versetzt hatte, auf der sich diese Tragikomödie abspielte, wäre für meine Zwecke völlig nutzlos gewesen, wenn nicht das ganz offensichtlich Ungewöhnliche von Anfang an seine Aufmerksamkeit erregt hätte.

Wir wissen, wie plötzlich er sich auf das Schiff begeben hatte, das sich seinem dringenden Verlangen nach einem wirklichen Start in seinem Berufsleben geboten hatte. Atemlos, infolge der hastigen Abwicklung seiner Landangelegenheiten, war er, begleitet von zwei scheußlichen Nachtschwärmern, unter der Bedeckung eines Hafenpolizisten im Dienst, an Bord gekommen, wo ihn ein asthmatischer Schatten von einem Wachmann in Empfang nahm, der ihn ermahnte, in der Dunkelheit des Ganges kein Geräusch zu machen, weil sich der Kapitän und seine Frau bereits an Bord befänden. Das war an sich schon ziemlich ungewöhnlich. Im allgemeinen kommen ein Kapitän und seine Frau nicht einen Moment früher an Bord als nötig. Sie ziehen es vor, die letzten Augenblicke mit ihren Freunden und Verwandten zu verbringen. Ein Schiff, das in einem von Londons älteren Docks liegt, wo Beschränkungen herrschen, was die Lichter und dergleichen betrifft, ist kein Ort für einen fröhlichen Abend. Da aber die Flut um sechs Uhr morgens einsetzte, konnte man verstehen, daß sie am Abend zuvor an Bord gekommen waren.

In jenem Moment hatte der junge Powell das Gefühl, jeder müsse froh darüber sein, von Land fortzukommen. Wir wissen, daß er schon sehr früh Waise geworden war und weder Brüder noch Schwestern hatte – keinerlei nahe Verwandte irgendwelcher Art, glaube ich, außer der Tante, die sich mit seinem Vater zerstritten hatte. Keine Zuneigung stand der ruhigen Zufriedenheit im Wege, mit der er dachte, jetzt seien alle Sorgen vorüber, vor ihm lägen ausschließlich Pflichten; sobald die Morgendämmerung anbreche, werde er wissen, was er zu tun habe, und das für eine lange Folge von Tagen. Eine höchst beruhigende Gewißheit. Er genoß sie in der Dunkelheit, auf seiner Koje ausgestreckt, die neuen Decken über sich gezogen. Eine Uhr an Land jenseits des Docktors schlug zwei. Und dann hörte er nichts mehr, weil er in einen leichten Schlaf versank, aus dem er plötzlich emporfuhr. Er hatte seine Kleidung nicht abgelegt, es lohnte sich kaum. Er sprang auf und ging an Deck.

Der Morgen war klar, farblos, mit grauem Himmel; das Dock glich einer dunklen Glasscheibe, in der sich auf dem Kopf stehende Widerspiegelungen von Speichern, von Rümpfen und Masten schweigender Schiffe zusammendrängten. Nur hier und dort bewegten sich ein paar Gestalten auf den entfernt liegenden Kais. Ein Trupp Männer stand längsseits, mit Seesäcken und Holzkisten zu ihren Füßen. Andere kamen den Weg zwischen den hohen, fensterlosen Wänden herunter, zwischen sich einen Handkarren, der mit weiteren Säcken und Kisten beladen war. Die Besatzung der ‚Ferndale'. Sie kam langsam an Bord. Er musterte die Gesichter der Leute, während sie nach vorn gingen und das geräumige Deck mit dem Schurren ihrer Füße und dem Gemurmel ihrer Stimmen erfüllten, als erwache eine Welt zum Leben, die gleich darauf ins All entsandt werden sollte.

Weit unten auf der glasklaren Wasserstrecke in der Mitte des langen Docks beobachtete Mr. Powell die Schleppdampfer, die ruhig durch das offene Schleusentor kamen. Eine gedämpfte Stimme hinter ihm unterbrach ihn in seiner Betrachtung. Es war Franklin, der dicke Erste Offizier, der ihn mit einem aufmerksam abschätzenden Blick seiner hervorstehenden schwarzen Augen ansprach. ‚Sie nehmen am besten zwei von den Leuten mit und passen achtern auf. Wir fieren ab.'

‚Jawohl, Sir', sagte Powell mit dem nötigen Diensteifer, aber einen Moment lang blieben sie dort stehen und sahen einander fest an. Etwas wie ein leises Lächeln veränderte die Lippenstellung des Ersten Offiziers, bevor er lebhaften Schritts nach vorn ging.

Mr. Powell stieg zum Poopdeck hinauf und fuhr mit der Hand an seine Mütze, als er Kapitän Anthony erblickte, der sich ganz allein dort aufhielt. Er erzählte mir, daß er seinen Kapitän eigentlich erst hier zum erstenmal sah. Der

Tag zuvor im Seemannsamt, bei dem schlechten Licht und seiner Aufregung über diesen Posten, den er wie durch ein jäh und bedenkenlos herbeigeführtes Wunder erhalten hatte, zählte nicht. Da war er ihm viel älter und korpulenter erschienen. Er war überrascht über die schlanke Figur, die breiten Schultern und die schmalen Hüften, über das Feuer in den tiefliegenden Augen, die Elastizität des Ganges. Der Kapitän sah ihn fest an, nickte leicht und schritt dann mit einer Miene, als nehme er das, was um ihn her vorging, nicht wahr, mit hoch erhobenem Kopf und schnellen Bewegungen auf dem Poopdeck hin und her.

Powell musterte ihn insgeheim mehrmals mit einer Neugier, die unter den Umständen natürlich war. Er trug eine kurze graue Jacke und eine graue Mütze. Im Licht der Morgendämmerung, das eher durchsichtiger als heller wurde, bemerkte Powell die leicht eingefallenen Wangen unter dem gestutzten Bart, die senkrechte Falte auf der Stirn, den harten, entschlossenen Zug um den Mund.

Es war noch zu früh, als daß die Arbeit am Dock begonnen hätte. Das Wasser glänzte still, auf den langen, geraden Linien der Kais rührte sich nichts; niemand war zu sehen, außer den paar Hafenarbeitern längsseits der ‚Ferndale', die ihre Arbeit kannten und zumeist schwiegen oder nur in leisem Ton ein paar Worte miteinander wechselten, als wüßten auch sie von der Dame, ‚die nicht gestört werden durfte'. Die ‚Ferndale' war das einzige Schiff, das mit dieser Flut segelte. Die anderen Schiffe schienen noch zu schlafen und lagen lautlos da, nur hier und dort kam eine Gestalt aufs Vorderdeck und lehnte sich auf die Reling, um dem Vorgang in genießerischem Müßiggang zuzusehen. Ohne Schwierigkeiten und ohne Aufhebens, fast geräuschlos lief die ‚Ferndale' aus, als stehle sie sich davon. Sogar die Schleppdampfer, die ihre Maschinen jetzt abgestellt hatten, näherten sich ihr ohne ein Plätschern; der plump aussehende Raddampfer gierte vorwärts, während der andere, ein Schraubendampfer, der kleiner und von schlankerer Form war, so sanft auf ihr Heck zukam, daß er das glatte Wasser nicht zerteilte, sondern auf dessen Oberfläche wie auf einer Glasscheibe dahinzugleiten schien – ein Mann am Bug, der Schiffer am Ruder waren über dem weißen Schirm der Brücke nur von der Taille an aufwärts sichtbar, und beide blickten so ruhig, daß der junge Powell fasziniert in eine sonderbare Selbstvergessenheit und Reglosigkeit versank. Er war eingetaucht, versunken in die allgemeine Stille; ihm fiel die Bemerkung ein: ‚Sie ist eine Dame, die nicht gestört werden darf', und er wiederholte träge für sich: ‚Nein. Sie wird nicht gestört werden. Sie wird nicht gestört werden.' Dann ließen ihn die ersten lauten Worte an diesem Morgen zusammenzucken, welche die seltsame Stille der Abfahrt mit dem scharfen Anruf unterbrachen: ‚Geben Sie auf das Tau acht!' Das Tau sauste an seinem Kopf vorbei, einer der Matrosen fing es auf, und zu Ende war es mit der Bezauberung, der Ruhe des Gemüts, die ihn genau im Augenblick des Auslaufens unversehens überkommen hatte. Von diesem Moment an bis zwei Stunden danach, als das Schiff in eine der unteren Stromstrecken der Themse gebracht war, einem wohl unbewohnten Ufer gegenüber, in der Nähe einer Art Einfahrt, in der nur zwei vor Anker liegende Schleppkähne zu sehen waren, die eine rote Fahne führten, war Powell zu beschäftigt, um an die Dame, ‚die nicht gestört werden darf', an seinen Kapitän oder an irgend etwas anderes zu denken, was nichts mit seinen unmittelbaren Pflichten zu tun hatte. Tatsächlich bot sich ihm keine Gelegenheit, zum Poopdeck hinaufzugehen oder auch nur viel dorthin zu blicken; doch als das Schiff eben vor Anker gehen wollte, schaute er in diese Richtung und hatte den unsinnigen Eindruck, daß sein Kapitän (er war natürlich dort oben) an beiden Seiten des letzten Oberlichts zugleich saß. Powell war zu beschäftigt, um über diese merkwürdige Täuschung nachzudenken, dieses Phänomen, daß er doppelt sah, als hätte er einen Tropfen zuviel getrunken. Er lächelte nur über sich selbst.

Wie es so oft nach einem grauen Tagesanbruch geschieht, war die Sonne in warmer, strahlender Pracht über der riesigen, glänzenden Glätte der weiten Flußmündung aufgestiegen. Nebelfetzen flossen dahin wie Streifen von leuchtendem Staub, und in dem blendenden Widerschein von Wasser und Dunst hatten die Ufer die düstere, halb durchsichtige Dunkelheit geheimnisvoll von unten geworfenen Schattens. Powell, der während seines ganzen jungen Seemannslebens aus London abgesegelt war, erzählte mir, daß sich ihm in einem Augenblick hingerissenen Schauens etwa eine Stunde nach Sonnenaufgang der Fluß zum erstenmal für immer enthüllte, so wie man bei einem schon oft gesehenen schönen Gesicht plötzlich erkennt, daß es der Ausdruck einer unerwarteten inneren Schönheit ist, jenes einzigartigen, einmaligen Etwas, das leidenschaftliche Verwunderung und Treue und zugleich eine unauslöschliche Erinnerung an seinen Zauber hervorruft. Der Rumpf der ‚Ferndale', deren Bug nach Osten gedreht war, fing das Licht auf; ihre hohen Rundhölzer und das Takelwerk waren von der glitzernden Wasserlinie bis zu den Flaggenknöpfen, die sich klein und glänzend von der zarten blauen Weite abhoben, in ein rotgoldenes Bad getaucht.

‚Wird Zeit, daß wir einen Happen essen', sagte eine Stimme neben ihm. Es war Mr. Franklin, der Erste Offizier, mit zwischen den Schultern eingesunkenem Kopf und melancholischen Augen. ‚Lassen Sie die Leute ihr Frühstück einnehmen, Bootsmann', fuhr er fort, ‚und löschen Sie in einer halben Stunde die Feuer in der Kombüse, damit wir die Lastkähne mit dem Sprengstoff längsseits rufen können. Kommen Sie mit, junger Mann. Ich kenne Ihren Namen nicht. Habe den Kapitän nicht gesprochen, seit er gestern nachmittag davonstürmte, um irgendwo einen Zweiten Offizier aufzutreiben. Wie hat er Sie denn bekommen?'

Der junge Powell, der trotz der Freundlichkeit des anderen etwas schüchtern war, antwortete ihm lächelnd, doch irgendwie spürte er, daß in dieser schließlich natürlichen

Neugier etwas mitschwang – eine gewisse Sorge. Sein Name sei Powell, und Mr. Powell, der Erste Kommissar des Seemannsamts, habe ihm seinen Posten verschafft. Er errötete.

‚Aha, ich verstehe. Nun, Sie waren klug, sich bereitzumachen. Der Wachmann hat mir, bevor er fortging, berichtet, daß Sie um ein Uhr gekommen sind. Ich habe letzte Nacht nicht an Bord geschlafen. Ich nicht. Es hat mal eine Zeit gegeben, da ich das Schiff nicht gern länger als zwei Stunden am Abend verließ, sogar in London, aber jetzt, seit . . .'

Mit einem Rollen der hervorquellenden Augen zu diesem jungen Menschen, diesem Fremden hin hielt er inne. Inzwischen ging er ihm voran quer über das Achterdeck, unter das Poopdeck in den langen Gang hinein, an dessen entferntem Ende sich die Tür zum Salon befand. Sie war geschlossen. Mr. Franklin ging jedoch nicht bis dorthin. Nachdem er am Anrichteraum vorbeigegangen war, öffnete er zu Powells großer Überraschung plötzlich eine Tür auf der linken Seite des Ganges.

‚Unsere Messe', sagte er und trat in eine kleine, weißgestrichene, kahle Kajüte, die durch einen Teil des vordersten Oberlichts beleuchtet und nur mit einem Tisch und zwei Sofas mit verstellbaren Rückenlehnen ausgestattet war. ‚Das überrascht Sie? Nun, es ist nicht üblich. Und vorher war es auf diesem Schiff auch nicht so. Erst seit . . .'

Er hielt wieder inne. ‚Ja. Hier werden wir speisen, Sie und ich, und einander die nächsten zwölf Monate oder länger gegenübersitzen – Gott weiß, wieviel länger! Bei schönem Wetter hat während der Mahlzeiten der Bootsmann Deckwache.'

Er sprach nicht gerade schnaufend, aber doch wie ein Mensch, der etwas kurzatmig ist und dem (so dachte der junge Powell unwillkürlich) irgendein geheimer Groll das Gemüt verbittert hat.

Darin lag so viel Ungewöhnliches, daß selbst Powell in seiner Unerfahrenheit es wahrzunehmen vermochte. Die Offiziere hielten sich entgegen den Gepflogenheiten des Dienstes der Kajüte fern, und dazu diese Betonung, die der Erste Offizier seinen Worten gab. Franklin schien von dem neuen Zweiten Offizier keine Redegewandtheit zu erwarten. Er machte ein paar Bemerkungen über den alten und bedauerte den Unfall. Unangenehm. Sehr unangenehm, daß die Sache gerade am Abend, bevor sie ausliefen, geschehen sei.

‚Schlüsselbein und Arm gebrochen', seufzte er. ‚Traurig, sehr traurig. Haben Sie bemerkt, ob der Kapitän überhaupt beeindruckt war? Das muß er wohl gewesen sein.'

Vor diesem hochroten Gesicht, diesen Kugelaugen, die sehnsüchtig auf ihn, den jungen Powell, gerichtet waren – man darf nicht vergessen, daß er ja damals erst ein junger Mensch war, der sich nicht an irgendwelche Anzeichen eines sichtbaren Kummers zu erinnern vermochte –, gestand er mit verlegenem Lachen, daß er infolge der Plötzlichkeit dieser glücklichen Gelegenheit, die sich ihm geboten habe, nicht in der Lage gewesen sei, die Verfassung anderer Leute zu bemerken.

‚Ich war so froh, endlich ein Schiff zu bekommen', murmelte er und geriet noch mehr aus dem Gleichgewicht, als er in Mr. Franklins Miene etwas wie verhaltenen Ernst las.

‚Des einen Tod, des andern Brot', bemerkte der Erste Offizier. ‚Das gilt nicht nur für bloße Lebensmittel. Ich nehme an, es kam Ihnen gar nicht in den Sinn, daß hier ein guter Mann auf verflucht unangenehme Art zu Boden ging.'

Mr. Powell gestand offen, daß er daran nicht gedacht habe. Er war bereit zuzugeben, daß dies sehr tadelnswert von ihm gewesen sei. Mr. Franklin hatte aber anscheinend nicht die Absicht, Moral zu predigen. Er verstummte auch nicht. Seine weiteren Bemerkungen liefen darauf hinaus, daß es eine Zeit gegeben habe, da Kapitän Anthony voller Anteilnahme für das geringste bißchen gewesen sei, das seine Offiziere betraf. Ja, so eine Zeit habe es einmal gegeben!

‚Und bedenken Sie', fuhr er fort, legte plötzlich ein halbverzehrtes Butterbrot hin und erhob die Stimme, ‚der arme Mathews war am zweitlängsten an Bord. Ich kam als erster. Er musterte einen Monat später an – ungefähr zur selben Zeit wie der Steward, bloß ein paar Tage früher. Der Bootsmann und der Zimmermann kamen bei der darauffolgenden Fahrt. Beständige Leute. Noch immer hier. Kein guter Mann brauchte je daran zu denken, die »Ferndale« zu verlassen, wenn er nicht ein Narr war. Manche guten Männer sind Narren. Wissen nicht, wann es ihnen wohl ergeht. Ich meine, die besten von den guten Männern – solche, für die Sie alles täten. Sie bleiben jahrelang dabei, und dann plötzlich ...'

Unser junger Freund hörte dem Ersten Offizier mit einem eigentümlichen wachsenden Unbehagen zu. Denn es war, als denke Mr. Franklin laut und versetzte ihn in die heikle Lage eines unfreiwilligen Lauschers. In der Messe befand sich jedoch noch ein Zuhörer. Es war der Steward, der eine zinnerne Kaffeekanne mit langem Henkel hereingebracht hatte und schweigend neben ihnen stand: ein Mann mittleren Alters mit einem gelblichen, langen Gesicht, schweren Lidern und einem soldatischen grauen Schnurrbart. Sein Körper, der in einem kurzen schwarzen Jackett mit engen Ärmeln steckte, und seine langen Beine in einer sehr eng anliegenden Hose machten ihn zu einer beweglichen, jugendlichen, schlanken Erscheinung. Er trat plötzlich vor und unterbrach den Monolog des Ersten Offiziers.

‚Noch etwas Kaffee, Mr. Franklin? Ganz frisch aufgebrüht. Kochend heiß. Ich bringe gleich das Frühstück in den Salon, und der Koch macht sein Feuer aus. Jetzt ist Ihre Gelegenheit.'

Der Erste Offizier, der wegen seines eigentümlichen Körperbaus den Kopf nicht frei zu bewegen vermochte, drehte seinen dicken Rumpf ein wenig und rollte die schwarzen Augen in die Augenwinkel, zu dem Steward hin.

‚Hat sich das würdige Paar schon erhoben?' knurrte er.

Der Steward, der dem Ersten Offizier den Kaffee in die Tasse goß, murmelte mürrisch, aber deutlich vernehmbar: ‚Die Dame noch nicht, als ich den Tisch deckte.'

Powells Ohren waren fein genug, um etwas Feindseliges in seiner Bemerkung über die Frau des Kapitäns herauszuhören. Denn von welcher anderen Person konnten sie sonst sprechen? Der Steward setzte verdrossen, aber gerecht hinzu: ‚Sie wird aber auf sein, bevor ich die Schüsseln hineinbringe. Auf diese Weise macht sie einem nie Ärger. Das tut sie nicht.'

‚Nein. In dieser Form nicht', pflichtete ihm Franklin bei, und dann sagten er und der Steward nichts mehr, nachdem sie zu Mr. Powell, dem Fremden auf dem Schiff, hingeblickt hatten.

Das genügte jedoch, um Powells Neugier zu wecken. Neugier ist eine ganz natürliche menschliche Eigenschaft. Selbstverständlich war es keine böswillige Neugier, die man, wenn sie auch nicht geradezu naturgegeben ist, doch ziemlich häufig beim Manne antrifft und vielleicht noch häufiger bei der Frau – besonders, wenn es dabei um eine Frau geht und diese sozusagen unter einem Schatten lebt. Denn unter einem Schatten zu leben war Flora de Barrals Schicksal sogar auf See. Ja. Selbst jene Art Dunkelheit, die eine Frau umgibt, für die kein fester Platz auf der Welt vorhanden ist, lag über ihr. Ja. Sogar auf See! Und darin liegt das Bemitleidenswerte im Dasein einer Frau. Ein Mann kann kämpfen, um sich einen Platz zu verschaffen, oder untergehen. Die Rolle einer Frau aber ist passiv, mögen Sie sagen, was Sie wollen, und mögen Sie die in der Welt existierenden Tatsachen schieben, wie Sie nur können, und auf einen Mangel an Energie, Weisheit, Mut hinweisen. In

Wirklichkeit haben fast sämtliche Frauen all diese Eigenschaften – auf ihre eigene Weise. Sie sind aber nicht für den Angriff geschaffen. Sie müssen warten. Ich spreche hier von Frauen, die richtige Frauen sind. Und es nützt auch nichts, von Gelegenheiten zu reden. Ich weiß, daß einige von ihnen darüber reden. Aber nicht die echten Frauen. Die wissen es besser. Niemand hat einen klareren Blick für die Realität als die wahre Frau – ich würde sagen: einen zynischen Blick, wenn ich nicht befürchten müßte, Ihre ritterlichen Gefühle zu verletzen, für die die Frauen, nebenbei gesagt, Männern Ihres Schlages nicht so dankbar sind, wie Sie vielleicht annehmen ..."

„Na, hören Sie mal, Marlow", rief ich, „weshalb dieser Ausfall gegen mich? Ich würde kein häßlich klingendes Wort über die Frauen sagen, aber mit welchem Recht bilden Sie sich ein, ich suchte Dankbarkeit?"

Marlow hob beschwichtigend die Hand.

„Ruhig, ruhig! Ich nehme das häßlich klingende Wort zurück, jedoch mit der Bemerkung, daß mir Zynismus ein von Heuchlern erfundenes Wort zu sein scheint. Aber lassen wir das. Was die Frauen betrifft, so wissen sie, daß das Geschrei nach Möglichkeiten für sie, etwas zu werden, was sie nicht sein können, so vernünftig ist, als beginne die Menschheit als Ganzes Möglichkeiten zu fordern, in dieser Welt, in welcher der Tod die Voraussetzung für das Leben ist, Unsterblichkeit zu erlangen. Sie müssen verstehen, daß ich hier nicht von der materiellen Existenz spreche. Die ist natürlich mitenthalten, aber Sie wollen doch nicht behaupten, daß eine Frau, die, sagen wir, Soldat geworden ist (es hat solche Fälle gegeben), ihren Platz in der Welt erobert hat. Sie hat lediglich ihren Lebensunterhalt gefunden – was durchaus verdienstvoll, aber schließlich nicht ganz dasselbe ist.

Alle diese Überlegungen, die sich daraus ergeben, daß ich den Faden von Flora de Barrals Existenz aufgenommen habe, kamen Mr. Powell ganz gewiß nicht in den Sinn –

nicht dem Mr. Powell, den wir kennen, der einsame Wochenendsegelfahrten in der Themsemündung unternimmt (mit geheimnisvollen Abstechern in abgelegene Schlupfhäfen), sondern dem jungen Mr. Powell, dem zufälligen Zweiten Offizier des Schiffes ‚Ferndale', das von Roderick Anthony, dem Sohn des Dichters, Sie wissen doch, befehligt wurde und zum großen Teil ihm gehörte. Einem Mr. Powell, der viel schlanker war, als unser robuster Freund es jetzt ist, von dessen glatten Wangen die Jugendblüte der Unschuld noch nicht ganz verschwunden war und den wahrscheinlich die Erfahrung, die das Leben für ihn bereithielt, nicht nur interessierte, sondern auch überraschte. Dies würde erklären, weshalb er sich an so vieles äußerst lebhaft erinnert. Zum Beispiel sind ihm die Eindrücke, die er beim ersten Frühstück an Bord der ‚Ferndale' empfing, sowohl die optischen wie die geistigen, noch so gegenwärtig, als wäre es erst gestern gewesen.

Die Überraschung – das ist leicht zu verstehen – kam daher, daß er nicht in der Lage war, die Zeichen richtig zu deuten, die die Erfahrung (etwas an sich Geheimnisvolles) unserem Verstand und unseren Gefühlen macht. Denn mehr ist es niemals. Unsere Erfahrung dringt nie in unser Blut und unsere Knochen ein. Sie bleibt immer außerhalb von uns. Deshalb betrachten wir die Vergangenheit mit Staunen. Und dieses Staunen hält sogar dann noch an, wenn wir durch Übung und die wachsende Unempfindlichkeit des Gewebes zu dem Punkt gelangen, wo nichts, dem wir bei diesem raschen, geblendeten Stolpern durch das Sonnengeflimmer, das unser Leben ist, begegnen – wo nichts also, auf das wir stoßen, uns noch überrascht. Jedenfalls nicht gleich, will ich sagen. Wenn wir später diese Fähigkeit mit einem Ausruf zurückerlangen wie etwa: ‚Nein, so was! Weiß der Teufel, ich hab nie ...', dann geschieht es wahrscheinlich deshalb, weil die Tatsache selbst, daß es so etwas gibt wie eine Vergangenheit, auf die man zurückblicken kann – die anderer Leute –, erstaunlich ist, wenn man einen flüchtigen und unermeßlichen Augenblick lange Zeit hat, daran zu denken ..."

Ich war im Begriff, Marlow zu unterbrechen, als er von selbst innehielt, den Blick ins Leere oder vielleicht (ich will nicht zu streng mit ihm sein) auf eine Vision gerichtet. Er hat die Gewohnheit – oder sagen wir: den Fehler – schadhafter Kaminsimsuhren, plötzlich mitten im Ticken innezuhalten. Hat man jemals mit einer Uhr gelebt, die an diesem Gebrechen leidet, dann weiß man, wie ärgerlich es ist – ein solches Innehalten. Ich war ärgerlich auf Marlow. Er lächelte leise, während ich wartete. Er lachte sogar ein wenig. Und da sagte ich bissig: „Soll ich das so verstehen, daß Sie etwas Komisches an der Geschichte Flora de Barrals aufgespürt haben?"

„Etwas Komisches!" rief er. „Nein! Wie kommen Sie darauf? ... Oh, ich habe gelacht, nicht wahr? Aber wissen Sie denn nicht, daß die Menschen über absurde Dinge lachen, die alles andere als komisch sind? Haben Sie nicht die neuesten Bücher über das Lachen gelesen, die Philosophen und Psychologen geschrieben haben? Es gibt eine Menge ..."

„Ich wage zu sagen, daß eine Menge Unsinn über das Lachen geschrieben wurde – und über die Tränen auch, was das betrifft", sagte ich ungeduldig.

„Es heißt darin", fuhr Marlow, ohne sich einschüchtern zu lassen, fort, „daß wir aus einem Gefühl der Überlegenheit heraus lachen. Beobachten Sie doch: Schlichtheit, Ehrlichkeit, Gefühlswärme, Feinfühligkeit des Herzens und des Verhaltens, Selbstvertrauen und Großmut werden deshalb verlacht, weil ein Mensch, dessen Charakter diese Eigenschaften aufweist, häufig durch sie in eine schwierige, schreckliche oder absurde Lage gerät, was uns, der Mehrheit, die wir ziemlich frei von diesen Eigentümlichkeiten sind, das angenehme Gefühl der Überlegenheit gibt."

„Sprechen Sie für sich selbst!" sagte ich. „Aber haben Sie all diese schönen Dinge in der Geschichte entdeckt, oder hat Mr. Powell sie Ihnen in seiner offenherzigen Plauderei entdeckt? Haben Sie beide so richtig aus vollem Herzen miteinander gelacht? Los! Tun Ihnen noch die Seiten weh, Marlow?"

Marlow ließ sich durch meine Hänselei nicht beleidigen. Er war ganz ernst.

„Ich möchte nicht so auf Anhieb sagen, wie oft das geschah", fuhr er mit belustigender Vorsicht fort. „Doch die Situation war so gespannt, daß die Anzeichen davon Mr. Powell viele Überraschungen bereiteten, von denen zwar keine an sich ein Schock war, die aber in ihrer Häufung bewirkten, daß ihm das Ganze in den Einzelheiten seiner Entwicklung unvergeßlich blieb. Und die erste Überraschung kam sehr bald. Als der Sprengstoff (dem er seine plötzliche Chance einer Anmusterung verdankte) – Dynamit in Kisten und Sprengpulver in Fässern – an Bord genommen, der Hauptlukendeckel für die Seefahrt zugenagelt, der Koch in der Kombüse wieder in seine Funktion eingesetzt, der Anker festgemacht war und das Schleppboot voraus um South Foreland fuhr, während die Sonne rein und rot in die purpurne Strecke des Kanals hinabsank, ging er auf das Poopdeck – zwar in Ausübung seines Dienstes, aber er hatte doch Zeit, an diesem geschäftigen Tag der Abfahrt den ersten freieren Atemzug zu tun. Der Lotse, der sich noch an Bord befand, warf ihm zuerst schweigend einen Blick zu und machte dann eine beiläufige Bemerkung, bevor er sein Hinundherschlendern zwischen dem Steuerruder und dem Kompaßhäuschen wiederaufnahm. Powell stellte sich bescheiden an das Ende des Poopdecks. Er hatte hinter dem Oberlicht einen Kopf mit einer grauen Mütze gesehen. Als er aber nach einiger Zeit zur anderen Seite des Decks hinüberging, entdeckte er, daß es gar nicht der Kopf des Kapitäns war. Er sah graues Haar, das sich im Nacken kräuselte. Wie hatte er sich so irren können? Aber an Bord eines Schiffes, fern vom Land, rechnet man nicht damit, auf einen Fremden zu stoßen.

Powell ging an dem Mann vorbei. Ein mageres, etwas eingefallenes Gesicht mit fest geschlossenem Mund starrte auf die ferne französische Küste, die undeutlich wie die Andeutung von etwas Festem, Dunklem querab lag, jenseits des Abendlichts, das die glatten Fluten, die selbst dunkler waren als der Himmel, zurückstrahlten. Powell mußte sein Starren kreuzen; er tat es mit einem raschen Seitenblick und bemerkte, wie reglos still es war. Sein Vorbeigehen störte diese Augen nicht mehr, als sei er so körperlos wie ein Geist. Und die Tatsache, daß seine Person keinerlei Eindruck machte, wirkte seltsam auf ihn. Wer mochte dieser alte Mann wohl sein?

Er war so neugierig, daß er sogar wagte, den Lotsen mit leiser Stimme danach zu fragen. Der Lotse erwies sich als ein gutherziges Exemplar seiner Gattung – er war leutselig, kurz und bündig. Er hatte seine Mahlzeiten unten in der Hauptkajüte eingenommen und daher etwas mitzuteilen.

‚Der? Ein komischer Kauz, nicht wahr? Mrs. Anthonys Vater. Ich bin ihm beim Frühstück in der Kajüte vorgestellt worden. Heißt Smith. Ich frage mich, ob er alle fünf Sinne beisammen hat. Sie nehmen ihn mit, wie es scheint. Sieht nicht sehr glücklich aus, wie?‘

Dann wechselte er plötzlich den Ton und verlangte, daß Powell alle Mann an Deck holen und die Segel beisetzen lasse. ‚Ich gehe in einer halben Stunde von Bord. Sie werden Zeit genug haben, alles über den alten Herrn ausfindig zu machen‘, setzte er mit einem heiseren Lachen hinzu.

In der geheimen Erregung, mit der er seinen ersten Befehl als voll verantwortlicher Offizier erteilte, vergaß der junge Powell nach einem Augenblick gänzlich die Existenz jenes alten Mannes. Während der folgenden Tage, in denen er sich dafür interessierte, Kontakt mit dem Schiff, der Mannschaft und auch mit seinen Pflichten zu gewinnen, während der recht beunruhigenden Periode des Eingewöhnens schlummerte seine Neugier, denn natürlich hatten die paar Worte des Lotsen sie nicht ausgelöscht.

Dieses Eingewöhnen fiel ihm leicht dank des freundlichen Charakters seines unmittelbaren Vorgesetzten, des Ersten Offiziers. Powell konnte nicht umhin, eine gewisse Sympathie für diesen dicken, kahlköpfigen, so komisch gebauten Mann mit der purpurroten Gesichtsfarbe zu empfinden, der, wenn er seine sehr beweglichen schwarzen Augen in dem scheinbar unbeweglichen Kopf rollte, etwas Mitleiderweckendes hatte – für diesen Mann, der so taktvoll bereit war, Powells Befähigung als selbstverständlich anzusehen.

Für einen jungen Mann, der zum erstenmal die Arbeit seines Lebens anpackt, kann es nichts Ermutigenderes geben. Da Mr. Powell über sich selbst beruhigt war, hatte er Muße, die ihn umgebenden Menschen mit freundlichem Interesse zu beobachten. Schon bald nach Beginn seiner Fahrt hatte er mit einiger Belustigung entdeckt, daß diejenigen, die er (im Bewußtsein, daß man ihn als eine Art Außenseiter betrachtete) in Gedanken ‚die Alten‘ nannte, Kapitän Anthony seine Heirat verübelten.

Sie hatten die sonderbaren, bedauernden Blicke, die Betonung, das Nicken von Männern, die andere, bessere Zeiten gesehen haben. Was diese Heirat dem Bootsmann und dem Zimmermann ausmachen konnte, vermochte Powell nicht recht zu verstehen. Und doch zogen die beiden lange Gesichter und warfen finstere Blicke zum Poopdeck hin. Der Koch und der Steward mochten unmittelbarer betroffen sein. Aber der Steward sagte dann und wann, getrieben von einem ausgeprägten Gerechtigkeitsgefühl der düsteren Art: ‚Ach, zusätzliche Mühe macht sie einem nicht!‘ Er war ein recht schweigsamer Mann, der sich seines persönlichen Wertes sehr bewußt und daher in seinen Äußerungen vorsichtig war. Der Koch, ein ordentlicher Mensch mit hellem Backenbart, der erst seit drei Jahren auf dem Schiff fuhr, schien am wenigsten betroffen zu sein. Es war sogar bekannt, daß er sich ein- oder zweimal erkundigt hatte, wie einige seiner Gerichte der Frau des Kapitäns geschmeckt hatten. Dies wurde als eine Art treulosen Abfall von der herrschenden Stimmung betrachtet.

Franklins Ärger war noch am leichtesten zu verstehen. Noch bevor die erste Woche der Fahrt vorüber war, ließ er sich Powell gegenüber folgendermaßen aus: ‚Sie können nicht von mir erwarten, daß ich mich darüber freue, wenn man mich aus dem Salon wirft, als wäre ich nicht gut genug, mich zum Essen mit dieser Frau an einen Tisch zu setzen.' Aber er beeilte sich hinzuzufügen: ‚Glauben Sie ja nicht, daß ich dem Kapitän etwas vorwerfe. Er ist kein Mann, an dem es etwas auszusetzen gäbe. Sie sind noch zu jung, Mr. Powell, um solche Dinge zu verstehen.'

Beträchtliche Zeit darauf, nach einer Unterhaltung, in der er sich ähnlich gekränkt äußerte, ging er noch ein wenig weiter, indem er erklärte: ‚Jawohl, Sie sind zu jung, um diese Dinge zu verstehen. Ich will damit nicht sagen, daß Sie nicht eine Menge Verstand haben. Sie schlagen hier sehr gut ein. Ein ganz Teil besser, als ich erwartet hatte, wenn auch Ihr Aussehen mir gleich gefallen hat.'

Das war während der Passatwinde, nachts, unter einem samtenen, sternenübersäten Himmel – unzählige Gestirne beobachteten die Schatten des Meeres, das im Kielwasser des Schiffs geheimnisvoll glitzerte, während das gemächliche Rauschen der Flut leewärts einem schläfrigen Kommentar über seine Fortbewegung glich. Mr. Powell drückte seine Zufriedenheit durch ein halb schamhaftes Lachen aus. Der Erste Offizier grübelte weiter. ‚Und natürlich haben Sie das Schiff nicht gekannt, wie es war. Es bedeutete mehr als ein Heim für einen Mann. Es war wie kein anderes Schiff, und Kapitän Anthony war wie kein anderer Schiffer. Es ist auch jetzt wie kein zweites Schiff. Aber vorher hatte man überhaupt keine Sorgen um das Schiff – und auch um ihn nicht. Nein, wirklich, es gab nie etwas, worüber man sich Kopfschmerzen machen mußte.'

Der junge Powell vermochte nichts zu entdecken, worüber man sich jetzt Kopfschmerzen machen mußte. Die Heiterkeit der friedlichen Nacht schien so unermeßlich zu sein wie der Weltraum und so dauerhaft wie die Ewigkeit selbst. Es stimmt zwar, daß das Meer ein unsicheres Element ist, aber angesichts seiner bezaubernden Macht denkt kein Seemann daran, ebensowenig wie ein Liebender jemals an die sprichwörtliche Unbeständigkeit der Frauen denkt. Und da Mr. Powell jung war, dachte er ganz naiv, daß der Kapitän ja verheiratet sei und es daher keinen Grund gebe, sich seinetwegen Gedanken zu machen. Ich nehme an, daß für ihn das Leben – vielleicht nicht so sehr sein eigenes wie das anderer – noch etwas von einem Märchen hatte, das schloß: ‚Und von da an lebten sie glücklich bis an ihr seliges Ende.' Wir sind viel mehr die Geschöpfe unserer Unterhaltungsliteratur, als man allgemein in einer Welt annimmt, die stolz darauf ist, wissenschaftlich und praktisch zu sein und unumstößliche Theorien zu besitzen. Powell hatte dieses Empfinden um so mehr, weil der Kapitän eines Schiffs auf See ein fernes, unerreichbares Geschöpf ist, ähnlich einem Märchenprinzen, einzig in seiner Art, von niemandem abhängig, niemandem Rechenschaft schuldig, außer Mächten, die praktisch unsichtbar und so weit fort sind, daß sie gut als übernatürlich gelten können, nach dem zu urteilen, was die übrige Mannschaft in der Regel von ihnen weiß.

Folglich verstand er die gekränkte Haltung des Ersten Offiziers nicht, oder vielmehr, er verstand sie dunkel als das Ergebnis simpler Ursachen, die ihm nicht ausreichend erschienen. Er hätte das alles mit einem verächtlichen ‚Was zum Teufel schert das mich!' aus seinen Gedanken verbannt, wenn die Frau des Kapitäns nicht selbst so jung gewesen wäre. Als er sie zum ersten Mal sah, hatte es ihm förmlich einen Schock versetzt. Er hatte festgelegte Vorstellungen von Kapitänsfrauen gehabt, die ihn veranlaßten, seine Augen, denen er nicht traute, sehr weit aufzureißen.

Er starrte die Frau des Kapitäns so lange an, bis sie es deutlich bemerkte und das Gesicht abwandte. Die Frau eines Kapitäns! Dieses in Decken gehüllte Mädchen in einem Liegestuhl! Eines Kapitäns! In Gedanken sperrte er den Mund auf. Es war ihm niemals in den Sinn gekommen, daß die Gattin eines Kapitäns etwas anderes sein könnte als eine Frau, die sich als dick oder dünn, fröhlich oder mürrisch beschreiben ließ, stets aber in reifen Jahren stand und sogar, verglichen mit ihm, geradezu alt war. Aber das hier! Es brachte ihn gewissermaßen moralisch aus der Fassung, so, als hätte er einen Fall von Entführung oder etwas ähnlich Erstaunliches entdeckt. Sie verstehen, daß nichts verwirrender ist, als wenn eine festgelegte Vorstellung umgestoßen wird. Jeder von uns ordnet sich die Welt entsprechend seinem Bild von der Angemessenheit der Dinge. Wenn man dort ein Mädchen erblickt, wo die durchschnittliche mittelmäßige Vorstellungskraft eines Menschen eine verhältnismäßig alte Frau vermutet hatte, so kann das leicht einen der stärksten Schocks auslösen ..."

Marlow hielt inne und lächelte vor sich hin.

„Powell war nach all den Jahren noch von der bloßen Erinnerung beeindruckt", fuhr er in einem Ton fort, der vielleicht belustigt, jedoch nicht spöttisch klang. „Er sagte erst neulich zu mir – und etwas wie die erste Scheu angesichts dieser Entdeckung klang noch in seiner Stimme mit –, er sagte zu mir: ‚Wahrhaftig, sie wirkte so jung, so mädchenhaft, daß ich mich nach einer anderen Frau umsah, die die Frau des Kapitäns sein könnte, obgleich ich natürlich wußte, daß bei dieser Fahrt keine andere Frau an Bord war.' Bei der vorigen Fahrt hatte anscheinend die Frau des Stewards Mrs. Anthony als Aufwartung gedient, diesmal aber wurde sie aus irgendeinem ihm unbekannten Grunde nicht mitgenommen. Mrs. Anthony ...! Wäre sie nicht die Frau des Kapitäns gewesen, dann hätte er sie in Gedanken ein Kind genannt, sagte er. Ich nehme an, die Frau der Kapitäns (so unglaublich dies auch klingen mag) muß von einer Art Göttlichkeit umgeben sein, die ihn daran hinderte, diese verächtliche Bezeichnung insgeheim auf sie anzuwenden.

Ich fragte ihn, wann das gewesen war, und er erzählte mir, es sei drei Tage nach ihrer Trennung von dem Schleppdampfer geschehen – genau gesagt, kurz vor dem Kanal. Mit unangenehm feuchtem Wetter hatte ein Gegenwind eingesetzt. Powell war um sechs Uhr abends zur Leeseite des Poopdecks hinaufgekommen, um seine Wache zu beginnen – noch immer mit dem Gefühl, fremd und ein unerfahrener Offizier zu sein. Der Anblick von Mrs. Anthony war ebenso unerwartet, als hätte er eine Vision erblickt. Als sie den Kopf abwandte, faßte er sich und sah zu Boden. Nun vermochte er nur noch nahe bei dem Liegestuhl, in dem sie lag, dicht neben dem Oberlichtsitz zwei lange dünne Beine zu sehen, die in schwarzen Tuchstiefeln endeten. Woraus er schloß, daß der ‚alte Herr', der eine graue Mütze wie der Kapitän trug, neben ihr, seiner Tochter, saß. In der ersten Überraschung war er unvermittelt stehengeblieben, und folglich war er jetzt sehr verlegen, weil er sein Erstaunen verraten hatte. Er konnte jedoch nicht gut kehrtmachen und vom Poopdeck fliehen. Er war hergekommen, um seinen Dienst zu versehen. So ging er, noch immer mit gesenktem Blick, an ihnen vorbei. Erst als er beim Steuergräting angelangt war, schaute er auf. Die Rükkenlehne ihres Liegestuhls verbarg sie vor ihm, er konnte jetzt aber den Besitzer der dünnen, ältlichen Beine sehen, der auf dem Oberlicht saß – die glattrasierten Wangen, den schmalen, zusammengekniffenen Mund mit einer Höhlung in beiden Winkeln, das dünne graue Haar, das unter der Tweedmütze hervorquoll und sich auf dem Mantelkragen leicht wellte. Er beugte sich ein wenig vor, über Mrs. Anthony, aber sie sprachen nicht miteinander. Kapitän Anthony, der mit schnellen, elastischen Schritten auf der anderen Seite des Poopdecks von einem Ende zum anderen ging, blickte gerade vor sich hin. Der junge Powell hätte denken können, daß auch sein Kapitän seine Gegenwart nicht wahrnehme. Aber er wußte es besser und verbrachte deshalb eine höchst ungemütliche halbe Stunde unbeweglich vor dem Kompaß, bis der Kapitän in seinem raschen Aufundabgehen innehielt und mit fast sichtbarer Überwindung und leiser Stimme irgendeine Bemerkung über das Wetter zu ihm machte. Bevor der überraschte Powell ein Wort der Erwiderung finden konnte, machte der Kapitän eine Drehung und nahm mit starrem Blick seine endlose Wanderung von neuem auf. Und bis die Glocke zum Abendbrot läutete, herrschte Schweigen auf dem Poopdeck, als liege es unter einem bösen Zauber. Der Kapitän ging auf und ab und sah gerade vor sich hin, der Rudergänger steuerte und sah zu den Segeln hinauf, der alte Herr auf dem Oberlicht sah hinab auf seine Tochter – und Mr. Powell gestand mir, daß er nicht wußte, wohin er sehen sollte, und das Gefühl hatte, er sei irgendwo eingedrungen, wo er nichts zu suchen hatte – was albern war. Endlich heftete er seinen Blick auf die Kompaßkarte und flüchtete sich im Geiste in die Kompaßhaube. In der kühlen Dämmerung, die sich von einem gleichmäßig bewölkten Himmel auf die trüben grünen Wasser der lotbaren Tiefe herabsenkte, fröstelte er stärker, als zu erwarten gewesen wäre. Ein böiger Wind fegte über die trostlose Wasserwüste, und das Schiff, das so dicht beim Wind aufholte, daß es in seiner Fahrt gebremst wurde, schien nur träge und stoßweise gegen die kurzen Wellen voranzukommen, die mit knurrendem Geräusch an seinen Seiten entlangschlugen.

Der junge Powell dachte, dies sei der ödeste abendliche Anblick des Meeres, den er je vor Augen gehabt habe. Er war froh, als die übrigen auf dem Poopdeck Anwesenden es beim Klang der Glocke verließen. Der Kapitän als erster – mit einer plötzlichen Seitenbewegung zum Niedergang hin, ohne daß er sich auch nur einmal nach seiner Frau und deren Vater umsah. Die beiden standen auf und begaben sich zum Niedergang – der alte Herr sehr gerade aufgerichtet; die dünnen Locken bewegten sich leise in seinem Nacken; er trug die Decken. Das Mädchen, das Mrs. Anthony war, ging vor ihm hinunter. Die trübe Dämmerung hatte tiefe Schatten auf ihr Gesicht gezeichnet. Sie sah im Vorbeigehen Mr. Powell an. Er dachte, sie sei sehr blaß. Vielleicht war ihr kalt. Der alte Herr blieb einen Augenblick, mager und steif, vor dem jungen Mann stehen und sagte mit leiser, aber deutlich vernehmbarer Stimme und ohne irgendeine besondere Betonung – nicht einmal eine fragende: ‚Sie sind der neue Zweite Offizier, glaube ich.'

Mr. Powell bejahte es und fragte sich, ob dies eine freundlich gemeinte Annäherung sei. Er hatte bemerkt, daß Mr. Smiths Augen gewissermaßen nach innen blickten, als mißfalle ihm oder als verachte er seine Umgebung. Die Frau des Kapitäns war schon im Niedergang verschwunden. Mr. Smith sagte ‚Ah!' und wartete noch etwas, um eine weitere Frage in diesem Ton, in dem keinerlei Neugier lag, zu stellen.

‚Haben Sie den Mann gekannt, der vor Ihnen hier war?'

‚Nein', sagte der junge Powell. ‚Ich habe niemand hier vom Schiff gekannt, bevor ich an Bord kam.'

‚Er war viel älter als Sie. Doppelt so alt. Vielleicht noch älter. Er hatte eisengraues Haar. Ja. Bestimmt noch älter.'

Die leise, gedämpfte Stimme hielt inne, aber der alte Mann rührte sich nicht fort. Er setzte hinzu: ‚Ist es nicht ungewöhnlich?'

Mr. Powell war überrascht, nicht nur über die Tatsache, daß er in eine Unterhaltung gezogen wurde, sondern auch über deren Charakter. Vielleicht war es die Assoziation, die mit dem Wort, das der alte Mann geäußert hatte, verbunden war, aber in ebendem Augenblick wurde ihm bewußt, daß nicht nur an dieser Begegnung, sondern überhaupt rings um ihn, an allem, in der Atmosphäre, etwas Ungewöhnliches war. Sogar die See mit ihrem kurzen aufleuchtenden Schaum, der hier und dort in der dunklen Ferne hervorbarst – die unveränderliche, Sicherheit gebende See, die einen Mann vor allen Leidenschaften schützte, außer vor ihrem eigenen Zorn, schien ihm sonderbar, als er einen raschen Blick luvwärts warf, wo der schon ausgelöschte Horizont für das Auge keine beruhigende Grenze zog. In der ersterbenden, verfließenden Dämmerung, bevor die wolkige Nacht ihre geheimnisvollen Schleier herabsenkte, war die Unendlichkeit des Raums sichtbar, fast greifbar geworden. Der junge Powell spürte sie. Er spürte sie in dem plötzlichen Gefühl seiner Isolierung; das vertrauenswürdige, starke Schiff seiner ersten Bekanntschaft war zu einem Tüpfelchen zusammengeschrumpft, zu etwas fast nicht Unterscheidbarem, einem bloßen Halt für die Sohlen seiner beiden Füße, bevor dieser unerwartet aufgetauchte alte Mann in einem dunkler werdenden Universum so plötzlich zu sprechen begonnen hatte.

Er brauchte einen Augenblick, um zu verstehen, worauf sich die Frage bezog. Er wiederholte langsam: ‚Ungewöhnlich... Ach, Sie meinen, daß ein älterer Mann Zweiter Offizier auf einem Schiff ist. Ich weiß nicht. Viele von uns kommen nicht voran. Er ist nicht vorangekommen, nehme ich an.‘

Der andere hielt den Kopf ein wenig gesenkt und sah aus, als höre er sehr aufmerksam zu.

‚Und jetzt hat man ihn ins Krankenhaus gebracht‘, sagte er.

‚Ich glaube. Ja. Ich erinnere mich, daß Kapitän Anthony es im Seemannsamt gesagt hat.‘

‚Möglicherweise liegt er im Sterben‘, fuhr der alte Mann in seiner sorgfältig überlegten Sprechweise fort. ‚Und vielleicht ist er ganz froh, daß er stirbt.‘

Mr. Powell war jung genug, um bei dieser Andeutung, die in der Dämmerung vertraulich und grausig wirkte, zu erschrecken. Er sagte scharf, das sei nicht sehr wahrscheinlich, als wolle er das abwesende Opfer des Unfalls gegen eine unfreundliche Nachrede verteidigen. Er war tatsächlich entrüstet. Der andere ließ ein kurzes, unterdrücktes, versöhnlich klingendes Lachen hören. Unter dem Poopdeck ertönte das zweite Glockenzeichen. Bei diesem Laut machte er eine Bewegung, blieb aber noch stehen.

‚Was ich gesagt habe, war nicht ernst gemeint', murmelte er mit einem seltsamen Ausdruck, als fürchte er, daß man ihn hörte. ‚Nicht in diesem Fall. Ich kenne den Mann.'

Der Anlaß zu dem Gespräch oder vielmehr der fehlende Anlaß hatte das Wahrnehmungsvermögen des arglosen Zweiten Offiziers der ‚Ferndale' geschärft. Er reagierte auf die leiseste Abstufung des Tons und hatte das Gefühl, auf dieses ‚Ich kenne den Mann' hätte ein ‚Er war nicht mein Freund' folgen sollen. Nach einer winzigen Pause aber sprach der alte Herr leise mit deutlich vernehmbarer und gleichmäßiger Stimme weiter: ‚Während Sie ihn nie gesehen haben. Trotzdem aber – wenn Sie erst einmal so viele Jahre durchlebt haben wie ich, dann werden Sie verstehen, daß ein Ereignis, welches dem Dasein eines Menschen ein Ende bereitet, nicht ganz unwillkommen sein mag. Natürlich gibt es dumme Zufälle. Aber selbst dann braucht man nicht sehr böse zu sein. Was bedeutet es schon, das Leben einzubüßen? Das ist rasch geschehen. Aber was würden Sie über die Empfindungen eines Menschen denken, dem man das Leben gestohlen hat? Den man um das Leben betrogen hat, sage ich!'

Er hielt plötzlich inne und schwieg lange genug, daß der erstaunte Powell undeutlich hervorzustammeln vermochte: ‚Was meinen Sie? Ich verstehe nicht.' Dann glitt er mit einem leisen ‚Gute Nacht' davon und sank durch den Schatten des Niedergangs in das Lampenlicht unten, das nicht über die Wendung der Treppe hinaus reichte.

Die seltsamen Worte, der vorsichtige Tonfall, die ganze Persönlichkeit hinterließ bei Mr. Powell tiefe Unruhe. Er begann in großer innerer Verwirrung auf dem Poopdeck hin und her zu gehen. Er hatte das Gefühl, er treibe. Dies war eine sonderbare Unterhaltung, kein Zweifel. Und dieser vorsichtige, leise Ton, als beobachte ihn jemand, war mehr als sonderbar. Der junge Zweite Offizier zögerte, die festgelegte Regel der auf allen Schiffen herrschenden Disziplin zu verletzen; endlich aber konnte er der Versuchung, sich irgendeinem anderen menschlichen Wesen zu nähern, nicht wiederstehen, und er sprach den Rudersmann an.

‚Haben Sie gehört, was dieser Herr soeben zu mir gesagt hat?'

‚Nein, Sir', erwiderte der Matrose ruhig. Dann, ermutigt durch die offensichtliche Lässigkeit seines Offiziers, setzte er kühn hinzu: ‚Ein komischer Heiliger, Sir.' Dies war ein Versuch, und da Mr. Powell, der mit seinem eigenen Eindruck beschäftigt war, nichts sagte, wagte er sich noch weiter vor: ‚Sie sind eher wie Passagiere. Unter den Passagieren trifft man komische Leute.'

‚Wer ist wie Passagiere?' fragte Powell barsch.

‚Nun, diese beiden, Sir.' "

3

Ergebene Diener – und das Licht einer Fackel

„Der junge Powell dachte bei sich: Die Leute merken es auch schon. Das Verhalten des Kapitäns gegenüber seiner Frau und deren Vater war in der Tat auffällig. Es sah aus, als wären sie zwei ihm nicht besonders sympathische Passagiere. Vielleicht war das aber nicht immer so. Irgend etwas mochte den Kapitän verstimmt haben.

Als der bekümmerte Franklin an Deck kam, machte Mr. Powell eine entsprechende Bemerkung, denn seine Neugier war geweckt.

Der Erste Offizier knurrte: ‚Scheint Ihnen so? Verstimmt? He?' Er knöpfte sich die dicke Jacke bis zum Hals zu und fuhr erst dann düster fort: ‚Ja, höchstwahrscheinlich', was nicht gerade zu einer weiteren Unterhaltung ermutigte. Keinerlei Ermutigung aber hätte den neu an Bord gekommenen Zweiten Offizier dazu gebracht, vertrauliche Mitteilungen zu machen. Er war instinktiv vorsichtig. Powell wußte nicht, warum er sich entschlossen hatte, sein Zwiegespräch mit Mr. Smith für sich zu behalten. Seine Neugier schlummerte jedoch nicht. Einige Zeit darauf, wieder bei der Wachablösung, erwähnte er im Laufe eines kurzen Gesprächs ganz nebenbei Mrs. Anthonys Vater und versuchte von dem Ersten Offizier zu erfahren, wer jener war.

‚Um das ausfindig zu machen, muß man ein kluger Mensch sein, so wie die Dinge jetzt an Bord liegen', sagte Mr. Franklin unerwartet mitteilsam. ‚Das erstemal sah ich ihn, als sie ihn eines Morgens gegen halb zwölf Uhr in einer vierrädrigen Droschke längsseits brachte. Der Kapitän war früh an Bord gekommen und hielt sich unten in der Kajüte auf, die für ihn hergerichtet war. Habe ich Ihnen gesagt, daß Sie, wenn Sie irgend etwas von dem Kapitän wollen, mit dem Fuß auf die Backbordseite des Decks stampfen müssen? So ist das. Dieses Schiff ist nicht nur anders als früher, sondern auf jeden Fall auch anders als alle anderen Schiffe. Haben Sie schon jemals gehört, daß sich die Kajüte des Kapitäns auf der Backbordseite befindet? Beide Heckkajüten sind neu hergerichtet worden, als wären sie ein gottverdammter Palast. Eine Schar von Leuten aus irgendeinem erstklassigen Haus im West End hat hier an Bord vierzehn Tage lang mit Wandbehängen und Möbeln herumgefuhrwerkt, als sollte die Königin mit uns fahren. Natürlich ist die Steuerbordkajüte der Schlafraum, aber der arme Kapitän kampiert backbord auf einer Couch, damit Mrs. Anthony nicht aufschreckt, falls wir ihn nachts an Deck brauchen. Nervös! P-hh! Eine Frau, die einen Seemann heiratet und sich entschließt, mit zur See zu fahren, sollte, verdammt noch mal, nicht schreckhaft sein, meine ich. Aber egal. Sobald die verwünschte Droschke um die Ecke des Lagerhauses fuhr, rief ich dem Kapitän zu, daß sich seine Dame an Bord begebe. Er antwortete mir; da ich ihn aber nicht kommen sah, stieg ich selbst das Fallreep hinunter, um ihr beim Aussteigen zu helfen. Sie springt aufgeregt heraus, ohne meinen Arm zu berühren und ohne auch nur danke schön oder guten Morgen oder sonst was zu sagen, dreht sich wieder zu der Droschke um, und nun steigt der alte Knabe langsam aus. Ich hatte ihn gar nicht bemerkt. Ich hatte nicht erwartet, jemand zu sehen. Es gab mir einen Schock. Sie sagt: »Mein Vater – Mr. Franklin.« Er starrt mich an wie eine Eule. »Guten Tag, Sir«, sage ich. Beide sahen komisch aus. So, als wäre ihnen unterwegs etwas zugestoßen. Keiner von beiden rührte sich, und ich stand daneben und wartete. Der Kapitän zeigte sich auf dem Poopdeck; ich sah ihn, wie er an der Seite stand und herübersah; dann verschwand er. Ich nahm an, er habe sich aufgemacht, um sie an Land zu begrüßen. Aber er ging einfach wieder hinunter. Da ich ihn nicht sah, sagte ich also: »Erlauben Sie mir, Ihnen an Bord zu helfen, Sir.« – »An Bord!« antwortete er auf eine ganz blöde Art. »An Bord!« »Eine sehr gute Treppe ist das Fallreep nicht, aber ganz fest«, sagte ich, da er sich davor zu fürchten schien. Er sah auch gar nicht aus wie ein gebrochener alter Mann. Sie können ja selbst sehen, wie er ist. So grade wie ein Schüreisen, und hat noch genug Leben in sich. Aber er rührte sich nicht, und ich fing an, mir albern vorzukommen. Nun meldete sie sich: »Oh, danke, Mr. Franklin. Ich helfe meinem Vater hinauf.« Ich war platt – einfach so den Mund gestopft zu bekommen! Sie drängte sich zwischen ihn und mich, ohne auch nur einmal zu mir hinzusehen. So ließ ich's natürlich sein. Was meinen Sie? Ich blieb zurück. Ich wäre gleich an Bord gegangen und hätte sie auf dem Kai stehenlassen, damit sie entweder an Bord kämen oder bis nächste Woche da unten blieben, ganz wie sie wollten, aber sie versperrten mir den Weg. Ich konnte sie ja nicht gut beiseite schieben. Der Teufel mag wissen, was zwischen ihnen los war. Sie stand da, blaß wie der Tod, und redete sehr schnell auf ihn ein. Er wurde so rot wie ein Truthahn – weiß der Kuckuck. Ein kratzbürstiger alter Knochen, kann ich Ihnen sagen. Und bösartig außerdem. Egal. Ich konnte nicht verstehen, was sie zu ihm sagte, aber sie legte so viel Energie hinein, daß sie zitterte. Es schien – es schien so, verstehen Sie! –, daß er nicht an Bord gehen wollte. Natürlich konnte es das nicht sein, das ist mir klar. Nun, sie faßte ihn beim Arm, über dem Ellbogen, als wolle sie ihn führen oder vielmehr schieben. Ich stand knapp zehn Fuß weit von ihnen entfernt. Weshalb hätte ich auch fortgehen sollen? Ich wollte so schnell wie möglich wieder an Bord zurück – sobald sie mich ließen. Ich wollte ihr verdammtes Geflüster gar nicht hören. Ich konnte aber nicht ewig da stehenbleiben, deshalb machte ich eine Bewegung, um nach Möglichkeit an ihnen vorbeizugelangen. Und daher hörte ich ein paar Worte. Es war der alte Kerl – er sagte etwas Häßliches darüber, »unter dem Stiefel« von irgend jemand zu sein. Dann erklärte er: »Ich will dieses Opfer nicht.« Was das bedeutet, kann ich nicht sagen. Es war ein Streit, da bin ich sicher. Sie blickte über die Schulter und sah, daß ich ziemlich dicht bei ihnen stand. Ich weiß nicht, was sie ihm ins Ohr sagte, aber er gab plötzlich nach. Er sah sich gleichfalls nach mir um, und dann stiegen sie so schnell zusammen hinauf, daß ich, als ich aufs Achterdeck kam, gerade noch sah, wie sich die innere Gangtür hinter ihnen schloß. Merkwürdig – wie? Wenn's aber nur merkwürdig wäre, machte es einem nichts aus. Am Nachmittag kam Gepäck an Bord, neue Koffer. Wir liefen um Mitternacht aus dem Dock aus. Und ich will gehängt werden, wenn ich weiß, wer er war oder was er ist. Ist mir nicht gelungen, es ausfindig zu machen. Nein, ich weiß es nicht. Er mag sonst was gewesen sein. Ich weiß nur, daß ich einmal, vor Jahren, als ich mit einem Freund zum Derby ging, einen Wettbruder gesehen habe, der genauso aussah wie dieser verwünschte geheimnisvolle Vater aus der Droschke.'

All das hatte der glotzäugige Erste Offizier in grollendem,

melancholischem Ton gesagt, mit Pausen dazwischen, beim sanften Murmeln des Meeres. Es bereitete ihm ein bitteres Vergnügen, ein frisches Paar Ohren, einen ‚Neuen' zu haben, dem er noch einmal all diese Anlässe zu Kummer und Mißtrauen vortragen konnte, welche die Schar von Kapitän Anthonys treuen Untergebenen unaufhörlich miteinander durchgesprochen hatte. Es war für sein besorgtes Gemüt offensichtlich so erquickend, daß er dabei vergaß, wie ratsam es war, einem gänzlich Fremden gegenüber etwas Vorsicht walten zu lassen. Bei Mr. Powell bestand jedoch tatsächlich keine Gefahr. Zuerst belustigten ihn diese Klagen, und er provozierte sie zum Spaß. Hinterher, während er über sie nachdachte, war er beeindruckt, und als sich dieser Eindruck im Laufe der Tage verstärkte, verstärkte sich auch sein Entschluß, die Sache für sich zu behalten.

Ihn zu befolgen, ich meine den Entschluß, war um so leichter, als Powells Gefühl belustigter Überraschung über das, was ihm zuerst als bloße Albernheit erschien, mit Empörung gemischt war. Und er war noch zu jung, seine Stellung noch zu neu, sein Vertrauen zur eigenen Meinung noch nicht fest genug, als daß er sie wirksam zu äußern vermocht hätte. Und außerdem – was hätte es genützt, und wo lag die Notwendigkeit?

Diese Sache aber, die gleichzeitig vertraut und geheimnisvoll war, beschäftigte seine Phantasie. Die Einsamkeit des Meeres macht die Gedanken eines Menschen und die Tatsachen seiner Erfahrung intensiver, und sie scheinen einem genau im Mittelpunkt der Welt zu liegen, so wie das Schiff, das einen trägt, stets das zentrale Objekt des runden Horizonts bleibt. Er betrachtete den unter Blutandrang leidenden Ersten Offizier und den finsteren Steward mit den müden Augen als Opfer einer besonderen und geheimen Form von Wahnsinn, die ihnen das Leben vergiftete. Doch er empfand deshalb kein Mitleid mit ihnen. Nein.

Dieses seltsame Leiden weckte in ihm eine Art mißtrauischen Staunens.

Einmal – und es geschah wieder in der Nacht, denn die Offiziere der ‚Ferndale', die Wache hatten und sie so versahen, wie es in jenen Tagen üblich war, hatten nur wenig Gelegenheit zu Unterhaltungen – einmal also fragte ihn der dicke Mr. Franklin, eine drollige rundliche Gestalt unter den Sternen, die für gewöhnlich Zeugen seiner Ergüsse waren, mit einer Plötzlichkeit, die nicht gefühllos war, sondern seiner schlichten Art entsprach: ‚Ich glaube, Ihre Eltern sind nicht mehr am Leben?'

Mr. Powell erwiderte, er habe Vater und Mutter schon frühzeitig verloren.

‚Meine Mutter lebt noch', erklärte Mr. Franklin in einem Ton, der andeutete, daß ihn diese Tatsache befriedigte. ‚Die alte Dame ist ausdauernd. Natürlich muß man es ihr bequem machen. Für eine Frau muß man sorgen, und was das betrifft, so meine ich, ist eine Mutter allemal das Beste. Ich möchte behaupten, wenn sie nicht so ausdauernd gewesen wäre, hätte ich mich vielleicht verheiratet. Ich weiß es freilich nicht. Wir Seeleute haben nicht viel Zeit, uns zu irgendeinem Zweck groß umzusehen. Auf jeden Fall, weil die alte Dame da war, habe ich sozusagen mein Leben lang kein Mädchen angesehen. Nicht als hätte ich weibliche Gesellschaft zu meiner Zeit nicht gern gehabt', fügte er pathetisch hinzu, während das Weiße seiner Glotzaugen verliebt unter dem hellen Nachthimmel glänzte, ‚sehr gern, möchte ich sagen.'

Mr. Powell war belustigt, und da diese Mitteilungen erst nach der Ablösung des Ersten Offiziers erfolgten, hatte er keine ernsthaften Einwände gegen sie. Die Anwesenheit des Ersten Offiziers vertrieb ihm während der ersten halben Stunde seiner Wache auf Deck und manchmal sogar noch länger die Zeit. Wenn es dem Älteren nichts ausmachte, einen Teil seiner Freiwache zu verlieren, dann war das nicht Mr. Powells Angelegenheit. Franklin war ein anständiger

Kerl. Er hatte nicht die Absicht, sich mit seiner kindlichen Liebe zu brüsten.

‚Natürlich meine ich achtbare weibliche Gesellschaft', erklärte er. ‚Die andere Sorte ist zwecklos. Ich werfe keinem Mann sein Verhalten vor, aber ein guterzogener junger Mensch wie Sie weiß, daß verflucht wenig Vergnügen dabei zu holen ist.' Er seufzte tief. ‚Ich wünschte, Kapitän Anthonys Mutter wäre ein so ausdauernder Typ gewesen wie meine alte Dame. Dann hätte er für sie sorgen müssen, und er hätte es gut getan. Kapitän Anthony ist ein rechtschaffener Mann. Und er wäre bewahrt geblieben vor der unsinnigsten . . .'

Er beendete den Satz nicht, der ihm gewiß bitter im Munde wurde. Mr. Powell dachte bei sich: Da fängt er wieder an. Er lachte ein wenig.

‚Ich verstehe nicht, weshalb Sie so streng mit dem Kapitän sind, Mr. Franklin. Ich dachte, Sie wären sein guter Freund.'

Mr. Franklin protestierte. Er sei nicht streng mit dem Kapitän. Nichts liege ihm ferner. Sein Freund! Natürlich sei er sein guter Freund und treuer Diener. Er sagte, Mr. Powell möge doch verstehen: Wenn es Kapitän Anthony gefallen sollte, schon morgen einen Handel mit dem Satan abzuschließen und dieser gut zu Kapitän Anthony wäre, dann würde er, Franklin, es über sich bringen, um des Kapitäns willen den Satan zu lieben. So liege die Sache. Andererseits aber, wenn ein Heiliger, ein Engel mit weißen Flügeln daherkäme und . . .

Er unterbrach sich jäh, als habe ihn seine eigene Heftigkeit erschreckt. Dann sagte er mit seiner gepreßten, pathetischen Stimme (die er nicht einmal erhoben hatte), daß Reden nichts nütze. Jeder könnte sehen, daß sich der Mann verändert habe.

‚Was das betrifft', erwiderte der junge Powell, ‚so ist es mir unmöglich, darüber ein Urteil abzugeben.'

‚Du lieber Himmel!' flüsterte der Erste Offizier. ‚Ein

gebildeter, kluger junger Mensch wie Sie mit Augen im Kopf und Verstand dazu! Sieht so ein glücklicher Mann aus? He? Sie mögen jung sein, aber ein Kind sind Sie nicht, und ich frage Sie: Wagen Sie es, darauf mit Ja zu antworten?'

Mr. Powell nahm die Herausforderung nicht an. Er wußte nicht, was er von der Ansicht des Ersten Offiziers halten sollte. Immerhin schien es, als habe sie in gewissem Maße seine Aufmerksamkeit geweckt. Er gab zu, daß der Kapitän nicht sehr gut aussehe.

,Nicht sehr gut!' wiederholte der Erste Offizier düster. ,Glauben Sie vielleicht, daß ein Mann mit einem solchen Gesicht hoffen kann, sein Leben zu Ende zu leben? Sie haben sich noch nicht lange in dieser Welt herumgetrieben, aber Sie sind Seemann und sind, wie Sie sagen, auf drei, vier Schiffen gefahren. Nun, haben Sie jemals einen Schiffer gesehen, der auf seinem eigenen Deck umhergeht, als wisse er nicht, was er unter den Füßen hat? Ja? Verdammt noch mal, ich glaube, er vergißt, wo er ist. Natürlich kann er gar nichts anderes sein als ein erstklassiger Seemann, aber trotzdem ist es ein Glück, daß er mich an Bord hat. Ich weiß allmählich schon, was er getan haben will, ohne daß er es mir sagt. Wissen Sie, daß ich keinen Befehl erhalten habe, seit wir aus dem Hafen ausgelaufen sind? Wissen Sie, daß er mir gegenüber nicht einmal den Mund aufgemacht hat, wenn ich ihn nicht als erster angesprochen habe? Ich? Sein Erster Offizier, sein Schiffsgefährte seit vollen sechs Jahren, mit dem er nicht ein ärgerliches Wort gewechselt hat – nicht ein einziges Mal in der langen Zeit. Ja. Nicht mal einen ärgerlichen Blick. Freilich, wenn ich ihn dazu bringe, mit mir zu sprechen, dann ist er wieder der alte liebe Mensch mit seinem alles wahrnehmenden Auge, seiner freundlichen Stimme. Könnte zu seinem alten Franklin auch kaum anders sein. Aber was nützt es? Der Blick, die Stimme, alles meilenweit fort. Und dabei achte ich sorgfältig darauf, daß ich ihn nie anspreche, wenn das Poopdeck nicht klar ist. Jawohl! Nur wenn wir beide da sind und sonst nichts als das Meer. Man sollte meinen, es wäre alles in Ordnung – der einzige Erste Offizier, den er je gehabt hat – Mr. Franklin hier und Mr. Franklin da – wenn irgendwas schiefging, dann war das erste Wort, das man auf Deck hörte: »Franklin!« Ich bin dreizehn Jahre älter als er – man sollte meinen, es ginge alles klar, nicht wahr? Nur wir beide auf dem Poopdeck, wo wir uns zum erstenmal gesehen haben – er ein junger Schiffer, der mir sagte, er glaube, ich sei der Richtige für ihn – wir beide, einunddreißig Tage draußen auf See, und es nützt nichts! Es ist, als spräche ich mit einem Mann, der an Land steht. Ich kann ihn nicht zurückholen. Ich kann nicht zu ihm durchdringen. Manchmal habe ich das Gefühl, ich müßte ihn am Arm packen, ihn schütteln. »Wachen Sie auf, wachen Sie auf, Sie werden gebraucht, Sir ...!«

Der junge Powell erkannte: Hier kam ein echtes Gefühl zum Ausdruck – etwas so Seltenes auf der Welt, in der es so viele Stumme gibt und so viele ausgezeichnete Gründe, sogar auf See, weshalb ein Mensch, der zu sprechen fähig ist, sich nicht bloßstellen will, daß er vor diesem Ausbruch etwas wie Achtung hatte. Es war kein lauter Ausbruch. Die groteske untersetzte Gestalt mit dem knopfhaften, wie durch einen Keulenschlag zwischen die breiten, eckigen Schultern getriebenen Kopf bewegte sich undeutlich in einem von den beiden an der vorderen Reling des Poopdecks vertäuten Ausrüstungstonnen begrenzten Raum, ohne alle Gesten, die Hände in den Jackentaschen, die Ellbogen dicht an die Seiten gepreßt, und die Stimme ging ohne jede Schwingung vom Ärger zur Verzagtheit über und von dieser wieder zum Ärger, und es fiel nicht ein einziges lauter gesprochenes Wort in der eiligen Rede, die nur ein leises Nach-Luft-Schnappen unterbrach, als ersticke der Sprecher an der unterdrückten Leidenschaft seines Kummers.

Mr. Powell war zwar in einem gewissen Grade gerührt, aber nicht mitgerissen. Und gerade, als er dachte, jetzt sei alles vorbei, ließ sich der andere, in der Dunkelheit nervös fuchtelnd, explosiv, verwirrt, aber nicht sehr laut in der Stille des Schiffs und der großen friedvollen Leere des Meeres vernehmen: ‚Sie haben ihm etwas angetan! Was ist es nur? Was kann es sein? Können Sie es nicht erraten? Wissen Sie es nicht?'

‚Du lieber Himmel!' Der junge Powell war erstaunt, als er entdeckte, daß dies ein an ihn gerichteter Appell war. ‚Wie in aller Welt kann ich das wissen?'

‚Sie sprechen doch mit dieser weißgesichtigen, schwarzäugigen... Ich habe Sie mehr als ein dutzendmal mit ihr sprechen sehen.'

Der junge Powell, dessen Mitgefühl plötzlich abgekühlt war, bemerkte in verächtlichem Ton, Mrs. Anthonys Augen seien nicht schwarz.

‚Ich wünsche bei Gott, sie hätte sie niemals auf den Kapitän gerichtet, welche Farbe sie auch immer haben mögen', erwiderte Franklin. ‚Sie und dieser alte Kerl mit den glattgeschabten Wangen, der über ihr sitzt und mit seinen gelben Augen auf ihr totenweißes Gesicht hinunterstarrt – hol sie der Teufel! Vielleicht wollen Sie erklären, seine Augen seien nicht gelb?'

Powell, den die Farbe von Mr. Smiths Augen nicht interessierte, machte eine unbestimmte Bewegung. Gelb oder nicht – ihm war es gleichgültig.

Der Erste Offizier murmelte vor sich hin: ‚Nein. Er kann es nicht wissen. Nein! Nicht mehr als ein Säugling. Dazu ist ein älterer Kopf nötig.'

‚Ich verstehe nicht einmal, was Sie meinen', sagte Mr. Powell kalt.

‚Und selbst den besten Kopf würde solches Teufelswerk in Verwirrung bringen!' brummelte der Erste Offizier weiter. ‚Nun, ich habe von Frauen erzählen hören, die einen Mann auf irgendeine Weise zu Grunde richten, wenn sie ihn erst einmal an Land haben. Aber ihre Teufelei auf See zu bringen und sich an so einen Mann zu hängen!... Das kann ich nicht verstehen. Aber ich kann aufpassen. Sie sollen sich in acht nehmen, sage ich!'

Seine kurze Gestalt, die nicht imstande war, sich zu bücken, und der jede Biegsamkeit fehlte, vermochte keine Niedergeschlagenheit auszudrücken. Er war plötzlich sehr müde; mit schlurfenden Schritten ging er vom Poopdeck. Bevor er es verließ – er hatte bereits fast eine Stunde seiner Freiwache geopfert –, richtete er noch einmal das Wort an unseren jungen Mann, der in einer unempfänglichen Stimmung, die sich durch Schweigen und Reglosigkeit kundtat, dwars von der Kreuztakelage stand. Er bedaure nicht, sagte er, über diese sehr ernste Angelegenheit offen gesprochen zu haben.

‚Ich weiß nicht, ob sie ernst ist, Sir', war Mr. Powells offenherzige Antwort. ‚Aber wenn Sie glauben, Sie hätten mir etwas ganz Neues erzählt, dann irren Sie sich. Sie können diese Sache nicht aus Ihren Reden heraushalten. Es ist so ziemlich genau das, was ich immer zu hören bekommen habe, seit ich an Bord bin.'

Mr. Powell wollte, indem er die Wahrheit sagte, keineswegs beleidigend werden. Er besaß eine instinktive Weisheit; er spürte, daß dies eine ernste Angelegenheit war, denn sie hatte nichts mit dem Verstand zu tun. Er wollte sich den Ersten Offizier nicht zum Feind machen. Und Mr. Franklin war nicht beleidigt. Auf Mr. Powells wahrheitsgemäße Feststellung antwortete er mit ebensoviel Wahrhaftigkeit und Schlichtheit, das sei wahrscheinlich, sehr wahrscheinlich. Da eine solche Sache (die schon fast so etwas wie Hexerei sei) auf seinem Gemüt laste, sei es ein Wunder, daß er überhaupt noch an etwas anderes zu denken vermöge. Der arme Mensch mußte in der Ruhelosigkeit seiner Gedanken die Illusion gefunden haben, daß er gegen irgendeine böse Macht aktiv ankämpfe, denn als er zögernd den Poopdecksniedergang hinunterstieg, drückte er in seinen letzten Worten die Hoffnung aus, er werde ihn, Powell, ‚noch auf unsere Seite bekommen'.

Mr. Powell – stellen Sie sich nur einen aufrechten jungen Menschen vor, den man auf hoher See in dieser Weise bestürmt! – antwortete mit einem verlegenen, unsicheren Lachen, das genau den Zustand seiner unschuldigen Seele widerspiegelte. Der zur Apoplexie neigende Erste Offizier, der schon halb unten war, stieg den Niedergang wieder drei Stufen weit empor. Freilich, ja. Ein anständiger junger Mann, das erwartete der Erste Offizier, würde nicht dastehen und zusehen, wie ein Mensch, ein guter Seemann und sein eigener Schiffer, sich in Not befand, ohne gegen zwei Leute vom Land Partei zu ergreifen, die... Mr. Powell unterbrach ihn ungeduldig mit der Frage, was eigentlich los sei. ‚Was wollen Sie denn andeuten?' rief er, auf eine unerklärliche Weise gereizt.

‚Ich darf gar nicht daran denken, daß er da unten ganz allein mit diesen beiden ist', flüsterte Franklin eindringlich. ‚Ehrenwort. Gott allein weiß, was da vor sich gehen mag... Lachen Sie nicht... Es war schon schlimm genug auf der letzten Fahrt, als Mrs. Brown achtern eine Kajüte hatte, aber jetzt ist es noch schlimmer. Es ängstigt mich. Ich kann manchmal nicht schlafen, wenn ich daran denke, daß er ganz allein dort ist, von uns allen abgeschlossen.'

Mrs. Brown war die Frau des Stewards. Sie müssen verstehen, daß Anthony kurz nach seinem Besuch im Cottage der Fynes (mit allen seinen Folgen) ein Angebot für eine Fahrt nach den Hebriden erhalten hatte, um die Fracht irgendeines Schiffs heimzuholen, das bei einem Zusammenstoß oder beim Stranden Schaden erlitten, in St. Michael Zuflucht gesucht und das man dort für seeuntüchtig erklärt hatte. Roderick Anthony verfügte über Beziehungen, die ihm solche gut bezahlten Aufträge einbrachten. So war Flora de Barrals erster Versuch ihres Lebens auf See nur eine Reise von fünf Monaten, ein bloßer Ausflug. Und Anthony, der sich offensichtlich bemühte, höchst aufmerksam zu sein, hatte diese Mrs. Brown, die Frau seines treuen Stewards, dazu bewogen, als Aufwartung für seine junge Frau mitzukommen. Aus irgendeinem Grunde aber hatte man diese Vereinbarung nicht erneuert. Und der Erste Offizier, den unbestimmte Ängste und Vorahnungen quälten, bedauerte das. Er bedauerte, daß Jane Brown nicht mehr an Bord war – als eine Art Vertreterin der treuen Diener Kapitän Anthonys, die still beobachtete, was in dem Teil des Schiffs vor sich ging, den diese verhängnisvolle Heirat vor ihrer Wachsamkeit verschlossen hatte. Das war hervorragend gewesen. Denn sie war eine zuverlässige Frau.

Powell entdeckte nichts besonders Hervorragendes in einer Beschäftigung, die Spionieren zu sein schien. In seiner Arglosigkeit aber sagte er, er hätte geglaubt, Mrs. Anthony wäre trotzdem froh gewesen, noch eine Frau an Bord zu haben. Er dachte an das mädchenhafte Wesen mit dem weißen Gesicht, das man, wie ihm schien, umsorgen sollte. Der unschuldige junge Mann betrachtete das Mädchen als unreif, fast noch als ein Kind.

‚Die! Froh! Die war es doch, die sie hinauswerfen ließ. Sie wollte niemand in der Nähe der Kajüte haben. Mrs. Brown ist sich ganz sicher. Sie hat es ihrem Mann erzählt. Fragen Sie den Steward und hören Sie sich an, was er darüber zu sagen hat. Deshalb gefällt mir die Sache ja nicht. Eine tüchtige Frau, die ihren Platz kannte. Aber nein. Sie mußte weg. Nicht weil sie irgend etwas falsch gemacht hätte, wohlgemerkt. Der Kapitän schämte sich, sie wegzuschicken. Aber diese seine Frau – jawohl, das feine Paar hat ihn in die Hand bekommen. Ich kann keine Minute mit ihm auf dem Poopdeck sprechen, ohne daß dieser falsche Kerl herangeschlichen kommt. Ich will Ihnen was sagen. Einmal habe ich gehört – weiß Gott nicht absichtlich, aber er vergaß, daß ich mit meinem Sextanten auf der anderen Seite des Oberlichts stand –, einmal habe ich ihn gehört – Sie wissen ja, wie er über ihren Stuhl gebeugt dahockt und immerfort redet, ohne den Mund richtig aufzumachen –, ja, ich habe das Wort ganz genau verstanden. Er sprach vom Kapitän als von einem Gefängniswärter. Gefängnis . . .!'

Franklin schloß mit einem derben Fluch. Lange herrschte Schweigen, und das leichte, sehr sanfte Schlingern des Schiffs, das vor dem Nordostpassatwind dahinglitt, schien ein Beruhigungsmittel zu sein, um den Argwohn von Männern, die sich der See anvertrauen, einzulullen.

Ein tiefer Seufzer war zu hören, und gleich darauf fragte die Stimme des Ersten Offiziers düster, ob man so von einem Menschen spreche, dem man Gutes wünsche. Es bedürfe keines besseren Beweises, daß etwas nicht in Ordnung sei. Deshalb hoffe er, erklärte Franklin, als er endlich verschwand, daß Mr. Powell auf ihrer Seite stehen werde. Und diesmal beantwortete Mr. Powell diese Hoffnung nicht mit einem verlegenen Lachen.

Der junge Offizier wunderte sich immer mehr über die Art der ungereimten Enthüllungen, die ihm in der Atmosphäre des offenen Meeres, das ihn umgab, zuteil wurden. Es fällt uns schwer, das Ausmaß, die Vollständigkeit, den Umfang seiner Unerfahrenheit zu verstehen – uns, die wir nicht im Alter von vierzehn Jahren und neun Monaten von einer kleinen Privatschule weg zur See gingen. Er stützte sich in den Kreuzwanten auf den Ellbogen und verhielt sich so still, daß der Rudergänger drüben am anderen Ende des Poopdecks ihn hätte verdächtigen können (was er vermutlich auch tat), er schlafe sträflicherweise im Dienst. Er bemühte sich, auf irgendeine Weise, die seinen simplen Vorstellungen von Psychologie entsprach, ‚an die Sache heranzukommen'. Worüber, zum Teufel, machen sie sich Sorgen?, fragte er sich verwirrt und voll verächtlicher Ungeduld. Trotz alledem aber – ‚Gefängniswärter' war eine merkwürdige Bezeichnung für einen Mann – eine unfreundliche, böse, häßliche. Es tat ihm leid, daß Mr. Smith in dieser Angelegenheit schuldig war, denn, um die Wahrheit zu sagen, war er bis zu einem gewissen Grade empfänglich dafür gewesen, daß Mrs. Anthonys Vater ihn auf eine stille Weise bemerkt hatte. Die Jugend schätzt diese Art der Anerkennung, die feinste Form der Schmeichelei, die das Alter zu bieten hat. Wenn Mr. Smith auf Deck eine Gelegenheit hatte, sich ihm zu nähern, nahm er sie wahr. Seine Bemerkungen waren zuweilen seltsam und rätselhaft. Zweifellos war er ein exzentrischer alter Herr. Aber es war doch ein weiter Schritt von diesem Punkt bis zu der Tatsache, daß er seinem Schwiegersohn (dem er sich auf Deck niemals näherte) hinter dessen Rücken häßliche Namen gab.

Und Mr. Powell staunte...

Während er mir das alles erzählte", fuhr Marlow in verändertem Ton fort, „staunte ich noch mehr. Es war, als zeichne das Unglück die Stirn seiner Opfer, damit sie der Menge mißfallen. Ich denke hier nicht an die Anzahl. Zwei Menschen können sich verhalten wie eine Menge, drei werden es sicherlich tun, wenn ihre Gefühle mit im Spiel sind. Es war, als sei die Stirn Flora de Barrals gezeichnet. War das Mädchen dazu geboren, ein Opfer zu sein, immer Mißfallen zu erregen und zermalmt zu werden, als wäre sie zu zart für diese Welt? Oder zu glücklos? Denn auch das zählt oft als Sünde.

Ja, ich staunte mehr, weil ich mehr über das Mädchen wußte als Mr. Powell – schon allein ihren wahren Namen! – und mehr über Kapitän Anthony – sei es auch nur die Tatsache, daß er der Sohn eines zarten erotischen Dichters von bemerkenswert verfeinertem und selbstherrlichem Wesen war. Ja, ich kannte beider Geschichte, die Mr. Powell nicht kannte. Das Kapitel nun, das er mir eröffnete, das Kapitel auf See mit ganz neuen Personen wie dem sentimentalen und apoplektischen Ersten Offizier und dem mürrischen Steward, so verblüffend es, aus dem Zusammenhang gelöst, für ihn auch sein mochte, war für mich viel verblüffender als der Teil einer Geschichte in Fortsetzungen, der auf das Kapitel vor dem Eastern Hotel folgte, in dem ich selbst eine Rolle gespielt hatte. Wenn man an Floras Erklärungen und meine weisen Bemerkungen dachte, kam das hier sehr unerwartet. Sie hatte es gut gemeint und ich ganz gewiß ebenfalls. Auch Kapitän Anthony – soweit ich von dem kleinen Fyne erfahren konnte – hatte es gut gemeint. Sofern sich so erhabene Worte auf die unbedeutenden Personen dieser Geschichte anwenden lassen, waren wir alle von den edelsten Gefühlen und Absichten erfüllt gewesen. Das Meer war da und bot ihnen seine Einsamkeit, die frei war von den kleinlichen Einflüsterungen des festen Landes, als Zuflucht an. Ich hatte allen Grund, insgeheim über das zu staunen, was geschehen war.

Ich hoffe, Mr. Powell hat mir das Lächeln, dessen ich mich in dem Augenblick schuldig machte, vergeben, wenn er es bemerkt hat. Das Licht in der Kajüte seines kleinen Kutters war nur schwach. Und auch das Lächeln war schwach. Schwach und flüchtig. Das Leben des Mädchens hatte sich mir als ein tragikomisches Abenteuer gezeigt – das Traurigste auf Erden, das zwischen freimütigem Lachen und Tränen, deren man sich nicht schämt, dahingleitet. Jawohl, es sind die traurigsten Dinge und auch die gewöhnlichsten, und da sie gewöhnlich sind, vielleicht unseres rückhaltlosen Mitleids am meisten würdig.

Die rein menschliche Realität kann lyrisch, aber nicht abstrakt sein. Nichts kann zu ihrem Verständnis verhelfen als nur der Beweis eines vernunftgemäßen Aneinanderreihens von Charakteren und Tatsachen. Und um mit Flora de Barral zu beginnen, so war ich angesichts meiner Erinnerungen dessen gewiß, daß sie zumindest passiv gewesen sein muß, denn das ist notwendigerweise die Rolle der Frauen, dieses Warten auf das Schicksal, das einige, und nicht die klügsten, vergeblich mit dem Anschein der Geschäftigkeit verdecken. Flora de Barral war nicht außergewöhnlich klug, aber sie war von Grund auf weiblich. Sie würde sich passiv (und das bedeutet nicht unempfänglich) verhalten unter Umständen, wo einfach die Tatsache, daß sie eine Frau war, genügte, um ihr eine verborgene und überlegene Bedeutsamkeit zu geben. Und sie wäre ausdauernd, denn darin besteht das Wesen der sichtbaren, greifbaren Macht der Frau. Dessen war ich sicher. Hatte sie nicht schon Ausdauer gezeigt? Freilich trifft die Feststellung, daß der Keim der Zerstörung uns Sterblichen sogar an der Quelle unserer Stärke auflauert, in solchem Maße zu, daß man ebenso durch zuviel Ausdauer sterben kann wie durch zuwenig.

Dies waren meine Gedanken. Und ich erinnerte mich auch, wie ich Flora de Barral zum ersten Mal gesehen hatte – wie sie mit den Möglichkeiten eines Abgrunds spielte oder vielleicht auch im Ernst ein Zwiegespräch damit hielt. Jedoch fragte ich Mr. Powell nicht besorgt danach, was am Ende aus Mrs. Anthony geworden war. Ich ließ ihn auf seine Weise fortfahren, und was für seltsame Tatsachen er auch immer zu enthüllen hätte, ich war dessen sicher, daß ich viel mehr darüber wußte, als er je erfahren hatte oder zu erraten vermochte ..."

Marlow hielt ziemlich lange inne. Er schien nicht sicher zu sein, ob er nicht ein wenig über mein Fassungsvermögen hinausgegangen war. Absichtlich machte ich kein Zeichen. „Verstehen Sie?" fragte er.

„Durchaus", erwiderte ich. „Sie sind der Experte in der psychologischen Wildnis. Es ist wie bei einer dieser Indianergeschichten, wo die edlen Wilden ein Mädchen fortschleppen und der ehrliche Hinterwäldler mit seinem unvergleichlichen Wissen die Spur verfolgt und die Zeichen ihres Schicksals hier von einer Fußspur, dort von einem abgebrochenen Zweig oder von einem am Wege fallengelassenen Schmuckstück abliest. Ich habe solche Geschichten immer gern gehabt. Fahren Sie fort."

Marlow lächelte nachsichtig über meinen Scherz. „Es ist nicht gerade eine Geschichte für Jungen", sagte er. „Also, ich fahre fort. Die Zeichen, wie Sie es nennen, waren nicht sehr zahlreich, aber sehr zweckdienlich, und als Mr. Powell hörte (zu einem bestimmten Zeitpunkt fühlte ich mich verpflichtet, es ihm zu sagen) –, als er hörte, daß ich Mrs. Anthony vor ihrer Heirat gekannt und sie sich mir bis zu einem gewissen Grade anvertraut hatte ... denn Sie können nicht leugnen, daß bis zu einem gewissen Grade ... Nun, sagen wir, ich hatte einen Einblick gewonnen ... Ein junges Mädchen, wissen Sie, ist ähnlich wie ein Tempel. Man geht vorbei und fragt sich, was für geheimnisvolle Riten wohl darin vollzogen, welche Gebete gesprochen werden, welche Visionen es da gibt. Die privilegierten Männer, der Geliebte, der Ehemann, die den Schlüssel zum Heiligtum erhalten, verstehen ihn nicht immer zu gebrauchen. Was mich betrifft, so hatte ich ohne jedes Anrecht, ohne jedes Verdienst, einfach zufällig die Genehmigung erhalten, durch die halbgeöffnete Tür zu blicken, und hatte die traurigste Entweihung, die nur möglich ist, gesehen: die strahlende Jugend verwelkt; einen Geist, der weder kriecherisch geworden noch bereits abgestumpft war, den aber mutwillige Grausamkeit gewissermaßen verwirrt und mit zitternder Hoffnungslosigkeit erfüllt hatte; das Selbstvertrauen war zerstört, und statt dessen herrschte eine resignierte Unbekümmertheit, eine trauernde Gefühllosigkeit (und all das schlicht, fast naiv) angesichts der materiellen und moralischen Schwierigkeiten der Situation. Die passive Pein der Glücklosen!

Ich fragte mich: War denn diese Verfolgung durch das Unglück noch nicht zu Ende? Diese Verfolgung durch das Unglück, die dem Haß unsichtbarer Mächte gleicht – interpretiert, fühlbar und beleidigend gemacht durch die Handlungen der Menschen?

Wie Sie sich wohl vorstellen können, hatte Mr. Powell bei meiner Erklärung die Augen aufgerissen. Ihn erfüllten jedoch die in seiner Erinnerung so lebendigen Erfahrungen an Bord der ‚Ferndale', und die seltsame Tatsache, daß er in das, was an Bord vor sich ging, hineingezogen wurde, einfach deshalb, weil sein Name der gleiche war wie der des Kommissars eines Seemannsamts, hatte ihn in einen

Zustand des Staunens versetzt, der andere Zufälle, so unwahrscheinlich sie auch waren, im Grunde nicht so überraschend erscheinen ließ.

Dieses merkwürdige Zusammentreffen war ihm stets so gegenwärtig, daß er immerfort das Gefühl hatte, er sei unter Vorspiegelung falscher Tatsachen dort. Und dieses Gefühl war so unangenehm, daß es ihn drängte, die einschüchternde Unzulänglichkeit seines Kapitäns zu durchbrechen. Er wollte ihm reinen Wein einschenken. Ich stelle mir vor, daß Mr. Powell seine Jugend zustatten kam. O ja. Jugend ist eine Macht. Selbst Kapitän Anthony mußte davon Notiz nehmen, als erquicke es ihn, etwas vom Leiden Unberührtes, Nichtentstelltes, Unverhärtetes zu sehen. Vielleicht erweckte auch gerade dieses neue Gesicht an Bord eines Schiffes, auf dem er jahrelang dieselben Gesichter gesehen hatte, seine Aufmerksamkeit.

Ob er eines Tages ein Wort an seinen neuen Zweiten Offizier richtete oder ihn nur anblickte, weiß ich nicht, aber wie auch immer, Mr. Powell ergriff die Gelegenheit beim Schopfe. Die Stirn des Kapitäns, der mit seinem ewigen raschen Aufundabgehen begonnen und es wieder unterbrochen hatte, glättete sich bald; er hörte ihn zu Ende an und lachte dann ein wenig.

‚Aha! Das ist also die Geschichte. Und Sie hatten das Gefühl, Sie müßten mich darüber aufklären.'

‚Jawohl, Sir.'

‚Es ist ganz gleich, wie Sie an Bord gekommen sind', sagte Anthony. Und dann bewies er, daß er vielleicht nicht so völlig geistesabwesend in bezug auf Dinge war, die sein Schiff betrafen, wie Franklin annahm. ‚Das ist in Ordnung. Sie scheinen sich mit allen sehr gut zu verstehen', sagte er in seinem abgehackten, eiligen Ton, als täte ihm das Sprechen weh, und seine Blicke schweiften schon wieder wie gewöhnlich über das Meer.

‚Ja, Sir.'

Powell erzählte mir, daß er dann, als er in das markante Gesicht sah, das wieder jenen sorgenvollen Ausdruck angenommen hatte, aus irgendeinem verworren freundschaftlichen Gefühl heraus impulsiv hinzufügte: ‚Ich bin sehr glücklich an Bord, Sir.'

Der rasch zurückkehrende Blick, dessen Festigkeit, beschämte Mr. Powell und veranlaßte ihn sogar, ein wenig zurückzutreten. Der Kapitän sah aus, als habe er die Bedeutung dieses Wortes vergessen.

‚Sie – was? O ja... Sie... natürlich... Glücklich. Warum auch nicht?'

Dies wurde nur gemurmelt, und im nächsten Augenblick hatte Anthony seine Wanderung, den Kopf voran, wieder aufgenommen und die Augen von seinem Schiff fort aufs Meer gerichtet.

Ein Seemann blickt ja im allgemeinen in die weite Ferne, aber an Kapitän Anthonys Fall war etwas Besonderes – wie Powell sich ausdrückte –, etwas Absichtliches, als gehe er dem Schmerz oder der Versuchung aus dem Weg. Es war sehr auffällig, wenn man es erst einmal zur Kenntnis genommen hatte. Vorher hatte man nur das Gefühl, da sei etwas ausgesprochen Seltsames. Nicht als ob der Kapitän – wie Powell mit Bedacht erklärte – die Dinge nicht sah, wie ein Schiffer sie sehen sollte. Der Beweis dafür war, daß er gerade bei dieser Gelegenheit, nachdem er eine Weile schweigend auf und ab gegangen war, von ihm verlangte, er möge alle Stagsegelschoten abschricken, und er wollte noch weitere Bemerkungen zum Thema der Stagsegel machen, als Mrs. Anthony, gefolgt von ihrem Vater, aus der Kajütskappe trat. Sie ließ sich, wie gewöhnlich, leewärts vom Oberlicht in ihrem Stuhl nieder. Darauf brach Kapitän Anthony seine Anweisungen ab und ging kurz darauf hinunter.

Ich fragte Mr. Powell, ob der Kapitän und seine Frau auf Deck nie miteinander sprachen. Er sagte nein – oder zumindest wechselten sie nie mehr als ein paar Worte. Es war etwas Gezwungenes zwischen ihnen. Zum Beispiel, eben diesmal, als Mrs. Anthony herauskam, sahen sie einander zwar an, die Blicke des Kapitäns folgten ihr, bis sie sich hingesetzt hatte, aber er sprach nicht mit ihr, er näherte sich ihr nicht, und danach verließ er das Deck, ohne nach diesem ersten schweigenden Blickwechsel den Kopf zu ihr hinzuwenden.

Ich fragte Mr. Powell, was er nun getan hatte, nachdem der Kapitän aus dem Wege war. ‚Ich ging hinüber und sprach mit Mrs. Anthony. Ich dachte, sie müsse sich sehr langweilen. Sie schien so fremd auf dem Schiff zu sein.‘

‚Der Vater war natürlich auch dort?‘

‚Immer‘, sagte Powell. ‚Er war immer da und saß auf dem Oberlicht, als bewache er sie. Und ich glaube‘, setzte er hinzu, ‚er beunruhigte sie. Nicht daß sie es irgendwie gezeigt hätte. Mrs. Anthony war immer sehr still und stets bereit, einem gerade ins Gesicht zu blicken.‘

‚Sie haben viel miteinander gesprochen?‘ fuhr ich mit meinen Fragen fort.

‚Meistens ließ sie nur mich reden‘, gestand Mr. Powell. ‚Ich weiß nicht, ob es sie sehr interessierte – aber sie ließ mich reden. Sie schnitt mir nie das Wort ab.‘

Mr. Powells ganze Sympathie gehörte Flora Anthony, geborene de Barral. Sie war der einzige Mensch an Bord dieses Schiffs, der jünger war als er, denn die ‚Ferndale‘ hatte keine Schiffsjungen und fuhr mit einer Besatzung, die durchweg aus Vollmatrosen bestand. Ja, ihre Jugend hatte eine Art Bündnis zwischen ihnen bewirkt. Mr. Powells offenes Antlitz mußte ihr ausgesprochen angenehm erschienen sein zwischen den reifen, rauhen, griesgrämigen oder sogar feindseligen Gesichtern, die sie rings um sich sah. Mit der warmherzigen Großmut seines Alters stellte sich der junge Powell sozusagen auf ihre Seite, noch bevor er wußte, daß man an Bord dieses Schiffs Partei ergreifen mußte und worum es dabei ging. Da war ein Mädchen. Ein nettes Mädchen. Er stellte sich keine Fragen. Flora de Barral war an Jahren nicht so viel jünger als er, aber aus irgendeinem

Grunde, vielleicht wegen des Kontrastes zur geltenden Vorstellung von der Frau eines Kapitäns, vermochte er in ihr nichts anderes zu sehen als ein außerordentlich junges Geschöpf. Gleichzeitig, abgesehen von ihrer hohen Stellung, war sie ihm auch dadurch überlegen, daß eine Frau früher reif wird als ein junger Mann ihres Alters. Tatsächlich können wir feststellen, daß diese beiden, ohne jemals länger als eine halbe Stunde miteinander gesprochen zu haben und obwohl sie den gebührenden Abstand hielten, Freunde wurden – vor den Augen des Alten, nehme ich an.

Wie er das erstemal mit der Frau seines Kapitäns in Berührung kam, schilderte Powell folgendermaßen: Es war noch lange vor seinem denkwürdigen Gespräch mit dem Ersten Offizier und kurz nachdem sie den Kanal verlassen hatten. Das Wetter war trübe, es herrschte Gegenwind, der schon eine steife Brise war; die ‚Ferndale' zog mit gerefftter Leinwand hart am Wind quer durch das Fahrwasser der heimwärts segelnden Schiffe dahin und bewegte sich nur gerade eben durch die See, mehr nicht, da es keinen Zweck hatte, das Schiff vorwärts zu zwingen und das Wetter bedrohlich aussah. Gegen zehn Uhr abends war er allein auf dem Poopdeck, als Diensthabender, hielt sich ganz achtern an der Luvseite des Schanzkleides und starrte windwärts, als er inmitten der weißen, sich brechenden Wellen unter dem schwarzen Himmel die Lichter eines Schiffs ausmachte. Er beobachtete sie eine Weile. Natürlich segelte es direkt vor dem Wind. Es wird verdammt nahe vorbeikommen, sagte er sich, und plötzlich empfand er ein großes Mißtrauen gegen das sich nähernde Schiff. Es kommt gerade auf uns zu, dachte er. Es war nicht seine Sache, auszuweichen. Im Gegenteil. Und seine Besorgnis wuchs bei dem Gedanken an die vierzig Tonnen Dynamit, die die ‚Ferndale' im Rumpf hatte – nicht gerade eine Ladung, an die man im Zusammenhang mit einem drohenden Zusammenstoß mit Gleichmut denkt. Er blickte zu den zwei kleinen Lichtern in der dunklen Unendlichkeit hinüber, die vom zornigen

Lärm des Meeres erfüllt war. Sie faszinierten ihn, bis die Deutlichkeit, mit der er sie sah, ihn davon überzeugte, daß Gefahr im Anzug war. Er wußte, was er im Notfall zu tun hatte, aber ihm schien sehr zu Recht, daß er sogleich den Kapitän herausrufen müsse.

Im Nu überquerte er das Deck. Seit eh und je und nach Brauch und Sitte auf See liegt die Kajüte des Kapitäns auf der Steuerbordseite. Man könnte ebensogut von einem Kapitän erwarten, daß er die Nase auf der Rückseite des Kopfes hat, wie daß seine Kajüte auf der Backbordseite liegt. Powell vergaß die Anweisung völlig, die ihm der Erste Offizier diesbezüglich gegeben hatte. Er rannte hinüber, wie ich schon sagte, stampfte mit dem Fuß auf, hielt das Gesicht an die Haube des großen Ventilators und rief hinunter: ‚Bitte kommen Sie an Deck, Sir', mit einer Stimme, die nicht zitterte und nicht ängstlich klang, die wir aber recht ausdrucksvoll nennen können. Es konnte keinen Zweifel daran geben, daß der Ruf dringlich war. Anstelle des erwarteten munteren ‚In Ordnung' und dem Geräusch des Aufspringens dort unten hörte er aber nur einen leisen Ausruf – dann herrschte Schweigen.

Stellen Sie sich sein Erstaunen vor! Er blieb dort, das Ohr an der Ventilatorhaube, den Blick auf die drohenden Seitenlichter geheftet, die in den Windstößen tanzten, welche über die zornige Dunkelheit der See fegten. Ihm war, als habe er eine Stunde gewartet, aber es verging viel weniger als eine Minute, bis er in das weite Rohr geradezu hineinbrüllte: ‚Kapitän Anthony!' Unten in der Kajüte hörte er Mrs. Anthonys Stimme erregt fragen: ‚Was gibt es?', dann leichte, schnelle Schritte ... Warum versuchte sie nicht, ihn zu wecken? ‚Ich brauche den Kapitän', rief er und gab es dann auf, stürzte zur Kajütskappe hin, wo das Blaulicht aufbewahrt wurde, und beschloß, selbst zu handeln.

Unterwegs blickte er den Rudergänger an, dessen von den Lampen des Kompaßhäuschens beleuchtetes Gesicht ruhig war. Er sagte rasch zu ihm: ‚Halten Sie sich bereit, beim ersten Wort das Ruder zu drehen!' Die Antwort ‚Jawohl, Sir!' kam mit fester Stimme. Dann rannte Mr. Powell, nachdem er der Wache an Deck zugerufen hatte, sie solle achtern kommen, zur Schiffsseite und schlug das Blaulicht auf die Reling.

Eine Art häßliches kleines Funkensprühen war alles, was er zustande brachte. Das Licht hatte sich (vielleicht durch die Feuchtigkeit beeinträchtigt) nicht entzündet. Die Zeit, die all diese verschiedenen Handlungen dauerten, muß man nach Sekunden messen. Powell gestand mir, daß seine Gedanken, seine Stimme, seine Glieder nach diesem Mißerfolg wie gelähmt waren. Das Unerwartete dieser Fehlzündung überwältigte ihn tatsächlich. Es war das einzige, worauf seine Phantasie nicht vorbereitet war. Sie war völlig außer Funktion gesetzt. Als sie wieder in Gang kam, geschah es mit der Empfehlung, er müsse sofort etwas unternehmen, sonst gebe es einen Zusammenstoß auf der Breitseite, begleitet von einer Dynamitexplosion, die beide Schiffe in die Luft sprengen würde, und jede Seele an Bord verschwände unter Getöse und in einer riesigen Flamme von dieser Welt.

Er sah die Katastrophe eintreten, und im selben Augenblick, bevor er den Mund zu öffnen oder ein Glied zu rühren vermochte, um die Vision abzuwehren, sagte eine Stimme neben seinem Ohr – die gemessene Stimme Kapitän Anthonys: ‚Hat nicht gezündet, wie? Werfen Sie es fort. Laufen Sie und holen Sie die Blendfackel.'

Die Feder der Aktivität in Mr. Powell löste sich mit großer Kraft. Er rannte. Das Blendfeuer wurde innerhalb der Kajütskappe aufbewahrt, zusammen mit einer bereitliegenden Schachtel Streichhölzer. Fast schon bevor er wußte, daß er sich bewegt hatte, tauchte er unter die Kajütskappe. Er ergriff in der Dunkelheit die Kanne und versuchte ein Streichholz anzuzünden. Er mußte jedoch den Blendfeuerhalter mit einem Arm gegen die Brust drücken, seine Finger waren feucht und steif, und die Hände zitterten ihm ein wenig. Ein

Streichholz zerbrach. Ein zweites erlosch. In dessen Flamme erblickte er, ein wenig unter sich, das farblose Gesicht Mrs. Anthonys – sie stand auf den Stufen des Niedergangs. Ihre Augen, die den seinen sehr nahe waren (er hockte auf der obersten Stufe), schienen in dem erlöschenden Licht dunkel zu brennen. Auf Deck erklang plötzlich und unerwartet sarkastisch die Stimme des Kapitäns: ‚Sehen Sie lieber scharf hin, wenn Sie rechtzeitig kommen wollen.'

‚Geben Sie mir die Schachtel', sagte Mrs. Anthony in einem hastigen, vertraulichen Flüsterton, der belustigt klang, als seien sie zwei Kinder, die hinter einer Mauer einen Streich vorbereiteten. Er war froh über das Angebot, das ihm sehr natürlich und unzeremoniell vorkam.

‚Hier. Nehmen Sie.'

Ihre Hände berührten sich in der Dunkelheit, und sie nahm die Schachtel, während er die paraffingetränkte Fackel in ihrem eisernen Ständer hielt. Er dachte daran, sie zu warnen: ‚Passen Sie auf!' Aber bevor er noch Zeit hatte, den Satz zu beenden, flammte das Feuer heftig zwischen ihnen empor, und er sah, wie sie zurückfuhr, einen Arm vor dem Gesicht. ‚Hallo', rief er, aber er konnte nicht einen Augenblick dableiben, um zu fragen, ob sie verletzt sei. Er schoß aus der Kajütskappe und geradewegs gegen seinen Kapitän, der ihm die Fackel abnahm und sie hoch über den Kopf hielt.

Die stürmische Flamme flatterte wie eine Seidenfahne und warf einen zornig schwankenden blendenden Schein, gemischt mit sich bewegenden Schatten, über das Poopdeck, beleuchtete die konkaven Oberflächen der Segel und glänzte auf der feuchten Farbe der weißen Reling. Der junge Powell wandte das Gesicht luvwärts und hielt den Atem an.

Das fremde Schiff, eine dunklere Form in der Nacht, schien sich nicht rasch voranzubewegen, sondern nur direkt querab deutlicher zu werden, und es starrte die ‚Ferndale' mit einem grünen und einem roten Auge an, die beide schwankten und auf und nieder gingen, als gehörten sie zu dem ruhelosen Kopf irgendeines unsichtbaren Ungeheuers, das in der Nacht inmitten der Wellen auf der Lauer lag. Ein Augenblick, so lang wie die Ewigkeit, verging, und dann schloß das Ungeheuer, das die Form eines Berges anzunehmen schien, plötzlich ohne ein einziges vorbereitendes Blinzeln sein grünes Auge.

Mr. Powell holte befreit Luft. ‚Alles in Ordnung jetzt', sagte Kapitän Anthony ruhig mit gedämpfter Stimme. Er übergab Powell die flammende Fackel und schritt nach achtern, um zu beobachten, wie diese Drohung der Zerstörung vorbeisegelte, die zweifarbig starrend auf den Flügeln eines heftig wehenden Windes blind aus der blinden Nacht kam. Jetzt ließ sich ihre Form schwarz und langgestreckt zwischen den zischenden Schaumfetzen, die längs ihres Weges hochbrachen, unterscheiden.

Wie das immer bei einem vor dem Wind und der See fahrenden Schiff der Fall ist, sah es für den Zuschauer so aus, als käme es nicht sehr rasch voran, sondern bewege sich faul mit langen, trägen Sprüngen und dazwischenliegenden Pausen inmitten der Wellen vorwärts, die es überholten. Nur als es tatsächlich am Heck vorbeizog, in bequemer Rufweite der ‚Ferndale', nahm das Auge seine ungestüme Geschwindigkeit wahr. Da sein rotes Licht abgedreht war und sich das Schiff wie ein riesiger Schatten auf den Kamm einer Welle emporhob, verschwand es mit einem großen Schwung nach vorn aus ihrer Sicht und verschmolz mit dem lichtlosen Raum.

‚Gerade noch mit heiler Haut davongekommen', sagte Kapitän Anthony mit gleichmütiger Stimme, die er nur so weit erhob, daß er im Wind zu hören war. ‚Lauter Blinde an Bord dieses Schiffs. Löschen Sie jetzt die Fackel.'

Schweigend drehte Mr. Powell den Ständer um, erstickte die Flamme in der Kanne und erreichte mit einer bloßen Drehung des Handgelenks, daß sich auf dem Poopdeck Dunkelheit ausbreitete. Gleichzeitig schwand die Vision einer anderen Flamme aus seiner Vorstellung, einer riesigen, grellen, die wütend aus einem weiß aufwallenden Fleck des Meeres emporschoß, sogar die Wolken erhellte und in ihrem vulkanischen Ausbruch fliegende Spiere, Leichen, die Trümmer zweier zerstörter Schiffe nach oben riß. Sie verschwand, und er empfand riesige Erleichterung. Er erzählte mir, er habe nicht gewußt, welche Angst er ausgestanden hatte – keine allgemeine, sondern Angst vor ebendem Ereignis, das seine Phantasie beschworen hatte –, bevor nicht alles vorüber war. Er maß sie (denn Furcht ist eine große Anspannung) an dem Gefühl von Müdigkeit und Erschlaffung, das ihn plötzlich überkam.

Er ging zur Kajütskappe hin, und als er sich tief hinunterbückte, um die Fackel an ihren üblichen Platz zu stellen, sah er in der Dunkelheit das bewegungslose bleiche Oval von Mrs. Anthonys Gesicht. Sie flüsterte ruhig: ‚Wird irgend etwas passieren? Was ist los?'

‚Jetzt ist alles vorbei', flüsterte er zurück.

Er blieb tief gebückt stehen, den Kopf in die Kappe gesteckt, und starrte das geisterhaft weiße Oval an. Er staunte, daß sie nicht auf das Deck hinausgestürzt war. Sie hatte ruhig dort gewartet. Das war Courage. Großartige Selbstbeherrschung. Und es war nicht etwa Dummheit ihrerseits. Sie wußte, daß eine unmittelbare Gefahr bestand, und hatte wahrscheinlich auch eine Vorstellung davon, welcher Art sie war.

‚Sie sind hiergeblieben und haben abgewartet, was kommen würde', flüsterte er bewundernd.

‚War das denn nicht das Beste, was ich tun konnte?' fragte sie.

Er wußte es nicht. Vielleicht. Er gestand, daß er es nicht fertiggebracht hätte. Er nicht. Sein Fleisch und sein Blut hätten das nicht aushalten können. Er hätte das Gefühl gehabt, er müsse sehen, was da kam. Dann dachte er daran, daß die Flamme vielleicht ihr Gesicht versengt hatte, und äußerte seine Besorgnis.

‚Ein bißchen. Nichts, was weh tut. Riechen Sie das verbrannte Haar?'

In ihrem Ton lag etwas wie Fröhlichkeit. Vielleicht hatte sie Angst gehabt, bestimmt aber war sie nicht völlig überwältigt und litt unter keiner Reaktion. Dies bestätigte und steigerte, wenn möglich, noch Mr. Powells gute Meinung von ihr. Er fand, sie sei ein ‚famoses Mädchen', obgleich es ihm tatsächlich ungeheuerlich vorkam, solche Ausdrücke auf die Frau seines Kapitäns anzuwenden. Aber sie sieht nicht so aus, dachte er beschönigend und wollte noch mehr über das Anzünden der Fackel zu ihr sagen, als eine andere Stimme unter der Kajütskappe erklang, die ein paar unverständliche Worte sagte. Ihr Ton war verächtlich; sie kam von unten, vom Fuß des Niedergangs. Es war eine Stimme in der Kajüte. Und die einzige andere Stimme, die zu dieser Zeit in der Kajüte zu hören sein konnte, war die von Mrs. Anthonys Vater. Das undeutlich sichtbare Oval versank so schnell aus Mr. Powells Gesichtsfeld, daß es ihn überraschte. Einen Augenblick hing er über der Öffnung des Niedergangs, und jetzt, da ihre schmale Gestalt die enge, gewundene Treppe nicht mehr versperrte, drangen die Stimmen lauter herauf, aber die Worte waren noch immer nicht zu verstehen. Der alte Herr war über irgend etwas erregt, und Mrs. Anthony ‚machte ihn gefügig', wie Powell es ausdrückte. Sie gingen vom Fuß der Treppe fort, und Powell entfernte sich von der Kajütskappe. Er glaubte jedoch die Worte ‚für mich verloren' gehört zu haben, bevor er den Kopf zurückzog. Mr. Smith hatte sie geäußert.

Kapitän Anthony hatte sich vom Heckbord nicht fortgerührt. Er befand sich noch an demselben Standort, den er eingenommen hatte, um das andere Schiff zu beobachten, das schaukelnd und schlingernd ganz schwarz in dem Aufruhr der nachfolgenden See vorbeigesegelt war. Er rührte sich nicht, und Powell, der dicht bei ihm stand, wagte nicht, ihn anzureden, so rätselhaft erschien die in die Betrachtung der Nacht versunkene Gestalt seinen jungen

Augen – undeutlich sichtbar, unbeweglich in die Finsternis starrend, Beute eines unverständlichen Kummers, Verlangens oder Bedauerns.

Weshalb wirkt die Reglosigkeit eines menschlichen Wesens häufig so beeindruckend, so an Böses gemahnend – als sei unser eigenes Schicksal unaufhörliche Unruhe? Die Reglosigkeit Kapitän Anthonys wurde für seinen Zweiten Offizier fast unerträglich. Mr. Powell, der vor dem Oberlicht umherschlenderte, wollte jetzt seinen Kapitän von Deck haben. Weshalb geht er nicht nach unten? fragte er sich ungeduldig. Er wagte zu husten.

Ob es nun die Wirkung des Hustens war oder nicht, jedenfalls sprach Kapitän Anthony. Er bewegte sich nicht im mindesten. Den Rücken auch weiterhin der ganzen Länge des Schiffs zugewandt, fragte er Mr. Powell ziemlich schroff, ob der Erste Offizier es unterlassen habe, ihn davon in Kenntnis zu setzen, daß der Kapitän auf der Backbordseite zu finden sei.

‚Nein, Sir', sagte Mr. Powell und näherte sich seinem Rücken. ‚Der Erste Offizier hat mir gesagt, ich soll auf der Backbordseite aufstampfen, wenn ich Sie brauche, aber ich habe im Augenblick nicht daran gedacht.'

‚Sie sollten daran denken', äußerte der Kapitän mit Überwindung. Dann murmelte er: ‚Ich möchte nicht, daß sich Mrs. Anthony ängstigt. Verstehen Sie?'

‚Diesmal hat sie sich nicht geängstigt', erwiderte Powell unschuldig. ‚Sie hat mir die Blendfackel angezündet, Sir.'

‚Diesmal!' rief Kapitän Anthony und wandte sich um. ‚Mrs. Anthony hat die Fackel angezündet? Mrs. Anthony! ...'

Powell erklärte, daß sie die ganze Zeit über im Niedergang gestanden habe.

‚Die ganze Zeit über', wiederholte der Kapitän. Powell kam es merkwürdig vor, daß er, anstatt selbst hinzugehen und nachzusehen, ihn fragte: ‚Ist sie immer noch dort?'

Powell sagte, sie sei hinuntergegangen, als das Schiff an der ‚Ferndale' vorbei war. Kapitän Anthony machte eine

Bewegung zum Niedergang hin, als Powell die Auskunft hinzufügte: ‚Mr. Smith rief Mrs. Anthony von der Kajüte aus, Sir. Ich glaube, sie sprechen jetzt dort miteinander.'

Er war überrascht zu sehen, daß der Kapitän nun doch den Gedanken aufgab, hinunterzugehen.

Statt dessen begann er auf dem Poopdeck auf und ab zu wandern, trotz der Kälte, dem feuchten Wind und dem Gischt. Dabei hatte er nichts an als nur seinen Schlafanzug und seine Pantoffeln. Powell stellte sich an das Ende des Poopdecks und paßte auf. Als er nach einiger Zeit den Kopf wandte, um heimlich einen Blick auf seinen exzentrischen Kapitän zu werfen, konnte er dessen aktive, schattenhafte Gestalt nicht mehr hin und her wandern sehen. Der Zweite Offizier der ‚Ferndale' ging umherspähend nach achtern und wandte sich an den Matrosen, der am Ruder stand.

‚Der Kapitän nach unten gegangen?'

‚Jawohl, Sir', sagte der Bursche, dem ein Tabakpriem die linke Wange ausbeulte, und hielt die Augen auf die Kompaßkarte gerichtet. ‚Diesen Moment. Er hat gelacht.'

‚Gelacht?' wiederholte Powell ungläubig. ‚Wollen Sie sagen, der Kapitän hat gelacht? Sie müssen sich irren. Weshalb sollte er lachen?'

‚Weiß nicht, Sir.'

Der ältliche Matrose ließ menschlichen Gemütsregungen gegenüber eine tiefe Gleichgültigkeit erkennen. Nach einer ziemlich langen Pause machte er der Schwäche des Zweiten Offiziers jedoch ein Zugeständnis, indem er noch ein paar Worte hinzufügte. ‚Ja. Er wanderte wie üblich auf dem Deck hin und her, da lachte er auf einmal und ging auf den Niedergang zu. Dachte plötzlich an was Komisches.'

Etwas Komisches! Das konnte Mr. Powell nicht glauben. Er fragte sich zu dem Zeitpunkt keineswegs, weshalb eigentlich nicht. Den Menschen kommen doch in allen möglichen Situationen komische Gedanken – sie kommen allen möglichen Menschen. Trotzdem aber schockierte es Mr. Powell, zu erfahren, daß Kapitän Anthony in einer gewissen Nacht ohne sichtlichen Anlaß gelacht hatte. Aus irgendeinem Grunde machte das einen unangenehmen Eindruck auf ihn. Und jetzt, während er seine Wache beendete und aus der Dunkelheit die kurzen Wellen der lotbaren Wassertiefe gehässig rings um das Schiff murrten und die kalten Windstöße gegen ihn anfegten, kam seinem schlichten Gemüt der Gedanke, daß vielleicht nicht alles so war, wie man vertrauensvoll erwartete, und Kapitän Anthony möglicherweise kein glücklicher Mann ... Insofern war er, wie Sie bemerken werden, in gewissem Maße auf die Klagen des apoplektischen und empfindsamen Franklin über seinen Kapitän vorbereitet. Und obgleich er sie mit einer Verachtung aufnahm, die weitgehend aufrichtig war, gestand er mir doch, daß tief in seinem Innern ein unerklärlicher, ungewisser Verdacht entstand, in der Kajüte, die auf so befremdliche Weise vom übrigen Schiff abgeschlossen war, stehe nicht alles zum besten, und gegen seinen Willen wuchs ..."

4

Anthony und Flora

Marlow tauchte aus dem Schatten des Bücherschranks hervor, um sich aus einer Kiste, die neben mir auf einem kleinen Tisch stand, eine Zigarre zu holen. Im vollen Licht des Zimmers sah ich in seinen Augen jenen leise spöttischen Ausdruck, mit dem er gewöhnlich seine mitfühlenden Impulse der Heiterkeit und des Erbarmens verdeckte angesichts der unvernünftigen Komplikationen, die der Idealismus der Menschheit in das einfache, aber brennende Problem des Verhaltens auf dieser Erde hineinlegt.

Mit gekünstelter Sorgfalt wählte er die Zigarre aus und zündete sie an; dann wandte er sich mir zu. Ich hatte ihm schweigend zugesehen.

„Ich nehme an", sagte er, und der Spott in seinen Augen verlieh seinem Ton etwas Doppelschichtiges, „daß Sie glauben, es sei höchste Zeit, ich erzählte Ihnen etwas Bestimmtes. Ich meine, etwas über jenes psychologische Kajütengeheimnis des Unbehagens (denn offensichtlich muß es psychologisch gewesen sein), das sich so stark auf Mr. Franklin, den Ersten Offizier, auswirkte und sogar die heitere Unschuld Mr. Powells, des Zweiten Offiziers des Schiffs ‚Ferndale', gestört hatte, welches Roderick Anthony – der Sohn des Dichters, Sie wissen doch – befehligte."

„Sie werden jetzt bekennen, daß es Ihnen nicht gelungen ist, es ausfindig zu machen", sagte ich mit gespielter Entrüstung.

„Es geschähe Ihnen recht, wenn ich Ihnen das sagte. Aber ich sage es nicht. Es ist mir gelungen. Ich gestehe jedoch, daß ich eine Zeitlang vor einem Rätsel stand. Ich habe aber jetzt unseren Powell häufig und unter den günstigsten Bedingungen gesehen – und außerdem stieß ich auf eine ganz unerwartete Informationsquelle ... Aber lassen wir das. Die Mittel gehen Sie nichts an, außer insofern, als sie zur Geschichte gehören. Ich gebe zu, daß die altjüngferlich-damenhafte Beschäftigung, zwei und zwei aneinanderzufügen, eine Weile keine zusammenhängende Theorie ergab. Ich spreche jetzt als Forschender – als ein Mann, der Schlußfolgerungen zieht. Nach dem, was wir von Flora de Barral und Roderick Anthony wissen, konnte ich auf keinen gewöhnlichen Ehestreit schließen, der in kaum einem Jahr schon gereift wäre – nicht wahr. Wenn Sie mich fragen, was ein gewöhnlicher Ehestreit ist, dann antworte ich Ihnen: eine Meinungsverschiedenheit über nichts, ich meine solche ‚Nichts', derentwegen, wie Mr. Powell uns sagte, als wir ihn kennenlernten, die an Land lebenden Leute so gern Streit anfangen, den sie dann bis zum Haß treiben, in dem falschen Gefühl, daß ihnen Unrecht geschehen sei – aus irregeleitetem Ehrgeiz und auch aus schauspielerischen Gründen. Es gibt auf Erden keine so bescheidenen und unbedeutenden Schauspieler, daß sie nicht ein Publikum hätten – jenes Publikum, welches durch verstohlenen Spott, Ratschläge des Zorns, belustigte Kommentare oder Worte eines heimtückischen Mitleids das Spiel vergiftet. Die Anthonys aber waren frei von allen zersetzenden Einflüssen. Sie wissen ja, auf See gibt es kein Publikum. Man hört kein quälendes Echo auf seine eigene Kleinheit dort, wo entweder eine große, elementare Stimme herausfordernd unter dem Himmel brüllt oder aber ein elementares Schweigen Teil der unendlichen Stille des Universums zu sein scheint.

Als ich an Flora de Barral in der Tiefe ihres moralischen Elends und an Roderick Anthony dachte, den ein Sturmwind der Zärtlichkeit davongetragen hatte, fragte ich mich: Ist das alles schon vergessen? Was konnten sie wohl gefunden haben, das sie so rasch und so gründlich einander entfremdete, so weit fort von allen Versuchungen, inmitten des Friedens der See und in einer so vollständigen Abgeschlossenheit, daß, wäre nicht die eifersüchtige Ergebenheit des lächerlichen Franklin gewesen, es kein Zeugnis darüber, keinen Beweis dafür gegeben hätte?

Ich muß sogleich gestehen, daß es Flora de Barral war, die ich verdächtigte. In der Welt, wie sie gegenwärtig organisiert ist, sind die Frauen die unter Verdacht stehende Hälfte der Bevölkerung. Dafür gibt es gute Gründe. Mit einem bißchen Nachdenken sind diese Gründe so leicht zu entdecken, daß es sich für mich nicht lohnt, sie Ihnen zu erklären. Ich will nur dies erwähnen: Da die den Frauen zufallende Rolle ausschließlich die der ‚Beeinflussung' ist, hat sie etwas Verborgenes und Geheimnisvolles an sich, etwas, dem man nicht ganz trauen kann, wie allen Naturkräften, die für uns im dunkeln wirken, weil unser Wissen von ihnen unvollständig ist.

Wären die Frauen keine Naturkraft, die blind in ihrer Stärke und launisch in ihrer Macht ist, dann mißtraute man ihnen auch nicht. So aber tut man es unwillkürlich.

Sie werden sagen: Da diese Kraft in der Person Flora de Barrals von Kapitän Anthony erobert wurde ... Nun freilich. Er war meisterhaft mit ihr fertig geworden. Aber der Mensch hat auch die Elektrizität erobert. Sie erhellt seinen Weg, wärmt sein Heim, kocht ihm sogar das Essen – ähnlich wie eine Frau. Aber als was für eine Eroberung würden Sie das bezeichnen? Er weiß ja nichts von ihr. Er muß ungeheuer vorsichtig sein im Umgang mit seiner Gefangenen. Und je größere Anforderungen er in seinem stolzen Frohlocken an sie stellt, um so wahrscheinlicher ist es, daß sie sich gegen ihn wendet und ihn zu Asche verbrennt..."

„Eine an den Haaren herbeigezogene Parallele", sagte ich kalt zu Marlow. Er war zu dem Lehnstuhl im Schatten des Bücherschranks zurückgekehrt. „Aber akzeptieren wir einmal die Bedeutung, die Sie ihr geben, dann beschränkt sie sich auf das Wissen, wie man sie zu benutzen hat. Und wenn Sie meinen, daß dieser heißhungrige Anthony..."

„Heißhungrig ist gut!" unterbrach mich Marlow. „Ihn hungerte und dürstete so sehr danach, daß eine Frau in sein Leben träte, daß sich ein bloßer Feminist nicht die geringste Vorstellung davon machen kann. Ich glaube, dies erklärt zum großen Teil Fynes Empörung über ihn. Der gute kleine Fyne. Sie haben keine Ahnung, was für ein teuflisches Unheil er während seines Besuchs im Hotel angerichtet hatte. Und wer hätte auch vermuten können, daß Anthony ein heroisches Geschöpf war! Es gibt verschiedene Arten von Heroismus, und mindestens eine davon ist idiotisch. Es ist diejenige, die den Aspekt eines aufs höchste entwickelten Zartgefühls trägt. Anscheinend war der Sohn des zartfühlenden Dichters fähig zu dieser Art.

Er glich ganz gewiß seinem Vater, der übrigens zwei Frauen verbraucht hatte, ohne selbst Befriedigung dabei zu finden, weil sie nicht seinem übermäßig verfeinerten Standard des Zartgefühls entsprachen, der in seinen Versen so deutlich zum Ausdruck kommt. Da haben Sie Ihren Dichter. Er verlangt zuviel von anderen. Der Sohn, der sich nicht in Worten zu äußern vermochte, hatte sich einen eigenen Standard gesetzt, aus dem Bedürfnis heraus, durch sein Verhalten die Träume, die Leidenschaft, die Impulse zu verkörpern, die der Dichter in Versformationen ausdrückt, welche ihm teurer sind als sein Ich – und dieses in den Augen anderer Leute, vielleicht sogar in seinen eigenen, erhaben erscheinen zu lassen.

Wollte Anthony in seinen eigenen Augen erhaben erscheinen? Ich möchte ihn dessen nicht beschuldigen, obgleich es andere, weniger edle Arten des Ehrgeizes gibt, über welche die Welt nicht zu lächeln wagt. Ich glaube es jedoch nicht; ich glaube nicht einmal, daß in dem, was er tat, ein bewußtes, überlegenes Selbstvertrauen lag, ein besonders ausgeprägtes Gefühl der Macht, das die Menschen so oft in unmögliche und zweideutige Situationen bringt. Abstrakt betrachtet (auf die Weise, in der die Wahrheit oft in ihrer eigentlichen Form sichtbar wird), war sein Leben eines der Einsamkeit und des Schweigens gewesen – sowie des Verlangens.

Der Zufall hatte ihm dieses Mädchen in den Weg geführt, und wenn wir auch über seine ungestüme Eroberung Flora de Barrals lächeln mögen, so müssen wir doch zugeben, daß diese begierige Inbesitznahme tatsächlich die Handlung eines Mannes der Einsamkeit und des Verlangens war sowie auch eines Mannes, der, wenn er nicht ganz und gar ein Dummkopf war, ein Mensch mit langen, heißen Träumen sein mußte, in denen die Fähigkeit zu aufrichtiger Leidenschaft langsam in den unerforschten Tiefen des Herzens reift. Und ich weiß auch, daß eine Leidenschaft, die einen Mann beherrscht oder tyrannisiert, die ihn ganz ausfüllt und alle seine Fähigkeiten ihren einzigartigen Zwecken unterwirft, denjenigen, den sie anstachelt und antreibt, in alle möglichen Abenteuer führen kann – an den Rand unvorstellbarer Gefahren, an die Grenze der Narrheit, ja des Wahnsinns und des Todes.

Zu dem Mann des Schweigens also, welches das unartikulierte Donnern und Rauschen der großen Meere nur noch eindrucksvoller macht, einem Menschen, dem das Zungengewetze fremd ist, kommt der muskulöse kleine Fyne, der ausgeprägteste Vertreter jener Menschheit, deren Stimme ihm so fremd ist, der Ehemann seiner Schwester, einer Persönlichkeit, die aus der nebelhaften fernen Menge hervorragt. Kommt und überschüttet ihn mit mehr Worten, als er jemals innerhalb einer Stunde hat auf sich eindröhnen hören, berührt die tiefsten Dinge, die Anthony je in sich entdeckt hat, und schleudert ihm Ausdrücke wie ‚unfair' entgegen, deren Klang allein ihm schon zuwider ist. Unfair! Übervorteilung! Er! Unfair diesem Mädchen gegenüber? Grausam zu ihr!

Keine Verachtung konnte dem Eindruck standhalten, den solche mit Heftigkeit und Überzeugung vorgebrachten Anklagen erweckten. Sie erschütterten ihn. Sie vibrierten noch in der Luft jenes stickigen Hotelzimmers – ungeheuerlich, aufwühlend, nicht abzuschütteln, als die Tür aufging und Flora de Barral eintrat.

Er bemerkte nicht einmal, daß sie spät kam. Er saß, in düstere Gedanken versunken, auf dem Sofa. Traf es zu? Da er selbst immer genau das ausgesprochen hatte, was er meinte, bildete er sich ein, daß die Menschen (es sei denn, sie waren Lügner, was sein Schwager natürlich nicht sein konnte) niemals mehr sagten, als sie meinten. Die tiefe Bruststimme des kleinen Fyne klang ihm noch in den Ohren. Er weiß es, sagte sich Anthony. Er dachte, es wäre besser, wenn er fortginge und sie niemals wiedersähe. Aber da stand sie vor ihm, anklagend und flehend. Wie konnte er sie verlassen? Das kam nicht in Frage. Sie hatte niemanden. Oder vielmehr, sie hatte jemanden. Diesen Vater. Anthony war bereit, ihre Einschätzung dieses Vaters gelten zu lassen. Er mochte das Opfer der schrecklichsten Ungerechtigkeit geworden sein. Aber was konnte ein Mann tun, der aus dem Gefängnis kam? Und noch dazu ein alter Mann? Und dann – was für ein Mensch? Was würde aus ihnen beiden? Anthony schauderte leicht, und das leise Lächeln, mit dem Flora ins Zimmer getreten war, welkte auf ihren Lippen. Sie war an seine stürmische Zärtlichkeit gewöhnt. Sie fürchtete sich nicht mehr vor ihr. So aber hatte sie ihn noch nicht gesehen, und sie vermutete sogleich eine neue Grausamkeit des Lebens. Er stand mit seiner üblichen leidenschaftlichen Heftigkeit auf, jedoch so, als habe ihn ein folgenschwerer Entschluß ernüchtert, und sagte: ‚Nein. Ich kann dich nicht aus den Augen lassen. Ich habe dich gesehen. Du hast mir deine Geschichte erzählt. Du bist ehrlich. Du hast nie zu mir gesagt, du liebtest mich.‘

Sie wartete und sagte sich, er habe ihr nie Zeit dazu gelassen, sie nie danach gefragt! Sie wisse es wahrhaftig nicht!

Ich bin geneigt zu glauben, daß sie es tatsächlich nicht wußte. Vielfältige Erfahrung ist nicht gerade das, was einer Frau im Leben zuteil wird, und deshalb ist sie in Dingen des Gefühls selten ein Kenner. Der Mann ist es, der sich recht gut von innen und außen ‚sehen‘ kann und es gewöhnlich auch tut. Die Selbstbeherrschung der Frauen ist etwas Äußerliches; im Innern zittern sie, vielleicht, weil sie gefangen sind oder das Gefühl haben, es zu sein. All das ist allgemein gesprochen. Was Flora de Barral betraf, so lebte sie, seit Anthony plötzlich in ihr hoffnungsloses, grausam schweres Leben eingebrochen war, wie ein Mensch, den eine Naturkatastrophe – ein Unwetter, ein Erdbeben – aus einer Todeszelle befreit hat: nicht gerade verängstigt, denn nichts kann schlimmer sein als der Vorabend der Hinrichtung, aber betäubt, verwirrt – passiv dahintreibend. Sie wünschte keinen Laut von sich zu geben, kein Glied zu rühren. Dafür hatte sie nicht die Kraft. Wozu auch? Und tief in ihrem Innern, fast unbewußt reizte es sie, sich von diesem Ungestüm tragen zu lassen. Eine Empfindung, die sie noch nie im Leben verspürt hatte.

Sie hatte den Eindruck, als sei dieser Wirbelwind irgendwie im Begriff, sich zu legen! Als sei dieses Gefühl, einen Halt zu haben, das sie dazu verführte, entspannt die Augen zu schließen und sich, von häßlichen Erfahrungen unbeschmutzt, weit und immer weiter ins Unbekannte tragen zu lassen, unsicherer und auf bedrohliche Weise schwankend geworden. Sie bemühte sich, in seinem Gesicht zu lesen, in diesem energischen, gütigen Gesicht, an das sie sich so rasch gewöhnt hatte. Sie war jedoch noch nicht imstande, seinen Ausdruck zu deuten. Verängstigt, entmutigt an der Schwelle des Erwachsenseins, in moralischen Jammer der bittersten Art gestürzt, hatte sie nicht zu lesen gelernt – nicht diese Sprache.

Wäre Anthonys Liebe so egoistisch gewesen, wie die Liebe es im allgemeinen ist, dann hätte sie den Egoismus seiner Eitelkeit übertroffen – oder seiner Großmut, wenn Sie wollen –, und all das hätte nicht geschehen können. Er wäre nicht auf diesen Verzicht verfallen, bei dem man nicht weiß, ob man darüber lächeln oder ob es einem schaudern soll. Freilich hätte sich seine Liebe dann nicht die unglückliche Tochter de Barrals ausersehen. Es war aber eine Liebe, die aus diesem seltenen Mitleid geboren war, das mit der Verachtung nicht verwandt ist, weil es in einer überwältigend starken Fähigkeit zur Zärtlichkeit wurzelt – einer Zärtlichkeit von der feurig-räuberischen Art – der Zärtlichkeit der schweigenden, einsamen Männer, der freiwilligen, leidenschaftlichen Ausgestoßenen ihrer Art. Gleichzeitig bin ich gezwungen zu glauben, daß seine Eitelkeit enorm gewesen sein muß.

Was für große Augen sie hat, dachte er erstaunt. Kein Wunder. Sie starrte ihn an mit der ganzen Kraft ihrer Seele, die langsam wie aus einem vergifteten Schlaf erwachte, in dem sie nur vor Schmerz zu zittern, aber sich nicht zu weiten und zu rühren vermocht hatte. Atemlos und gespannt tauchte er tief, tief hinein in den Blick dieser Augen, wie ein verrückter Matrose, der tollkühn von der Mastspitze in die blaue, unermeßliche See springt, die so viele Menschen verflucht und zugleich geliebt haben. Und seine Eitelkeit war unendlich groß. Fyne, dieser muskulöse kleine Feminist, hatte sie tief getroffen. Ich! Ich und ihre Hilflosigkeit ausnützen! Ich! Unfair gegenüber diesem Geschöpf – diesem Nebelhauch, diesem weißen Schatten, der heimatlos ist in einer häßlichen, schmutzigen Welt! Ich könnte sie mit einem Atemzug davonblasen, sagte er sich mit Schrekken. Niemals! Die ganze höchst verfeinerte, empfindsame Zartheit, die Carleon Anthony in so vielen schönen Verszeilen ausgedrückt hatte, wuchs zur Größe einer Leidenschaft und erfüllte den hochgewachsenen Körper des Mannes mit einem inneren Schluchzen – ihn, der nie im Leben auch nur eine einzige Zeile jener berühmten Sonette gelesen hatte, welche die höchst zivilisierte, ritterliche Liebe besangen – jener Sonette, die ... Sie wissen ja, daß ein Band davon existiert. Meine Ausgabe enthält ein Bild des Autors im Alter von dreißig Jahren, und als ich es neulich Mr. Powell zeigte, rief er: ‚Wunderbar! Man sollte meinen, es wäre ein Bild von Kapitän Anthony selbst, wenn ...‘ Ich wollte gern wissen, worin das ‚Wenn‘ bestand. Aber Powell konnte es nicht sagen. Da war etwas – ein Unterschied. Zweifellos gab es den – vielleicht in der Feinheit. Der Vater, der übersensibel, intellektuell, anspruchsvoll, in krankhafter Scheu vor allen Berührungen zurückgewichen war, vermochte in harmonischen Rhythmen das zu besingen, was der Sohn mit stummer und unbekümmerter Ehrlichkeit empfand.

Anthony, den, wie die meisten starken Männer, die rührende Illusion von der Zartheit der Frauen und ihrer seelischen Zerbrechlichkeit beherrschte, hatte das Gefühl, er würde etwas sehr Kostbares im Innern dieses Wesens zerstören, zerbrechen. Tatsächlich nicht mehr und nicht weniger, als sie teilweise ermorden. Diese Wirkung, die sich aus Fynes Worten ergab, scheint sehr übertrieben. Aber Anthony, der an das Geschwätz des festen Landes nicht gewöhnt war, fragte sich kein einziges Mal, welchen Wert diese Worte in Fynes Mund haben mochten. Und tatsächlich war schon ihr düsterer Klang seiner angeborenen Geradheit, die, vom Salz des Meeres geprägt, im Wind der weiten Horizonte gehärtet, so offen war wie der Tag, gänzlich zuwider.

Er wäre gern mit seiner Empörung herausgeplatzt, aber sie sah ihn so erwartungsvoll an, daß er innehielt. Seine sichtliche Verlegenheit machte sie unsicher. Er vermochte nur zu wiederholen: ‚O ja. Du bist ganz ehrlich. Du hättest es sagen können, aber ich denke, du hast recht. Auf jeden Fall hast du nie irgend etwas zu mir gesagt, was du nicht gemeint hast.‘

‚Nie‘, flüsterte sie nach einer Pause.

Er schien außer sich zu sein, erstickt von einer Bewegung, die sie nicht zu begreifen vermochte, weil sie der Verlegenheit glich, einem bei diesem Manne unvorstellbaren Gemütszustand.

Sie fragte sich, was sie ihm denn berichtet habe, und erinnerte sich, daß sie in Wirklichkeit kaum mit ihm gesprochen hatte, außer als sie ihm in bloßen Umrissen ihre Geschichte erzählte, die anzuhören er kaum die Geduld aufzubringen schien; denn er winkte fortwährend ab mit Ausrufen des Entsetzens und des Zorns, mit grimmig finsterem Gemurmel: ‚Genug! Genug!‘ und fuhr dabei immer wieder in einer so beängstigenden Weise aus einer erzwungenen Reglosigkeit auf, als wollte er sogleich hinausstürmen und sich an irgend jemand rächen. Sie sagte sich, er fange ihre Worte gleichsam in der Luft ab und lasse sie ihre Gedanken nie zu Ende aussprechen. Ehrlich. Ehrlich. Ja, das war sie bestimmt gewesen. Ihren Brief an Mrs. Fyne hatte ihr ihre Ehrlichkeit eingegeben. Aber sie überlegte traurig, daß sie nie wußte, was sie zu ihm sagen sollte. Daß sie ihm vielleicht nichts zu sagen hatte.

‚Aber du wirst sehen: Auch ich kann ehrlich sein‘, stieß er in einem drohenden Ton aus, den sie, mit einem belustigten Schauer, zu schätzen gelernt hatte.

Sie wartete auf das, was kommen würde. Aber er zauderte. Er blickte sich mit Widerwillen im Zimmer um, als könne er an den Wänden Spuren all der zufälligen Mieter sehen, die hier hindurchgegangen waren. In diesem Zimmer hatten sich Menschen gestritten, hatten krank gelegen; es hatte Jammer in diesem Raum gegeben, Schlechtigkeit, vielleicht Verbrechen – höchstwahrscheinlich auch Tod. Dies war kein geeigneter Ort. Hastig ergriff er seinen Hut. Er faßte einen Entschluß. Das Schiff – das Schiff, das er kannte, seit es vom Stapel gelaufen war, sein Heim – ihre Zuflucht – das nicht verseuchte, ehrliche Schiff war der Ort.

‚Laß uns an Bord gehen. Dort werden wir reden', sagte er. ‚Und du wirst mir zuhören müssen. Denn was auch immer geschieht, gleichgültig, was sie behaupten, ich kann dich nicht fortlassen.'

Man kann nicht sagen, sie hätte ja (ob sie nun Bedenken hatte oder nicht) nicht an Bord zu gehen brauchen. Es war ja das, was sie für diesen Morgen verabredet hatten. Während der Fahrt schwieg er. Anthony war der letzte, der aus konventionellen Gründen irgendeinen Menschen verdammt und ein Unglück, selbst wenn es verdient war, mit Geringschätzung und Verachtung betrachtet hätte. Er war bereit, den alten de Barral – den Sträfling – ohne den mindesten Vorbehalt als das hinzunehmen, wofür ihn seine Tochter hielt. Eine Liebe wie die seine hat aber, obwohl sie einen durch das stolze Bewußtsein ihrer Stärke zu einer gefährlichen Torheit treiben kann, doch ihre eigene Weisheit. Und jetzt, als habe der Vorsatz, dieser Liebe zu entsagen, sie in eine höhere und abgeklärtere Sphäre erhoben, gab sie ihm zum erstenmal in den letzten Tagen Muße zum Nachdenken. Er sagte sich: Ich kenne diesen Mann nicht. Sie kennt ihn auch nicht. Sie war kaum sechzehn Jahre alt, als sie ihn einsperrten. Sie war noch ein Kind. Was wird er sagen? Was wird er tun? Nein, schloß er, ich kann sie nicht mit diesem Menschen allein lassen, der in die Welt zurückkehrt, als käme er aus einem Grab.

Schweigend gingen sie an Bord, und nachdem er ihr alles gezeigt hatte und sie wieder in die Kajüte zurückgekehrt waren, bestürmte er sie in seiner feurigen, herrischen Art. Zuerst begriff sie nicht. Dann, als sie verstand, daß er ihr ihre Freiheit zurückgab, erstarrte ihr ganzer Körper, ihre Hand lag auf dem Tischrand, ihr Gesicht war so leblos, als sei es aus weißem Marmor gemeißelt. Alles war vorbei. Es verhielt sich so, wie diese abscheuliche Gouvernante gesagt hatte. Sie war bedeutungslos, verächtlich. Niemand konnte sie lieben. Die Demütigung haftete an ihr wie ein kaltes Leichentuch – das sich niemals abschütteln, sich nie durch diese wahnsinnige Großherzigkeit erwärmen ließ.

‚Ja. Hier. Dein Heim. Ich kann es dir nicht schenken und dann fortgehen, aber darin ist Platz genug für uns beide. Du brauchst keine Angst zu haben. Wenn du es so willst, werde ich dich nicht einmal ansehen. Denk an den grauen Kopf, der dir Tag und Nacht nicht aus dem Sinn gegangen ist. Wo soll er ruhen? Wo sonst, wenn nicht hier, wo nichts Böses ihm ein Haar krümmen kann? Verstehst du nicht? Ich lasse es nicht zu, daß du dir um den Preis deiner Seele eine Zuflucht bei mir erkaufst. Das tue ich nicht. Du bist zu sehr ein Teil meiner selbst. Ich habe mich gefunden, seit ich dir begegnet bin, und lieber wollte ich meine eigene Seele dem Teufel verkaufen, als dich aus meiner Obhut entlassen. Aber ich muß das Recht haben.‘

Er ging unvermittelt zu der Tür, die an Deck führte, schloß sie und kehrte durch die ganze Länge der Kajüte zurück, wobei er wiederholte: ‚Ich muß das gesetzliche Recht haben. Schämst du dich, die Leute glauben zu lassen, du seist meine Frau?‘

Er breitete die Arme aus, als wolle er sie an seine Brust drücken, unterdrückte jedoch den Impuls, schüttelte die geballte Faust vor ihr und wiederholte: ‚Ich muß das Recht haben, wenn auch nur um deines Vaters willen. Ich muß das Recht haben. Wohin würdest du ihn führen? Zu diesem teuflischen Pappkartonfabrikanten. Ich weiß nicht, was mich davon abhält, ihm den Schädel einzuschlagen. Ich kann den Gedanken daran nicht ertragen. Hör mir zu, Flora! Hörst du, was ich dir sage? Du bist nicht zu stolz, um verstehen zu können, daß ich als Mann auch meinen Stolz habe!'

Er sah von beiden gesenkten Lidern je eine Träne über ihre weißen Wangen rollen. Dann verließ sie unvermittelt die Kajüte. Einen Augenblick lang stand er da, konzentrierte, berechnete seine Stärke und befragte sein Herz, bevor er ihr hastig folgte. Sie hatte bereits den Kai erreicht.

Beim Klang seiner sie verfolgenden Schritte verließ sie ihre Kraft. Wohin konnte sie hiervor entfliehen? Vor dieser neuen Tücke des Lebens, welche die Form der Großmut annahm? Sogar seine Stimme hatte sich verändert. Der Wirbelwind, der sie getragen, hatte sie abgesetzt, und nun mußte sie weiterstolpern, geschwächt durch diesen neuen Dolchstich, der moralischen Stütze beraubt, die man im Leben nötiger braucht als alle Wohltaten materieller Hilfe. Sie hatte sie nie gehabt. Niemals. Nicht durch die Fynes. Aber wohin sollte sie gehen? O ja, das Dock, eine stille Wasserfläche, ganz in der Nähe. Aber da war der alte Mann, mit dem sie Hand in Hand die Promenade am Meer entlanggegangen war. Ihr schien, als sähe sie ihn ihr entgegenkommen, erbarmungswürdig, ein wenig grauer, mit bittendem Blick und vorgestrecktem, zitterndem Arm. Jetzt war sie an der Reihe, die Hand dieses Mannes zu nehmen, dem Unrecht geschehen und der hilfloser war als ein Kind. Wohin aber konnte sie ihn führen? Wohin? Und was sollte sie ihm sagen? Was für Worte der Ermunterung, der Ermutigung und der Hoffnung? Es gab keine. Himmel und Erde waren stumm, ihnen war ihr Zusammentreffen gleichgültig. Dieser andere Mann hinter ihr aber hatte sie fast eingeholt. Er war jetzt schon sehr nahe. Seine feurige Persönlichkeit schien Hitze auszustrahlen, die Atmosphäre prickelnd vibrieren zu lassen. Sie war erschöpft, unachtsam, fürchtete zu stolpern, war nahe daran zu fallen. Sie bildete sich ein, sie könne seinen Atem hören. Eine Welle warmer Schlaffheit überflutete sie; sie fühlte den Boden nicht mehr unter den Füßen, und als sie spürte, wie er die Hand unter ihren Arm schob, versuchte sie nicht, sich von diesem Griff frei zu machen, der bedeutungsvoll und fest ihren Arm umschloß.

Er führte sie durch die Gefahren des Kais. Ihr Blick war getrübt. Ein fahrender Lastwagen glich einem vorübergleitenden Berg. Männer gingen vorbei wie im Nebel, und die Gebäude, die Schuppen, die unerwarteten freien Stellen, die Schiffe hatten seltsame, verzerrte, gefährlich aussehende Formen. Sie dachte bei sich, es sei gut, nicht mit der Frage geplagt zu sein, was all diese Dinge wohl im Plan der Schöpfung bedeuteten (wenn überhaupt etwas eine Bedeutung hatte) oder ob sie einfach nur ohne jeden Sinn aufgehäufte Materie seien. Sie fühlte, wie sehr sie immer ohne jede Beziehung zur Welt gewesen war. Sie klammerte sich an diese Welt nur mit dem Arm, den jemand gleich über ihrem Ellbogen fest gepackt hielt. Es war eine Gefangenschaft. So mochte es denn sein. Bis sie auf die Straße hinauskamen und die zweirädrige Droschke sahen, die hinter dem Tor wartete, sprach Anthony nur einmal; er begann unvermittelt, aber in einem sanfteren Ton, als sie ihn jemals von seinen Lippen gehört hatte: ‚Natürlich hätte ich wissen müssen, daß du dir nichts aus einem Mann wie mir, einem Fremden, machen kannst. Schweigen bedeutet Zustimmung. Ja? He? Diese Art Zustimmung will ich nicht. Und wenn du nicht eines Tages feststellst, daß du sprechen kannst ... Nein! Nein! Ich werde dich niemals fragen. Wenn du darauf wartest, daß ich dir Zeichen mache, kannst du bis ins Grab die Lippen versiegelt halten. Aber das, was ich gesagt habe, mußt du tun!‘

Er hatte voll zarter Sorge den Kopf über sie gebeugt. Gleichzeitig fühlte sie, wie er ihren Arm drückte und unauffällig, aber unmißverständlich schüttelte. ‚Du mußt es tun.' Ein leises Schütteln, das kein Vorübergehender zu bemerken vermochte, und das in einem verlassenen Teil des Docks. ‚Es muß geschehen. Es muß geschehen. Du hörst doch auf mich, ja? Oder würdest du wieder zu meiner Schwester gehen?'

Sein ironischer Ton hatte, vielleicht aus mangelnder Übung, eine furchtbar verletzende Schroffheit.

‚Würdest du zu ihr gehen?' fuhr er mit derselben merkwürdigen Stimme fort. ‚Zu deiner besten Freundin? Und brav sagen: »Ich bitte um Verzeihung.« Würdest du das tun? Nein! Das könntest du nicht. Es gibt Dinge, die selbst du, du armes, liebes, verlorenes Mädchen, nicht aushalten könntest. Lieber sterben! So ist es. Natürlich. Oder kannst du daran denken, deinen Vater in das Haus dieses teuflischen Vetters zu bringen? Nein! Sprich nicht. Ich kann nicht ertragen, mir das vorzustellen. Ich würde dir dorthin folgen und die Tür einschlagen!'

Das Stocken seiner Stimme erstaunte sie, weil es so sehr einem Schluchzen glich. Es erschreckte sie auch. Der Gedanke, der ihr kam, war: Das darf er nicht! Er setzte sie in die Droschke. Oh, das darf er nicht! Die Entdeckung, daß er am ganzen Körper zitterte, erschreckte sie noch mehr. Verwirrt drückte sie sich in die entfernteste Ecke, vermied seinen Blick und sah doch das Beben seines Mundes; sie machte einen krampfhaften Versuch zu lächeln, so daß sich die Starrheit ihrer Lippen löste und ihre Zähne plötzlich zu klappern begannen.

‚Ich komme nicht mit dir', sagte er. ‚Ich sage dem Mann Bescheid ... Ich kann nicht. Lieber nicht. Was ist los? Ist dir kalt? Sag, was ist los? Es ist weiter nichts – wir müssen nur in so ein verdammtes stickiges Zimmer, so ein Loch von einem Büro gehen. Es dauert keine Viertelstunde. Ich hole dich ab – in zehn Tagen. Denk nicht zuviel daran. Denk an keinen Mann, keine Frau und kein Kind in dieser ganzen blöden Menge, die den Boden beschwert. Denk auch nicht an mich. Denk nur an dich. Ha! Dann wird dir nichts mehr etwas anhaben können – endlich! Sag nichts. Rühr dich nicht. Ich werde alles vorbereiten lassen, und solange dir mein Anblick nicht zuwider ist – und das ist er nicht –, brauchst du vor nichts Angst zu haben. Nur eins von ihren albernen Büros mit zwei unbedeutenden Tintenklecksern – armen Schreiberseelen.‘

Die Droschke fuhr ab, und Flora de Barral saß darin, reglos, gedankenlos, nur allzu froh, ausruhen zu können, allein zu sein und sich dabei ohne jede Anstrengung in Einsamkeit und Schweigen fortzubewegen.

Anthony streifte stundenlang durch die Straßen, ohne daß er am Abend hätte sagen können, wo er gewesen war – ganz wie ein glücklicher, frohlockender Liebhaber. Niemand jedoch hätte ihm dies vom Gesicht ablesen können, das keine Spur von seliger Vorfreude erkennen ließ. Freilich frohlockte er, aber es war eine besondere Art des Frohlockens, die ihn bei der Kehle zu packen schien wie ein Feind.

Anthonys letzte Worte an Flora bezogen sich auf das Standesamt, wo sie zehn Tage darauf heirateten. Während dieser Zeit sah Anthony niemand und nichts, obwohl er ruhelos hier und dort unter Menschen und Dingen umherging. Dieser besondere Zustand ist gewöhnlichen Liebenden eigentümlich, von denen man ja weiß, daß sie für nichts Augen haben als nur für die tatsächliche oder innerliche Betrachtung der menschlichen Gestalt, die für sie die Seele der gesamten Welt in ihrer ganzen Schönheit, Vollkommenheit, Vielfalt und Unendlichkeit umschließt. Es muß außerordentlich angenehm sein. Roderick Anthonys Betrachtung aber war das Glück versagt. Er war kein gewöhnlicher Liebender, und er wurde dafür bestraft, als wäre die Natur (von der man sagt, sie verabscheue das Vakuum) so konventionell, daß sie auch jede Form außergewöhnlichen Verhaltens verabscheut. Roderick Anthony hatte schon begonnen zu leiden. Vielleicht ging er deshalb so geschäftig unter seinen Mitmenschen umher, die erstaunt und gekränkt gewesen wären, wenn sie gewußt hätten, wie wenig körperhaft und sogar wie wenig wirklich existent sie in seinen Augen waren. So etwas Sonderbares konnten sie jedoch nicht vermuten. Sie sahen während dieser zwei Wochen nichts Außergewöhnliches an ihm. Der Beweis dafür ist, daß sie bereit waren, Geschäfte mit ihm abzuschließen. Und das waren sie eindeutig, denn zu diesem Zeitpunkt erhielt er durch eine Schiffsmaklerfirma, die an seinem gesunden Verstand nicht zweifelte, das Angebot, mit seinem Schiff eine Charterfahrt nach den Hebriden zu machen.

Vermutlich sah er aus, als habe er genügend gesunden Verstand für alle praktischen Zwecke des Geschäftslebens. Ich bin jedoch nicht so sicher, daß er zu jener Zeit tatsächlich bei ganz gesundem Verstand war.

Jedenfalls nahm er das Angebot freudig an. Das Schicksal selbst bot ihm diese Gelegenheit, das Mädchen durch eine verhältnismäßig kurze Reise an das Leben auf See zu gewöhnen. Damals schien alles, was geschah, alles, was er hörte, zufällige Worte, unzusammenhängende Sätze, eine Herausforderung oder eine Ermutigung zu sein und ihn in seinem Entschluß zu bestärken. Tatsächlich ist die emsige Beschäftigung mit materiellen Angelegenheiten die beste Schutzmaßnahme gegen das Nachdenken, gegen Furcht und Zweifel – lauter Dinge, die der Tat im Wege stehen. Ich vermute, daß ein Mensch, der die Absicht hat, sich die Kehle durchzuschneiden, eine Art Erleichterung empfindet, während er damit beschäftigt ist, sein Rasiermesser sorgfältig abzuziehen.

Und Anthony bereitete äußerst sorgfältig für sich und für die glücklose Flora ein unmögliches Dasein vor. Er befaßte sich damit und zitterte nicht mehr, als wenn er mit Lumpen ausgestopft oder aus Eisen gewesen wäre anstatt aus Fleisch und Blut. Ein Dasein, wohlgemerkt, das an Land, inmitten der Menschenmenge, der verschiedensten

Interessen, Zerstreuungen und mit unendlich vielen Gelegenheiten, voneinander Distanz zu halten, kaum vorstellbar ist; aber an Bord eines Schiffes, auf dem Meer, wo man tage- und wochenlang im Tête-à-tête zusammenlebt, konnte es nichts weiter bedeuten als nur eine geistige Qual, eine verfeinerte, absurde Folter. Er war eine naive Seele. Seine hoffnungslos männliche Treuherzigkeit äußerte sich auf rührende Weise in seinem Eifer, irgendeine Frau zu beschaffen, die Flora aufwarten sollte. Die Bedingung, daß sie garantiert vollkommen achtbar zu sein hatte, bereitete ihm Augenblicke sorgenvollen Nachdenkens. Als ihm plötzlich die Frau seines Stewards einfiel, muß er mit besonderem Frohlocken ‚heureka' gerufen haben. Man möchte Anthony nicht gern einen Esel nennen. Aber eine Frau so nahe an ein solches Geheimnis heranzulassen, daß sie es wittern kann, und dann anzunehmen, sie würde es nicht herausbekommen, das ist doch . . .!

Keine noch so naive Frau wäre derart treuherzig gewesen. Ich weiß nicht, wie Flora de Barral ihn in Gedanken bezeichnete, als er ihr berichtete, daß er unter anderen Dingen, die dem Zweck dienten, es ihr behaglich zu machen, auch dies veranlaßt hatte. Ich denke mir, trotz aller Naivität ihrerseits muß sie entsetzt gewesen sein.

An dem verabredeten Tag stand er äußerlich ruhiger vor ihr, als sie ihn jemals gesehen hatte. Und ebendiese Ruhe, diese von seinem Gewissen diktierte Haltung, die jetzt und für alle Zukunft zu bewahren er sich bei seiner Ehre verpflichtet fühlte, es sei denn, sie fände sich bereit, irgendwann später ein Zeichen zu geben, machte ihr das Herz noch schwerer, das keiner Arglist, auch nicht der verzeihlichsten, schuldig war.

In der Nacht zuvor hatte sie besser geschlafen als während der letzten zehn Nächte. Jugend und Müdigkeit setzten sich schließlich gegen die Tyrannei einer nervenzerrüttenden Anspannung durch. Sie hatte geschlafen, doch sie erwachte mit Tränen in den Augen. Davon waren keine

Spuren mehr vorhanden, als sie unten in dem schäbigen kleinen Salon mit ihm zusammentraf. Sie hatte sie verschluckt. Sie wollte nicht, daß er etwas sah. Sie fühlte sich bei ihrer Ehre verpflichtet, die Situation für immer und ewig hinzunehmen, es sei denn ... Ah, es sei denn ... Sie verbarg alle ihre Gefühle, aber das war keine Falschheit von ihr. Sie wollte weiter nichts als die Wahrheit erfahren, sehen, was sich daraus ergeben werde.

Sie übertrumpfte ihn in seinem eigenen ehrenhaften Spiel, und ihre völlige Gelassenheit brachte Anthony ein wenig aus der Fassung. Er war es, der stotterte, als es ans Sprechen ging. Nach den ersten paar Worten trug ihn sein heftiger Charakter gebieterisch genug voran. Es war jedoch, als hätten beide in dieselbe bittere Frucht gebissen. Er dachte mit kummervollem Bedauern und dabei auch nicht ohne Überraschung: Dieser Mensch, Fyne, hat mir die Wahrheit gesagt. Sie macht sich nicht ein bißchen aus mir. Es demütigte ihn und vertiefte sein Mitgefühl für das Mädchen, das in dieser Dunkelheit des Lebens, herumgestoßen und verzweifelt, seinem stärkeren Willen anheimgefallen war und sich wie bei einem nächtlichen Schiffbruch seinen Armen überlassen hatte. Flora ihrerseits betrachtete ihn, teilweise scharfblickend (denn Frauen sind niemals so völlig blind wie Männer), mit einigem Mitleid, und auch mit sich selbst empfand sie Mitleid. Es war eine Zurückweisung, ein Ausgestoßenwerden – nichts Neues für sie. Aber sie, die annahm, daß ihr gesamtes Empfinden inzwischen erstorben sei, entdeckte, daß sie Groll über diesen letzten Verrat fühlte. Mit ihm fand sie sich nicht ab. Mit einer Art innerem Trotz dachte sie: Also, ich bin bereit. Ich bin allen Ernstes bereit. Es ist nicht meine Schuld, daß ich nichts weiter bin als nur ein wertloser Gegenstand des Mitleids.

Und diese Dinge, die sie sich mit reinem Gewissen zu sagen vermochte, halfen ihr mehr, als Roderick Anthony seine leidenschaftlich hartnäckige Zielstrebigkeit helfen konnte. Sie war viel selbstsicherer als er. Das ist der Vorteil, den bloße Rechtschaffenheit gegenüber der erhabensten Großherzigkeit hat.

Und so gingen sie hinaus, um zu heiraten; die Leute in dem Haus, wo sie in Pension wohnte, vermuteten nichts derartiges. Sie waren nur darüber erregt, daß eine ‚Herrenbekanntschaft' (und noch dazu ein sehr feiner Mann!) Miss Smith zum erstenmal, seit sie in dem Hause wohnte, besucht hatte. Als sie zurückkehrte, denn sie kam tatsächlich allein wieder, machten sie Anspielungen über den Spaziergang. Sie mußte ihre Mahlzeiten mit diesen ziemlich vulgären Menschen einnehmen. Die Frau des Hauses, eine hagere, vornehmtuende Person, versuchte sie zu vertraulichen Mitteilungen zu bewegen. Floras weißes Gesicht mit den tiefblauen Augen rührte nicht, wie es bei Kapitän Anthony der Fall war, an ihr Herz, als ebendas Gesicht, das die leidende Welt verkörperte. Die schmerzliche Zurückhaltung des Mädchens hatte nicht die Macht, sie so mit Scheu zu erfüllen, daß sie Anstand gezeigt hätten.

Nun, sie kehrte allein zurück – wie tatsächlich zu erwarten gewesen war. Nachdem Flora de Barral und Roderick Anthony das Standesamt verlassen hatten, waren sie in einem Park spazierengegangen. Es muß wohl ein Park im East End gewesen sein, aber ich bin nicht sicher. Auf jeden Fall gingen sie spazieren. Der Tag war sonnig. Er sagte zu ihr: ‚Alles, was ich in der Welt besitze, gehört dir. Dafür habe ich gesorgt, ohne meinen Schwager zu bemühen. Sie haben keine Veranlassung, sich einzumischen.'

Sie ließ beim Gehen die Hand leicht auf seinem Arm ruhen. Er hatte ihn ihr geboten, als sie aus dem Standesamt gekommen waren, und sie hatte ihn schweigend genommen. Sie hielt den Kopf gesenkt und schien über die Dinge nachzudenken. Sie sagte, auf die Fynes anspielend: ‚Sie sind sehr gut zu mir gewesen.' Darauf rief er: ‚Sie haben dich nie verstanden. Jedenfalls nicht richtig. Meine Schwester ist keine schlechte Frau, aber. . .'

Flora widersprach nicht; sie fragte sich, ob er sich einbildete, er selbst verstehe sie soviel besser. Anthony verscheuchte den Gedanken an seine Familie und fuhr fort: ‚Ja. Alles gehört dir. Ich enthalte dir nichts vor. Was das Stück Papier betrifft, das wir soeben von diesem jämmerlichen Federfuchser erhalten haben – wenn es nicht um des Gesetzes willen wäre, dann hätte ich nichts dagegen, wenn du es jetzt gleich, hier, an diesem Fleck, zerreißen wolltest. Tu es aber nicht. Es sei denn, du hast eines Tages das Gefühl, daß . . .‘

Unerwartet versagte ihm die Stimme. Sie zögerte eine Weile nachdenklich und entschloß sich dann, tapfer zu sagen: ‚Und ich enthalte dir auch nichts vor.‘

Sie hatte es gesagt. Aber er in seiner blinden Großherzigkeit nahm an, sie spiele auf ihre beklagenswerte Geschichte an und beeilte sich zu murmeln: ‚Natürlich! Natürlich! Sag nichts weiter. Ich habe unendlich oft wach gelegen und an all das gedacht.‘

Er machte eine Bewegung mit dem anderen Arm, als wolle er sich davor zurückhalten, dem Universum empört die Faust zu zeigen, und sie versuchte gar nicht erst, ihn anzublicken. Seine Stimme klang seltsam, unglaubhaft leblos, verglichen mit jenen stürmischen Tönen, die im dunklen Garten inmitten der weiten Felder die Erde unter ihren müden, hoffnungslosen Füßen zu erschüttern schienen.

Sie wünschte sie sich zurück. Als Anthony den Seufzer hörte, der sich ihr entrang, begann er, anstatt dem Universum die Faust zu zeigen, ihre Hand zu streicheln, die auf seinem Arm ruhte, und ließ dann so plötzlich davon ab, als habe er sich verbrannt. Darauf sagte er nach einem Schweigen: ‚Du wirst morgen allein dorthin gehen müssen. Ich . . . Nein, ich glaube, ich darf nicht mitkommen. Lieber nicht. Was ihr beide euch zu sagen habt . . .‘

Sie unterbrach ihn rasch: ‚Vater ist unschuldig. Ihm ist grausames Unrecht geschehen.‘

‚Ja. Ebendeshalb‘, sagte Anthony hartnäckig und ernsthaft. ‚Und du bist der einzige Mensch, der es an ihm wiedergutmachen kann. Du allein mußt ihn mit der Welt versöhnen, wenn irgend etwas das zu tun vermag. Aber natürlich wirst du es schaffen. Du wirst die richtigen Worte finden müssen. Oh, du wirst schon wissen. Und allein dein Anblick würde besänftigend ...‘

‚Er ist der sanfteste Mensch‘, unterbrach sie ihn von neuem.

Anthony schüttelte den Kopf. ‚Man braucht unendlich viel Großmut, unendlich viel Sanftmut, um so ein abgekartetes Spiel vergeben zu können. Mir für mein Teil wäre es lieber gewesen, man hätte mich umgebracht, und alles wäre gleich aus gewesen. Für dich hätte es nicht schlimmer sein können – sicherlich hat er vor allem an dich gedacht, während ihn diese teuflischen Anwälte vor Gericht hetzten. An dich. Und jetzt, da ich darüber nachdenke, führt ihm vielleicht dein Anblick alles wieder vor Augen. All diese Jahre, all diese Jahre – und du, sein Kind, alleingelassen in der Welt. Ich wäre verrückt geworden. Denn selbst wenn er ein Unrecht begangen hätte ...‘

‚Aber das hat er nicht‘, erwiderte Flora beharrlich und mit ganz unerwarteter Heftigkeit. ‚Du darfst das nicht einmal annehmen. Hast du den Prozeßbericht nicht gelesen?‘

‚Ich nehme gar nichts an‘, verteidigte sich Anthony. Er erinnerte sich nur gerade daran, von dem Prozeß gehört zu haben. Er versicherte ihr, er sei damals von England fort gewesen – es war die zweite Reise der ‚Ferndale‘. Er überquerte zu jener Zeit, von Australien kommend, den Stillen Ozean und bekam viele Wochen lang keine Zeitungen zu Gesicht. Er unterbrach sich, um ihr vorzuschlagen: ‚Sag ihm lieber gleich, du seist glücklich.‘

Er hatte ein wenig gestottert, und Flora de Barral sagte bestimmt und deutlich: ‚Ja.‘

Ein kurzes Schweigen folgte. Sie zog die Hand von

seinem Arm zurück. Sie blieben stehen. Anthony sah aus, als habe sich eine völlig unerwartete Katastrophe ereignet.

‚Ah', sagte er, ‚du hast etwas dagegen ...'

‚Nein, ich glaube wirklich, ich sollte es tun', erwiderte sie leise.

‚Das will ich meinen. Das will ich meinen. Bring ihn morgen gleich mit an Bord. Halt dich nirgends auf.'

Sie empfand eine Regung unbestimmter Dankbarkeit, hatte einen Augenblick lang ein Gefühl des Friedens, das sie dem Mann zuschrieb, der vor ihr stand. Sie blickte zu Anthony auf. Sein Gesicht sah düster aus. Er war meilenweit fort und murmelte wie im Selbstgespräch: ‚Wo könnte er auch hingehen wollen?'

‚Es gibt keinen einzigen Menschen auf der Welt, von dem ich möchte, daß er jetzt sein liebes Gesicht betrachtet und zu dem ich ihn gern bringen würde', sagte sie und streckte freimütig die Hand aus. Mit leicht belegter Stimme fuhr sie fort: ‚Außer zu dir – Roderick.'

Er nahm die Hand, und sie fühlte sich sehr klein und zart an in seiner breiten Faust.

‚Das ist recht, das ist recht', sagte er mit bewußter und hastiger Forschheit, und als schäme er sich plötzlich des Klangs seiner Stimme, machte er eine halbe Kehrtwendung und ging einfach fort von dem reglos dastehenden Mädchen. Er überwand sogar die Versuchung, sich umzusehen, bis es zu spät war. Der Kiesweg lag bis zum Parktor hin verlassen da. Sie war fort – verschwunden. Er hatte den Eindruck, als habe er etwas wie eine Chance verpaßt. Er war traurig. Jenes hochgespannte Bewußtsein seines eigenen Verhaltens, das ihn während der letzten zehn Tage oder länger aufrechterhalten hatte, hob ihn nicht mehr empor. Er hatte es erreicht!

Ziellos schlenderte er weiter, Beute einer leisen Melancholie. Er ging und ging. Nur wenig Leute hielten sich an diesem Ort auf, der einzigen Möglichkeit, mitten in einem armen Wohnbezirk Luft zu schnappen. Unter gewissen Lebensumständen bleibt selbst zum Luftschnappen verflixt wenig Zeit. Ein paar Menschen hier und da geben sich jedoch diesem Luxus hin; aber so wenige auch dort waren, ihre Gegenwart verstimmte Kapitän Anthony, obwohl er nicht im mindesten ein Mensch war, der sich über andere erhaben dünkte. Die Einsamkeit war sein bester Freund gewesen. Er wünschte sich einen Platz, wo er sich niedersetzen und allein sein konnte. Und in seiner Bedrängnis wandten sich seine Gedanken dem Meer zu, das ihm diese seinem Wesen gemäße Einsamkeit in so hohem Maße gegeben hatte. Dort konnte er so einsam sein, wie er nur wollte, wenn er auch immer mit seinem Schiff zusammen war (aber das war ein Teil seiner selbst). Ja. Zum Meer hinaus gelangen!

Die Nacht der Stadt mit ihren starren Lichterketten, die sich kreuzten wie ein Flammennetz, das über die düstere, gewaltige Ausdehnung der Mauern gebreitet lag, umschloß ihn mit ihrem künstlichen, von ausdrucksvollem Schwarz überwölbten Glanz, der unnatürlichen Lebhaftigkeit einer ruhelosen, abgehetzten Menschheit. Seine Gedanken, die irgendwie geneigt waren, jeden Vorübergehenden, jede einzelne Person, die er unter einer Straßenlaterne wahrnahm, zu bemitleiden, richteten sich schließlich auf eine Gestalt, die an diesem bestimmten Abend ganz gewiß nicht unter den Laternen zu sehen war. Eine ihm unbekannte Gestalt, die bis zum nächsten Morgen eingeschlossen war zwischen hohen, unübersteigbaren Mauern aus Feld- oder Backsteinen... Die Gestalt des Vaters Flora de Barrals. De Barral, der Finanzmann – der Sträfling.

In diesem Wort mit seiner Andeutung von Schuld und Vergeltung liegt etwas, was die Gedanken stocken läßt. Wir fühlen, daß wir uns in Gegenwart der Macht der organisierten Gesellschaft befinden – einer an sich geheimnisvollen Sache, die in ihrer Wirkung noch geheimnisvoller ist. Ob schuldig oder unschuldig – es war, als wäre der alte de Barral drunten in der Unterwelt gewesen. Unmöglich, sich vorzustellen, was er von dort ans Licht dieser Welt der nicht verurteilten Menschen herausbringen werde. Was mochte er denken? Was hatte er zu sagen? Und was sollte man zu ihm sagen?

Anthony, den ein wenig Scheu erfüllte, wie man sie angesichts einer Gefühlsskala empfindet, die über das, was man begreift, hinausreicht, tröstete sich mit dem Gedanken, der Alte habe vermutlich wenig zu sagen. Er werde nicht darüber sprechen wollen. Keiner würde das wollen. Für ihn mußte es eine richtige Hölle gewesen sein.

Und dann, am Ende des Tages, an dem Anthony mit Flora de Barral die Heiratszeremonie vollzogen hatte, hörte er auf, an ihren Vater zu denken, außer in gewisser Weise als den Gefangenen seines Triumphs. In Gedanken wandte er sich der Betrachtung des weißen, zarten, bittenden Gesichts mit den großen blauen Augen zu, die er hatte weinen, staunen und ihn versonnen anblicken sehen, zuweilen ungläubig, zuweilen zweifelnd und schmerzlich, stets aber unwiderstehlich in ihrer Macht, den Weg unmittelbar in seine Brust zu finden und dort tief drinnen einen Widerhall zu wecken, der mehr war als Liebe – so sagte er sich –, wie die Menschen sie verstehen. Mehr? Oder war es nur etwas anderes? Ja. Es war etwas anderes. Mehr oder weniger. Etwas so Unglaubliches wie die Erfüllung eines wunderbaren, überwältigenden Traumes, in dem er die Welt zu umarmen vermochte – die ganze leidende Welt, nicht um ihre rührende Schönheit zu besitzen, sondern um sie in ihrem Kummer zu trösten und zu umsorgen.

Anthony ging langsam zum Schiff und schlief diese Nacht traumlos."

5

Der große de Barral

„Der Salon der ‚Ferndale' war nun renoviert, um die ‚fremde Frau' zu empfangen. Der matte Schimmer seines altmodischen, blind gewordenen Zierats war dahin. Und als Anthony sich umblickte, sah er das Blinken und Strahlen, die Farbigkeit neuer Dinge, die unausprobiert, unbenutzt, sehr glänzend – allzu glänzend waren. Die Handwerker hatten erst am Abend zuvor das Schiff verlassen, und ihre letzte Arbeit war es gewesen, den schweren Vorhang anzubringen, der sich mitten durch die Länge des Salons bauschte und ihn, wenn er herabgelassen wurde, in zwei Teile teilte – die Achterhälfte mit ihrem Niedergang, der geradenwegs aufs Poopdeck führte, von dem vorderen Teil mit seinem Ausgang aufs Deck abtrennte und so einen Privatraum innerhalb eines Privatraums schuf, geradeso, als könnte Kapitän Anthony gar nicht genug Hindernisse zwischen sein neues Glück und die Männer setzen, die sein Leben auf See mit ihm teilten. Er begutachtete mit beifälligem Blick diese Einrichtung, stattete dann dem Ganzen einen Besuch ab und beendete ihn, indem er eine Tür öffnete, die in eine große, aus ehemals zwei Kajüten entstandene Luxuskajüte führte. Sie war sehr gut eingerichtet und hatte anstatt der in solchen Kajüten üblichen Schlafstelle eine sorgfältig gearbeitete schwingende Koje modernster Art. Anthony kippte sie ein bißchen an, um sie auszuprobieren. Der alte Mann wird es hier drinnen sehr gemütlich haben, sagte er sich, trat in den Salon zurück und schloß leise die Tür. Dann kam ihm ein anderer Gedanke, der unter diesen Umständen naheliegend war, sich aber seltsamerweise zum erstenmal bei ihm einstellte. Donnerwetter! Das wird vielleicht ein Schock für ihn sein! dachte Roderick Anthony.

Er ging eilig an Deck. ‚Mr. Franklin! Mr. Franklin!' Der Erste Offizier war nicht sehr weit entfernt. ‚Oh, da sind

Sie ja. Miss ... Mrs. Anthony wird gleich an Bord kommen. Rufen Sie mich, wenn Sie die Droschke sehen.'

Dann ging er wieder hinein, ohne zu bemerken, wie finster das Gesicht des Ersten Offiziers war. Kein freundliches Wort, keine die Arbeit betreffende Bemerkung noch irgendein kleiner Scherz – nicht einmal ein einfaches, belangloses ‚Schöner Tag heute'. Nichts. Drehte sich einfach um und ging hinein.

Wir wissen, daß er, als der Augenblick gekommen war, es sich anders überlegte und beschloß, Floras Vater in der Abgeschlossenheit des Empfangsraums zu begrüßen, den er so sorgfältig hatte herrichten lassen. Warum Anthony vor der Begegnung zurückzuschrecken schien, er, der so selbstsicher war, daß er sich einer in ihrer kühnen Großherzigkeit fast verrückten Situation nicht nur stellte, sondern sie tatsächlich herbeigeführt hatte, läßt sich schwer erklären. Vielleicht fand er, als er auf das Poopdeck hinauskam, diesen Mann äußerlich so anders, als er erwartet hatte, daß er beschloß, ihm das erstemal ohne Augenzeugen gegenüberzutreten. Möglicherweise beeinflußte ihn das allgemeine Geheimnis seiner Beziehung zu dem Mädchen. Er mochte wahrhaftig recht bestürzt gewesen sein. Die Ankunft dieses Mannes stellte ihn vor die Notwendigkeit, lügenhaft zu reden und zu handeln, zu scheinen, was er nicht war und was er niemals sein konnte – falls nicht, falls nicht ...

Kurz, wir werden sagen, wenn Sie wollen: Roderick Anthony (ein Mann, von dem sein Erster Offizier zu sagen pflegte: ‚Er weiß nicht, was Angst ist!') empfand aus den verschiedensten Gründen, die alle im Zusammenhang mit der feinfühligen Geradheit seiner Natur standen, Furcht. Es gibt eine Nemesis, die auch die Großherzigkeit ereilt, wie alle übrigen Unvorsichtigkeiten der Menschen, die es wagen, gesetzlos und stolz zu sein ..."

„Warum sagen Sie das?" fragte ich, denn Marlow hatte unvermittelt innegehalten und schwieg im Schatten des Bücherschranks.

„Ich sage das, weil dieser Mann, den der Zufall Flora de Barral in den Weg geführt hatte, beides war: gesetzlos und stolz. Es macht nichts, ob er etwas davon wußte oder nicht. Wahrscheinlich wußte er es nicht. Man kann der Natur und seiner eigenen moralischen Durchhaltefähigkeit ganz unschuldig den Fehdehandschuh ins Gesicht schleudern, mit einer Naivität, die den Anschein einer geradezu satanischen Überheblichkeit hat. Jedoch, wie gesagt, das ändert nichts. Es ist trotzdem ein Übergriff und muß auf die übliche Weise bezahlt werden. Aber lassen Sie das gut sein. Ich machte deshalb eine Pause, weil ich es, genau wie Anthony, schwierig finde und eine Art Scheu davor habe, mich mit dem alten de Barral zu befassen.

Sie erinnern sich wohl daran, daß ich einmal einen Blick auf ihn geworfen habe. Er war keine imponierende Persönlichkeit. Groß, dürr, gerade, steif, wie verblaßt; er bewegte sich mit kurzen Schritten und gleitendem Gang vorwärts und sprach mit gleichmäßig leiser Stimme. Wenn die See rauh war, sah man ihn nicht viel an Deck – wenigstens ging er nicht umher. Er hielt sich dann an den Gegenständen fest und zog sich bis zum achteren Oberlicht, wo er stundenlang saß. Unser damals junger Freund bot sich einmal an, ihm zu helfen, und dieser Dienst war der Beginn einer Art Freundschaft. ‚Er klammerte sich fest an einen', sagte Powell, ohne daß er es im übertragenen Sinne meint. Powell hielt immer Ausschau, ob er helfen konnte, und vor allem Mrs. Anthony helfen konnte, weil sich ihr Vater so verflixt fest an sie klammerte, daß Powell fürchtete, er werde sie niederziehen, obgleich sie schon bald bei jedem Wetter einen sicheren Gang hatte. Und Powell war der einzige, der bei der Hand war, zu helfen, da Anthony (zu dieser Zeit) bereits Furcht zu haben schien, sich ihnen zu nähern; der unversöhnliche Franklin blickte stets zornig zur anderen Seite; der Bootsmann handelte, wenn er dort oben war, albernerweise ebenso; und alle Matrosen, die sich zufällig auf dem Poopdeck befanden (ein Gefühl breitet sich auf geheimnisvolle Art über ein ganzes Schiff aus), mieden den Mann, als sei er der Teufel.

Wir wissen, wie er an Bord ging. Was mich betrifft, so weiß ich so wenig von Gefängnissen, daß ich keine blasse Ahnung habe, wie man sie verläßt. Es scheint, daß es ein ebenso scheußliches Verfahren ist wie das andere, dieses Einsperren mit Schnapp, zu, und dem leeren Schweigen draußen, wo man noch einen Augenblick zuvor war – *war* – und jetzt nicht mehr ist. Durch und durch teuflisch. Und die Entlassung? Ich weiß nicht, was schlimmer ist. Wie machen sie das? Ziehen sie an einer Schnur, die Tür fliegt auf, der Mann fliegt hindurch: hinaus mit dir! Adios!? Und in dem freien Raum, wo du einen Augenblick zuvor nicht warst, in dem schweigenden freien Raum geht eine Gestalt davon, hinkend. Warum hinkend? Ich weiß es nicht. So sehe ich es. Man hat das Gefühl, es gehe da ein Verstümmelungs-, Verkrüppelungsprozeß vor sich – bei dem das Individuum auf irgendeine fast unmerkliche Weise beschädigt zurückkommt. Ich gebe zu, es ist eine phantastische Halluzination, aber ich kann mir nicht helfen. Natürlich weiß ich, daß die Verfahren der besten maschinenfabrizierten Menschheit mit größter Sorgfalt und so weiter angewandt werden. Sicherlich bin ich albern, aber trotzdem ... O ja, es ist idiotisch. Wenn ich an so einem Gebäude vorbeikomme ... Haben Sie bemerkt, daß jeder einzelne seiner Steine oder Ziegel etwas Teuflisches an sich hat, etwas Boshaftes, als genieße die Materie ihre Rache für den Geist der Verachtung des Menschen – haben Sie es bemerkt? Nein? He? Nun, vielleicht bin ich in diesem Punkt ein bißchen verrückt. Wenn ich an einem dieser Gebäude vorbeikomme, muß ich die Augen abwenden. Ich hätte de Barral nicht abholen können. Ich wäre vor dieser Prüfung zurückgeschreckt. Sie werden bemerken, daß Anthony (zweifellos ein tapferer Mann) sich ihr anscheinend ebenfalls entzog. Die Vorstellung des kleinen

Fyne, der in seiner Phantasie drei Personen in der schicksalhaften vierrädrigen Droschke sitzen sah – erinnern Sie sich? –, kam der Wirklichkeit keineswegs nahe. In der vierrädrigen Droschke saßen nur zwei Personen. Flora schreckte nicht zurück. Frauen können alles aushalten. Die lieben Geschöpfe haben keine Phantasie, wenn es sich um die harten Tatsachen des Lebens handelt. Über die Bereiche des Gefühls will ich nicht sprechen. Das ist etwas ganz anderes. Dort weichen sie vor Geistern, die sie selbst geschaffen haben, zurück oder beeilen sich, sie zu umarmen – ebenso wie es jeder törichte Mann täte.

Nein. Ich nehme an, das Mädchen Flora unternahm diesen Gang in einer ganz vernünftigen Weise. Und wieso auch nicht! Dies war ja der Augenblick, für den sie gelebt hatte. Er war ihre einzige Kontaktstelle mit dem Leben gewesen. Freilich. Die Fynes hatten ihr geholfen. Freundlich. Gewiß. Freundlich. Das genügt jedoch nicht. Es gibt eine Art, unseren Mitmenschen zu helfen, die ihnen das Herz brechen kann, während seine äußere Hülle unverletzt bleibt. Welche Kälte, welch grausame Kälte mußte sie empfunden haben – außer in dem Augenblick, da sie vor Empörung und Scham brannte. Wir wissen ja: Der Mensch kann nicht vom Brot allein leben, aber ich will nicht Marlow heißen, wenn ich nicht glaube, daß manche Frauen von der Liebe allein leben könnten. Wenn es in den Menschenwesen eine Flamme gibt, die von verschiedenen irdischen und geistigen Substanzen genährt wird, welche ihr unterschiedliche Tönungen verleihen, dann, scheint mir, sehe ich die Farbe der ihren: Sie ist himmelblau. Worüber zum Teufel lachen Sie ..."

Marlow sprang auf und trat aus dem Schatten, als habe ihn die Entrüstung emporgehoben; um seine Lippen spielte jedoch ein leises Lächeln. „Sie sagen, ich kenne die Frauen nicht. Vielleicht. Es ist besser, sich dem Schrein nicht allzu weit zu nähern. Ich habe jedoch eine klare Vorstellung von *der Frau.* In einer jeden, ob sie nun ein Hausdrachen, eine Kokette, eine Waschfrau, ein Blaustrumpf, eine Ausgestoßene oder sogar eine ganz gewöhnliche Närrin der üblichen Sorte ist – in jeder verbleibt etwas, und sei es nur ein Funke. Und wo ein Funke ist, kann jederzeit eine Flamme aufflackern ..."

Er kehrte in den Schatten zurück und setzte sich wieder.

„Ich will damit nicht sagen, daß Flora de Barral zu der Art gehört, die von der Liebe allein zu leben vermag. Tatsächlich hatte sie es fertiggebracht, ohne sie zu leben. Trotzdem aber, in dem Mißtrauen gegen sich selbst und andere, hatte sie die Liebe gesucht – irgendeine Form der Liebe, wie es Frauenart ist. Und das verdammte Gefängnis war der einzige Ort, wo sie sie zu erblicken vermochte – denn sie hatte keinen Grund, ihrem Vater zu mißtrauen.

Sie war rechtzeitig dort. Ich sehe sie vor mir, wie sie über die Straße hinweg diese Mauern betrachtet, die, schlicht gesagt, entsetzlich sind. Tatsächlich scheint man schon an ihren Linien und Kanten, an ihrer gräßlichen Masse zu spüren, wie die Zeit dahinschwindet, Tropfen um Tropfen, Stunde um Stunde, Blatt für Blatt, mit sanfter, unerbittlicher Langsamkeit. Und eine stumme Melancholie überkommt einen, von der alles befallen wird, die einen übermannt wie ein Traum, einen völlig durchdringt und tödlich wirkt wie ein Gift.

Als de Barral herauskam, erlitt sie etwas wie einen Schock, da sie sah, daß er genau so war, wie sie ihn in Erinnerung hatte. Vielleicht ein wenig kleiner. Sonst aber unverändert. Man kommt mit derselben Kleidung heraus, wissen Sie. Ich kann nicht sagen, ob er sich nach ihr umsah. Zweifellos tat er das. Ob er sie erkannte? Höchstwahrscheinlich. Sie überquerte die Straße, und sogleich wiederholte sich nach Jahren wie durch irgendeinen höhnenden Zauber das auf der Promenade von Hove so vertraute Bild des Finanzmannes de Barral, der mit seiner einzigen Tochter spazierenging. Man kommt in denselben Sachen aus dem Gefängnis, die man am Tage seiner

Verurteilung getragen hat, gleichgültig, wie lange man dort eingesperrt war. Oh, sie überdauern! Sie überdauern! Es gibt jedoch etwas, was das Gefängnisleben sogar noch besser bewahrt als die abgelegte Kleidung eines Menschen. Es ist die Kraft, die Lebendigkeit seiner Gefühle. Auch ein Kloster bewirkt dies, aber in der gottlosen Klausur eines Gefängnisses sind Sie allein auf sich selbst angewiesen – denn Gott und der Glaube sind nicht dort. Die Leute draußen verstreuen ihre Neigungen, drinnen aber hortet man sie, steigert sie bis zur höchsten Intensität. Was die anderen draußen sich entgleiten lassen, was sie inmitten der Bewegung und der Veränderungen des freien Lebens vergessen, daran halten Sie dort fest, das verstärken, übertreiben Sie zu einer ungeheuerlichen Ausgeburt der Erinnerungen. Die anderen können mit einem Lächeln auf die Sorgen und Schmerzen der Vergangenheit blicken, Sie drinnen aber können das nicht. Alte Schmerzen bohren pausenlos in Ihrem Herzen; alte Wünsche, alte Enttäuschungen, alte Träume belagern Sie in der Todesstille Ihrer Gegenwart, wo sich nichts bewegt als nur die unwiederbringlichen Minuten Ihres Lebens.

De Barral war draußen und zeitweilig der Sprache beraubt, als ihn seine Tochter, fast noch bevor er von der freien Welt Besitz ergriffen hatte, davonführte. Flora beherrschte sich gut. Sie gingen rasch eine Strecke weit. Sie hatte die Droschke um die Ecke halten lassen – um mehrere Ecken, was weiß ich. Er war aufgeregt und außer Atem, als sie ihm hineinhalf und ihm dann folgte. Drinnen in diesem rollenden Kasten, dem Menschen zugewandt, den sie nun zurückerhalten hatte, das Herz allzu voll für Worte, fühlte sie, wie der Wunsch zu weinen, den sie bisher zu unterdrücken vermocht hatte, plötzlich schwand und ihr halb trauerndes, halb triumphierendes Frohlocken sich legte; jede Faser ihres Körpers, die sich zärtlich entspannt hatte, versteifte sich, als sie sein Gesicht aus der Nähe betrachtete. Er hatte sich tatsächlich verändert. Da war etwas. Ja, da war etwas zwischen ihnen, etwas Hartes, Unfaßliches – das Gespenst dieser hohen Mauern.

Wie alt er aussah, wie verändert!

Sie schüttelte den Eindruck ab, der sie selbstverständlich erstaunte und erschreckte. Auch Reue empfand sie. Natürlich. Sie warf die Arme um seinen Hals. Er erwiderte die Umarmung ungeschickt, mit linkischem, unsicherem Druck, als habe er keine vollkommene Gewalt über seine Arme. Sie verbarg ihr Gesicht an seiner Brust. Es war, als presse sie es gegen einen Stein. Sie ließen voneinander ab; gleich darauf rollte die Kutsche in leichtem Trab davon, zu den Docks, und die beiden Menschen saßen so weit voneinander entfernt wie nur möglich, jeder in seiner Ecke.

Nach einem Schweigen, das der gegenseitigen Betrachtung gewidmet war, sprach er den ersten zusammenhängenden Satz außerhalb der Gefängnismauern.

‚Was mich zugrunde gerichtet hat, war der Neid. Der Neid. Viele von ihnen platzten einfach, wenn sie mich nur ansahen. Es ging mir zu gut. So wandten sie sich also an den Staatsanwalt ...‘

Sie sagte hastig: ‚Ja, ja! Ich weiß‘, und er blickte sie durchdringend an, als verüble er ihr, daß das Kind zu einer jungen Frau geworden war, ohne auf seine Entlassung zu warten. ‚Was weißt denn du davon?‘ fragte er. ‚Du warst zu jung.‘ Sein Ton war sanft. Die alte Stimme, die alte Stimme! Sie ließ sie erschauern. Sie erkannte seine bedeutungslose Milde, die immer die gleiche war, was er auch zu sagen hatte. Und sie erinnerte sich daran, daß er niemals viel zu sagen gehabt hatte, wenn er herausgekommen war, um sie zu besuchen. Sie war es gewesen, die auf ihren Spaziergängen plapperte, plapperte, während er mit steif gehaltenem Kopf hier und da ein freundliches Wort fallen ließ.

Von diesen Erinnerungen bewegt, die in ihr wach wurden, erklärte sie ihm, daß sie im letzten Jahr den Prozeßbericht gelesen und studiert hatte.

‚Ich habe die alten Nummern mehrerer Zeitungen durchgesehen, Papa.'

Er sah sie mißtrauisch an. Die Berichte waren wahrscheinlich sehr unvollständig. Sicherlich hatten die Reporter seine Aussagen verdreht. Sie waren entschlossen gewesen, ihm keine Chance zu geben, weder vor Gericht noch bei der öffentlichen Meinung. Es war eine Verschwörung gewesen ... ‚Außerdem war mein Anwalt ein Dummkopf', setzte er hinzu. ‚Hast du es bemerkt? Ein kompletter Dummkopf.'

Sie legte die Hand besänftigend auf seinen Arm. ‚Lohnt es sich, über diese schreckliche Zeit zu sprechen? Es ist jetzt schon so lange her.' Sie schauderte leicht bei dem Gedanken an all die furchtbaren Jahre, die über ihr junges Haupt dahingegangen waren, und erriet nicht, daß für ihn jene Zeit erst gestern war. Er verschränkte die Arme über der Brust, lehnte sich in seine Ecke zurück und senkte den Kopf. Kurz darauf aber fragte er so plötzlich, daß sie zusammenfuhr: ‚Wer hat denn die »Lone-Valley-Eisenbahn« eingesteckt? Auf die hatten sie es am meisten abgesehen. Irgendwer hat sie bekommen. Parfitts & Co. haben sie ergattert, wie? Oder war es dieser Kerl, der Warner ...'

‚Ich ... ich weiß nicht', sagte sie, ganz erschreckt über das Zucken seiner Lippen.

‚Du weißt es nicht!' rief er sanft. Hatte ihr Vetter es ihr nicht gesagt? Ach ja. Sie hatte die Familie verlassen – richtig. Weshalb eigentlich? Das war die erste Frage, die sie selbst betraf, aber sie beantwortete sie nicht. Sie wollte von diesen abscheulichen Dingen nicht sprechen. Sie ließen sich unmöglich beschreiben. Sie merkte jedoch, daß er keine Antwort erwartet hatte, denn sie hörte, wie er vor sich hin murmelte, dort sei eine ‚Arbeit im Wert von einer halben Million geleistet und Material angehäuft worden'.

‚Du darfst an diese Dinge nicht denken, Papa', sagte sie fest. Und er fragte sie mit jener unwandelbaren Sanftheit, in der sie jetzt einige ziemlich häßliche Schattierungen zu entdecken schien, woran er denn sonst denken könne. Hätten sie ihn nur noch ein, zwei Jahre in Ruhe gelassen, dann wäre die Sache für ihn und alle anderen glatt gelaufen und sie wären im Gelde geschwommen; sie, seine Tochter, hätte jeden heiraten können – jeden. Einen Lord.

Für ihn war all das gestern geschehen – ein langes Gestern, eins, das er unzählige Male immer wieder überdacht und analysiert, über das er jahrelang nachgegrübelt hatte. Es war für diesen alten Mann von einer Lebendigkeit und Frische, von der seine Tochter, die man nicht von der Welt ausgeschlossen hatte, nichts zu ahnen vermochte. Sie war für ihn die einzige lebende Gestalt aus dieser Vergangenheit, und es geschah vielleicht in völlig gutem Glauben, daß er kalt, ausdruckslos und mit schmalen Lippen hinzusetzte: ‚Ich kann sagen, ich habe nur für dich gelebt. Ich nehme an, du begreifst das. Es gab nur dich und mich.'

Von dieser Erklärung bewegt und erstaunt darüber, daß sie ihr das Herz nicht mehr erwärmte, murmelte sie ein paar zärtliche Worte, während sie vor allem der Gedanke beschäftigte, sie müsse ihn jetzt über die Lage aufklären. Sie hatte erwartet, er werde sie besorgt über ihr eigenes Ergehen ausfragen – und obwohl sie das wünschte, schreckte sie doch vor den Antworten zurück, die sie darauf zu geben hätte. Ihrem Vater schien es aber auf eine merkwürdige, unnatürliche Weise an Neugier zu mangeln. Es sah aus, als würden keine Fragen kommen. Trotzdem aber war dies ein Anknüpfungspunkt. Jetzt war wohl der richtige Augenblick gekommen, um zu beginnen. Und sie begann. Sie begann damit, daß sie erklärte, sie habe immer dieses Gefühl gehabt. Alle beide hätten sie für einander gelebt. Wenn er nur wüßte, was sie durchgemacht habe!

In seiner Ecke verschanzt, die Arme über der Brust verschränkt, starrte er zum Droschkenfenster hinaus auf die Straße. Wie wenig hatte er sich nach allem doch verändert! Es war der unbewegte Ausdruck, die wie verblaßten Augen, die sie immer auf der Promenade sah, wenn sie Hand in Hand nebeneinander gingen und sie den Blick zu seinem Gesicht emporrichtete – während sie plapperte, plapperte. Es war dieselbe starre, schweigsame Gestalt, die auf ein Wort von ihr steif in einen Laden trat und ihr alles kaufte, was haben zu wollen ihr gerade in den Sinn kam. Flora de Barral versagte die Stimme. Er richtete jenen Blick auf sie, an den sie sich so gut erinnerte und in dem sie als Kind nie etwas gelesen hatte, außer dem Bewußtsein ihrer Existenz. Und das war genug gewesen für ein Kind, das niemals überschwengliche Zärtlichkeit kennengelernt hatte. Ihr Leben war jedoch so arm an Gefühlen gewesen, daß ihr das jetzt nicht mehr genügte. Was nützte es, ihm die Geschichte all dieses jetzt der Vergangenheit angehörenden Jammers zu erzählen, all dieser verwirrenden Schwierigkeiten und Demütigungen! Was sie ihm unbedingt erzählen mußte, war schon schwierig genug zu sagen. Sie packte es an, indem sie heiter bemerkte: ‚Du hast mich nicht einmal gefragt, wohin ich mit dir fahre.‘

Er zuckte zusammen wie ein Schlafwandler, der plötzlich geweckt wird, und in seinem starren Blick lag jetzt eine Bedeutung, eine Art besorgten Grübelns. Er öffnete langsam den Mund. Flora ließ ihn nicht zu Worte kommen. Mit gezwungener Fröhlichkeit sagte sie: ‚Du würdest es nie erraten.‘

Er wartete, noch erschreckter und mißtrauischer. ‚Erraten! Warum sagst du es mir nicht?‘

Er nahm die Arme von der Brust und lehnte sich zu ihr hin. Sie ergriff seine Hand. ‚Zuerst mußt du wissen ...‘ Sie hielt inne, überwand sich. ‚Ich bin verheiratet, Papa.‘

Einen Augenblick lang verharrten sie völlig reglos in der Droschke, die in gleichmäßig leichtem Trott durch eine enge, von Geschäftigkeit erfüllte Straße der Stadt rollte. Was sie auch erwartet haben mochte, sie hatte nicht zu fühlen erwartet, daß er seine Hand, als sei sie verbrannt oder besudelt worden, der ihren entriß. De Barral, der eben erst die stagnierende Qual des Gefängnisses (wo nichts geschieht) hinter sich gelassen hatte, war auf eine solche Nachricht nicht gefaßt gewesen. Sie schien ihm gewissermaßen in der Kehle steckenzubleiben. In einem erstickten, leisen Ton rief er: ‚Du verheiratet? Du, Flora? Wann? Verheiratet! Wozu? Mit wem? Verheiratet!‘

Seine Augen, die blau waren wie ihre, nur blaß, ohne Tiefe, schienen aus den Höhlen zu treten. Er sah tatsächlich aus, als ersticke er. Er führte sogar die Hand an den Kragen ...“

„Wissen Sie“, fuhr Marlow, im Schatten des Bücherschranks und in der Tiefe seines Lehnsessels fast unsichtbar, fort, „das einzige Mal, als ich ihn sah, machte er mir den Eindruck absoluter Steifheit, als habe er ein Schüreisen verschluckt. Anscheinend aber konnte er zusammenklappen. Ich vermag es mir kaum vorzustellen. Wie ich gehört habe, klappte er tatsächlich bis zu einem gewissen Grade in seiner Droschkenecke zusammen. Das Unerwartete hatte ihm seine Haltung genommen. Sie betrachtete ihn verblüfft, mitleidig, ein wenig enttäuscht und bestätigte ihm mit einem ernsten Nicken: Ja, verheiratet. Ihr gefiel nicht, daß sie ihn auf eine Weise lächeln sah, die durchaus nicht geeignet war, eine stärkere töchterliche Zuneigung zu wecken. Es lag etwas unbeabsichtigt Wildes darin. Der alte de Barral war seiner Muskeln nicht ganz mächtig, noch nicht. Er hatte jedoch die Herrschaft über seine sanfte Stimme wiedergewonnen.

‚Eben hast du gesagt, in der weiten Welt gebe es nur dich und mich, und wir halten zusammen.‘

Sie war sich dunkel der ätzenden Absicht bewußt, die in diesen sanften, leisen Tönen lauerte, in diesen schmerzlich beschwörenden Worten. Sie verteidigte sich. Nie, niemals habe sie auch nur einen einzigen Augenblick aufgehört, an ihn zu denken. Auch er habe nicht aufgehört, an sie zu denken, sagte er mit der ganzen düsteren Bedeutsamkeit, deren er fähig war.

‚Aber Papa', rief sie, ‚ich bin doch nicht eingesperrt gewesen wie du!' Es machte ihr nichts aus, davon zu sprechen, weil er ja unschuldig war. Man hatte ihn nicht verstanden. Es war ein Mißgeschick der grausamsten Art gewesen, aber nicht unehrenhafter als eine Krankheit, ein verstümmelnder Unfall oder irgendeine andere Heimsuchung durch ein blindes Schicksal. ‚Ich wollte, ich wäre auch eingesperrt gewesen. Aber ich war allein draußen in der Welt, der abscheulichen Welt, ebender Welt, die dir so Schlimmes angetan hatte!'

‚Und du konntest nicht darin umhergehen, ohne jemand zu finden, in den du dich verliebtest?' fragte er. Eine eifersüchtige Wut wirkte auf sein Gehirn wie benebelnder Wein, stieg auf aus einer Tiefe, die so lange aller Gefühlsregungen beraubt gewesen war. In den aufgeschwemmten runden Wangen zeichneten sich die Gruben an den Mundwinkeln deutlicher ab. Männer, die von den optischen und akkustischen Eindrücken des aktiven Daseins abgeschlossen leben, sind von besonders lebhaften Bildern, Visionen besessen. ‚Und ich habe weiter nichts getan als nur immerfort an dich gedacht!' flüsterte er leise, verächtlich. ‚An dich gedacht! Du hast mich verfolgt, sage ich dir!'

Flora dachte, hier sei ein Wesen, das sie liebte. ‚Dann haben wir uns gegenseitig verfolgt', erklärte sie in einem Anfall von Gewissensbissen. Denn er hatte sie tatsächlich bis fast aus der Welt hinaus verfolgt, bis zu einer endgültigen, nicht wiedergutzumachenden Fahnenflucht. ‚Eines Tages werde ich es dir erzählen ... Nein, ich glaube nicht, daß ich es dir jemals erzählen kann. Es gab eine Zeit, da war ich verrückt. Wozu aber? Jetzt ist das alles vorbei. Wir werden all das vergessen. Nichts wird uns mehr daran erinnern.'

De Barral zuckte die Achseln.

‚Ich sollte meinen, daß du verrückt warst, dich zu binden an ... Seit wann bist du denn verheiratet?‘

Sie erwiderte: ‚Noch nicht lange‘, denn das war die einzige Antwort, die sie zu geben wagte. Alles war so anders, als sie es sich vorgestellt hatte. Er wollte wissen, weshalb sie davon in keinem ihrer Briefe, auch nicht in ihrem letzten Brief, etwas erwähnt hatte. Sie sagte: ‚Es geschah danach.‘

‚So kürzlich?‘ fragte er verwundert. ‚Konntest du nicht wenigstens warten, bis ich herauskam? Du hättest es mir sagen, mich fragen, dich mit mir beraten können! Mich sehen lassen ...‘

Sie schüttelte verneinend den Kopf. Und er war entsetzt. Er dachte bei sich: Wer kann er sein? Irgendein elender, törichter Jüngling, der keinen Penny hat. Oder vielleicht ein Schuft? Ohne eine sichtbare Bewegung zu machen, rang er die lose verschränkten Hände, bis die Gelenke knackten. Er sah sie an. Sie war hübsch. Irgendein gemeiner Schuft, der sie sitzenlassen würde. Irgendein einnehmender Vagabund ... ‚Du konntest nicht warten, wie?‘

Wieder machte sie ein leise verneinendes Zeichen.

‚Warum nicht? Wozu die Eile?‘ Sie senkte den Blick. ‚Es mußte sein. Ja. Es kam plötzlich, aber es mußte sein.‘

Er lehnte sich zu ihr hinüber, mit offenem Mund und Augen, die vor tugendhaftem Zorn sprühten; da er aber der absoluten Aufrichtigkeit ihres zu ihm erhobenen Blicks begegnete, warf er sich in seine Ecke zurück.

‚So schrecklich ineinander verliebt – war es das? Konntet ihr einen Vater seine Tochter nicht einmal einen Tag nur für sich haben lassen, nach – nach so einer Trennung? Und du weißt doch, daß ich niemals einen Menschen hatte – ich hatte keine Freunde. Was sollte ich mit den Leuten, die man in der City trifft! Die besten von ihnen sind bereit, einem die Kehle durchzuschneiden. Jawohl! Geschäftsleute, Gentlemen, alle Arten von Männern und

Frauen – aus Gehässigkeit oder um etwas zu holen. O ja, sie können recht schön reden, wenn sie glauben, es ließe sich etwas aus einem herausholen ...‘ Seine Stimme war nur ein Hauch, aber jedes Wort erreichte Flora so deutlich, als sei es mit der ganzen bewegenden Kraft der Leidenschaft geladen ... ‚Mein Mädchen, ich sah zu, wie sie mich umschwänzelten, und ich sagte mir immer: Was schert mich das alles! Ich bin Geschäftsmann. Ich bin der große Mr. de Barral (ja, ja, einige verzogen den Mund darüber, aber ich war tatsächlich der große de Barral), und ich habe mein kleines Mädchen. Ich wollte niemanden und habe nie jemand gehabt.‘

Eine echte Gemütsbewegung hatte ihm die Lippen entsiegelt, aber die Worte, die er sprach, waren nicht lauter als das Rauschen eines leisen Windes. Sie verklangen.

‚Gerade deswegen‘, erwiderte Flora de Barral tonlos. Ohne den Blick von ihr zu wenden, nahm er den Hut ab. Es war ein Zylinder. Der Hut des Prozesses. Der Hut der summarischen Skizzen in den illustrierten Blättern. Man kommt wohl in denselben Sachen wieder heraus, aber die Abgeschlossenheit zählt! Es ist wohlbekannt, daß Menschen, die in der Abgeschlossenheit leben, wie Mönche, Eremiten, von gespenstischen Visionen heimgesucht werden – warum also nicht Gefangene? De Barral, der Sträfling, nahm den Seidenhut des Finanzmannes de Barral ab und legte ihn auf den Vordersitz der Droschke. Dann blies er die Wangen auf. Er war rot im Gesicht.

‚Und was geschieht dann?‘ begann er wieder mit seiner beherrschten Stimme. ‚Hier komme ich, gestürzt, gebrochen durch Neid, Bosheit und jede Art Mißgunst. Ich komme heraus, und was stelle ich fest? Ich stelle fest, daß meine Tochter Flora sich mit irgendeinem Mann verheiratet hat, vielleicht mit einem Dummkopf, wie soll ich das wissen, oder vielleicht – auf jeden Fall mit einem, der nicht gut genug ist!‘

‚Hör auf, Papa!‘

‚Höchstwahrscheinlich irgendeine alberne Liebesgeschichte', fuhr er monoton fort, und die schmalen Lippen kräuselten sich zwischen den Böses verheißenden tief eingesunkenen Mundwinkeln. ‚Und eine sehr verdächtige Sache von Seiten einer liebenden Tochter.'

Sie versuchte ihn zu unterbrechen, aber er redete weiter, bis sie ihm tatsächlich die Hand auf den Mund legte. Er rollte ein wenig mit den Augen, aber als sie die Hand fortnahm, schwieg er.

‚Warte, ich muß es dir erzählen ... Und als erstes, Papa, mußt du begreifen – denn darin ist alles enthalten: Er ist der großherzigste Mann auf der Welt. Er ist ...'

De Barral, der sehr still in seiner Ecke aß, sagte mit Anstrengung: ‚Du bist in ihn verliebt.'

‚Papa! Er ist zu mir gekommen. Ich dachte an dich. Ich hatte keine Augen für irgend jemand. Ich konnte nicht länger ertragen, an dich zu denken. Da kam er. Erst dann. In dem Augenblick, als – als ich aufgeben wollte.'

Sie blickte in seine blassen blauen Augen, als verzehre sie sich danach, verstanden zu werden, Ermutigung, Frieden – ein Wort des Mitleids zu empfangen.

Er erklärte, ohne daß sich seine Stimme belebte: ‚Am liebsten bräche ich ihm das Genick.'

Sie gab in Gedanken den Ausruf der Allzubeladenen von sich: Mein Gott! und beobachtete ihn mit ängstlichen Augen. Aber er schien nicht geistesgestört oder auf irgendeine andere Weise furchtbar zu sein. Das tröstete sie. Eine kurze Weile herrschte Schweigen. Dann fragte er plötzlich: ‚Wie heißt du denn?'

Einen Augenblick lang wußte sie in der tiefen Besorgnis über die Aufgabe, die vor ihr lag, nicht, was er mit der Frage meinte. Dann flüsterte sie leise errötend: ‚Anthony!'

Ihr Vater, der einen purpurnen Fleck auf jeder Wange hatte, lehnte sich müde in die Droschkenecke zurück.

‚Anthony. Was ist er? Wo kommt er her?'

‚Papa, es war auf dem Lande, auf einer Straße ...'

Er stöhnte: ‚Auf einer Straße!‘ und schloß die Augen.

‚Es würde zu lange dauern, wenn ich es dir jetzt erklären wollte. Wir werden viel Zeit haben. Es gibt Dinge, die ich dir im Augenblick nicht erzählen könnte. Aber eines Tages. Irgendwann einmal. Denn jetzt kann uns nichts mehr voneinander trennen. Nichts. Wir sind in Sicherheit, solange wir leben – nichts kann jemals zwischen uns treten.‘

‚Du bist in den Kerl vernarrt‘, sagte er, ohne die Augen zu öffnen. Und sie erwiderte: ‚Ich glaube an ihn‘, mit leiser Stimme. ‚Du und ich, wir müssen an ihn glauben.‘

‚Wer zum Teufel ist er?‘

‚Er ist der Bruder der Dame – du weißt doch, Mrs. Fyne, sie kannte Mutter –, die so nett zu mir war. Ich hielt mich auf dem Lande auf, in einem Cottage, bei Mr. und Mrs. Fyne. Dort haben wir uns kennengelernt. Er kam zu Besuch. Er bemerkte mich. Ich – nun – jetzt sind wir verheiratet.‘

Sie war froh, daß er die Augen geschlossen hielt. Das machte es ihr leichter, von der Zukunft zu sprechen, die sie vorbereitet hatte, etwas, was jetzt nicht mehr zu ändern war. Sie wählte nicht den Weg der vertraulichen Eröffnungen. Das war unmöglich. Sie spürte, daß er sie nicht verstanden hätte. Sie spürte auch, daß er litt. Hin und wieder preßte ihr eine große Bangigkeit, ein geheimnisvolles Schuldgefühl das Herz zusammen – als hätte sie ihn einem Feind in die Hände geliefert. Mit geschlossenen Augen sah er aus, als gebe er sich müde und fromm einer Meditation hin. Sie fürchtete sich ein wenig davor. Im nächsten Moment erfüllte ein großes Mitleid für ihn ihr Herz. Und im tiefsten Inneren verspürte sie Gewissensbisse. Sein Gesicht zuckte dann und wann kaum wahrnehmbar. Er brachte es fertig, die Augen geschlossen zu halten, bis er gehört hatte, daß der ‚Gatte‘ ein Seemann war und sie ihn, den Vater, geradenwegs mit an Bord eines Schiffes nahm, welches bereitlag, von dieser abscheulichen Welt des Verrats und der Verachtung, des Neides und der Lügen fortzusegeln, weit fort über das blaue Meer – jene Sicherheit gewährende, unerreichbare, unbefleckte weite Zuflucht verwundeter Seelen.

Etwas Ähnliches. Vielleicht sagte sie es nicht mit ebendiesen Worten, aber das war der allgemeine Sinn ihres überwältigenden Arguments – des Arguments der Zuflucht.

Ich glaube nicht, daß sie den materiellen Bedingungen auch nur einen Gedanken widmete. Jedoch als Teil des Arguments, das sie so atemlos vorbrachte, als fürchtete sie, wenn sie einmal einen Moment innehielte, könnte sie niemals weitersprechen, erwähnte sie diese Großherzigkeit von der Art eines Sturmwinds, der von der See her zu ihr gekommen war, sie am Rande eines unaussprechlichen Versagens emporgehoben, in seinem ersten, heftigen Wirbel davongerissen hatte und dem sie jetzt vertrauen, unbedingt vertrauen konnten, daß er sie beide Seite an Seite in die absolute Sicherheit trage.

Sie glaubte es, sie versicherte es. Er verstand sie endlich ganz, und sogleich wurde die Droschke, die in den Augen der Leute auf dem Bürgersteig ein so friedliches Aussehen hatte, zum Schauplatz einer ungeheuren Erregung. Die Großherzigkeit Roderick Anthonys – des Sohnes des Dichters – wirkte auf den ehemaligen Finanzmann de Barral in einer Weise, die Flora de Barral die gewaltige Schwierigkeit der Aufgabe, eine Frau zu sein, zu Bewußtsein gebracht haben muß. Eine Frau zu sein ist ein furchtbar kompliziertes Geschäft, denn es besteht vorwiegend aus dem Umgang mit Männern. Dieser Mann hier – der Mann in der Droschke – warf seine steife Ruhe von sich ab und benahm sich wie ein Tier. Ich meine dies nicht beleidigend. Er gab einer instinktiven panischen Angst nach. Wie ein Geschöpf der Wildnis, das sich bei der ersten Berührung eines auf seinen Rücken fallenden Netzes fürchtet, begann sich der alte de Barral, hager und eckig, wie er war, gegen die leere Luft zu wehren – soviel davon in der Droschke vorhanden war –, mit starrem Blick und nach Atem ringendem Mund, und seine Tochter wich so weit davor zurück, wie sie in diesem beengten Raum nur konnte.

‚Halt die Droschke an! Halt sie an, sage ich dir! Laß mich hinaus!' waren die erstickten Ausrufe, die sie hörte. Warum? Wozu? Um was zu tun? Er hörte nichts. Sie rief ihn an: ‚Papa! Papa! Was willst du tun?' Die einzige Antwort, die sie von ihm erhielt, lautete: ‚Halt an. Ich muß aussteigen. Ich will nachdenken. Ich muß aussteigen, um nachzudenken.'

Es war ein Glück, daß er nicht sofort versuchte, die Tür zu öffnen. Er steckte nur Kopf und Schultern aus dem Fenster und rief den Kutscher an. Sie sah die Folgen vor sich, wie die Droschke anhielte und sich um einen tobenden alten Mann eine Menschenmenge sammelte... In diesem furchtbaren Geschäft eine Frau zu sein, das so voller feiner Schattierungen, voll heikler Verwirrungen ist (und nur sehr geringe Belohnung bietet), weiß man nie, welche Schwerarbeit man im nächsten Augenblick zu leisten haben mag. Ohne zu zögern, packte Flora ihren Vater um den Leib und zog ihn zurück – erstaunt darüber, mit welcher Leichtigkeit es ihr gelang, ihn dazu zu bringen, daß er sich wieder auf seinen Sitz fallen ließ. Entschlossen hielt sie ihn dort fest, indem sie eine Hand gegen seine Brust stemmte, sich über ihn hinweg beugte und nun ihrerseits Kopf und Schultern aus dem Fenster steckte. Inzwischen war die Droschke an den Bordstein gefahren und hatte angehalten. ‚Nein! Ich habe es mir anders überlegt. Fahren Sie bitte dorthin, wohin Sie zuerst fahren sollten. Zu den Docks.'

Sie wunderte sich selbst, wie fest ihre Stimme klang. Sie hörte den Kutscher brummen, und die Droschke begann wieder zu rollen. Erst jetzt sank sie auf ihren Sitz und hielt den Blick wachsam auf ihren Begleiter gerichtet. Mehr war er ihr gegenwärtig kaum. Abgesehen von ihren Kindheitseindrücken war es nur – ein Mann. Fast ein Fremder. Wie sollte man ihn nehmen? Und da war auch noch der andere – fast ein Fremder. Die Aufgabe, eine Frau zu sein, war sehr schwer. Zu schwer. Flora schloß die Augen und sagte sich: Wenn ich zuviel darüber nachdenke, werde ich verrückt. Dann öffnete sie sie wieder und fragte ihren Vater, ob die Aussicht, für immer bei seiner Tochter zu leben und sie mit ihrer Liebe fern der Welt, die für sein graues Haar keine Ehre bereithielt, für sich sorgen zu lassen, so furchtbar sei.

‚Sag mir, ist das so schlimm?'

Sie stellte die Frage traurig, ohne Bitterkeit. Der berühmte – oder berüchtigte – de Barral hatte seine Steifheit jetzt verloren. Er saß gekrümmt da. Nichts ist so jämmerlich unnütz wie ein krumm gewordenes Schüreisen. Er sagte nichts. Sie fügte sanft hinzu und unterdrückte dabei einen reumütigen Seufzer: ‚Und es hätte schlimmer kommen können. Du hättest keinen Menschen vorfinden können, niemand in der ganzen Stadt, niemand auf der ganzen Welt, nicht einmal mich! Armer Papa!'

Sie machte eine zerknirschte Bewegung zu ihm hin und dachte: Oh, ich bin abscheulich, ich bin abscheulich! Und der alte de Barral, der geängstigt, müde, verwirrt war infolge der außergewöhnlichen seelischen Erschütterungen seiner Befreiung, neigte sich zu ihr und legte tatsächlich den Kopf auf ihre Schulter, als sei er bekümmert über seine wiedergewonnene Freiheit.

Die Bewegung an sich war rührend. Flora, die ihn leicht stützte, glaubte, er weine; und bei der Vorstellung, wenn sie diese Schulter zusammen mit einigen anderen ihrer Knochen in jenem Steinbruch zerschmettert hätte, fände das graue, bemitleidenswerte Haupt keinen Ort, um sich auszuruhen, brach auch sie in Tränen aus. Sie flossen langsam, und das Weinen tat ihren überreizten Nerven gut. Plötzlich stieß er sie von sich, so daß ihr Kopf gegen die Seitenwand der Droschke schlug, und rückte von ihr fort, als habe ihn etwas gestochen.

Alle innere Wärme erlosch in ihr. Die letzten Tränen erkalteten auf ihren Wangen. Ihre Wirkung war jedoch getan. Sie hatte nach Frauenart in einem herzhaften Weinen Mut und Entschlossenheit gefunden. Mit der Hand den oberen Teil seines Gesichts verdeckend, entweder, um seine Augen zu verbergen oder um sich vor einem unerträglichen Anblick zu schützen, erlangte er in seiner Ecke seine gewohnte schüreisenhafte Festigkeit wieder. Sie betrachtete ihn schweigend. Seine schmalen, eigensinnigen Lippen bewegten sich. Er sprach den Namen des Vetters aus – jenes Mannes, der, wie Sie sich erinnern werden, die Fynes mißbilligte und den der kleine Fyne zu Recht oder zu Unrecht eigennütziger Beweggründe verdächtigte hinsichtlich der Möglichkeit, daß de Barral vor dem Konkurs irgendwo einen Raub beiseite gebracht hatte.

Ich kann Ihnen gleich sagen, daß ich nicht mehr von ihm weiß. De Barral aber war, als er so leise unter der Hand hervor sprach, der Meinung, dieser Verwandte wäre überglücklich, wenn er sich von ihm beraten lassen könnte.

‚Natürlich dürfte ich nicht unter meinem Namen oder als Person auftreten. Aber die Ratschläge eines Mannes mit meiner Erfahrung sind für jeden, der sich an Finanzgeschäfte heranwagen will, ein Vermögen wert. Man kann das Gleiche noch einmal machen.‘

Er scharrte ein wenig mit den Füßen und ließ die Hand fallen; dann wandte er sich mit seinen aufgedunsenen runden Wangen, dem runden, auf dem Kragen ruhenden Kinn vorsichtig seiner Tochter zu und richtete den grollenden Blick seiner blassen Augen, die jetzt feucht waren, auf sie.

‚Der Anfang ist wirklich nur eine Frage von geschickten Annoncen. Dabei gibt es keine Schwierigkeit. Und schon fängt man an und . . .‘

Er blickte wieder fort. ‚Schließlich bin ich immer noch de Barral, *der* de Barral. Hast du daran nicht gedacht?‘

‚Papa‘, sagte Flora, ‚hör zu. Du bist derjenige, der daran

denken muß, daß es keinen de Barral mehr gibt...‘ Er sah sie besorgt von der Seite an. ‚Es gibt einen Mr. Smith, den kein Leid, keine Sorge, keine gemeinen Lügen schlechter Menschen jemals erreichen können.‘

‚Mr. Smith‘, flüsterte er langsam. ‚Wohin gehört er denn? Es gibt nicht einmal eine Miss Smith.‘

‚Es gibt deine Flora.‘

‚Meine Flora... Du hast einfach... Ich ertrage es nicht, daran zu denken. Es ist entsetzlich.‘

‚Ja. Es war manchmal ganz entsetzlich‘, sagte sie bewegt, denn irgendwie, untergründig, fand das, was dieser Mann sagte, bei ihr Anklang, als wären es ihre eigenen Gedanken, in rätselhafte Erregung gekleidet. ‚Ich denke zuweilen mit Scham daran, wie ich... Nein, noch nicht. Ich werde es dir noch nicht sagen. Wenigstens jetzt nicht.‘

Die Droschke fuhr durch das Tor des Docks. Flora reichte ihm den Zylinderhut. ‚Hier, Papa. Und bitte, sei brav. Ich nehme an, du liebst mich. Wenn nicht, dann frage ich mich, wer...‘

Er setzte den Hut auf, machte sich in seiner Ecke sehr steif und blickte von der Seite sein Mädchen an. ‚Versuch nett zu sein, um meinetwillen. Denk an die Jahre, die ich auf dich gewartet habe. Ich brauche wirklich Unterstützung – und Frieden. Ein wenig Frieden.‘

Sie umfaßte plötzlich mit beiden Händen seinen Arm und preßte diesen mit aller Kraft, als wolle sie den Widerstand zerdrücken, den sie in ihm spürte. ‚Ich könnte keinen Frieden haben, wenn ich dich nicht bei mir hätte. Ich lasse dich nicht fort. Nicht nach alldem, was ich durchgemacht habe. Ich tue es nicht.‘ Die nervöse Kraft ihres Griffes erschreckte ihn ein wenig. Plötzlich lachte sie. ‚Es ist absurd. Es ist, als bäte ich dich um ein Opfer. Wovor fürchte ich mich eigentlich? Wohin könntest du gehen? Ich meine jetzt, heute, heute abend. Du kannst es mir nicht sagen. Hast du daran gedacht? Nun, ich habe das ganze letzte Jahr daran gedacht. Länger noch. Ich bin bald verrückt geworden bei dem

Versuch, es ausfindig zu machen. Ich glaube, ich war eine Zeitlang verrückt, sonst hätte ich nie daran gedacht...‘

Dies war schon fast ein Geständnis“, sagte Marlow in verändertem Ton, „das Geständnis, meine ich, jenes Gangs zum Rand des Steinbruchs, über den sie sich so bittere Vorwürfe machte. Und er dachte sich dabei, was seine Phantasie ihm eingab. Es konnte unmöglich eine richtige Vorstellung sein. Die Droschke hielt längsseits des Schiffs, und sie stiegen in der Weise aus, wie es der empfindsame Franklin beschrieb. Ich weiß nicht, ob einer am gesunden Verstand des anderen zweifelte, als die Fahrt endete. Aber es ist möglich. Wir alle kommen einander ein bißchen verrückt vor – eine ausgezeichnete Einrichtung für den Hauptteil der Menschheit, der darin einen bequemen Beweggrund findet, Vergebung zu üben. Flora überquerte das Achterdeck mit einer Geschwindigkeit, die der Besorgnis entsprang. Es war unerträglich geworden. Sie wollte diese Angelegenheit hinter sich haben. Als sie zurückblickte, sah sie mit Erleichterung, daß er ihr folgte. Wenn er ausreißt, dachte sie, dann weiß ich, daß ich wirklich nicht zähle! Daß mich niemand liebt, daß Worte und Taten, Beteuerungen und alle Dinge in der Welt falsch sind – und dann springe ich ins Dock. Wenigstens das wäre keine Lüge.

Nun, ich weiß nicht. Wäre es so weit gekommen, dann hätte man sie wahrscheinlich herausgefischt, bei ihrem natürlichen Pech und den vielen Leuten auf dem Kai und an Bord. Und gerade an der Stelle, wo die ‚Ferndale‘ angelegt hatte, hängen an einer Mauer (ich kenne den Ankerplatz) eine Taurolle, eine Stange und ein Rettungsring, die dort zu dem Zweck angebracht sind, Leute herauszufischen, die ins Dock fallen. Es ist nicht so leicht, wie sie dachte, den Verrätereien des Lebens zu entgehen. Dazu kam es jedoch nicht. Er folgte ihr mit seinem raschen, gleitenden Gang. Mr. Smith! Der freigelassene Sträfling de Barral verließ zum letztenmal den festen Boden, verschwand für immer, und

Mr. Smith kam zu der Welt der Gewässer hinzu, die so viele seltsame Fische beherbergt. Ein alter Herr, der sich mit müden Blicken umsah und einen Zylinderhut trug. Er folgte ihr, weil die bloße Existenz ihre Forderungen stellt, denen man mechanisch gehorcht. Ich zweifle nicht daran, daß er eine achtbare Figur abgab. Schwiegervater. Etwas Achtbareres gibt es nicht. In seinem Herzen aber trug er den dumpfen Schmerz, den Bestürzung und Liebe, unwillkürlicher Widerwille und Mitleid hervorriefen. Ganz ähnlich wie seine Tochter. Nur empfand er außerdem noch wütende Eifersucht auf den Mann, den er zu sehen bekäme.

Ein Rest von Egoismus bleibt in jeder Liebe – selbst in der väterlichen. Und dieser Mann hatte sich in der Abgeschlossenheit seines Gefängnisses so stark in die Vorstellung hineingedacht, Eigentümer dieses einzigen menschlichen Wesens zu sein, an welches er denken konnte, daß es für uns, die wir nicht eine lange (und teuflisch ungerechte) Zuchthausstrafe absitzen mußten, durchaus unvorstellbar sein mag. Sie war tatsächlich das einzige gewesen, der eine Punkt, bei dem seine Gedanken Ruhe fanden, jahrelang. Sie war das einzige Ventil seiner Phantasie, von der er gewiß nicht viel besaß, die jedoch die Kraft zur Konzentration hatte. Er war empört, und vielleicht war das lächerlich von ihm, aber eher, so wage ich zu erklären, was den Grad als was die Tatsache betrifft. Ich stelle mir vor, daß kein gewöhnlicher, normaler Vater erfreut darüber ist, sich von seiner Tochter zu trennen. Nein. Selbst dann nicht, wenn er mit dem Verstand zu schätzen weiß, daß er ‚die Sorge um Jane los ist' oder vielleicht über eine glänzende Partie frohlocken kann. Im Grunde, tief verborgen, findet man (zuweilen nur, indem man nachgräbt) eine gewisse Abneigung ... Bei Müttern ist das natürlich anders. Frauen sind loyaler, nicht einander, wohl aber ihrer gemeinsamen Weiblichkeit gegenüber, die sie mit einer geheimen und stolzen Befriedigung triumphieren sehen.

Die Umstände dieser Heirat steigerten Mr. Smiths Entrüstung. Und wenn er seiner Tochter in die Kajüte dieses Schiffs folgte, dann so, als betrete er ein Unglückshaus, und nur deshalb, weil er über die Plötzlichkeit der Sache noch immer verstört war. Sein Wille, der so lange brachgelegen hatte, ließ sich durch ihre Entschiedenheit sowie durch eine unbestimmte Furcht vor dieser wiedergewonnenen Freiheit überwältigen.

Es wird Sie freuen zu hören, daß sich Anthony, obwohl er freilich der Begrüßung auf dem Kai aus dem Wege gegangen war, bewundernswert verhielt, mit der schlichten Natürlichkeit eines Mannes, der keine niedrige Kleinlichkeit kennt und keine kleinlichen Vorbehalte macht. Seine Augen wandten sich nicht ab, seine Zunge stockte nicht. Er war, wie ich aus bester Quelle weiß, bewundernswert in seinem Ernst, seiner Aufrichtigkeit und auch in seiner Zurückhaltung. Er war vollkommen. Trotzdem aber genügte die lebendige Kraft seiner unbekannten Persönlichkeit, die sich Mr. Smith so vertraulich näherte, um diesen in Aufregung zu versetzen. Flora sah, wie ihr Vater in seiner ganzen dürftigen Länge zitterte, obgleich er sich, wenn möglich, steifer hielt als je zuvor. Er brummte ein bißchen, und es gelang ihm endlich, natürlich nicht laut, aber sehr deutlich zu bemerken: ‚Ich befinde mich unter Protest hier', wobei er die Mundwinkel geringschätzig herabzog und sein Blick wie aus Stein war. ‚Ich befinde mich unter Protest hier. Man hat mich auf Grund einer Verschwörung eingesperrt. Ich ...'

Er hob die Hände zur Stirn – sein Seidenzylinder lag, mit der Krempe nach oben, auf dem Tisch; er hatte ihn beim Eintreten mit einer verzweifelten Gebärde dorthin gelegt – er hob also die Hände zur Stirn. ‚Ich finde das unfair. Ich ...' Er verstummte wieder. Anthony sah Flora an, die neben ihrem Vater stand.

‚Nun, Sir, Sie werden sich bald an mich gewöhnen. Sicherlich müssen Sie und Ihre Tochter von den Leuten auf dem festen Land und ihrer verdammten halbseidenen Art derartig genug haben, daß es Ihnen beiden fürs Leben reicht. Außerdem sind sie auch eine besonders unbarmherzige Bande. Fragen Sie Flora. Ich spreche von meiner eigenen Schwester, ihrer besten Freundin, und die ist dabei nicht mal eine schlechte Frau.'

Der Kapitän der ‚Ferndale' zügelte sich. ‚Ein Glück, daß ich da war und dazwischentrat. Ich möchte, daß Sie sich hier zu Hause fühlen, und es wird nicht lange dauern ...'

Die blassen, starren Augen des großen de Barral brachten Anthony durch ihre unaussprechliche Reglosigkeit zum Schweigen. Er machte Flora mit dem Blick ein Zeichen zur Tür der Luxuskajüte hin, die extra für den Empfang Mr. Smiths, des freien Mannes, ausgestattet war. Flora nahm des freien Mannes Hut vom Tisch und faßte jenen zärtlich unter den Arm. ‚Ja, das ist unser Heim, komm und sieh dir dein Zimmer an, Papa.'

Anthony öffnete selbst die Tür, und Flora schloß sie sorgfältig hinter sich und ihrem Vater.

‚Sieh mal', begann sie, gab es dann aber auf, weil er offensichtlich keinen der Gegenstände, der seiner Bequemlichkeit dienen sollte, betrachten wollte. Sie hatte sie kaum selbst zuvor zu Gesicht bekommen. Er sah nur den neuen Teppich an, und sie wartete darauf, daß er den Blick hob.

Das tat er nicht, sondern sagte mit seiner gewohnten Stimme: ‚So, das ist also dein Mann, dieser ... Und ich bin eingesperrt!'

‚Papa, was nützt es, darauf herumzureiten', protestierte sie, ebenfalls nicht lauter. ‚Er ist so gut.'

‚Und du hast ... ihn geheiratet, damit er gütig zu mir ist. Nicht wahr? Woher wußtest du denn, ob ich will, daß irgend jemand gütig zu mir ist?'

‚Wie seltsam du doch bist', sagte sie gedankenvoll.

‚Es ist schwer für einen Mann, der das durchgemacht hat, was ich durchgemacht habe, wie andere Menschen zu empfinden. Ist dir dieser Gedanke schon mal gekommen? ...' Endlich blickte er auf. ‚Mrs. Anthony. Ich kann den Anblick dieses Kerls nicht ertragen.' Sie hielt seinem Blick stand, und er setzte hinzu: ‚Du möchtest jetzt zu ihm gehen.‘ Seine milde, automatische Art schien das Ergebnis einer ungeheuren Selbstbeherrschung zu sein – und dabei hatte sie ihn gerade so in Erinnerung. Sie fror am ganzen Körper.

‚Wieso, natürlich, ich muß zu ihm gehen‘, sagte sie und fuhr ein wenig zusammen.

Er knirschte mit den Zähnen, und sie ging hinaus.

Anthony hatte sich nicht vom Fleck gerührt. Seine Hand lag auf dem Tisch. Sie ging zu ihm hin, blieb stehen und kam dann absichtlich noch näher. ‚Ich danke dir, Roderick.‘

‚Du brauchst mir nicht zu danken‘, sagte er leise. ‚Ich bin derjenige, der ...‘

‚Nein, vielleicht brauche ich dir nicht zu danken. Du tust, was du möchtest. Aber du tust es gut.‘

Er seufzte und fragte dann, kaum lauter als flüsternd, denn sie standen in der Nähe der Tür zur Luxuskabine: ‚Bestürzt, wie?‘

Sie machte kein Zeichen, gab keinen Laut von sich. Das gänzlich Unaufrichtige ihrer Lage lastete auf beiden. Er war jedoch der Tapferere. ‚Das will ich meinen. Zuerst. Hast du daran gedacht, ihm zu sagen, du seist glücklich?‘

‚Er hat mich nicht einmal danach gefragt.‘ Sie lächelte ihn leise an. Sie war enttäuscht über seine Ruhe. ‚Ich habe nicht mehr gesagt, als absolut notwendig war – über mich selbst.‘ Sie begann, ein wenig ärgerlich auf den Mann zu werden. ‚Ich habe ihm gesagt, ich hätte großes Glück gehabt‘, erklärte sie plötzlich verzagt; ihr fehlte Anthonys gebieterische Art, dieses zuweilen herrische, zärtliche Etwas, dem mit angenehm besorgter Erwartung entgegenzusehen sie sich nach ihrer ersten Furcht gewöhnt hatte. Er sah sie ziemlich verwirrt an. Sie hatte die Straßenkleidung nicht abgelegt, weder den Hut noch die Handschuhe. Sie sah aus wie eine Besucherin. Und sie machte eine Bewegung, als deute sie das Ende eines nicht sehr zufriedenstellenden Geschäftsbesuchs an. ‚Vielleicht sollten wir doch lieber an Land gehen. Noch ist es Zeit.‘

Mit dem leisen, heftigen ‚Wag es nur!', das ihm auf die Lippen trat und ihnen in sehr drohendem Ton entschlüpfte, ließ er sie einen Blick in sein nicht beherrschtes Innere tun.

‚Wag es nur! ... Was ist denn jetzt los?'

Die letzten Worte schleuderte er nicht ihr, sondern einer Zielscheibe hinter ihrem Rücken entgegen. Als sie über die Schulter zurückblickte, sah sie den Kahlkopf mit den schwarzen Haarbüscheln des apoplektischen und ergebenen Franklin (er hielt die Mütze in der Hand), der gefühlvoll mit seinen Hummeraugen von der Kajütentür herüberschaute. Aus der Ferne berichtete er im Ton beleidigter Unschuld, der Hafenmeister befinde sich längsseits und wünsche das Schiff in das Hafenbecken zu überführen, bevor die Mannschaft an Bord komme.

Sein Kapitän knurrte: ‚Nun gut, soll er doch' und scheuchte mit einer Handbewegung die verwundete, rührende Seele hinter diesen hervortretenden Augen, deren Blicke auf der ärgerniserregenden Frau hafteten, davon, während der Erste Offizier langsam rückwärts hinausging. Anthony wandte sich Flora zu.

‚Das kannst du nicht ernst gemeint haben. Du bist doch so redlich, wie man es nur sein kann.'

‚Ich versuche es zu sein.'

‚Dann mach keine solchen Scherze. Denk daran, was – aus mir würde.'

‚O ja. Ich vergaß. Nein, ich meinte es nicht ernst. Es war kein Scherz. Es war Vergeßlichkeit. Dir wäre kein Unrecht geschehen. Ich hätte nicht fortgehen können. Ich – ich bin zu müde.'

Er sah, wie sie im Stehen schwankte, und mußte sich gewaltsam zurückhalten, um sie nicht in die Arme zu nehmen; sein Körper zitterte vor Furcht, als sei er in Versuchung geraten, einen unerhört verräterischen Akt zu begehen. Er trat beiseite, senkte den Blick und deutete auf die Tür zur Heckkajüte. Erst nachdem sie an ihm vorbeigegangen war, sah er auf und nahm auf diese Weise nicht den ärgerlichen Blick wahr, den sie ihm zuwarf, bevor sie weiterging. Sie schwankte leicht, gerade bevor sie die Tür erreichte, und warf diese nervös hinter sich ins Schloß.

Anthony – er hatte das Zuschlagen der Tür so empfunden, als schlage sie im Innern seiner Brust zu – stand für einen Augenblick da, ohne sich zu rühren, und rief dann nach Mrs. Brown. Das war die Frau des Stewards, seine glückliche Eingebung, die es Flora behaglich machen sollte. ‚Mrs. Brown! Mrs. Brown!‘ Endlich erschien sie von irgendwoher. ‚Mrs. Anthony ist an Bord gekommen. Sie ist soeben in die Kajüte gegangen. Wollen Sie nicht lieber nachsehen, ob Sie ihr irgendwie behilflich sein können?‘

‚Jawohl, Sir.‘

Und wieder befand er sich allein mit der Situation, die er in der Kühnheit und Unerfahrenheit seines Herzens geschaffen hatte. Er dachte, es sei besser, wenn er an Deck ginge. Tatsächlich hätte er schon lange dort sein müssen. Auf jeden Fall wäre es das Übliche für ihn, an Deck zu sein. Aber ein Murmeln und leise hallende Schläge ganz in der Nähe lenkten seine Aufmerksamkeit auf sich. Die Geräusche kamen aus Mr. Smiths Kajüte, wie er bemerkte. Es war ganz ungewöhnlich. Er spricht mit sich selbst, dachte er. Es hört sich an, als schlage er mit den Fäusten gegen das Schott – oder mit dem Kopf.

Anthonys Augen weiteten sich vor Erstaunen, während er auf diese Laute horchte. Er lauschte so aufmerksam, daß er Mrs. Brown nicht bemerkte, bis sie einen Augenblick lang unmittelbar vor ihm stehenblieb und sagte: ‚Mrs. Anthony wünscht keine Hilfe, Sir.‘

Sie verstehen, dies war die Reise, bevor Mr. Powell – damals der junge Powell – auf die ‚Ferndale‘ kam, nachdem der Zufall es so gefügt hatte, daß er seinen Aufbruch ins Leben ausgerechnet auf diesem Schiff unter all den Schiffen vollzog, die damals im Hafen von London lagen. Auf dem ruhelosesten Schiff, das jemals aus irgendeinem

Hafen der Welt gesegelt ist. Ich spreche nicht von seinen Eigenschaften als Seefahrzeug. Mr. Powell berichtete mir, es sei so fest und stetig gewesen wie eine Kirche. Ich meine ruhelos in dem Sinne, in dem zum Beispiel unser Planet ruhelos ist – die Frage einer gewissen Atmosphäre, die gestört ist von Leidenschaft, Eifersucht, Liebe, Haß und Unannehmlichkeiten außergewöhnlich guter Absichten, von denen ich überzeugt bin, daß sie, obwohl sie ethisch wertvoll sind, doch häufig mehr Unglück verursachen als die Anschläge der übelsten Art. Für diejenigen, die es ablehnen, an den Zufall zu glauben, muß es wohl offensichtlich Vorherbestimmung gewesen sein, daß seine – ich meine Mr. Powells – angeborene Arglosigkeit zu der Summe all der anderen, die das ehrliche Schiff ‚Ferndale' trug, hinzukam. Er war zu arglos. Alle an Bord waren es, außer ‚Mr. Smith', der jedoch auf seine Art einfältig genug war, von der furchtbaren Einfalt dessen, der von einer fixen Idee besessen ist, für die es auch eine andere Bezeichnung gibt, welche die Menschen mit Entsetzen und Abneigung aussprechen. Seine fixe Idee war, sein Mädchen vor dem Mann zu retten, der Besitz von ihr ergriffen hatte (ich benutze absichtlich diese Worte, weil das Bild, das sie hervorrufen, offensichtlich in Mr. Smiths Gedanken vorhanden war) – auf unredliche Weise Besitz von ihr ergriffen hatte, während er, der Vater, eingesperrt gewesen war.

‚Ich gebe keine Ruhe, bis ich dich von diesem Mann fort habe', murmelte er jeweils nach langen Perioden der Betrachtung. Wir wissen von Powell, daß Mr. Smith stets auf dem Oberlicht saß, nahe bei dem Liegestuhl, auf dem sich Flora ausgestreckt hatte, und ihr von oben mit der Miene eines Wächters und zugleich forschend ins Gesicht blickte.

Es ist fast unmöglich zu sagen, ob er das Ereignis jemals verstandesmäßig betrachtet hat. Die Verwandlung de Barrals in Mr. Smith war nicht ohne einen Schock vor sich gegangen – soviel muß man erkennen. Möglicherweise verdrängte dieser alle praktischen Überlegungen aus seinen

Gedanken und schuf so Raum für schreckliche, überdeutliche Visionen, die danach nichts mehr zu vertreiben vermochte. Und vielleicht war es auch die Hartnäckigkeit, die unintelligente Hartnäckigkeit eines Menschen, der darauf bestanden hatte, Millionen aus den Ersparnissen anderer Leute in die Lone-Valley-Eisenbahn, die Labrador-Docks, das Kupferbergwerk ‚Spotted Leopard' und andere groteske Spekulationen zu stecken, die während des berühmten Prozesses gegen de Barral unter erstauntem Gemurmel, in das sich Lachsalven mischten, ans Licht gekommen waren. Denn in unserer todernsten Welt findet die Komödie ihre letzte Zuflucht in den Gerichten. Was die Tränen und Klagen betrifft, so wären sie in dem erhabenen Reich der Komödie nicht zu hören, weil man sich ihnen in der Abgeschlossenheit mehrerer tausend Heime hingab, wo mit schönem dramatischem Effekt der Hunger die Stelle der SPARSAMKEIT eingenommen hatte.

Einen Menschen aber gab es zumindest, der vor Gericht nicht lachte. Das war der Angeklagte. Der berüchtigte de Barral lachte nicht, denn er war entrüstet. Er blieb für Worte, Tatsachen, Schlußfolgerungen unzugänglich. Es wäre unmöglich gewesen, ihn zur Einsicht in seine Schuld oder seinen Wahnsinn zu bringen, weder durch Beweismittel noch durch Argumente – falls jemand versucht hätte zu argumentieren.

Auch seine Tochter Flora versuchte ihm gegenüber nicht, zu argumentieren. Ihre Lage war so grausam schwer, so voller dorniger Komplikationen, wenn ich mich so ausdrücken darf, daß eine passive Haltung noch ihre beste Zuflucht war – wie schon zuvor die so vieler Frauen.

Denn diese Art der Untätigkeit bei Frauen ist immer rätselhaft und darum bedrohlich. Sie gibt einem zu denken. Eine Frau kann eine Närrin sein – eine schlafmützige Närrin, eine hitzköpfige Närrin, eine entsetzlichen Schaden anrichtende Närrin, und sie kann sogar einfach dumm sein. Aber sie ist niemals schwerfällig. Sie ist niemals durch und durch aus Holz wie manche Männer. In einer Frau ist immer irgendwo eine Feder. Was immer Männer über Frauen nicht wissen mögen (und das kann viel sein oder auch sehr wenig), soviel wissen sie, sogar Väter. Und darum fürchten sich so viele Männer vor den Frauen.

‚Mr. Smith' fürchtete sich, wie ich glaube, vor der Ruhe seiner Tochter, obwohl er sie natürlich auf seine Weise deutete.

Er saß, wie Mr. Powell es beschrieb, immer auf dem Oberlicht, beugte sich über das zurückgelehnt dasitzende Mädchen und fragte sich, was wohl hinter diesem verlorenen Blick der stillen Augen unter den dunklen Lidern vor sich gehen mochte. Er schaute und schaute, und dann sagte er oder flüsterte eher, denn viel war nicht nötig, um seine Stimme zu einem bloßen Hauch werden zu lassen – dann erklärte er und richtete dabei die blassen, starren Augen auf den Horizont, er werde nicht ruhen, bis er sie ‚von diesem Mann fort' habe.

‚Du weißt nicht, was du sagst, Papa.'

Sie versuchte dann, ihre Müdigkeit nicht zu zeigen, die nervöse Spannung, die der Gegensatz zwischen den beiden Männern ihretwegen hervorrief und welche die Ursache ihrer Schlaffheit war. Denn tatsächlich bekam ihr das Meer. Gewöhnlich ging Anthony auf der anderen Seite des Decks auf und ab. Die Anspannung machte ihn ruhelos. Er vermochte nirgends stillzusitzen. Er hatte versucht, sich in seiner Kajüte einzuschließen, aber das taugte nicht. Er sprang auf, stürzte an Deck und wanderte auf dem Poopdeck hin und her, hin und her, bis zum Umfallen, ohne daß er imstande war, die Aufregung in seiner Seele abzureagieren, denn diese war zwar großmütig, aber durch ihre Hülle aus Fleisch und Blut niedergedrückt und durch das Gehirn behindert, das überdeutliche Bilder schuf und immerfort grübelte, grübelte – nach Zeichen Ausschau hielt, auf Symptome lauerte.

Und beim Klang der Schritte auf der anderen Seite des

Oberlichts beteuerte dann Mr. Smith mit seiner schrecklichen, hoffnungslos sanften Stimme, indem er den kleinen Kopf ein wenig zurückwarf, er wisse sehr genau, was er sage. Sie habe sich diesem Mann ja übereignet, während er eingesperrt gewesen sei.

‚Hilflos, im Gefängnis, und niemand, an den ich denken, nichts, worauf ich mich freuen konnte, als nur meine Tochter. Und sobald sie mich dann endlich hinausgelassen hatten, stellte ich fest, daß sie fort ist – denn darauf läuft es hinaus. Verkauft. Denn du hast dich verkauft – du weißt, daß du das getan hast.'

Mit seinem runden, unbewegten Gesicht, dem Schopf von feinem weißem Haar, das in den Windwirbeln des Besan wehte, und dem geradeaus auf das Meer gerichteten Blick schien er sich über die zurückgelehnte Gestalt hinweg an das Universum zu wenden. Manchmal protestierte sie.

‚Ich wünschte, du würdest nicht so reden, Papa. Du quälst mich nur, und du quälst dich.'

‚Ja, es quält mich genug', gab er bedeutungsvoll zu. Aber nicht das Sprechen darüber quälte ihn, sondern das Nachdenken darüber. Und dazusitzen und zuzusehen sei für ihn schlimmer, als es je für sie habe sein können, hinzugehen und sich auszuliefern, so schlimm das auch wohl gewesen sein mußte.

‚Denn natürlich hast du gelitten. Sag mir nicht, das sei nicht wahr. Du mußt gelitten haben.'

Sie hatte schon sehr bald jeden Versuch aufgegeben, zu protestieren. Es war zwecklos. Es hätte die Dinge noch schlimmer machen können, und sie wollte sich mit ihrem Vater nicht streiten, dem einzigen Menschen, der sie wirklich gern hatte, absolut, augenscheinlich, uneingeschränkt – bis zum letzten. In ihm gab es kein Mitleid, keine Großmut, nichts von all diesen schönen Dingen – sie, wirklich sie selbst, so, wie sie war, hatte dieser Mensch gern. Diese Gewißheit hätte sie auch schlimmere Qualen ertragen lassen. Denn natürlich quälte es auch sie. Auch sie fühlte sich hilflos, als gehe das ganze Unternehmen über ihre Kraft. Eine solche Überzeugung führt zum Stillschweigen. Sie war auf dem Weg Fatalistin zu werden.

Ziemlich schlimm müssen die Erfordernisse des täglichen Lebens gewesen sein, der tägliche Umgang mit den üblichen nebensächlichen Handlungen. Der mußte natürlich weitergehen. Sie wünschten einander guten Morgen, sie saßen bei den Mahlzeiten zusammen – und ich glaube, sie spielten auch hin und wieder abends eine Partie Karten miteinander, besonders zuerst. Am meisten erschreckte Flora die Doppelzüngigkeit ihres Vaters – zumindest wirkte es wie Doppelzüngigkeit, wenn sie an sein andauerndes eindringliches Geflüster an Deck dachte. Ihr Vater war jedoch immer ein schweigsamer Mensch gewesen, schon zu der Zeit, da sie sich seiner am besten zu erinnern vermochte – auf der Promenade. Damals war sie diejenige gewesen, die plapperte, ohne daß sie sich jemals die Mühe gemacht hätte, herauszufinden, ob es ihm gefiel oder nicht. Und jetzt war sie nicht imstande, seine Gedanken zu ergründen. Sie plapperte auch nicht mit ihm. Anthony, auf dessen Lippen ein gezwungenes freundliches Lächeln festgefroren zu sein schien, war offensichtlich nur allzu froh, daß er nicht sprechen mußte. ‚Mr. Smith' vergaß zuweilen alles um sich und studierte die Karten in seiner Hand so lange, daß Flora ihn mit einem leisen ‚Papa, du bist dran!' zu sich selbst zurückrufen mußte. Dann entschuldigte er sich mit einem so leisen Ausruf, als sei dieser nach innen gerichtet: ‚Bitte um Verzeihung, Kapitän.' Natürlich redete Flora Anthony mit ‚Roderick' an und er sie mit ‚Flora'. Mehr Schauspielerei war nicht notwendig, nach dem nervösen Zucken um den Mund des alten Mannes bei jedem geäußerten ‚Flora' zu urteilen. Wenn er das selten erklingende ‚Roderick' hörte, zog er zuweilen eine verächtliche Grimasse, die so schwach, so verblaßt und farblos war wie seine ganze steife Person.

Er zog sich immer als erster zurück. Er war nicht leidend. Auch ihm schien das Leben an Bord eines Schiffs zu bekommen; jedoch aus Pflichtgefühl, aus Liebe oder aber, um seine verborgene Wut zu besänftigen, begleitete ihn seine Tochter stets in seine Luxuskajüte, ‚um es ihm behaglich zu machen'. Sie zündete ihm die Lampe an, half ihm in den Schlafrock oder holte ihm ein Buch von dem dort angebrachten Bücherbord – dies jedoch selten, weil Mr. Smith zu erklären pflegte: ‚Ich bin keine große Leseratte', wobei in seiner leisen Stimme etwas wie Stolz lag. Nachdem er ihr einen Gutenachtkuß auf die Stirn gedrückt hatte, wartete er ihr häufig mit einer klagenden Bemerkung auf, etwa: ‚Es ist wie im Gefängnis, wahrhaftig! Ich nehme an, dieser Mann da draußen wartet auf dich. Oberwärter! Ach!'

Sie lächelte dann leise und murmelte ein besänftigendes ‚Wie unsinnig!' Einmal aber war sie am Ende ihrer Geduld angelangt und erwiderte in sehr scharfem Ton: ‚Laß das. Es tut mir weh. Man sollte meinen, du haßest mich!'

‚Nicht dich hasse ich', fuhr er monoton zu ihr hin flüsternd fort. ‚Nein, dich nicht. Aber wenn ich sähe, daß du diesen Mann liebtest, dann würde ich dich, glaube ich, auch hassen.'

Dieser Satz traf sie mitten ins Herz. ‚Da wärst du nicht der erste', murmelte sie voller Bitterkeit. Er aber war mit seiner fixen Idee beschäftigt und sagte entsetzlich gelassen: ‚Aber du liebst ihn nicht! Unglückseliges Mädchen!'

Sie sah ihn eine Weile unverwandt an und erwiderte: ‚Gute Nacht, Papa.'

Tatsächlich wartete Anthony sehr selten allein auf sie am Tisch mit den verstreut daliegenden Karten, den herumstehenden Gläsern, Wasserkaraffen, Flaschen und so fort. Er suchte nicht häufiger eine Gelegenheit, mit ihr allein zu sein, als zur Erbauung Mrs. Browns absolut notwendig war. Eine vortreffliche, treue Frau, die Gattin seines noch vortrefflicheren und treueren Stewards. Und Flora wünschte alle diese vortrefflichen Leute, die Anthony ergeben waren, zum Teufel, und ganz besonders die nette, freundlich sprechende Mrs. Brown mit ihren hurtigen Knopfaugen und ihrem ‚Ja, gewiß, Ma'am', das einen höhnischen Klang zu haben schien. Und so ging diese kurze Reise – nur zu den Hebriden – zu Ende. Sie war so kurz gewesen, daß zu dem Zeitpunkt, als der junge Powell sich durch ein denkwürdiges Spiel des Zufalls auf der ‚Ferndale' einschiffte, erst sieben Monate vergangen waren seit der – nun, sagen wir: seit der Freilassung des Sträflings de Barral und seiner Verwandlung in Mr. Smith.

Für die Zeit, in der das Schiff in London Ladung aufnahm, mietete Anthony ein Cottage in der Nähe einer kleinen ländlichen Bahnstation in Essex, um Mr. Smith und dessen Tochter unterzubringen. Es war ausschließlich sein Gedanke gewesen. Wie weit es notwendig war, daß Mr. Smith ländliche Zurückgezogenheit suchte, weiß ich nicht. Vielleicht war es in gewisser Hinsicht ein vernünftiger Schritt. Dem freigelassenen de Barral oblagen gewisse Verpflichtungen (im Zusammenhang mit seiner Meldung bei der Polizei, vermute ich), die Mr. Smith nicht gern erfüllen wollte. De Barral hatte zu verschwinden; die Theorie lautete, daß de Barral verschwunden war, und man mußte sie aufrechterhalten. Die arme Flora war gern auf dem Lande, obwohl der Ort zu seiner Empfehlung nichts weiter aufzuweisen hatte als nur seine einsame Lage.

Hin und wieder kam Kapitän Anthony herausgefahren; da der Bahnhof aber wirklich bloß eine am Weg gelegene Nebenstation war, von wo am frühen Morgen keine Züge nach London fuhren, konnte er nie länger bleiben als nur den Nachmittag über. Anscheinend mußte er in der Stadt schlafen, um in aller Frühe an Bord seines Schiffs zu sein. Das Wetter war prächtig, und jedesmal, wenn an einem strahlenden Nachmittag der Kapitän der ‚Ferndale' auf dem Weg sichtbar wurde, ergriff Mr. Smith seinen Stock und trollte sich zu einem einsamen Spaziergang. Aber ob er nun müde wurde, ob es ihn mit einiger Befriedigung erfüllte, ‚diesen Mann' davongehen zu sehen, oder ob es aus irgendeinem nur ihm bekannten listigen Grunde geschah – jedenfalls war er stets vor dem Zeitpunkt zurück, zu dem Anthony sich fortbegab. Wenn er sich dem Cottage näherte, sah er ‚diesen Mann' gewöhnlich im Gras liegen, in einiger Entfernung von seiner Tochter, die auf einem Stuhl saß, den sie aus dem Wohnzimmer des Cottage herausgebracht hatten. Unweigerlich ging Mr. Smith direkt auf sie zu, und ebenso unweigerlich hatte er das Gefühl, daß er durch sein Erscheinen keine sehr intime Unterhaltung störe. Er setzte sich zu ihnen, ungefähr eine schweigsame Stunde lang, und danach war es für Mr. Anthony Zeit zu gehen. Etwa eine Minute zuvor verschwand dann Mr. Smith, vielleicht aus Diskretion, und beobachtete danach durch die rautenförmigen Fensterscheiben eines Zimmers im oberen Stockwerk, wie ‚dieser Mann' draußen vor dem Gartentor noch einen schmachtenden Blick auf die unsichtbare Flora warf, den Hut lüftete wie ein Besucher und die Straße hinunterging. Erst jetzt gesellte sich Mr. Smith wieder seiner Tochter zu.

Dies waren ihre schlimmen Augenblicke. Nicht immer natürlich, aber häufig. Es war nichts Ungewöhnliches, Mr. Smith dann sanft mit einer Bemerkung anfangen zu hören, die etwa lautete: ‚Dieser Mann beginnt deiner müde zu werden.'

Nie sprach er Anthonys Namen aus. Er war stets ‚dieser Mann'.

Im allgemeinen blieb sie stumm, mit weit geöffneten Augen, die zwischen den knorrigen Obstbäumen hindurch ins Nichts blickten. Einmal jedoch stand sie auf und ging ins Cottage. Mr. Smith trug ihr den Stuhl nach. Entschlossen stellte er ihn krachend auf den Fußboden und sagte mit jener sanften, ausdruckslosen Stimme, die zu verstehen so viele die Ohren gespitzt hatten, als sie noch von dem großen de Barral gekommen war: ‚Laß uns fortgehen!'

Sie hatte genügend Selbstbeherrschung, nicht herumzufahren. Im Gegenteil, sie ging weiter bis zu einem schäbigen kleinen Wandspiegel. In dem grünen Glas sah ihr Gesicht aus, als sei es weit entfernt, wie das fahle Gesicht einer Wasserleiche auf dem Grunde eines Teichs. Sie lachte ein wenig.

‚Ich sage dir, dieser Mann beginnt . . .'

‚Papa', unterbrach sie ihn, ‚ich habe keine Illusionen, was mich selbst betrifft. Es ist mir schon früher geschehen, aber . . .'

Da ihr die Stimme plötzlich versagte, fiel ihr Vater ihr mit ganz ungewohnter Lebhaftigkeit ins Wort: ‚Dann laß uns schleunigst verschwinden.'

Nachdem sie sowohl ihrer Furcht als auch ihrer Bitterkeit Herr geworden war, drehte sie sich um, setzte sich nieder und verbarg ihr Erstaunen nicht. Mr. Smith setzte sich ebenfalls, die Knie zusammengepreßt und im rechten Winkel gebeugt, die dünnen Beine parallel zueinander und die Hände auf den Armlehnen des Holzsessels. Sein Haar war lang gewachsen, er hielt den Kopf steif; sein Anblick hatte etwas albern Ehrwürdiges.

‚Du kannst dir nichts aus ihm machen. Erzähl mir das nicht. Ich verstehe deinen Beweggrund. Und ich habe dich ein unglückseliges Mädchen genannt. Das bist du genauso, als wärst du auf die Straße gegangen. Jawohl. Unterbrich mich nicht, Flora. Bei dem Prozeß hat man mich fortwährend unterbrochen, und ich kann es nicht mehr ertragen. Ich lasse mich von meinem eigenen Kind nicht unterbrechen. Und wenn ich mir vorstelle, daß du genau an dem Tag, bevor sie mich herausgelassen haben . . .'

Diese Tatsache hatte er ihr inzwischen entlockt, weil Flora es müde geworden war, der Frage aus dem Wege zu gehen. Er war sehr betroffen und kummervoll gewesen. War dies ihr Glaube an ihn? War dies ein Beweis des Vertrauens und der Liebe? Ausgerechnet am Tage zuvor! Ohne ihm auch nur die mindeste Chance zu geben. Es war genau wie während des Prozesses. Sie hatten ihm keine Chance gegeben. Sie wollten ihm keine Zeit lassen.

Und jetzt handelte seine eigene Tochter ebenso, wie es seine erbitterten Feinde getan hatten. Sie ließ ihm keine Zeit!

Die Eintönigkeit dieser gedämpften Stimme schläferte ihre Bestürzung fast ein. Sie lauschte den unvermeidlichen Dingen, die er sagte.

‚Aber was hat diesen Mann bloß dazu veranlaßt, dich zu heiraten? Natürlich ist er ein Gentleman. Das kann man sehen. Gentlemen verstehen nichts von Citydingen, von Finanzangelegenheiten. Wahrhaftig – angefangen mit dem ganzen Geschrei gegen mich hat als erste eine Firma, die Gentlemen gehörte. Der Anwalt, der Richter – alles Gentlemen – verstanden überhaupt nichts davon! Keine Ahnung von ... Und dann ist er noch dazu ein Seemann. Bloß ein Schiffer ...‘

‚Mein Großvater war auch nichts anderes‘, unterbrach sie ihn. Und er machte eine linkische Gebärde, die Ungeduld ausdrückte.

‚Freilich. Aber was weiß denn ein einfältiger Seemann vom Geschäftsleben? Nichts. Keine Vorstellung davon. Er kann keine Ahnung gehabt haben, was es bedeutet, die Tochter Mr. de Barrals zu sein – sogar noch, nachdem ihn seine Feinde vernichtet haben. Was in aller Welt hat ihn bloß dazu gebracht ...‘

Sie machte eine Bewegung, weil die monotone Stimme ihr auf die Nerven zu fallen begann. Und er hielt inne, aber nur, um im gleichen Ton mit der Bemerkung fortzufahren: ‚Natürlich bist du hübsch. Und darum bist du verloren – wie so viele andere arme Mädchen. Unglückselig ist das richtige Wort für dich.‘

Sie sagte: ‚Vielleicht. Vielleicht ist es das richtige Wort; aber hör zu, Papa. Ich bin entschlossen, ein ehrliches Spiel zu spielen.‘

Er setzte seine Tiraden fort.

‚Genau der Mann, deiner müde zu werden, dich dann sitzenzulassen und mit seinem ekelhaften Schiff davonzufahren. Und du kannst sowieso niemals mit ihm glücklich sein. Sieh dir doch seine Augen an. Ich will dich retten. Verstehst du, ich war deiner armen Mutter vielleicht kein sehr guter Ehemann. Sie hätte besser daran getan, mich lange, bevor sie starb, zu verlassen. Ich habe viel darüber nachgedacht. Ich will nicht, daß du unglücklich wirst.‘

Er ließ den Blick mit einer Aufmerksamkeit über sie gleiten, die erstaunlich sichtbar war. Dann sagte er: ‚Hm! Ja. Laß uns verschwinden, bevor es zu spät ist. In aller Stille, du und ich.‘

Sie sagte, als gehorche sie einer Eingebung, und mit jener Ruhe, welche die Verzweiflung einem häufig verleiht: ‚Es ist kein Geld da, Papa, mit dem wir fortgehen könnten.‘

Er erhob sich und streckte sich, als sei er eine Faltfigur. Sie sagte abschließend: ‚Und natürlich würdest du doch nicht daran denken, mich zu verlassen, Papa!‘

‚Natürlich nicht‘, antwortete er in gedämpftem Ton. Und er ließ sie allein, glitt davon mit einem Gang, der, wie ihn mir Mr. Powell beschrieb, ebenso gleichförmig und vorsichtig war wie seine Stimme. Er ging, als trüge er ein Glas Wasser auf dem Kopf.

Flora sagte Anthony natürlich nichts von dieser erbaulichen Unterhaltung. Es hätte seine Großmut in Unruhe versetzen können, und sie wollte nicht, daß er sie hier zurückließ und sie mit ihrem Vater allein fertig werden mußte. Außerdem war sie auch zu ehrlich. Sie würde ehrlich sein, koste es, was es wolle. Sie würde nicht als erste sprechen. Niemals. Und durch ihren Kopf schoß der Gedanke: Ich bin wahrhaftig ein unglückseliges Geschöpf!

Rein zufällig führte Anthony, als er zwei Tage darauf kam, um den Nachmittag bei ihnen zu verbringen, im Obstgarten ein Gespräch mit Mr. Smith. Flora hatte die beiden aus irgendeinem Grunde einen Augenblick allein gelassen, und Anthony ergriff die Gelegenheit, um offen mit Mr. Smith zu sprechen. Er sagte: ‚Mir scheint, Sir, Sie sind der Ansicht, daß Flora es nicht sehr gut getroffen hat.

Nun, was das angeht, so kann ich dazu nichts sagen. Ich möchte nur, daß Sie wissen: Ich habe mich bemüht, das Richtige zu tun.' Und dann erklärte er ihm, daß er ihr alles, was er besaß, vermacht hatte. ,Das hat sie Ihnen wohl nicht gesagt, nehme ich an?'

Mr. Smith schüttelte den Kopf. Und Anthony, der sich bemühte freundlich zu sein, erklärte gerade, er beabsichtige, das Schiff für mindestens zwei Jahre von der Heimat fernzuhalten. ,Ich glaube, Sir, daß dies in jeder Hinsicht das beste sein wird!' – da kehrte Flora zurück, und die in dieser Richtung abgeschnittene Unterhaltung wurde schleppend und erstarb. Später am selben Abend, Stunden, nachdem Anthony gegangen war, bemerkte Mr. Smith in dem Augenblick, als sie sich für die Nacht trennten, nach einer langen Weile des Brütens plötzlich zu seiner Tochter: ,Ein Testament ist nichts. Man zerreißt es. Man macht ein neues.' Und nachdem er eine Minute lang nachgedacht hatte, setzte er mit gleichmütiger Stimme hinzu: ,Man erzählt Lügen darüber.'

Flora, die geduldig und gegen jede Verletzung und jeden Widerwillen so gestählt war, daß sie über sich selbst staunte, sagte: ,Du gehst in deiner Abneigung gegen – gegen Roderick zu weit, Papa. Du nimmst keine Rücksicht auf mich. Du tust mir weh.'

Er wandte, wie immer derart ausdruckslos, daß der Gegensatz zwischen seiner Gelassenheit und seinen Worten sie zuweilen erschreckte, seine blassen Augen von ihr ab.

,Ich frage mich, wie weit denn *deine* Abneigung eigentlich geht?' begann er. ,Sogar sein Name bleibt dir in der Kehle stecken. Ich habe es bemerkt. Es tut mir weh. Was sagst du dazu? Du solltest daran denken, daß du nicht der einzige Mensch bist, der unter deiner Narrheit, deiner Übereilung, deinem Leichtsinn leidet.' Er blickte sie wieder an. ,Und noch dazu am Tag, bevor sie mich hinausgelassen haben.' Seine schwache Stimme versagte gänzlich, die schmalen, zusammengepreßten Lippen zitterten nur eine

Weile, bevor er in jenem außerordentlich gleichmütigen Ton hinzusetzte: ‚Ich nenne es sündhaft.‘

Flora antwortete nicht. Sie hielt es für einfacher, gütiger und ganz gewiß sicherer, ihn sich aussprechen zu lassen. Dazu brauchte Mr. Smith, der von Natur aus schweigsam war, nie sehr lange. Und wir dürfen uns nicht vorstellen, daß dergleichen immerfort geschah. Sie erlebte ein paar schöne Tage in diesem Cottage. Anthonys Abwesenheit empfand sie als eine Erleichterung, und seine Besuche waren angenehm. Sie fühlte sich ruhiger. Auch er war ruhiger. Es tat ihr fast leid, als der Zeitpunkt gekommen war, sich einzuschiffen. Es bedeutete einen Augenblick der Seelenangst, der Aufregung; sie kamen am Abend zum Dock, und nachdem Flora es ‚ihrem Vater behaglich gemacht‘ hatte, wie es ihrer Gewohnheit entsprach, zögerte sie lange genug in der Luxuskabine, um bemerken zu können, daß er überrascht war. Sie fing den Blick seiner blassen Augen auf, die sie mit ganz hartem Ausdruck beobachteten. Dann ging sie hinaus, nachdem sie ihm in munterem Ton ‚gute Nacht‘ gewünscht hatte.

Entgegen ihrer Hoffnung fand sie Anthony noch im Salon vor. Er saß im Lehnsessel am Kopfende des Tisches, nahm einige Geschäftspapiere auf, die er hastig in die Brusttasche steckte, und erhob sich. Er fragte sie, ob der Tag anstrengend für sie gewesen sei, da sie nach London gefahren war und dann dort Einkäufe gemacht hatte. Sie schüttelte den Kopf. Dann fragte er sie halb im Scherz, wie ihr zumute sei, da nun die Reise losgehe – und diesmal eine lange Seefahrt.

‚Macht es etwas aus, wie mir zumute ist?‘ fragte sie in einem Ton, bei dem sich sein Gesicht verdüsterte. Er antwortete mit einer unterdrückten Heftigkeit, die sie nicht erwartet hatte.

‚Nein, es macht nichts aus, weil ich nicht ohne dich fahren kann. Ich habe es dir gesagt... Du weißt es. Du glaubst doch nicht, ich könnte es.‘

‚Ich versichere dir, daß ich nicht den leisesten Wunsch habe, meinen Verpflichtungen auszuweichen', sagte sie mit Bestimmtheit. ‚Selbst dann nicht, wenn es mir möglich wäre. Selbst dann nicht, wenn ich es wagte – selbst dann nicht, wenn ich deshalb sterben müßte!'

Er sah aus wie vom Donner gerührt. Sie standen einander am Ende des Salons gegenüber. Anthony stotterte: ‚O nein, du wirst nicht sterben. Das ist doch nicht dein Ernst. Du hast die See doch liebgewonnen.'

Sie lachte, aber sie war zornig.

‚Nein, es ist nicht mein Ernst. Ich sage dir, ich habe nicht die Absicht, meinen Verpflichtungen auszuweichen. Ich werde weiterleben ... allerdings ein wenig niedergeschmettert.'

‚Niedergeschmettert?' wiederholte er. ‚Was schmettert dich denn nieder?'

‚Deine Großmut', sagte sie mit Schärfe. Nach einer Weile aber wurde ihre Stimme weich. ‚Freilich – ich weiß nicht. Es liegt eine Vollkommenheit darin – verstehst du mich, Roderick? –, die sie fast unerträglich macht.'

Er seufzte, wandte den Blick ab und bemerkte, es sei Zeit, die Lampen im Salon auszulöschen. Licht zu haben war nur bis zehn Uhr erlaubt.

‚Das brauchst du aber in deiner Kajüte nicht so genau zu beachten. Sorg nur dafür, daß die Vorhänge vor den Bullaugen fest zugezogen sind, das ist alles. Der Steward hat es vielleicht vergessen. Er hat deine Leselampe dort drinnen angezündet, bevor er nach Hause gegangen ist, um den letzten Abend mit seiner Frau zu verbringen. Ich weiß nicht, ob es weise war, Mrs. Brown fortzuschicken. Du wirst selbst für dich sorgen müssen, Flora.'

Er war recht besorgt, aber Flora beglückwünschte sich tatsächlich zur Abwesenheit Mrs. Browns. Kaum hatte sie die Tür ihrer Kajüte geschlossen, murmelte sie voller Inbrunst: ‚Ja, Gott sei Dank, sie ist fort!' Kein leises Klopfen würde mehr erfolgen, worauf dann jene erschiene mit ihrem zweideutigen starrenden Blick und ihrem unerträglichen ‚Kann ich irgend etwas für Sie tun, Ma'am?', das die arme Flora mehr zu fürchten und zu hassen gelernt hatte als sonst irgendeine Stimme und irgendwelche Worte an Bord dieses Schiffs – ihres einzigen Zufluchtsortes vor der Welt, die für sie, für ihre Unzulänglichkeiten und für ihre Kümmernisse keine Verwendung hatte.

Mrs. Brown hatte sich sehr über ihre Entlassung geärgert. Die Browns waren ein kinderloses Ehepaar, und diese Vereinbarung war ihnen äußerst willkommen gewesen. Ihr Groll war sehr bitter. Mrs. Brown mußte mit ihrer Wut allein an Land zurückbleiben, der Steward aber nährte seine an Bord. Die arme Flora hatte keinen größeren Feind, der bekümmerte Erste Offizier keinen, der mehr mit ihm fühlte. Und Mrs. Brown war mit der raschen Beobachtungsgabe der Frauen und ihrer Fähigkeit zu folgern (zwei und zwei aneinanderzufügen) zu einem bestimmten Schluß gekommen, den sie ihrem Mann mitgeteilt hatte, bevor sie das Schiff verließ. Der griesgrämige Steward erlaubte sich einmal, vor Powells Ohren eine Anspielung darauf zu machen. Es geschah in der Offiziersmesse, am Ende einer Mahlzeit, wo er, nachdem er einen Obstkuchen auf den Tisch gestellt hatte, noch ein wenig verweilte. Er und der Erste Offizier begannen ein Zwiegespräch über die beängstigende Veränderung, die mit dem Kapitän vor sich gegangen sei; der bleiche Steward blickte dabei mit finsterem Stirnrunzeln zu Boden, während Franklin die Augen in seinem roten Gesicht gefühlvoll nach oben rollte.

Bis zu diesem Zeitpunkt hatte der junge Powell schon eine Menge ähnlicher Dinge gehört. Es wurde allmählich eintönig; es war ihm immer etwas albern vorgekommen. Er mischte sich ungeduldig mit der Bemerkung in das Gespräch, ein solches Gejammer über einen Mann, bloß weil er sich eine Ehefrau genommen habe, erscheine ihm ganz verrückt.

Franklin brummte: ‚Kommt drauf an, was die Frau im Schilde führt.' Der Steward, der sich gegen das Schott neben der Tür lehnte, warf Powell, diesem Neuling, diesem Nichtswisser, diesem Fremden ohne alle Rechte und Privilegien einen finsteren Blick zu. Er knurrte: ‚Ehefrau! Die nennen Sie eine Ehefrau?'

‚Was, zum Teufel, meinen Sie damit?' rief Powell.

‚Ich weiß, was ich weiß. Meine Alte ist nicht umsonst sechs Monate lang an Bord gewesen. Fragen Sie lieber sie, wenn wir zurückkommen.' Der Steward hielt Mr. Powells vernichtendem Blick trotzig stand, während er rückwärts hinausging.

Unser junger Freund wandte sich sogleich an den Ersten Offizier.

‚Und Sie lassen es zu, daß dieser verdammte Flaschenwäscher in Ihrer Gegenwart so etwas sagt, Mr. Franklin? Nun, ich bin erstaunt.'

‚Oh, es ist nicht das, was Sie denken. Es ist nicht das, was Sie denken.' Mr. Franklin sah mehr denn je aus, als sei er einem Schlaganfall nahe. ‚Was das betrifft, so könnte ich Sie tatsächlich in Erstaunen versetzen. Aber es hat keinen Zweck. Ich kann es kaum selbst ... Sie könnten es nicht verstehen. Ich hoffe, Sie versuchen nicht, Zwietracht zu säen. Es hat eine Zeit gegeben, junger Mann, da hätte ich einen jeden – einen jeden, hören Sie? – herausgefordert, er solle doch versuchen, Zwietracht zwischen mir und Kapitän Anthony zu säen. Jetzt aber nicht. Jetzt nicht. Es hat sich etwas verändert! Bei mir allerdings nicht ...'

Der junge Powell wies empört den Gedanken zurück, er wolle Zwietracht säen. ‚Für wen halten Sie mich denn?' rief er. ‚Nur sagen Sie lieber diesem Steward, er soll achtgeben, was er in meiner Gegenwart äußert, sonst verderbe ich ihm für einen Monat die Fassade und überlasse es ihm, dem Kapitän dann, so gut er kann, zu erklären, weshalb.'

Mit diesen Worten führte sich Powell gewissermaßen als Mrs. Anthonys Verteidiger ein. In seiner Gegenwart wurde niemals mehr etwas gesagt, was diese Frage berührte. Ihm war das finstere Gesicht des Stewards gleichgültig. Franklin, der auch in seinen besten Zeiten niemals gesprächig gewesen war und jetzt das einzige Thema mied, das ihm am Herzen lag, richtete nur in dienstlichen Dingen das Wort an ihn. Und auch daraus machte sich Powell sehr wenig. Die Kümmernisse des apoplektischen Ersten Offiziers langweilten ihn schon seit geraumer Zeit. Zuweilen fühlte er sich freilich ein wenig einsam. Deshalb freute er sich, daß er sich hin und wieder während der Hundswache ein wenig mit Mrs. Anthony unterhalten konnte. Der Kapitän hatte nichts dagegen. Das war aus seinem Benehmen ersichtlich. Eines Nachts fragte er (sie waren zu der Zeit allein auf dem Poopdeck), worüber sie denn am Abend gesprochen hätten. Powell mußte zugeben, daß es um das Schiff gegangen sei. Mrs. Anthony habe ihm Fragen gestellt.

‚Fängt an, sich zu interessieren, wie?‘ entfuhr es dem Kapitän, während er mit raschen Schritten auf der Luvseite des Poopdecks auf und ab ging.

‚Ja, Sir. Mrs. Anthony begreift anscheinend wunderbar schnell, was man ihr sagt.‘

‚Enkelin eines Seemanns. Eines von der alten Schule. Alter Seebär von der besten Sorte, glaube ich‘, stieß der Kapitän hervor, pendelte an seinem Zweiten Offizier, der sich nicht vom Fleck rührte, vorüber und ließ die Worte hinter sich wie einen Funkenschweif, auf den völlige Gesprächsdunkelheit folgte, denn während der nächsten zwei Stunden, bis er das Deck verließ, öffnete er den Mund nicht mehr.

Bei einer anderen Gelegenheit – wir dürfen nicht vergessen, daß das Schiff den Äquator überquert hatte und jetzt täglich mehr südliche Breite gewann –, bei einer anderen Gelegenheit also gegen sieben Uhr abends hörte

Powell, der Dienst hatte, wie jemand leise in der Kajütskappe seinen Namen rief. Der Kapitän stand im Niedergang, mit hagerem Gesicht und eingesunkenen Augen, über dem Arm einen Shetlandwollschal.

‚Hier, Mr. Powell.'

‚Jawohl, Sir.'

‚Geben Sie dies Mrs. Anthony. Die Abende werden kühl.'

Und das sorgenvolle Antlitz sank außer Sicht. Mrs. Anthony war überrascht, als sie den Schal sah.

‚Der Kapitän möchte, daß Sie das hier umlegen', erklärte der junge Powell, und als sie sich auf ihrem Stuhl aufrichtete, ließ er ihn auf ihre Schultern fallen. Sie zog den Schal fest um sich.

‚Wo war denn der Kapitän?' fragte sie.

‚Er war in der Kajütskappe. Rief mich extra heran', sagte Powell und zog sich dann diskret zurück, weil sie ganz so aussah, als wolle sie sich an diesem Abend nicht mehr unterhalten. Mr. Smith – der alte Herr – saß wie gewöhnlich auf dem Oberlicht neben ihrem Kopf, über dem Liegestuhl brütend, aber, soweit sich das von seinem unergründlichen Gesicht ablesen ließ, keineswegs feindselig gegenüber jenen Gesprächen der beiden jüngsten Leute an Bord. Sie schienen ihm sogar einiges Vergnügen zu bereiten. Hin und wieder hob er den Blick seiner verblaßten Porzellanaugen nachdenklich zu Mr. Powells angeregtem Gesicht empor. Wenn der junge Seemann zugegen war, wurde der alte Mann weniger steif, und wenn seine Tochter, bei seltenen Anlässen, über irgendeine harmlose Geschichte Mr. Powells lächelte, dann spiegelte das ausdruckslose Gesicht ‚Mr. Smiths' schwach dieses Aufblitzen einer rasch vergehenden Heiterkeit wider. Denn jetzt war Mr. Powell dahin gelangt, die Frau seines Kapitäns mit Anekdoten aus der noch nicht sehr fernen Vergangenheit zu unterhalten, da er, noch als Junge, auf mehreren Schiffen gefahren war – komische Dinge geschehen an

Bord. Flora war manchmal ganz überrascht bei der Feststellung, daß sie sich amüsierte. Zweimal im Laufe eines Monats hörte man sie sogar lachen. Es war kein sehr lautes Lachen, aber auffallend genug auf dem Achterende der ‚Ferndale', wo leise Töne oder Schweigen die Regel waren. Als es das zweite Mal geschah, mußte es sogar den Kapitän unter Deck aufgeschreckt haben, denn er tauchte aus den Tiefen seines unaufdringlichen Daseins auf und begann sein Hinundherwandern auf der entgegengesetzten Seite des Poopdecks. Fast sogleich rief er seinen jungen Zweiten Offizier zu sich herüber. Dies geschah nicht etwa, weil er Mr. Powells Verhalten mißbilligte. Der Blick, den er auf ihn heftete, drückte etwas wie anerkennendes Erstaunen aus. Er verwickelte ihn in eine oberflächliche Unterhaltung, als diente sie einzig und allein dem Zweck, einen Mann, der einen solchen Laut hervorzulokken vermochte, in seiner Nähe zu halten. Mr. Powell spürte, daß er ihn gern hatte. Er spürte es. Daß ihn dieser sorgenvolle, ruhelose Mann gern hatte, der ihm zusammenhanglose Sätze hinwarf, auf welche die Antworten lauteten: ‚Ja, Sir', – ‚nein, Sir', – ‚ja, gewiß', – ‚ich nehme es an, Sir' – und ganz offensichtlich auch anders hätten lauten können, sowenig kümmerten sie den anderen.

Zu diesem Zeitpunkt, so erzählte mir Mr. Powell, entdeckte er bei sich eine schon lange bestehende Zuneigung zu Kapitän Anthony. Er tat ihm auch leid, ohne daß er die Ursache dieses Mitleids, dessen er sich so plötzlich bewußt geworden war, zu entdecken vermochte.

Inzwischen sprach ‚Mr. Smith', der sich so steif, als habe er ein Scharnier im Rücken, vorbeugte, mit seiner Tochter.

Sie sei kein Kind mehr. Er wolle wissen, ob sie an die Hölle glaube. An die ewige Verdammnis.

Seine sonderbare, wie durch Watte gefilterte Stimme war auf der anderen Seite des Decks nicht zu hören. Die arme Flora, die das ziemlich unvorbereitet traf, murmelte etwas Unverständliches, schüttelte vage den Kopf und blickte in die Richtung des auf und ab gehenden Anthony, der nicht zu ihr herübersah. Es hatte keinen Zweck, in diese Richtung zu blicken. Von dem jungen Powell, der am Kreuzmast lehnte und das Gesicht seinem Kapitän zuwandte, konnte sie nur eine Schulter und einen Teil seines blauen Sergerückens sehen.

Und die gleichmütige, tonlose Stimme ihres Vaters quälte sie weiter.

‚Siehst du, du mußt begreifen. Als ich aus dem Gefängnis kam, geschah es voller Freude. Das heißt, meine Seele wurde gewissermaßen in zwei Richtungen gezerrt – aber jedenfalls, dich glücklich zu sehen – dazu war ich entschlossen. Wenn ich erst einmal sicher gewesen wäre, daß du glücklich bist, dann hätte ich – genaugenommen – natürlich keinen Grund mehr gehabt, am Leben zu hängen, was für einen alten Mann ganz in Ordnung ist, obwohl es freilich auch kein Grund ist, sich den Tod zu wünschen. Aber dieses Leben! Welchen Sinn, welche Bedeutung, welchen Wert hat es denn für dich oder für mich? Es ist einfach, nur dasitzen und auf den Tod warten, der kommt, kommt. Was ist es denn sonst? Ich weiß nicht, wie du dich damit abfinden kannst. Ich glaube nicht, daß du es lange aushältst. Eines Tages springst du über Bord.‘

Kapitän Anthony hatte einen Augenblick aufgehört, vom Ende des Poopdecks geradeaus zu starren, und die arme Flora sandte einen so verzweifelt flehenden Blick, daß er ein Herz aus Stein erweicht hätte, zu seinem Rücken herüber. Aber er rührte sich nicht, als hätte sie nichts getan. Sie erhob sich vom Liegestuhl und schritt zum Niedergang. Ihr Vater, der ihr folgte, trug ihr ein paar kleine Gegenstände nach – ihre Handtasche, ihr Taschentuch, ein Buch. Sie gingen zusammen hinunter.

Erst jetzt wandte sich Kapitän Anthony um, blickte auf die Stelle, die sie verlassen hatten, und nahm seine Wanderung wieder auf, die oberflächliche Unterhaltung mit seinem Zweiten Offizier jedoch nicht. Seine nervöse Gereiztheit war so stark geworden, daß er jetzt häufig die Kontrolle über seine Stimme verlor. Wenn er nicht achtgab, erstarb sie plötzlich in seiner Kehle. Er mußte sich ihrer vergewissern, bevor er das Allereinfachste auszusprechen wagte – einen Befehl, eine Bemerkung über den Wind, ein gewöhnliches ‚Guten Morgen'. Deshalb waren seine Äußerungen abrupt, seine Antworten an seine Untergebenen erschreckend brüsk, und häufig erwiderte er überhaupt nichts.

Auch bei dem entschlossensten Menschen kommt es vor, daß er sich im Kampf nicht nur mit unbekannten Kräften, sondern mit einer ihm wohlbekannten Kraft begriffen sieht, deren tatsächliche Gewalt er jedoch nicht erkannt hatte. Anthony hatte entdeckt, daß er nicht der stolze Herr seiner Großherzigkeit, sondern ihr sich härmender Gefangener war. Sie erhob sich vor ihm wie eine Mauer, die zu überklettern ihm seine Selbstachtung verbot. Er sagte sich: Freilich, ich bin ein Narr gewesen – aber sie hat mir vertraut! Vertraut! Ein furchtbares Wort für einen Mann, der ziemlich außergewöhnlich ist in einer Welt, in der Verzicht und guter Wille niemals Erfolg gebracht haben. Und damit Anthony nicht auf eine noch törichtere Weise edelmütig erscheint, als er war, muß man auch erwähnen, daß ihn Floras Betragen dazu bewog, Distanz zu halten. Das Mädchen hatte Angst, die Erbitterung ihres Vaters noch zu steigern. Es war ihr unglückliches Schicksal, daß die einzige Zuneigung, gegen die sie keinen Argwohn hegen konnte, sie noch elender machte. Sie vermochte jedoch keinen Zorn gegen sie zu empfinden, und aus Rücksicht auf dieses übersteigerte Gefühl wagte sie kaum, anders als nur heimlich den Mann anzublicken, dessen herrisches Mitleid sie mitgerissen hatte. Und da sie gar nicht imstande war, das Ausmaß von Anthonys Zartgefühl zu begreifen, sagte sie sich: Ihm ist es gleich. Im Grunde beginne er sie wahrscheinlich zu verabscheuen – wie ihre Gouvernante, wie die unverehelichte alte Dame, wie die deutsche Frau, wie Mrs. Fyne, wie Mr. Fyne – nur, er war außergewöhnlich, er war großherzig. Zugleich hatte sie Augenblicke, in denen sie sich ärgerte. Er war heftig, eigensinnig – vielleicht dumm. Nun, er hatte seinen Willen durchgesetzt.

Ein Mann, der seinen Willen durchgesetzt hat, ist selten glücklich, denn gewöhnlich stellt er fest, daß der Weg nicht sehr weit führt auf dieser Erde der Wünsche, die niemals völlig erfüllt werden können. Anthony hatte höchst überstürzt die verzauberten Gärten Armidas betreten und dabei gedacht: Endlich! Was Armida selbst betraf, so wollte er ihr keine Gewalt antun. Nun aber hatte er entdeckt, daß der ganze Zauber in Armida selbst lag, in Armidas Lächeln. Diese Armida hier lächelte nicht. Sie existierte, unnahbar, hinter der kahlen Wand seines Verzichts. Seine Kraft, die für die Tat geschaffen war, erlitt die Ungeduld, die Entrüstung, fast die Verzweiflung darüber, daß seine Vitalität gehemmt, gefesselt, zum Stillstand gebracht, nach und nach abgenützt, verzettelt wurde durch die Zeit – jene blinde, gefühllose Macht, die unbeweglich scheint und doch unser Leben durch ihre unmerkliche Tätigkeit aufbraucht, indem sie Minute um Minute auf unser lebendiges Herz herniedertropft, wie Wassertropfen, die einen Stein aushöhlen.

Er schalt mit sich. Was hätte er denn sonst erwarten können? Er war hereingestürzt gekommen wie ein Barbar, hatte das arme, hilflose Ding sozusagen an den Haaren auf dieses Schiff geschleift. Es war wirklich abscheulich. Nichts gab ihm die Gewähr, daß er für diese oder irgendeine andere Frau anziehend war. Und sein Vorgehen genügte an sich, jeden Mann abstoßend wirken zu lassen. Er mußte wohl nicht bei Verstand gewesen sein. Sie konnte ihn zwangsläufig nur verabscheuen und fürchten. Nichts vermochte eine solche Brutalität wiedergutzumachen. Und doch verübelte er ihr irgendwie ebenjenes Verhalten, das ihm so völlig gerechtfertigt erschien. Gewiß war er (moralisch) nicht so abscheulich, daß man ihm nicht zuweilen gerade ins Gesicht hätte blicken können. Aber nein. Das tat sie nicht. Nun, vielleicht, eines Tages ... Nur würde er niemals versuchen, um Verzeihung zu bitten. Bei der Abneigung, die sie gegen seine Person empfand, verstünde sie gewiß auch die behutsamsten Worte, den vorsichtigsten Annäherungsversuch falsch. Niemals! Niemals!

Am Ende solcher Betrachtungen dachte Anthony, der Tod sei schließlich doch kein so unfreundlicher Gast. Kein Wunder also, daß sogar der junge Powell, nachdem seine Aufmerksamkeit einmal geweckt war, zu denken begann, es sei etwas Ungewöhnliches an dem Mann, der ihm seine Chance im Leben gegeben hatte. Ja, ganz gewiß, sein Kapitän war ‚sonderbar'. Irgendwo stimmte da etwas nicht, sagte er sich und erriet nicht, daß seine jungen, ehrlichen Augen eine tiefe, tyrannische, tödliche Leidenschaft erblickten, die sich selbst entdeckte – erstaunt darüber, daß sie sich hilflos fühlte, und bestürzt über die Feststellung, daß sie unheilbar war.

Powell hatte diese geheimnisvolle Ungewißheit nie so stark empfunden wie an dem Abend, als er das Glück gehabt hatte, Mrs. Anthony durch sein naives Geplauder ein wenig zum Lachen zu bringen. Er stand abseits und beobachtete, wie sein Kapitän auf der Luvseite des Poopdecks auf und ab ging, wurde sich seiner Zuneigung zu diesem unerklärlich seltsamen Menschen völlig bewußt und sah mit mitfühlenden, jedoch durchaus nicht begreifenden Augen, wie er zum Niedergang abbog und hinunterstieg.

Kurz danach kam Mr. Smith allein herauf und ließ den Wunsch erkennen, sich ein wenig zu unterhalten. Auch er war, wenn auch nicht auf eine so rätselhafte Weise wie der Kapitän, für Mr. Powells unwissende Ehrlichkeit nicht recht begreifbar. Er zeichnete den Zweiten Offizier häufig auf diese Art aus. Im Gespräch bezog er sich ein wenig geheimnisvoll und oft ohne erkennbaren Zusammenhang auf Mr. Powells freundschaftliche Haltung ihm und seiner

Tochter gegenüber. ‚Denn ich bin mir völlig bewußt, daß wir keine Freunde auf diesem Schiff haben', setzte er dann immer hinzu, ‚außer Ihnen, mein lieber junger Mann. Flora empfindet das ebenfalls.'

Und Mr. Powell blieb nichts weiter übrig, als geschmeichelt und verlegen ein unbestimmtes Protestgemurmel von sich zu geben. Denn in gewissem Sinne war die Feststellung richtig, wenn die Tatsache an sich auch bedeutungslos war. Die Gefühle der Schiffsmannschaft konnten der Frau des Kapitäns und Mr. Smith, ihrem Vater, unmöglich etwas ausmachen. Was unseren Powell erstaunte, war, daß jener so häufig darauf anspielte. Es geschah keineswegs zum erstenmal. Eher das zwanzigste Mal. Und mit seiner schwachen Stimme, seiner gleichmäßigen Betonung, über die Reling gebeugt, den Blick auf das Wasser gerichtet, setzte der andere dieses Gespräch fort oder vielmehr seine Bemerkungen – Bemerkungen von einer so ungeheuerlichen Art, daß Mr. Powell nur die Wahl hatte, sie für einen grausigen Scherz zu halten.

‚Zum Beispiel', sagte Mr. Smith, ‚dieser Erste Offizier, der Franklin. Ich glaube, er sähe uns am liebsten über Bord gehen.'

‚So schlimm ist es nicht', sagte Mr. Powell lachend und fühlte sich dabei unbehaglich, weil seine Denkweise sich Übertreibungen nicht leicht anpaßte. ‚Er ist wirklich kein schlechter Kerl', setzte er hinzu und war sich dabei Mr. Franklins beleidigender Art und Weise sehr deutlich bewußt, für welche es Beispiele gab, die man nicht weit zu suchen brauchte. ‚Er ist so töricht, eifersüchtig zu sein. Er fährt schon seit Jahren mit dem Kapitän. Es steht mir nicht zu, das zu sagen, aber ich glaube der Kapitän hat vielleicht diese ganze Schar alter Untergebener zu sehr verwöhnt. Sie sind wie eine Meute alter Schoßhunde. Würden keinen in seine Nähe lassen, wenn sie es verhindern könnten. Ich habe so was noch nicht gesehen. Und der Zweite Offizier war, glaube ich, ebenso.'

‚Nun, der ist glücklicherweise nicht da. Er wäre ein weiterer Feind gewesen', sagte Mr. Smith. ‚Es sind ohne ihn schon genug. Und die Tatsache, daß Sie an seiner Stelle hier sind, macht es für meine Tochter und mich viel angenehmer. Man fühlt, man findet vielleicht einen Freund in der Not. Denn wirklich, eine Frau ganz allein an Bord eines Schiffs inmitten einer Schar unfreundlicher Männer ...'

‚Aber Mrs. Anthony ist doch nicht allein', rief Powell. ‚Sie sind da und der ...'

Mr. Smith unterbrach ihn.

‚Niemand ist unsterblich. Und es gibt Zeiten, wo man sich schämt zu leben. An einem Abend wie heute zum Beispiel.'

Der Abend war wunderschön; die Farben eines prächtigen Sonnenuntergangs verglühten, und der Hauch einer warmen Brise schien das Meer geglättet zu haben. Das Wetterleuchten fern im Süden glich dem Aufblitzen einer riesigen Laterne, die hinter dem Horizont verborgen war. Um das Thema zu wechseln, sagte Mr. Powell: ‚Auf jeden Fall kann niemand Sie beschuldigen, daß Sie ein Jonas wären, Mr. Smith. Bisher haben wir eine großartige schnelle Fahrt gehabt. Der Kapitän müßte zufrieden sein. Und ich nehme an, auch Ihnen tut es nicht leid.'

Die Ablenkung hatte keinen Erfolg. Mr. Smith ließ ein bitteres Kichern vernehmen und bemerkte: ‚Jonas! Das war doch der Mensch, den irgendwelche Matrosen über Bord warfen. Mir scheint, auf See ist es sehr leicht, jemanden loszuwerden, den man nicht leiden kann. Das Meer gibt seine Toten nicht zurück wie die Erde.'

‚Sie vergessen den Walfisch, Sir', sagte der junge Powell.

Mr. Smith fuhr zusammen. ‚Wie? Was für ein Walfisch? Ach so, Jonas. Ich dachte nicht an Jonas. Ich dachte an diese Reise, die Ihnen so schnell erscheint. Aber überlegen Sie mal, was ist sie für mich? Es ist kein Leben, so auf dem Meer umherzufahren. Und wenn man zum Beispiel krank wird, ist kein Arzt da, der ausfindig macht, was einem fehlt. Es ist beunruhigend. Es bereitet mir manchmal Sorgen.‘

‚Fühlt sich Mrs. Anthony nicht wohl?‘ fragte Powell. Mr. Smiths Bemerkung galt jedoch nicht Mrs. Anthony. Ihr gehe es gut. Er selbst fühle sich wohl. Die Gesundheit des Kapitäns dagegen scheine nicht die allerbeste zu sein. Ob Mr. Powell sein Aussehen aufgefallen sei.

Mr. Powell kannte den Kapitän nicht gut genug, um das beurteilen zu können. Er vermochte es nicht zu sagen. Aber er bemerkte nachdenklich, Mr. Franklin habe das gleiche festgestellt. Und Franklin kenne den Kapitän seit Jahren. Der Erste Offizier sei darüber sehr beunruhigt.

Diese Mitteilung ließ Mr. Smith sichtlich auffahren. ‚Glaubt er, er könnte sterben?‘ rief er mit einer Lebhaftigkeit, die für ihn ganz außergewöhnlich war, was Mr. Powell entsetzte.

‚Du lieber Himmel! Sterben! Nein! Regen Sie sich nicht auf, Sir. Ich habe von Mr. Franklin nie ein Wort über eine Gefahr gehört.‘

‚Soso‘, seufzte Mr. Smith, verließ das Poopdeck ziemlich unvermittelt und begab sich in den Salon.

Tatsächlich war Mr. Franklin schon eine ganze Weile an Deck. Er war gekommen, um den jungen Powell abzulösen; aber als er ihn in einer Unterhaltung mit ‚dem Feind‘ begriffen sah – zumindest mit einem der Feinde –, hielt er sich in einiger Entfernung, und da das Poopdeck der ‚Ferndale‘ über siebzig Fuß lang war, fiel ihm das nicht schwer. Mr. Powell sah ihn oberhalb des Niedergangs, wie er sich melancholisch und schweigend auf den Ellbogen stützte. ‚Ach, hier sind Sie, Sir.‘

‚Hier bin ich. Hier bin ich schon seit sechs Uhr. Wollte die angenehme Unterhaltung nicht unterbrechen. Wenn es Ihnen Spaß macht, Ihre halbe Freiwache mit einem lieben Freund zu vertratschen, dann ist das nicht meine Sache. Komischer Geschmack immerhin.‘

‚Er ist kein schlechter Kerl', sagte der unparteiische Powell.

Der Erste Offizier schnaubte zornig und stampfte mit dem Fuß aufs Deck; darauf erwiderte er: ‚So, ist er nicht? Dann bestellen Sie ihm herzliche Grüße von mir, wenn Sie wieder zu einem schönen langen Schnack mit ihm zusammenkommen.'

‚Hören Sie, Mr. Franklin, ich bin erstaunt darüber, daß sich der Kapitän nicht an Ihrem Benehmen stößt.'

‚Der Kapitän. Ich wünschte wahrhaftig, er würde Streit mit mir anfangen. Dann wüßte ich wenigstens, daß ich hier an Bord jemand bin. Es wäre mir willkommen, Mr. Powell. Ich würde mich freuen. Und verflucht noch mal, ich würde ihm auch widersprechen, so lange, bis ich ihn aufgebracht hätte. Er ist nur ein Schatten seiner selbst. Er geht auf seinem Schiff umher wie ein Geist. Er schwindet einem vor den Augen dahin. Aber natürlich sehen Sie das nicht. Sie machen sich keinen Pfifferling daraus. Weshalb sollten Sie auch?'

Mehr wartete Mr. Powell nicht ab. Er ging hinunter aufs Hauptdeck. Ohne die Jeremiade des Ersten Offiziers ernst zu nehmen, fügte er sie Mr. Smiths Worten hinzu. Er hing bereits an Kapitän Anthony. Der Mann hatte nicht nur etwas Anziehendes, sondern geradezu etwas Bezwingendes. Nur fällt es der Jugend sehr schwer, an den drohenden Tod zu glauben. Nicht an die Tatsache selbst, aber an ihre Nähe für ein atmendes, sich bewegendes, sprechendes, überlegenes menschliches Wesen, das kein Zeichen einer Krankheit aufweist. Und Mr. Powell glaubte, dieses Gerede sei purer Unsinn. Seine Neugier war jedoch erwacht. Da war etwas, und jederzeit konnte irgendein Umstand eintreten ... Nein, er würde es niemals herausfinden ... Wahrscheinlich gab es überhaupt nichts herauszufinden. Mr. Powell ging in seine Kajüte, wo er sich bemühte, ein Buch zu lesen, das er schon oft gelesen hatte. Bald darauf ertönte eine Glocke und rief die Offiziere zum Abendessen."

6

... Eine mondlose Nacht mit sternenübersätem Himmel, Dunkelheit über dem Wasser

„In der Messe fand Powell Mr. Franklin vor, der mit einem Tafelmesser an einem Stück kaltem Pökelrindfleisch herumsäbelte. Der Erste Offizier, der feuerrot im Gesicht war und angesichts dieser Aufgabe mit den Augen rollte, erklärte, das in die Messe gehörende Tranchiermesser sei nicht zu finden. Der gleichfalls anwesende Steward beklagte sich wütend über den Koch. Der Kerl hole sich die Sachen in die Kombüse und verbummle sie dann. Mr. Franklin versuchte ihn mit düsterer Bestimmtheit zu besänftigen.

‚Aber, aber! Das genügt. Wir, die wir seit so vielen Jahren auf dem Schiff zusammen sind, haben etwas anderes, was uns beschäftigt, als untereinander zu streiten.‘

Mr. Powell dachte gereizt: Da fängt er schon wieder an!, denn diese Äußerung hatte für ihn nichts Geheimnisvolles. Nachdem sich der Steward griesgrämig zurückgezogen hatte, überraschte es ihn nicht, den Ersten Offizier das übliche Lied anstimmen zu hören. An diesem Morgen war das Kreuzmarssegeldrehreep weggerissen worden (wahrscheinlich ein schadhaftes Glied), und etwa vierzig Fuß Ketten und Drahtseile waren zusammen mit ein paar schweren Eisenblöcken mit furchtbarem Getöse aus der Takelung aufs Poopdeck herabgestürzt.

‚Haben Sie in dem Augenblick auf den Kapitän geachtet, Mr. Powell? Haben Sie auf ihn geachtet?‘

Powell gestand ehrlich, daß er selbst zu viel Angst gehabt hatte, als dieses ganze Zeug aufs Deck heruntergekommen war, um auf irgend etwas achtzugeben. ‚Der Gienblock ist um Haaresbreite an seinem Kopf vorbeigegangen‘, fuhr der Erste Offizier mit Nachdruck fort. ‚Ich stand keine drei Fuß weit von ihm entfernt. Und was tat er? Schrie er vielleicht, oder fuhr er auf, oder sah er auch nur zur Takelung hinauf, um festzustellen, ob uns etwa auch die Rahe in ein Dutzend Stücken auf den Kopf herunterflog? Es ist erstaunlich, daß sie es nicht tat. Nein, er blieb einfach nur plötzlich stehen – kein Wunder, er muß den Wind von diesem eisernen Gienblock im Gesicht gespürt haben –, sah auf ihn hinunter, wie er da dicht neben seinem Fuß lag, und ging weiter. Ich glaube, er hat nicht mal mit der Wimper gezuckt. Es ist nicht natürlich. Der Mann ist wie betäubt.'

Sein Seufzen klang lächerlich, Mr. Powell unterdrückte ein Grinsen, und der Erste Offizier setzte hinzu, als könne er sich nicht zügeln: ‚Nächstens wird er noch anfangen zu trinken. Denken Sie an meine Worte. Das wird das nächste sein.'

Mr. Powell war angewidert.

‚Sie haben den Kapitän so gern, und doch scheint es Ihnen nicht darauf anzukommen, was Sie über ihn sagen. Ich bin noch keine sieben Jahre mit ihm gefahren, aber ich weiß, daß er nicht zu der Sorte von Männern gehört, die anfangen zu trinken. Und außerdem – warum, zum Teufel, sollte er auch?'

‚Warum, zum Teufel, fragen Sie. Teufel – he? Nun, kein Mann ist vor dem Teufel sicher – und das sollte Ihnen als Antwort genügen', sagte Mr. Franklin schnaufend und nicht unfreundlich. ‚Es gab mal eine Zeit, das ist schon sehr lange her, da hätte ich fast selbst angefangen zu trinken. Was sagen Sie dazu?'

Mr. Powell äußerte höflich Unglauben. Der dicke apoplektische Erste Offizier schien vor Mutlosigkeit fast zu platzen. ‚Daran war aber ein schlechtes Beispiel schuld. Ich war jung, geriet in gefährliche Gesellschaft und machte mich zum Narren – so wahr Sie mich hier sitzen sehen. Ich trank, um zu vergessen. Dachte, es wäre ein großartiges Mittel, um über alles mögliche hinwegzukommen.'

Powell betrachtete den grotesken Franklin mit neu erwachtem Interesse und dem halb belustigten Mitleid, mit dem wir vertrauliche Eröffnungen, die wir nicht herausgefordert haben, von uns gänzlich wesensfremden Menschen entgegennehmen. Gleichzeitig betrachtete er ihn mit größerem Ernst. Die Erfahrung hat ihren Nimbus. Und der Erste Offizier fuhr fort: ‚Wäre die alte Dame nicht gewesen, dann wäre ich zum Teufel gegangen. Ich dachte noch rechtzeitig an sie. Nichts ist so gut wie eine alte Dame, für die man sorgen muß, um einem Burschen Halt zu geben und ihn dazu zu bringen, daß er den Dingen ins Gesicht sieht. Aber wie das Pech es so will: Kapitän Anthonys Mutter ist nicht mehr am Leben, und er hat keine Seele, die zu ihm gehört, soweit ich weiß. Ach ja, ich glaube, er hat mal was von einer Schwester zu mir gesagt. Aber sie ist verheiratet. Sie braucht ihn nicht. Ja. Früher sprach er immer mit mir, als wären wir Brüder‘, behauptete der Erste Offizier in sentimentaler Übertreibung. ‚»Franklin«, sagte er stets, »das Schiff hier ist mein nächster Verwandter, und es ist nicht wahrscheinlich, daß es sich gegen mich wendet. Ich glaube, Sie sind der Mann, den ich auf der Welt am längsten kenne.« So hat er immer mit mir gesprochen. Kann ich ihm vielleicht den Rücken kehren? Er hat seinem Schiff den Rücken gekehrt, so weit ist es gekommen. Jetzt hat er niemanden außer seinem alten Franklin. Aber was soll man tun, damit alles wieder so wird, wie es war und wie es sein sollte? Sein sollte – sage ich!‘

Seine hervorstehenden Augen hatten einen furchtbar starren Ausdruck. Nach dem unwiderstehlichen Gedanken: Er sieht aus wie ein gekochter Hummer in Bedrängnis! begann sich Mr. Powell zu ärgern. ‚Du lieber Himmel‘, sagte er, ‚Sie meinen doch nicht etwa, Kapitän Anthony sei in schlechte Gesellschaft geraten? Wovor wollen Sie ihn denn retten?‘

‚Doch, genau das meine ich‘, bestätigte der Erste Offizier, und gerade die Widersinnigkeit seiner Bestätigung machte sie beeindruckend – denn sie schien so äußerst verwegen. ‚Nun, Sie sind aber unverschämt‘, erwiderte der junge Powell und fühlte sich hilflos, ‚Ich stelle mir vor, daß der Kapitän Sie halb umbringen würde, wenn er wüßte, wie Sie es treiben.‘

‚Das kann er gern‘, erklärte der inbrünstig ergebene Franklin. ‚Es wäre mir recht, wenn er bloß danach das Schiff freimachen wollte von dieser ... Sie sind noch ein junger Mensch, und Sie können zu ihm gehen und ihm erzählen, was Sie wollen. Soll er doch seinen alten Franklin verprügeln und hinterher darüber nachdenken. Gleichgültig, was, wenn er nur wieder zu sich kommt. Aber das täten Sie natürlich nicht. Sie sind in Ordnung. Freilich, Sie wissen nicht, daß die Dinge zuweilen anders sind, als sie aussehen. Es gibt Freundschaften, die keine sind, und Ehen, die keine sind ... Pah! Hätte wohl auch das Richtige sein können, wie? Nicht mal eine Andeutung mir gegenüber. Ich gehe in Urlaub, und als ich zurückkomme, haben wir's! Alles vorbei, alles erledigt! Vorher nicht ein Wort. Keine Warnung. Und wenn er nur gesagt hätte: Was meinen Sie dazu, Franklin? oder etwas Ähnliches. Und das bei einem Menschen, der zuvor kaum jemals etwas getan hat, ohne mich um Rat zu fragen. Freilich! Nicht mal einen neuen Rock konnte er dem Schneider abnehmen, ohne daß ... Kaum war der Mensch mit irgendwelchen neuen Sachen an Bord, sei es nun in London oder in China, da hieß es schon: »Sagt Mr. Franklin Bescheid. Mr. Franklin wird in der Kajüte gewünscht.« Dann ging ich hinein. »Sehen Sie sich nur mal eben meinen Rücken an, Franklin. Paßt doch, nicht wahr?« Worauf ich sagte: »Erstklassig, Sir«, oder was gerade der Wahrheit entsprach. Das oder irgend etwas anderes. Immer die Wahrheit. Immer. Das wußte er genau, und deshalb hat er auch nicht gewagt, sich auszusprechen. Redete über Handwerker, Veränderungen, Kajüten ... Pah! Anstatt geradeheraus zu sagen: Wünschen Sie mir Glück, Mr. Franklin! Ja, das wäre die richtige Art gewesen, es mir beizubringen. Gott allein weiß, wer die beiden sind – vielleicht ist sie gar nicht seine Tochter, ebensowenig wie sie ... Sie sieht dem alten Kerl überhaupt nicht ähnlich. Kein bißchen. Es ist ganz schrecklich. Sperren Sie ruhig den Mund auf, junger Mann. Aber um Himmels willen, da Sie ja mit dieser Sippschaft Umgang haben, halten Sie auch die Augen und die Ohren offen, für den Fall, daß – den Fall, daß ... Ich weiß nicht, was. Irgend etwas. Man fragt sich, was hier auf See geschehen könnte. Nichts! Aber wenn man jemand hinter seinem Rücken einen Gefängniswärter nennt ...'

Mr. Franklin verbarg einen Augenblick lang das Gesicht in den Händen, und Powell schloß den Mund, der allerdings offengestanden hatte. Er schlüpfte geräuschlos aus der Offiziersmesse. Dieser Erste Offizier ist wahnsinnig, dachte er. Er war fest davon überzeugt. Trotzdem aber spürte er an jenem Abend, wie die Kraft und die Hartnäckigkeit dieses Wahnsinns seine innere Ruhe schließlich doch beeinträchtigte. Er vermochte ihn nicht mit der Verachtung abzutun, die er verdiente. War das Wort ‚Gefängniswärter' wirklich gefallen? Ein merkwürdiges Wort, auch wenn der Erste Offizier sich nur eingebildet hatte, er habe es gehört. Ein sinnloses, unwahrscheinliches Wort. Daß aber dieses Wort die einzige klare und nachdrückliche Feststellung in Franklins grotesken, düsteren Faseleien war, wirkte verhältnismäßig beruhigend auf Powell. Es beschäftigte ihn noch immer, als er um acht Uhr nach oben kam, um seine Wache an Deck anzutreten. Die Nacht war mondlos, mit sternenübersätem Himmel; Dunkelheit herrschte über dem Wasser. Ein sanfter Windhauch aus Westen ließ die Segel schlafen. Franklin rief in leisem Ton, wie bei einem Begräbnis, beide Wachen an und näherte sich dann Powell.

‚Kurs auf Ost–Südost', sagte der Erste Offizier deutlich.

‚Ost–Südost, Sir.'

‚Alles bereit, Mr. Powell.'

‚In Ordnung, Sir.'

Der andere zögerte; seine gefühlvollen Augen schimmerten silbrig im Gesicht, das die Dunkelheit in Schatten hüllte. ‚Wir haben eine ruhige Nacht vor uns. Ich wüßte nicht, daß es besondere Befehle gäbe. Eine ruhige Nacht mit beständigem Wetter. Ich glaube, Sie werden den Kapitän nicht zu Gesicht bekommen. Früher einmal war das die Wache, wo er immer heraufkam und mit dem von uns, der gerade an Deck war, zu plaudern begann. Aber jetzt sitzt er in dieser verwünschten Heckkajüte und bläst Trübsal. Gefängniswärter – he?'

Mr. Powell entfernte sich von dem Ersten Offizier, und als er sich in einigem Abstand von ihm befand, sagte er sehr herzhaft: ‚Verflucht noch mal!' Es war verdammt lästig. Es hatte aufgehört, spaßhaft zu sein; dieses feindselige Wort ‚Gefängniswärter' hatte der Sache einen Anstrich von Realität verliehen.

Franklins groteske sterbliche Hülle war vom Poopdeck verschwunden, um die notwendige Ruhe zu suchen, falls seine geängstigte Seele sie eine Weile rasten ließ. Mr. Powell, dem der dicke kleine Mann fast leid tat, fragte sich, ob dies wohl der Fall sein würde. Was ihn selbst betraf, so war ihm klar, daß der Reiz einer stillen Wache auf Deck, bei der man seine Gedanken durch Raum und Zeit streifen lassen konnte, unwiederbringlich dahin war. Am meisten empörte ihn die angedeutete Verdächtigung, Mrs. Anthony sei mitschuldig. Das brachte ihn auf. Nach seinen eigenen Worten mir gegenüber war er sehr ‚begeistert' von Mrs. Anthony. ‚Begeistert' ist gut, besonders da er mir nicht erklären konnte, was er damit meinte. Aber er war begeistert, wie er sagte. Dieser dumme Franklin mußte geträumt haben. Das war es. Er hatte das Ganze geträumt. So ein Esel. Trotzdem aber wollte ihm das beleidigende Wort mit seiner Gedankenverbindung von Gefangenen, von Flucht nicht aus dem Sinn gehen. Er hatte ein sehr unbehagliches Gefühl. Und gerade da (eine halbe Stunde oder etwas mehr mochte vergangen sein, seit er Franklin abgelöst hatte), gerade da kam Mr. Smith wie ein dahingleitender Schatten allein aufs Poopdeck herauf und lehnte sich neben ihm auf die Reling. Dem jungen Powell war seine Gegenwart unangenehm. Er machte Anstalten fortzugehen, aber der andere begann zu sprechen – und Powell blieb, wo er war, als halte ihn ein geheimnisvoller Zwang. An der Unterhaltung, die Mr. Smith begann, war nichts Besonderes. Er fing an von Postschiffen im allgemeinen zu sprechen, und schien am Ende bestrebt zu sein, in Erfahrung zu bringen, welche Verkehrsverbindungen es zwischen Port Elizabeth und London gab. Mr. Powell sagte, er wisse es nicht genau, nehme aber an, mindestens zweimal im Monat müsse ein Schiff fahren. ‚Denken Sie daran, uns zu verlassen, Sir, den Dampfer nach Hause zu nehmen? Vielleicht mit Mrs. Anthony?‘ fragte er besorgt.

‚Nein, nein! Wie könnte ich denn?‘ Mr. Smith wurde, für seine Verhältnisse, richtig aufgeregt, was nicht viel bedeutete. Er frage nur so, um einen Gesprächsstoff zu haben. Er denke keinesfalls daran, nach Hause zu fahren. Man könne nicht immer tun, was man wolle, und daher gebe es Augenblicke, in denen man sich schäme zu leben. Dies bedeute nicht, daß man nicht leben wolle. O nein!

Er sprach mit unbeteiligter Langsamkeit, hielt häufig inne, und seine Stimme war so leise, daß Powell seine Ohren anstrengen mußte, um die Sätze aufzufangen, die der andere gleichsam über Bord fallen ließ. Sie schienen auch die Mühe nicht zu lohnen. Es war wie das ziellose Gerede eines Menschen, der insgeheim Gedanken nachhängt, welche weit entfernt sind von den müßigen Worten, die wir so häufig äußern, nur um mit unseren Mitmenschen Kontakt zu halten. Eine Stunde verging. Mr. Smith schien sich nicht entschließen zu können hinunterzugehen. Er wiederholte sich. Er sprach von neuem von einem Leben, dessen man sich schäme. Man müsse sich mit einem solchen Dasein abfinden, solange man es nicht zu ändern vermöge, solange es keinen Ausweg gebe. Er spielte sogar noch einmal auf die Postschiffverbindung von der ostafrikanischen Küste an, und der junge Powell mußte ihm von neuem erklären, daß er nichts darüber wußte.

‚Alle vierzehn Tage, sagten Sie doch, glaube ich', erwiderte Mr. Smith beharrlich. Er bewegte sich und schien sich nur mit Anstrengung von der Reling zu lösen. Seine lange, magere Gestalt richtete sich steif auf, als sei sie dem sie umgebenden sanften Frieden der Luft und des Himmels feindlich gesinnt, und er murmelte etwas leise in die Nacht hinein, von dem Mr. Powell glaubte, es sei das Wort ‚scheußlich' in dreimaliger Wiederholung, das jedoch in der eine Spur lauteren Erklärung ausklang: ‚Der Augenblick ist gekommen – ins Bett zu gehen', worauf ein kaum hörbarer Seufzer folgte.

‚Ich schlafe sehr gut', setzte Mr. Smith in seinem verhaltenen Ton hinzu. ‚Schrecklich aber ist auf dem Meer der Moment, wo man die Augen aufschlägt. Diese Tage! Ach, diese Tage! Ich frage mich nur, wie jemand ...'

‚Mir gefällt dieses Leben', warf Mr. Powell ein.

‚Ach, Ihnen. Sie brauchen nur an sich selbst zu denken. Sie haben sich Ihr Bett gemacht. Nun, wir empfinden es als sehr angenehm, daß Sie freundlich zu uns sind. Meine Tochter hat Sie richtig ins Herz geschlossen, Mr. Powell.'

Er sagte leise: ‚Gute Nacht!' und glitt steif davon. Der junge Powell fragte sich mit einigem Widerwillen, was diese Äußerungen wohl bedeuten mochten. Kein anderer als der groteske Franklin hatte sein Gemüt schließlich doch so weit beunruhigt, daß er sich solche Fragen stellte. Mißtrauen lag nicht in seiner Natur. Und er achtete sorgsam darauf, daß er in Gedanken einen Unterschied zwischen Mrs. Anthony und diesem Mann der rätselhaften Worte – ihrem Vater – machte. Kurz darauf bemerkte er, daß der Schein auf den beiden Oberlichtabdeckungen von Mr. Smiths Kajüte erloschen war. Der alte Mann war überraschend schnell zu Bett gegangen. Kurz darauf wurde die Lampe am vorderen Oberlicht des Salons ausgemacht, und das war das Zeichen, daß der Steward das Tablett hereingebracht und sich für die Nacht zurückgezogen hatte.

Der junge Powell hatte das gewohnte Hinundherwandern des wachhabenden Offiziers aufgenommen, in der tiefen Dunkelheit der Welt, die hoch über seinem Kopf Sterne schmückten, während unten auf dem Schiff nur ein paar Lichter glimmten. Die Lampe am achteren Oberlicht blieb die ganze Nacht über brennen. Außerdem waren da noch die Bullaugenblenden der Heckkajüten, die weit achtern matt auf dem Deck schimmerten und seinen Blick auf sich zogen, als er sich nach dorthin wandte. Auch das Messing des Rades glänzte, und die schwach beleuchtete Gestalt des Mannes davor hob sich wie phosphoreszierend gegen den schwarzen, sternengesprenkelten Hintergrund des Horizonts ab.

In der Lautlosigkeit des Schiffes, welche durch die große, schweigende Stille der Welt noch spürbarer wurde, dachte der junge Powell, es liege etwas Geheimnisvolles in solchen Wesen wie dem sonderbaren Franklin und sogar auch in solchen, wie er selbst eins war. Ein seltsamer und fast ungebührlicher Gedanke für den wachhabenden Offizier eines Schiffs auf hoher See, so ruhig die Nacht auch sein mochte. Weshalb in aller Welt zerbrach er sich nur den Kopf? Weshalb vermochte er seine Gedanken nicht von all diesen Leuten zu lösen? Es war, als habe ihn der Erste Offizier mit seiner krankhaften Hingabe angesteckt. Er hätte nicht für möglich gehalten, daß er so töricht sein könnte. Aber er war es – offensichtlich. Töricht auf eine für ihn selbst völlig unvorhergesehene Weise. Er trieb seine Selbstanalyse weiter und überlegte, die Motive für sein Verhalten seien ebenso unergründlich.

Ich kann mich wohl jederzeit dabei ertappen, wie ich Dinge tue, von denen ich keine Vorstellung habe, dachte er, und als er dicht am Kreuzmast vorbeischritt, bemerkte er eine aufgeschossene Festmacherleine, welche die Kehrer übersehen und liegengelassen hatten. Einem Impuls folgend, der nichts Geheimnisvolles hatte, beugte er sich hinab, als er daran vorbeiging, mit der Absicht, sie aufzuheben und auf den dafür vorgesehenen Pflock zu hängen. Diese Bewegung brachte seinen Kopf auf eine Ebene mit dem verglasten Ende des achteren Oberlichts – des erleuchteten Oberlichts im privatesten Teil des Salons, der ausschließlich Kapitän Anthonys Eheleben gewidmet war, des Teils, wie ich Sie erinnern möchte, der vom übrigen Ende dieses verbotenen Raums durch einen schweren, in der Mitte geteilten Vorhang abgetrennt war. Ich erwähne den Vorhang, weil auch Mr. Powell an dieser Stelle seines Berichts mir die Existenz jener ungewöhnlichen Vorrichtung ins Gedächtnis zurückrief.

Er tat es voll schlichter Reue – noch nach so langer Zeit! Er sagte: ‚Sie verstehen, gleich nachdem ich mich hinuntergebeugt hatte, um diese Rolle laufendes Gut – der Besanfußausholer war es – aufzuheben, bemerkte ich, daß ich genau in den Teil des Salons hineinblicken konnte, dem die Vorhänge besondere Abgeschlossenheit verleihen sollten. Verstehen Sie mich?‘ fragte er beharrlich.

Ich erklärte ihm, ich hätte verstanden, und er lenkte nun meine Aufmerksamkeit auf das wunderbare Zusammentreffen vieler unbedeutender Tatsachen, und nach all den Jahren empfand er immer noch etwas wie Scheu angesichts dieser Präzisionsarbeit des Zufalls, des Schicksals, der Vorsehung – nennen Sie es, wie Sie wollen! ‚Denn bedenken Sie bitte, Marlow‘, sagte er und sah mich mit ganz runden Augen an, die einen belustigenden Gegensatz zu dem strengen Grau an seinen Schläfen bildeten, ‚bedenken Sie bitte, werter Freund, daß alles von den Männern abhing, die das Poopdeck am Abend gereinigt und die aufgeschossene Festmacherleine auf dem Deck hatten liegenlassen, und davon, daß das Marssegeldrehreep ganz unverständlicher- und überraschenderweise früher am Tage abgerissen und das Ende der Kette um den Lukensüll gepeitscht war, so daß es die farbige Glasplatte am Ende des Oberlichts in Stücke geschlagen hatte. Sie war mit dem Wappen von Liverpool verziert gewesen, warum, weiß ich nicht, es sei denn, weil Liverpool der Heimathafen der »Ferndale« war. Die Platte hatte aus sehr dickem Glas bestanden. Jedenfalls wurde der obere Teil zertrümmert, und gleich nachdem die Takelung in Ordnung gebracht worden war, hatte Mr. Franklin den Zimmermann beauftragt, den Schaden mit ein paar Stücken gewöhnlichem Glas zu beheben. Ich weiß nicht, woher sie es nahmen; ich glaube, die Handwerker hatten beim Einbau neuer Bücherschränke in der Kajüte des Kapitäns ein paar überzählige Scheiben dagelassen. Der Zimmermann hatte den ganzen Nachmittag auf den Knien gelegen und mit Fensterkitt und Mennige herumhantiert. Es war keine saubere Arbeit, als es fertig war, bei weitem nicht, aber es würde genügen, um die Unbilden der Witterung fernzuhalten und das Licht hereinzulassen. Durchsichtiges Glas. Und natürlich dachte ich nicht daran. Ich beugte mich einfach nieder, um die Leine aufzuheben, und stellte fest, daß mein Kopf keine Handbreit von diesem durchsichtigen Glas entfernt war, und – verdammt noch mal! – ich ertappte mich. Vor kaum einer halben Stunde hatte ich gedacht, man könne unmöglich sagen, was in den Köpfen der Menschen vor sich geht, was hinter ihren Äußerungen steckt oder was sie tun mögen. Und nun ertappte ich mich dabei, daß ich etwas so Unehrenhaftes tat, wie Sie es sich kaum vorstellen können. Denn nachdem ich mich hinuntergebeugt hatte, verharrte ich in dieser Haltung und spähte, spionierte, blickte jedenfalls dorthin, wo meine Blicke nichts zu suchen hatten. Zuerst vielleicht nicht bewußt. Wer Augen hat, wissen Sie, den kann nichts daran hindern zu sehen, solange es vor ihm etwas zu sehen gibt. Zuerst sah ich das Tischende und das daraufgeklemmte Tablett – ein Patenttablett für die Benutzung auf See, mit Haltern versehen für Karaffen, eine Wasserkanne und Gläser. Das Glitzern dieser Gegenstände fesselte meinen Blick zuerst; als nächstes aber sah ich dort unten den Kapitän, allein, soweit ich feststellen konnte, und ich konnte diesen Teil recht gut überblicken, bis hinüber zum Pianino, das sich dunkel von der Satinholztäfelung des Schotts abhob. Ich blieb also dort und blickte hinein. Tatsächlich. Und ich glaube, damals schämte ich mich dessen nicht einmal. Daran hatte dieser Franklin schuld, der immerfort von dem Mann sprach und sich ihm gegenüber so viel herausnahm, daß es tatsächlich schien, als sei er unser Eigentum, seins und meins. Es ist merkwürdig, aber dieses Gefühl hatte man bei Kapitän Anthony. Ihn zu beobachten war nicht sehr viel schlimmer, als zuzuhören, wie Franklin über ihn herzog. Nun, es hat keinen Zweck, Entschuldigungen für etwas Unentschuldbares zu suchen. Ich beobachtete, aber ich glaube, Sie wissen, daß in meinem wenig anständigen Verhalten nichts Feindseliges lag. Ganz im Gegenteil. Ich will Ihnen jetzt sagen, was er tat. Er schenkte sich aus einer Karaffe ein. Ich sah jede Bewegung, und ich dachte spöttisch, als machte ich mich im stillen über Franklin lustig: Hallo! Der Kapitän fängt endlich doch an zu trinken! Er goß ein wenig Branntwein, oder was es sonst war, in ein hohes Glas, füllte es mit Wasser, trank etwa ein Viertel davon und stellte das Glas in den Halter zurück. Alle Anzeichen eines schlimmen Zechgelages, dachte ich, belustigt über die Ideen dieses Franklin. Er schien mir ein gewaltiger Esel zu sein mit seiner Eifersucht und seinen Befürchtungen. In diesem Tempo hätte es auch in einem Monat keiner geschafft, sich zu betrinken. Der Kapitän setzte sich in einen der Drehsessel, die rings um den Tisch auf dem Deck befestigt waren; ich hatte ihn unmittelbar unter mir, und als er den Stuhl ein wenig drehte, blickte ich sozusagen an seinem Rücken hinab. Er nahm noch einen kleinen Schluck und langte dann nach einem Buch, das auf dem Tisch lag. Ich hatte es vorher nicht bemerkt. Genau das Verhalten eines verzweifelten Trunkenboldes, nicht wahr?

Er öffnete den Band und hielt ihn vor sein Gesicht. Wenn er auf diese Weise zu trinken begann, brauchte ich mir keine Sorgen zu machen. Davon drohte ihm keine Gefahr, und was irgendeine andere betraf, so versichere ich Ihnen, daß es den Anschein hatte, als könne sich kein Mensch in größerer Sicherheit befinden als er dort unten. Ich empfand heftige Verachtung für Franklin, während ich Kapitän Anthony betrachtete, wie er in einer ruhigen Nacht – der ruhigsten und vielleicht der schönsten einer günstigen Überfahrt – ein Glas schwachen, mit Wasser gemischten Brandy neben seinem Ellbogen, in der Schiffskajüte saß und las. Und wenn Sie sich fragen, weshalb ich mein häßliches Spionieren nicht einstellte, will ich Ihnen sagen, wie das kam. Kapitän Anthony las zu dieser Zeit sehr viel, und auch ich habe eine große Vorliebe für Bücher. Bis zum heutigen Tag kann ich kein Buch in meiner Nähe sehen, ohne daß ich wissen möchte, wovon es handelt. Der Band, den er vor sich hatte, war ziemlich dick und zweispaltig mit kleinen Lettern eng bedruckt – ich sehe ihn immer noch vor mir. Ich bemühte mich, den Titel am Kopf der Seite zu lesen. Ich habe sehr gute Augen, aber er hielt ihn nicht günstig – ich meine, nicht günstig für mich dort oben. Nun, es war irgendein historisches Werk, soviel konnte ich erkennen, und dann legte er es plötzlich unsanft mit den geöffneten Seiten nach unten auf den Tisch, sprang auf, als habe ihn etwas gestochen, und ging fort, nach achtern.

Scham ist etwas Merkwürdiges. Ich hatte mich schlecht benommen und war mir dessen in gewissem Maße bewußt, aber ich empfand keine wirkliche Scham, bis mich die Furcht, bei meiner unehrenhaften Beschäftigung ertappt zu werden, von ihr fort trieb. Ich schlich davon, zum vorderen Ende des Poopdecks, und lungerte dort herum; Gesicht und Ohren brannten mir, ich war froh, daß die Nacht dunkel war, und erwartete jeden Augenblick, die Schritte des Kapitäns hinter mir zu hören. Denn ich glaubte sicher zu sein, daß er an Deck käme. Gleich darauf dachte ich, es wäre besser, wenn ich ihm von Angesicht zu Angesicht begegnete, und schritt langsam nach achtern, darauf gefaßt, ihn aus dem Niedergang auftauchen zu sehen, bevor ich dort angelangt war. Ich fragte mich sogar, ob er mich etwa auf irgendeine Weise entdeckt habe. Aber das war unmöglich, es sei denn, er hätte Augen auf dem Kopf. Ich hatte nicht ein einziges Mal sein Gesicht dort unten zu sehen bekommen. Es war unmöglich; ich war in Sicherheit, und ich kam mir sehr gemein vor, anscheinend aber machte es mir – erklären Sie es, wie Sie können – nichts aus. Und da der Kapitän nicht auf Deck erschien, trieb es mich, auch weiterhin gemein zu sein. Ich wollte noch einmal hineinspähen. Ich weiß wahrhaftig nicht, unter welchem häßlichen Einfluß ich stand, es sei denn, daß Mr. Franklins Gerede geeignet war, einen jeden zu demoralisieren, indem es eine Art ungesunder Neugier weckte, die sich in meinem Fall über alle Hemmungen des gewöhnlichen Anstands hinwegsetzte.

Ich hatte nicht die Absicht, mich vom Kapitän in einer verdächtigen Haltung hockend überraschen zu lassen. An den Mann am Ruder mußte ich auch denken. So setzte ich mich also – meine niederträchtige Verschlagenheit überraschte mich – ganz ungezwungen auf den Sitzplatz über dem Oberlicht, und als ich mich nun hinunterbeugte, stellte ich fest, daß ich, wie ich es erwartet hatte, durch den oberen Teil der letzten Scheibe hinunterzublicken vermochte. Das Schlimmste, was mir nun geschehen konnte, wenn ich zu lange in dieser Stellung blieb, war, daß mich der Matrose achtern am Ruder verdächtigte, ich wäre auf meinem Platz eingeschlafen. Was das übrige betraf, so würden mich meine Ohren rechtzeitig vor jeder Bewegung im Niedergang warnen.

Auf diese Weise hatte sich jedoch mein Blickwinkel verändert. Auch mein Gesichtsfeld war kleiner. Das Tischende, das Tablett und die Drehsessel hatte ich unmittelbar vor Augen. Der Kapitän war noch nicht zurückgekehrt.

Das Pianino konnte ich jetzt nicht sehen, dafür aber reichte mein Blick ganz schräg nach unten bis zu dem quer durch die Kajüte hängenden Vorhang, der den hinteren Teil ungefähr auf der Höhe der Kante des Oberlichts und nur etwa einen Zoll vom Tischende entfernt abteilte. Er war aus einem schweren Stoff und hing an einer dicken Messingstange, die mit einer Vorrichtung versehen war, um die Ringe am Hin- und Hergleiten zu hindern, wenn das Schiff schlingerte. Jetzt aber fuhr es fast so ruhig, als sei es ein in einen Glaskasten eingeschlossenes Modell, und der Vorhang, der fest zugezogen und, vielleicht absichtlich, ein bißchen zu lang war, bewegte sich so wenig, als sei er eine feste Wand.'"

Marlow stand auf, um sich noch eine Zigarre zu holen. Die Nacht näherte sich der Stunde, die ich ihre tiefste nennen möchte, der Stunde, die am günstigsten ist für die üblen Vorsätze des Hasses, der Verzweiflung oder der Gier der Menschen – für alles, was ihnen den gesetzlosen Ratschlag in die Ohren flüstern mag, sich gegen die bestehenden Dinge aufzulehnen, die Stunde des von böser Vorbedeutung erfüllten Schweigens, der Kälte und der Stagnation, die Stunde, da der Verbrecher seinem Geschäft nachgeht und das Opfer der Schlaflosigkeit die äußerste Tiefe schrecklicher Entmutigung erreicht – die Stunde vor dem ersten Anzeichen der Morgendämmerung. Ich weiß es, denn während Marlow durch das Zimmer ging, sah ich zu der Uhr auf dem Kaminsims hinüber. Er aber blickte kein einziges Mal dorthin, wenn es auch möglich ist, daß er sich gleichfalls der fortgeschrittenen Zeit bewußt war. Er ließ sich schwer in seinen Sessel fallen.

„Unserem Freund Powell", begann er wieder, „lag sehr viel daran, daß ich die Topographie dieser Kajüte verstände. Mich interessierte mehr ihre moralische Atmosphäre, diese Spannung der Unaufrichtigkeit, des verzweifelten Handelns, welche die reine Atmosphäre des Meeres vergiftete, in die der großmütige Anthony seine Eroberung gebracht hatte, und auch seine – nun – Selbstüberwindung, da er versuchte, gleichzeitig wie ein Raubtier, wie ein reiner Geist und wie der ‚großherzigste Mensch, den es gibt', zu handeln. Das war offensichtlich ein allzu schwieriges Unterfangen, denn Anthony hatte nichts von einem Ungeheuer, sondern war nur ein ganz gewöhnlicher Sterblicher, vielleicht in seiner Rauheit wie in seinem Zartgefühl ein bißchen eigenwilliger und selbstbewußter als die meisten.

Was das Zartgefühl betrifft, das sich in Mr. Powells Verhalten äußerte, so will ich dazu nichts sagen. Es bereitete ihm eine Art lasterhafte Erregung, einen Mann, der nichts davon ahnte, zu beobachten – und dazu noch einen so anziehenden und geheimnisvollen Mann wie Kapitän Anthony. Er wollte noch einmal einen verstohlenen Blick auf ihn werfen. Er nahm an, der Kapitän müsse bald zurückkommen, wegen des noch zu zwei Dritteln gefüllten Glases und des so plötzlich hingelegten Buches. Der liebe Gott mochte wissen, welcher jähe Schmerz Anthony veranlaßt hatte, so aufzuspringen. Ich bin überzeugt, daß er das Lesen als ein Betäubungsmittel gegen die Qual seiner Großherzigkeit benutzte, die wie alle anomalen Gewächse mit grausamer Hartnäckigkeit an seiner gesunden Substanz fraß. Vielleicht war er einfach nur deshalb in seine Kajüte geeilt, um in absoluter taktvoller Abgeschlossenheit ungehindert stöhnen zu können. Jedenfalls verweilte er dort. Und der junge Powell wäre endlich müde geworden und hätte Gewissensbisse bekommen, wenn er nicht entdeckt hätte, daß er offensichtlich nicht der einzige gewesen war, der sich der höchst unschicklichen Beschäftigung hingegeben hatte, die Bewegungen Kapitän Anthonys zu beobachten.

Powell erklärte mir, daß ihn vom Salon her kein Laut erreichte oder vielleicht erreichen konnte. Das erste Anzeichen – und wir müssen uns ins Gedächtnis rufen, daß er sich seiner Augen bediente, so gründlich er nur konnte – war eine unerklärliche Bewegung des Vorhangs. Sie verlief wellenförmig und war ganz leicht, tatsächlich gerade noch wahrnehmbar für den geschärften Blick eines heimlichen Beobachters, denn es läßt sich nicht leugnen, daß unser Verstand heller wach ist, wenn wir etwas Unrechtes tun (wobei wir uns nicht ertappen lassen dürfen), als bei einer rechtschaffenen Beschäftigung.

Er wurde mißtrauisch, ohne an irgend jemand oder irgend etwas Bestimmtes zu denken. Er war selbst dem Vorhang gegenüber mißtrauisch und beobachtete ihn: er sah sehr unschuldig aus. Gerade wollte Powell die Sache als einen Streich seiner Einbildung abtun, da sah er ein Zittern an der Stelle, wo die beiden Teile des Vorhangs zusammentrafen. Jawohl! Außer ihm hatte noch jemand Kapitän Anthony beobachtet. Er gibt ganz naiv zu, daß ihn das empörte. Es war wirklich zuviel des Guten. In diesem Zustand heftigen inneren Widerstreits fuhr er zusammen, als er Fingerspitzen beobachtete, die an dem dunklen Stoff umhertasteten. Dann faßten sie die Kante des weiter entfernten Vorhangteils und blieben dort haften, nur Finger und Knöchel, weiter nichts. Es war ein abscheulicher Anblick. Er blickte mit unerklärlichem Widerwillen darauf, als eine Hand in Sicht kam – eine kurze, gedunsene, alte, sommersprossige Hand, die sich in das Lampenlicht vorschob, gefolgt von einem weißen Handgelenk, einem Arm im grauen Rockärmel, bis zum Ellbogen, über den Ellbogen hinaus, und sich zitternd zu dem Tablett hinstreckte. Ihr Erscheinen war seltsam und ekelhaft, phantastisch und töricht. Anstatt aber die Flasche zu ergreifen, wie Powell erwartet hatte, fuhr die Hand, die vor senilem Eifer zitterte, zu dem Glas hin, ruhte einen Augenblick auf dessen Rand (so sah es jedenfalls von oben aus) und zog sich dann mit einem Ruck wieder zurück. Gleichzeitig verschwanden die Finger der anderen Hand, die den Vorhang gepackt hielten, und der junge Powell, der auf die reglosen Falten starrte, gab sich einen Moment lang der Vorstellung hin, er hätte geträumt.

Diese Vorstellung hielt jedoch nicht lange an. Nachdem Powell seinen ersten Impuls, zum Niedergang zu springen und an die Tür des Kapitäns zu hämmern, unterdrückt hatte, ergriff er Maßnahmen, um sich vom Bootsmann ablösen zu lassen. Was seine Gefühle betraf, so befand er sich in einem Zustand der Verwirrung; in seinem Verstand aber herrschte Klarheit. Er blieb über dem Oberlicht sitzen, um das Tablett im Auge zu behalten.

Noch immer erschien der Kapitän nicht im Salon. ‚Wäre er gekommen, dann hätte ich gewußt, was ich tun mußte. Ich hätte sogleich mit dem Ellbogen die Scheibe durchstoßen – krach, durch.‘

Ich fragte ihn, wozu.

‚Es wäre das rascheste Mittel gewesen, ihn von diesem Tablett fortzubekommen‘, erklärte Powell. ‚Meine Kehle war so trocken, daß ich nicht wußte, ob ich laut genug rufen konnte. Es war auch keine Sache, bei der es ratsam war zu rufen.‘

Als der Bootsmann schläfrig und verdrossen auf das Poopdeck kam, fand er den Zweiten Offizier zusammengekrümmt in einer Stellung, die heftige Schmerzen hätte anzeigen können, über dem Oberlichtende sitzen. Und seine Stimme war so verändert, daß der Mann, obwohl er sich natürlich ärgerte, weil man ihn herausgeholt hatte, die Ausrede eines plötzlichen Unwohlseins, die der junge Powell vorbrachte, ohne Kommentar hinnahm.

Die Geschwindigkeit, mit der der Kranke vom Poopdeck verschwand, muß den Bootsmann verblüfft haben. In dem Augenblick aber, als Powell die Tür öffnete, die vom Achterdeck in den Salon führte, gelang es ihm, seine Aufregung zu meistern. Er trat rasch, aber geräuschlos ein und stand im dunklen Teil des Salons, wo der helle Schein der Lampe auf der anderen Seite des Vorhangs nur oberhalb der Stange sichtbar war, an der er hing. Die Tür zu Mr. Smiths

Kajüte befand sich in diesem dunklen Teil. Er ging daran vorbei und vergewisserte sich mit einem raschen Seitenblick, daß sie nicht richtig geschlossen war. ‚Ja', sagte er zu mir, ‚der Alte muß durch den Spalt beobachtet haben. Dessen bin ich sicher, aber nicht meinetwegen beobachtete und lauschte er. Schrecklich! Sicher muß er zusammengefahren sein, als er jemand, den er nicht erwartet hatte, kommen hörte und sah. Er konnte unmöglich erraten, weshalb ich hereinkam, aber ich nehme an, er muß besorgt gewesen sein.' Besorgt ist gut! Er muß wie vom Donner gerührt, entsetzt gewesen sein.

Powells einziges festes Ziel war, das verdächtige Glas fortzunehmen. Er hatte keinen anderen Plan, keine andere Absicht, keinen anderen Gedanken. Es irgendwie beiseiteschaffen. Es hastig ergreifen und damit hinausrennen!

Sie wissen ja, wie vollständig einen eine fixe Idee beherrscht – nicht verstandes-, sondern gefühlsmäßig, mit einer Art konzentrierter Verzückung. Unter ihrem Einfluß stürzen die Menschen blindlings durch Feuer und Wasser, durch gegnerische Gewalt, und nichts vermag sie aufzuhalten – es sei denn, zuweilen, ein Sandkorn. Um blindlings sein Ziel zu erreichen (und offensichtlich war der Gedanke an Mrs. Anthony die Triebfeder), hatte Mr. Powell genügend Zeit zur Verfügung. Was ihn im entscheidenden Augenblick innehalten ließ, war das vertraute, harmlose Aussehen der gewöhnlichen Dinge, das ruhige Licht, das offene Buch auf dem Tisch, die Einsamkeit, der Friede, das behagliche Aussehen des Raums. Er hielt das Glas in der Hand; er brauchte nur wieder hinter den Vorhang zu verschwinden, lautlos damit durch die Nacht auf Deck zu entfliehen und es ungesehen über Bord zu schleudern. Es würde nur eine Minute dauern oder noch weniger. Die einzige Folge wäre das Erstaunen über das gänzliche Verschwinden eines Glases gewesen, ein lächerliches Rätsel in den Angelegenheiten des Anrichteraums, das keiner an Bord zu lösen vermocht hätte. Das Sandkorn, über das Powell in seinem unbesonnenen Lauf stolperte, war ein Augenblick des Unglaubens hinsichtlich der Wahrheit seiner eigenen Überzeugung, weil sie das sichere Aussehen der vertrauten Dinge nicht beeinträchtigt hatte. Er zweifelte auch an der Zuverlässigkeit seiner Augen. Er mußte alles geträumt haben. Ich träume noch jetzt, dachte er. Wahrscheinlich muß er ein paar Sekunden lang ausgesehen haben wie ein Mensch, der sich in Trance befindet oder in tiefem Schlaf auf den Beinen steht, ein Glas Branntwein mit Wasser in der Hand.

Was ihn weckte und gleichzeitig seine Füße unbeweglich am Boden festhielt, war eine Stimme, die in donnerndem Ton fragte, was er dort mache. Jedenfalls kam es seinen Ohren so vor. Als Anthony die Tür seiner Heckkajüte geöffnet hatte, war ihm natürlich ein Ausruf entfahren. Was hätte man sonst erwarten können? Und der Ausruf muß ziemlich laut gewesen sein, wenn man bedenkt, welcher Anblick sich ihm bot. Dort, ihm gegenüber, stand sein Zweiter Offizier, ein scheinbar anständiger, wohlerzogener junger Mann, der, während er Dienst hatte, von Deck gegangen war und sich in den Salon geschlichen hatte, anscheinend zu dem unaussprechlich niederträchtigen Zweck, den übriggebliebenen, mit Wasser gemischten Branntwein seines Kapitäns auszutrinken. Dort stand er, auf frischer Tat ertappt, mit dem Glas in der Hand.

Aber gerade die Ungeheuerlichkeit des Anscheins ließ Anthony nach dem ersten Ausruf schweigen, und der junge Powell fühlte, wie ihn der düstere Blick seines Kapitäns geradezu durchbohrte. Anthony kam schweigend auf ihn zu. Der erste Impuls Mr. Powells, als er sich entdeckt sah, war gewesen, das Glas auf dem Deck zu zerschmettern. Er war von einer Art Panik ergriffen. In seinem tiefen Innern aber arbeitete sein Verstand, und der Gedanke, daß er nichts beweisen könne, wenn er es täte, und daß die Geschichte, die er zu berichten hatte, völlig unglaubhaft war, hielt ihn zurück. Der Kapitän näherte sich langsam.

Als seine Augen jetzt dicht vor den seinen waren, gelang es dem wie gebannt dastehenden Powell, dessen ganzer Körper empfindungslos war, einen Finger zum Deck über ihnen zu heben und die erklärenden Worte zu murmeln: ‚Bootsmann auf dem Poopdeck.‘

Der Kapitän bewegte leicht den Kopf, als wolle er sagen: In Ordnung, das war alles. Powell konnte kein Wort herausbringen, hatte keine Kraft. Die Luft war unmöglich zu atmen, dick, stickig, widerlich wie heiße Gallerte, in der jede Bewegung schwierig wurde. Mit riesiger Anstrengung hob er das Glas ein wenig und bewegte die gefesselten Lippen so weit, daß er die Worte ‚es ist etwas hineingemischt‘ zu bilden vermochte.

Anthony sah das Glas einen Moment lang an, nur einen Moment lang, und richtete die Augen dann wieder auf das Gesicht seines Zweiten Offiziers. Powell fügte ein inbrünstiges ‚Glaube ich‘ hinzu und stellte das Glas auf das Tablett. Der Blick des Kapitäns folgte der Bewegung und kehrte dann von neuem voller Strenge zu Powells Gesicht zurück. Der junge Mann deutete wieder mit dem Finger nach oben und entrang seiner wie mit Eisen zugeklammerten Kehle sechs zusammenhängende Worte einer weiteren Erklärung: ‚Durch das Oberlicht. Die durchsichtige Scheibe.‘

Hierauf zog der Kapitän die Augenbrauen sehr hoch, während der junge Powell mehrmals beschämt, aber nachdrücklich nickte. Damit wollte er sagen: Ja, ja, das habe er getan. Er habe spioniert... Der Blick des Kapitäns wurde nachdenklich. Und jetzt, da Powell sein Geständnis abgelegt hatte, verging das Gefühl, als sei seine Kehle mit Eisen zugeklammert, und machte einer allgemeinen Befangenheit Platz, die sich von seiner Brust auf alle Glieder und Organe seines Körpers auszudehnen schien. Die Beine zitterten ihm ein wenig, sein Blick war getrübt, sein Inneres erfüllte leere Erwartung. Aber wachsam war er trotzdem. Als Anthony eine Bewegung machte, schrie er gleichsam mit einem erstickten Flüstern: ‚Nicht, Sir! Rühren Sie es nicht an!‘

Der Kapitän schob Powells ausgestreckten Arm beiseite, nahm das Glas auf und hob es langsam gegen das Lampenlicht. Die Flüssigkeit, von sehr blasser bernsteinfarbener Tönung, war klar, und mit einem Blick schien der Kapitän Powells Aufmerksamkeit auf diese Tatsache zu lenken. Powell bemühte sich, das Wort ‚aufgelöst‘ auszusprechen, aber er dachte es nur mit großer Energie, die jedoch seine Lippen nicht dazu brachte, sich zu bewegen. Erst als Anthony das Glas niedersetzte und sich ihm zuwandte, gelang es ihm, seine Stimme wieder so vollständig in die Gewalt zu bekommen, daß er sie zu einem hastigen, eindringlichen Flüstern zu dämpfen vermochte – einem Flüstern, das ihn erzittern ließ.

‚Es ist etwas hineingemischt! Ich schwöre es! Ich habe es gesehen. Es ist etwas hineingemischt! Ich habe es gesehen.‘

Kein Zug im Gesicht des Kapitäns bewegte sich. Seine Ruhe konnte einem den Atem rauben. So wirkte sie auf den jungen Powell. Dann ließ sich Anthony zum erstenmal zur Sache vernehmen.

‚Tatsächlich! ... Wer war es?‘

Und Powell keuchte endlich ungehemmt. ‚Eine Hand‘, flüsterte er furchtsam, ‚eine Hand und der Arm – nur der Arm – so.‘

Er schob den eigenen vor, langsam, verstohlen, zitternd, in getreuer Nachahmung, wobei er die Spitzen von zwei Fingern und dem Daumen zusammenpreßte und einen Augenblick über dem Glas schweben ließ – dann folgte das rasche Zurückzucken nach der Tat.

‚So‘, wiederholte er und wurde aufgeregt. ‚Von dahinter.‘ Er packte den Stoff, starrte den schweigenden Anthony wild an, riß den Vorhang auf und gab so den vorderen Teil des Salons ihrem Blick preis. Niemand war zu sehen.

Powell hatte nicht erwartet, jemand zu sehen. ‚Aber ich wußte ganz genau‘, sagte er zu mir, ‚daß ein Ohr lauschte und sich ein Auge an den Spalt der Kajütentür preßte. Ein scheußlicher Gedanke. Und die Tür befand sich in dem Teil des Salons, der im Schatten der anderen Hälfte des Vorhangs geblieben war. Ich deutete auf sie, und ich nehme an, daß der Alte drinnen es sah. Der Kapitän beherrschte sich großartig. Aus seinem Gesicht hätte man nichts erraten können. Nun, vielleicht war es nachdenklicher als sonst. Dies war ja auch wirklich etwas, was allen Anlaß zum Nachdenken bot. Ich konnte aber nicht fortlaufend denken. Mein Gehirn machte eine Art Satz und war dann wieder gelähmt. Ich hatte jedes Zeitgefühl verloren, und vielleicht hatte ich den Kapitän tage- oder monatelang angeblickt, ich wußte es nicht – da hörte ich, wie er mir grimmig zuflüsterte: »Kein Wort!« Das riß mich aus dem Trancezustand, in dem ich mich befand, und ich sagte: »Nein! Nein! Ich habe nicht einmal Sie gemeint!«

Ich wollte mein Verhalten, meine Absichten erklären, aber ich las in seinen Augen, daß er mich verstand, und war nur allzu froh, das Thema fallenzulassen. Und so blickten wir einander an, stumm, plötzlich mit der Frage konfrontiert: Was nun?

Ich hatte gedacht, Kapitän Anthony sei ein Mann aus Eisen, bis ich ihn plötzlich den Kopf heftig nach rechts und nach links werfen sah, wie ein wildes Tier, das gestellt ist und nicht weiß, nach welcher Seite hin es ausbrechen soll ...‘

Wahrhaftig“, kommentierte Marlow, „‚gestellt‘ war kein schlechter Vergleich – ein besserer, als es Mr. Powell bewußt war. Das Erscheinen Floras in diesem Augenblick mußte die Spannung bis zum Äußersten steigern. Sie kam in aller Unschuld heraus, jedoch nicht ohne eine unbestimmte Furcht zu empfinden. Anthonys Ausruf beim ersten Anblick Mr. Powells war zu ihr in die Kajüte gedrungen, wo sie anscheinend damit beschäftigt gewesen war, sich das Haar zu bürsten. Sie hatte die Worte verstanden: ‚Was machen

Sie hier?' Und die ungewohnte Lautstärke der Stimme – seiner Stimme –, welche die übliche Stille dieser Stunde durchbrach, hätte auch einen Menschen erschreckt, der viel weniger Ursache hatte, ständig in Angst zu leben, als die Gefangene von Anthonys herrischer Großherzigkeit. Es gab für sie keinen Anhaltspunkt, der sie hätte erraten lassen, an wen die Frage gerichtet war, und diese erweckte ein Echo in ihrem Herzen, wie es Anthonys Stimme immer tat. Dann folgte völliges Schweigen. Sie verharrte beklommen, erwartungsvoll, bis sie die Spannung nicht länger zu ertragen vermochte, und mit dem müden inneren Klageruf derer, auf denen zuviel lastet: Mein Gott, was ist denn jetzt los? öffnete sie die Tür ihrer Kajüte und blickte in den Salon. Ihr erster Blick fiel auf Powell. Da sie nur den Zweiten Offizier bei Anthony sah, fühlte sie sich einen Augenblick lang erleichtert und machte eine Bewegung, als wolle sie sich zurückziehen, aber ihr geschärftes Wahrnehmungsvermögen entdeckte etwas Verdächtiges in der Haltung der beiden, und langsam kam sie näher.

‚Ich nahm Mrs. Anthony als erster wahr', erzählte Powell, ‚weil ich mit dem Gesicht nach achtern stand. Als der Kapitän meine Augen sah, warf er einen raschen Blick über die Schulter und legte dann den Finger auf den Mund, um mich zur Vorsicht zu mahnen. Als ob ich mir vor ihr auch nur das Geringste hätte entschlüpfen lassen! Mrs. Anthony trug einen Schlafrock aus irgendeinem grauen Stoff mit rotem Besatz und einer dicken roten Kordel um die Taille. Ihr Haar hatte sie heruntergelassen. Sie sah aus wie ein Kind – ein blasses Kind mit großen blauen Augen und einem ein wenig offenstehenden roten Mund, der schimmernde weiße Zähne sehen ließ. Das Licht fiel hell auf sie, während sie an das Tischende trat. Ein merkwürdiges Kind freilich; ich erinnere mich, daß sie kaum wie ein Kind auf einen wirkte. Wissen Sie', rief Mr. Powell, der ganz offensichtlich, wie viele Seeleute, eifrig las, ‚wissen Sie, wie sie mir vorkam mit ihren großen Augen und dem Flehenden in ihrer ganzen Erscheinung? Sie sah aus wie eine verlassene Elfe. Kapitän Anthony war ihr entgegengegangen, um sie von meinem Ende des Tisches, wo das Tablett stand, fernzuhalten. Ich hatte sie nie so nahe beieinander gesehen, und sie bildeten einen starken Kontrast. Es war wunderschön, denn mit seinem spitz geschnittenen Bart, seiner dunklen, sonnenverbrannten Haut, der schmalen Nase und dem mageren Kopf hatte Kapitän Anthony etwas Afrikanisches, etwas Maurisches. Sein Hals war frei, er hatte Rock und Kragen abgelegt und sich in der Zeit, da er nicht im Salon gewesen war, die Jacke seines Schlafanzugs angezogen. Mir ist, als sähe ich ihn jetzt vor mir. Mrs. Anthony ebenfalls. Sie blickte von ihm zu mir – ich nehme an, ich sah schuldbewußt oder erschrocken aus – und von mir zu ihm, in dem Versuch, zu erraten, was es zwischen uns beiden gab. Dann rief sie: »Was ist geschehen?«, womit sie sich an mich zu wenden schien. Ich murmelte: »Nichts! Gar nichts, Ma'am«, was sie vermutlich nicht hörte.

Sie müssen nicht denken, daß all das lange dauerte. Unser Verhalten hatte sie in Angst versetzt, und sie wandte sich gepeinigt an den Kapitän: »Was verbergt ihr vor mir?« Eine direkte Frage, wie? Ich weiß nicht, was der Kapitän darauf geantwortet hätte. Noch bevor er den Blick zu ihr heben konnte, rief sie: »Ah, da ist ja Papa!«, in einem scharfen Ton der Erleichterung; gleich darauf aber sah sie mich an, als hielte sie vor Besorgnis den Atem an. Mein Interesse an ihr war so groß, daß, wie soll ich es sagen, ihr Ausruf zuerst in meinem Gehirn keine Verbindung herstellte. Ich bemerkte auch, daß sie ein wenig näher zu Kapitän Anthony hingetreten war, bevor es mir einfiel, den Kopf zu wenden. Ich kann Ihnen sagen, in dieser verrenkten Stellung wurde mir der Hals steif bei dem Schock, den es mir versetzte, als ich tatsächlich diesen Alten erblickte! Er hatte es gewagt! Sicherlich denken Sie, ich hätte ihn für wahnsinnig halten müssen. Das konnte ich aber nicht. Es wäre freilich leichter gewesen. Ich konnte es aber eben nicht. Sie hätten ihn sehen sollen. Erstens war er vollständig angekleidet, sogar noch mit der Mütze auf dem Kopf, genau wie vor zwei Stunden, als er mich an Deck verlassen und mit seiner leisen Stimme gesagt hatte: »Der Augenblick ist gekommen, ins Bett zu gehen«, während er gemeint hatte, hinunterzugehen und diese Tat zu vollbringen, sich in seiner dunklen Kajüte zu verstecken und zu beobachten, wie das Zeug seine Wirkung tat. Ein kalter Schauer lief mir über den Rücken. Er hielt die Hände in den Jackentaschen, die Arme dicht an den mageren, aufrechten Körper gepreßt, und schlurfte mit kurzen Schritten quer durch die Kajüte. Auf beiden alten, schlaffen Wangen hatte er einen roten Fleck, als hätte ihn jemand hineingekniffen. Er senkte den Kopf ein wenig und betrachtete wie voll hinterlistiger Erwartung den Kapitän und Mrs. Anthony, die am anderen Ende des Salons dicht nebeneinander standen. Diese berechnende, scheußliche Frechheit! Dort war seine Tochter, und ich bin sicher, daß er gesehen hatte, wie der Kapitän den Finger auf die Lippen legte, um mich zu warnen. Und dann war er kaltschnäuzig herausgekommen! Es überstieg meine Vorstellungskraft, versichere ich Ihnen! Nach diesem einen Schauer lähmte seine Anwesenheit jedes Empfindungsvermögen in mir – Staunen, Entsetzen, Empörung. Ich fühlte nichts Besonderes – geradeso, als wäre er noch immer der alte Herr, der jeden Tag ungezwungen an Deck mit mir plauderte. Würden Sie es für möglich halten?‘

Mr. Powell forderte meine Fähigkeit heraus, über dieses innere Phänomen zu staunen“, fuhr Marlow nach einer kleinen Pause fort. „Aber selbst dann, wenn der Fall sie nicht zusammen mit meiner ganzen Fähigkeit zur Aufmerksamkeit völlig in Anspruch genommen hätte, während ich die Ereignisse verfolgte, wäre ich über seine Feststellung, was ihn selbst betraf, nicht verwundert gewesen. In Anbetracht seiner Jugend war sie keineswegs unglaubhaft, oder jedenfalls war sie der am wenigsten unglaubhafte

Teil des Ganzen. Sie war auch der am wenigsten interessante. Mein Interesse galt etwas anderem, und da vermochte er natürlich nur die Oberfläche zu betrachten. Die innere Natur dessen, was sich da vor seinen Augen abspielte, war ihm, der dabei zugesehen hatte, tiefer verborgen als mir, der Jahre später seinen Worten lauschte. Was auf Grund dieser Krise gleich darauf in Flora de Barrals Schicksal vor sich ging, lag jenseits seiner Fähigkeit, es zu kommentieren, und schien in gewissem Sinne natürlich zu sein. Seine eigene Anwesenheit auf dem Schauplatz hatte auch so seltsame Beweggründe, daß ich im stillen nur darüber staunen konnte, wie dieser junge Mann, der rein durch Zufall dazugekommen war, in jener Nacht die Entscheidung herbeigeführt hatte.

Jede Situation, sei sie nun durch Narrheit oder durch Weisheit herbeigeführt, hat ihren psychologischen Augenblick. Das Verhalten des jungen Powell mit seiner Mischung von jungenhaften Impulsen und instinktiver Vorsicht hatte sie nicht geschaffen – das könnte ich nicht sagen –, sie aber den Menschen, die von ihr betroffen waren, enthüllt. Was wäre wohl geschehen, wenn er nach seiner Entdeckung Lärm geschlagen hätte? Das tat er jedoch nicht. Ihn erfüllte der Gedanke an Mrs. Anthony, und er benahm sich mit einer für seine Jahre ungewöhnlichen Diskretion. Manche feinfühligen Kinder verhalten sich häufig so, und gewiß tun sie das nicht aus Überlegung. Die Eingebung des jungen Powell bestand darin, daß er von Mrs. Anthony ‚begeistert' war. ‚Begeistert' ist wirklich gut. Und er stand zwischen ihnen wie ein Kind – empfindsam, leicht zu beeindrucken, formbar, aber nicht imstande, von sich aus irgendeinen Kommentar dazu zu geben.

Ich weiß nicht, wieviel der meine wert sein mag, aber ich glaube, daß die Spannung der fragwürdigen Situation in ebendiesem Moment am größten war. Von allen Formen, die uns das Leben bietet, ist gerade die, welche ein

Paar erfordert, um sie voll zur Wirkung zu bringen, die gebieterischste. Sich zu Paaren zusammenzuschließen ist das Schicksal der Menschheit. Und wenn sich zwei Wesen, die zueinandergeführt, voneinander angezogen werden, gegen die Notwendigkeit stemmen, nichts zu begreifen vermögen und bewußt haltmachen vor der – der Umarmung, im edelsten Sinne dieses Wortes, dann begehen sie eine Sünde wider das Leben, dessen Ruf einfach ist. Vielleicht heilig. Und die Strafe dafür ist ein Ansturm von Verwicklungen, eine quälende, zwangsläufig krampfhafte Verwirrung der Gefühle, die tiefste Form des Leidens, aus der schließlich tatsächlich etwas Bedeutsames entstehen kann, was sowohl verbrecherisch wie auch heldenhaft, Wahnsinn oder Weisheit sein mag – oder sogar eine eindeutige, wenn auch verzweifelte Entscheidung.

Als Powell den Blick von dem alten Herrn wandte, bemerkte er, daß Kapitän Anthony, der neben Flora, der lilienweißen, so dunkelhäutig wirkte wie ein Afrikaner, das Taschentuch hervorzog und sich den Schweiß der Seelenangst von der Stirn wischte – wie ein Mann, den etwas überwältigt hat. ‚Kein Wunder auch', kommentierte hier Mr. Powell. Dann sagte der Kapitän: ‚Möchtest du nicht lieber in deine Kajüte zurückgehen?' Dies galt Mrs. Anthony. Er bemühte sich, sie anzulächeln. ‚Weshalb siehst du so erschreckt aus? Die Nacht ist wie jede andere.'

‚Was eine Lüge war . . .', kommentierte Powell ernst von neuem. ‚Kein Wunder, daß er schwitzte.' Hieran können Sie den Wert von Powells Kommentaren ermessen. Darauf fragte Mrs. Anthony: ‚Weshalb schickst du mich fort?'

‚Weshalb! Damit du schlafen gehst. Damit du dich ausruhst.' Und Kapitän Anthony runzelte die Stirn. Dann sagte er in scharfem Ton: ‚Sie bleiben hier, Mr. Powell. Ich brauche Sie nachher.'

Tatsächlich hatte sich Powell nicht gerührt. Flora störte seine Gegenwart keineswegs. Er selbst hatte das Gefühl, für diese drei Menschen sei er nicht von Bedeutung. Er betrachtete Mrs. Anthony so ohne jede Scheu wie die Katze im Sprichwort den König. Mrs. Anthony blickte ihn an. Sie bewegte sich nicht, von einer unerklärlichen Vorahnung gepackt. Sie konnte tatsächlich nicht mehr ertragen, Gegenstand von Anthonys Großherzigkeit zu sein; eine intuitive Furcht vor, sie wußte nicht, welchem geheimnisvollen Einfluß hatte sie gepackt, sie spürte, wie sie zurückgestoßen wurde in jenes Alleinsein, jene moralische Einsamkeit, die ihr ganzes Leben unerträglich gemacht hatte. Und nun, in diesem engen, wiederhergestellten Kontakt mit Anthony, fühlte sie – wie während jener Nacht im Garten – die faszinierende Kraft seiner Persönlichkeit. Die passive Ruhe, mit der sie ihn ansah, gab ihr das Aussehen eines Menschen, der verhext oder, sagen wir, mit der mesmerischen Methode eingeschläfert wurde, so daß er seine Umgebung nicht mehr wahrnimmt.

Nachdem der Kapitän Mr. Powell befohlen hatte, nicht fortzugehen, schwieg er. Plötzlich schob Mrs. Anthony mit einer entschlossenen Bewegung ihrer Arme das lose herabhängende Haar zurück und trat noch dichter zu ihm. ‚Papa ist noch auf', sagte sie, sah aber nicht zu Mr. Smith hin. ‚Weshalb? Und du? Ich kann so nicht weitermachen, Roderick – zwischen euch beiden. Bitte nicht.'

Anthony unterbrach sie, als hätte etwas seine Zunge gelöst.

‚O ja, hier ist dein Vater. Und ... Warum nicht. Vielleicht ist es ganz gut, daß du herausgekommen bist. Zwischen uns beiden? Ist es das? Ich will nicht so tun, als verstünde ich nicht. Ich bin ja nicht blind. Aber ich kann nicht mehr für das kämpfen, was ich nicht habe. Ich weiß nicht, was du dir vorstellst, was geschehen sei. Es ist aber etwas geschehen. Nur, du brauchst keine Angst zu haben. Kein Schatten kann auf dich fallen – weil ich aufgebe. Ich kann nicht sagen, daß wir viel darüber gesprochen hätten, dein Vater und ich, aber kurz und gut, ich muß lernen, ohne dich zu leben. Ich habe dir gesagt, das wäre unmöglich. Ich habe die Wahrheit gesprochen. Aber ich habe jetzt aufgehört zu kämpfen, zu warten oder zu hoffen. Ja. Du wirst gehen.'

Hier vernahm Mr. Powell, der (wie er mir eingestand) mit verständnisloser Scheu zuhörte, hinter seinem Rücken ein triumphierendes Kichern. Jetzt, da er diesen Laut erwähne, überkomme ihn ein Schauder, sagte er; damals sei es ihm zwar wiederum kalt den Rücken heruntergelaufen, doch das Kichern habe nicht die Macht gehabt, ihn in der hingerissenen Betrachtung der Szene zu stören, die sich vor seinen Augen und auch vor seinen Ohren abspielte, denn eben jetzt hob Kapitän Anthony grimmig die Stimme. Vielleicht hatte er ebenfalls das Kichern des Alten gehört.

‚Dein Vater hat ein Argument gefunden, das mir zu denken gibt, wenn es mich auch nicht überzeugt. Nein! Ich kann darauf nicht antworten. Ich – ich will darauf nicht antworten. Ich ergebe mich einfach. Er soll seinen Willen haben, was dich – und auch mich – betrifft', setzte er düster in gedämpftem Ton hinzu, der auf Mr. Powell den Eindruck machte, als habe man ein Klavierpedal getreten, ‚nur wird es einige Zeit dauern. Ich habe dich nie belogen. Nie. Ich verzichte nicht nur auf meine Chance, sondern auch auf mein Leben. In ein paar Tagen, sobald wir in den Hafen einlaufen, noch im gleichen Augenblick, werde ich, der ich gesagt habe, ich würde dich niemals gehen lassen können, dich gehen lassen.'

Dem arglosen Betrachter schien es, als wäre Anthony an diesem Punkt körperlich erschöpft. Ich bin der Ansicht, daß ihm die völlige Irrigkeit seiner – sagen wir, seines Trachtens, die Nutzlosigkeit des Festhaltens der leeren Luft mit überwältigender Kraft zu Bewußtsein gekommen war und ihn wehrlos machte gegen die wahnsinnige, düstere Wahrhaftigkeit des anderen. Wie er selbst gesagt hatte: Er konnte nicht für das kämpfen, was er nicht besaß; er vermochte etwas Derartigem nicht um seiner bloßen Großherzigkeit willen die Stirn zu bieten. Ausschließlich das Normale ist imstande, das Anormale zu besiegen. Er konnte diesem Menschen dort drüben nicht einmal Vorwürfe machen. ‚Ich gebe mich geschlagen‘, sagte er mit festerer Stimme. ‚Du bist frei. Ich lasse dich fort, weil ich es muß.‘

Powell, der Zuschauer, bestätigt, daß Mrs. Anthony bei diesen unverständlichen Worten mit erschrockenem Blick und wie gefrorenen Lippen vor Erstaunen geradezu erstarrte. Im nächsten Augenblick aber kam ein Schrei aus ihrem Herzen, nicht sehr laut, jedoch von einer Art, daß er nicht nur Kapitän Anthony (er sah sie nicht an), nicht nur ihn, sondern auch den etwas mehr entfernt stehenden (und ebenso unvorbereiteten) jungen Mann veranlaßte, den Atem anzuhalten. ‚Aber ich will nicht fortgelassen werden!‘ rief sie.

Sie war so reglos, daß man sich fragte, ob der Schrei von ihr gekommen war. Das ruhelose Schlurfen hinter Powells Rücken hörte plötzlich auf, und auch das zeitweilige düstere Kichern verstummte. Der junge Powell schaute sich um und sah, wie Mr. Smith den Kopf hob und die verblaßten, ganz starr blickenden Augen in den Winkeln zusammenzog, wie ein Mann, der bemerkt, daß aus sehr großer Entfernung etwas auf ihn zukommt. Und Mrs. Anthonys Stimme erreichte Powells Ohren, flehend und entrüstet: ‚Du kannst mich doch nicht auf diese Weise abschütteln, Roderick. Ich gehe nicht von dir fort. Ich gehe nicht . . .‘

Powell drehte den Kopf wieder zurück und entdeckte nun, daß das, wovor Mr. Smith die Augen zusammenzog, der Anblick war, wie seine Tochter Kapitän Anthony am Halse hing – ein Anblick, der an sich nicht ungehörig war, aber doch die Macht hatte, den jungen Powell mit einer schüchternen, tiefen Bewegung zu erfüllen. Sie war anders als die Erregung, die er verspürt hatte, während er die Enthüllungen des Oberlichts ausspionierte, aber auch in diesem Fall empfand er das Unbehagen, wenn auch nicht das Schuldgefühl, eines ungesehenen Zuschauers. Die Bürde neuer Erfahrung legte sich auf seine jungen Schultern. Mrs. Anthonys Haar hing in einer dunklen Masse nach hinten wie das einer Ertrunkenen. Sie sah aus, als werde sie loslassen und zu Boden sinken, falls der Kapitän seinen stützenden Arm fortnähme. Offensichtlich aber hatte der Kapitän nicht diese Absicht. Er stand fest und unbeweglich da und blickte Mr. Smith finster an. Eine Zeitlang war das leise, krampfhafte Schluchzen von Mr. Smiths Tochter der einzige Laut, der das Schweigen durchbrach. Selbst aus dieser Entfernung war nicht daran zu zweifeln, daß Anthony Flora fest an seine Brust drückte, und plötzlich, als ihm zum Bewußtsein kam, daß dies seine Gelegenheit war, brachte er sie, indem er sie halb stützte, halb trug, zu ihrer Kajüte. Er hielt besorgt den Kopf über sie gebeugt; dann besann er sich, warf Mr. Powell einen von ungewohntem Feuer erfüllten Blick zu und rief mit einer Stimme, in der ein Ton erklang, den Mr. Powell nicht kannte: ‚Gehen Sie noch nicht an Deck. Ich möchte, daß Sie hier unten bleiben, bis ich zurückkomme. Ich will Ihnen einige Anweisungen geben.'

Und bevor der junge Mann ihm antworten konnte, war Anthony in der Heckkajüte verschwunden, beladen mit seiner Bürde und frohlockend.

‚Anweisungen', kommentierte Mr. Powell. ‚Das war ja schön und gut. Höchstwahrscheinlich – aber es würden solche Anweisungen sein, dachte ich insgeheim, wie sie ein Schiffsoffizier vielleicht noch nie zuvor erhalten hatte. Mir wurde etwas flau zumute, als ich überlegte, worauf sie sich wohl beziehen mochten. Aber so ist das nun einmal. Alles, was auf hoher See an Bord eines Schiffs geschieht, muß irgendwie bewältigt werden. Es gibt keine besonderen Leute, zu denen man hineilen kann, damit sie einem helfen. Und hier stand ich nun mit dem Auftrag, auf diesen alten Mann aufzupassen. Als er merkte, daß ich ihn ansah, begann er wieder quer durch den Salon zu schlurfen. Er hatte die Hände in die Taschen gesteckt und hielt den Rücken steif wie immer, nur den Kopf ließ er hängen. Nach einer Weile sagte er mit seiner sanften, leisen Stimme: »Haben Sie es gesehen?«‘

Powell vermochte in seinem Hirn keine Worte zu finden, die dem Entsetzen, das er fühlte, entsprochen hätten. So sagte er – irgend etwas mußte er ja sagen –: ‚Großer Gott, was haben Sie sich nur dabei gedacht, Mr. Smith, als Sie versuchten ...‘, und dann verstummte er. Er wagte nicht, das schreckliche Wort ‚Gift‘ auszusprechen. Mr. Smith hielt in seinem Herumschleichen inne.

‚Gedacht! Was wissen denn Sie vom Denken! Ich denke nicht. In meinem Kopf ist etwas, das denkt. Die Gedanken in den Menschen, das ist ebenso wie Betrunkensein vom Branntwein oder ... Man kann sie nicht aufhalten. Ein Mensch, der denkt, wird alles mögliche denken. Nein! Aber haben Sie es gesehen? Ja?‘

‚Ich sage Ihnen doch, ich habe es gesehen. Ich bin meiner Sache sicher!‘ sagte Powell heftig. ‚Ich habe Ihnen die ganze Zeit zugesehen. Sie haben irgend etwas mit dem Glas dort getan.‘

Nun stockte Powell aus irgendeinem Grunde der Atem. Mr. Smith blickte ihn sonderbar an – mißtrauisch.

‚Mein lieber junger Mann, ich weiß nicht, wovon Sie reden. Ich frage Sie: Haben Sie es gesehen? Wer hätte das geglaubt? Ihre Arme um seinen Hals. Oh! Ha! Ha! Sie haben es gesehen! Nicht? Es war kein Trugbild – oder? Ihre Arme um ... Aber ich habe ihr nie ganz getraut.‘

‚Jetzt fuhr ich ihn an‘, sagte Mr. Powell. ‚Ich erklärte ihm, er habe wahrhaftig großes Glück gehabt, daß er an Kapitän Anthony geraten sei. An einen Mann, wie er in einer Million Menschen kaum je vorkommt. Er begann wieder, hin und her zu schlurfen. »Auch Sie«, sagte er trauernd und hielt den Blick gesenkt. »Wie? Ein wunderbarer Mensch? Aber haben Sie denn überhaupt eine Ahnung, wer ich bin? Hören Sie! Ich bin der große Mr. de Barral gewesen. So schrieben sie in den Zeitungen, während sie eine Verschwörung anzettelten. Und ich habe eine Gefängnisstrafe abgesessen. Und jetzt hat man mich zu Fall gebracht.« Seine Stimme erstarb und war nur noch ein Hauch. »Zu Fall gebracht.«

Er nahm die Hände aus den Taschen, zog die Mütze über die Stirn und steckte die Hände wieder in die Taschen, ganz so, als bereite er sich darauf vor, in heftigen Wind hinauszugehen. »So tief bin ich aber nicht gefallen, daß ich mich mit dieser Schande abfände, sie fest in den Klauen dieses Kerls zu sehen, ohne etwas zu unternehmen. Sie wollte nicht auf mich hören. War es Angst? Dummheit? Ich mußte mir irgend etwas ausdenken, um sie hier herauszubringen. Haben Sie vielleicht geglaubt, sie mache sich etwas aus ihm? Nein! Hätte irgend jemand das wohl geglaubt? Nein! Sie tat, als wäre es um meinetwillen. Sie konnte nicht begreifen, daß ich ihm, wäre ich nicht ein alter Mann gewesen, schon vor Monaten an die Kehle gesprungen wäre. Jedesmal, wenn ich sah, wie er sie anschaute, empfand ich diese Versuchung! Mein Mädchen! Ach! Jeder Mann, bloß nicht dieser! Und die ganze Zeit über hat mich die niederträchtige kleine Närrin belogen. Es war ihr Komplott, ihre Verschwörung! Diese Verschwörungen sind teuflisch. Sie hat mich vorwärtsgelockt, bis sie meinen Kopf regelrecht unter den Stiefel dieses Gefängniswärters, dieses Schufts, ihres Gatten, gelegt hatte... Verrat! Mich zu Fall gebracht. Tiefer, als sie gefallen ist. In den Schmutz. Das bedeutet es. Nicht wahr? Unter seinen Stiefel!«

Er hielt in seinem ruhelosen Geschlurfe inne, packte von neuem mit beiden Händen seine Mütze und zog sie mit wütender Gebärde bis auf die Ohren hinunter. Powell hörte diesem zusammenhanglosen Gefasel ganz selbstvergessen zu und betrachtete das alte, fieberrote Gesicht, da fuhr Mr. Smith plötzlich so schnell wie der Blitz herum, packte das Glas des Kapitäns und goß mit dem erstickten, hastigen Ausruf: ‚Zum Wohl!' die Flüssigkeit seine Kehle hinunter.

‚Ich kenne die Bedeutung des Wortes »Bestürzung«', fuhr Mr. Powell fort. ‚Das war genau mein Geisteszustand. Ich dachte sogleich: Es ist überhaupt nichts in diesem Getränk. Ich habe geträumt, ich habe einen ganz schrecklichen Irrtum begangen! . . .'

Mr. Smith setzte das Glas ab. Er stand vor Mr. Powell, unversehrt, beruhigt, wie horchend, den Kopf zur Seite geneigt, und kaute auf seinen schmalen Lippen. Plötzlich blinzelte er sonderbar, griff nach Powells Schulter und brach zusammen, indem er ganz plötzlich zu Boden sank, als wäre sein ganzer Körper weich – wie ein Stück Seide zusammenfällt. Powell packte instinktiv seinen Arm und verlangsamte seinen Fall; als Mr. Smith jedoch fast schon auf dem Boden lag, riß er sich los und wich zurück. Fast ebenso rasch stürzte er wieder vor und bemühte sich, den Körper aufzurichten. Sobald er aber dessen Schultern anhob, wußte er, daß der Mann tot war. Tot!

Er ließ ihn sanft niedergleiten. Ohne Furcht, ohne irgendein Gefühl stand er über ihn gebeugt, fast gleichgültig, so, als wäre er weit fort. Dann fuhr er von neuem auf, und wäre Mrs. Anthony nicht ständig in seinen Gedanken gewesen, hätte er laut um Hilfe geschrien. Er stolperte zu ihrer Kajütentür, und tatsächlich brach der Ruf: ‚Kapitän Anthony!' viel zu laut aus ihm hervor, obwohl er eine große Anstrengung machte, sich zu beherrschen. ‚Ich warte auf meine Befehle, Sir!' sagte er deutlich und mit fester Stimme vor der Tür.

Drinnen war es sehr still, totenstill. Dann hörte er das Schurren von Füßen und die Stimme des Kapitäns: ‚Ist gut, ich komme.' Er lehnte sich mit dem Rücken gegen das Schott, wie man zuweilen einen Betrunkenen gegen eine Wand gestützt sieht – halb vornübergebeugt. In dieser Haltung fand ihn der Kapitän, als er herauskam und die Tür rasch hinter sich zuzog. Sogleich ließ Anthony den Blick durch die ganze Kajüte schweifen. Ohne ein Wort ergriff Powell seinen Arm, führte ihn um das Tischende und begann sich zu rechtfertigen. ‚Ich konnte ihn nicht zurückhalten', flüsterte er bebend. ‚Er war zu schnell für mich. Er trank es aus und fiel um.' Aber der Kapitän hörte nicht zu. Er blickte auf Mr. Smith hinunter und dachte vielleicht, es sei ein bloßer Zufall, daß nicht seine Leiche jetzt dort lag. Sie mochten nicht sprechen. Sie machten einander Zeichen mit Blicken. Der Kapitän packte Powells Schulter, und sein Griff war wie ein Schraubstock; er blickte zu Mrs. Anthonys Tür hin, und das genügte. Er wußte, daß der junge Mann ihn verstand. Und ob! Schweigen! Für immer Schweigen hierüber. Sogar ihre Blicke wurden verstohlen. Powell sah von der Leiche zur Tür der Luxuskajüte des Toten hin. Der Kapitän nickte und ließ ihn los; Powell schlich hinüber, hakte die Tür auf und schlich, mit angstvollen Blicken zu Mrs. Anthonys Kajüte hin, wieder zurück. Sie beugten sich über die Leiche. Kapitän Anthony hob deren Schultern an.

Mr. Powell überlief ein Schauder. ‚Nie werde ich diesen endlosen Weg durch den Salon vergessen, den wir Schritt für Schritt mit angehaltenem Atem zurücklegten. Ein Stück dieses Weges hätte uns die zugezogene Vorhanghälfte verborgen, wenn Mrs. Anthony aus ihrer Tür getreten wäre, aber ich atmete erst auf, als wir die Leiche in die Schwingkoje niedergelegt hatten. Der Widerschein des im Salon brennenden Lichts ließ den größten Teil der Kajüte im Schatten. Mr. Smiths starrer, ausgestreckter Körper sah gleichfalls schattenhaft aus – schattenhaft und lebendig. Sie wissen ja, daß er sich stets so steif wie ein Schüreisen hielt. Wir standen neben der Koje, als warteten wir darauf, daß er uns ein Zeichen machte, er wünsche alleingelassen zu werden. Der Kapitän legte mir den Arm um die Schulter und sagte mir ins Ohr: »Der Steward wird ihn morgen früh finden.«

Ich antwortete nicht. An ihm war es, zu sagen, wie es sein sollte. Vielleicht war es das beste so. Es hat keinen Zweck, über meine Gedanken zu reden. Sie betrafen nicht mich noch auch den alten Mann, der mich jetzt mehr entsetzte, als da er noch am Leben war. Wen ich bemitleidete, war der Kapitän. Er flüsterte: »Ich bin sicher, daß ich mich auf Sie verlassen kann, Mr. Powell. Gehen Sie jetzt lieber an Deck. Was mich betrifft...«, und ich sah, wie er die Hände an den Kopf hob, als sei er außer sich. Aber seine letzten Worte, bevor wir uns aus der Kajüte stahlen, sind mir im Gedächtnis geblieben, sogar der Ton, in dem er sie wie für sich, nicht für mich bestimmt, vor sich hin murmelte: »Nein! Nein! Ich werde jetzt nicht über diese Leiche stolpern.«'

Das also hatte mir unser Mr. Powell zu berichten", sagte Marlow in verändertem Ton. Ich war froh zu hören, daß es Flora de Barral wenigstens erspart geblieben war, *diesen* finsteren Schatten auf ihren Weg fallen zu sehen.

Wir saßen nun schweigend da, und meine Gedanken beschäftigten sich mit dem Ende de Barrals, mit dem unwiderstehlichen Druck eingebildeter Kümmernisse, die mit ihrem immer größer werdenden Ausmaß Gewissen, Skrupel und Vorsicht zermalmten, über die düstere, vergiftete Ironie, die in der Besessenheit des alten Mannes lag.

„So", sagte ich.

„,Der Steward fand ihn', erzählte Mr. Powell, sich zusammennehmend. ,Er ging um fünf Uhr mit einer Tasse Tee hinein und ließ sie natürlich fallen. Ich hatte wieder Wache. Er taumelte hinauf zu mir an Deck, totenblaß. Ich hatte es erwartet, und trotzdem vermochte ich kaum zu sprechen. Ich konnte nur hervorbringen: »Teilen Sie es leise dem Kapitän mit!« Er rannte davon und stammelte vor sich hin: »Mein Gott! Mein Gott!«, und hol mich der Teufel, er wurde tatsächlich hysterisch, während er sich bemühte, es dem Kapitän beizubringen, und begann im

Salon zu schreien: »Völlig angekleidet! Tot! Völlig angekleidet!« Mrs. Anthony kam natürlich herausgelaufen, aber sie wurde nicht hysterisch. Franklin, der sich ebenfalls dort befand, erzählte mir, sie habe ihr Gesicht an der Brust des Kapitäns verborgen; er, Franklin, sei dann hinausgegangen und habe die beiden alleingelassen. Es dauerte Tage, bevor sich Mrs. Anthony an Deck sehen ließ. Als ich das erstemal mit ihr sprach, gab sie mir die Hand und sagte: »Mein armer Vater hat Sie recht gern gehabt, Mr. Powell.« Sie wischte sich die Augen, und ich floh zur anderen Seite des Decks. Man vergäße gern, daß ihr all das je nahe gekommen ist.'

Offensichtlich konnte er das aber nicht, denn nachdem er sich die Pfeife angezündet hatte, begann er laut nachzugrübeln: ‚Muß sehr starkes Zeug gewesen sein. Ich frage mich, wo er es her hatte. Kaum von einem gewöhnlichen Apotheker. Nun, von irgendwoher hatte er es – es kann bloß eine Prise gewesen sein, mehr nicht.'

Ich habe meine Theorie", sagte Marlow, „die bis zu einem gewissen Grade das zusätzlich Grauenvolle eines kaltblütig geplanten Mordes ausschließt. Auch hier war der Zufall am Werk gewesen. Nicht Mr. Smith hatte sich das Gift besorgt, sondern der große de Barral. Und es war nicht für den unbekannten, großherzigen Eroberer Flora de Barrals bestimmt gewesen, sondern für den berüchtigten Finanzmann, dessen Unternehmungen mit Großherzigkeit nichts zu tun hatten. In den Tagen seiner Größe hatte er seinen Arzt. Mir scheint sogar, ich erinnere mich, daß der Mann während des Prozesses über irgendeinen nebensächlichen Punkt vernommen wurde. Ich kann mir vorstellen, daß ihn de Barral aufsuchte, als er sah, wie er wohl nicht umhin konnte, zu sehen, daß die Möglichkeit eines ‚Triumphs neidischer Rivalen' – einer Verurteilung zu einer langjährigen Strafe – bestand.

Ich bezweifle, daß der Mann ihn aus Zuneigung oder sogar für Geld mit dem versorgte, was Mr. Powell ‚starkes

Zeug' nannte – eher aus Mitleid. Nach dem zu urteilen, was Powell von der Tat selbst sah, bin ich fast sicher, daß es in einer Kapsel enthalten gewesen sein muß und daß er es in den letzten Tagen seines Prozesses bei sich gehabt hatte, vielleicht mit einem Stich in seine Westentasche eingenäht. Er hatte es nicht benutzt. Weshalb nicht? Hatte er im letzten Augenblick an sein Kind gedacht? Fehlte ihm der Mut? Wir vermögen es nicht zu sagen. Er fand es jedoch in seinen Sachen, als er aus dem Gefängnis kam. Es war bei einer Durchsuchung unentdeckt geblieben, falls es eine solche gegeben hatte. Der Zufall hatte ihn bewaffnet. Und der Zufall allein, der Zufall in Mr. Powells Leben, zwang ihn, die scheußliche Waffe gegen sich selbst zu wenden.

Ich teilte meine Theorie Mr. Powell mit, der sie sogleich als in gewissem Sinne vorteilhaft für Mrs. Anthonys Vater akzeptierte. Dann winkte er ab. ‚Denken wir nicht daran.'

Ich stimmte ihm zu, und gleich darauf sagte er träumerisch: ‚Ich blieb fast sechs Jahre lang bei Kapitän und Mrs. Anthony und segelte mit ihnen um die ganze Welt. Fast so lange wie Franklin.'

‚Ach ja, was wurde denn aus Franklin?' fragte ich.

Powell lächelte. ‚Er verließ etwa ein Jahr darauf die »Ferndale«, und ich nahm seinen Platz ein. Anthony empfahl ihn für ein Schiffskommando. Sie glauben doch nicht etwa, Kapitän Anthony hätte einen Mann wie einen alten Handschuh beiseitegeworfen. Aber natürlich mochte Mrs. Anthony Franklin nicht sehr gern. Ich glaube nicht, daß sie jemals auch nur ein Wort gegen ihn hat verlauten lassen, aber Kapitän Anthony konnte ihre Gedanken lesen.'

Und wieder schien sich Powell in der Vergangenheit zu verlieren. Ich fragte, denn plötzlich kam mir das Bild der Fynes in den Sinn: ‚Haben sie Kinder gehabt?'

Powell fuhr zusammen. ‚Nein! Nein! Sie hatten überhaupt keine Kinder', und er versank von neuem in Nachsinnen und blies Rauch aus seiner kurzen Bruyèrepfeife.

‚Wo sind sie denn jetzt?‘ fragte ich darauf, als wollte ich mich vergewissern, daß alle Befürchtungen Fynes unangebracht und so unnütz gewesen waren, wie es unsere Befürchtungen häufig sind – daß es für seine lieben Mädchen keine unerwünschten Vettern und Cousinen und keine Gefahr eines Einbruchs in sein makelloses Heim gab. Powell ließ langsam seinen Blick zu mir herüberschweifen, während die Pfeife in seiner Hand glimmte.

‚Wissen Sie es denn nicht?‘ fragte er mit tiefer Stimme.

‚Was?‘

‚Daß die »Ferndale« vor über vier Jahren untergegangen ist? Gesunken. Eine Kollision. Und Kapitän Anthony ist mit ihr untergegangen.‘

‚Was Sie nicht sagen!‘ rief ich so betroffen, als hätte ich Kapitän Anthony persönlich gekannt. ‚Ist – ist auch Mrs. Anthony dabei umgekommen?‘

‚Sie könnten ebensogut fragen, ob ich dabei umgekommen bin‘, erwiderte Mr. Powell so gereizt, daß es mich überraschte. ‚Sie sehen mich doch hier, oder etwa nicht?‘

Er war geradezu gekränkt; als er aber meinen erstaunten Blick bemerkte, glättete sich sein gesträubtes Gefieder. Und in nachdenklichem Ton setzte er hinzu: ‚Ja, gute Leute gehen aus der Welt, als würden sie dort nicht gebraucht. Es scheint, als gäbe es Dinge, die, wie die Türken sagen, geschrieben stehen. Oder aber das Schicksal will etwas ausprobieren und verfehlt zuweilen sein Ziel. Sie erinnern sich wohl daran, wie ich Ihnen von meiner ersten Fahrt mit ihnen berichtete, daß wir eines Nachts knapp einem Zusammenstoß entgingen. Diesmal war es gerade bei Morgengrauen. Es herrschte völlige Windstille und so dichter Nebel, daß man ihn mit dem Messer hätte schneiden können. Aber wir hatten keine Explosivstoffe an Bord. Ich war an Deck, und ich erinnere mich, wie dieses verfluchte, mörderische Ding längsseits aufragte und Kapitän Anthony (wir befanden uns beide an Deck) rief: »Großer Gott, was ist denn das? Rufen Sie alle Mann hierher, Powell, damit sie sich retten. Diesmal haben wir kein

Dynamit an Bord. Ich hole meine Frau! . . .« Ich brüllte, und alle Wachen an Deck brüllten. Krach!'

Mr. Powell atmete schwer bei der Erinnerung. ‚Es war ein Schiff von der belgischen Grünsternlinie – die »Westland«', fuhr er fort, ‚das einer von diesen Schiffern befehligte, die vor nichts zurückschrecken. Flaherty hieß er, und ich hoffe, er stirbt, ohne Absolution erhalten zu haben. Es schnitt die alte »Ferndale« halb durch, und nach dem Zusammenprall herrschte Totenstille. Als nächstes hörte ich den Kapitän wieder auf Deck rufen: »Maschinen langsam voraus«, und ein Gebrüll »Ja, ja!« antwortete ihm vom Vorderdeck des Schiffs; dann stellte sich eine ganze Menschenmenge im Nebel auf dem Deck der »Westland« in einer Reihe auf. Sie warfen Dutzende von Tauen zu uns herab, das muß ich sagen. Der Kapitän und ich befestigten ein Tau unter Mrs. Anthonys Armen; ich erinnere mich, daß ein mattes Lächeln auf ihrem Gesicht lag.

»Hievt vorsichtig an!« rief ich den Leuten an Deck des Dampfers zu. »Ihr habt eine Frau an diesem Tau!«

Der Kapitän wartete, bis sie sicher an Bord gelangt war. Dann machten wir rasch die Runde über unsere Decks, um sicher zu sein, daß niemand zurückblieb. Als wir wiederkamen, sagte der Kapitän: »Nun ist es schließlich doch verloren, Powell, unser braves altes Schiff! Auf See versenkt.«

»Es ist wirklich verloren«, sagte ich, »aber es hätte noch schlimmer kommen können. Klettern Sie um Gottes willen dieses Tau hinauf, Sir. Ich halte es für Sie.«

»Was glauben Sie denn«, sagte er ärgerlich. »Ich bin nicht an der Reihe. Hinauf mit Ihnen.«

Das waren vermutlich die letzten Worte, die er sprach. Ich wußte, daß er sein Schiff als letzter verlassen wollte, und so klomm ich, so rasch ich konnte, hinauf, und die verdammten Iren dort packen mich doch von oben, zerren mich an Deck und schleppen mich durch den Lärm und das Getümmel der blödesten Aufregung, die ich je gesehen habe, nach achtern. Jemand ruft von der Kommandobrücke:

»Habt ihr sie alle an Bord?«, und ein Dutzend dumme Esel schreien durcheinander: »Alle gerettet! Alle gerettet!«, und während ich brülle: »Nein! Nein!«, bis ich das Gefühl habe, der Kopf platzt mir, legt dieser verfluchte Ire von der Brücke den Maschinentelegraphen, während ich wie verrückt darum kämpfe, mir Gehör zu verschaffen! Und natürlich ...‘

Ich sah, wie Tränen, ein ganzer Strom, Mr. Powell über das Gesicht liefen. Die Stimme versagte ihm.

‚Die »Ferndale« ging unter wie ein Stein, und Kapitän Anthony ging mit ihr unter – die großartigste Menschenseele, die jemals den Körper eines Seemanns verlassen hat. Ich tobte wie ein Wahnsinniger, wie ein Teufel, während ein Haufen Narren sich um mich drängten und mich fragten: »Sind Sie denn nicht der Kapitän?«

»Ich war nicht wert, dem Mann, den ihr ertränkt habt, die Schuhe zuzubinden!« schrie ich sie an ... Freilich, freilich! Ich sah selbst, daß es sinnlos war, ein Boot zu Wasser zu lassen. Sie hätten es längsseits nicht sehen können. War zwecklos. Und denken Sie nur, Marlow, ich war es, der es Mrs. Anthony sagen mußte. Sie hatten sie irgendwo nach unten gebracht, in den Salon erster Klasse. Ich mußte zu ihr gehen und es ihr sagen! Kommt doch dieser Flaherty, Gott möge ihm verzeihen, zu mir, so weiß wie ein Laken, und sagt: »Ich glaube, Sie sind am besten geeignet.« Gott möge ihm verzeihen. Am liebsten wäre ich hundertmal gestorben. Eine Menge freundliche Damen, Passagiere, schwatzten aufgeregt rings um Mrs. Anthony – ein richtiges Papageienhaus. Der Schiffsarzt ging vor mir hinunter. Er flüsterte etwas nach rechts und nach links, und da breitete sich plötzlich überall Schweigen aus. Ja, ich wünschte, ich wäre gestorben. Mrs. Anthony aber benahm sich großartig.‘

An diesem Punkt brach Mr. Powell in ziemlich heftiges Weinen aus. ‚Alle liebten Kapitän Anthony – sie konnten nicht anders. Ich überlasse es Ihrer Phantasie, sich auszumalen, was er für sie bedeutet hatte. Aber bevor noch die

Woche vorüber war, war sie es, die mir half, mich zusammenzureißen.‘

‚Ist Mrs. Anthony jetzt in England?‘ fragte ich nach einer Weile. Er wischte sich ohne jede falsche Scham die Augen. ‚Ja.‘ Er sah sich nach Streichhölzern um, und während er sich nach der unter dem Tisch liegenden Schachtel bückte, setzte er hinzu: ‚Und gar nicht mal so weit von hier entfernt. In dem kleinen Dorf dort oben – Sie wissen doch.‘

‚Nein, tatsächlich? Aha, ich verstehe.‘

Mr. Powell rauchte sehr ernst, sehr in sich gekehrt. So konnte ich ihn aber nicht entkommen lassen. Dieser verschlagene Bursche! Das also war der heimliche Anlaß, warum er mit solcher Leidenschaft auf dem Fluß herumsegelte, der Grund seiner Vorliebe für diesen Flußarm!

‚Und ich nehme an‘, sagte ich, ‚daß Sie noch ebenso »begeistert« sind wie ehemals. Wie? Wenn ich Sie wäre, würde ich das Mrs. Anthony einfach mitteilen. Weshalb auch nicht?‘

Er fing die Pfeife, die ihm entfiel, geschickt auf. Wenn sich aber das, was die Franzosen ‚effarement‘ – Bestürzung – nennen, jemals auf einem menschlichen Gesicht widerspiegelte dann bei dieser Gelegenheit, und es zeugte von seiner Bescheidenheit, seiner Empfindsamkeit und seiner Unschuld. Er sah aus, als fürchte er, jemand habe meine kühne – fast gotteslästerliche – Andeutung gehört, als lägen nicht anderthalb Meilen Sumpfland und Deiche zwischen uns und der nächsten menschlichen Behausung. Dann fiel ihm vielleicht diese beruhigende Tatsache ein, denn seine Augen leuchteten auf, als erhelle sie der Widerschein eines inneren Feuers, das er im Allerheiligsten seines Herzens mit einer so reinen Hingabe hütete wie nur irgendeine Vestalin.

Leuchtete auf und erlosch. Er lächelte verschämt und seufzte.

‚Pah! Torheit. Sie sollten vernünftiger sein‘, sagte er, eher traurig als verärgert. ‚Aber ich vergaß, daß Sie Kapitän

Anthony ja gar nicht gekannt haben', setzte er nachsichtig hinzu.

Ich erinnerte ihn daran, daß ich Mrs. Anthony kannte, schon gekannt hatte, bevor sie ihm – der jetzt bereits ein alter Freund von ihr war – jemals vor Augen gekommen war. Und als er mir erzählte, Mrs. Anthony wisse von unseren Zusammenkünften, fragte ich, ob ihr wohl daran liegen mochte, mich wiederzusehen. Mr. Powell äußerte zu diesem Zeitpunkt keine Ansicht darüber; als wir aber das nächste Mal in dem Flußarm lagen, sagte er: ‚Sie wird sich sehr freuen. Sie suchen sie am besten heute noch auf.'

Der Nachmittag war schon ziemlich weit fortgeschritten, als ich mich ihrem Haus näherte. Die Anmut eines zur Neige gehenden schönen Tages umgab mich wohltuend, beruhigend; ich spürte sie in der Stille der schattigen Allee, in der reinen Luft, dem blauen Himmel. Es fällt einem schwer, sich an die Konflikte, den Jammer, die Versuchungen und die Verbrechen der selbstsüchtigen menschlichen Existenz zu erinnern, wenn man allein ist mit der bezaubernden Gelassenheit der unbewußten Natur. Ich atmete den traumlosen Frieden rings um das malerische Landhaus ein, dem ich mich näherte, und mir schien, dieser Frieden müsse überall herrschen, über dem ganzen Erdball von Wasser und Land wie auch in den Herzen aller Bewohner dieser Welt.

Flora kam herunter zum Gartentor, um mich zu begrüßen – nicht mehr dieser pervers verlockende kummervolle Irrwisch aus weißem Nebel, der im komplizierten bösen Traum des Lebens einhertrieb. Sie sah auch nicht mehr aus wie eine verlassene Elfe. Ich stammelte einfältig: ‚Wieder im Lande, Miss... Mrs. ...' Sie war sehr freundlich, erwiderte den Druck meiner Hand, doch wir waren beide ein wenig verlegen. Dann lachten wir ein bißchen. Darauf wurden wir ernst.

Ich bin kein Liebhaber des Tagesanbruchs. Sie wissen ja, wie dünn und zwiespältig das Licht der Morgendämmerung ist. Doch sie war jetzt wirklich sie selbst geworden, sie glich einem schönen, ruhigen Nachmittag – und keinem sehr weit fortgeschrittenen. Eine Frau, noch nicht viel über dreißig, mit prachtvollem Teint und ein wenig Farbe, dichtem Haar, einer glatten Stirn, einem schöngebildeten Kinn und nur den Augen der Flora von einst – sie waren völlig unverändert.

In dem Zimmer, in das sie mich führte, fanden wir eine Miss Soundso vor – den Namen habe ich nicht verstanden –, eine unauffällige, ja unscheinbare schwarzgekleidete Person mittleren Alters. Eine Gesellschafterin. Alles so, wie es sich gehörte. Sie kam und ging und setzte sich zuweilen sogar mit irgendeinem Nähzeug im Zimmer nieder, aber immer ein wenig abseits. Als sie die angezündete Lampe hereinbrachte, hatte ich bereits alle Einzelheiten vernommen, die in dieser Geschichte wirklich von Bedeutung sind. Die Unterhaltung zwischen mir und derjenigen, die einstmals Flora de Barral gewesen war, beschränkte sich, wie zu erwarten war, nicht ausschließlich auf das Wetter.

Die Lampe hatte einen rosafarbenen Schirm, und ihr Schein tauchte sie in ständiges Erröten, ließ sie wunderbar jung erscheinen, während sie dort vor mir in einem tiefen Sessel mit hoher Rückenlehne saß. Ich bat sie: ‚Erzählen Sie mir, was Sie in jenem berühmten Brief geschrieben haben, der Mrs. Fyne so aufbrachte und den kleinen Fyne veranlaßte, sich in dieser beleidigenden Weise einzumischen.‘

‚Es war einfach unreifes Zeug‘, sagte sie ernst. ‚Ich hatte das Gefühl, leichtsinnig gehandelt zu haben, und schrieb einen leichtsinnigen Brief. Ich wußte, daß sie die Sache mißbilligen würde, und schrieb ganz törichte Dinge. Es war das Echo auf ihr eigenes dummes Gerede. Ich erklärte, ich liebte ihren Bruder nicht, hätte aber keinerlei Skrupel, ihn zu heiraten.‘

Sie hielt inne, zögerte und fuhr dann mit einem schüchternen halben Lachen fort: ‚Ich glaubte wirklich, daß ich mich verkaufte, Mr. Marlow. Und ich war stolz darauf. Was ich hinterher litt, kann ich Ihnen gar nicht sagen, denn ich entdeckte meine Liebe zu meinem armen Roderick erst durch Qualen des Zorns und der Demütigung. Ich gelangte so weit, zu vermuten, daß er mich verschmähte; aber wegen meines Vaters konnte ich es nicht ausprobieren. Ach! Ich wäre nicht allzu stolz gewesen. Ich mußte jedoch die Gefühle des armen Papa schonen. Roderick benahm sich untadelhaft, aber ich hatte das Gefühl, als läge ich auf der Folterbank, ohne daß ich auch nur schreien durfte. Papas Vorurteil gegen Roderick war mein größter Kummer. Es war zum Verrücktwerden. Es flößte mir Furcht ein. Ach! Ich habe gelitten. In der Nacht, als mein armer Vater plötzlich starb, hatten sie irgendeinen Streit meinetwegen, dessen bin ich sicher. Aber ich wollte nicht länger standhalten gegen mein eigenes Herz! Ich konnte es nicht.'

Sie hielt plötzlich inne und sagte dann lebhaft: ‚Die Wahrheit bricht sich Bahn, Mr. Marlow.'

‚Ja', erwiderte ich.

Sie sprach gedankenvoll weiter: ‚Kummer und Glück waren zuerst vermischt wie Dunkelheit und Licht. Monatelang lebte ich in einer Dämmerung der Gefühle. Aber es war still. Es war warm ...'

Wieder unterbrach sie sich und fuhr dann, in Gedanken zurückblickend, fort: ‚Nein! Es war nichts Böses in diesem Brief. Er war einfach nur töricht. Was wußte ich damals vom Leben? Nichts. Mrs. Fyne aber hätte es besser wissen müssen. Sie schrieb ein wenig später einen Brief an ihren Bruder. Jahre danach erlaubte mir Roderick, einen Blick darauf zu werfen. Ich fand folgenden Satz in ihm: »Jahrelang habe ich mich bemüht, aus diesem Mädchen eine Freundin zu machen, aber ich warne dich nochmals: Sie hat das Wesen einer herzlosen Abenteuerin ...« Abenteuerin!' wiederholte Flora langsam. ‚Möge es so sein. Ich hatte ein wunderschönes Abenteuer.'

‚Dann war es also wunderschön', sagte ich voller Interesse.

‚Das allerschönste der Welt! Denken Sie nur: Ich liebte und wurde geliebt, ungestört, voller Frieden, ohne Gewissensbisse, ohne Furcht. Die ganze Welt, das ganze Leben waren für mich verändert. Und wieviel habe ich gesehen! Wie gut waren die Menschen zu mir! Roderick war überall so beliebt. Ja, ich habe Güte und Sicherheit kennengelernt. Die vertrautesten Dinge schienen von einem neuen Licht erhellt, von einer neuen Lieblichkeit umgeben zu sein, die ich nie vermutet hatte. Das Meer selbst! ... Sie sind ja Seemann. Sie haben Ihr Leben auf ihm verbracht. Aber wissen Sie auch, wie schön es ist, wie stark, wie reizvoll, wie freundschaftlich, wie gewaltig ...‘

Ich hörte ihr erstaunt und gerührt zu. Sie schwieg nur kurze Zeit.

‚Es war zu schön, als daß es lange hätte dauern können. Aber nichts kann es mir nun rauben ... Glauben Sie nicht, daß ich klage. Ich bin jetzt nicht einmal mehr traurig. Ja, ich bin glücklich gewesen. Aber ich erinnere mich auch der Zeit, da ich unsagbar unglücklich war, unglücklich jenseits aller Verzweiflung. Ja. Sie wissen es noch. Und auch später. Es gab eine Zeit an Bord der »Ferndale«, da waren es die einzigen Augenblicke der Erleichterung für mich, wenn Mr. Powell sich auf dem Poopdeck ein wenig mit mir unterhielt. Sie können ihn gut leiden, nicht wahr?‘

‚Ein prachtvoller Mensch‘, sagte ich voller Wärme. ‚Sie sehen ihn oft?‘

‚Natürlich. Ich kenne kaum eine andere Seele auf der Welt. Ich bin allein. Und er hat viel Zeit. Seine Tante ist vor ein paar Jahren gestorben. Er tut nichts, glaube ich.‘

‚Er hat das Meer gern‘, bemerkte ich. ‚Er liebt es.‘

‚Anscheinend hat er es aufgegeben‘, murmelte sie. ‚Ich frage mich, weshalb wohl?‘

Sie schwieg. ‚Vielleicht deshalb, weil er etwas anderes noch mehr liebt‘, sprach ich weiter. ‚Also, Mrs. Anthony, lassen Sie mich nicht mit der Vorstellung von hier fortgehen, Sie seien eine selbstsüchtige Person und horteten die Erinnerung an Ihr vergangenes Glück wie ein Reicher seine Schätze, während Sie die Armen vor Ihrem Tor vergessen.‘

Ich erhob mich, um zu gehen, denn es war schon spät. Sie stand ziemlich erregt auf und begleitete mich hinaus in die duftende Dunkelheit des Gartens. Einen Augenblick lang hielt sie meine Hand fest und sagte dann leise mit der Stimme der Flora von einst, mit genau der gleichen Betonung, wobei das alte Mißtrauen, der alte Zweifel an sich selbst, die alte Narbe des in der Kindheit erhaltenen Schlages auf rührende und komische Weise zum Vorschein kam: ‚Halten Sie es denn für möglich, daß er sich etwas aus mir macht?'

‚Fragen Sie ihn nur selbst. Sie sind ja tapfer.'

‚Oh, ich bin tapfer genug', sagte sie mit einem Seufzer.

‚Dann fragen Sie. Denn wenn Sie es unterlassen, tun Sie dem geduldigen Mann ein grausames Unrecht an.'

Ich ging fort und ließ sie stumm zurück. Am nächsten Tag, als ich sah, wie Powell Vorbereitungen traf, an Land zu gehen, bat ich ihn, Mrs. Anthony von mir zu grüßen. Er versprach es.

‚Hören Sie mal zu, Powell', sagte ich. ‚Wir haben einander durch Zufall kennengelernt.'

‚Ja, rein durch Zufall', gab er zu.

‚Und die Wissenschaft des Lebens besteht darin, sich jeden Zufall zunutze zu machen, der sich bietet', fuhr ich fort. ‚Glauben Sie das?'

‚Das ist die reine Wahrheit', erklärte er arglos.

‚Nun, dann vergessen Sie es nicht.'

‚Ach, ich! Ich erwarte jetzt nicht, daß sich irgend etwas bietet', sagte er und sprang an Land.

Er erschien nicht, als die Flut einsetzte. Ich setzte mein Segel, und gerade, als ich vom Ufer losgemacht hatte, bogen in der Dämmerung zwei Gestalten um die schwarze Scheune und blieben, nur undeutlich sichtbar, stehen.

‚Sind Sie das, Powell?' rief ich.

‚Und Mrs. Anthony.' Seine Stimme klang eindrucksvoll durch die Stille des großen Moores. ‚Ich segele heute abend nicht. Ich muß Mrs. Anthony nach Hause begleiten.'

‚Dann muß ich eben allein fahren!' rief ich.

Floras Stimme wünschte mir in einem äußerst freundschaftlichen Ton, jedoch zitternd ‚Bon voyage!'

‚Sie werden bald von mir hören', rief Powell plötzlich, gerade als mein Boot die Mündung des Flußarms hinter sich brachte.

Das war gestern", setzte Marlow hinzu und lehnte sich träge in den Sessel zurück. „Ich habe noch nichts von ihm gehört, aber ich erwarte jeden Augenblick, etwas zu hören ... Worüber grinsen Sie denn bloß so sarkastisch? Ich fürchte mich nicht davor, mit einem Freund zur Kirche zu gehen. Hol's der Teufel, obwohl ich so an den Zufall glaube, bin ich doch kein Heide ..."

AtV

Band 14

Egon Günther
Der Pirat

Roman

400 Seiten
18,80 DM
ISBN 3-7466-0015-4

Dies ist eine Seeräubergeschichte aus der Hand des bekannten Filmregisseurs Egon Günther. Es geht um die Taten und Untaten eines Mannes, den sie Klaasbroeder nennen. Hinter der Räubergeschichte die anderen Geschichten: von der Liebe zwischen Klaas, dem künftigen Schrecken der Meere, und Anja, seiner russischen Ziehmutter, von der Liebe zu Anjuscha, der Rosenlippigen, zu Freya Olafsdottir, der eiskalten Schönheit mit den goldenen Haaren, zu dem maurischen Mädchen aus Cordoba, zu Hyma, der unberührbaren Häuptlingstochter. Und hinter den Liebesgeschichten jene von Freundschaft und Verrat, von Mord und Treue bis in den Tod.